Von Barbara Goldstein sind bei Bastei Lübbe Taschenbücher lieferbar:

15281 Der Maler der Liebe
15467 Die Kardinälin
15609 Der Herrscher des Himmels

Über die Autorin:

Barbara Goldstein arbeitete nach dem Abitur zunächst in der Verwaltung bei japanischen und deutschen Banken, nahm dann ein Studium der Philosophie und Sozialen Verhaltenswissenschaften auf, war als Managerin in der Personalabteilung einer Bank tätig und verfasste zwei Sachbücher. *Die Evangelistin* ist ihr vierter Roman in der Verlagsgruppe Lübbe. Wenn sie nicht für Recherchen auf Reisen ist, lebt und arbeitet sie in der Nähe von München.

Besuchen Sie die Homepage der Autorin:
www.barbara-goldstein.de

Barbara Goldstein

Die Evangelistin

Roman

BASTEI LÜBBE TASCHENBUCH
Band 15794

1. Auflage: Januar 2008

Bastei Lübbe Taschenbücher in der Verlagsgruppe Lübbe

Originalausgabe
© 2008 by Verlagsgruppe Lübbe GmbH & Co. KG, Bergisch Gladbach
Titelillustration: Galleria degli Uffizi, Florence, Italy/
The Bridgeman Art Library
Umschlaggestaltung: Atelier Versen Nationality
Satz: hanseatenSatz-bremen, Bremen
Druck und Verarbeitung: GGP Media GmbH, Pößneck
Printed in Germany
ISBN 978-3-404-15794-5

Sie finden uns im Internet unter
www.luebbe.de
Bitte beachten Sie auch: www.lesejury.de

Der Preis dieses Bandes versteht sich einschließlich
der gesetzlichen Mehrwertsteuer.

Meinen Eltern
in Dankbarkeit
für ihre Großzügigkeit,
ihr Vertrauen und ihre Liebe.

Die handelnden Personen

Celestina Tron	Venezianische Humanistin
Tristan Venier	Celestinas Geliebter, Mitglied im Consiglio dei Dieci (Rat der Zehn)
Menandros	Celestinas Freund, griechisch-orthodoxer Priester
Leonardo Loredan	Doge von Venedig
Antonio Tron	Celestinas Cousin, Prokurator von San Marco
Zaccaria Dolfin	Antonio Trons Freund, Mitglied im Consiglio dei Savi (Rat der Weisen)
Antonio Grimani	Prokurator von San Marco und Mitglied im Consiglio dei Savi (Rat der Weisen)
Domenico Grimani	Antonio Grimanis Sohn, Kardinal
Antonio Contarini	Patriarch von Venedig
Giovanni de' Medici (Gianni)	Papst Leo X.
Baldassare Castiglione	Humanist in Rom
Giovanni Montefiore	Humanist in Florenz
Elija Ibn Daud	Sefardischer Rabbi aus Granada
David	Elijas Bruder, Medicus
Judith	Davids Gemahlin
Esther	Davids und Judiths Tochter
Aron	Elijas Bruder, Bankier und Kaufmann
Marietta	(Mirjam Halevi) Arons Verlobte
Angelo	(Joel Halevi) Mariettas Bruder, Sekretär und Vertrauter von Papst Leo X.
Jakob Silberstern	Elijas Freund, aschkenasischer Rabbi aus Köln und Worms
Yehiel Silberstern	Jakobs Sohn
Asher Meshullam	Oberhaupt der jüdischen Gemeinde in Venedig
Chaim Meshullam	Ashers Bruder, Bankier

Zu den mit * markierten Begriffen im Text finden sich am Ende des Buches ausführliche Anmerkungen

ࣿ CELESTINA ࣿ

KAPITEL 1

»Celestina, ich will dich nachher sehen«, hatte mir der Doge vor einer Stunde zugeflüstert. »Wir müssen reden!«

Er wirkte so besorgt, ja beinahe ängstlich. Was war bloß geschehen?

Gedankenverloren lehnte ich an der Säule von San Marco auf dem Molo und wartete unruhig auf sein Erscheinen und den Beginn der feierlichen Zeremonien.

Dann endlich wehte der Ruf über die Piazzetta: »Der Doge!«

Die dicht gedrängte Menge hielt den Atem an und reckte die Köpfe, als Leonardo Loredan den Palazzo Ducale durch die prächtige Porta della Carta verließ. Mit seinem Gefolge, den Prokuratoren von San Marco, den Mitgliedern des Zehnerrates in ihren schwarzen Seidenroben und etlichen rotgewandeten Senatoren, schritt er durch das wogende Menschenmeer zum Molo.

Still war es auf der überfüllten Piazzetta. Nur das Schreien der Möwen, das Flattern der auffliegenden Tauben von der Basilica di San Marco und das Knattern des großen purpurfarbenen Banners mit dem goldgestickten Löwen auf dem *Bucintoro* durchbrach das Schweigen.

Der Wind vom Meer brachte keine Kühlung an diesem schwülheißen Himmelfahrtstag des Jahres 1515. Die Wellen schwappten über die mit Algen bewachsenen Stufen des Molo, und die schwankenden Gondeln schlugen gegeneinander.

Ein Sturm zog herauf.

Dröhnend kündigten die großen Glocken von San Marco den Beginn der feierlichen Prozession an.

Der Doge winkte den Zuschauern unter den Arkaden und auf der Loggia des Palazzo Ducale zu, während er zur goldenen Staatsgaleere hinüberschritt, wo ihn der Patriarch mit seinem Gefolge erwartete.

Tristan hielt sich direkt hinter dem Dogen. Seine schwarze Seidenrobe, die ihn als Mitglied des Consiglio dei Dieci auswies, flatterte in der leichten Brise dieses glühend heißen Maitages.

Als er mich neben der Säule des geflügelten San-Marco-Löwen am Molo entdeckte, winkte er mir verstohlen zu.

Ich wandte den Blick ab, als hätte ich ihn nicht bemerkt, und beobachtete den Flug der Möwen, die sich vom Dach des Palazzo Ducale in die Tiefe stürzten, um über den Hafen auf die Lagune hinauszufliegen.

In diesem Augenblick drängte sich jemand von hinten gegen mich und warf mich dabei fast um. Seine Hand lag vertraulich auf meiner nackten Schulter. Schon wollte ich mich zu ihm umwenden, als er seinen Arm um meine Taille schlang und neben mich trat.

»Venedig hat hunderttausend Einwohner, und alle drängen sich heute auf der Piazza San Marco, der Piazzetta, dem Molo und der Riva degli Schiavoni. Oder sie rudern in ihren geschmückten Gondeln auf der Lagune«, lächelte er verschmitzt. »Und doch ist es nicht schwer, dich zu finden, Celestina.«

»Baldassare!«, freute ich mich. »Wie schön, dich zu sehen! Was machst du in Venedig?«

Baldassare Castiglione, obwohl wesentlich älter als ich – er war siebenunddreißig, ich war fünfundzwanzig –, war ein sehr attraktiver Mann, hoch gewachsen, schlank und athletisch. Seine eisblauen Augen bezauberten mich jedes Mal, wenn er mich ansah wie gerade jetzt. Sein gepflegter Bart und seine aufrechte Haltung verliehen ihm ein sehr würdiges Aussehen. Als Baldassare vor einigen Jahren nach London gereist war, hatte ihn der englische König voller Hochachtung ›einen wahren Sir‹ genannt, und so musste Raffaello ihn in Rom porträtiert haben.

»Ich war auf dem Weg von Rom nach Mantua. Glaubst du, ich lasse mir ein grandioses Spektakel wie Venedigs Vermählung mit dem Meer entgehen?« Baldassares Geste umfasste die ganze lichtfunkelnde Lagune. »Oder ein Wiedersehen mit dir?«, lachte er fröhlich und hauchte mir einen Kuss auf die Wange. »Dies ist ein Gruß von Raffaello.«

Nun küsste er mich auf die andere Wange:

»Diesen Kuss sendet dir Seine Heiligkeit. Papst Leo lässt fragen, wann du endlich nach Rom kommst. Die Tore des Vatikans stehen dir weit offen! Ich fürchte, der Heilige Vater wird dich exkommunizieren, wenn du nicht bald deine Reisetruhen packst.«

Aus dem Augenwinkel bemerkte ich, wie Tristan neugierig zu uns herübersah.

Baldassare hatte meinen Blick bemerkt. »Ist er dein Geliebter?«

Ich nickte.

»Ihr seid ein schönes Paar«, urteilte mein Freund nach einem forschenden Blick auf Tristan, den er bisher nur aus meinen Briefen kannte. »Trotz eurer Jugend habt ihr es weit gebracht auf der steilen Treppe des Ruhms. Tristan ist einer der mächtigsten Männer der Regierung von Venedig. Und du bist eine berühmte Gelehrte. Ihr liebt euch mit aller Leidenschaft. Das macht mir meine Aufgabe nicht gerade leicht!« Er senkte seine Stimme zu einem verschwörerischen Flüstern. »Ich soll dich überreden, endlich nach Rom zu kommen. Ich handele in allerhöchstem Auftrag.«

Vergnügt lächelte ich über den Machtkampf zwischen dem Papst und mir. Mein letzter Brief an Giovanni de' Medici mit den Manuskriptabschriften meines Buches hatte ihn offenbar beeindruckt. Und jetzt schickte Seine Heiligkeit den tapferen Helden Baldassare an die Front.

»Was soll ich in Rom?«, fragte ich.

»Celestina, ich bitte dich! Die berühmtesten Künstler, Gelehrten und Humanisten sind in Rom – Raffaello, Michelangelo und Leonardo. Und ich schreibe mein *Libro del Cortegiano*, das der Papst als ein Glaubensbekenntnis der Selbstbestimmung bezeichnet.«

»Ich kann und will nicht für Papst Leo arbeiten. Denn das wäre Verrat an meinem Vater, der im Kampf gegen seinen Vorgänger fiel, Papst Julius den Eroberer. Giacomo Tron starb mit dem Schlachtruf *Libertà*! auf den Lippen.«

»Du schlägst die Bitte Seiner Heiligkeit aus, obwohl du eine Medici bist.«

»Die Familie meiner Mutter, die Iatros, sind der Athener Zweig der Florentiner Medici. Sie leben schon seit der Zeit vor Cosimo de' Medici in Athen. Der Papst und ich sind also nur sehr entfernt verwandt.«

»Er schätzt dich als große Gelehrte. Dein Manuskript hat ihn begeistert: ›Wann ist der Mensch zutiefst menschlich? Wenn er leidet und doch liebt. Wenn er hasst und trotzdem vergibt‹, hast du geschrieben. ›Das ist das Credo der Humanitas, der Menschlichkeit und der Moral!‹, rief Seine Heiligkeit. ›Das ist prägnanter als die Bergpredigt!‹ Er nennt dich seine Evangelistin.«

»Sag ihm: Es geht noch prägnanter. ›Lebe und liebe! Und verschenke niemals deine Freiheit!‹ Nein, Baldassare, ich werde meine Unabhängigkeit nicht aufgeben. Nicht für Rom, nicht für die Kirche, nicht für den Papst.«

Der Doge und sein Gefolge hatten uns erreicht.

Leonardo Loredans Blick war ernst – wie vor einer Stunde, als er mir verkündet hatte, dass er nach der Zeremonie mit mir reden wollte.

Erneut fragte ich mich: Was war geschehen? Weshalb war er so besorgt um mich?

Als der Doge Baldassare an meiner Seite erkannte, blieb er stehen, um ihn zu begrüßen: »Ich wusste nicht, dass Ihr in der Serenissima weilt, Exzellenz!«

Baldassare verneigte sich tief. »Erst seit einer Stunde, Euer Hoheit!«

»Dann vergebe ich Euch, dass Ihr mich nicht sofort nach Eurer Ankunft aufgesucht habt. Celestina hat mir einige Seiten Eures *Libro del Cortegiano* zu lesen gegeben. Es freut mich, dass Ihr das Buch nicht in Rom, sondern in Venedig veröffentlichen wollt. Es wäre mir eine Ehre, wenn Ihr die Vermählung mit dem Meer vom *Bucintoro* aus beobachten würdet.«

Baldassare verneigte sich. »Mit dem größten Vergnügen!«

Leonardo Loredan legte seine Hand auf Tristans Arm. »Darf ich Euch Tristan Venier vorstellen, Exzellenz? Signor Venier ist Mitglied im Rat der Zehn.«

Während der Doge Baldassare erklärte, dass der Consiglio dei

Dieci als Geheimdienst mit richterlicher Gewalt das Recht hatte, gegen jeden zu ermitteln, der die Sicherheit der Republik von San Marco zu gefährden drohte, streichelte Tristans Blick mein aufgestecktes Haar, meine nackten Schultern, versank im Ausschnitt meines Kleides und umschmeichelte meine Taille.

»Sehen wir uns heute Nacht?«, flüsterte er, während er meine Hand küsste und dabei mit dem blauen Topasring spielte, den er mir geschenkt hatte. Als ich lächelte, hauchte er: »Ich habe dafür gesorgt, dass du während des Banketts heute Abend neben mir sitzt. Dann werden wir tanzen, bis der Tag erwacht. Und dann …« Er seufzte verzückt, wie er es manchmal tat, wenn ich ihn an sehr intimen Stellen streichelte.

»Ich freue mich auf dich«, flüsterte ich zurück und verbarg meine Vorfreude auf eine stürmische Nacht mit Tristan hinter einem formvollendeten Lächeln.

Seit meiner Rückkehr aus dem Exil in Athen zwei Jahre zuvor war es uns gelungen, unsere Liebe geheim zu halten. Die Enthüllung einer skandalösen Affäre hätte das Ende von Tristans glänzender Karriere als jüngstes und einflussreichstes Mitglied des Consiglio dei Dieci bedeutet.

Doch auch für mich, die ich mir meinen Weg in die Freiheit und Selbstbestimmung hart erkämpfen musste, wäre dies ein vernichtender Schlag gewesen. Dass ich als Frau gebildet war und fließend Lateinisch, Griechisch, Französisch und Arabisch sprach, war für die Humanisten nur schwer erträglich gewesen – bis ich nach Athen ins Exil gehen musste.

Leonardo Loredan riss mich aus meinen Erinnerungen. »Tristan, Signor Castiglione ist der Botschafter des Herzogs von Urbino in Rom und einer der berühmtesten Schriftsteller Italiens. Celestina und er haben sich vor Jahren am Hof des Herzogs von Urbino kennen gelernt«, erklärte der Doge unnötigerweise – mein Geliebter kannte das Manuskript des *Cortegiano*, das ich auf Baldassares Wunsch korrigierte.

Antonio war neugierig näher getreten. Doch bevor mein Cousin meine Hand ergreifen konnte, um sie zu küssen, trat ich einen

Schritt zurück. Antonio funkelte mich zornig an. Wir hassten uns mit brennender Leidenschaft. Was er mir angetan hatte, würde ich ihm niemals vergeben!

Leonardo Loredan bemerkte den Funkenflug zwischen meinem Cousin und mir. Er legte Antonio die Hand auf die Schulter und stellte Baldassare seinen mächtigsten Gegner vor.

»Signor Castiglione, es ist mir eine Freude, Euch mit Antonio Tron, dem Prokurator von San Marco, bekannt zu machen. Die Prokuratoren sind nach dem Dogen die höchsten Würdenträger der Republik.«

Während Baldassare sich verneigte, bot mir der Doge seine Hand, damit er mich an Bord des *Bucintoro* führen konnte. An Leonardo Loredans Arm schritt ich die Planke hinauf an Bord der Staatsgaleere.

Vergoldete Skulpturen, die die Herrschaft des Dogen über das Meer verherrlichen sollten, zierten die Längsseiten der prunkvollen Galeere oberhalb der langen Reihe der rot lackierten Ruder. Dazwischen leuchteten Meerjungfrauen, Seepferdchen und springende Delfine im von den Wellen funkelnd reflektierten Sonnenlicht. Der Bug des Schiffes war mit einer goldschimmernden Figur geschmückt, die dem Schaum der Wellen zu entsteigen schien. Das Deck war bis zum hohen Heck mit dem Thron des Dogen von einem purpurroten Baldachin beschattet. Welch eine beeindruckende Zurschaustellung venezianischer Macht, die durch die Anwesenheit von vier Admirälen und hundert Kapitänen noch unterstrichen wurde. Hundertsechzig Arbeiter aus dem Arsenale, der Flottenwerft von Venedig, ruderten am Himmelfahrtstag die Staatsgaleere.

Der Patriarch Antonio Contarini, der den Dogen an Deck erwartete, half mir an Bord. »Celestina, Ihr seht heute wieder entzückend aus! Wie ein Engel, der von den Wolken des Himmels herabsteigt.«

»Ich danke Eurer Eminenz«, lächelte ich. »Ich hoffe, dass Ihr mich nicht für den aufziehenden Sturm verantwortlich macht!« Ich wies auf die Gewitterwolken über dem Lido.

Nach seiner Ernennung zum Patriarchen von Venedig hatte Antonio Contarini die Serenissima als zutiefst unmoralische und unchristliche Stadt bezeichnet. In einem Anfall von Glaubenseifer hatte er verfügt, dass die Venezianer drei Tage lang fasten sollten, um von Gott die Vergebung ihrer Sünden zu erreichen. Wehe dem, der nicht zur Beichte erschien! Contarinis Ruf zur Umkehr hatte einen ähnlichen Erfolg wie Savonarolas apokalyptische Predigten in Florenz. Die Wirkung hielt jedoch nicht wie in Florenz fünf Jahre, sondern kaum mehr als fünf Wochen an. Sollte eines Tages die von Christus verkündete Gottesherrschaft doch noch über die Welt hereinbrechen, würde sie Venedig als letzte Stadt erreichen – laut Contarinis zornigen Worten erst lange *nach* Sodom und Gomorrha.

Der Patriarch verzog keine Miene. »Nicht für *dieses* Unwetter mache ich Euch verantwortlich! Aber sagt mir: Wann habt Ihr zuletzt einen Sturm *gemieden*?«

Er spielte auf meine Auseinandersetzung mit dem Humanisten Giovanni Montefiore in Florenz an.

»Ich wehre mich, wenn ich angegriffen werde.«

»Und Eure Worte reißen schmerzhafte Wunden. Giovanni Montefiore hat sich bei Giulio de' Medici, dem Erzbischof von Florenz, bitter über Euch beklagt. Der Skandal um das ägyptische Evangelium hat in Rom hohe Wellen geschlagen. Kardinal de' Medici hat mir geschrieben. Ich wäre glücklich, wenn Ihr Euch in Zukunft gegenüber einem angesehenen Humanisten wie Giovanni Montefiore um etwas mehr Zurückhaltung bemühen würdet …«

»… wie es einer Frau zukommt. Das wolltet Ihr doch sagen, nicht wahr, Euer Eminenz? Sanft, gehorsam und still. Ohne eigene Meinung. Eben das ist der Grund, warum ich Humanistin geworden bin: Weil ich für meine Rechte als Frau und für meine Würde als Mensch kämpfe! Mein Vater war Mitglied im Consiglio dei Savi. Ich bin fünfundzwanzig, und wenn ich sein Sohn gewesen wäre, hätte ich nun einen Sitz im Maggior Consiglio inne. Da ich jedoch als seine Tochter auf eine Stimme im Senat verzichten muss, werde ich es mir nicht nehmen lassen, meine Meinung außerhalb des Ratssaals frei zu äußern.«

Eingedenk meiner engen Beziehung zum Papst schluckte der Patriarch seine Antwort herunter.

»Ein Humanist ist nur glücklich, wenn er seine Feder schwingen kann«, fuhr ich unbeirrt fort. »Dieser ruhmsüchtige Florentiner Tintenkleckser müsste sich geschmeichelt fühlen, dass ich seine Beleidigungen überhaupt einer Antwort würdige und mich auf dieses Duell der spitzen Federn einlasse – das im Übrigen nicht *er* gewinnen wird!«

Vor einigen Wochen hatte Giovanni Montefiore der verstreuten Nation der Humanisten verkündet, er habe in einem ägyptischen Kloster eine uralte griechische Papyrushandschrift gefunden, die er für ein noch unbekanntes Evangelium hielt. Ich war zu ihm nach Florenz gereist, um mir den Papyrus anzusehen, denn auch ich besaß eine antike Handschrift aus dem Katharinenkloster im Sinai. Ich hatte es gewagt, ihm ins Gesicht zu sagen, dass ich sein Evangelium für eine Fälschung hielt. Wohlgemerkt: Ich hatte nie erklärt, dass ich *ihn* für einen Fälscher hielt, sondern lediglich die Echtheit des Papyrus bestritten. Denn weder die Tinte noch die griechische Sprache, in der das Dokument verfasst war, entstammten der Antike. Zudem endete der Text mitten im Satz, als sei der Schreiber bei seiner Arbeit unterbrochen worden. Ich weigerte mich also, diesen Papyrus als Evangelium zu bezeichnen.

Seither verspritzte Giovanni Montefiore Unmengen von Tinte, um mich zu beleidigen, meinen Namen in den Schmutz zu ziehen und mein Urteil über den Papyrus lächerlich zu machen: Ich war ja nur eine Frau! Doch inzwischen war der umstrittene Papyrus auch von anderen Gelehrten als Fälschung entlarvt worden. Viele Humanisten in ganz Europa hatten die Korrespondenz mit ihm eingestellt. Sic transit gloria!

Kardinal Domenico Grimani, der zur Feier der Himmelfahrt Christi aus Rom angereist war, schien sich im Gegensatz zum Patriarchen über mein Duell der Federn mit Montefiore zu amüsieren. Hatte der Papst ihm mein Manuskript gezeigt, das er, wie Baldassare mir erzählt hatte, das ›Credo der Humanitas‹ nannte?

Während ich Domenico mit einem Ringkuss begrüßte, strömten die Senatoren und Prokuratoren an Bord. Der Doge nahm auf seinem Thronsessel am Heck der Galeere Platz.

Kommandos wurden gebrüllt, Seile losgemacht, Ruder ins Wasser getaucht.

Baldassare und ich lehnten nebeneinander an der Bugreling, als das Schiff ablegte. Tristan war in ein offenbar sehr ernsthaftes Gespräch mit Leonardo Loredan vertieft. Als er bemerkte, dass ich zu ihm hinübersah, lächelte er. Da wandte ich mich wieder um und sah mit Baldassare hinaus auf die türkisfarbene Lagune.

Durch den Bacino di San Marco, den Hafen von Venedig, wurde die Galeere des Dogen zum Lido hinübergerudert. In feierlicher Prozession begleiteten Hunderte prächtig geschmückter Boote und bunt bemalter Gondeln den *Bucintoro* an der Riva degli Schiavoni entlang zur Vermählung mit dem Meer.

»Welch ein Anblick!« Baldassare bestaunte die großen Kriegsgaleeren und Handelsschiffe, die im Hafen zwischen San Giorgio Maggiore, der Giudecca und dem Canal Grande ankerten. »Venedig ist die Königin der Meere.«

»Die Serenissima ist eine tragische Schönheit«, erwiderte ich. »Der Krieg gegen den Papst, den Kaiser und den König von Frankreich, das Interdikt, die fallenden Gewürzpreise, die Flüchtlinge von der Terraferma, der Hunger und die Pest – all das hat Venedig in den letzten Jahren überstanden. Doch die Königin der Meere versinkt jedes Jahr tiefer in die Lagune. Sie stirbt, wie sie gelebt hat: großartig und stolz.«

»Venedig versinkt im Meer, und Rom erhebt sich aus seinen Ruinen«, versuchte er erneut, mich in die Ewige Stadt zu locken.

Während wir die Ostspitze der Insel umrundeten, betrachteten wir San Pietro di Castello, die Bischofskirche des Patriarchen. Wenig später erreichte das Dogenschiff den Lido und das offene Meer, das silbern im Sonnenlicht glitzerte.

Von Osten fegten die düsteren Sturmwolken heran. Über dem Horizont zuckten die ersten Blitze. Der ferne Donner übertönte die Glocken von San Marco, deren Klang über die Lagune wehte.

Die Boote und die geschmückten Gondeln waren der Galeere des Dogen gefolgt – manche von ihnen so nah, dass ihre Ruder die Ruderer des *Bucintoro* behinderten.

Leonardo Loredan erhob sich nun von seinem Thron und kam zum Bug der Staatsgaleere, wo ich mit Baldassare auf ihn wartete. Den Ring, das Symbol der Herrschaft, hatte der Patriarch aus der Schatulle in der Rückenlehne des Throns genommen und feierlich gesegnet. Nun reichte er ihn mir auf einem Samtkissen. Ich löste die Bänder, die den kostbaren Goldring festhielten, und gab ihn dem Dogen.

Gedankenvoll musterte er mich. Ahnte er, weshalb Baldassare nach Venedig gekommen war?

Schließlich wandte er sich ab, um den Ring ins Meer zu werfen.

»Desponsamus te, mare nostrum«, rief er laut, damit man ihn auch auf den anderen Booten und Gondeln hörte. »Wir vermählen Uns mit dir, o Meer, als Zeichen der wahren und ewigen Beherrschung.«

Die Zuschauer jubelten. Viele umarmten sich stürmisch, und so manche Gondel schwankte gefährlich auf den Wellen.

Dann sprangen die venezianischen Fischer ins Wasser, um nach dem Ring zu tauchen und ihn dem Dogen als Zeichen seiner Herrschaft über das Meer zurückzugeben. Immer mehr Männer stürzten sich lachend und prustend in die Wogen. Sie tauchten wieder auf, hielten sich keuchend an den Rudern des *Bucintoro* fest und verschwanden wieder.

Dann hatte einer der Männer den Ring gefunden. Er hielt ihn triumphierend in der ausgestreckten Hand, schwamm zum *Bucintoro* und kletterte an Deck, um ihn dem Dogen zu bringen.

Nach der feierlichen Zeremonie wurde das Dogenschiff zur Kirche San Nicolò auf dem Lido gerudert, wo Leonardo Loredan mit seinem Gefolge an Land ging, um dort die Messe zu besuchen.

Während die Prokuratoren und Senatoren dem Staatsoberhaupt folgten und vor dem herannahenden Gewittersturm in die Kirche flohen, kam Tristan mir so nah, dass sich unsere Hände einen Herzschlag lang berührten.

Was hatte der Doge ihm gesagt?, fragte ich mich beunruhigt. Und worüber wollte er mit mir sprechen?

Die Blitze zuckten über Venedig, und der Donner dröhnte, als Zaccaria Dolfins Boot drei Stunden später, nach der Messe in San Nicolò, am Molo anlegte.

Der Senator, der nur wenige Ruderschläge von meinem Palazzo entfernt am Canal Grande wohnte, hatte sich erboten, mich auf seinem Boot mitzunehmen. Er nahm an, dass ich auf dem schnellsten Weg nach Hause zurückkehren wollte. Doch während der Fahrt hatte ich ihn gebeten, mich an der Piazzetta abzusetzen.

Baldassare hatte sich nach dem Gottesdienst im strömenden Regen von mir verabschiedet. Nun ließ er sich zur Terraferma hinüberrudern, um die Reise nach Mantua fortzusetzen.

Am Landungssteg des Molo zog ich mir die hohen Zoccoli aus und huschte über die regennassen Stufen an Land. Der *Bucintoro* hatte bereits wieder abgelegt und war auf dem Weg zurück ins Arsenale.

Ich raffte meinen Rock und rannte durch den niederrauschenden Regen über die Piazzetta zur Porta della Carta. Wegen des Gewitters war es so dunkel, dass ich hinter der Basilika und dem Campanile kaum den Uhrturm am Eingang zur Mercería, der Straße der Händler zwischen San Marco und dem Rialto, erkennen konnte.

Viele Verkaufsstände, die jedes Jahr an Himmelfahrt auf der Piazza San Marco aufgebaut wurden, hatte der Wind umgeweht. Bunte Sonnensegel flatterten haltlos im Sturm, und die Regenfluten hatten die angebotenen Zuckerwaren mit sich gerissen.

Ein kleiner Crucifixus wurde von den umgestürzten Reliquienständen in Richtung Molo geschwemmt. Er schwankte auf den Wellenwirbeln zwischen den Pflastersteinen, wurde herumgeworfen und weiter fortgerissen. Ich hob ihn auf, bevor er in die Lagune gespült wurde.

Dann durchquerte ich den von Fackeln erhellten Torgang des Palazzo Ducale.

Während ich die Treppe zur Loggia hinauflief, warf ich einen Blick hinauf zu meinem ›Königreich der Himmel‹, jener staubigen Dachkammer, in der ich so viele Nächte meiner Kindheit verbracht hatte.

In der Loggia hielt ich einen Augenblick inne. Ich war tropfnass.

Meine aufgesteckten Haare hatten sich gelöst und fielen mir über die Schultern. So konnte ich unmöglich vor dem Dogen erscheinen!

Nachdem ich meine Haare geordnet und zu einem Knoten gebunden hatte, schlüpfte ich wieder in die hohen Zoccoli und eilte an der Bocca di Leone vorbei zur Treppe zu den oberen Stockwerken.

Im Palast wurde das abendliche Bankett vorbereitet. Von der Küche wehte ein betörender Duft nach frischem Brot zu mir herüber. In der Sala del Maggior Consiglio, wo das Festessen stattfinden sollte, übte ein Musiker auf der Geige ein fröhliches Lied. Wie ich mich auf diesen Abend freute! Tristan und ich würden die ganze Nacht tanzen. Dann würde er mich zur Ca' Tron bringen und leidenschaftlich lieben.

Versonnen lächelnd stieg ich die Treppe zur Dogenwohnung empor und betrat die Sala degli Scarlatti, das Vorzimmer für die Berater und Sekretäre des Dogen.

»Er erwartet Euch«, erklärte mir sein Sekretär und öffnete mir die Tür zur Sala delle Mappe, deren Wände Landkarten der venezianischen Hoheitsgebiete auf der Terraferma und im östlichen Meer zierten.

Der Saal war leer.

Aus einem der hinteren Räume der Dogenwohnung vernahm ich das Prasseln eines Feuers, und so schritt ich weiter.

Ich fand ihn in einem Sessel vor dem flackernden Kaminfeuer. Leonardo trug nicht mehr die goldgelbe Brokatrobe des Dogen, sondern einen weiten dunkelblauen Mantel mit Hermelinbesatz. Er wirkte erschöpft. Sein Gesicht war eingefallen – hatte er wieder Schmerzen? Achtundsiebzig Lebensjahre hatten tiefe Spuren in sein Gesicht gegraben.

»Du wolltest mit mir reden, Leonardo.«

»Setz dich, mein Kind!«

Ich nahm auf dem Sessel gegenüber Platz, um mich vom Feuer trocknen zu lassen.

Er starrte in die Flammen und schien nach den richtigen Worten zu suchen.

»Du hast vorhin sehr ernsthaft mit Tristan gesprochen«, sagte ich in das Schweigen hinein.

»In der Ratssitzung gestern Nacht ist Tristan zu einem der drei Vorsitzenden des Zehnerrats gewählt worden«, offenbarte er mir schließlich.

Tristan hatte sein ehrgeiziges Ziel erreicht!, freute ich mich für ihn. Er war der einflussreichste Mann Venedigs, mächtiger als der Doge, der ihn all die Jahre gefördert hatte.

In Venedig herrschte ein republikanisches Misstrauen gegenüber der Macht einzelner Adliger. Positionen im Zehnerrat und im Rat der Weisen wurden nur für ein Jahr vergeben – lediglich der Doge und die Prokuratoren wurden auf Lebenszeit ernannt. Die zehn Consiglieri dei Dieci wurden jedes Jahr vom Senat neu gewählt. Außerdem gehörten dem Rat der Doge und seine Berater sowie ein Verfassungsrichter an.

Jeden Monat wählten die Ratsmitglieder drei Vorsitzende aus ihrem Kreis, die unter dem Siegel strengster Verschwiegenheit Staatsverbrechen wie Hochverrat und Verschwörung gegen die Republik untersuchten oder außenpolitische Missionen leiteten.

Die unbeschränkte Macht, die geheimnisumwitterten nächtlichen Sitzungen, die Geheimpolizei, die Denunziationen in den Bocche di Leone und vor allem die Angst hatten zur Folge, dass die anderen Senatoren die Consiglieri dei Dieci äußerst misstrauisch überwachten.

»Ein Mitglied des Rats der Zehn muss über jeden Zweifel erhaben sein«, erklärte der Doge. »Vor einigen Tagen wurde ein anonymer Brief in die Bocca di Leone in der Loggia des Dogenpalastes geworfen. Tristan wird beschuldigt, eine Affäre zu haben.«

»O mein Gott!«, entfuhr es mir.

»Ja, das habe ich auch gesagt, als der Brief gestern Nacht im Rat der Zehn verlesen wurde. Eure Liebe kann Tristans Sturz bedeuten, das Ende einer glänzenden Karriere. Aber das ist noch nicht alles: Tristan soll die Signori di Notte bestochen haben. Dieser Vorwurf ist noch viel gefährlicher! Ein Consigliere nimmt Einfluss auf die Signori di Notte, deren Aufgabe es ist, nachts für die Sicherheit in den Straßen Venedigs zu sorgen! Und für das sittlich einwandfreie Verhalten der Venezianer.«

Ich schwieg.

Tristan und ich hatten doch von Anfang an gewusst, welche gefährlichen Folgen unsere Liebe haben konnte.

»Die Dieci haben beschlossen, die Anschuldigung gegen einen der Ihren zu ignorieren. Der Brief war anonym. Dem Denunzianten ging es also nicht um die fünfzig Zecchini Belohnung. Er verzichtet auf ein kleines Vermögen! Eine Anklage vor dem Rat der Zehn war demnach nicht beabsichtigt.

Offenbar sollte der Brief eine Warnung für Tristan sein. Und für dich. Eines ist gewiss: Niemand aus dem Zehnerrat hat ihn verfasst, denn Tristan ist in derselben Nacht zum Vorsitzenden gewählt worden. Alle haben ihm ihr Vertrauen ausgesprochen.

Ich habe den Brief heute Morgen in Tristans Beisein verbrannt, während wir miteinander sprachen. Denn ich vermute, dass dies nicht der letzte Brief sein wird.«

»Hast du Tristan verboten, mich wiederzusehen?«

»Nein, Celestina, ganz im Gegenteil«, entgegnete Leonardo. »Ich habe ihn aufgefordert, dich endlich zu heiraten!«

»Aber wir sind uns einig … ich meine: Wir haben einander versprochen, dass wir *nicht* heiraten wollen. Wozu denn auch? Wir sind glücklich.«

»Ihr verstoßt gegen Anstand und Moral!«

»Wir lieben uns!«

Mit einer energischen Geste fegte er mein Argument beiseite. »Tristan wird morgen sein Amt als Vorsitzender des Consiglio dei Dieci antreten. Sollte er nächstes Jahr nicht in den Rat der Zehn wiedergewählt werden, stehen ihm alle anderen Ämter der Republik offen. Er kann Prokurator werden. Und in einigen Jahren Doge. Das kann er aber nur, wenn er verheiratet ist! Ein Doge braucht eine Dogaressa! Und einen sittlich vollkommenen Lebenswandel.«

Ich sagte nichts.

»Tristan ist siebenundzwanzig. Ich bin achtundsiebzig. Vielleicht bleiben mir trotz meiner Krankheit noch ein paar Jahre. Ich will, dass Tristan mir eines Tages nachfolgt.«

»Der Doge wird in geheimer Abstimmung gewählt. Jeder adelige

Venezianer kann Staatsoberhaupt werden«, erinnerte ich ihn. »Du kannst deinen Nachfolger nicht bestimmen.«

»Nein, aber viele Kandidaten für dieses Amt gibt es nicht. Der Prokurator Antonio Grimani ist inzwischen einundachtzig Jahre alt. Glaubst du, dass der Maggior Consiglio ihn in dieser verzweifelt schwierigen Zeit von Krieg, Not und wirtschaftlichem Niedergang zum Dogen wählen wird? Glaubst du, der ehemalige Admiral der Flotte kann als Steuermann das festgefahrene Staatsschiff in ruhigere Gewässer lenken? Nun ja, wenn ich es mir überlege, ist der alte Grimani vielleicht doch noch eine bessere Wahl als sein und mein Lieblingsfeind Antonio Tron.

Ich jedenfalls werde alles tun, um zu verhindern, dass dein Cousin Antonio Doge wird. Der Prokurator behauptete vor wenigen Tagen im Maggior Consiglio wieder einmal, ich sei unfähig: ›Nichts in dieser Stadt wird in Ordnung kommen, solange Leonardo Loredan regiert!‹ Dieser widerwärtige Intrigant!

Ich denke, es ist auch in deinem Sinne, wenn Antonio *nicht* Doge wird. Er wird dich wieder ins Exil schicken – wie vor fünf Jahren nach dem Tod deiner Eltern. Das nächste Mal kann ich dir nicht helfen, Celestina. Oder er lässt die Staatsinquisition dein Haus durchsuchen und dich im Gefängnis verschwinden. Die verbotenen Bücher in deiner Bibliothek werden die römische Inquisition nach Venedig bringen. Und du weißt, wie das Urteil lauten wird!«

Er sah mich scharf an, dann drang er weiter in mich:

»Ich glaube, dass Tristan ein besserer Doge sein wird als Grimani und Tron. Er ist jung, selbstbewusst, hat hohe Ideale und eine großartige Vision von Venedig. Tristan ist der Mann, der Papst Leo, König François und Kaiser Maximilian Widerstand leisten kann. Das Kämpfen hat er bei deinem Vater gelernt. Die Venier gehören zum alten venezianischen Adel. Auf diesen Fundamenten wurde Venedig erbaut!

Tristan ist ein Nachkomme des großen Dogen Antonio Venier. Unter seiner Herrschaft war Venedig der mächtigste Staat Europas. Antonio Venier ist eine Ikone, sein Name steht für die Unbesiegbarkeit der venezianischen Seemacht. Aber eine Ikone muss glänzen, Celestina, sie darf nicht in den Schmutz gezogen werden. Der künftige Doge Tristan Venier muss unangreifbar sein. Und das bedeutet, dass ihr beide heira…«

»Ich will nicht heiraten!«

»Celestina, sei vernünftig!«, beschwor er mich. »Du bist die ideale Dogaressa. Du bist gebildet, besonnen, charmant und sprichst mehrere Sprachen. Du bist die Frau, die Tristan an seiner Seite braucht.«

Unbeherrscht sprang ich auf und lief zum Fenster, um in den Innenhof des Palazzo Ducale hinabzusehen. Die niederrauschende Sintflut überschwemmte den Cortile. Ich lehnte meine Stirn gegen die Glasscheiben, schloss die Augen und dachte nach.

Selbst eine Frau aus einer reichen und adeligen Familie war in Venedig nicht finanziell unabhängig. Der Besitz, den sie mit in die Ehe brachte, gehörte fortan ihrem Gemahl. Sie durfte nicht allein reisen und nicht einmal allein das Haus verlassen, um am Sonntag zur Messe zu gehen. Eine Frau war in Venedig nur die juwelengeschmückte Zierde am Arm ihres Mannes, die mit sittsam gesenktem Blick zu schweigen hatte.

Mein Vater hatte mir sein Vermögen hinterlassen: einen großartigen Palazzo am Canal Grande, ein ebenso schönes Haus unterhalb der Akropolis von Athen und eine kostbare Büchersammlung, die die respektvolle Bezeichnung Bibliothek verdiente. Ich war unabhängig. Und frei.

Im Dogenpalast wäre ich eingesperrt gewesen wie ein Vogel in einem goldenen Käfig. Tristan und ich besaßen prächtige Palazzi. Mein Arbeitszimmer war so groß wie der Empfangssaal der Dogenwohnung. Meine umfangreiche Bibliothek hätte ich in diesen Räumen niemals unterbringen können. Dort gab es keinen Arbeitsraum, keine Dachterrasse, keinen Garten, keine Loggia, wo ich lesen, schreiben, denken, atmen, *leben* konnte.

Eine Heirat mit dem künftigen Dogen hätte für mich den Verlust meiner unter großen Opfern erkämpften Freiheit bedeutet. Bisher war mein Geliebter für mich die Garantie meiner Selbstentfaltung jenseits aller strengen gesellschaftlichen Konventionen gewesen. Das Vertrauen, das Lieben, das Sehnen, das Umeinanderkämpfen war ein Spiel, das unser Leben interessant machte, uns zu immer neuen

Ideen und Überraschungen anregte und niemals langweilig wurde. Wie sehr liebten Tristan und ich unsere Freiheit!

Ich betrachtete den Ring an meiner Hand, einen lagunenblauen Topas, den verschlungene Ornamente aus Gold festhielten.

»Ich werde dich lieben und ehren, bis der Tod uns trennt. Und jeden Tag meines Lebens will ich um dich kämpfen«, hatte er in jener Nacht gesagt, als wir mit feierlichem Schwur die Ringe tauschten.

Liebe ist wie das Licht einer Kerze: Man kann es nicht festhalten – weder durch einen Ring noch durch ein Wort. Man muss das Licht entzünden, die Flamme hüten und vor dem Sturm bewahren. Denn wenn das Licht erlischt, ist es zu spät. Tristan und ich waren uns einig, dass wir einander nicht besitzen und uns nicht durch ein Eheversprechen aneinander binden, sondern jeden Tag aufs Neue suchen und finden und wieder verlieren wollten, um uns wieder auf die Suche zu machen. Und sollte eines Tages die hell lodernde Flamme der Liebe verloschen sein, würden wir einander die Ringe zurückgeben.

»Weiß Tristan von unserem Gespräch?«, fragte ich, ohne mich zu Leonardo umzuwenden.

»Nein, er hat keine Ahnung. Er hat mich um Rat gefragt, wie er sich dir gegenüber verhalten soll. Ich hielt es für das Beste, mit dir zu sprechen, bevor er es heute Nacht tut. Tristan hat Angst vor deinem Nein. Er fürchtet, dass es für immer zwischen euch stehen wird. Und dass er dich verlieren wird, wenn er dich um deine Hand bittet. Er liebt dich so sehr!«

Ich wandte mich zu ihm um. »Aber offensichtlich liebt er mich nicht genug, um auf das Amt des Dogen zu verzichten.«

»Du tust ihm Unrecht!«, versuchte Leonardo mich zu beschwichtigen.

»Und er erwartet von mir, dass ich meine eigene Karriere als Humanistin aufgebe, um ihm die seine zu ermöglichen. Leonardo, ich habe heute Nachmittag eine Einladung des Papstes nach Rom ausgeschlagen.«

Er war bestürzt. »Celestina …«

»Als Dogaressa kann ich nicht mehr als Humanistin arbeiten und mit Gelehrten in aller Welt korrespondieren. Es ist mir nicht erlaubt,

Bücher zu verfassen oder nach Istanbul oder Alexandria zu reisen. Ich darf keine Entscheidungen mehr treffen, keine eigene Meinung haben und meinem Gemahl, dem Dogen von Venedig, nicht widersprechen. Ich bin dann nicht mehr *frei*!«

Traurig sah er mich an, denn er wusste, wie weh er mir tat. »Manchmal muss man Opfer bringen …«

»Das sagst gerade du mir, Leonardo?«, unterbrach ich ihn. »Du, der Mann, der die Türken zurückgeschlagen und mit zwei Päpsten Krieg geführt hat, die Venedig ihre Souveränität und Freiheit nehmen wollten? Der Mann, der vor sechs Jahren in der Schlacht von Agnadello seinen besten Freund verlor – meinen Vater! Du, von allen Menschen ausgerechnet du, willst mir einreden, dass ich meine Freiheit aufgeben soll? Nein, Leonardo, ich habe zu kämpfen gelernt, bei meinem Vater und bei dir. Das Aufgeben habt ihr beide mich nicht gelehrt!«

Leonardo schwieg betroffen.

»Und Opfer *habe* ich gebracht!«, fuhr ich unbeirrt fort. »In den letzten Jahren ist mir alles genommen worden, was mir jemals etwas bedeutet hat. Mein Vater fiel im Krieg gegen den König von Frankreich, den Papst und den Kaiser. Er starb für die Freiheit Venedigs. Für *meine* Freiheit, Leonardo!

Meine Mutter starb nur wenige Monate später an der Pest, die die Kriegsflüchtlinge aus dem eroberten Padua nach Venedig trugen. Dann verlor ich meinen gesamten Besitz an meinen Cousin Antonio und musste ins Exil nach Athen gehen. Aber ich habe gekämpft. Ich bin wieder in Venedig!«

»Celestina, mein liebes Kind …«

»Mein Vater hat mich gelehrt, dass man seinen Glauben nicht am Abend mit der Kleidung ablegt, um sich am nächsten Morgen für einen neuen zu entscheiden, der bequemer ist. Für seinen Glauben ist er in den Tod gegangen. Und auch ich glaube an die Freiheit des Menschen.«

»Um Gottes willen! Celestina, ich bitte dich …«

»Dir verdanke ich meinen Ruhm als Humanistin – gegen die Bestimmungen des Senats hast du mir den Schlüssel zum ›Königreich der Himmel‹ gegeben! Mein Streben nach Erkenntnis, nach Wahrheit, nach Freiheit begann in einer staubigen Dachkammer im Westflügel des Dogenpalastes!«

»Ich will, dass du Tristan heiratest. Und ich will, dass du noch heute Nacht, bevor es zu spät ist, die Bücher verbrennst, die euch beide auf den Scheiterhaufen der Inquisition bringen können! Dich, weil du sie besitzt, ihn, weil er davon wusste.«

Ich war zornig gewesen über seine Forderung. Verzweifelt. Traurig. Und doch wusste ich: Er hatte Recht. Was ich tat, war lebensgefährlich.

Im Innersten aufgewühlt verließ ich den Palazzo Ducale und trat hinaus auf die Piazzetta.

Verbrenne die Bücher! Verbrenne alles, was du bist, alles, was du sein willst, alles, woran du glaubst! Und dann wirf auch deine Freiheit auf diesen lodernden Opferaltar!

Oder steig selbst auf den Scheiterhaufen!

Was sollte ich tun? Die Bücher verbrennen und Tristan heiraten? Oder der Einladung des Papstes folgen und mit den Büchern nach Rom gehen? Einsam, aber frei.

Der Regen hatte aufgehört, doch niemand hatte die umgestürzten Verkaufsstände auf der Piazza San Marco wieder aufgerichtet. Die regennasse Piazza war ein riesiger Spiegel, der das unter den letzten Sonnenstrahlen goldglühende Venedig reflektierte – ein zauberhafter Anblick, den ich schon oft von den Arkaden der Prokuratien aus bewundert hatte.

Die beiden bronzenen Figuren auf dem Uhrturm neben der Basilika schlugen die große Glocke zur vollen Stunde – ein unheimliches Dröhnen angesichts der apokalyptischen Verwüstung. Am Himmelfahrtstag erschienen zu jeder vollen Stunde in einer der beiden Türen des Uhrturms die Heiligen Drei Könige, die sich vor der Madonna verneigten und dann durch die andere Pforte wieder verschwanden. So gern ich als Kind dieser bezaubernden Prozession der Figuren zugesehen hatte – an diesem Tag hatte ich keinen Blick dafür. Ich fror in meinem nassen Kleid und zitterte vor Verzweiflung und Zorn.

27

An der gegenüberliegenden Seite, zwischen den Arkaden der Prokuratien und dem Krankenhaus von San Orseolo, verließ ich die
Piazza San Marco. Hinter den Kirchen San Teodoro und San Gemi-
gnano, die die Westseite der Piazza begrenzen, bog ich in die Calle
dell'Ascension ein und wandte mich nach rechts zur Kirche San
Moisè. Dann folgte ich den Gassen, die immer wieder die Richtung
ändern, über Brücken und Kanäle und kleine Plätze bis zum Campo
San Stefano. Von dort waren es nur wenige Schritte zu meinem Palazzo am Canal Grande.

Um diese Jahreszeit war der Campo ein blühender Garten. Doch
der Sturm hatte viele Äste von den Bäumen gerissen, und der niederprasselnde Regen hatte die Blüten zerdrückt.

Eine Schar Tauben flog auf, während ich den weiten Platz überquerte. Ich sah ihnen nach, wie sie sich in den wolkenschweren Himmel hinaufschwangen und hinter der roten Backsteinfassade der Kirche San Stefano verschwanden.

Sie waren frei. Ich war es nicht.

Menandros öffnete mir das Portal. Er hatte mich erwartet, weil er
von Zaccaria Dolfins Diener wusste, dass ich nach der Zeremonie
am Molo ausgestiegen war und offenbar noch mit dem Dogen gesprochen hatte.

Er erschrak, als er mich sah: »Um Himmels willen, Celestina, wie
siehst du aus?«, flüsterte er im vertrauten Griechisch. »Was ist geschehen?«

»Nichts, Menandros. *Noch nicht*«, sagte ich leise. An ihm vorbei
drängte ich ins Haus.

»Tristan war vor einer Stunde hier und hat nach dir gefragt. Er
schien nicht zu wissen, dass du beim Dogen warst.« Menandros verriegelte die Tür und folgte mir zur Treppe.

»Pack die Reisetruhen! Im ersten Morgengrauen werden wir nach
Rom reiten. Wir müssen die Bücher so schnell wie möglich vor der
Inquisition in Sicherheit bringen. Ich werde mich unter den Schutz
des Papstes stellen. Gianni wird nicht zulassen, dass Tristan bedroht
wird, nur weil er von den Büchern wusste.«

»Du zitterst am ganzen Körper. Alexia wird dir in deinem Schlafzimmer ein heißes Bad richten und dann deine Truhen packen: Hosen für den langen Ritt und die schönsten Kleider für den Empfang im Vatikan. Rom wird dir zu Füßen liegen! Ich kümmere mich um ein Boot, das unsere Pferde, die Reisetruhen und die Bücherkisten zur Terraferma bringt. Vielleicht kann Zaccaria Dolfin uns aushelfen: Er besitzt ein großes Boot. Dann helfe ich dir beim Packen der Bücher.«

Als er ging, um die Abreise vorzubereiten, stieg ich die breite Marmortreppe empor in den ersten Stock, wo sich der prächtige Empfangssaal mit Blick auf den Canalazzo befand, und von dort aus hinauf zum Arbeitszimmer im zweiten Stock.

Noch nie war mir dieser großartige und für mich viel zu große Palazzo so verlassen erschienen wie an diesem Abend: Seit dem Tod meiner Eltern standen die meisten Räume leer. Noch nie hatte ich mich so einsam gefühlt – nicht einmal in jener Nacht, als ich überstürzt nach Athen fliehen musste, um mein Leben zu retten.

Ich betrat mein Arbeitszimmer mit der Bibliothek. Es war fast dunkel in dem großen Raum, dessen fünf große Fenster mit den filigranen Spitzbögen tagsüber das Funkeln der Wellen des Canalazzo einfingen. Die Sonne war inzwischen untergegangen, und von Osten her zog die Nacht herauf.

Ich riss mir die nassen Kleider vom Leib. Nackt setzte ich mich in den mit purpurrotem Leder bezogenen Stuhl vor meinen Schreibtisch und schlang die Arme um die angezogenen Knie. Eine Weile saß ich so, still und in mich gekehrt, und starrte die Bücher in den Regalen an, die Manuskriptseiten auf meinem mit Folianten, Tintenfass, Federspitzer, Siegelwachs, Sandstreuer und einem Bündel Gänsefedern bedeckten Schreibtisch.

Ich zog das Buch zu mir heran, mit dem ich zuletzt gearbeitet hatte: Giovanni Pico della Mirandolas *Conclusiones*. Seine berühmten neunhundert Thesen, die er 1486 in Rom mit den Kardinälen disputieren wollte und für die er vom Inquisitionstribunal exkommuniziert worden war. Giovanni Pico war der Scheiterhaufen erspart geblieben – seinen Büchern nicht. Dies war eines der wenigen Exemplare der *Conclusiones*, die noch existierten.

Traurig blätterte ich durch das Buch und las hier und da eine seiner Thesen: ›Intellectus agens nihil aliud est quam Deus – Der aktive Verstand, das Denkvermögen, die Einsicht, ist nichts anderes als Gott‹, und ein paar Seiten zuvor: ›Tota libertas est in ratione essentialiter – Alle Freiheit existiert nur im Verstand.‹

Kein Wunder, dass die Kirche dieses wundervolle Buch verboten hatte! Konnte ich … *durfte* ich Leonardos eindringlicher Bitte entsprechen, dieses Werk verbrennen und seine Asche in den Wind verstreuen? Und was war mit all den anderen Büchern in diesem Raum, den christlichen und muslimischen, arabischen, griechischen und lateinischen Schriften, verfasst von Kardinälen und Patriarchen, Kirchenvätern und Gelehrten, Ketzern auf dem Thron des Papstes und Heiligen auf dem Scheiterhaufen?

Wenn ich Giovanni Picos *Conclusiones* verbrennen würde, obwohl er selbst nie gerichtet worden war, was war dann mit Fra Girolamo Savonarolas *Meditationen*? Der Mönch, den viele Florentiner für einen Heiligen und Märtyrer und alle anderen für eine Geißel Gottes hielten, war auf dem Scheiterhaufen gestorben. Nachdem ich seine tiefsten Gedanken, die er im Gefängnis niederschrieb, gelesen hatte, war ich überzeugt, dass er weder das eine noch das andere war. Er war ein Mensch, schwach und fehlbar, der die Wahrheit suchte und auf diesem steinigen Weg stolperte, stürzte, scheiterte. Denn die Wahrheit gab es nicht. Nicht einmal zwei Menschen, die in allem übereinstimmten wie Tristan und ich, konnten sich darüber einigen, was Wahrheit ist.

Tristan liebte mich zu sehr, um zu verlangen, dass ich meine verbotenen Bücher verbrannte. Er ließ mich gewähren, obwohl ihn meine Arbeit als Humanistin in einen furchtbaren Gewissenskonflikt stürzte. Er glaubte an die eine, allein seligmachende Wahrheit.

Tristan hatte nicht, wie ich, einen katholischen Vater und eine griechisch-orthodoxe Mutter. Er hatte nicht jahrelang im orthodoxen und von Muslimen beherrschten Athen gelebt. Er hatte keine Forschungsreisen nach Istanbul und Alexandria unternommen, um alte Schriften in Bibliotheken zu suchen. Er hatte sich nicht durch die Gluthitze der Wüste Sinai zum Katharinenkloster gequält, hatte nicht nachts am Lagerfeuer in der Wüste mit den Beduinen sehr leidenschaftlich über die Suren des Korans diskutiert. Er hatte seine Kindheit nicht im ›Königreich der Himmel‹ verbracht, um von den wunderbaren Früchten der Erkenntnis zu kosten, die ich genossen hatte.

Für Tristan gab es nur *eine* Wahrheit. Nie hatte er gezweifelt und sich die Fragen gestellt, auf die es keine Antwort gibt. Wer einmal, wie ich, angefangen hatte zu denken, zu zweifeln, zu fragen und sich, da es niemand anderer tat, auch die Antworten zu geben, konnte damit nicht mehr aufhören, denn er stellte am Ende alles in Frage: sich selbst, den Menschen und sein Handeln, die Welt, wie sie ist, und am Ende Gott. Ehrlich gesagt: Ich beneidete Tristan um seinen Seelenfrieden. Er musste nicht jeden Tag aufs Neue um seinen Glauben kämpfen.

Ich würde nach Rom gehen, die Bücher in Sicherheit bringen und in Ruhe überlegen, was ich künftig tun wollte. Venedig für immer zu verlassen, um wieder ins Exil zu gehen – ein furchtbarer Gedanke!

Mit Tränen in den Augen erhob ich mich von meinem Stuhl, entzündete die Kerzen im silbernen Leuchter und begann, die kostbaren Bücher, die ich nach Rom mitnehmen wollte, auf einem Tisch in der Mitte des Raumes aufzustapeln.

Ich zog Marsilio Ficinos *Theologia Platonica* aus dem Regal. Diesen Folianten brauchte ich, um mein Manuskript fertig stellen zu können. Da ich nicht wusste, ob Gianni das Exemplar, das sich vor Jahren in der Bibliothek des Palazzo Medici in Florenz befunden hatte, nach seiner Wahl zum Papst nach Rom mitgenommen hatte, musste ich es einpacken. Marsilio Ficino war Giannis Lehrer gewesen – wie Giovanni Pico della Mirandola.

»Dein Bad ist eingelassen, Celestina.«

Menandros stand in der Tür und beobachtete mich. Dass ich nackt war, war weder ihm noch mir peinlich. Es war nicht das erste Mal, dass er mich so sah – oder ich ihn. In den eisig kalten Wüstennächten auf dem Weg zum Katharinenkloster waren wir uns sehr nah gekommen. Menandros war mehr als nur mein Sekretär. Er war ein vertrauter Freund.

31

»Alexia erwartet dich in deinem Schlafzimmer. Sie hat deine Reisetruhen gepackt.«

»Ich bin noch lange nicht fertig.«

Ich zog ein weiteres Buch aus dem Regal, doch Menandros nahm mir den Folianten aus der Hand und umarmte mich tröstend. »Während ich die Bücher einpacke, die du in Rom benötigst, solltest du dich von Alexia verwöhnen lassen. Wir haben eine anstrengende Reise vor uns.«

Ich lehnte mich gegen ihn und ließ mich von ihm umarmen. Dann hauchte ich ihm ein »Evcharistó« auf die Wange und ging in mein Schlafzimmer, das sich direkt neben meiner Bibliothek befand.

Alexia, meine griechische Dienerin, die mich von Athen nach Venedig begleitet hatte, kümmerte sich rührend um mich. Sie half mir in die Wanne und goss Rosenöl ins Badewasser.

Mit geschlossenen Augen räkelte ich mich im heißen Wasser und dachte an Tristan.

Ich konnte nicht abreisen, ohne ihn noch einmal gesehen zu haben. Ich betrachtete den Topasring an meinem Finger – den Ring, der uns zu einem Paar machte, in Glück und Unglück … aber auch in Lebensgefahr?

Die Glocke von San Stefano schlug Mitternacht, als ich mich in den Sattel schwang. Menandros reichte mir die Zügel meines Pferdes, dann stieg auch er auf. Im Licht der Fackeln schimmerte der Griff seines Degens.

Nachts waren die Straßen von Venedig selbst für Reiter mit schnellen Pferden gefährlich. In jeder dunklen Gasse konnten Angreifer lauern. Obwohl die Signori di Notte nachts für Ruhe und Sicherheit sorgten, gab es seit dem Krieg so viele Flüchtlinge vom Festland, dass die Straßen unsicher geworden waren und viele dunkle Canali abseits des hell erleuchteten Canalazzo nachts mit Ketten gesperrt wurden.

Menandros und ich trabten über den Campo San Stefano. Das vorgeschriebene Schellenhalsband zur rechtzeitigen Warnung der Fußgänger – in den letzten Jahren hatte es in den engen Gassen viele schwere und sogar tödliche Unfälle gegeben – war den Pferden abgenommen worden. Wir mussten uns an drei Signori di Notte vorbeischleichen, die für die Stadtsechstel San Marco, San Polo und Santa Croce verantwortlich waren.

Hinter der Augustinerkirche San Stefano überquerten wir den Campo San Angelo. Dann tauchten wir in die Finsternis der engen Gassen ein, die zum Campo San Luca führten. Dort wandten wir uns nach links in die Calle del Carbon und erreichten den Canalazzo. Leise schwappten die Wellen gegen die mit Algen bewachsenen Fondamenti und Bootsstege mit den festgemachten Gondeln.

Wir hatten den Ponte di Rialto erreicht. Wie ich erwartet hatte, waren die hölzernen Zugbrücken in der Mitte des Ponte hochgezogen, und die Rialtobrücke, die einzige Verbindung zwischen dem Sestiere di San Marco, wo ich wohnte, und dem Stadtteil Santa Croce, wo sich die Ca' Venier befand, war unpassierbar. Es gab nur diesen einen Übergang über den Canalazzo. Und wie jede Nacht wurde er von zwei Bewaffneten bewacht. Denn wenn der hölzerne Ponte di Rialto brannte, würde, wie vor einigen Jahren, auch der Fondaco dei Tedeschi, das Warenlager der Deutschen, in Flammen aufgehen. Das wäre eine Katastrophe gewesen, denn nur der Handel mit den deutschen Kaufleuten verhinderte seit der Entdeckung der Seewege nach Indien und dem Verfall der Gewürzpreise den Untergang des leckgeschlagenen Schiffes Venedig.

Als ich mich mit Menandros näherte, erhoben sich die beiden Bewaffneten von den Stufen der Brücke. Sie kannten mich. Und sie wussten, wie einflussreich Tristan Venier war. Deshalb ließen sie den hölzernen Mittelteil des Ponte di Rialto herab, damit wir auf die andere Seite gelangen konnten.

Auf dem Rialtomarkt bogen wir nach links zum Campo di San Polo ab, der durch die Fackeln an den Fassaden der Häuser beleuchtet wurde: Sie wurden erst nach ein Uhr gelöscht.

Hinter dem blühenden Garten des Campo ritten wir weiter in Richtung des Stadtteils Santa Croce. Durch ein finsteres Labyrinth enger, verwinkelter Gassen erreichten wir schließlich Tristans Palast am Canalazzo, wo wir vor dem Tor aus den Sätteln sprangen.

Ich sah an der schmucklosen Backsteinfassade der Rückseite des Palastes empor. Die Schlichtheit täuschte: Tristans Haus war eines der prächtigsten in Venedig und konnte sich stolz mit der filigranen, in Gold und Blau gehaltenen Ca' d'Oro auf der anderen Seite des Canal Grande messen.

Alle Fenster zum Garten waren dunkel.

Ich schlug gegen das schwere Tor.

Alles blieb still. Offenbar wurde ich nicht erwartet.

Ich trat mit meinen Reitstiefeln gegen das Portal, während Menandros unsere Pferde in den Stall neben dem Garten führte.

Endlich erschien Tristans Kammerdiener Giacometto. Mit einem brennenden Kerzenleuchter in der Hand schob er das Tor auf und leuchtete mir ins Gesicht.

»Madonna Celestina!«, rief er erstaunt aus. »Verzeiht mir, ich wusste nicht, dass Ihr heute Nacht kommen wolltet. Der Signore ist sehr früh vom Bankett im Palazzo Ducale zurückgekehrt. Er war sehr enttäuscht, weil er Euch dort nicht getroffen hat.«

»Schläft er schon?«

»Er hat noch auf Euch gewartet, hat in seinem Arbeitszimmer an geheimen Akten gearbeitet und ist schließlich zu Bett gegangen. Gewiss schläft er schon.«

»Dann geh auch du zu Bett, Giacometto! Es ist schon spät. Ich finde den Weg auch ohne Kerzenleuchter. Und lass das Portal offen. Ich werde vor dem Morgengrauen wieder gehen.«

Er nickte. »Buona notte. Und viel Vergnügen!«

»Grazie, Giacometto. Gute Nacht!«

Er wartete mit dem Kerzenleuchter unten an der Treppe, bis ich den ersten Stock erreicht hatte. Dann kehrte er in sein Zimmer zurück. Im Dunkeln schlich ich weiter bis zu Tristans Schlafzimmer im zweiten Stock.

Leise öffnete ich die Tür und trat in den vom Mondlicht erleuchteten Raum. Tristan schlief fest. Unter dem dünnen seidenen Laken war er nackt.

Einen Augenblick lang stand ich vor dem Bett und betrachtete ihn traurig. Seinen schlanken, muskulösen und doch so anmutigen Körper, das schöne Gesicht mit dem bezaubernden Lächeln, umrahmt vom Glorienschein seiner schulterlangen, dunklen Haare.

Ich zog die Stiefel aus, die Hosen, das weite Seidenhemd. Dann legte ich mich neben ihn auf das Bett und küsste ihn wach.

Verschlafen öffnete er die Augen.

Er schlang seine Arme um mich und küsste mich. »Da bist du ja! Den ganzen Abend habe ich auf dich gewartet. Wo warst du? Warum bist du nicht zum Bankett gekommen?«

Ich wandte mein Gesicht ab, damit er im Mondlicht meine Tränen nicht sah. »Ich musste nachdenken.«

»Baldassare und du – ihr habt euch auf dem *Bucintoro* sehr ernsthaft unterhalten.«

So wie du und Leonardo!, dachte ich im Stillen.

»Baldassare sagte mir, mein Buch habe den Papst sehr beeindruckt. Gianni wünscht, dass ich zu ihm komme.«

»Du hast dich entschieden, nach Rom zu reisen.«

»Ja.«

Er atmete tief durch. »Wann?«

»Morgen.«

Enttäuscht ließ er sich in die Kissen zurücksinken und fuhr sich mit der Hand über die Augen. Er wusste, dass er kein Recht hatte, mich von dieser Entscheidung abzubringen. Denn damit hätte er unser Versprechen gebrochen, das wir uns in Florenz gegeben hatten, dem anderen niemals seine Freiheit zu nehmen. Nur so, einander vertrauend, hatte unsere Liebe zwei Jahre lang alle Stürme überstanden.

»Wann kommst du zurück?«

Gemeinsam versanken wir in einem Meer von Gefühlen, ließen uns treiben, genossen die Wärme des anderen, die Geborgenheit, die Liebe, die Zärtlichkeit und die Leidenschaft, ergaben uns einander, waren nicht mehr getrennt, nicht mehr allein.

Lange nach Mitternacht war Tristan in meinen Armen eingeschlafen. Im Mondlicht betrachtete ich sein Gesicht neben mir auf dem Kissen und strich ihm über das Haar.

Ich entsann mich all der schönen Dinge, die wir gemeinsam getan hatten. Die Bootsfahrt durch die nebelige Lagune. Unser Liebesspiel in der schwankenden Gondel. Das mitternächtliche Bad in der Lagune. Die Spaziergänge Arm in Arm in Chioggia und die Abendessen in Murano oder Torcello. Die wilden Ausritte auf der Terraferma. Unsere Reise nach Florenz, wo ich mir Giovanni Montefiores ägyptisches Evangelium ansehen wollte, die Liebesnächte im Palazzo Medici, wo wir als Gäste von Kardinal Giulio de' Medici wohnten, und jene Nacht, als wir in der Capella Medici die Ringe tauschten. Tristan und ich hatten sehr viel Spaß gehabt. So viel Liebe, so viel Freude.

Vielleicht war es das Beste, wenn ich ohne Abschied ging. Keine Worte, die unsere tiefen Gefühle ohnehin nicht ausdrücken konnten. Keine Versprechen, die wir, wenn wir uns selbst treu bleiben wollten, ohnehin nicht halten konnten. Kein Schmerz und keine Tränen.

Um ihn nicht zu wecken, entwand ich mich vorsichtig seiner Umarmung und erhob mich. Dann kleidete ich mich leise an, ging in Tristans Arbeitszimmer, schloss die Tür hinter mir und setzte mich an seinen Schreibtisch. Ich schob die geheimen Dokumente des Consiglio dei Dieci zur Seite, an denen Tristan gearbeitet hatte, während er auf mich wartete, und zog einen Briefbogen heran.

Die Feder flog über das Papier. Meine Tränen tropften auf die Schrift und lösten die Tinte auf.

›Nimm den Ring zurück, Tristan! Ich entbinde dich von allen Versprechen, die du mir gegeben hast. Du bist frei. Ich liebe dich. Celestina.‹

Dann rollte ich den Brief zusammen, zog meinen Ring vom Finger, schob das Papier hindurch, schlich in sein Schlafzimmer und legte den Ring neben ihn auf das Kopfkissen. Wenn er ihn fand, würde ich schon auf dem Weg nach Rom sein.

Menandros erwartete mich mit den Pferden am Portal des Palastes. Schweigend ritten wir zurück zum Ponte di Rialto und überquerten den Canalazzo.

Jahrhundertelang war Venedig eine Stadt aus Holz gewesen, deren Paläste auf Pfählen in der Lagune standen – leicht wie Schiffe auf den

Wogen des Meeres. Obwohl nach ein Uhr nachts kein Feuer brennen durfte, waren immer wieder große Teile der eng bebauten Stadtsechstel ein Raub der Flammen geworden, zuletzt nach der verheerenden Explosion im Arsenale. Damals, im Jahre 1509, zwei Monate vor der Schlacht von Agnadello, in der mein Vater gefallen war, brannten die Galeeren im Arsenale und beinahe der ganze östliche Stadtteil Castello, und das Feuer drohte auf den Dogenpalast und die Basilica di San Marco überzugreifen.

Der herrliche Palazzo meines Cousins war in jener Nacht durch die Detonation zerstört worden. Antonio, der aus einer abendlichen Sitzung des Consiglio dei Savi herbeigeeilt war, musste ohnmächtig zusehen, wie seine prächtige Ca' Tron bis zu den Pfahlfundamenten niederbrannte.

Es war eine furchtbare Katastrophe für Venedig gewesen, und der Verdacht, dass im Auftrag von Papst Julius ein Anschlag auf die Flottenwerft verübt worden war, konnte auch durch die Untersuchung des Zehnerrats nie ganz ausgeräumt werden. Viele venezianische Paläste waren inzwischen aus Stein, doch das Feuerverbot galt weiterhin. Und daher war es in Venedig nach ein Uhr nachts so finster wie in Dantes Inferno.

Von der Riva del Carbon bogen wir in die Calle Loredan zum Campo San Luca ab. Kurz darauf passierten wir die Brücke über den Rio und bogen in die enge Straßenschlucht ein, die nach einigen hundert Schritten zum Campo San Angelo führte.

Plötzlich zügelte Menandros sein Pferd.

»Was ist?«, wisperte ich.

»Vielleicht sollten wir einen anderen Weg nehmen«, flüsterte er beunruhigt.

Von vorn näherten sich Schritte.

Ein einzelner Mann, der noch spät unterwegs war. Er kam uns vom Campo San Angelo entgegen. Dann fiel das Licht des Mondes auf ihn: Er trug ein langes dunkles Gewand und über der rechten Schulter ein gefaltetes, weißes Tuch.

Meine Finger zogen die Zügel straff. Bedeutete er Gefahr?

»Es wäre ein Umweg, durch die Merceria und über die Piazza San

Marco zu reiten. Lass uns weiterreiten, Menandros! Es ist ja nicht mehr weit!«

Menandros ließ den sich nähernden Mann nicht aus den Augen. »Lass uns dort vorn links abbiegen – in die Gasse zur Kirche San Moisè. Das ist kein großer Umweg!«

Ich trieb mein Pferd an, die rechte Hand am Dolch. Menandros lenkte seinen Hengst so dicht neben meinen, dass sich unsere Knie berührten.

Wir hatten die Calle zur Kirche San Moisè beinahe erreicht, als aus der Gasse drei Bewaffnete sprangen.

»Das sind sie!«, rief einer der Angreifer und zog seinen Degen. »Ergreift sie!«

Ich wollte mein Pferd wenden, um zurück zum Campo San Luca zu fliehen, aber von hinten näherten sich zwei weitere Bewaffnete.

Ein Hinterhalt ... ein Attentat, denn die Angreifer wussten, wen sie vor sich hatten!

Ein Assassino stürzte vor und ergriff die Zügel meines scheuenden Pferdes.

Als der Mann mein rechtes Bein packte, um mich vom Pferd zu zerren, zog ich meinen Dolch und stach zu. Ich sah, wie er sich an den Hals fasste und vor Schmerz stöhnte. Dann fiel er auf die Knie.

Menandros hieb mit seinem Degen auf zwei Angreifer ein, die ihn von mir wegdrängen wollten.

Ein Schrei!

Ein weiterer Mann näherte sich mir von hinten.

Ich sah mich um: In der Gasse war es mir unmöglich, mein scheuendes Pferd zu wenden und mich ihm entgegenzustellen.

Mein Hengst schlug nach hinten aus, traf den Angreifer an der Schulter und warf ihn um. Der Assassino brüllte vor Schmerz und Zorn, sprang auf und schlug mit seinem Degen auf die Fesseln meines Pferdes ein, die er mit einem Hieb durchtrennte.

Mit einem grauenvollen Wiehern brach der Hengst zusammen und riss mich mit sich. Hart schlug ich mit dem Kopf auf den gestampften Lehmboden der Gasse. Mein rechtes Bein war unter dem sich in Qualen windenden und ausschlagenden Pferd begraben. Als es sich aufrichten wollte, stöhnte ich vor Schmerz, biss die Zähne zusammen und versuchte mich zu befreien. Vergeblich!

War mein Bein gebrochen?

Ich sah empor zu den dunklen Fenstern. Hörte denn niemand in den Häusern der Gasse das qualvolle Wiehern meines Pferdes, die klirrenden Klingen und die Schmerzensschreie? Warum kam uns niemand zu Hilfe?

Der Mann warf sich auf mich, doch es gelang mir, ihn abzuwehren und mit meiner Klinge zu verwunden.

Menandros kämpfte nur noch mit einem Assassino. Der andere lag in seinem Blut mitten in der Gasse.

Wo war der fünfte?

Dann sah ich ihn, nur wenige Schritte entfernt: Der Mann im langen schwarzen Talar, der uns in der engen Gasse entgegengekommen war, rang mit ihm und drängte ihn gegen die Häuserwand.

Ein Dolch blitzte im Mondlicht. Dann sank der Assassino röchelnd in sich zusammen, rutschte an der Hauswand herunter und blieb neben dem weißen Tuch liegen, das dem Fremden von der Schulter geglitten war.

Es war ein Tallit, ein jüdischer Gebetsschal.

Ich fuhr herum. Der Mann, den ich verwundet hatte, stürzte sich erneut auf mich.

In diesem Augenblick dachte ich: Das ist eine Hinrichtung! Nach seinem toskanischen Akzent war der Anführer ein Florentiner. Und ich ahnte, wer ihn geschickt hatte, um mich zu töten!

Der Assassino kniete schwer atmend neben mir, eine Hand auf dem Lehmboden der Gasse abgestützt. Wo hatte ich ihn getroffen? War er schwer verletzt?

Seine Augen schimmerten im Sternenlicht, die Lippen waren leicht geöffnet.

Sein keuchender Atem streifte mein Gesicht.

Er legte mir den Dolch an die Kehle und dann …

ᘍ Elija ᘓ

Kapitel 2

»… und Shemtov ben Isaak Ibn Shaprut war ebenfalls dieser Ansicht!«, verbiss Jakob sich in seine Meinung. »Elija, lies doch selbst nach in seinem Buch!«

Jakob schob mir den aufgeschlagenen Folianten über den Schreibtisch: Ibn Shapruts אֶבֶן בּוֹחַן – *Der Prüfstein* aus dem Jahr 5140, oder wie die Gojim sagten, Anno Domini 1380.

Mit seiner Feder wies Jakob auf einen der Kommentare, die Shemtov Ibn Shaprut vor einhundertdreißig Jahren in das hebräische Evangelium des Mattitjahu eingefügt hatte.

»Das habe ich getan, Jakob«, erinnerte ich ihn. »Ich habe es gelesen. Immer wieder!«

Ich musste mich beherrschen – wie damals, als Kardinal Francisco Jiménez de Cisneros, der spanische Großinquisitor, mich während des Prozesses in Córdoba angegriffen hatte, mit Worten, mit Demütigungen, mit Drohungen. Ich atmete tief durch und verdrängte die furchtbaren Erinnerungen.

»Ibn Shaprut hat sein Buch geschrieben, um seinen Glauben in der Disputation gegen Pedro de Luna, den späteren Papst Benedikt XIII., zu verteidigen, Jakob. *Zu verteidigen*! Das Buch ist eine Apologie, eine Rechtfertigung des jüdischen Glaubens! Es wurde nicht geschrieben, um die Wahrheit über Jeschua zu verkün…«

»Aber *du* kennst die Wahrheit, mein Prophet Elija?« Jakob sprang so unbeherrscht auf, dass er seinen Stuhl beinahe umgeworfen hätte, und ging einige Schritte in die Finsternis seines Arbeitszimmers jenseits des Lichtscheins der Kerzen auf dem Schreibtisch.

Jakob war nun wirklich wütend. Nicht, weil wir in diesem rabbinischen Streitgespräch unterschiedlicher Meinungen waren – denn das waren wir, ein sefardischer und ein aschkenasischer Rabbi, beinahe immer. Sondern weil er als mein bester Freund um mich besorgt war und fürchtete, dass er mich nicht von meinem gefährlichen Vorhaben abhalten konnte. Aber vor allem, weil er nicht verstand, warum ich es tun wollte. Rabbi Jakob Silberstern *wollte* es einfach nicht verstehen!

»Ich habe nie behauptet, dass ich die Wahrheit kenne! Ich sagte: Ich kenne die Evangelien.«

»Ein Rabbi, der die Evangelien studiert wie die Tora, als wären sie göttliche Offenbarung! Elija, warum wagst du das, nach allem, was die spanische Inquisition dir und deiner Familie in Granada angetan hat? Kardinal Cisneros hätte persönlich die Fackel auf deinen Scheiterhaufen geworfen, wenn es ihm gelungen wäre, dich zu widerlegen und damit zu unterwerfen.

Warum kannst du nach den Monaten im Gefängnis, nach Sarahs und Benjamins Tod auf dem Scheiterhaufen, nach deiner Flucht aus Granada nicht einfach schweigen? Und am Leben bleiben!«

»Weil ich so nicht weiterleben kann!« Ich fuhr mir über die Stirn, um die Erinnerungen zu verscheuchen: das Feuer des Scheiterhaufens … die lodernden Flammen … Sarahs stolzer Blick: Gib nicht auf, Elija! Ich habe es auch nicht getan. »Weil ich will, dass das, was mir geschehen ist und was Sarah und Benjamin erleiden mussten, nie wieder einem Juden geschieht, getauft oder nicht. Dass nie wieder ein Jude wie ich seinen Glauben verteidigen muss. Dass nie wieder ein Jude wie du auf offener Straße gedemütigt oder misshandelt wird. Dass nie wieder ein Jude vor einem Tribunal der Inquisición angeklagt wird, weil er seinen Glauben lebt, wie der Ewige, gepriesen sei Er, es ihm vorschreibt. Dass nie wieder ein Jude für einen Mord, an dem er unschuldig ist und der vor eintausendfünfhundert Jahren vor den Toren von Jeruschalajim begangen wurde, gefoltert, verurteilt und auf dem Scheiterhaufen verbrannt wird.«

»Und wie, verehrter Rabbi Elija ben Eliezar Ibn Daud, willst du dieses Wunder vollbringen, das einer Befreiung unseres Volkes gleichkäme?«, rief Jakob verzweifelt. »Denn das wäre die Aufgabe des Messias, und ich fürchte, er wird auch dieses Jahr nicht kommen, um die Welt zu erlösen.«

»Ich werde das Buch schreiben und …«

»Das haben Mosche ben Maimon und Shemtov Ibn Shaprut auch getan!«, fegte er meine Worte ungestüm zur Seite. »Zwei Meisterwerke von großen jüdischen Gelehrten! Zwei gewichtige Bücher mehr im Gepäck, die wir auf der Flucht vor den Angriffen der Christen mit uns schleppen. Soll ich, wenn ich das nächste Mal vor den Gojim fliehen muss, wie vor acht Jahren aus Köln und dann vor sechs Jahren aus Worms, nicht zwei, sondern *drei* Bücher einpacken, die mein Leben am Ende aber nicht retten können? Elija, es gibt andere Wege als die Via Dolorosa …«

»Ich werde dieses Buch schreiben«, beharrte ich, als hätte Jakob mich nicht eben gerade unterbrochen. »Ein Buch, das sich von den Werken Mosche ben Maimons und Shemtov Ibn Shapruts unterscheidet, weil es keine Rechtfertigung meines Glaubens ist, kein *Führer für die Verirrten*, kein *Prüfstein* für das Bekenntnis zu dem Einen Gott. Ich werde die Evangelien neu schreiben.«

»Elija, dafür werden sie dich kreuzigen!«, rief Jakob entsetzt.

»›Und ihr werdet die Wahrheit erkennen, und die Wahrheit wird euch frei machen‹«, zitierte ich das Evangelium.

»Die Christen wollen die Wahrheit, die du verkünden willst, aber nicht hören!«, mahnte Jakob. »Sie *können* die Wahrheit auch nicht hören, denn das Donnern der einstürzenden Kirche wird jedes deiner Worte übertönen.«

Dann besann er sich, ließ sich auf seinen Stuhl fallen und barg das Gesicht in der nicht gelähmten Hand. Eine Weile saß er so und schwieg. Dann begann er sehr eindringlich zu sprechen:

»Ich bin auch geflohen, Elija. Nicht, wie du, vor der spanischen Inquisition, sondern vor der Verfolgung. Vor acht Jahren haben die Gojim mein Haus in Köln niedergebrannt, und ich habe beinahe meinen gesamten Besitz verloren. Zwei Jahre später haben sie mich in Worms so misshandelt, dass ich meinen rechten Arm nicht mehr gebrauchen kann. Während des Gottesdienstes kann ich die Tora nicht mehr aus dem Schrein herausheben und durch den Gebetssaal tragen.«

Mein Freund war zwei Jahre jünger als ich, also siebenunddreißig. Trotz der Qualen und Demütigungen, die er in den letzten Jahren erlitten hatte, war er ein lebensfroher Mann. Seinen Glauben hatte er nie verloren, ganz im Gegenteil: Er glaubte, betete, atmete, lebte und liebte mit einem trotzigen »Jetzt erst recht!«. Wenn Gott auch Seinen Bund, den Er mit Abraham geschlossen hatte, mit Jakob gebrochen hatte – denn Er hatte ihn nicht beschützt, als er in Not war, und hatte ihn nicht getröstet, als er verzweifelte –, würde Jakob seinen Bund mit Gott nicht brechen. Wie Ijob glaubte er unbeirrt. Doch manchmal dachte ich, dass Jakob dies nur tat, um Gott zu trotzen und Ihn an Sein Versprechen zu erinnern. »Sieh her, Adonai: Im Gegensatz zu Dir bin ich gerecht. Ich halte Dein Gesetz, obwohl ich aufgrund Deiner Prüfungen nicht mehr in der Lage bin, es als Tora-Rolle durch die Synagoge zu tragen.«

Mein Freund biss sich auf die Lippen: »Als ich das Stadttor von Worms durchquerte, wusste ich nicht, wohin ich mit meinem Sohn gehen sollte. Nach Frankfurt oder Nürnberg, um dann eines Tages erneut zu fliehen? Ich hätte nach Paris gehen können. Die Sorbonne hatte mir eine Professur für Hebräisch angeboten. Oder nach Bologna. Auch dort hätte ich an der Universität lehren können. Aber ich habe mich für Venedig entschieden.«

Jakob fuhr sich über das Gesicht.

»Venedig ist das Paradies! Gemäß dem Beschluss des Consiglio dei Dieci können wir Juden wohnen, wo wir wollen – du im San Marco-Viertel, ich auf der Insel Giudecca –, denn es gibt kein Judenviertel. Wenn wir sie auch nicht besitzen dürfen, so können wir doch große Häuser mieten und müssen nicht beengt wohnen wie in den Judengassen anderer Städte. Wir können reisen. Arbeiten. Lernen. Lehren. Wir können beten und auf die Erlösung hoffen. Wir können leben. Wir sind frei.«

Die Worte »Wir sind frei« schwebten einige Augenblicke haltlos im Schweigen zwischen uns. Obwohl diese Freiheit nur eine Hoffnung war – eine Illusion? –, klang dieses »Wir sind frei« zu schön, um es Jakob wegzunehmen und zu zerstören.

Ich schwieg.

»Die jüdische Gemeinde von Venedig hat siebenhundert Mitglieder«, fuhr er fort. »Viele berühmte Gelehrte sind hier. Dein Freund Elija Halevi ist aus Padua hierhergekommen. Ich schreibe meine Bücher. Du lehrst die Humanisten. Wir haben aschkenasische und sefardische Synagogen und Talmudschulen.

Venedig ist das Zentrum des Buchdrucks in Italien. Wir können hebräische Bücher schreiben und veröffentlichen. Wir venezianischen Juden könnten das Licht in der dunklen Nacht des jüdischen Exils sein! In Venedig könnten wir so viele wundervolle Dinge tun! Aber nur, wenn sie uns nicht aus diesem Paradies vertreiben!

Elija, willst du all das gefährden, indem du dein Buch schreibst? Damit wirst du im Consiglio dei Dieci Unfrieden stiften, denn dein Buch – das Buch eines getauften Juden, eines *Christen* ...«

Ich wollte etwas einwenden, doch er hob gebieterisch die Hand:

»Bitte, Elija, lass mich ausreden! Du bist doch getauft! Du wirst den Zehnerrat gegen dich aufbringen, weil dein Buch die römische Inquisition nach Venedig holen wird. Das werden der Doge und die Dieci zu verhindern wissen – jahrelang hat Venedig trotz Kirchenbann und Krieg den Päpsten getrotzt!

Die Consiglieri dei Dieci werden Nachforschungen über dich anstellen und herausfinden, dass der Jude Elija Ibn Daud und der Christ Juan de Santa Fé ein und derselbe Mann sind. Und sie werden von deinem Prozess in Córdoba erfahren.

Vor sechs Jahren konnte Kardinal Cisneros dich nicht hinrichten, weil du zu gefährlich warst, zu einflussreich, zu bekannt, doch hier ist Venedig, Elija, nicht Granada oder Córdoba.«

»Ich will das Paradies nicht zerstören, Jakob«, erwiderte ich. »Meine Heimat Granada habe ich verloren. Hier in Venedig will ich das verlorene Paradies wiederfinden. Ich will etwas erreichen, was es noch nie zuvor gegeben hat: Freiheit für uns Juden und Frieden mit den Christen. Ich werde mein Buch *Das verlorene Paradies* nennen.«

»»Denn wen Adonai liebt, den züchtigt er wie ein Vater den Sohn, den er lieb hat««, hatte Jakob während der Rückfahrt aus den Spruchweisheiten König Salomos zitiert. »Der Herr liebt dich, Elija, denn er hat dich all die Qualen überleben lassen – die lange Gefangenschaft im Kerker der Inquisition, die Demütigungen, die Entbehrungen, die Angst, den Verlust deiner Liebsten. Er hat dich stark gemacht.

Aber dieses Mal forderst du Ihn heraus, dich zum Märtyrer zu machen! Rabbi Jeschua haben die Römer für weniger ans Kreuz geschlagen – er hat die römische Herrschaft über Israel, niemals aber Rom selbst in Frage gestellt. Du aber untergräbst die Fundamente des römischen Tempels!«

»Glaubst du wirklich, ich will leiden oder von Adonai gezüchtigt werden? Nein, Jakob, ich möchte glücklich sein. Und frei! Und ich will, dass es alle anderen auch sind. Ich werde mein Buch schreiben und das verlorene Paradies erschaffen.«

Während der Überfahrt von der Insel Giudecca durch den Hafen, den Canal Grande entlang bis zum Campo San Stefano, sprach Jakob kein Wort und starrte ins dunkle Wasser.

Yehiel, sein dreizehnjähriger Sohn, der in einigen Tagen Bar-Mizwa feiern würde, sah mich traurig an, während er uns durch den Canal Grande ruderte. Er hatte gehört, wie sein Vater und ich uns gestritten hatten.

Der aufgeweckte Junge arbeitete im Kontor meines Bruders Aron am Rialto. Er half ihm bei der Buchführung und lieferte manchmal auch Waren aus, am liebsten die Leinenbeutel mit dem Scharlachrot, das Aron aus Alexandria importierte. Mein Bruder liebte Yehiel, als wäre er sein eigener Sohn. An manchen Abenden brachte er ihn zum Essen mit nach Hause. Doch in den letzten Wochen war Yehiel seltener bei uns gewesen, denn Aron hatte sehr viel zu tun und kam erst spät nachts nach Hause, um sich dann schweigend in sein Zimmer zurückzuziehen.

Müde schloss ich die Augen und lehnte mich gegen die Reling des Bootes. Es war schon sehr spät: David, mein zweiter Bruder, würde sich Sorgen machen – ich hatte längst zu Hause sein wollen. Ich hoffte nur, dass er und Aron nicht mitten in der Nacht mit einigen Freunden aufgebrochen waren, um mich zu suchen, weil sie befürchteten, ich läge ohnmächtig und blutig geprügelt in einer dunklen Gasse. Es war der Tag, an dem die Gojim Jeschuas Himmelfahrt begingen, und an den christlichen Feiertagen pflegten sie in ihrem Hass auf die ›Gottesmörder‹ Juden zu überfallen, die allein und unbewaffnet unterwegs waren. So schnell wie möglich wollte ich nach Hause zurückkehren, bevor David und Aron sich in die Nacht hinauswagten.

An der Anlegestelle neben der Ca' Tron stieg ich aus.

Jakob folgte mir, um sich von mir zu verabschieden. Er umarmte mich herzlich. »Ich bin dein Freund, Elija. Ich werde deinen Wunsch, dieses häretische Buch zu schreiben, respektieren, denn ich verstehe deine Gründe. Und ich vertraue dir, weil ich weiß, dass Elija ha-Chasid, Elija der Fromme, niemals vom rechten Weg des Glaubens abweichen wird.« Mit einem »Schalom!« drehte er sich um und stieg zu seinem wartenden Sohn ins Boot.

Ich stand am Ufer und sah Jakob nach, der in der Finsternis verschwand – die Fackeln an den Fassaden der Palacios waren um ein Uhr nachts gelöscht worden.

Dann legte ich mir meinen Tallit über die Schulter und schritt mit Ibn Shapruts Buch unter dem Arm an der Ca' Tron entlang zum mondbeschienenen Campo San Stefano, dann weiter, an der großen Kirche vorbei, zum Campo San Angelo.

Die Nacht war schön, und die Sterne am Himmel funkelten wie Diamanten auf schwarzem Samt. Nach dem Gewitter war die Luft kühl und erfrischend wie Quellwasser. Während ich durch die Nacht ging, genoss ich nach dem stundenlangen Eingesperrtsein in Jakobs Arbeitszimmer mit den geschlossenen Fensterläden die stille Einsamkeit der Gassen von Venedig.

Ich erinnerte mich an Granada, wo ich oft meinen Palacio unterhalb der Alhambra verlassen hatte, um mitten in der Nacht in der Vega vor den Toren der Stadt allein spazieren zu gehen, um unter einem Olivenbaum sitzend dem Rauschen der alten Bäume zuzuhören, den Nachtwind in meinen Haaren zu spüren und den betörenden Duft des Jasmins zu riechen.

In manchen Sommernächten war ich weit gewandert, bis zu der Stelle, die Suspiro del Moro, Seufzer des Mauren, genannt wird. Der Verräter Abu Abdallah Muhammad XII., der letzte Sultan von Granada, den die Spanier respektlos el Rey Chico nannten, hatte von jenem Felsen aus einen letzten Blick auf die Alhambra und auf sein Königreich Granada geworfen, das er trotz seines Verrats verloren hatte.

Granada, el paraíso perdido.

Ich überquerte den Campo San Angelo. Bis zum Campo San Luca war es nicht mehr weit. Eine lange, dunkle Gasse, und ich war zu Hause.

Ein Geräusch!

Ich blieb stehen und lauschte.

Zwei Reiter näherten sich von vorn. Sie hatten ihren Pferden die vorgeschriebenen Schellenhalsbänder abgenommen. Aber ich hörte die Hufe auf dem regenfeuchten Lehm. Und ich sah ihre Schatten in der dunklen Gasse näher kommen.

Was sollte ich tun? Ich konnte ihnen nicht ausweichen, konnte mich nicht verstecken.

Mit der Hand am Griff meines Dolches schlich ich weiter.

Dann – ich erschrak zutiefst! – stürmten mehrere Männer aus den Seitengassen. »Das sind sie! Ergreift sie!«

Ich verschmolz mit den Schatten.

Die Asesinos – waren es drei, vier oder fünf? – stürzten sich mit gezogenen Waffen auf die beiden Reiter, die vom Campo San Luca kamen. Einer der Reiter zog seinen im Mondlicht blitzenden Degen und schlug einen Angreifer zu Boden. Der andere versuchte, sein Pferd zu wenden, da er von hinten angegriffen wurde. Ein Asesino sank, verletzt von seinem Dolch, zu Boden und stand nicht mehr auf. War er tot?

Dann: ein Schrei! Der Schmerzensschrei eines Pferdes.

Der Hengst des zweiten Reiters stürzte. In der engen Gasse gelang es dem jungen Mann nicht, rechtzeitig abzuspringen. Das Pferd riss ihn mit und fiel auf sein rechtes Bein. Der Mann stöhnte vor Schmerz und wand sich, um sich zu befreien, während sein Pferd qualvoll wiehernd um sich trat, um wieder auf die Beine zu kommen.

Ein Asesino warf sich auf den hilflos am Boden Liegenden.

Der andere Reiter focht mit einem zweiten Angreifer.

Niemand hatte mich bisher bemerkt.

Sollte ich mich heraushalten und die beiden ihrem Schicksal überlassen? Sie würden diesen Kampf nicht überleben!

Ich warf den Tallit und das Buch fort, zog meinen Dolch und

rannte vorwärts, um den Asesino zu überwältigen, der sich auf den Mann mit dem Degen stürzen wollte.

Er war völlig überrascht, von hinten angegriffen zu werden. Mit aller Gewalt warf ich mich gegen ihn und drängte ihn gegen eine Wand. Er riss die Hand hoch, und seine Klinge traf mich an der linken Seite. Ich hob den Dolch und rammte ihn dem sich verzweifelt wehrenden Mann in den Hals. Entsetzt wich ich einen Schritt zurück. So wurden Tiere koscher geschlachtet – kein Blut, kein Schmerz, kein Leiden.

Der Mann rutschte an der Hauswand herunter, fiel auf die Gasse und blieb in einer Pfütze liegen.

Ich schloss die Augen und sprach ein Gebet.

Die Beschuldigungen der spanischen Inquisición hatten nicht für eine Hinrichtung auf dem Scheiterhaufen ausgereicht. Ein Mord an einem venezianischen Christen in der Nacht von Jeschuas Himmelfahrt wäre ein besserer Grund gewesen, um mich zu richten. Juden töten nicht in Notwehr, denn Juden tragen keine Waffen! Juden lassen sich verprügeln und misshandeln, um blutige Massaker und die Flucht, die ewige Flucht bis ans Ende dieser Welt, zu verhindern.

Ich wandte mich um: Der Reiter rang noch immer mit seinem Angreifer. Der Gestürzte hatte sich noch nicht befreien können. Ein fünfter Attentäter kniete neben ihm, den Dolch an seiner Kehle – bereit zu töten.

Ohne einen Gedanken an die unvermeidlichen Folgen zu verschwenden, warf ich mich mit solcher Wucht auf den Asesino, dass er zu Boden stürzte.

Der Dolch schlug auf die Gasse.

Der junge Mann schrie vor Schmerz, als ich auf sein verletztes Bein fiel.

Der Attentäter lag unter mir, starrte mich erschrocken an und versuchte nach mir zu treten – vergeblich! In der Finsternis tastete er nach dem Dolch, den ich ihm aus der Hand geschlagen hatte. Als er ihn nicht finden konnte, griff er in seinen Ärmel.

Ich sah das Blitzen seines Messers und stach zu, direkt ins Herz.

Er war sofort tot.

Ich richtete mich auf.

Der andere Mann reichte mir schwer atmend seinen Arm, um mir aufzuhelfen. Dankbar drückte er meine Hand: »Evcharistó, Kyrie! Wir schulden Euch unser Leben.«

Schweigend erhob ich mich, während er niederkniete, um dem gestürzten jungen Mann zu helfen. Er redete in einer fremden Sprache beruhigend auf ihn ein – war es Griechisch? Dann drehte er sich zu mir um: »Bitte, Signore, helft mir, sie zu befreien. Das Pferd ist verletzt und kann nicht aufstehen. Und ihr rechter Fuß steckt noch im Steigbügel. Ich weiß nicht, ob er gebrochen ist, aber sie hat furchtbare Schmerzen.«

Der junge Mann war eine Frau?

Ich half dem Mann, sie unter dem sich vor Schmerz windenden Pferd herauszuziehen. Dann nahm er sie in seine Arme und trug sie einige Schritte in Richtung des Campo San Angelo, wo er sie vorsichtig auf den Boden stellte.

Sie schlang ihre Arme um seine Schultern und stützte sich auf ihn. Er küsste sie zart auf die Wange.

Ich ging zu den beiden hinüber. »Das Pferd leidet.«

Der Mann nickte. »Ich werde es töten. Es kann nicht mehr aufstehen. Die Sehnen der Sprunggelenke sind durchtrennt.«

»Lasst mich das machen, Señor!«, bot ich ihm an. »Mein Dolch ist so scharf, dass man damit koscher schlachten kann.«

Ich kehrte zurück zum Pferd, das sich immer noch aufzurichten versuchte, kniete nieder, strich ihm beruhigend über den Hals und sprach den Segen. Dann schnitt ich ihm mit meinem Dolch die Kehle durch. Der Kopf fiel zurück.

Was würde nun geschehen? Mein Leben lag in den Händen dieser beiden Venezianer.

»Wie geht es Euch, Signore – seid Ihr verletzt?«, fragte der Mann besorgt. Er sprach Venezianisch mit einem sehr eleganten Akzent. War er Grieche?

»Ich bin Jude«, erklärte ich und trat einen Schritt zurück, da ich annahm, er hätte den Tallit, der wenige Schritte entfernt in der Gasse lag, in der Finsternis nicht bemerkt.

»Haben denn Juden keine Wunden, wenn sie verletzt werden? Bluten sie nicht? Empfinden Sie nicht denselben Schmerz wie Christen?«

»Doch, Señor, das tun sie«, gab ich zu. »Sie leiden wie alle anderen Menschen.«

Er trat näher, fasste meine Schultern und drehte mich so, dass er im Mondlicht die Wunde sehen konnte. »Ihr seid verletzt und blutet. Lasst mich Euch verbinden. Die Ca' Tron ist nicht weit von hier. Und helft mir, sie nach Hause zu bringen.«

Während er seinen Hengst einfing, lehnte sie sich gegen mich, und ich hielt sie fest, damit sie nicht stürzte. Sie schenkte mir ein gequältes Lächeln: »Muchas gracias, Señor. Ihr habt mir das Leben gerettet, und ich kenne nicht einmal Euren Namen.«

»Ich bin Rabbi Elija ben Eliezar Ibn Daud.«

»Es freut mich, Euch kennen zu lernen, Rabbi«, erwiderte sie. »Ich bin Celestina Tron.«

Sie war eine berühmte Gelehrte. Bisher hatte ich keines ihrer Werke gelesen, doch die Humanisten aus Venedig und Padua, die ich freitags im Talmud unterwies, hatten mir von ihr erzählt.

Ich glühte innerlich, und es fiel mir schwer, den Blick von ihr abzuwenden. Sie wirkte so stark und mutig – wie Sarah. Wie würdevoll und gottesgewiss war Sarah gewesen, als sie auf den Scheiterhaufen stieg! Den Blick, den sie mir zugeworfen hatte, denn sprechen konnte sie nicht mehr, würde ich nie vergessen: Ich liebe dich. Stirb mir nicht nach, Elija, sondern lebe!

Ihr Gemahl kehrte mit dem Pferd zurück, und ich half ihm, sie in den Sattel zu heben. Dann nahm ich meinen Tallit und das Buch und folgte ihnen.

Schweigend führte er sein Pferd über den Campo San Angelo in Richtung Canal Grande, während ich neben ihr herging, um sie aufzufangen, falls sie herunterzufallen drohte – ihr rechter Fuß steckte nicht im Steigbügel, sondern hing steif herab.

Sie biss die Zähne zusammen, bemüht, sich ihre Qualen nicht anmerken zu lassen. »Ihr seid noch spät unterwegs.«

»Ich habe einen Freund auf der Insel Giudecca besucht, Rabbi Jakob Silberstern. An christlichen Feiertagen ist es für Juden gefährlich, sich auf offener Straße zu zeigen. Wir schließen uns in unseren Häusern ein.«

Warum ich ihr das erzählte, weiß ich nicht. Vielleicht, weil ich das Gefühl hatte, dass sie mir zuhörte.

»Habt Ihr den ganzen Tag im Dunkeln verbracht?«

»Ja.«

»Das tut mir Leid. Dann haben wir Christen Euch einen Tag Eures Lebens gestohlen.« Als ich überrascht zu ihr emporblickte, sah ich im Mondlicht, dass sie lächelte. »Umso dankbarer muss ich Euch sein, dass Ihr auch noch eine Nacht opfert, um mir das Leben zu retten.«

Im rabbinischen Streitgespräch war ich nie um Zitate aus der Tora oder dem Talmud verlegen, und im Disput hatte ich vor Jahren sogar Kardinal Cisneros in die Knie gezwungen, aber diese Frau brachte mich aus der Fassung. Es fiel mir schwer, ihrem Blick auszuweichen.

Dann hatten wir den Campo San Stefano überquert und die Ca' Tron erreicht. Ihr Gemahl half ihr vom Pferd und nahm sie auf seine kräftigen Arme, um sie ins Haus zu tragen.

Eine junge Frau mit einem Leuchter öffnete das Portal. Offenbar hatte sie die beiden zu dieser späten Stunde zurückerwartet. Entsetzt schlug sie sich die Hand vor den Mund, sprang zur Seite, damit Señor Tron eintreten konnte, und schloss hinter mir die Tür. Dann erst betrachtete sie mich, sah den gelben aufgestickten Kreis auf meinem Mantel, die Kippa auf meinem Kopf, den Tallit über meinem Arm und meine blutdurchtränkte Robe.

»Ich werde Euch verbinden, Kyrie«, versprach sie. »Bitte folgt Menandros die Treppen hinauf. Ich hole nur das Verbandszeug!« Damit drückte sie mir den Silberleuchter in die Hand und verschwand.

Langsam stieg ich die Marmortreppe hinauf bis in den ersten Stock. Diesen großartigen Palacio einfach nur Ca' zu nennen – das war die venezianische Bezeichnung für ein Haus – schien mir absurd. Er war sehr elegant eingerichtet, prächtiger noch als die Alhambra, als Abu Abdallah Muhammad Sultan war.

Ich folgte Señor Tron eine weitere Treppe hinauf in den zweiten Stock. Er wartete mit der Frau in seinen Armen, bis ich die Schlaf-

51

zimmertür öffnete und ihm leuchtete. An mir vorbei trat er in den großen Raum, legte seine Gemahlin vorsichtig auf das Bett, stopfte ihr ein Kissen in den Rücken und flüsterte etwas auf Griechisch. Sie antwortete in derselben Sprache und sah mich dabei an.

Da wandte er sich zu mir um und zeigte auf einen Sessel am Fenster. »Bitte setzt Euch, Kyrie. Lasst mich Eure Wunde untersuchen.«

»Das ist nicht nötig«, winkte ich ab und wandte mich zum Gehen.

Zwei Reisetruhen standen neben dem Bett, offenbar für die Abreise im Morgengrauen gepackt.

Er hielt mich auf. »Ohne Euch wären Celestina und ich wohl nicht mehr am Leben. Bitte setzt Euch und lasst mich Euch helfen. Ihr seid verletzt! Ihr könnt nicht allein durch die dunklen Gassen nach Hause gehen.«

Er hatte Recht, und ich gab nach. Nicht auszudenken, was geschehen wäre, wenn ein Signor di Notte mich mit einem Dolch in der Nähe der toten Asesinos entdeckt hätte. Was zu erwarten war, denn jene Gasse war die einzige Verbindung zwischen dem Campo San Stefano und dem Ponte di Rialto. Ich würde des Mordes angeklagt werden, in dieser Nacht von Jeschuas Himmelfahrt wahrscheinlich sogar des rituellen Menschenopfers. Der Prozess vor dem Consiglio dei Dieci würde noch in dieser Nacht erfolgen. Und ich war schuldig: Denn ich *hatte* ja getötet.

Dann kam das Mädchen mit den Binden und einem Fläschchen Opium gegen die Schmerzen.

Señor Tron half mir aus meiner zerrissenen schwarzen Robe und dem Tallit Katan, dem befransten Gebetsmantel, den ich unter dem Talar trug. »Der Schnitt ist nicht tief«, sagte er, während er die Wunde untersuchte.

»Mein Bruder ist Arzt. Er wird sich um mich kümmern, sobald ich nach Hause komme.«

Erst jetzt, da er vor mir kniete, konnte ich ihn genauer betrachten. Menandros war ein hoch gewachsener und sehr athletischer Mann, zehn Jahre jünger als ich, also Ende zwanzig, Anfang dreißig. Das goldblonde Haar fiel ihm bis auf die breiten Schultern. Seine Augen waren blau wie die Lagune von Venedig, die Nase war gerade, die sinnlichen Lippen waren fein geschnitten. Die Haltung seines Kopfes, diese leichte Neigung, die nicht Demut war, sondern Stolz, erinnerte mich ein wenig an eine Büste von Alexander dem Großen, die ich einmal in der Alhambra gesehen hatte, im Arbeitszimmer von König Fernando von Aragón, als die Reyes Católicos mit ihrem Hof in Granada weilten.

Das Mädchen – Celestina nannte sie Alexia – reichte mir einen silbernen Becher mit Opium, den ich in einem Zug leerte.

»Würdet Ihr uns nun einen Augenblick entschuldigen, Kyrie?«, fragte Señor Tron höflich, während er mir in den weiten orientalischen Brokatmantel half, den Alexia gebracht hatte. Offenbar war es eine seiner eigenen Roben. »Ihr könnt in der Bibliothek nebenan warten. Wir müssen uns nun um Celestina kümmern.«

Mit dem Buch und meinem Tallit verließ ich das Schlafzimmer, während er begann, sie zu entkleiden. Als ich mich der Tür des benachbarten Raums näherte, fiel mir eine griechische Inschrift ins Auge. Selbst wenn ich sie hätte lesen können – ich hätte keinen Augenblick gezögert einzutreten.

Die Bibliothek war ein großartiger Raum! Fünf marmorne Spitzbogenfenster über einer niedrigen Marmorbalustrade blickten zum Canal Grande. Vor den Fenstern stand ein sehr großer Schreibtisch aus dunklem Holz, davor ein Stuhl mit roten Lederpolstern. Über dem weißen Marmorkamin – trotz der Brandgefahr gab es eine Feuerstelle für die Wintermonate! – hing die Kohleskizze einer Frau in Lebensgröße.

Ich hob den Kerzenleuchter, um das Bild betrachten zu können.

Die junge Frau im griechischen Gewand saß, den Blick vom Betrachter abgewandt, auf einem Stein. In der einen Hand hielt sie eine Laute, in der anderen ein Pergament mit ihrem Namen: Sappho. Die griechische Dichterin!

Ich trat näher, um die Worte zu lesen, die der Maler auf Sapphos Felsen verewigt hatte: »Dies ist die erste Entwurfsskizze, die ich für das Fresko *Elysion* im päpstlichen Arbeitszimmer gezeichnet habe. Du fragst dich, wohin Sappho blickt? Nach Rom! Komm doch endlich! Ich umarme und küsse dich. Raffaello.« Der Maler des Papstes hatte die Nachricht erst wenige Wochen zuvor signiert.

Im Schein der Kerzen bemerkte ich vier große Bücherkisten vor dem Schreibtisch. Waren sie für die Abreise nach Rom gepackt worden? Drei Kisten waren durch Vorhängeschlösser gesichert. Der Deckel der vierten Truhe stand noch offen, und ich trat mit meinem Leuchter näher, um zu sehen, welche Schätze sie barg.

Fasziniert legte ich Ibn Shapruts Buch und meinen Tallit auf den Schreibtisch, kniete mich vor die offene Bücherkiste und nahm andächtig den ersten Folianten in die Hand. Giovanni Picos *Conclusiones*! Hingerissen blätterte ich darin. Dann legte ich das Buch zur Seite und betrachtete das nächste. Verbotene Früchte der Erkenntnis! Leise schloss ich den Deckel, damit niemand merkte, was ich gesehen hatte.

Während ich an den hohen Regalen entlangschritt, strich ich über die ledernen Buchrücken und las die mit Goldfarbe aufgemalten italienischen und lateinischen Buchtitel. Die Bücher der großen Kirchenlehrer kannte ich aus Hernán de Talaveras Bibliothek in Granada.

Dann entdeckte ich das italienische Dreigestirn der Dichtkunst: Francesco Petrarca, Giovanni Boccaccio und Dante Alighieri, die einen ersten Lichtschimmer in die Finsternis des christlichen Denkens gebracht hatten – die arabischen und jüdischen Werke des Goldenen Zeitalters in Sefarad hatten, da sie ja von Ungläubigen und Unwissenden verfasst worden waren, nie die düsteren, apokalyptischen christlichen Zeitalter erleuchtet.

Schließlich stand ich vor dem Regal mit den griechischen Werken. Nur mit Mühe konnte ich die Buchtitel entziffern. Aristoteles' *Ethik* hatte ich vor Jahren im arabischen ›Original‹ gelesen – die griechische Urschrift war schon seit Jahrhunderten verloren und existierte nur noch in arabischer Übersetzung.

Auf der anderen Seite des Raumes entdeckte ich ein ganzes Regal mit Folianten in arabischer Sprache, darunter einige berühmte Werke aus Córdoba und Alexandria, die ich selbst vor Jahren in Granada gelesen hatte. Einige dieser Bücher hatte ich selbst einmal besessen.

Bei meiner Flucht aus Spanien hatte ich sie in Granada zurücklassen müssen.

Wehmütig stellte ich das Buch, in dem ich geblättert hatte, zurück ins Regal und fand hebräische Werke von Jehuda ben Samuel Halevi, Mosche ben Maimon und einigen anderen sefardischen Gelehrten – was ich bemerkenswert fand, da die Bände ursprünglich in Arabisch verfasst waren. Für einen Christen war das Studium hebräischer Bücher ungewöhnlich, es sei denn, er beschäftigte sich mit der Kabbala.

Ich zog Jehuda Halevis *Sefer ha-Kusari* aus dem Regal. Es war im Jahr 1506 in Istanbul in hebräischen Lettern gedruckt worden. Darin blätternd fand ich die Zeilen, in denen Jehuda Halevi die ersehnte Rückkehr nach Israel beschrieben hatte. Wir Juden haben unsere Heimat niemals ganz verloren gegeben. Zerstreut in alle Welt und weit entfernt von Jeruschalajim leben wir, doch stets tragen wir die Erinnerung und die Sehnsucht in unseren Herzen. Und obwohl seit unserer Vertreibung viele Jahrhunderte vergangen sind, haben wir in den Zeiten der Verfolgung doch die Hoffnung auf eine Rückkehr in unser Land niemals aufgegeben. Und jedes Jahr an Pessach sagen wir uns wieder: »Und nächstes Jahr in Jeruschalajim!«

Traurig dachte ich an meinen Vater, der für diese Vision gelebt hatte und der ihr Scheitern miterleben musste, bevor er in Portugal gestorben war – wenige Stunden vor Cristóbal Colóns Aufbruch nach Westen. Wie viel Hoffnung hatten wir in ihn gesetzt, dass er finden würde, was wir suchten. Aber vergeblich!

Zart strich ich über die Seiten, dann atmete ich tief den Duft des Buches ein – ein schwacher Ersatz für den Duft der Erde der Heimat Israel. Aber besser als nichts.

Gerade als ich das Buch schließen wollte, fiel ein Zettel zwischen den Seiten heraus. Ich hob ihn auf und entfaltete ihn. Ein paar hebräische Vokabeln, in einer eleganten Handschrift ins Italienische übertragen. Die mühsame Übersetzung eines Absatzes von Jehuda Halevi. Zeugnis für den Wunsch, die hebräische Sprache zu erlernen, und für das unvermeidliche Scheitern, wenn man keinen Lehrer hat, der Hebräisch sprechen und denken lehren kann.

»Diese Bibliothek ist das Allerheiligste im Tempel des Wissens. Aber Ihr scheint keine Angst zu haben, es zu betreten.«

Ich fuhr herum: Señor Tron lehnte mit verschränkten Armen in der Tür. Er hatte sich umgezogen und trug nun eine lange Robe aus schwarzer Seide.

»Warum sollte ich Angst haben?«, fragte ich und stellte Jehuda Halevis Buch zurück ins Regal.

Lässig wies er auf die griechische Inschrift über der Tür, die ich beim Eintreten bemerkt hatte.

»Ich kann kein Griechisch lesen.«

»Das ist ein Spruch, wie er in der Antike über dem Eingang zu Platons Akademie in Athen eingemeißelt war. Die Zeilen heißen übersetzt: ›Wer werden will, der trete ein. Wer glaubt zu sein, komm' nicht herein.‹ Das ist Celestinas sehr eigenwillige Version von Platons Worten ›Werde, der du bist.‹ Celestina meint: Wenn du dich für vollkommen hältst und nicht bereit bist, noch etwas zu lernen, wenn du nicht bereit bist, alles in Frage zu stellen, vor allem dich selbst, dann komm nicht erst in diese Bibliothek! Denn du wirst als ein anderer Mensch herauskommen, als du hineingegangen bist. Viele haben davor Angst.«

»Es ist eine einzigartige Büchersammlung. Mich hat sie heute Nacht das Staunen gelehrt«, gestand ich. »Ich habe noch nie so viele Werke in einem Raum gesehen.«

»Es sind eintausendvierhundertachtundsiebzig Bücher in sechs Sprachen: Italienisch und Französisch, Latein und Griechisch, Arabisch und Hebräisch. Bände aus Venedig, Florenz und Rom, Córdoba und Salamanca, Istanbul, Athen und Alexandria. Die bedeutendsten Werke über Philosophie, Theologie, Rhetorik, griechische und lateinische Grammatik, italienische und arabische Poesie und die Naturwissenschaften, die seit der Antike geschrieben worden sind.«

»Eine Sammlung, auf die Ihr sehr stolz sein könnt!«

»Es sind nicht meine Bücher, sondern ihre. Ich bin auch nicht ihr Gemahl, wie Ihr wahrscheinlich wegen unseres vertrauten Umgangs annahmt. Mein Name ist Menandros. Ich wurde in Istanbul geboren. Während einer Seereise nach Griechenland bin ich von Piraten

56

gefangen genommen worden, die mich nach Ägypten verschleppten. Celestina hat mich vor drei Jahren auf dem Sklavenmarkt in Alexandria gekauft.«

Menandros bemerkte mein Erstaunen. »Celestina hat ein Vermögen für mich bezahlt, denn ich habe studiert und spreche mehrere Sprachen: Griechisch, Türkisch und Arabisch.« Seine Finger spielten mit dem Bildnis des gekreuzigten Jeschua auf seiner Brust. Als ihm bewusst wurde, dass mich der Anblick beleidigen könnte, schob er es unter seine schwarze Robe. »Celestina hat die Größe besessen, mich nicht dadurch zu demütigen, dass sie den Kaufpreis für mich herunterhandelte. Ohne zu zögern hat sie den vollen Preis bezahlt. Und um den Händler nicht zu beleidigen, weil sie ja nicht um mich gefeilscht hatte, gab sie ihm noch eine Goldmünze dazu. So ist sie, meine Celestina.«

Ich sah ihm in die blauen Augen. »Ihr liebt sie.«

»Sie hat mir meine Freiheit geschenkt, und ich ermögliche ihr die ihre, jenseits aller gesellschaftlichen Konventionen. Die Sitten in Venedig sind sehr streng: Sie braucht einen Mann im Haus – ich bin ihr Sekretär und Vertrauter. Ich achte darauf, dass niemand ihr wehtut. Um Eure Frage zu beantworten: Ja, ich liebe sie.«

»Wie geht es ihr?«

»Ich habe ihr Opium gegen die Schmerzen gegeben. Sie schläft jetzt. Es war ein anstrengender Tag.«

»Ist sie schwer verletzt?«

Er schüttelte den Kopf. »Das Bein ist nicht gebrochen. Alles, was sie braucht, sind ein paar Tage Bettruhe und liebevolle Pflege.«

»Das freut mich.«

»Bevor sie einschlief, bat sie mich, Euch Folgendes zu bestellen: Sie wird niemals vergessen, dass Ihr heute ihr Leben gerettet habt. Daher möchte sie Euch gern einen Wunsch erfüllen. Für den Schaden an Eurem Talar, Eurem Tallit und dem zerrissenen Gebetsgewand wird sie selbstverständlich aufkommen. Vielleicht gibt es etwas, womit sie Euch eine Freude machen kann?«

Ich wollte ablehnen, doch er drang in mich:

»Bitte, Kyrie, weist kein Geschenk zurück, das von Herzen kommt.«

Ich gab nach und zog einen dicken Folianten aus dem Regal. »Dieses Buch würde ich gern für einige Wochen ausleihen.«

Er nahm es und blätterte darin. »Eine griechische Grammatik? Ich dachte, Ihr versteht kein Griechisch.«

»Ich will es lernen.«

»Um es zu lernen, müsst Ihr es sprechen. Warum bittet Ihr Celestina nicht, es Euch zu lehren? Griechisch ist ihre Muttersprache. Es würde ihr Vergnügen bereiten – Euch dagegen vermutlich weniger.« Er grinste verschmitzt. »Kardinal Grimani, der ebenfalls bei ihr Griechischunterricht nahm, beschwerte sich.« Er bemerkte mein Zögern. »Wenn Ihr glaubt, Celestinas Geschenk nicht annehmen zu dürfen und ihr etwas dafür zurückgeben zu wollen, weil sie Euch Griechisch lehrt, dann lehrt Ihr sie etwas, das sie gern lernen würde. Celestina sagte mir, Ihr seid ein Rabbi, ein jüdischer Schriftgelehrter …«

»Was soll ich sie lehren?«, fragte ich erstaunt.

»Hebräisch.«

Die Nacht verbrachte ich in der Bibliothek, obwohl Menandros mir ein Bett in einem der Gästezimmer angeboten hatte. Trotz des Opiums, das ich gegen die Schmerzen genommen hatte, war ich nicht müde – in dieser furchtbaren Nacht hätte ich ohnehin nicht schlafen können. Daher wollte ich ein wenig in den Büchern blättern, und Menandros hatte nichts dagegen. Er bat Alexia, mir noch mehr Kerzen zu bringen, dann ging er, um an Celestinas Bett zu wachen.

Erneut trat ich zum Regal mit den griechischen Folianten, obwohl ich sie nicht lesen konnte. Es ging mir wie Celestina, die sich in die hebräische Sprache hineingewühlt hatte, ohne sie wirklich zu verstehen, und die trotzdem nicht davon lassen konnte, das Unbekannte zu erforschen.

Ich zog ein dickes Buch aus dem Regal und schlug es auf. Buchstabe für Buchstabe entzifferte ich das erste Wort: ευαγγελιον – Evangelion.

Die Evangelien in griechischer Sprache!, dachte ich fasziniert. In der Sprache, in der sie vor über eintausendvierhundert Jahren niedergeschrieben wurden. Wenn ich sie doch nur lesen könnte! Denn das lateinische Neue Testament war die fehlerhafte Übersetzung dieser griechischen Texte, die zwar auch ungenau waren, aber doch dem Sinn – dem hebräischen Sinn und dem jüdischen Denken – am nächsten kamen.

Ich schlug die erste Seite des Johannes-Evangeliums auf. Den griechischen Text verstand ich nicht, doch ich wusste, was er bedeutete, denn ich hatte ihn oft genug gelesen: ›Im Anfang war das Wort, und das Wort war bei Gott und das Wort war Gott.‹

Der Logos – das Wort: Das war die reinste griechische Philosophie und hatte mit dem schriftgelehrten Rabbi Jeschua ben Joseph nicht das Geringste zu tun! Celestina schien das erkannt zu haben, denn sie hatte das Neue Testament in ihrem Bibliotheksregal nicht bei der Theologie, sondern bei der griechischen Philosophie einsortiert – gleich neben Aristoteles' *Ethik*, als wäre dieses Buch Jeschuas Ethik.

Wie gern wollte ich diese griechischen Evangelien ins Hebräische rückübersetzen, um all die Fehler zu korrigieren, die in eintausendvierhundert Jahren begangen worden waren – nicht nur im Text. Dann würde ich sie erneut übertragen, aber nicht in die italienische, sondern in die lateinische Sprache, damit alle Menschen diese neuen Evangelien lesen konnten, die eine andere Geschichte von Jeschua erzählten.

Hieronymus, der Übersetzer der Vulgata, der lateinischen Bibel, war heilig gesprochen worden. Ich würde für dieselbe Arbeit mit dem doppelten Aufwand der Rückübersetzung und der rekonstruierenden Korrektur des Urtextes verdammt werden.

Ich stellte das Buch zurück an seinen Platz.

Zwei Stunden lang las ich im Licht der Kerzen – zwei Mal hörte ich die Glockenschläge von San Stefano.

Ich vertiefte mich in Celestinas Manuskript, das ich auf dem Schreibtisch fand: *De Dignitate et Excellentia Hominis – Über die Würde und die Erhabenheit des Menschen*, wobei sie mit *excellentia* des Menschen Streben nach Vollkommenheit meinte, seine Suche nach Erkenntnis. *Excellentia* war für sie nicht ein von Gott in der Schöpfung gegebener Zustand, sondern ein Prozess des Werdens, des Seinwollens. So wie Giovanni Pico della Mirandola es formuliert hatte:

›Es steht dem Menschen frei, sich durch seinen eigenen Willen in die Welt des Göttlichen zu erheben.‹ Durch seinen eigenen Willen, durch seine eigenen von Gott gegebenen Fähigkeiten! Nicht durch Vermittlung der christlichen Priester oder der Sakramente! Nicht durch das Abendmahl und Jeschuas Sühneopfertod am Kreuz. Celestina ging auf diesem gefährlichen Weg viel weiter als Giovanni Pico – das war mutig!

Und auch Marsilio Ficinos Gedanken ließ sie weit hinter sich. Der Florentiner hatte geschrieben: ›Und so strebt der Mensch Gott gleich zu sein in allem.‹ Die Idee des Gottmenschen nach dem Verständnis Marsilio Ficinos, Leon Battista Albertis und Giovanni Picos bedeutete für die Humanisten keine Lästerung des Allerhöchsten, sondern die Erkenntnis von Gottes Schöpfungsplan: die Selbsterhöhung des Menschen über alle anderen Lebewesen.

Celestina gab dem Menschen – Adam *und* Eva! – nicht nur die Würde, die Vernunft und die Freiheit, die Frucht vom Baum der Erkenntnis zu kosten, sondern auch ein Gewissen. Und sie stellte in einer schlicht unwiderlegbaren und in ihrer Klarheit beinahe schon rabbinischen Argumentation Eva dem Adam gleich! ›Ad imaginem Dei creavit illum masculum et feminam creavit eos – Nach dem Bilde Gottes schuf Gott die Menschen, männlich und weiblich schuf Er sie.‹

Eva sei zudem nicht aus der Rippe Adams erschaffen worden, sondern aus seiner Seite – was aus dem hebräischen Text der Genesis richtig übersetzt war. Eva als Adams gleichberechtigte Partnerin, die Seite an Seite mit ihm den Lebensweg beschreitet: Das war revolutionär! Ihre Forderung an den Papst, die Übersetzung der Schöpfungsgeschichte in der Septuaginta und der Vulgata, der griechischen und der lateinischen Bibel, möglichst bald zu korrigieren, ließ mich schmunzeln.

Aus dieser Idee des verlorenen Paradieses leitete sie überaus bestimmt eine Moral ab, die mich als schriftgelehrten Rabbi, der die Mizwot, die Gebote Gottes, hielt, sehr beeindruckte. Denn auch hier zitierte sie die Tora:

›Wandele vor mir und sei ganz!‹, hatte Adonai dem Abraham befohlen. Mosche hatte gefordert, Gott nachzufolgen, die Propheten hatten ermahnt, mit Gott zu wandeln, aber Gott vorauszugehen – war das nicht gotteslästerlich? Aber nein, genau wie Rabbi Akiba vor eintausendvierhundert Jahren argumentierte sie, dass Gott in diesem Augenblick Abraham die Freiheit geschenkt hatte, seinen Weg selbst zu wählen. Und nur mit diesem freien und in seinen Entscheidungen Gott gegenüber gleichberechtigten Abraham konnte Gott Seinen Bund schließen, den Bund des Volkes Israel.

Als hätte sie den Talmud gelesen, argumentierte sie für den freien Willen des Menschen, aber auch für seine unbedingte Verantwortung gegenüber Gott und allen anderen Menschen, und widersprach entschieden Paulus, der den Menschen mit der Erbsünde belastete, die nur mit Jeschuas Blutopfer am Kreuz gesühnt werden konnte.

Mit welchem Feuereifer Celestina ihr humanistisches Evangelium verkündete! Ich war fasziniert – von ihrem Buch und von ihr selbst.

Wenig später erwachte mit dem ersten, verschlafenen Gezwitscher der Schwalben der neue Tag. Ich legte ihr Manuskript auf den Schreibtisch, trat ans Fenster und blickte über die Schattenrisse der Paläste auf der Südseite des Canal Grande und die schwankenden Masten im Hafen hinweg nach Osten. Bis auf das Gezwitscher war es vollkommen still. Venedig schlief noch.

Es war Zeit für mein Morgengebet und das Schma Israel. Mein Tallit lag auf ihrem Schreibtisch, aber die Tefillin, die Gebetsriemen, waren noch in der Tasche meiner Robe – und die lag in ihrem Schlafzimmer, wo Menandros meine Wunde versorgt hatte.

Ob sie noch schlief?

Leise öffnete ich die Tür zu ihrem Schlafzimmer. Vom Bett her hörte ich ihre ruhigen Atemzüge. Vorsichtig schlich ich um die Reisetruhen neben ihrem Bett herum, hinüber zum Sessel, wo meine zerrissene Robe lag. Ich nahm sie an mich und kehrte um.

An ihrem Bett verharrte ich einen Herzschlag lang.

Das erste Licht des Tages fiel auf ihr Gesicht, das lange blonde Haar, das wie ein goldener Heiligenschein über dem Kissen ausgebreitet lag, die Augen mit den langen seidigen Wimpern, die gerade Nase, die vollen Lippen, die im Schlaf leicht geöffnet waren.

Wie gern wollte ich sie berühren, sie in den Arm nehmen und ein wenig ihre Wärme spüren!

Ganz heiß wurde es mir ums Herz. Es war ein Gefühl, das ich sehr lange nicht mehr gespürt hatte: die Sehnsucht nach Liebe und Zärtlichkeit.

Doch dann besann ich mich: Was tat ich hier an ihrem Bett?

Ich verstieß schon gegen das Gesetz, das jüdische wie das christliche, wenn ich in ihrem Haus die Nacht verbrachte! Aber an ihrem Bett zu stehen und sie anzustarren – das war Verrat an Sarah, an unserer unsterblichen Liebe, an tausendundein schönen Erinnerungen, an unseren Träumen und Hoffnungen, an unserem Glück. Es war Verrat an allem, was wir gemeinsam erlitten hatten, an allem, wofür sie in den Tod gegangen war, damit ich weiterkämpfen konnte. Sarah hatte mir vertraut, und dafür hatte sie sterben müssen. Wie konnte ich sie derart verraten!

Ich floh aus ihrem Schlafzimmer, traurig, verwirrt, verzweifelt, aber vor allem wütend auf mich selbst, und kehrte mit den Tefillin in die Bibliothek zurück. Dort zog ich Menandros' Robe aus, legte den mit meinem Blut durchtränkten Tallit Katan wieder an, schloss den zerfetzten schwarzen Talar mit dem aufgestickten gelben Kreis, nahm meinen Gebetsschal an mich, rannte die Treppen hinunter, riss die Tür auf und lief hinaus auf den Campo.

Ich war viel zu verstört über die zarten Gefühle, die sie in mir wachrief, viel zu entsetzt über mein Verhalten ihr gegenüber, um zu bemerken, dass ich etwas bei ihr zurückgelassen hatte.

ᎩᏅ CELESTINA ᎭᏅ

KAPITEL 3

Den Kopf noch in das Kissen geschmiegt, schlug ich die Augen auf. Die ersten Strahlen der aufgehenden Sonne vergoldeten die Wellen des Canalazzo und warfen Lichtfunken an die Decke meines Schlafzimmers.

Lächelnd räkelte ich mich im Bett: Es war ein schöner Traum gewesen! Im Schlaf hatte ich sehnsüchtig das Kissen neben mir ... hatte ich *ihn* umarmt.

Erschrocken setzte ich mich auf und zog das Laken über meinen nackten Körper. Wie hatte ich von *ihm* träumen können! Tristan war doch der Geliebte, mit dem ich lachend im Bett herumtollte, den ich leidenschaftlich liebte und in dessen Armen ich glücklich einschlief.

Wer war Elija ben Eliezar Ibn Daud?

Er schien der Mensch zu sein, den ich in meinem Buch *Über die Würde und die Erhabenheit des Menschen* beschrieb – ohne ihn bisher gekannt zu haben.

Er war so still gewesen, so in sich gekehrt. Und sein ›Noli me tangere – Berühre mich nicht!‹, als Menandros seine Wunde verbinden wollte, war so selbstbeherrscht gewesen, als wäre er über den Schmerz erhaben. Und doch wirkte er verletzlich – nicht durch blutende Wunden, die ihm zugefügt wurden, sondern durch die Qualen seiner Seele.

Was musste ein Mensch erleiden, um so zu werden, um am Ende Elija Ibn Daud zu sein?

Seufzend ließ ich mich in die Kissen zurücksinken.

Es klopfte leise, und Menandros trat ein. Seine langen Haare waren nass von seinem morgendlichen Bad im Canalazzo. Unter der weiten türkischen Robe war er nackt. Er kam aus dem Garten, denn in der Hand hielt er eine Rose.

»Wie geht es dir?« Er setzte sich auf den Rand meines Bettes und küsste mich. Dann reichte er mir die Rose.

Tief sog ich den Duft der Rosenblüte ein. »Es geht mir gut.«

»Hast du Schmerzen?« Er schlug das Laken zurück und löste den Verband.

»Das Bein ist steif und tut weh. In den nächsten Tagen werde ich wohl keine Nacht durchtanzen können.«

»Dazu wirst du im Vatikan ohnehin nur wenig Gelegenheit haben.«

»Wir gehen nicht nach Rom.«

Menandros sah überrascht auf. »Aber … das Attentat!«

»Du weißt so gut wie ich, wer mich töten will. Giovanni Montefiore hat die Assassini angeworben, um mich hinzurichten. In Rom bin ich nicht sicherer als hier in Venedig. Ich werde nicht fliehen. Ich werde Giovanni Montefiore seinen Triumph nicht gönnen. Wir bleiben hier!«

Unwillig runzelte er die Stirn. »Deine Entscheidung – verzeih mir, wenn ich sie verrückt, ja sogar lebensgefährlich nenne – hat nicht zufällig mit diesem Elija zu tun?«

»Nein!«, protestierte ich – aber offenbar nicht überzeugend genug.

»Es ist die Art, wie du ihn angesehen hast …«

»Ich habe ihn nicht angesehen!«

»Also gut: Es ist die Art, wie du ihn *nicht* angesehen hast. Und wie er dich *nicht* angesehen hat. Um Himmels willen, Celestina, sei vernünftig! Er ist ein Ju…«

»Er ist ein Mensch. Und ich bin sehr glücklich, dass ich ihn getroffen habe.«

»Er ist weg«, offenbarte mir Menandros. »Er hat die Nacht in der Bibliothek verbracht. Im Morgengrauen ist er gegangen.«

Enttäuscht ließ ich mich in die Kissen zurücksinken. »Ohne ein Wort des Abschieds?«

Er nickte. »Ich werde mich jetzt um dein Frühstück kümmern. Seit gestern Morgen hast du nichts gegessen.« Daraufhin erhob er sich und ließ mich allein.

Ich starrte auf die tanzenden Lichtfunken an der Decke, den Widerschein der Wellen des Canalazzo.

Warum war er ohne Abschied gegangen?

Ich setzte mich im Bett auf, wickelte mich in das seidene Laken und erhob mich. Das Bein war geschwollen und schmerzte, aber Schritt für Schritt tastete ich mich zur Tür. Dann humpelte ich hinüber zur Bibliothek, wo er die Nacht verbracht hatte.

An der Tür warf ich einen flüchtigen Blick auf die griechische Inschrift ›Wer werden will, der trete ein. Wer glaubt zu sein, komm' nicht herein‹.

Was hatte er in diesem Raum berührt?

Der Deckel der vierten Bücherkiste war geschlossen! Ich hatte die Truhe offen gelassen, weil ich nach meiner Rückkehr von Tristan mein Manuskript dort hineinlegen wollte.

Ich hob den Deckel an. Giovanni Picos *Conclusiones*. Marsilio Ficinos *Theologia Platonica*. In diesen Büchern hatte er geblättert. Dann hatte er sie in die Truhe zurückgelegt und den Deckel geschlossen: Er wollte vertuschen, dass er sich die verbotenen Werke angesehen hatte!

Ich ließ den Truhendeckel fallen und sah mich im Raum um.

Einige Bücher standen anders als zuvor. Menandros hielt die Bibliothek in so gewissenhafter Ordnung, dass ich jeden Folianten mit verbundenen Augen finden konnte. Die griechischen Evangelien hatte Elija sich angesehen. Hatte er gelächelt, als er sie zwischen den Werken der antiken Philosophen fand?

Ich ließ mich auf den Stuhl vor meinem Schreibtisch sinken.

Die Seiten meines Manuskriptes lagen nicht mehr so, wie ich sie hinterlassen hatte. Das letzte Blatt hatte offen auf dem Schreibtisch gelegen – kurz vor meinem Aufbruch zu Tristan hatte ich noch eine Notiz auf das Papier geworfen.

Elija hatte das Manuskript gelesen.

Ich blätterte durch die Seiten. Er hatte das unvollendete Werk bis zu Ende gelesen und war tief in meine Gedanken eingedrungen, tiefer als jeder andere zuvor – mit einer Ausnahme: Menandros. Denn weder Tristan noch Baldassare oder der Papst kannten bisher das *ganze* Manuskript, das Gianni als ›Credo der Humanitas‹ bezeichnet hatte.

Was immer Elija empfunden hatte, als er diese Seiten las, die seinem jüdischen Glauben widersprachen – er war nicht deshalb geflohen. Denn er hatte das Manuskript innerhalb weniger Stunden bis zur letzten Seite gelesen, ohne es aus der Hand zu legen. *Dann* war er gegangen. Aber wieso?

Warum war er im Morgengrauen aufgebrochen, während ich noch schlief, ohne wenigstens ein paar Zeilen zu hinterlassen, wo ich ihn finden konnte? Ich wusste weder, wo er wohnte, noch, ob ich ihn jemals wiedersehen würde. Nur seinen Namen kannte ich, seinen wunderschönen Namen, der so gut zu diesem stillen, selbstmächtigen Menschen passte: Elija. Der Name bedeutet ›Mein Gott ist Jahwe‹.

Enttäuscht warf ich die Manuskriptseiten auf den Schreibtisch.

Dann erst bemerkte ich das Buch.

Es war alt – hundert Jahre oder älter. Ein abgegriffener Ledereinband, unregelmäßig geschnittene Seiten. Ich zog es heran, um den Titel zu lesen:

אֶבֶן בּוֹחַן.

Ich starrte auf die hebräischen Buchstaben: *Eben Bohan* – aber was bedeuteten sie? Ich humpelte zum Regal und schleppte das Griechisch-Hebräische Wörterbuch zum Schreibtisch.

Eben Bohan heißt: *Der Prüfstein.*

Dann schlug ich den Folianten auf, las den Namen des Autors: Rabbi Shemtov ben Isaak Ibn Shaprut de Tudela. Tudela, offenbar sein Geburtsort, war eine Stadt im Königreich Navarra. Unten auf der Seite las ich: Tarazona, 5140. Tarazona war eine Stadt in Aragón, und 5140 war das Jahr der Niederschrift nach jüdischer Zeitrechnung: 1380.

Der Prüfstein. Welch ein seltsamer Titel!

Ein Prüfstein – wofür?

Ich kehrte zurück zum Regal, zog die griechische Bibel hervor und schlug nach in den Prophetenbüchern. Ja, da war es! Jesaja Kapitel 28, Vers 15: ›Denn ihr sagt: Wir haben einen Bund mit dem Tod geschlossen und mit der Hölle einen Vertrag gemacht. Wenn die

Geißel niederfährt, wird sie uns nicht erreichen, denn wir haben Zuflucht zur Lüge genommen und uns hinter der Täuschung versteckt.‹ Dann: Vers 16! ›Darum spricht Gott, der Herr: Seht her, ich lege in Zion einen Grundstein, einen Prüfstein, felsenfest gegründet. Wer glaubt, braucht nicht ängstlich zu fliehen.‹

Ein Prüfstein gegen Lüge und Täuschung und in den Zeiten der Verfolgung ein sicheres Fundament des jüdischen Glaubens!

Aber warum hatte Elija das Buch mitten in der Nacht …

»Celestina, wieso bist du nicht im Bett?«

Erschrocken fuhr ich herum: Menandros stand in der Tür.

»Tristan ist gekommen. Er will dich sehen.«

Ich klappte das Buch zu, legte die aufgeschlagene Bibel darauf und nickte.

Menandros wich zur Seite und ließ Tristan eintreten. Dann schloss er leise die Tür hinter sich.

In der Hand hielt Tristan den Ring und das gerollte Papier mit meinen letzten Zeilen. »Bitte erkläre mir, was hier vorgeht. Ich verstehe es nicht. Gestern kommt dein Freund Baldassare Castiglione nach Venedig und bringt dir eine Einladung des Papstes nach Rom – und es war nicht die erste, die du von Giovanni de' Medici erhalten hast.«

Tristan wies auf Raffaellos Entwurf der Sappho und seine Nachricht: ›Du fragst dich, wohin Sappho blickt? Nach Rom! Komm doch endlich!‹

»Nach der Vermählung mit dem Meer warst du stundenlang verschwunden. Ich habe dich gestern Abend vergeblich hier gesucht. Menandros wusste nicht, wo du warst. Und später bist du nicht zum Bankett im Dogenpalast erschienen. Ich habe mir Sorgen gemacht!

Dann bist du plötzlich mitten in der Nacht in meinem Palazzo aufgetaucht und hast mir verkündet, du hättest dich entschieden, nun doch nach Rom zu gehen. Du bist gegangen, als ich schlief, und hast mir diese Zeilen hinterlassen: ›Nimm den Ring zurück, Tristan! Ich entbinde dich von allen Versprechen, die du mir gegeben hast. Du bist frei. Ich liebe dich.‹ Wolltest du denn nie mehr nach Venedig zurückkehren?«, fragte er traurig.

Ich barg mein Gesicht in den Händen und schwieg.

»Ich wollte mit dir reden, bevor du im Morgengrauen nach Rom aufbrichst. Ich weiß, dass ich nicht das Recht habe, dich aufzuhalten, aber ich wollte verstehen, warum du das tust. Und ich wollte die Hoffnung nicht aufgeben, dass du eines Tages zu mir zurückkehren würdest. Nach allem, was zwischen uns geschehen ist. Ich wollte dir sagen, dass ich dich liebe und dass ich auf dich warten werde, gleichgültig, wie lange es dauert.«

Ich war unfähig, ein Wort zu sagen.

Was denn auch? Ich hatte ebenso viel Angst vor seiner Frage wie er vor meiner Antwort, die »Nein!« lauten würde.

»Bevor ich im Morgengrauen aufbrechen konnte, erschien ein Bote des Signor di Notte vom Sestiere di San Marco und teilte mir als Consigliere dei Dieci mit, dass es in der Nacht in der Nähe des Campo San Angelo einen Kampf gegeben hatte. Fünf Tote! Sofort bin ich losgeritten. Um Himmels willen, Celestina, was ist denn bloß geschehen?«

»Die Assassini sollten mich töten. Menandros und ich haben heute Nacht um unser Leben gekämpft.«

»Großer Gott!«, flüsterte er entsetzt. »Menandros und du, ihr habt euch allein gegen fünf Attentäter gewehrt?«

Ich musste Elija aus allem heraushalten! Eine Vernehmung vor dem Consiglio dei Dieci würde für ihn, den Juden, mehr als nur eine Unannehmlichkeit bedeuten. Er war bewaffnet gewesen. Zwei Attentäter hatte er getötet. Er hatte gegen das Gesetz verstoßen, als er die Nacht in meinem Haus verbrachte. Er hatte Dinge getan, die ihn und seine Glaubensbrüder die vom Consiglio dei Dieci erteilte Aufenthaltsgenehmigung in Venedig kosten konnten. Erst vor einigen Wochen war im Zehnerrat darüber diskutiert worden, die Juden auf die Insel Murano abzuschieben. Ich war Elija dankbar, dass er mir das Leben gerettet hatte, und war es ihm schuldig, ihn zu schützen.

»Menandros und ich waren allein. Einer der Männer war ein Florentiner«, warf ich ein, bevor Tristan mir die Frage stellte, die ich nicht beantworten wollte.

»Glaubst du, dass Giovanni Montefiore die Männer geschickt hat, um dich umzubringen?«

Ich nickte. »Er hasst mich. Mit meinem vernichtenden Urteil über sein Evangelium habe ich seinen Ruf zerstört.«

»Ihr Humanisten lebt gefährlich. Die ständige Bedrohung durch die Exkommunikation wegen Häresie und nun das Attentat ... Celestina, warum riskierst du jeden Tag dein Leben und dein Seelenheil?«

»Weil ich mich so entschieden habe. Weil ich nicht anders leben will. Wir werden geliebt und gehasst, in den Himmel gelobt und zur Hölle verdammt, von den Fürsten mit dem Exil und von der Kirche mit der Exkommunikation und dem Scheiterhaufen bedroht. Humanist sein ist eine Art zu leben. Es ist mein Glaube. Versuch nicht, mich zu bekehren. Liebe mich, wie ich bin, und versuche nicht, mich zu ändern. Nimm mir nicht meine Freiheit!«

Tristan schwieg betroffen.

Wie verzweifelt er mich ansah, wie traurig, wie hoffnungslos!

Ich umarmte und küsste ihn. »Ich werde nicht nach Rom gehen, mein Liebster. Du wirst mich nicht verlieren.«

Da nahm er meine Hand und schob den Ring zurück auf meinen Finger.

Nachdem Tristan gegangen war – er wollte zum Dogenpalast, um Leonardo Loredan über das Attentat zu berichten –, blätterte ich in Ibn Shapruts *Prüfstein* und fragte mich zutiefst enttäuscht, ob Geheimnisse das Fundament einer Liebe sein konnten, die zwei Jahre lang auf gegenseitigem Vertrauen beruht hatte.

Tristan hatte mir nicht erzählt, dass er zum Vorsitzenden des Zehnerrats gewählt worden war oder worüber er sich mit Leonardo unterhalten hatte. Auch den Brief mit den anonymen Beschuldigungen gegen ihn hatte er mit keinem Wort erwähnt. Und ich hatte ihm nicht verraten, dass ich davon wusste: von dem Brief, von seinem Gespräch mit Leonardo und von seiner Ernennung. Ich hatte ihm nicht gesagt, dass ich von seinem Herzenswunsch, mich zu heiraten, wusste. Auch von Elija ahnte er nichts.

Ganz in Gedanken hatte ich Ibn Shapruts Buch durchgeblättert, ohne auch nur eine Zeile des hebräischen Textes zu lesen. Auf fast allen Seiten fand ich am Rand Bemerkungen, offenbar von Elija in Hebräisch hingeschrieben. Er musste sehr intensiv mit diesem Buch gearbeitet haben – es war ihm offenbar sehr wichtig, wenn er so viel unterstrich und kommentierte.

Immer wieder stieß ich auf einen Namen: Kardinal Pedro de Luna, der spätere Gegenpapst Benedikt XIII. Hatte Ibn Shaprut in Spanien mit ihm über den jüdischen Glauben disputiert? Der Titel *Der Prüfstein* ließ mich das vermuten.

Dann schlug ich das zwölfte Kapitel auf. Der Rand war so eng in feiner hebräischer Schrift beschrieben, dass kein weiterer Gedanke auf diesen Seiten Platz gehabt hätte. Auf manchen Seiten drang Elijas Schrift bis zwischen Ibn Shapruts Zeilen. Hätte ich doch nur lesen können, was Ibn Shaprut geschrieben hatte! Ich blätterte weiter, dann blieb mein Blick an einem bekannten lateinischen Satz hängen: ›Tu es Petrus, et super hanc petram aedificabo ecclesiam meam – Du bist Petrus, und auf diesem Stein werde ich meine Kirche errichten.‹

Das waren die berühmten Worte, die Jesus im Matthäus-Evangelium zu Petrus sprach: die Kirchengründung* unter der Führung des Petrus als erster Papst. Elija hatte diese Worte an den Rand der Seite geschrieben. Warum? Worauf bezogen sie sich?

Es war nur eine Ahnung, doch trotz der Mittagshitze ließ sie mich frösteln. Und wenn dieses zwölfte Kapitel nun … Nein, das konnte nicht sein!

Ich nahm das Griechisch-Hebräische Wörterbuch und begann sehr mühsam, den hebräischen Absatz neben ›Tu es Petrus …‹ zu übersetzen.

›Du bist ein Stein. Und auf dir will ich mein Haus des Gebets bauen.‹

Mit der tintentropfenden Feder in der Hand starrte ich auf die Worte, die ich niedergeschrieben hatte. Ich war, um es zurückhaltend zu formulieren, *erschlagen* von den Worten und den Trümmern eines einstürzenden Glaubens. Tausend Gedanken schwirrten durch meinen Kopf.

Der Text in Ibn Shapruts *Prüfstein* war ein hebräisches Matthäus-Evangelium! Dieses Evangelium unterschied sich von den griechischen und lateinischen Texten! Mir stockte der Atem: War es älter? War es der ursprüngliche Text oder eine Rückübersetzung ins Hebräische?

Das griechische Wortspiel *Petros* als Namen für den Jünger Simon bar Jona und *petra* für den Stein, auf dem Jesus seine Kirche bauen wollte, fehlte. Stattdessen fand ich ein hebräisches Wortspiel zwischen ›Stein‹ und ›ich errichte‹. Aber was Jesus errichten wollte, war nicht eine *ecclesia*, eine judenchristliche Gemeinde oder neue Kirche, sondern ein jüdisches Gebetshaus! Mit anderen Worten: eine Synagoge.

Jesus Christus hatte keine Kirche gegründet.

›Du bist ein Stein. Und auf dir will ich mein Haus des Gebets bauen.‹

Fassungslos starrte ich auf die Worte, die so weit reichende Folgen hatten, nicht nur theologischer Art, denn der christliche Glaube zerbrach an diesen Worten, sondern auch machtpolitischer Art. Für die Kirche, die katholische wie die orthodoxe. Für den Kirchenstaat, den mächtigsten Staat in Italien. Für den Papst. Für die Verbrennung von Wissenden und Unwissenden, Gläubigen, Irrgläubigen und Ungläubigen auf den Scheiterhaufen der Inquisition. Für die Judenverfolgung …

Ich zerriss das Papier in kleine Fetzen und begann noch einmal zu übersetzen, Wort für Wort. Vielleicht hatte ich, da ich das Hebräische nicht vollkommen beherrschte, irgendetwas falsch verstanden?

Doch dann standen wieder dieselben Worte auf dem Papier: Bet Tefilla – Haus des Gebets. Synagoge, nicht Kirche!

Mein Herz raste. Ich atmete tief durch.

Wer war Rabbi Shemtov ben Isaak Ibn Shaprut? Woher stammte das hebräische Evangelium? War es eine Rückübersetzung des griechischen Matthäus-Evangeliums oder eine Fälschung zur Rechtfertigung des jüdischen Glaubens?

Was stand noch in Ibn Shapruts Buch – welche gefährlichen Geheimnisse, welche überraschenden Erkenntnisse enthielt es?

Ein Labyrinth von Fragen, und kein Faden der Ariadne, der mich zu einer Antwort führte! Ich brauchte einen Führer, der sich in diesem theologischen Irrgarten auskannte!

Entschlossen klappte ich den Folianten zu und bat Menandros, mir sein Pferd zu satteln. Sein besorgtes »Bitte, Celestina, sei vernünftig! Geh ihn nicht suchen!« schlug ich in den Wind und machte mich auf einen Weg, der nicht weit war, aber doch der längste meines Lebens wurde.

Die Zeit der Siesta war schon vorbei, und die Sonne neigte sich nach Westen, doch noch immer waren die Gassen Venedigs wegen der Sommerhitze menschenleer.

Während ich über den Campo San Stefano und an der Kirche vorbeiritt, fragte ich mich: Wo sollte ich ihn suchen?

Er war uns in der Gasse zwischen dem Campo San Angelo und dem Campo San Luca entgegengekommen, offenbar auf dem Weg nach Hause.

Dann kam ich an der Stelle vorbei, wo Menandros und ich überfallen worden waren. Die Leichen der Attentäter und das tote Pferd waren weggebracht worden, doch ihr Blut hatte den festgestampften Lehm der Gasse rot gefärbt. Schaudernd wandte ich mich ab und ritt weiter zum Campo San Luca.

Der kleine Platz war ein blühender Garten. Es duftete betörend nach Heilkräutern, die in einem Beet vor dem Haus am Ende des Campo gepflanzt waren.

Ich zügelte mein Pferd. Und nun?

Die Straße links führte zum Canalazzo, zum Ponte di Rialto und zum Rialtomarkt. Die Gasse rechts zur Piazza San Marco. Und geradeaus ging es zur Dominikanerkirche Zanipolo im Stadtteil Castello. Wohin sollte ich mich nun wenden?

Ein Mann in langer schwarzer Robe trat aus dem Haus gegenüber. Er kniete sich vor das Beet und schnitt Kräuter. Erst als er mir den Rücken zuwandte, sah ich, dass er eine Kippa trug – das Zeichen der Demut und des Respekts vor dem Allmächtigen. Er war ein Jude.

Ob er wusste, wo ich Elija finden konnte?

Ich ritt zu ihm hinüber, aber er beachtete mich nicht. Er summte ein arabisches Lied, ein sehr schönes Liebeslied, das ich aus Kairo kannte, und schnitt Heilkräuter, die er zum Trocknen gebündelt in einen Korb legte.

Noch nie war mir aufgefallen, welch ein schöner, blühender Garten vor diesem Haus lag. Er erinnerte mich ein wenig an die prächtigen Gärten im Palast des Mameluckensultans. Noch nie war ich auf meinem Weg zu Tristan hier, auf dem Campo San Luca, stehen geblieben, um mir diesen Garten anzusehen – dabei gab es doch keine hohen Mauern, die ihn vor fremden Blicken verbargen!

»Schalom«, grüßte ich den Mann.

Da sah er überrascht auf. »Schalom.«

»Ich suche Rabbi Elija ben Eliezar Ibn Daud. Könnt Ihr mir sagen, wo ich ihn finde?«

»Ja«, nickte er, doch ich wartete vergeblich auf eine genauere Auskunft. Wollte er es mir nicht sagen?

Er war sechsunddreißig oder siebenunddreißig Jahre alt, hoch gewachsen und schlank. Sein Bart war gepflegt, sein dunkles, lockiges Haar fiel in langen Kaskaden bis über die Schultern und war im Nacken mit einer silbernen Spange gebändigt.

»Und wo ist der Rabbi?«, fragte ich.

»In der Synagoge. Was wollt Ihr von ihm?«

Mit diesem temperamentvollen spanisch-arabischen Akzent hatte auch Elija Italienisch gesprochen.

»Ich will …«, begann ich, doch dann besann ich mich, um Elija nicht in Gefahr zu bringen. »Ich weiß nicht, was Euch das angeht!«

Seine braunen Augen musterten mich, nichts schien ihnen zu entgehen. Schließlich blieb sein Blick an meinem rechten Fuß hängen, der, steif und schmerzhaft angeschwollen, nicht im Steigbügel steckte.

»Es geht mich sehr wohl etwas an, wenn Ihr meinen Bruder sprechen wollt«, sagte er schließlich.

»Ihr seid sein Bruder?«, fragte ich verblüfft.

»Ich bin David.«

»Ihr seid der Medicus, nicht wahr? Wie geht es Elija … bitte ver-

73

zeiht, Señor Ibn Daud: Wie geht es Eurem Bruder? Er sagte, Ihr würdet seine Wunde versorgen, sobald er nach Hause käme.« Dann stellte ich mich vor: »Ich bin Celestina Tron.«

David Ibn Daud schmunzelte: »Die Königin von Saba ist gekommen, um König Salomo auf die Probe zu stellen.«

Ich lachte herzlich über seinen biblischen Vergleich: »Ich will Eurem Bruder keine Rätselfragen stellen, um seine Weisheit zu prüfen.«

»Was wollt Ihr dann von ihm?«

»Euer Bruder hat im Morgengrauen mein Haus verlassen, als ich noch schlief. Dieses Buch hat er auf meinem Schreibtisch liegen gelassen.« Ich zog Ibn Shapruts *Prüfstein* aus der Satteltasche. »Ich wollte es ihm bringen.«

»Ihr wusstet doch gar nicht, wo Ihr ihn finden konntet. Und trotz Eurer schmerzhaften Verletzung seid Ihr auf das Pferd gestiegen, um meinem Bruder sein Buch zu bringen?«

»Ich nahm an, es wäre ihm wichtig.«

»Das ist es.«

»Ich würde es ihm gern zurückgeben, wenn Ihr mir sagt, wo ich Elija … wo ich Euren Bruder finden kann.«

»Nein.« Er ergriff die Zügel meines Pferdes.

»Wie bitte?«

»Ich sagte: Nein. Bevor Ihr auch nur einen Schritt in Richtung der Synagoge macht, sehe ich mir Euer Bein an! Es scheint geschwollen zu sein, und Ihr habt ganz offensichtlich Schmerzen, selbst wenn Ihr damit nicht auftretet.«

Er half mir aus dem Sattel und nahm mich in die Arme, bevor meine Füße den Boden berührten. Als er mich an der Mesusa vorbeitrug, neigte er wie im Gebet den Kopf.

Die Mesusa ist ein kleines Kästchen mit einem Pergamentstreifen, das am rechten Türpfosten jüdischer Häuser befestigt ist und beim Betreten und Verlassen berührt oder geküsst wird. Das darin eingefaltete Pergament enthält das Schma Israel: ›Höre Israel: Adonai ist unser Gott, Adonai unser Herr allein. Und du sollst den Herrn, deinen Gott, lieben mit deinem ganzen Herzen und mit deiner ganzen Seele und mit deiner ganzen Kraft.‹ Die Mesusa an der Haustür und die anderen Mesusot an den Türen der Wohnräume mahnen: Heilige dein Haus, und lass es dein Tempel sein!

Im Erdgeschoss, gleich neben der Eingangstür, befand sich der Behandlungsraum des Medicus. Auf einem großen Tisch lag auf einem Tuch das chirurgische Instrumentarium: Skalpelle, Messer, Haken, Scheren und Zangen, alles peinlich sauber.

Auf Regalen entlang der Wände sah ich etliche Gefäße mit Medikamenten und Bücher von Roger Bacon und Albertus Magnus, Abu Ali Ibn Sinas *al-Kanun fi at-tibb*, das arabische Original seines *Canon Medicinae*, und etliche andere arabische Werke.

David Ibn Daud setzte mich auf einen Stuhl, dann kniete er sich vor mich hin, legte mein verletztes Bein auf sein Knie und zog mir vorsichtig den Schuh aus.

»Ihr hättet ein paar Tage im Bett bleiben und das Bein ruhig halten sollen, statt es zu belasten«, mahnte er, als er den schmerzenden Fuß untersuchte. »Ich werde es fest bandagieren und Euch ein Mittel gegen die Schmerzen geben.«

»Ich danke Euch, Señor Ibn Daud.«

»Ich heiße David«, sagte er, ohne mich anzusehen. Als ich nicht antwortete, blickte er auf. Seine Augen funkelten. »Meinen Bruder nennt Ihr doch auch sehr vertraulich bei seinem Namen.«

»Bitte verzeiht!«, murmelte ich verlegen.

»Schon gut«, entgegnete er. »Offensichtlich habt Ihr ihn gern. Wenn er Euch gleichgültig wäre, hättet Ihr ihm sein Buch nicht selbst gebracht, sondern einen Boten geschickt. Und da wir schon beim Vornamen sind: Darf ich Euch Celestina nennen? Elija nennt Euch nämlich so.«

»So, tut er das?«, fragte ich erstaunt.

»Mhm«, nickte David, während er den geschwollenen Fuß so dick bandagierte, dass ich keinen Schuh mehr tragen konnte.

Wollte er verhindern, dass ich in die Synagoge ging?

»Das tut Ihr doch aus reiner Bosheit, nicht wahr?«, scherzte ich und deutete auf den Verband, mit dem ich im besten Fall nur sehr langsam und nicht allzu weit gehen konnte.

75

»Aber gewiss«, neckte er mich. »Nur aus Bosheit und um Euch nach Herzenslust zu quälen, habe ich Medizin studiert.«

Dann reichte er mir einen Becher mit einem Schmerzmittel, den ich in einem Zug leerte.

»Und nun bringe ich Euch zu Elija.« Bevor ich aufstehen konnte, hob er mich hoch.

Ich schlang meine Arme um seine Schultern und hielt mich an ihm fest, während er mich aus dem Haus trug – jedoch nicht zu meinem auf dem Campo San Luca grasenden Pferd, wie ich zuerst annahm, sondern um das Haus herum und ein paar Schritte durch die schmale Gasse bis zu einer schlichten Tür.

Mit der Schulter schob er sie auf und stieg zwei steile Treppen mit mir empor.

»Nachdem wir nun geklärt haben, warum *ich* tue, was ich tue, sagt mir, David: Warum tut Ihr es?«, fragte ich.

»Warum tue ich *was*?«, fragte er, während er mich die Stufen emportrug.

»Warum bringt Ihr mich zu ihm?«

»Aus demselben Grund: Weil ich ihn liebe …«

Ich wollte schon protestieren – Wie kam David auf die absurde Idee, ich könnte Elija lieben? –, doch er redete einfach weiter:

»… und weil ich glaube, dass Ihr ihm gut tut. Ihr könnt ihn wieder lebendig machen.«

Bevor ich ihn fragen konnte, was er damit meinte, hatten wir das Ende der Treppe erreicht, und David stellte mich vorsichtig auf den Boden, um das Portal zu öffnen.

»Wo sind wir?«

»Dies ist die Synagoge, wo Elija an den Freitagnachmittagen die Humanisten im Talmud und in der Tora unterrichtet.« Er ließ mich eintreten. »Links ist die Treppe zur Galerie, doch sie ist zu schmal, um Euch hinaufzutragen.«

»Es wird schon gehen«, murmelte ich und stieg hinauf.

David folgte mir. Auf der Galerie zog er mich zu einigen Sitzen an der Brüstung, von wo aus ich den Gebetssaal unter mir betrachten konnte.

Der Saal war in Rot und Gold geschmückt und von den Kerzen hell erleuchtet. Auf der Seite nach Osten, nach Jerusalem, so erklärte mir David, befand sich der Tora-Schrein, der mit goldenen Schnitzereien verziert war und zu dem man über vier Stufen hinaufsteigen konnte. Der prächtige Schrein sah aus wie ein goldener Tempel. Ein Ewiges Licht brannte davor, im Gedenken an die Flamme, die im Tempel von Jerusalem vor der Zerstörung durch die Römer geleuchtet hatte.

Auf der anderen Seite des Saals, dem Tora-Schrein gegenüber, führten vier Stufen zu einer ebenso prächtigen Kanzel hinauf, die ein schöner Schriftzug zierte: ›Wisse, vor Wem du stehst.‹ Zwischen Schrein und Kanzel standen sich entlang den Wänden je drei Reihen Bänke aus dunklem Holz gegenüber, die einen Gang bildeten.

Elija stand auf der Kanzel. Er hatte den Kopf mit dem Tallit verhüllt und rezitierte aus der großen Schriftrolle, die vor ihm auf dem Lesepult lag. In der Hand hielt er einen Stab, mit dem er Wort für Wort von rechts nach links über die Zeilen glitt, während er mit einer tiefen und sehr schönen Stimme sang.

Links und rechts von ihm hockten mehrere Männer in dunklen Talaren und Priestergewändern in den Bänken und lauschten seinem Vortrag. Zwei der jungen Männer waren Studenten, das erkannte ich an ihrer Kleidung – vermutlich studierten sie an der Universität von Padua. Ein Mann mit verkniffenem Blick trug den Habit eines Franziskaners, die anderen schienen humanistische Gelehrte zu sein.

Erst jetzt, als ich Elija dort auf der Kanzel stehen sah, wurde mir bewusst, was das Amt des Rabbi bedeutete: Elija war nicht nur ein Schriftgelehrter, ein Lehrer für religionsgesetzliche Fragen, ein Ratgeber und Richter, sondern auch ein Prediger und Seelsorger und hielt, ohne Priester zu sein, Gottesdienste in der Synagoge ab. Das Volk Israel war nach Moses' Worten ein ›Königreich von Priestern, eine Heilige Nation‹ – und die Rabbinen waren seine Führer auf dem Weg des Gottesgesetzes.

»Was singt er?«, fragte ich David.

»Das ist ein Text aus dem Prophetenbuch Jesaja«, erklärte er flüsternd. »Elija hält den Humanisten einen Vortrag über die Ankunft des Maschiach – des Messias.«

Elija hatte den Vers beendet und rollte nun die große und schwere Schriftrolle weiter ab, bis er zu einem anderen Prophetenbuch kam.

»Und was singt er nun?«

»Einen Vers aus dem Buch Daniel.«

»›Da kam mit den Wolken des Himmels einer wie ein Menschensohn‹«, zitierte ich flüsternd den Propheten, während Elija unten im Gebetssaal sang. »›Ihm wurden Herrschaft, Würde und Königtum verliehen. Alle Völker, Nationen und Sprachen müssen ihm dienen. Seine Herrschaft ist eine ewige, unvergängliche, und sein Reich geht niemals unter.‹ Der Prophet Daniel über die Ankunft des Menschensohnes.«

»Ihr sprecht Hebräisch?«, fragte David verblüfft.

»Nein, aber ich kenne den griechischen Text der Bibel. Es gibt nur einen Vers bei Daniel, der sich auf den Menschensohn bezieht und von christlichen Theologen immer wieder mit der Ankunft des Messias in Verbindung gebracht wird.«

Elijas Bruder war überrascht. »Habt Ihr Theologie studiert?«

»Nein, nur eine Dachkammer voller Bücher gelesen.«

»Ich bin beeindruckt«, gab David zu.

»Das war nicht schwer.«

»Elija zu faszinieren ist dagegen sehr schwer. Er hat den ganzen Morgen im Gebet verbracht.« David erwiderte meinen erstaunten Blick mit einem Lächeln.

»Ihr sorgt Euch um Euren Bruder.«

»In den letzten Jahren ist ihm sehr wehgetan worden.« David wandte den Blick ab. »Ich will nicht, dass so etwas noch einmal geschieht.«

»Glaubt Ihr denn, dass Ihr Elija vor mir beschützen müsst?«

David schüttelte den Kopf. »Wer kann schon zwei hell strahlende Sternschnuppen aufhalten, die aufeinander zustürzen?« Dann ergriff er meine Hand. »Es ist schön, dass Ihr gekommen seid.«

Elija hatte seinen Gesang beendet und kommentierte für die Humanisten nun auf Lateinisch, was er eben vorgetragen hatte. Er hatte den Tallit um die Schultern gelegt – daher konnte ich nun sein Gesicht betrachten.

78

Elija war nicht, wie Tristan, gut aussehend, begehrenswert und charmant, sondern auf eine besondere Weise schön und heilig. Er mochte achtunddreißig oder neununddreißig Jahre alt sein, also etwa vierzehn Jahre älter als ich. Die feinen Fältchen um seine Augen gaben seinem Gesicht – die Schicksalsschläge hatten es geformt – etwas Würdevolles. Sein Bart war sehr gepflegt, das lange dunkle Haar fiel ihm in weichen Wellen bis über die Schultern. Trotz seiner Selbstbeherrschung schien er doch ein zutiefst sinnlicher und sehr leidenschaftlicher Mensch zu sein.

Elija sprach nun von Jesus, den er Rabbi Jeschua nannte.

Ich suchte in seinen Worten nach einem dissonanten Tonfall, einem emotional gefärbten Wort, mit dem er Christus, in dessen Namen die Juden so viel erlitten hatten, den Messias-Titel als Erlöser der Welt absprach, aber da war keiner. Ganz im Gegenteil: Elija sprach respektvoll, ja sogar liebevoll von Rabbi Jeschua ben Joseph, den er für seine Lehren und seine rabbinische Gesetzesauslegung offenbar sehr schätzte.

Ich war erstaunt: Elija war, wie ich aufgrund seines spanisch-arabischen Akzentes annahm, ein spanischer Jude. Die Juden waren im Sommer 1492, einen Tag bevor Cristoforo Colombo nach Westen in See stach, um das Paradies zu suchen, durch die Könige Isabel und Fernando aus Kastilien und Aragón vertrieben worden.

Ich hätte es verstanden, wenn Elija, wie es viele andere Juden taten, Jesus Christus, in dessen Namen so viel Furchtbares geschehen war, aus tiefstem Herzen gehasst hätte. Aber er tat es nicht. Er liebte ihn, er verehrte ihn und ging im Laufe des Disputs sogar so weit, ihn, den jüdischen Rabbi, den verstoßenen Bruder Jeschua, gegen die Angriffe der Christen wortgewaltig zu verteidigen. *Zu verteidigen!*

Elija predigte mit weit ausgebreiteten Armen und erhobenen Händen. Er redete mit brennender Leidenschaft, beseelt, begnadet, ja ekstatisch, um einen Herzschlag lang innezuhalten, sich zu besinnen und dann mit neuer Kraft fortzufahren.

Und doch, trotz seiner Begeisterung und seiner Hingabe, fragte ich mich, welch tiefer Schmerz sich hinter seinen kraftvollen Worten verbarg.

Ja, Elija litt. Als er von Jesu Opfertod am Kreuz sprach, konnte ich seine inneren Qualen erahnen. Jesus war für ihn mehr als nur ein Symbol für das Leiden des jüdischen Volkes, für seine Demütigung und Vergewaltigung unter dem christlichen Kreuz.

Wie Elija sich selbst in den Schatten des Kreuzes stellte! Wie er während der Predigt sich selbst verleugnete, als wäre nicht er es, der da sprach, sondern der Geist, der in ihm war: Gott!

Welche Opfer hatte Elija gebracht?, fragte ich mich, in der Tiefe meiner Seele berührt. Und zu welchen Opfern war er noch bereit? Welche Visionen hatte er noch? Wovon träumte er?

Der Franziskanermönch – sein Akzent verriet, dass er aus Spanien stammte – ließ sich auf einen Disput mit Elija ein, den er im Grunde schon verloren hatte, als er die erste Wortsalve verschoss, um den Rabbi anzugreifen. Es ging um die christlichen Titel des Messias – Menschensohn, Gottessohn und Davidssohn.

David beobachtete mich, wie ich still in mich hineinlachend die Disputation des Mönchs und des Rabbi verfolgte. Ich hatte kein Mitleid mit dem Franziskaner, der mit jedem Wort, das Elija ihm entgegenschleuderte, zorniger wurde. Dieser Mönch war einer jener Fanatiker, die von der christlichen Kanzel herab Talmudverbrennungen anordneten.

Schlagfertig konterte Elija jedes Argument des Franziskaners, zitierte mit erstaunlicher Leichtigkeit die Tora, die Prophetenbücher, die Psalmen und sogar die Evangelien zur Frage, ob Jesus Christus der erwartete Messias der Juden war oder nicht, ob die Welt durch seinen Kreuzestod nun erlöst war oder nicht und ob der Messias am Ende der Zeiten kommen oder, wie die Christen glauben, *wiederkommen* wird.

Elija trieb den aufgebrachten Mönch mit ein paar Äußerungen von Jesus selbst in die Enge, der den Menschensohn immer mit den Worten ›er wird kommen‹ und niemals mit dem Versprechen ›ich werde kommen‹ ankündigte – er meinte also einen anderen.

Der Franziskaner erhob schließlich drohend die Faust – als sei dies das letzte und beste seiner Argumente. Dann verließ er mit fliegendem Mönchshabit die Synagoge.

David lächelte zufrieden. Er war sehr stolz auf seinen Bruder.

Am späten Nachmittag war die Lehrstunde beendet. Die Humanisten und Studenten erhoben sich, immer noch angeregt diskutierend, von ihren Sitzen, verabschiedeten sich vom Rabbi und strebten mit ihren Büchern unter dem Arm zur Tür.

»Bitte entschuldigt mich«, flüsterte David, huschte die Treppe hinunter in den Gebetssaal und verließ die Synagoge, bevor sein Bruder ihn bemerkte.

Still saß ich auf meiner Bank und beobachtete Elija, der sich, als er sich allein im Gebetssaal wähnte, erneut seinen Tallit über den Kopf zog, die schwere Schriftrolle zurückrollte und sich in den heiligen Text vertiefte.

Der Stab in seiner Hand huschte die Zeilen entlang, blieb hin und wieder an einem Wort hängen, eilte weiter. Die Ehrfurcht gebot, die Schrift nicht mit den Fingern zu berühren.

Elija bewegte den Oberkörper vor und zurück, und seine Lippen flüsterten die Worte. Zutiefst berührt von der Innigkeit seines Lesens betrachtete ich ihn. Immer wieder hörte ich ihn den Gottesnamen murmeln, aber auch den Namen Satans. Was las er? Dann: der Name Ijob. Es war das Buch Hiob!

Fühlte Elija sich so von Gott verlassen und gequält wie Hiob? David hatte erzählt, dass sein Bruder den ganzen Morgen im Gebet verbrachte. Welcher Sturm tobte in Elija, dass er Trost bei Hiob suchte?

›Der Herr hat gegeben und der Herr hat genommen, der Name des Herrn sei gepriesen!‹, hatte Hiob gesagt, aber auch, dass er noch mit seinem letzten Atemzug von Gott Gerechtigkeit für die ihm zugefügten Leiden fordern würde. Und Hiob verfluchte Gott auch nicht, als die Prüfungen weitergingen, nein: Er hielt Ihm eine Strafpredigt und bezeichnete Adonai als einen Gott, der niemals das tun würde, was Er, wie Hiob wusste, doch eben gerade getan hatte: den Menschen leiden lassen. Statt der menschlichen machte er die göttliche Gerechtigkeit zum Thema seiner Auseinandersetzung mit Gott. Und der Herr hörte endlich auf, Hiob mit Seiner machtvollen Stimme aus dem Sturm – vergeblich! – niederzubrüllen, und gab den Kampf auf.

Was hatte Elija erlitten, dass er bei Hiob Trost suchte? Warum …
oder: *worum* rang Elija mit Gott?

Wenn ich doch nur sein Gesicht sehen könnte!, dachte ich, doch
der Tallit verhüllte es.

Ich sollte gehen, um ihn in seinem Schmerz nicht zu stören.

Leise erhob ich mich von meinem Sitz und schlich die Galerie entlang zur Treppe. Die fünfte Stufe knarrte, und er blickte überrascht
auf. Der Stab schwebte über den Worten, als ich die letzten Stufen
herabstieg und langsam zu ihm hinüberging.

Hatte er gestöhnt, als er mich erkannte?

Mehr denn je hatte ich den Eindruck, als wäre er an diesem Morgen vor mir geflohen. Aber warum, Elija, warum?

Schweigend blickte er mir entgegen, ernst und wie erstarrt. Sein
Gesicht verriet nicht, was er in diesem Augenblick empfand: Ob er
sich freute, weil ich gekommen war. Oder ob er traurig war oder erschrocken, weil ich ihn so gesehen hatte. Oder zornig, weil ich sein
Gebet gestört hatte. Er sah mich einfach nur an.

Was sollte ich ihm sagen? Es schien mir so absurd, ein Gespräch
zwischen uns mit Belanglosigkeiten zu beginnen, die goldene Pracht
des Tora-Schreins zu loben, die Schönheit und Harmonie dieser Synagoge, die Innigkeit seines Gebets …

… oder ihm meinen Seelenzustand zu offenbaren.

Wortlos legte ich Ibn Shapruts Buch auf die Kanzel und trat dann
einen Schritt zurück.

Elija starrte das Buch an. Schließlich wandte er sich abrupt ab,
um die Schriftrolle in ihre kostbare Samthülle zu schieben und zum
Schrein zurückzutragen. Mit einem gemurmelten Gebet schloss er
die Türen und lehnte sich mit der Stirn dagegen.

»Warum seid Ihr gekommen?«, fragte er, ohne sich zu mir umzudrehen.

»Ich wollte Euch das Buch …«

»Ihr hättet Menandros schicken können.«

»Wäre es Euch lieber gewesen, wenn ich nicht gekommen wäre?«

Er zögerte einen Herzschlag lang. »Nein«, gestand er so leise, dass
ich ihn kaum verstand. Seine Hand glitt über die goldenen Verzierun-

gen des Tora-Schreins, als taste er nach einem Halt. »Weshalb seid Ihr wirklich gekommen?«

»Ich wollte Euch wiedersehen.«

Selbst unter dem Tallit sah ich, wie er die Schultern anspannte. »Warum?«

»Weil ich glaube, dass Ihr mich sehr vieles lehren könntet.«

Er hatte einen der langen Merkfäden an den Ecken seines Tallit ergriffen und betrachtete ihn still. Diese Fransen am Gebetsschal waren ein Symbol der Erinnerung, der Mahnung: ›Vergiss niemals, dass du ein Kind Gottes bist und dass du heilig sein kannst, wenn du die Gebote hältst.‹

Dann sagte er leise, und seine Stimme klang traurig: »Ich kann Euch nichts lehren.«

»Glaubt Ihr das, weil Ihr in der letzten Nacht mein Manuskript gelesen habt?«

Erschrocken drehte er sich zu mir um.

»Glaubt Ihr das, weil ich Marsilio Ficino und Giovanni Pico zitiere? Weil ich weiß, wer Rabbi Akiba war? Weil ich Paulus widerlege? Wenn Ihr aufmerksam gelesen habt, Elija, dann wisst Ihr, dass ich *excellentia* nicht mit Vollkommenheit, sondern mit dem Streben nach Vollkommenheit gleichsetze. Ein Verdurstender, der in der Wüste nach Wasser sucht, kehrt nicht um, bevor er den Horizont erreicht hat – oder den Brunnen gefunden hat, der ihm das Leben rettet.«

Er musterte mich gedankenvoll.

»Warum betrat jener Mensch denn überhaupt die Wüste?«, fragte er schließlich.

»Weil er das Leben lernen will, das Überleben. Weil er das Denken lernen will, das Staunen, das Glauben und das Zweifeln. Weil er die Versuchung kennen lernen will, um die Selbstmacht zu erringen. Weil er stürzen will, um sich aus eigener Kraft zu erheben. Weil er das Verlieren lernen will, um am Ende zu gewinnen. Weil er seine eigenen Grenzen kennen lernen will, um sie im nächsten Augenblick zu überschreiten.«

»Ihr sprecht wie jemand, der wirklich in der Wüste war.«

83

»Ich habe die Wüste Sinai durchquert, vom Schilfmeer bis zum Mosesberg.«

Er nickte – beeindruckt, wie mir schien. »Und was habt Ihr dort gefunden?«

»Das, was Euer Volk dort gefunden hat, Elija: die Freiheit. Die Freiheit zu entscheiden, welchem Gott ich dienen will. Die Freiheit zu entscheiden, welchen Weg ich durch die Wüste gehen will. Die Freiheit zu entscheiden, wo ich am Ende stehen bleiben will. Und die Freiheit zu entscheiden, was ich noch lernen kann. Und von wem. Sagt mir also bitte nicht, was ich kann und was ich nicht kann, was Ihr mich lehren könnt und was nicht. Denn das, Elija, weiß ich ganz genau.«

Er schwieg betroffen. Aber dann lächelte er. »Und was, Celestina, kann ich von Euch lernen?«

»Ihr könntet, wenn Ihr wolltet, Griechisch bei mir lernen.«

Er biss sich auf die Lippen und schwieg.

»Ihr könntet, wenn Ihr wolltet, die Evangelien in Griechisch lesen.«

Er schwieg noch immer. Seine Augen funkelten.

Ein Argument hatte ich noch, das beste von allen: Ibn Shapruts Buch. »Und Ihr könntet, wenn Ihr wolltet, die griechischen Evangelien mit Ibn Shapruts hebräischem Matthäus-Evangelium vergleichen.«

Er zögerte, doch dann nickte er. »Woher wisst Ihr von dem Evangelium? Ihr sprecht kein Hebräisch.«

»Durch Eure Bemerkungen am Rand des Buches. In Kapitel Zwölf waren es besonders viele. Der ganze Seitenrand war vollgeschrieben. Ich wusste manchmal nicht, wo Shemtov endet und Elija anfängt. Schließlich stieß ich auf eine lateinische Randbemerkung, die ich lesen konnte: ›Tu es Petrus …‹ in Matthäus Kapitel 16, Vers 18. Ich habe den hebräischen Text übersetzt. Es war tatsächlich das Evangelium des Mattitjahu. Aber die Worte und ihr Sinn waren anders, als ich sie bisher aus den griechischen und lateinischen Texten kannte.«

Wir sahen uns in die Augen, doch der Abgrund des Schweigens trennte uns nicht, nein: die Wortlosigkeit verband uns. Keiner von uns sprach aus, was wir beide dachten:

Du kannst es nicht ohne mich, ich kann es nicht ohne dich.

Ich durfte ihn nicht bitten: Er musste selbst entscheiden, ob er sein Wissen um die Geheimnisse dieses Buches mit mir teilen wollte. Ob er gemeinsam mit mir an dieser gefährlichen Übersetzung arbeiten wollte.

Bitte, Elija, frag mich, bitte, frag mich doch! Ich will dir so gern helfen! Wir suchen doch beide dasselbe, Elija: die Wahrheit!, dachte ich. Aber ich blieb stumm.

»Ja, Celestina, ich würde gern von Euch Griechisch lernen«, gestand er schließlich.

Ein langer Weg durch die Wüste beginnt mit einem ersten Schritt, dachte ich. Achte nicht auf die Steine am Wegrand und verliere niemals den Horizont aus den Augen!

Er bemerkte die Enttäuschung in meinem Blick, und ich wandte mich ab. »Morgen ist Sabbat. Wollt Ihr am Sonntag für die erste Stunde zu mir kommen? Ich würde Euch gern die Grundregeln der griechischen Grammatik anhand des ersten Kapitels des Mattitjahu-Evangeliums erklären.«

Ich hatte Matthäus mit seinem hebräischen Namen Mattitjahu genannt, nicht Mattaios, wie er auf Griechisch hieß. Und Elija verstand sehr gut, was ich meinte, ohne es zu sagen.

Er lächelte. »Das wäre ein guter Anfang.« Dann ergriff er meine Hand. »Celestina …«

»Ja?«

»Ich bin sehr froh, dass Ihr gekommen seid und mir den *Prüfstein* zurückgebracht habt. Das Buch ist mir sehr wichtig.«

Ich sah ihm in die Augen. »Ich wäre auch gekommen, wenn Ihr das Buch nicht bei mir liegen gelassen hättet. Denn …« Ich holte tief Luft. »… denn *Ihr* seid mir sehr wichtig.«

Wie zwei aufeinander zustürzende Sternschnuppen, hatte David gesagt. Und ich fragte mich: Was würde geschehen, wenn sie sich berührten?

Einen Augenblick lang glaubte ich, er würde mich küssen, doch dann wandte er sich ab.

Warum war er an diesem Morgen vor mir geflohen?

In diesem Augenblick kehrte David zurück. Über der Schulter trug er seinen Tallit. Als er Elija und mich am Tora-Schrein sah, zögerte er einen Augenblick, um uns Zeit zu geben, unsere Gefühle zu ordnen, doch dann kam er zu uns herüber. Eine Frau folgte ihm.

»Elija, die Sonne geht unter. Der Freitagabendgottesdienst beginnt gleich, und Aron ist vom Rialto noch nicht zurückgekehrt. Ich mache mir Sorgen um ihn.« David zog Elija zur Seite und redete auf ihn ein.

Die Frau trat zu mir. »Ich bin Judith, Davids Frau«, stellte sie sich vor. »David sagte mir, Ihr wolltet vermutlich gern am Erev-Schabbat-Gottesdienst teilnehmen. Er bat mich, Euch zu übersetzen.«

Judiths stilles Lächeln unterstrich noch ihre Schönheit. Sie schlug die Augen nieder, als ich sie betrachtete, und neigte den Kopf auf eine liebenswerte Weise, die bescheiden, aber alles andere als demütig war.

»Das ist sehr freundlich von Euch, Judith.«

»Es ist mir eine Freude«, entgegnete sie. »Denn ich weiß, in welche Gefahr Ihr Euch mit dieser Entscheidung begebt. Die Kirche hat die Tischgemeinschaft zwischen Juden und Christen bei Todesstrafe verboten. Wie viel mehr als ein gemeinsames Mahl ist der gemeinsame Gottesdienst?«

Judith hatte Recht: Das vierte Laterankonzil von 1215 hatte mit seinen Gesetzen die Juden zum von Gott verworfenen Volk erklärt. Sie galten als rechtlos. Dass sie das Gesetz des Moses und den Alten Bund Gottes mit Abraham achteten, war doch nur der überzeugende Beweis, dass sie starrsinnig die Erlösung der Menschen durch Jesu Kreuzestod leugneten und den von Christus im Heiligen Abendmahl gestifteten Neuen Bund missachteten.

Um die Seele der Christen vor der Verdammnis zu bewahren, war ihnen der gesellschaftliche Umgang mit Juden untersagt worden: keine Tischgemeinschaft, kein Kauf von Lebensmitteln bei Juden. Das Zusammenleben zwischen Juden und Christen in ehelicher Gemeinschaft wurde streng bestraft. Jüdisch-christliche Glaubensdisputationen waren verboten. Jüdische Männer mussten den gelben Judenhut tragen, jüdische Frauen den gelben Schal – ein aufgestickter gelber Kreis verunstaltete ihre Kleidung. Die Juden wurden in besonderen Stadtvierteln angesiedelt, wenn auch nicht in Venedig, denn es gab in der Serenissima kein Judenviertel wie in Florenz oder Rom.

Allein die Tatsache, dass die Kirche Judengesetze erlassen hatte – über die Sinnhaftigkeit dieser Gesetze ließen sich endlose Disputationen führen, beginnend mit der Frage: Wieso ist meine Seele verdammt, wenn ich koscher esse? –, rechtfertigte für viele Christen Hass und Gewalt. Doch verbargen sich dahinter nicht nur ängstliche Zweifel, selbst womöglich nicht das von Gott erwählte Volk zu sein? Dies war der Anlass für Judenverfolgungen, Talmudverbrennungen und sogar die Ausweisung hunderttausender Juden aus Kastilien und Aragón im Jahr 1492.

Ich hoffte inständig, dass das fünfte Laterankonzil, das seit zwei Jahren unter dem Vorsitz des Papstes in Rom tagte, um die Kirche zu reformieren, den religiösen Wahnsinn des vierten Laterankonzils rückgängig machen würde. Immerhin war Seine Heiligkeit, mein Cousin Gianni, ein Schüler des Humanisten Giovanni Pico della Mirandola, der wiederum ein Jünger eines jüdischen Rabbi war. Und Gianni hatte offenbar verstanden, was ich mit ›der Würde und der Erhabenheit des Menschen‹ meinte. Und mit seiner Freiheit.

Judith drückte mir ein Buch in die Hand.

Ich schlug es auf. »Eine lateinische Bibel?«, fragte ich überrascht. Als ich das Buch schließen wollte, fiel mein Blick auf eine schwungvolle Handschrift auf der ersten Seite:

Vaya con Dios, Juan, y Él va contigo
Fray Hernán de Talavera
Arzobispo de Granada
AD 1507

Diese lateinische Bibel hatte dem Erzbischof von Granada, dem Beichtvater der Königin Isabel von Kastilien, gehört? Über dem Namen standen ein paar persönliche Worte: ›Vaya con Dios, Juan, y Él va contigo – Geh mit Gott, Juan, und Er wird mit dir gehen.‹ War das ein spanisches Wortspiel? War El ein Gleichnis für Elohim – Gott? Und wer war Juan?

Judith strahlte mich an. »Das ist Elijas Bibel. Ich habe sie aus seinem Studierzimmer geholt, weil ich annahm, dass Ihr gern verstehen würdet, was Ihr hört und seht. Ich dachte, dass Ihr vielleicht die Texte der Psalmen in Latein mitlesen wollt. Den Kiddusch und die Gebete werde ich Euch übersetzen ... ich meine: wenn mein Italienisch dafür ausreicht.«

»Danke, Judith. Das ist sehr freundlich von Euch«, sagte ich auf Italienisch, um dann auf al-Arabiyya hinzuzufügen: »Wenn es dir leichter fällt, werde ich Arabisch mit dir sprechen.«

»Ja, das wäre schön«, antwortete sie in derselben Sprache. »Elija, David und Aron sprechen Arabisch, Spanisch, Lateinisch, Französisch und Italienisch. Aber ich habe zu Hause nur Gelegenheit, Hebräisch und Arabisch zu sprechen und arabische und spanische Bücher zu lesen. Ich bin ... wie soll ich sagen? ... im Grunde bin ich mit allen drei Brüdern verheiratet, denn ich bin die einzige Frau in unserem Haus, abgesehen von meiner Tochter Esther.«

»Wie lange seid ihr schon in Venedig?«

»Seit fünf Jahren. Wir sind Sefardim, spanische Juden. Wir kommen aus Granada.« Dann wies sie zur Treppe. »Lass uns hinaufgehen, Celestina. Der Gottesdienst wird gleich beginnen.«

Judith führte mich auf die Galerie, und wir nahmen an der Brüstung Platz, wo ich zuvor gesessen hatte.

Ich blickte hinunter in den Gebetssaal, der sich zusehends füllte.

»Wo sind Elija und David?«, fragte ich, da ich sie zwischen den hereinströmenden Gläubigen nicht finden konnte.

»Sie suchen Aron, ihren jüngeren Bruder. Obwohl die Sonne schon untergeht und der Schabbat bald beginnt, ist er noch nicht nach Hause zurückgekehrt. Sie machen sich Sorgen und wollen ihm entgegengehen.«

Ein Mann mit langem schwarzem Talar und dem Tallit über der Schulter sah zu uns herauf. Er mochte etwa siebenunddreißig Jahre alt sein. Sein dunkles Haar war schulterlang, der Bart war kurz geschnitten. Sein rechter Arm hing wie gelähmt herab.

Als er Judith erkannte, winkte er ihr zu. Dann sah er mich forschend an. Er rief etwas in Hebräisch zu uns herauf, und Judith antwortete in derselben Sprache.

»Wer ist das?«, fragte ich.

»Elijas Freund, Rabbi Jakob Silberstern. Er will mit Elija sprechen. Ich habe ihm gesagt, dass David und er Aron suchen.« Judith schüttelte den Kopf. »Wie seltsam ... Jakob ist ein Aschkenasi, ein deutscher Jude. Aschkenasim und Sefardim feiern den Gottesdienst nach verschiedenen Riten. Warum ist Jakob nicht in seiner Synagoge, um den Schabbat zu feiern?«

Elija kehrte zurück: Er war allein. Wo waren David und Aron? Er durchquerte den Saal, begrüßte Jakob und sprach leise ein paar Worte mit ihm. Dann verließen sie gemeinsam die Synagoge.

Mit einiger Verspätung, denn die Sonne war inzwischen untergegangen, begann der Gottesdienst – ohne Aron. Elija wirkte unruhig und besorgt, und auch David hatte offensichtlich Angst. Was war denn bloß passiert?

Während des Gottesdienstes erklärte mir Judith leise, was unten geschah.

Elija sang die Gebete und die Psalmen. Seine Stimme zog mich in ihren Bann – ich schloss die Augen und lauschte andächtig seinem Gesang.

Er litt! Und wie er litt! Er hatte in dieser Nacht getötet, doch nicht aus Notwehr! Er hätte sich aus dem Kampf heraushalten können. Er hätte still umkehren und einen anderen Weg nach Hause gehen können. Doch er hatte es nicht getan. Er hatte sein Leben riskiert, zwei Assassini getötet und mir, einer Christin, mit seinem beherzten Eingreifen das Leben gerettet.

Elija sah zu mir empor. Unsere Blicke verschmolzen miteinander. Die stille Traurigkeit in seinen Augen berührte mein Herz. Dann wandte er sich ab. Bis zum Ende des Gottesdienstes sah er nicht mehr zu mir empor.

David, der nicht weit entfernt von der Kanzel saß, hatte unseren Blickwechsel bemerkt.

Der Sabbat wurde sehr feierlich begrüßt. Die Gläubigen erhoben sich von ihren Bänken und verneigten sich zur Tür, als betrete eine Königin den Saal. Nach einem weiteren Psalm folgte das Abendgebet und dann der Kiddusch: Ein Silberbecher wurde mit Wein gefüllt und Elija gereicht, der ihn mit beiden Händen in die Höhe hob und den Segen über den Wein und den heiligen Sabbat sprach. Damit war der Gottesdienst beendet.

Judith umarmte mich herzlich. »Schabbat Schalom!«

»Das wünsche ich dir auch, Judith!«

»Es hat dir gefallen, nicht wahr?«

Sie führte mich zur Treppe und half mir, in den Gebetssaal hinabzusteigen. Die ersten Gläubigen gingen an mir vorbei, um zum festlichen Abendessen nach Hause zurückzukehren.

David erwartete mich.

»Schabbat Schalom!«, wünschte er mir und küsste mich auf beide Wangen.

»Dir auch einen friedlichen Sabbat«, erwiderte ich auf Arabisch. »Tausend Dank, David. Es war sehr schön.«

»Celestina hatte Tränen in den Augen, als Elija sang«, meinte Judith, ebenfalls auf Arabisch.

David war überrascht. »Mit Tränen in den Augen können wir dich am heiligen Schabbat nicht fortschicken, Celestina. Mit einem Lächeln schon. Warum bleibst du nicht zum Abendessen? Wir würden uns freuen, wenn du heute Abend unser Gast wärst.« Als ich zögerte, fügte er hinzu: »Elija wäre auch sehr glücklich.«

Bitte komm!, sagte mir sein Blick, wie zuvor, als er mich die Treppen zur Synagoge hochgetragen hatte: Bitte komm, Celestina, und mach ihn wieder lebendig!

Ohne meine Antwort abzuwarten – sah er das »Ja!« in meinen Augen schimmern? –, nahm er mich in die Arme und trug mich durch die Tür und die Treppen hinunter auf die Gasse, dann durch die Abenddämmerung zurück zum Campo San Luca.

Den ganzen Weg brannte mir die Frage auf den Lippen, ob das Tragen nicht eine der verbotenen Sabbatarbeiten war. Doch ich schwieg, um seine Entscheidung, das Sabbatgebot zu brechen, nicht auch noch infrage zu stellen.

»Im Talmud heißt es, dass zwei Engel den Menschen am Freitagabend von der Synagoge nach Hause geleiten, ein guter und ein bö-
ser. Wenn der gute Engel sieht, dass im Haus die Schabbatlichter
brennen, das Abendessen vorbereitet ist und das Bett für die Nacht
mit frischen Laken bezogen ist, dann freut er sich mit den Menschen
und sagt: Amen!«, grinste David. »Bisher bin ich an keinem Schabbat
einem Engel begegnet. Aber heute bin ich sicher, dass der Engel bei
uns ist … Celestina, das himmlische Wesen …«

Ich lachte. »Amen!«

Als David mich an der Haustür auf den Boden stellte, um die Mesusa zu küssen, fragte ich: »Wo ist Elija?«

»Er spricht noch mit seinem Freund Rabbi Jakob Silberstern. Jakobs Sohn Yehiel ist dreizehn und wird in Kürze Bar-Mizwa feiern.
Jakob will Elija vermutlich dazu einladen.«

Dann öffnete David die Tür und ließ mich eintreten. Judith
huschte in der Finsternis an mir vorbei, ergriff meine Hand und zog
mich zu einer Treppe, die in den ersten Stock führte.

Der große Wohnraum wurde von mehreren Kerzen in ein goldenes Licht getaucht. Staunend sah ich mich um: Der Saal war prächtig
eingerichtet. Eine solch geschmackvolle Eleganz hatte ich im Palazzo
Medici in Florenz gesehen und im Palazzo Ducale von Urbino, doch
ich hätte sie nicht im Haus einer jüdischen Familie erwartet, die aus
Granada geflohen war.

Ein Mädchen von zwölf oder dreizehn Jahren kam mir entgegen. »Schabbat Schalom!«, begrüßte sie mich. »Bist du Celestina?«
Dann stellte sie sich vor: Sie war Esther, Davids und Judiths Tochter.

Ihr Vater fragte: »Ist Aron schon zurückgekehrt?« Aber Esther
schüttelte nur den Kopf.

Dann kam Elija, den Tallit über der Schulter. Überrascht, mich zu
sehen, blieb er einen Augenblick in der Tür stehen. Dann trat er ein,
legte den Gebetsschal und Ibn Shapruts Buch ab und kam zu mir
herüber.

Er nahm meine Hand, umarmte mich und küsste mich auf beide
Wangen. »Schabbat Schalom!«

Ich spürte seinen Atem auf meiner Wange. Seine Nähe war verwirrend. Und erregend.

»Das wünsche ich dir auch von Herzen, Elija: Schabbat Schalom.«

Unsere Lippen berührten sich, ganz zart, wie ein Lufthauch.

»Wie schön, dass du gekommen bist«, flüsterte er.

»Ich bin gern hier«, hauchte ich.

Im Kerzenlicht der Sabbatleuchter hatte sein Gesicht einen feinen goldenen Schimmer, und seine dunklen Augen leuchteten, als er mich ansah.

Mein Herz brannte lichterloh, und ich spielte mit dem Topasring an meinem Finger, um mich an Tristan zu erinnern, an das Glück und an die Freude, die wir aneinander hatten, an unsere Liebe. »Du wirst mich nicht verlieren, mein Liebster«, hatte ich ihm erst vor wenigen Stunden geschworen. Und nun ...

Da trat Elija einen Schritt zurück – was hatte er in meinem Blick gesehen? Ohne meine Hand loszulassen, geleitete er mich zum Tisch, der für das Sabbatabendessen sehr schön mit einer weißen Tischdecke, mit Silberbesteck und kostbaren Gläsern aus Murano gedeckt war.

Der Haus als Tempel und der Tisch als Altar.

Elija schob mir einen Stuhl zurecht. »Bitte setz dich hier an meine Seite.« Dann nahm er links neben mir am Kopfende des Tisches, auf dem Stuhl des Hausherrn, Platz.

David ließ sich rechts neben mir nieder, was mir ein wenig peinlich war, denn ich saß ganz offensichtlich auf seinem angestammten Stuhl. Es schien ihm aber gar nichts auszumachen.

Während Judith und Esther das Essen auftrugen, fragte David seinen Bruder: »Was wollte Jakob von dir?« David sprach Arabisch, damit ich ihn verstehen konnte.

»Er wollte wegen Yehiels Bar-Mizwa-Feier mit mir reden«, erklärte Elija. »Yehiel wünscht sich, dass ich am nächsten Schabbat den Gottesdienst zu seiner Feier halte. Er wäre glücklich, wenn wir alle daran teilnähmen. Jakob und ich haben uns darauf geeinigt, dass die Feier in unserer Synagoge stattfindet, auch wenn Yehiel ein aschkenasischer Jude ist. Er will es so.«

Elija wandte sich an mich. »Ich werde am Sonntag nicht kommen können. Yehiel hat mich gebeten, mit ihm im Prophetenbuch Jeremia zu lesen. Daraus will er zu seiner Bar-Mizwa vortragen, und er beherrscht die Melodie noch nicht.«

Ich nickte – ich gebe es zu: enttäuscht.

Dann begann das Sabbatmahl mit dem Kiddusch, dem Weihegebet.

Elija erhob sich und füllte einen Silberbecher randvoll mit Wein. David half mir aufzustehen und übersetzte flüsternd, während Elija sang:

»... und so vollendete Gott am siebten Tag Seine Werke, die Er getan hatte, und ruhte am siebten Tag. Und Gott segnete den siebten Tag und heiligte ihn ...«

Nach dem Gebet trank Elija von dem Wein und reichte den Becher dann an mich weiter. Ich nahm ihn mit beiden Händen, und unsere Finger berührten sich. Ich sah ihn an, er sah mich an.

Dann trank ich und gab den Becher David.

Als alle den Wein genossen hatten, wuschen wir die Hände. Aus einer silbernen Kanne goss Elija das Wasser dreimal über meine rechte und meine linke Hand und sprach den Segen. Dann reinigten sich die anderen und kehrten mit uns an die Tafel zurück.

Judith stellte ein silbernes Tablett vor Elija auf den Tisch. Darauf lagen zwei geflochtene und mit Mohn bestreute Weißbrote, die durch ein Tuch aus bestickter Seide abgedeckt waren.

Elija sprach den Segen auf Hebräisch, brach das Brot und verteilte es.

Ich wollte es schon essen, da schob er eine Schale mit Salz über den Tisch, nahm mir das Brot aus der Hand, stippte es ein und gab es mir zurück. »Das Brot erinnert an das Manna, das Gott Seinem Volk in der Wüste Sinai gab, als es Ägypten verlassen hatte«, erklärte er mir. »Und das Salz ist das Symbol für den ewigen Bund unseres Volkes mit Gott.«

Wein, Brot und Salz, die Symbole des Alten Bundes.

Angesichts der Bedeutung und der unvermeidlichen Folgen meiner Tat zögerte ich einen Herzschlag lang. Ich dachte an Eva im Garten Eden: ›Und sie nahm die Frucht des Baumes und aß.‹

Und dann aß auch ich die verbotene Frucht.

ᘓ ELIJA ᘓ

KAPITEL 4

Ohne einen Augenblick zu zögern, hatte Celestina den Wein getrunken. Hatte sie die Segnung an Jeschuas Abendmahl und die christliche Eucharistiefeier erinnert?

Dass sie nachdachte, bevor sie das Brot und das Salz des Bundes aus meiner Hand annahm, rechnete ich ihr hoch an. Sie wusste, was sie tat – und trotzdem aß sie es.

Ein stiller Glanz lag auf ihrem Gesicht, als sie mich anlächelte, und ich fragte mich, was sie für mich empfand. Warum riskierte sie ihr Leben, um an diesem Abend bei mir zu sein, anstatt nach Hause zurückzukehren und ihr vollkommenes Leben weiterzuführen, als wären wir uns nie begegnet? Warum, Celestina? Was suchst du bei mir?

»Nun sag, Celestina: Wie hat dir Elijas Vortrag vor den Humanisten gefallen?«, fragte David, während er ihr ein Stück Braten auf den Teller legte.

»Du meinst den Disput zwischen Rabbi Jeschua und dem Pharisäer zur Frage der Gottessohnschaft?«, lächelte sie verschmitzt und sah mich dabei an. »Ich war heilfroh, dass ich in dieser Disputation nicht gegen dich antreten musste!«

»Du hättest sicherlich nicht so schnell aufgegeben wie jener Franziskaner«, gestand ich ihr zu.

»Nein, ich wäre nicht geflohen«, schmunzelte sie. »Ich hätte mit dir gekämpft – um des Kampfes willen, nicht um Sieg oder Niederlage. Um der Wahrheit willen, der Erkenntnis, des Lernens und des Wissens, des Strebens nach Vollkommenheit, nicht um am Ende Recht zu haben oder dich zu widerlegen und zu bekehren. Aber vor allem, weil es mir Vergnügen bereiten würde.«

Sie sah mir in die Augen, und ich erwiderte ihren Blick.

Ich wusste, worüber sie mit mir diskutieren wollte: über Ibn Shapruts Buch. Über das hebräische Mattitjahu-Evangelium. Über das ›Tu es Petrus …‹ am Seitenrand und das Bet Tefilla anstelle von Ecclesia. Und über alle anderen gefährlichen Geheimnisse, die noch im Text verborgen lagen und die sie enträtseln wollte, ohne zu ahnen, was es für sie bedeuten würde.

Ich schwieg, denn ich ahnte, wie gern sie mit mir zusammengearbeitet hätte. Ich wollte … ich *durfte* ihr keine Hoffnung machen. Für mich war es schon lebensgefährlich – umso mehr für Celestina! Denn sie riskierte auch noch ihr Seelenheil: Nulla salus extra ecclesiam – kein Heil außerhalb der Kirche. Die Übersetzung des ›Tu es Petrus …‹ war doch nur der erste Schritt außerhalb der schützenden Mauern der Kirche. Der erste beherzte Schritt auf einem Weg ohne Wiederkehr.

War sie eine neue Prüfung für meinen Glauben … für *mich*?

Adonai, wie viele noch? Ist sie das Ende aller Prüfungen, die schwierigste von allen? Ist sie mein Prüfstein, über den ich auf meinem Weg stolpern muss? Soll sie meinen Glauben versuchen, mich in die Knie zwingen und mich von meinem Vorhaben abhalten? Oder soll sie mir das Wasser reichen, das ich zum Leben brauche, um meinen Weg weitergehen und vollenden zu können? Soll sie mir helfen, meine Aufgabe zu erfüllen?

Antworte mir, Adonai!, schrie ich innerlich.

Ihr Lächeln war verweht und einer tiefen Ernsthaftigkeit gewichen. Spürte sie, was in mir vorging?

»Warum beschäftigt sich ein Rabbi mit den Evangelien?«, fragte sie. »Was findest du bei Rabbi Jeschua, Rabbi Elija?«

»Jeschua und ich haben dieselbe Vision.«

Ihre Lippen bewegten sich, aber sie schwieg. Doch ich erahnte ihre Frage: Welche Vision?

»Elija hat eine Vision vom verlorenen Paradies«, erklärte David, der mein Zögern bemerkt hatte. »Ein Paradies, in dem alle Menschen – Christen *und* Juden – friedlich zusammenleben. Wo kein Mensch für seinen Glauben verfolgt und hingerichtet wird, wo keine Bücher verbrannt werden. Wo Liebe, Vergebung und Respekt nicht nur Worte sind, die die Christen ans Kreuz genagelt haben, um uns Juden im Zeichen dieses Kreuzes zu hassen, zu verfolgen und zu töten. Wo Liebe, Vergebung und Schalom, der Frieden, gelebt werden, wie Jeschua es in der Bergpredigt gefordert hat.«

»Ein *verlorenes* Paradies? Hat dieses Paradies denn jemals existiert – jenseits von Eden?«, fragte Celestina.

Nur als Vision, dachte ich. Der Prophet Jesaja hatte in der wunderbaren Wiedererstehung Israels nach seiner Zerstörung einen Weg gesehen, die ganze Welt zum Glauben an den Allmächtigen zu bringen. Israel als Licht für die Völker. Israel als neues Paradies.

Celestinas Blick verriet ihre Bewegung. »War Granada ein solcher Garten Eden?«

Ich nickte traurig.

»Wie lange warst du nicht in Granada?«

»Heute sind es zweitausendzweihundertzweiunddreißig Tage.«

»Du zählst die Tage?«, fragte sie betroffen. Da stutzte sie und begann zu rechnen. »Dann seid ihr im Jahr …«

»Wir sind Ostern 1509 aus Granada geflohen«, half ich ihr.

Sie war verwirrt. »Aber ich dachte, dass Isabel und Fernando die Juden 1492 aus Kastilien und Aragón vertrieben haben.«

»Das stimmt«, nickte David. »Es war der neunte Tag des Monats Aw des Jahres 5252. Ein jüdischer Trauertag. Wer nach Mitternacht des 9. Aw noch im Land war, wurde hingerichtet.«

»Aber ihr seid geblieben?« Celestinas Blick huschte von David zu mir.

»Ich lasse mich nicht aus dem Paradies vertreiben«, erklärte ich.

»Was war geschehen?« Als ich nicht antwortete, wandte Celestina sich an David. »Ich würde es gern wissen.«

»Warum?« Mein Bruder lehnte sich auf seinem Stuhl zurück.

»Weil ich weiß, was es bedeutet, zu fliehen, alles, was dir jemals etwas bedeutet hat, hinter dir zurückzulassen und ins Exil zu gehen – verzweifelt und ohne Hoffnung auf eine Rückkehr. Weil ich weiß, wie weh es tut, mit den Wurzeln aus dem fruchtbaren Boden der Heimat gerissen zu werden und zu versuchen, an einem anderen Ort Halt zu finden, um zu überleben. Und weil …« Sie zögerte einen Herzschlag lang, dann sprach sie weiter und sah mir dabei in die Augen. »… weil ich euch sehr gern habe. Euer Schicksal berührt mich.«

David warf mir einen fragenden Blick zu – er mochte Celestina, das sah ich ihm an. Ich nickte ihm zu: Ich wollte es ihr selbst erzählen.

Judith legte mir ihre Hand auf den Arm – sie wusste, wie sehr ich mich quälte.

Ich schloss einen Moment die Augen, um mich zu besinnen. Wo sollte ich beginnen? Bei der Eroberung Spaniens durch die Araber im Jahr 711? Bei der Reconquista der Spanier, die jahrhundertelang versucht hatten, die ›Ungläubigen‹ bis über das Meer zurückzudrängen, und erst 1492 durch den Verrat des letzten Sultans von Granada dazu in der Lage waren? Was musste sie wissen, um *verstehen* zu können?

»Meine Familie, die Ibn Dauds, lebte bereits in Spanien, bevor die Araber unter Tarik Ibn Zayed im Jahr 711 das Land eroberten. Wir waren schon dort, als Rom noch die Welt beherrschte.«

»Woher stammt der Name Ibn Daud?«

»Was glaubst du?«, fragte ich zurück.

»Ibn Daud heißt auf Hebräisch Ben David: Sohn Davids.«

»Das stimmt«, nickte ich.

»Und wer war jener David, von dem eure Familie abstammt?«

Als ich nicht antwortete, sah sie mich fast erschrocken an. »Doch nicht …«

»David ben Jischai aus Betlehem. Der Schafhirte, der vom Propheten Samuel zum König gesalbt wurde. Der Dichter der Psalmen. Der Herrscher, der die Bundeslade in die neue Hauptstadt Jeruschalajim holte und seinem Sohn Salomo nach dessen Salbung zum König den Befehl gab, Gott einen prächtigen Palast zu bauen: den Tempel von Jeruschalajim.«

»Ihr seid Nachkommen von König David?«, fragte sie gebannt.

»Das hat uns unser Vater Eliezar erzählt«, erklärte ihr David. »Und unserem Vater hat es sein Vater Jehoschua erzählt. Und ihm wiederum der seine, Jischai ben Aron. Und dem Aron hat es sein Vater erzählt, Samuel. Und so geht es immer weiter, bis in die Zeit des Jüdischen Krieges und der Zerstörung des Tempels, als unsere Familie aus Jeruschalajim geflohen ist. Ob es aber wahr ist, weiß niemand.«

Er lachte übermütig. »Wir haben jedenfalls nicht vor, Ansprüche auf den Thron zu erheben und nach zweitausend Jahren eine neue Dynastie der Ben Davids in Israel zu gründen.«

»Jesus war auch ein Sohn Davids.« Sie zögerte, die Frage zu stellen. »Seid ihr verwandt mit Rabbi Jeschua?«

»Wie sollte ich mit ihm verwandt sein, da er doch Gottes Sohn war?«, fragte ich sie. »Joseph war ein Nachkomme Davids, nach christlichem Glauben jedoch *nicht* sein Vater. Nachzulesen im Evangelium des Mattitjahu.«

Celestina starrte mich fassungslos an.

Weil ich ein Sohn König Davids war. Weil ich Jeschua als meinen Verwandten bezeichnete. Und weil ich das Evangelium des Mattitjahu erwähnte, das sie in Ibn Shapruts Buch gefunden hatte, ›das Buch des Ursprungs Jesu Christi, des Sohnes Davids, des Sohnes Abrahams‹, wie es in Mattitjahus Stammbaum hieß – der damit endete, dass Joseph ben Jakob stillschweigend doch als Jeschuas Vater bezeichnet wurde.

David schenkte ihr Wein nach, und sie trank, ohne den Blick von mir zu wenden. Sie war zutiefst erschüttert, das sah ich ihr an. Doch sie glaubte mir. Ihr Blick huschte zu Ibn Shapruts Buch hinüber, das neben meinem Tallit lag. Mehr denn je wünschte sie den *Prüfstein* zu lesen.

Celestina, tu es nicht!, dachte ich. Du ahnst nicht, was du finden wirst. Dass Joseph ben Jakob Jeschuas Vater war, dass Jeschua wirklich ein Sohn Davids war und dass Gott sein Vater war, wie Er auch der meine ist – das ist doch nur der Anfang des Evangeliums, das die Welt verändern wird! Des Evangeliums, das ich schreiben will: *Das verlorene Paradies.*

Den Braten auf ihrem Teller hatte sie noch nicht angerührt. Er war schon kalt geworden. Ich zog die Silberplatte mit dem warmen Braten zu mir heran und legte ihr ein neues Stück Lamm auf den Teller. »Judith hat das Mahl nach einem alten Rezept ihrer Familie aus Granada zubereitet.«

Celestina beeilte sich, einen Bissen zu kosten. »Es ist wirklich sehr gut!«, sagte sie zu Judith, die zufrieden lächelte.

Ich füllte mein Weinglas und trank einen Schluck, bevor ich mit meiner Erzählung fortfuhr.

»Die Familie Ibn Daud war also schon seit sehr langer Zeit in Spanien. Zuerst in Toledo, einer alten jüdischen Stadt, dann, nach der Eroberung Spaniens durch die Araber, in Córdoba am Hof des Kalifen Abd ar-Rahman und seiner Nachfolger. Auf der Flucht vor der Reconquista gingen wir nach Sevilla und lebten schließlich in Granada am Hof der Nasriden, der letzten muslimischen Könige auf spanischem Boden.

Unser Vater Eliezar Ibn Daud war einer der einflussreichsten Berater der letzten drei Sultane. Er diente nacheinander Abu al-Hassan, nach dessen Tod seinem Bruder Az-Zaghal und dann dessen Neffen Abu Abdallah, den die Spanier Boabdil nennen – dem Verräter, der Granada den Reyes Católicos auslieferte.

Trotz der Macht, die er besaß, hatte unser Vater nie etwas für sich gewollt. Als ihn die jüdische Gemeinde zu ihrem Oberhaupt wählte, lehnte er ab: Er sei dieser Ehre nicht würdig. Er diene dem Staat, weil der Sultan es wünschte. Jedoch würde er niemals vergessen, dass er Jude sei.

Wenn er, Eliezar Ibn Daud, der jüdischen Gemeinde nicht zu dienen vermochte, so konnten es doch seine drei Söhne. Ich sollte ein angesehener Rabbi werden, ein Richter und Gelehrter, der in der Synagoge von Granada die Gottesdienste hielt, und so schickte er mich zum Studium bei einem bekannten Rabbi. David sollte Medizin studieren und, seinem Wunsch entsprechend, ein berühmter und erfolgreicher Arzt werden. Und Aron, sein jüngster Sohn, sollte Händler und Bankier werden, um den Reichtum der Familie Ibn Daud zu mehren. Unser Vater hatte eine Schatztruhe voller Träume!

Wie die großen jüdischen Gelehrten Jehuda Halevi, Samuel Ibn Nagrela und Chasdai Ibn Shaprut träumte er von einem unabhängigen jüdischen Staat auf jüdischem Boden: die großartige Vision von der Wiedererstehung Israels. Trotzdem diente er dem Sultan, der ihm eine verantwortungsvolle Aufgabe übertragen hatte: Es ging um das Überleben von Granada als unabhängiger Staat. Die Bewahrung des Paradieses.

Tragisch war, dass unser Vater das Scheitern seiner Hoffnungen, die Vernichtung dieser wundervollen Vision eines neuen Staates Israel und die Zerstörung des Reiches von Granada, dessen Erhaltung er sein ganzes Leben gewidmet hatte, vor seinem Tod noch miterleben musste.«

Die Erinnerungen an Granada stimmten mich traurig.

»Vor der Eroberung Granadas durch die Spanier besaßen wir einen großen Palacio unterhalb der Alhambra, der Residenz der Könige von Granada. Wie viele andere angesehene jüdische Familien wohnten wir nicht in der Judería. Niemand verschloss damals seine Tür. Unsere Haustür stand den ganzen Tag offen, und jeder, der uns besuchen wollte, konnte hereinkommen. Selbst nachts war sie nur angelehnt. Ein Schloss haben wir erst später einbauen lassen.

Ein Juwel von Eleganz und Anmut, so nannte der Sultan Az-Zaghal unser Haus wegen des blütengeschmückten Patios mit dem maurischen Balkon und den duftenden Orangen- und Zitronenbäumen, den schönen Arabesken in den Räumen und all den anderen Annehmlichkeiten wie fließendem Wasser im Bad. Zugegeben, unser Patio war nicht so beeindruckend wie der Löwenhof im Harem der Alhambra, aber unser Haus war nicht weniger prächtig eingerichtet als der Königspalast. Er war, wie die Alhambra, nicht in einem Atemzug erbaut worden, sondern das Werk mehrerer Generationen angesehener, wohlhabender und sehr einflussreicher Ibn Dauds.

Von der Dachterrasse hatte man einen schönen Blick auf die Vega, das Fruchtland rund um Granada, auf die weißen Häuser auf dem Albaicín-Hügel, auf das Minarett und die Kuppel der großen Moschee und auf die Koranschule. Auf der anderen Seite sah man die hoch aufragenden Türme der Alhambra. Und dahinter ragten die schneebedeckten Gipfel der Sierra Nevada in den Himmel.

Als wir Kinder waren, haben David und ich unseren Vater oft in den Königspalast begleitet. Aron war damals noch zu klein. Die Sorgen, die unseren Vater damals quälten, die Reconquista der Reyes Católicos und der drohende Untergang des Paradieses, waren für uns Kinder düstere Gewitterwolken am Horizont – zu fern, um den Sturm und das Donnergrollen zu fürchten.«

Lächelnd versank ich einen Augenblick in den Erinnerungen an eine andere, bessere Zeit. Dann fuhr ich fort:

»Neben dem großen Haus in Granada hatten wir noch einen Landsitz westlich der Stadt. Bevor Az-Zaghal König wurde, war er dort einige Male zu Gast, wenn er von der Alhambra in seine Residenz in Málaga zurückkehrte. Im Jahr 1476 bin ich dort geboren worden – David folgte zwei Jahre später. Unser Bruder Aron ...« Ich wies auf den leeren Stuhl neben mir. »... kam in unserem Haus in Granada auf die Welt – das war 1481. Er ist vierunddreißig ...«

... und damit alt genug, um zu wissen, wann der Gottesdienst am Freitagabend begann und dass der heilige Schabbat mit dem Abendessen im Kreis der Familie gefeiert wurde! Warum war Aron nicht nach Hause gekommen? Wo steckte er bloß?

»In unseren Gärten wuchsen Granatäpfel, Orangen und Zitronen, Aprikosen und Pfirsiche, Birnen und Mandeln. Wir hatten auch einen Weingarten. Wenn wir auf dem Land waren, ritten wir oft nach Alhama de Granada, das nicht weit entfernt war. Aber einmal, ohne Wissen unseres Vaters, auch bis Vélez Málaga nahe dem Meer. Ich war damals elf, David neun.«

Wie gut ich mich noch an das zornige Gesicht unseres Vaters erinnern konnte, als David und ich erst lange nach Mitternacht heimgekehrt waren – wir hatten uns im Mondlicht verirrt! Es war das einzige Mal gewesen, dass mein Vater mich geschlagen hatte, weil ich als älterer Bruder David überredet hatte, mich zu begleiten. Mein Vater hatte sich furchtbare Sorgen um uns gemacht. Die Spanier waren nur ein paar Meilen entfernt in der Festung von Alhama de Granada. Und wenige Tage nach unserem Ausritt wurde Vélez Málaga erobert.

Celestina hing an meinen Lippen. »So wie du von Granada erzählst, klingt es wie ein Märchen aus Tausendundeiner Nacht.«

»Das war es. Ein schönes Märchen, das tragisch endete. Mit einem Verrat.«

»Was war geschehen?«, fragte sie gespannt.

»Abu Abdallah, von Fernandos und Isabels Gnaden der letzte Sultan von Granada, hat die Stadt den Reyes Católicos ausgeliefert. Das Reich bestand am Ende nur noch aus der belagerten und seit April 1491 von der Welt abgeschnittenen Stadt Granada.

Im November begannen die Verhandlungen, und der Sultan stellte seine Forderungen: Gewährleistung der Sicherheit für die Einwohner und ihren Besitz, freie Religionsausübung in Moscheen und Synagogen, keine Diskriminierung von Nichtchristen und die Möglichkeit, in den Maghreb auszuwandern. Den Juden wurden im Kapitulationsvertrag dieselben Rechte zugestanden wie den Mauren. Isabel und Fernando stimmten zu – der Kampf um Granada hatte schon zu lange gedauert und zu viele Opfer gefordert.

Im Übrigen hatten die katholischen Könige nie beabsichtigt, auch nur eine dieser Zusagen einzuhalten, widersprachen sie doch ihrem Ziel, die Ungläubigen aus Spanien zu vertreiben. *Alle* Ungläubigen: Muslime und Juden! Die Kapitulationsurkunde von Granada war das Papier nicht wert, auf dem sie geschrieben war.«

Mit einem Schluck Wein versuchte ich meine Bitterkeit hinunterzuspülen. Dann fuhr ich fort:

»Im Morgengrauen des 2. Januar 1492 verkündeten drei Kanonenschüsse von den Mauern der Alhambra die Kapitulation. Am selben Nachmittag zogen Isabel und Fernando von ihrem Feldlager in Santa Fé in die Stadt ein. Als Berater des Sultans und Vertreter der jüdischen Gemeinde war unser Vater bei der Übergabe der Schlüssel der Stadt sowie des Goldringes des Sultans anwesend. Am Abend wurde das Banner des Islam über der Alhambra eingeholt und durch ein christliches Kreuz ersetzt. Das war der Anfang vom Ende.«

Meine Hand verkrampfte sich um den Dolch in meiner Hand.

»Drei Monate später, Ende März 1492, brachen Isabel und Fernando die Kapitulationsvereinbarung durch das Edikt der Ausweisung der Juden bis zum 9. Aw 5252 – Anfang August 1492. *Aller* Juden aus ganz Spanien, nicht nur aus Al-Andalus.« Ich atmete tief durch und wich Davids besorgtem Blick aus.

»Und dann, still und heimlich, und selbstverständlich inoffiziell, kam, entgegen allen gegebenen Versprechen, die spanische Inquisición nach Granada. Damit war der Untergang des Paradieses besiegelt. Unsere Träume von Frieden und Freiheit und von der freien Ausübung unseres Glaubens verbrannten auf den Scheiterhaufen der Inquisición.«

Ich fuhr mir mit beiden Händen über das Gesicht, um die Gedanken zu verscheuchen, die grausamen Erinnerungen an bei lebendigem Leib brennende Menschen. Ihre Schreie – vor Zorn, vor Schmerz und vor Verzweiflung, von Gott verlassen zu sein!

Und dann: Sarahs letzter Blick, bevor die Flammen an ihr hochloderten: ›Stirb mir nicht nach, Elija!‹

Judith kam zu mir herüber, um mich zu trösten. Leicht wie ein Lufthauch küsste sie mich auf die Lippen, wie Sarah es immer getan hatte, flüsterte auf Hebräisch liebevolle Worte, wie Sarah sie gesagt hatte, und strich mir sanft über das Haar.

Seit Sarahs Tod war unsere Beziehung sehr innig. Judith bemühte sich, mir Sarah zu ersetzen, mir die Liebe zu schenken, nach der ich mich sehnte, mir den Halt zu geben, den ich brauchte. Sie versuchte für mich da zu sein.

»Ist schon gut«, sagte ich auf Hebräisch.

Sie lächelte mitfühlend und kehrte an ihren Platz zurück. David ergriff ihre Hand und drückte sie.

Celestina war berührt von Judiths inniger Liebe, die weit mehr war als die herzliche Beziehung zwischen mir und der Gemahlin meines jüngeren Bruders. Und sie war betroffen über den Kuss. Wie konnte sie auch wissen, was Judith und mich verband?

Sie steckte sich den Topasring, den sie ganz in Gedanken abgenommen hatte, wieder an den Finger.

Was bedeutete ihr der Ring? Und was empfand sie für mich?

David sah, dass ich zu aufgewühlt war, um weiterzusprechen, und ergriff das Wort:

»Am 31. März 1492 unterzeichneten die Reyes Católicos das Ausweisungsedikt. Einen Monat später erfuhren wir, dass wir vertrieben werden sollten. Ich kann mich noch erinnern, wie unser Vater mit einer Mitschrift des vor der Synagoge verlesenen Ediktes nach Hause kam. Ich glaube …« David sah mich an, dann wandte er traurig den

Blick ab. »Ich glaube, dass unser Vater in seinem tiefsten Inneren bereits in diesem Augenblick starb, nicht erst später, auf der Flucht. Es hatte ihm das Herz gebrochen.

Als er von der Synagoge nach Hause kam, las er Elija, Aron und mir vor, was die Könige beschlossen hatten. Noch heute kann ich mich an jedes der Worte erinnern:

›Wir, die Könige, haben in unseren Königreichen die Inquisición eingeführt, die viele Schuldige der gerechten Strafe zugeführt hat. Es besteht kein Zweifel, dass der Umgang der Christen mit den Juden den allergrößten Schaden verursacht. Die Juden verführen die Conversos, die zum Christentum bekehrten und getauften Juden und ihre Kinder, indem sie ihnen jüdische Gebetbücher und zu Ostern ungesäuertes Brot geben, sie belehren, welche Speisen genossen werden dürfen und welche nicht, und sie überreden, Moses' Gesetz zu befolgen. All dies hat die Unterwühlung und Erniedrigung unseres heiligen katholischen Glaubens zur Folge. So sind wir denn zu der Überzeugung gelangt, dass das wirksamste Mittel zur Bekämpfung all dieser Missstände die völlige Unterbindung jeden Umgangs zwischen Juden und Christen ist, die allein durch die Vertreibung der Juden aus unseren Königreichen erreicht werden kann.‹«

David schwieg einen Augenblick.

»Diese Worte … dieses Todesurteil für viele, diese Verurteilung zur Taufe oder zum Verlust der Heimat und des Besitzes für alle anderen, haben sich in mein Gedächtnis eingebrannt. In den folgenden Tagen habe ich sie immer wieder rezitiert, wie ein Gebet.

Du musst gehen und alles hinter dir zurücklassen, David. Du hast nicht getan, was man dir vorwirft, David, doch du musst gehen. Du trägst keine Schuld am Tod eines jüdischen Rabbi vor eintausendfünfhundert Jahren, David, doch du musst gehen. Du hast kein Gebot gebrochen, das Adonai dir gab, David, doch du musst gehen. Geh, David, geh, bevor sie dich taufen oder totschlagen.«

Die Erinnerung schmerzte meinen Bruder immer noch, obwohl unsere Flucht doch schon dreiundzwanzig Jahre zurücklag – David war damals vierzehn gewesen und ich sechzehn.

»Wir Juden mussten bis Anfang August 1492 das Land verlassen

104

haben. Sollten nach diesem Datum, dem 9. Aw 5252, Juden in Kastilien oder Aragón erwischt werden, würden sie ... wie hieß es im Edikt? ... würden sie unter Ausschaltung des Gerichtsweges mit dem Tod und der Vermögenseinziehung zu Gunsten des königlichen Schatzes bestraft werden.« Davids Tonfall war bitter. »Diese verdammten Heuchler! Als hätten wir, die rechtlosen Juden, uns jemals gegen die Vertreibung wehren können! Als hätten wir unser Vermögen ins Exil mitnehmen können!

Das Edikt beschied: Ihr Juden dürft alles mitnehmen, was ihr besitzt – das klingt sehr großmütig, nicht wahr? –, mit Ausnahme von Gold, Silber und Münzgeld. Mit anderen Worten: Den Erlös aus dem Verkauf unseres Hauses, des Landsitzes, der kostbaren Möbel und allem, was uns lieb und teuer war, durften wir nicht mitnehmen.

Wir Juden, ein großer Teil der spanischen Bevölkerung, wurden vertrieben, und die katholischen Könige nahmen sich alles, was wir zurücklassen mussten. Wenn sie uns erlaubt hätten, alles wegzuschleppen, was wir besaßen, wäre Spanien arm gewesen. Aber so blieb das Gold im Land und die Juden gingen, und Spanien war trotzdem arm – moralisch wie geistig!«

Celestina legte ihm die Hand auf den Arm. »Ich bin zutiefst beschämt über das, was euch angetan wurde.«

David ergriff ihre Hand. »Celestina, ich hasse dich nicht, weil du Christin bist. Ich verachte jene, die uns gedemütigt, beraubt und vertrieben haben. Die uns Adonai, unseren Herrn, weggenommen haben. Die uns gegen unseren Willen getauft haben. Die uns mit der Folter der Inquisición bedroht haben, mit den Qualen des Scheiterhaufens und mit dem Tod.«

»Und was habt ihr nach der Verkündigung des Ausweisungsediktes getan?«, fragte sie.

»Viele unserer Freunde haben sich taufen lassen, weil sie Granada nicht verlassen wollten. Andere konvertierten, weil sie fürchteten, den weiten und anstrengenden Weg ins Exil nicht zu schaffen – denn wohin sollten wir gehen? Nach Frankreich, wo die Juden im Jahr 1306 enteignet und vertrieben worden waren? Nach Deutschland, wo 1349 die Juden in Frankfurt, Mainz, Köln und Worms abgeschlachtet wurden und Tausende Selbstmord begingen, als sie nach dem verlorenen Kampf in ihre Häuser flohen, um sie dann anzuzünden und sich zu verbrennen, damit sie nicht den Gojim in die Hände fielen? Nach Portugal? Oder nach Italien? War es dort wirklich besser als in Spanien?

Als Conversos durften sie bleiben und ihre Häuser in Granada behalten. Die Spanier nennen diese getauften Juden verächtlich Marranos – Schweine. Wir Juden nennen sie Anusim – die Gezwungenen.«

»Und was habt ihr getan?«

»Wir haben uns gegen die Taufe entschieden«, antwortete David.

»Warum?«

»Wir haben drei Monate lang gesehen, wie es den getauften Juden erging. Sie wurden nicht besser behandelt, *obwohl* sie konvertiert waren. Nein, sie wurden verachtet, *weil* sie ihren Glauben abgelegt hatten.

Wir haben darüber nachgedacht, was geschehen würde, wenn Tausende Anusim in Sevilla und Córdoba, in Toledo, Valencia und Barcelona heimlich dem Glauben ihrer Väter treu blieben, und sahen die Scheiterhaufen in Kastilien und Aragón brennen. Tausende Scheiterhaufen! Es schien unvermeidlich!

Aus einem Converso, einem getauften Juden, würde niemals ein Christ werden, dessen Leben nicht durch die Inquisición bedroht war. Ein Converso würde den ihm von Gott geschenkten Schabbat einhalten und koscher essen. Er würde mit anderen die Tora lesen, fasten und Jom Kippur feiern. Und irgendwann wäre er so mutig, sich eine kleine Laubhütte zu errichten, um das Sukkot-Fest zu feiern.

Seine Kinder wären die Kinder von Conversos. Wie ihre Enkel und Urenkel. Es war ein Leichtes, jemanden wegen seines Glaubens bei der Inquisición anzuklagen – wir haben doch jahrelang die Prozesse in Sevilla und Córdoba beobachtet, die seit der Gründung der spanischen Inquisición zwölf Jahre zuvor dort stattfanden. Wer verdächtigt wurde, wurde gefoltert, und wer gefoltert wurde, der gestand, und wer gestand, der stieg auf den Scheiterhaufen des Auto de Fé.

Nein, wir wollten das Himmelreich Gottes nicht aufgeben, um es gegen die Hölle einzutauschen.«

»Du sagst, ihr hättet drei Monate lang zugesehen? Dann seid ihr zum letztmöglichen Zeitpunkt aus Granada weggegangen?«, fragte Celestina atemlos.

»Wir haben versucht, unseren Besitz zu einem guten Preis zu verkaufen, doch der Wert sank jeden Tag weiter. Die Christen warteten bis zum letzten Augenblick, dann kauften sie für einen lächerlichen Preis Häuser, Weingärten und Obstplantagen, die sie sich sonst niemals hätten leisten können. Wir wollten alles verkaufen, doch was uns für das Haus und den Landbesitz geboten wurde, war eine Demütigung. Und selbst wenn wir die wenigen Maravedís genommen hätten – wir hätten sie ja nicht behalten dürfen.

Also beschlossen wir, unsere Schätze zu vergraben und den Palacio nicht zu verkaufen. Wir haben die Haustür verriegelt – mittlerweile hatte unsere Tür ein Schloss! – und sind weggegangen, als würden wir verreisen und schon bald wieder zurückkehren.

Unser Haus konnte von keinem Christen als sein Eigentum betrachtet werden, denn es gab ja keinen Kaufvertrag – und den Schlüssel haben wir mitgenommen. Das war eine sehr weise Entscheidung unseres Vaters, doch das begriffen wir erst Wochen später! Denn so gehörte uns das Haus ja noch. Und die kostbaren Bücher in der Bibliothek unseres Vaters. Und das Gold und der Schmuck, die im Garten vergraben lagen.«

Celestina war verwirrt. »Aber ich dachte, ihr wärt geflohen!«

»Das sind wir«, erwiderte David. »Wir waren eine der letzten jüdischen Familien, die Granada verließen. Jeder von uns hatte ein Bündel hinter dem Sattel aufgeschnallt: Kleider, persönliche Gegenstände, die silbernen Schabbatleuchter. Mehr hätten wir ohnehin nicht mit an Bord eines Schiffes nehmen können.

Unser Vater hatte entschieden, dass wir nach Alexandria segeln sollten, um dann nach Kairo zu gehen, wo er dem Mameluckensultan als Berater dienen konnte.

Diese Reise bedeutete ihm sehr viel: Sie war die Umkehr – nicht der Exodus der Israeliten aus Ägypten ins Gelobte Land, sondern der Exodus vom Paradies Granada zurück nach Ägypten. Ich weiß, warum er so entschied: Das Gelobte Land und Jeruschalajim sind ein Teil des ägyptischen Reiches. Unser Vater wollte, seiner Vision von einem unabhängigen Israel folgend, Mosches Weg durch die Wüste Sinai gehen, um am Ende dort anzukommen, wo wir ›Söhne Davids‹ seit eintausendvierhundert Jahren nicht mehr gewesen waren: im Gelobten Land.«

Celestina nickte still, während David redete. Hatte sie mir nicht in der Synagoge erzählt, sie wäre in der Wüste Sinai gewesen? Und am Berg, wo Mosche von Gott die Gebote empfangen hatte? Hatte sie dort nicht dasselbe gefunden wie wir Kinder Israels: die Freiheit?

Als sie meinen Blick bemerkte, wandte sie sich zu mir um. Ihr Lächeln war voller Wärme und Mitgefühl.

»Und wenn die Vision vom unabhängigen Reich Israel scheitern sollte, hatten wir immer noch die Hoffnung auf Cristóbal Colóns Reise«, erklärte ich. »Sollte Colón das Paradies auf seiner Reise nach Westen tatsächlich finden, wollten wir dorthin gehen.«

Überrascht blickte sie mich an. »Ich verstehe nicht …«

»Cristóbal Colón ist an dem Tag in Palos losgesegelt, nachdem der letzte Jude das Land verlassen hatte. Wusstest du, dass ein Drittel seiner drei Schiffsmannschaften jüdische Conversos waren? Wusstest du, dass nicht die Reyes Católicos seine Entdeckungsreise finanzierten, wie allgemein angenommen wird, sondern reiche Conversos, die in engem Kontakt mit dem königlichen Hof standen und daher wussten, dass die Juden ausgewiesen werden würden?

Wusstest du, dass die Entdeckung neuer Seewege nach Asien nur eine vorgeschobene Begründung war, aber nicht der wahre Grund, diese gefährliche Reise über das unbekannte Meer anzutreten?«

Als sie den Kopf schüttelte, fuhr ich fort:

»Über die Vertreibung der Juden aus Kastilien und Aragón korrespondierten die Reyes Católicos seit Januar 1483 mit dem Großinquisitor Tomás de Torquemada, doch die endgültige Ausweisung wurde aus finanziellen Gründen immer wieder verschoben. Isabel und Fernando brauchten das Geld der Juden und der durch die Inquisición hingerichteten reichen Conversos, um den endlosen Krieg gegen Granada zu finanzieren. Erst als das Sultanat 1492 gefallen war, wurden die Juden ausgewiesen – entgegen allen Versprechungen!

Warum hätten reiche und mächtige Conversos wie Luis de Santángel, Alonso de la Caballería, Juan Cabrero oder Gabriel Sanchez und ihre jüdischen Freunde Colóns Reise finanzieren sollen, da sie doch wussten oder zumindest ahnten, dass sie bald das Land verlassen mussten und den Gewinn und Erfolg dieser monatelangen Reise nach Asien vielleicht niemals in Spanien genießen durften? *Falls* Colón Erfolg hatte und *falls* er von seiner gefährlichen Reise zurückkehrte!«

Celestina sah mich fragend an.

»Luis de Santángel war der Schatzmeister des Königs von Aragón. Die Santángels gehörten zu den Conversos, die schon in den ersten Jahren der Inquisición die Scheiterhaufen bestiegen, und im Juli 1491 wurde auch Luis de Santángel vor Gericht gestellt. Als Fernandos Günstling und Vertrauter musste Torquemada ihn schließlich wieder gehen lassen«, erklärte ich. »Alonso de la Caballería war Vizekanzler des Königs von Aragón. Auch er wurde, wie Luis de Santángel, durch die Inquisición beschuldigt. Der Prozess gegen ihn zog sich fast zwanzig Jahre lang hin, bis er 1501 durch ein Dekret des Königs geschützt wurde.

Juan Cabrero war königlicher Kämmerer, ein treuer Gefolgsmann und Vertrauter von König Fernando – aber auch seine Verwandten wurden Opfer der Inquisición. Gabriel Sanchez war Minister in Aragón – sein Bruder Juan war vor der Inquisición nach Florenz geflohen, während er in Saragossa zum Tode verurteilt wurde. Und Diego de Deza war Dominikaner, Bischof von Salamanca, Professor der berühmten Universität und für kurze Zeit Großinquisitor.

Was also veranlasste diese Conversos, Cristóbal Colón mit Hilfe ihres Einflusses auf die Reyes Católicos und mit ihrem privaten Vermögen zu unterstützen? Und warum finanzierte auch unser Vater wenige Wochen vor unserer Vertreibung Colóns Reise?«

»Ich weiß es nicht«, gestand sie.

»Weil Cristóbal Colón nicht China gesucht hat, von dem Marco Polo berichtete, sondern einen jüdischen Staat, in dem Juden – nicht Christen oder Muslime – über Juden herrschten.

Es gibt Reiseberichte, die von großen jüdischen Gemeinden in Arabien, Persien, Indien und China sprechen. Rabbi Benjamin de Tudela, der hundert Jahre vor Marco Polo von Navarra über Rom und Jeruschalajim nach Osten reiste, berichtete von einem jüdischen Reich im Jemen mit befestigten Städten und mehreren Hunderttausend Einwohnern, das von einem Fürsten aus dem Hause Davids regiert wurde. Und er erzählte von den Nachkommen von vier Stämmen, die in den Bergen Persiens leben sollen. Sie wurden nicht von Ungläubigen beherrscht, schrieb Benjamin, sondern hatten einen eigenen Fürsten. Flavius Josephus berichtete, dass Juden bis nach Indien gezogen sind. Und Marco Polo wusste von Juden in China.

Viele von uns glaubten, dass es sich bei diesen Juden um die zehn verlorenen Stämme Israels handelte, die nach der Verschleppung ins Assyrische Exil nach Osten gezogen waren. Und wir hofften, diese ›verlorenen Schafe Israels‹ hätten ein Reich gegründet, wo sie in Frieden und Freiheit lebten.

Cristóbal Colón – der mallorquinisch-jüdische Converso – war also in See gestochen, um ein jüdisches Reich zu suchen, wohin wir spanischen Juden gehen konnten, um der Verfolgung, der Folter und der Inquisición zu entkommen. Ohne die großzügige Unterstützung der spanischen Juden mit *jüdischem* Geld, mit *jüdischen* Seekarten aus Mallorca und einer entschlossenen *jüdischen* Intervention bei Isabel und Fernando hätte Colón niemals am 10. Aw den Hafen von Palos verlassen, um das Paradies zu suchen. Niemals!«

»Aber Cristoforo Colombos Expedition war eine christliche Missionsreise! Die Einwohner der neu entdeckten Länder sollten getauft werden und …«

»Dann hätte er vielleicht einen christlichen Priester mitnehmen sollen!«, unterbrach ich sie. »Es war aber kein Priester an Bord der drei Schiffe. Nicht einmal, um während der wochenlangen Überfahrt am Sonntag auf der *Santa Maria* die Messe zu lesen. Seltsam, nicht wahr?«

»Aber …«, zweifelte sie noch immer, »… Colombos Reise war eine Entdeckungsfahrt zur Erschließung neuer Handelsrouten. Colombo ist nach Westen aufgebrochen, um China zu finden – so wie Vasco da Gama nach Süden um das Kap der Guten Hoffnung gesegelt ist, um Indien zu erreichen. Venedig steht vor dem Ruin, weil nun Lissabon der führende Seehafen Europas ist und die Gewürzpreise des Rialtomarktes um vier Fünftel unterbietet.«

»Wenn Colón wirklich China oder Indien erreichen wollte, wäre es dann nicht sinnvoll gewesen, einen Übersetzer für Hindi und Chinesisch mitzunehmen? Oder zumindest einen Dolmetscher für die arabische Sprache? Der Converso Luis de Torres, der einzige Dolmetscher an Bord, war sein Übersetzer für *Hebräisch*! Ehrlich gesagt, mich amüsiert der Gedanke, dass die Eingeborenen der von Colón entdeckten Inseln zuerst nicht auf Spanisch oder Lateinisch oder Chinesisch angesprochen wurden, sondern auf Hebräisch.«

Celestina wusste nicht, was sie sagen sollte.

Die Vision vom neuen Reich Israel war gescheitert. Cristóbal Colón hatte zwar vor dreiundzwanzig Jahren das Paradies entdeckt, doch nun war es verloren. Die Indianer starben zu Tausenden an den Krankheiten, die die Spanier eingeschleppt hatten, an Verzweiflung und an Erschöpfung durch die harte Sklavenarbeit in den Plantagen. Was war vom Paradies geblieben? Nur ein Traum: *mein* Traum. Ich würde mein Buch schreiben. Und ich würde es *Das verlorene Paradies* nennen. Weil der Traum zu schön war, um ihn aufzugeben. Denn was bleibt dem Menschen, der schon alles verloren hat, wenn er am Ende auch noch seine Träume verloren gibt?

»Mit einer großartigen Vision im Gepäck ritten wir also von Granada nach Málaga«, erzählte ich weiter. »Wir verkauften unsere Maultiere und gingen zum Hafen, um uns auf einem Segler nach Alexandria einzuschiffen. Aber unsere Reise endete am Kai von Málaga.«

»Warum?«, fragte sie bestürzt. »Was war geschehen?«

»Der Hafen war völlig überfüllt. Hunderte Juden saßen auf ihren Truhen und Bündeln und warteten verzweifelt auf ein Schiff, das sie aus Spanien fortbringen würde, gleichgültig wohin: Lissabon, Marseille, Genua, Alexandria oder Istanbul.

Der Landweg über die Pyrenäen nach Frankreich war viel zu weit, um es bis zum 9. Aw noch zu schaffen. Die Preise für die Schiffspassagen stiegen von Stunde zu Stunde, während wir auf die Ankunft eines Seglers warteten. Wenn ein Schiff in den Hafen einlief, war das Gedrängel am Kai so groß, dass viele ins Wasser fielen. Selbst die ältesten Boote, halb zerfallen und verfault, wurden hoffnungsvoll bestiegen. Viele Juden gaben den christlichen Kapitänen ihren ganzen Besitz, damit sie auf ihren Schiffen in die Freiheit segeln konnten. Sie würden völlig mittellos in ihrer neuen Heimat ankommen. Aber trotzdem lächelten sie glücklich, wenn sie sich über die Reling lehnten und uns Zurückbleibenden zuwinkten.

Unser Vater ließ vielen Familien mit Alten und Kranken und kleinen Kindern, die nach uns im Hafen angekommen waren, den Vortritt. Beharrlich wartete er auf sein Schiff, das ihn nach Alexandria bringen sollte. Und so hockten wir Tag für Tag am Kai, starrten auf das Meer hinaus und beobachteten sehnsüchtig die Schiffe, die ablegten und mit Hunderten Juden aufs Meer hinausfuhren, um sie in ihre neue Heimat zu bringen.

Die *Estrella* war ein solches Schiff, ein spanischer Segler, der nach Istanbul auslief, denn dem osmanischen Sultan Bajazet waren die vertriebenen Juden sehr willkommen – er soll gesagt haben: ›Ihr nennt Fernando, der sein Land arm und mein Land reich gemacht hat, einen weisen König?‹

Ich kann mich noch erinnern, wie David, Aron und ich am Kai standen und wehmütig der *Estrella* nachsahen. Wie gern wären wir auch endlich aufgebrochen, aber es schien, als säßen wir im Hafen von Málaga fest. Der 9. Aw rückte immer näher.«

»O mein Gott!«, flüsterte sie atemlos.

»Ja, Celestina, so dachte ich auch zuerst. Ich, der angehende Rabbi, warf Adonai vor, uns verlassen und vergessen zu haben. Aber der Herr hatte uns nicht vergessen. Ganz im Gegenteil: Er hatte uns beschützt. Denn am nächsten Morgen, ganz früh, noch bevor die Sonne aufging, war die *Estrella* wieder da. Da lag sie am Kai vertäut, als wäre sie nicht gestern erst nach Istanbul in See gestochen. Kein Jude war mehr an Bord. Das Gepäck, die Truhen und Säcke, lag aber noch aufgestapelt an Deck und wurde eilig an Land gebracht, damit weitere hundert Juden an Bord gehen konnten. Nach Istanbul. Da überfiel mich eine furchtbare Ahnung …«

Erschüttert schlug sich Celestina die Hand vor die Lippen. »Sie waren …«

»… auf hoher See über Bord geworfen worden. Sie waren tot.«

»Mein Gott!«

»Wir beschlossen, Málaga auf dem schnellsten Weg zu verlassen. Im Hafen hatten wir neun kostbare Tage vergeudet. Der 9. Aw rückte immer näher. Wohin sollten wir gehen? Nach Portugal! Aber die Grenze war weit. Wir fanden keine Reittiere, nicht einmal einen Esel für unser Gepäck. Den ganzen Weg bis Sevilla und dann weiter bis zur portugiesischen Grenze gingen wir zu Fuß. Wir marschierten Tag und Nacht, denn wir hatten keine Zeit mehr zu verlieren. Wir rasteten nur, um zwei oder drei Stunden zu schlafen und aßen und tranken im Gehen. In jenen furchtbaren Tagen und Nächten bekam für uns das Wort Exodus, in dessen Andenken wir jedes Jahr das Pessach-Fest feiern, eine ganz neue Bedeutung.

Bei Sevilla stießen wir auf jüdische Flüchtlinge, die wie wir nach Portugal wollten. Viele lagerten am Wegesrand, zu erschöpft, um weiterzugehen. An der Straße standen christliche Priester, die sich erboten, uns für eine Hand voll Maravedís zu taufen. Sie hielten uns fertige Taufscheine unter die Nase – nur unsere Namen mussten noch eingesetzt werden. Viele ließen sich taufen und weinten dabei, als würde ihnen die Seele fortgerissen werden. Es war furchtbar!«

Ich schwieg einen Augenblick, überwältigt von meinen Erinnerungen an die Verzweifelten und Erschöpften … an die hoffnungslosen Blicke, die sie mir zuwarfen, als ich mich neben sie kniete, um ihnen aufzuhelfen, und sie bat, doch weiterzugehen und nicht aufzugeben … an die tiefe Resignation, die sie zur christlichen Taufe trieb. Ich hatte geweint, als ich wieder aufgestanden war, um diese Seelenqualen Leidenden hinter mir zurückzulassen.

Und da waren noch die anderen Erinnerungen, die grausigen Entdeckungen am Straßenrand: aufgeschlitzte Leichen. In den letzten Tagen vor der Vertreibung hatte sich das Gerücht verbreitet, wir

Juden hätten Gold und Diamanten verschluckt, um unsere Reichtümer über die Grenze zu schmuggeln. Wegen dieser vermeintlichen Schätze wurden viele Juden überfallen und wie Vieh abgeschlachtet.

Dann fasste ich mich wieder:

»Am 8. Aw, einen Tag bevor wir Spanien verlassen mussten, hörten wir, dass Portugal die Grenzen geschlossen hatte. Zu viele Juden wären nach Portugal geflohen: Einhundertzwanzigtausend sollen es angeblich gewesen sein. König João war nicht gewillt, noch mehr ins Land zu lassen.«

»O Gott!«, seufzte Celestina.

»Was würde geschehen, wenn wir Spanien nicht rechtzeitig verlassen konnten? Die Angst trieb uns vorwärts. Wir stolperten weiter, hoffend und betend. Wir wussten nicht, wohin wir sonst gehen sollten.

Am späten Nachmittag des 9. Aw erreichten wir nach einem Gewaltmarsch endlich die portugiesische Grenze. Wir waren völlig erschöpft. Unser Vater konnte sich kaum noch auf den Beinen halten – David und ich stützten ihn und trugen ihn über die Grenze. Und wir zahlten einen hohen Preis dafür: fast alles Gold, das wir noch besaßen, für eine Aufenthaltserlaubnis von nur wenigen Monaten. Und dann zahlten wir einen noch viel höheren Preis: Unser Vater starb nur wenige Stunden später.«

Celestina sah mich betroffen an. »Das tut mir sehr Leid, Elija … David.«

»Der 9. Aw ist ein jüdischer Trauertag. An jenem Tag wurde der Tempel zum zweiten Mal zerstört. Und unser Vater starb an diesem Tag. Er starb an der Erschöpfung von dem Gewaltmarsch quer durch Al-Andalus. Und an der Hoffnungslosigkeit, dem Gefühl, alles verloren zu haben, wofür er sein Leben lang gekämpft hatte.«

David hatte Tränen in den Augen, als er an meiner Stelle weitererzählte:

»Wir haben unseren Vater in Portugal begraben. An der Straße nach Serpa. Wir haben unsere Gewänder zerrissen, getrauert und gebetet. Für die Schiwa, die sieben Trauertage nach dem Tod unseres Vaters, hatten wir während unserer Flucht keine Zeit. Elija, Aron und ich haben die ganze Nacht beratschlagt, was wir nun tun wollten. Wir besaßen nichts mehr, bis auf eine Hand voll Maravedís. Wie sollten wir uns bis Lissabon durchschlagen, oder bis Coimbra? Und selbst wenn wir es bis Coimbra schafften und Elija dort eine Stelle an der Universität annehmen konnte, was dann? Elija war sechzehn, ich vierzehn und Aron elf. Wir hatten keine Verwandten in Portugal, bei denen wir unterkommen konnten. Wir hatten nichts.

Mit seinem letzten Atemzug hatte unser Vater uns beschworen, uns niemals zu trennen, um einander beschützen zu können. Jedem von uns nahm er in seiner letzten Stunde dieses Versprechen ab.« David warf einen langen Blick auf Arons leeren Stuhl. »Dann starb er mit dem Schma Israel auf den Lippen. In jener Nacht beschlossen wir umzukehren.«

»Umzukehren?«, flüsterte Celestina ungläubig.

David nickte. »Was sollten wir in Portugal? Wir hatten kein Geld, sprachen kein Portugiesisch und würden keine Arbeit finden. Elija hatte mit sechzehn seine Ausbildung zum Rabbi noch nicht beendet, ich hatte mit vierzehn mein Studium der Medizin noch nicht einmal begonnen, und Aron war ja noch ein Kind. Und nach einem halben Jahr hätten wir ohnehin das Land verlassen müssen. Es hatte also keinen Sinn, in Lissabon oder Coimbra oder Porto auf Cristóbal Colóns Rückkehr zu warten und zu hoffen, dass er das ersehnte Reich Israel in Asien gefunden hatte – denn an eben diesem Tag, am 10. Aw 5252, stach er von Palos aus doch erst in See! Wie sollten wir denn in Portugal überleben?

Wir wanderten also am nächsten Tag weiter bis zur Stadt Serpa, die einige Meilen weiter westlich lag. Am Abend erreichten wir erschöpft den Hauptplatz. Gerade wollte der Priester das Portal der Kirche Santa Maria abschließen und nach Hause gehen, als Elija ihn aufhielt. Für unsere restlichen Maravedís hat er uns noch am 10. Aw getauft.«

Celestina blickte mich stumm an.

»Bevor die Tinte auf den Taufscheinen trocken war, machten wir uns auf den Rückweg nach Granada«, erzählte David weiter. »Wir waren nicht mehr Elija, David und Aron Ibn Daud. Elija hieß nun

Juan de Santa Fé, Aron war Fernando, und ich selbst nannte mich Diego.«

»Santa Fé?«, fragte Celestina erstaunt. »›Der heilige Glaube‹ als Familienname?«

David verzog die Lippen. »Wir haben uns in Portugal taufen lassen, doch niemals unseren jüdischen Glauben abgelegt: Den Santa Fé haben wir behalten.«

»Das ist ...« Celestina sah mich an. »Das ist so tragisch, dass es schon ... bitte verzeih mir! ... dass es schon wieder komisch ist. Du bist also Juan de Santa Fé. Ein getaufter Christ!«

»Ich bin Elija ben Eliezar Ibn Daud. Ein Jude, der niemals aufhören wird, nach den Geboten zu leben, die Adonai uns gegeben hat.«

»Aber du bist getauft!«

»Ein Priester hat ein christliches Reinigungsritual an mir vollzogen, das für mich keine Bedeutung hat«, erwiderte ich. »Für eine Hand voll Gold hat er mir eine Hand voll Wasser gegeben. Es wäre ein schlechtes Geschäft gewesen, wenn wir nicht mit den paar Münzen, die wir noch besaßen, Taufscheine gekauft hätten – die uns die Rückkehr nach Granada ermöglichten.«

»Aber die Taufe ist ein christliches Sakrament, das nicht widerrufen werden kann.«

»Weil Jeschua am Ende des Matthäus-Evangeliums seinen Jüngern die Taufe befohlen hat, im Namen des Vaters und des Sohnes und des Heiligen Geistes?«

Sie nickte.

Ich bin also dazu verdammt, ein Christ zu sein!, dachte ich. Glaubt sie wirklich, ich höre auf, ein Jude zu sein und dem Volk Israel anzugehören, nur weil ich getauft bin? Als Sohn eines jüdischen Vaters und einer jüdischen Mutter kann ich nichts anderes sein als ein Jude. Nur der Tod hebt die jüdische Nationalität auf.

Sollte ich ihr das Ende des Evangeliums in Ibn Shapruts Buch vorlesen? Sollte ich ihr offenbaren, was dort wirklich geschrieben stand? ›Geht und lehrt sie‹ – nicht die ungläubigen Gojim, sondern die verirrten Schafe Israels! – ›zu tun, wie ich es euch befohlen habe!‹

»Jeschua hat *nichts* dergleichen getan, Celestina! Er hat seinen Talmidim, seinen Schülern, die Taufe nicht befohlen. Weder hat er sie erfunden, noch hat er selbst getauft.«

Sollte ich ihr erklären, dass das hebräische Wort für Taufe untertauchen bedeutet – sich selbst taufen? Dass auch Johanan der Täufer niemanden getauft hatte, weil die Menschen selbst in den Jordan stiegen? Nein, es klang wohl zu belehrend!

Also erklärte ich ihr: »Wir Juden werden mit einer reinen Seele geboren. Wir kennen keine Erbsünde, die mit Wasser abgewaschen werden muss. Wir müssen nicht getauft werden. Und unsere Sünden büßen wir an Jom Kippur, dem Versöhnungstag. Dazu brauchen wir keinen blutig gegeißelten und gekreuzigten Gottessohn, der uns durch seinen Tod erlöst. Wozu also sollte Rabbi Jeschua vor seiner Kreuzigung getauft haben?«

Ihr Blick irrte zu Ibn Shapruts *Prüfstein* hinüber. Sie wollte dieses Werk, das zum Prüfstein ihres christlichen Glaubens geworden war, unbedingt lesen.

»Woher stammt dieses Buch?«, fragte sie mit glänzenden Augen.

»Aus Granada.«

»Ihr seid also als Juan, Diego und Fernando de Santa Fé zurückgekehrt.«

Ich nickte. »Ich war sechzehn. Mein Rabbi, bei dem ich studiert hatte, war nicht mehr in Granada. Ich war noch kein ordinierter Rabbi und hatte keine Möglichkeit mehr, mein Studium zu beenden. Daher bewarb ich mich um die Stelle als Sekretär beim neuen Erzbischof von Granada.«

»Fray Hernán de Talavera?«, fragte sie.

»Du kennst ihn?«

»Er war der Beichtvater der Königin Isabel, bevor er Erzbischof von Granada wurde. Sein Name steht auf der ersten Seite der lateinischen Bibel, die Judith mir in die Synagoge mitbrachte.«

»Hernán hat mir seine Bibel geschenkt, bevor er starb. Wir waren Freunde.«

Celestina erhob sich und holte die lateinische Bibel, die sie beim Eintreten weggelegt hatte. Dann setzte sie sich, schlug die erste Seite auf und las: »»Vaya con Dios, Juan, y Él va contigo – Geh mit Gott,

Juan, und Er wird mit dir gehen.‹ Das ist kein spanisches Wortspiel, sondern ein hebräisches, nicht wahr?«

Ich nickte. »Hernán de Talavera war ein Converso. Seine Mutter war Jüdin gewesen, was ihn selbst zu einem Juden machte. Hernán war oft bei uns zu Gast.«

»Der Erzbischof von Granada!«, staunte sie.

»Fünfzehn Jahre lang, bis zu seinem Tod im Jahr 1507, war ich Hernáns Sekretär und Vertrauter.«

»Du hast für die Kirche gearbeitet?«, fragte sie ungläubig. »Für die Kirche, die dich als Juden verfolgt?«

»Als Sekretär des Erzbischofs habe ich für die Juden und die Muslime gearbeitet, nicht für die Kirche«, erwiderte ich. »Ich habe christliche Theologie studiert und die Evangelien gelesen. In Granada habe ich Religionsunterricht gehalten, damit die Mauren die christliche Lehre *verstanden* und nicht, wie die jüdischen Conversos, ein Opfer der Inquisición wurden, weil niemand sie vor oder nach der Taufe gelehrt hatte, was sie glauben sollten. Die meisten konnten nicht einmal das Paternoster richtig aufsagen, weil sie kein Latein verstanden. Vom Credo ganz zu schweigen. Das hat vielen die Feuertaufe im Auto de Fé eingebracht.

Hernán war begeistert von meiner Idee, die Evangelien in die arabische Sprache zu übersetzen. Das Seelenheil der Conversos und Moriscos lag ihm sehr am Herzen.«

»Du schätzt ihn sehr.«

»Er war wie ein Vater für mich, und ich wie ein Sohn für ihn. Als ich sein Sekretär wurde, war ich sechzehn und er vierundsechzig. Als Erzbischof und ehemaliger Beichtvater der Königin besaß er nach wie vor großen politischen Einfluss und das Vertrauen der Reyes Católicos.

Er hat den Conversos und den Moriscos in Granada niemals mit dem christlichen Glauben gedroht, wie es viele andere taten. Er hat sich gegen die Einführung der Inquisición in seiner Diözese gewehrt und hat sie scharf kritisiert. Er wollte, dass die Konversion eine freie Willensentscheidung des Gläubigen war, dem nicht mit den Flammen des Scheiterhaufens gedroht werden sollte. Er sprach von der Libertad religiosa, von der Glaubensfreiheit. Als Erzbischof genoss er das Vertrauen und den Respekt der muslimischen und jüdischen Bevölkerung. Viele Muslime nannten ihn einen Heiligen. Er zelebrierte seine Messen auf Spanisch, nicht auf Lateinisch, was viele Mächtige wie Francisco Jiménez de Cisneros, den späteren Großinquisitor von Kastilien, gegen ihn aufbrachte. Er wollte, dass seine Priester Arabisch lernten, und lernte es selbst – und ich war sein Lehrer.

Hernán förderte mich, wie er nur konnte. Er vertraute mir – und schwieg, obwohl er wusste, dass ich mein Studium der Schrift niemals aufgegeben hatte. Er ahnte, dass ich den Conversos nicht nur christlichen Religionsunterricht gab, sondern sie auch im jüdischen Glauben unterwies.«

Nun ergriff David wieder das Wort. »In den Nächten zum Montag und zum Donnerstag, den traditionellen jüdischen Gottesdiensttagen, predigte Elija in den Weingärten der Vega, dem Fruchtland außerhalb von Granada. Am Freitagabend und am Schabbatmorgen wäre das zu auffällig gewesen, da wir Conversos misstrauisch beobachtet wurden.

Jede Nacht trafen sich die Gläubigen an einer anderen Stelle: in einem Olivenhain draußen in der Vega, am Ufer der Flüsse Darro und Genil, auf dem Sacromonte, in den Gärten der Alhambra, auf dem Weg zur Sierra Nevada oder in einem verlassenen Haus mitten in Granada.

Elija war der einzige Schriftgelehrte in der Stadt. Und obwohl er erst achtzehn und noch nicht offiziell zum Rabbi ordiniert war, respektierten ihn alle. Denn er gab ihnen ihre Hoffnung zurück, ihr Gefühl, Jude zu sein, und ihren Glauben an Adonai, unseren Herrn. Seine Predigten waren so wunderschön, dass sie uns zu Tränen rührten!

Die begeisterten Gläubigen gingen nachts sehr weit, um ihn zu hören. Der Geist Gottes war in ihm, wenn er predigte. So muss es gewesen sein, als Jeschua in Galiläa lehrte und die Menschen …«

»Glaub David kein Wort, Celestina! Er übertreibt maßlos«, winkte ich ab. »Ich habe gelehrt und gepredigt wie ein Rabbi.«

»Du hast Elija doch selbst in der Synagoge gehört, Celestina!«, rief David. »Er ist ein begnadeter Prediger, ein Prophet!«

119

Ich lachte bitter. »Und ich dachte, meine Fähigkeit, Wunder zu tun, wäre mir im Kerker von Córdoba abhanden gekommen.«

David schluckte. Dann lenkte er das Gespräch in eine andere Richtung:

»Ich habe in Sevilla Medizin studiert. Hernán hätte mich an den Universitäten von Salamanca oder Montpellier lernen lassen, doch ich wollte nach Sevilla gehen. Von dort konnte ich nach Hause zurückkehren, um hin und wieder den Schabbat mit Elija und Aron zu feiern. Als ich nach meinem Medizinstudium nach Granada zurückkehrte, wollte auch Elija endlich seinen Abschluss machen.«

»Wie wäre das möglich gewesen?«, fragte mich Celestina. »Soweit ich weiß, wird ein Rabbi von einem anderen durch Handauflegen ordiniert. Und dein Rabbi war nicht mehr in Granada.«

»Nein, aber ich wusste, dass er, wie wir, nach Alexandria gehen wollte«, erwiderte ich. »Also habe ich den Erzbischof gebeten, mich auf eine Wallfahrt nach Jeruschalajim begeben zu dürfen, um Jeschuas Grabeskirche zu besuchen. Dann bin ich nach Málaga geritten und habe dort ein Schiff nach Alexandria bestiegen. Die Stadt ist ein weltberühmtes Zentrum für Wissenschaft und jüdische Gelehrsamkeit. Dort habe ich nach meinem alten Lehrer gesucht.«

»Und hast du ihn gefunden?«, fragte sie gespannt.

»Nein. Er hatte zwar in Alexandria gelebt, und ich war auch in seinem Haus. Doch er war inzwischen gestorben.«

Es lag so viel Mitgefühl in ihrem Blick, so viel Wärme, dass mir ganz heiß ums Herz wurde.

»Ich bin ein halbes Jahr in Alexandria geblieben und habe die Bekanntschaft bedeutender Rabbinen gemacht. Viel habe ich von ihnen gelernt. Gewöhnlich hat ein Talmid, ein Schüler, nur einen Rabbi, der ihn die Schrift lehrt, doch ich hatte fünf.

Du musst wissen, dass jeder Rabbi selbstständig die Schrift auslegt. Es gibt bei uns Juden keine Autorität wie den Papst in Rom, der bestimmen kann: Du wirst Rabbi und du nicht. Die einzelnen jüdischen Gemeinden in aller Welt sind unabhängig.

Kein Rabbi ist einem Papst Rechenschaft schuldig. Ein jüdisches Sprichwort sagt: ›Zwei Rabbinen, drei Meinungen.‹ Aber ich wollte alle diese Meinungen kennen lernen und hatte deshalb fünf Lehrer. Alle waren wegen ihrer Gelehrsamkeit anerkannte Autoritäten.

Nach sieben Monaten ließ ich mich durch Handauflegen zum Rabbi ordinieren. Einer meiner Lehrer fragte mich: ›Warum willst du zurück in dieses von Adonai, unserem Herrn, verdammte und mit Unwissenheit geschlagene Land Sefarad?‹ Das ist der hebräische Name für Spanien. ›Warum bleibst du nicht in Alexandria, Elija Nasir ad-Din, und wirst ein großer Gelehrter, eine Leuchte des Judentums in aller Welt?‹

Und obwohl es der Traum unseres Vaters gewesen war, nach Alexandria und weiter nach Jeruschalajim zu gehen und dort seine Vision von Israel zu verwirklichen, hatte ich mich entschieden, wieder nach Granada zurückzukehren. ›In die Finsternis‹, wie mein Lehrer es nannte. Ich sagte ihm, dass die Finsternis des Lichts bedürfe, um nicht mehr finster zu sein, und dass das Licht der Finsternis bedürfe, um hell zu strahlen und nicht sinnlos zu verbrennen. Die Menschen in Granada warteten seit Monaten auf meine Rückkehr. Ich war der Einzige, der sie lehren konnte. Ich durfte ihre Hoffnungen nicht enttäuschen. Also habe ich Alexandria verlassen, bin zurückgesegelt und war fast neun Monate nach meinem Aufbruch wieder zu Hause.«

»Als Rabbi in einem Land, in dem es offiziell keine Juden mehr gab.«

Ich nickte.

»Warum nannte dein Lehrer dich Nasir ad-Din – Sieger für den Glauben?«

»Das ist ein arabisches Wortspiel. Der Wahlspruch der aus Granada vertriebenen Nasriden-Dynastie lautete: ›Es gibt keinen Sieger außer Allah.‹ Allah war jedoch aus Spanien vertrieben worden … Adonai nicht. Deshalb war mein Ehrenname in Granada Nasir ad-Din.«

Sie lächelte. »Hattest du Schüler?«

»Nur einen.« Ich fing Davids traurigen Blick auf. »Aber hier in Venedig lehre ich die Humanisten die Tora und den Talmud zu lesen. Und Hebräisch, damit sie die Kabbala verstehen können. Und ich studiere die Evangelien, wie ich es schon in Granada getan habe …«

»… damit sich das, was in Spanien geschehen ist, niemals wiederholt«, vermutete sie.

Ich nickte stumm.

»Elija ist ein berühmter Rabbi«, erklärte David stolz. »Eine Autorität. Die Sorbonne in Paris und das Studio in Florenz haben ihm eine Professur angeboten, und auch die Universität von Rom zeigte Interesse. Elija erhält Briefe von Juden aus aller Welt, in denen er um Rat gefragt oder um Entscheidungen gebeten wird.«

Celestina schien David gar nicht zuzuhören. Unsere Blicke versanken ineinander.

Wieder empfand ich dieses wundervolle Gefühl der Sehnsucht nach Liebe, nach Zärtlichkeit, nach Leidenschaft, nach Lust, nach … ja, nach allem, was Judith mir über ihre innige Liebe hinaus nicht geben konnte, weil sie die Frau meines Bruders war. Wie gern hätte ich Celestina in diesem Augenblick geküsst!

»Als Elija aus Alexandria zurückkam, haben wir geheiratet.« David ergriff Judiths Hand. »Und meine Frau hat mir eine wundervolle Tochter geschenkt: Esther.«

Celestina sah mich an und schwieg.

»Elijas und Sarahs Hochzeit war sehr schön«, fuhr David fort. »Der Erzbischof von Granada hat die beiden auf der Alhambra getraut. Es war eine wahrhaft königliche Feier. Aber noch ausgelassener war das Fest in unserem Haus, wo die Hochzeit nach jüdischem Brauch wiederholt wurde. Elija hat Sarah den Ring angesteckt, und dann sind die beiden im Brautgemach verschwunden. Während des ganzen Abends haben wir sie nicht mehr wiedergesehen. Elija und Sarah haben sich sehr geliebt.«

Celestina wandte ihren Blick ab. »Habt ihr Kinder?«, fragte sie mich leise. Sie wirkte enttäuscht.

»Einen Sohn: Benjamin, unser Glückskind«, sagte ich. »Er wurde 1496 geboren und auf den Namen Joaquín getauft.«

»Dann ist dein Sohn jetzt neunzehn … ein junger Mann.«

»Er ist tot.« Meine Gefühle überwältigten mich. »Benjamin starb, als er dreizehn war, nur wenige Wochen nach seiner Bar-Mizwa-Feier, an der ich als sein Vater nicht teilnehmen konnte.«

Celestina sah die Tränen in meinen Augen und fragte betroffen: »Und … Sarah?«

»Sie starb … an demselben Tag.«

Unbeherrscht sprang ich auf, floh zum Fenster und barg mein Gesicht in den Händen.

Judith erhob sich und kam zu mir herüber. Zärtlich nahm sie meine Hände und liebkoste sie.

»Alles ist gut, wie es ist«, flüsterte sie auf Hebräisch. »Wir sind in Gottes Hand.«

»Meine tapfere Judith, Beschützerin der Schwachen«, flüsterte ich, ebenfalls auf Hebräisch.

»Du bist nicht schwach, Elija. Die Leiden, die du ertragen musstest, haben dich stark gemacht. So stark, dass du leidest, weil Celestina sich in dich verliebt hat.«

»Sie hat sich nicht in mich verliebt.«

»Ich sehe doch, wie sie dich ansieht. Und wie du sie ansiehst. David hat es auch bemerkt. Er nannte euch beide heute Nachmittag zwei aufeinander zustürzende Sternschnuppen.« Sie strich mir über die Wange. »Sarah ist tot, Elija. Sie ist tot, und du lebst. Sie wollte nicht, dass du ihr nachstirbst. ›Es ist nicht gut, dass der Mensch allein ist‹, sprach der Ewige und gab dem Mann eine Frau an die Seite. Wenn du Celestina liebst, dann werden David und ich nichts dagegen sagen, obwohl sie eine Christin ist. Dein Bruder und ich wollen, dass du endlich wieder glücklich bist.«

Ich weinte, und sie nahm mich in die Arme. »Elija, mein starker Elija. Nimm die Liebe an, die dir geschenkt wird! Büße nicht länger für Sarahs Tod! Opfere nicht deine Gefühle, Elija, opfere nicht dich selbst! Sarah hat dich zu sehr geliebt, um das von dir zu verlangen. Lebe und liebe, Elija, das bist du deiner Frau schuldig! Wofür sonst ist sie gestorben?«

»Ich danke dir für deine Liebe, Judith«, seufzte ich und trocknete meine Tränen.

»Dir die Liebe zu schenken, die Sarah dir nicht mehr geben kann, Elija, das bin *ich* meiner Schwester schuldig, die mit ihrem Opfer uns allen das Leben gerettet hat.«

Judith ergriff meine Hand und zog mich zum Tisch zurück, wo sie neben mir auf Arons leerem Stuhl Platz nahm.

Celestina rang um Worte. Schließlich sagte sie leise: »Ich glaube, es ist besser, wenn ich jetzt gehe. Es tut mir Leid, wenn ich dir mit meiner Frage wehgetan habe, Elija. Ihr wart den ganzen Abend so offen … so herzlich, dass ich …« Sie stockte. »Ich habe mich nicht wie eine Fremde in diesem Haus gefühlt, und dafür danke ich euch. Es tut mir Leid, wenn ich Grenzen überschritten habe, die ich nicht hätte überschreiten sollen. Es tut mir Leid, wenn ich euch zu nah gekommen bin. Aber …« Sie schlug sich die Hand vor die Lippen, dann erhob sie sich und wandte sich zum Gehen.

Ich ergriff ihre Hand. »Bitte, Celestina, geh nicht«, flehte ich sie an. »Ich will nicht, dass wir mit Tränen in den Augen auseinander gehen.«

Sie zögerte. Meinem Blick wich sie aus.

»Bitte setz dich«, bat ich sie. »Ich will dir erzählen, wie Sarah und Benjamin gestorben sind. Dann kannst du gehen und hast die Freiheit zu entscheiden, ob du jemals wieder dieses Haus betreten willst, ob du jemals wieder mit mir sprechen willst, oder nicht.«

Betroffen blickte sie mich an.

»Ich will, dass du eines weißt, Celestina: Du hast mir nicht wehgetan. Du nicht.«

Einen Herzschlag lang zögerte sie, doch dann setzte sie sich. »Wer hat dir wehgetan?«

»Die Inquisición.«

Sie erschrak, das sah ich ihr an. Dachte sie an die verbotenen Bücher in der vierten Bücherkiste? Fürchtete sie, die römische Inquisition könnte auf sie aufmerksam werden, wenn sie sich auf mich, einen getauften Juden, einließ?

»Der Erzbischof von Granada fiel bei Isabel und Fernando in Ungnade, weil die Bekehrung der Mauren nicht schnell genug voranging. Hernán de Talaveras Toleranz und liebevolle Nachsicht gegenüber den muslimischen Ungläubigen fand kein Verständnis, weder bei den Reyes Católicos noch bei der Inquisición.

Die spanische Inquisición, der Consejo de la Suprema y General

Inquisición, ist von den katholischen Königen gegründet worden, nicht vom Papst. Sie ist ein Instrument der Staaten Kastilien und Aragón. Obwohl die Inquisitoren Priester sind und die beiden Großinquisitoren Kardinäle, untersteht die spanische Inquisición, anders als die römische, nicht dem Papst.

Die Conversos waren weder gläubige Christen noch ungläubige Juden, die ausgewiesen werden konnten. Sie genossen die Vorzüge der christlichen Glaubenszugehörigkeit, heirateten in den spanischen Adel ein, erwarben riesigen Grundbesitz, stiegen bei Hof in die höchsten Ämter auf und genossen das Vertrauen von Isabel und Fernando – wie Luis de Santángel, der Schatzmeister von Aragón, der Colóns Reise finanziert hatte.

Und trotzdem – viele Conversos blieben in ihrem Herzen ihrer alten Religion treu, hielten den Schabbat, aßen koscher, fasteten, beteten, feierten Pessach, Sukkot und Jom Kippur und waren nur zum Schein Christen – so wie meine Familie. Juan, Diego, Fernando und Joaquín hörten niemals auf, Elija, David, Aron und Benjamin zu sein.

Die spanische Inquisición war gegründet worden, um eben das zu verhindern. Nicht auszudenken, was geschehen würde, wenn ein falscher Converso in der Kirchenhierarchie aufstieg. So wie ich, Juan de Santa Fé, der christliche Theologie studiert hatte und sich ohne weiteres zum Priester hätte weihen lassen können, wenn er gewollt hätte. Hernán de Talavera hätte mir seinen Segen gegeben.

Jahrelang hatte sich Hernán dagegen gewehrt, dass die Inquisición nach Granada kam. Er hatte sich bemüht, die den Mauren in der Kapitulationserklärung von Granada 1492 zugesicherte Glaubensfreiheit durchzusetzen. Er, selbst der Sohn einer Jüdin und misstrauisch beobachtet, wie nachsichtig er mit den Conversos umging, geriet von allen Seiten in die Schusslinie. In Francisco Jiménez de Cisneros, dem Erzbischof von Toledo, dem wichtigsten politischen Berater von Königin Isabel, hatte Hernán de Talavera einen mächtigen Feind, der dann auch noch zum Kardinal und Großinquisitor für Kastilien ernannt wurde – und damit zuständig war für Granada.

Wie wir Juden wurden die Mauren gezwungen, ein Zeichen an

ihrer Kleidung zu tragen: einen blauen Halbmond. Dann wehte plötzlich ein anderer Wind in Granada, und er trieb den beißenden Gestank brennender Scheiterhaufen vor sich her. Die Muslime rebellierten gegen den Bruch der ihnen gegebenen Versprechen. Monatelange Aufstände der Mauren erschütterten Granada.

Im Jahr 1499 residierten die Reyes Católicos mit ihrem Hof in der Alhambra. Isabel und Fernando zeigten sich Erzbischof Hernán de Talavera gegenüber ungeduldig und höchst unzufrieden mit der Missionierung von Granada. Ich habe Hernán zu einigen Audienzen begleitet.

In der Alhambra lernte ich auch den Erzbischof von Toledo kennen, Francisco Jiménez de Cisneros, den späteren Großinquisitor von Kastilien. Dass ich als konvertierter Jude der Vertraute des Erzbischofs von Granada war, missfiel Cisneros. Aus purer Gehässigkeit prüfte er meinen Glauben: Er lud mich zum Abendessen ein und setzte mir einen Teller mit blutigem Schweinefleisch vor.«

»Hast du das Fleisch gegessen?«, fragte Celestina.

»Nein. Schweinefleisch ist uns Juden verboten, ebenso wie Blut.«

»Aber wie hast du es geschafft, dich aus der Affäre zu ziehen?«

»Ich habe dem Erzbischof von Toledo vorgehalten, dass mir sein Misstrauen, denn nicht anders könnte ich diese Geste verstehen, auf den Magen geschlagen wäre. Wenn er berechtigten Grund zu der Annahme habe, ich sei kein Christ, dann möge er doch seine Zeugen benennen und Anklage gegen mich erheben. Spanier sind sehr schnell in ihrer Ehre gekränkt. Ich, Juan de Santa Fé, nahm mir dasselbe Recht heraus: Ich war stolz. Ich habe Cisneros stehen lassen und bin gegangen.«

»Wie hat er reagiert?«

»Auf der Liste seiner Lieblingsfeinde rückte ich um mehrere Plätze auf und rangierte nun gleich hinter Hernán de Talavera.«

»O mein Gott!«, flüsterte sie.

»Erzbischof Cisneros, der von Isabel und Fernando den Auftrag hatte, Granada zu evangelisieren, war erschrocken und entsetzt über das, was er dort vorfand: muslimische Mauren, jüdische Conversos und, noch viel schlimmer, zum Islam konvertierte Christen! Mit allem hatte er gerechnet, aber nicht damit. Cisneros entriss den weinenden Eltern ihre Kinder und ließ sie gegen deren Willen taufen. Die Moschee auf dem Albaicín ließ er als christliche Kirche weihen. Koran-Handschriften wurden auf offener Straße verbrannt.

Es kam zum Aufstand. Auch in anderen Städten des ehemaligen Königreichs Granada wurde zu den Waffen gegriffen. In Al-Andalus drohte ein Krieg. Die Reyes Católicos sahen in diesen Erhebungen eine Verletzung des Abkommens von 1492 durch die Muslime und fühlten sich ihrerseits auch nicht mehr verpflichtet, sich an die Kapitulationsvereinbarung zu halten.

Dann wiederholten sich die Ereignisse von 1492: Die Mauren wurden aus Kastilien ausgewiesen. Viele ließen sich taufen. Wer nicht konvertierte, wurde vertrieben, wie zehn Jahre zuvor wir Juden. Viele unserer maurischen Freunde gingen 1502 nach Fes und Marrakesch oder nach Alexandria. Wer zurückblieb, wurde in ein Maurenviertel umgesiedelt.

Hernán hatte einmal im Scherz gesagt, mit der Inquisición sei es wie mit dem Königreich Gottes. Niemand wüsste, wie es kommen wird, niemand wüsste, wann es kommen wird, heute oder morgen, in einem Jahr oder in tausend Jahren, doch plötzlich ist es da. Die Inquisición war so unerwartet nach Granada gekommen. Und sie war allgegenwärtig. Aber sie war nicht das Himmelreich Gottes.«

Ich nippte an meinem Wein und erzählte weiter:

»Nach Königin Isabels Tod im Jahr 1504 wurde Hernán das Opfer einer Intrige. Im Herbst 1505 ließ der Inquisitor von Córdoba Freunde und Mitarbeiter des Erzbischofs festnehmen, um sie zu verhören. Der fanatische Inquisitor litt unter der irrsinnigen Vorstellung, Hernán de Talavera wolle das Judentum erneut in Spanien einführen.

Gemeinsam mit einigen anderen von Hernáns Freunden wurde ich nach Córdoba gebracht und durch die Inquisición verhört – vergeblich. Der Inquisitor klagte den Erzbischof vor dem Tribunal an – erfolglos. Da der Erzbischof dem Papst unterstand, war Rom zuständig, und Rom sprach ihn frei. Roma locuta, causa finita – Rom hat gesprochen, die Sache ist erledigt.

Jedoch nicht für Hernán. Nach dem Prozess hat er sich nie wieder erholt. Er starb nur wenige Monate später, im Mai 1507.«

Ich wies auf die lateinische Bibel, die zwischen Celestina und David auf dem Tisch lag.

»Auf seinem Sterbebett schenkte mir Hernán seine Bibel und schrieb jenen Satz hinein, den du, Celestina, vorhin zitiert hattest: ›Vaya con Dios, Juan, y Él va contigo – Geh mit Gott, Juan, und Er wird mit dir gehen.‹ In der Stunde seines Todes ahnte Hernán, welches Schicksal mir bevorstand.«

Celestina ergriff meine Hand. Es war schön, und ich ließ es geschehen.

»Wenige Tage nach Hernáns Tod wurde ich vor dem Tribunal von Córdoba angeklagt. Cisneros, inzwischen zum Kardinal ernannt, war ein den Conversos gegenüber unerbittlicher Großinquisitor. Und ein gefährlicher Feind.

Fray Francisco Jiménez de Cisneros war ein strenger Franziskaner, ein Mönch, der sich bei seiner Ernennung zunächst geweigert hatte, Erzbischof von Toledo zu werden, weil das Amt nicht seinen Vorstellungen eines frommen Lebenswandels entsprach. Erst auf Drängen von Königin Isabel nahm er es schließlich an.

Im Disput war Kardinal Cisneros ein geschickter Taktierer, klug, gebildet, wortgewandt, ungeduldig und in seinen Methoden manchmal äußerst brutal. Nachdem der Großinquisitor es sich zur Aufgabe gemacht hatte, mich persönlich in die Knie zu zwingen und zu demütigen, haben wir uns so manches erbitterte Wortgefecht geliefert ...«

»... die allerdings nicht *er* gewonnen hat«, warf David ein. »Cisneros hat während des Prozesses gegen Elija ziemlich viele seiner purpurfarbenen Federn lassen müssen.«

»Du hast mit dem Großinquisitor selbst disputiert?«, staunte Celestina.

Ich nickte. »In der Mezquita, der ehemaligen Moschee und jetzigen Kathedrale von Córdoba.«

»Aber das ist ... ungewöhnlich.«

»Der ganze Prozess war ungewöhnlich – von der Anklage in Córdoba, nicht in Granada, von den zwei Jahren Haft im Kerker der

Inquisición in Córdoba und den endlosen Verhandlungen vor den Inquisitoren, ohne dass ein Schreiber ein Protokoll niederschrieb, bis zu den Glaubensdisputationen mit Kardinal Cisneros in der Mezquita. Und am Ende gab es nicht einmal ein Urteil.«

»Du bist nicht verurteilt worden?«, fragte sie ungläubig.

»Nein.«

»Aber Kardinal Cisneros wusste doch, dass du ein Converso bist. Und du hast das Schweinefleisch abgelehnt, das er dir vorsetzte. Das allein hätte doch schon ausgereicht … ich meine: Er hätte dich doch nur foltern lassen müssen, und du hättest gestanden, was er hören wollte.«

»Ich bin nicht gefoltert worden, Celestina. Niemand hat mir mit der Folter auch nur gedroht. Sie hatten viel zu viel Angst.«

»Angst?« Sie schüttelte den Kopf. »Vor dir?«

Erneut ergriff David das Wort. »In Granada war Elija der Sekretär und Vertraute des Erzbischofs Hernán de Talavera, der bei Mauren und konvertierten Juden äußerst beliebt war. Für die Mauren war Elija Nasir ad-Din, der Sieger für den Glauben. Die Juden nannten ihn Elija ha-Chasid, Elija der Fromme. Mein Bruder war ein berühmter Mann. Ein Held.

Die Festnahme in unserem Haus war nachts erfolgt, still und unauffällig. Der Prozess fand in Córdoba statt, nicht in Granada, um keinen Aufstand zu provozieren. Elija wurde nicht gefoltert, denn viele starben nach wenigen Tagen an ihren Wunden. Elijas Leben durfte auf keinen Fall gefährdet werden, also wurde dem Inquisitor die Folter untersagt. Wäre Elija auf der Folterbank gestorben, wäre er zum Märtyrer geworden.

Die Folgen in Al-Andalus wären für König Fernando nicht absehbar gewesen – blutige Aufstände nicht nur der christlichen und muslimischen Mauren, wie in den drei Jahren vor ihrer Vertreibung, sondern auch der jüdischen Christen, die Nacht für Nacht Elijas Predigten vor den Mauern von Granada gehört hatten. Fernando von Aragón hatte nach Isabels Tod genug innenpolitische Schwierigkeiten in Kastilien, dessen Herrscher er nicht war. Das Letzte, was er jetzt brauchen konnte, war ein Aufstand in Al-Andalus, das zu Kastilien gehörte.

Elija durfte nicht geopfert werden, aber sein Ansehen sollte zerstört werden. Nasir ad-Din, Elija ha-Chasid, Juan de Santa Fé sollte zu einem Mann ohne Namen werden, gedemütigt und von allen vergessen. Dann konnte er in einigen Monaten zum Auto de Fé auf den Scheiterhaufen geschickt werden. Cisneros nahm sich also persönlich des Prozesses an. Er hoffte, Elija in der Disputation in die Knie zwingen zu können. Er wollte Elija dazu bringen, seinen Glauben zu verteidigen, wie es bei derartigen Disputationen zwischen Juden und Christen üblich ist, wenn über die Rolle von Jeschua als Maschiach, als Messias, gestritten wird, über seinen Titel als Sohn Gottes und vieles mehr. Aber Elija verteidigte seinen Glauben nicht.«

Celestina sah mich erstaunt an.

»Ohne auch nur einen Schritt zurückzuweichen, ging er zum Angriff über. Cisneros verlor die erste Disputation. Er hatte nicht bedacht, dass Elija christliche Theologie studiert und sich sehr intensiv mit den lateinischen Evangelientexten beschäftigt hatte, bevor er sie dann schließlich ins Arabische übertrug. Außerdem kannte Elija die Tora, den Talmud und alle Verteidigungsschriften jüdischer Gelehrter, die zu solchen Disputationen gezwungen worden waren. Ibn Shaprut hat den *Prüfstein* geschrieben, den du Elija zurückgebracht hast. Das Buch enthält den Bericht über die Disputationen, die der Rabbi mit dem späteren Gegenpapst Benedikt XIII. geführt hatte.

Mit anderen Worten: Elija hat Cisneros in diesem intellektuellen Gladiatorenkampf auf Leben und Tod mit gezielten Schlägen vor sich hergetrieben, bis der Kardinal nicht mehr vor oder zurück konnte. Als er erkannte, dass Elija kurz davor stand, ihn mit seinen eigenen Waffen zu schlagen, hat er die Disputation abgebrochen.

Ich weiß noch: Es ging um Jeschuas Rolle als Maschiach. Das Buch Jesaja prophezeit nach dem Tag des Herrn, an dem Gott ein letztes Mal mit großen Schrecken über die Erde hinwegfegen wird, ein messianisches Königreich. Das Reich des Friedens und der Gerechtigkeit wird anbrechen, wenn ein Spross aus dem Stamm Davids hervorgeht.

Elija beendete den Disput mit Kardinal Cisneros mit den Worten: ›Wenn die Welt und mit ihr das Volk Israel durch den Tod Jesu

Christi am Kreuz wirklich erlöst wäre, warum stehe ich dann heute vor Euch, Eminenz? Wieso stehe ich dann vor dem Gericht der Menschen und nicht vor dem Gericht Gottes?‹

Der Kardinal würdigte ihn keiner Antwort. Weil er keine hatte.

Und so ging es weiter, Gespräch für Gespräch: Die Kirchengründung durch Jeschua. Das Sakrament der Taufe und die Erbsünde. Der Auftrag zur Bekehrung der Heiden. Jeschuas Sühneopfertod am Kreuz. Jeschua als Sohn Gottes. Die Juden als ›Gottesmörder‹. Jeschuas Auferstehung, das Fundament, auf dem Paulus den christlichen Glauben begründete.

Es war wie der Kampf zwischen David und Goliath – und David siegte.

Elija verteidigte seinen jüdischen Glauben nicht, aber er griff den christlichen Glauben auch nicht an. Er folgte keinem der jahrhundertelang ausgetretenen Wege der Theologen, nein, er suchte sich einen noch nie zuvor beschrittenen Weg durch die Wüste. Elija führte den christlichen Glauben auf die jüdischen Lehren des jüdischen Rabbi Jeschua ben Joseph zurück, gezeugt von einem jüdischen Vater, geboren von einer jüdischen Mutter, der als frommer Jude an jedem Schabbat die Synagogen seiner Heimat besucht hatte, der seine jüdischen Jünger jüdische Gebete lehrte und der seine Bergpredigt vor Juden gehalten hatte. In Hebräisch. In Israel.«

»Aber um sich auf derartig umfassende Diskussionen vorzubereiten, hätte Elija seine Bücher zur Hand haben müssen«, wandte Celestina ein.

»Ich habe sie ihm ins Gefängnis gebracht«, erwiderte David. »Jede Woche war ich in Córdoba, um Elija zu besuchen und an den Disputationen teilzunehmen. Sarah hat mich jedes Mal begleitet. Am Schabbat wurde sie für zwei Stunden zu ihm in die Zelle gelassen. Allein.«

»Aber das ist unmöglich! Kein Gefangener der Inquisition darf Besucher empfangen. Und die Ehefrau …«

»Dieser Gefangene durfte es, auf ausdrücklichen Befehl von Kardinal Cisneros. In Córdoba und in Sevilla war die Zahl der angeklagten Conversos so groß, dass die Klöster ihre Kellergewölbe als Kerker einrichteten – in manchen Gefängnissen waren so viele Menschen, dass nicht alle sitzen oder liegen konnten, sondern stehen mussten. Und dann die Schreie der Gefolterten … Es war grauenvoll!

Nach Cisneros Willen sollten alle Conversos und Moriscos in Granada wissen, dass Elijas immenses Vermögen nicht eingezogen worden war, dass er gut behandelt wurde, keine Ketten trug, nicht gefoltert oder mit dem Tod bedroht wurde. Dass er in seiner Zelle, die sogar ein Fenster besaß, seine Bücher lesen konnte. Dass er mit seiner Frau schlafen durfte – um den Schabbat zu heiligen.«

»Aber warum?«, wollte Celestina wissen.

»Sie wollten, dass Sarah ihn dazu brachte aufzugeben. Sie wollten, dass er als Converso stolperte und als Jude stürzte. Sie wollten, dass er eine Disputation verlor, dann noch eine und noch eine – dann hätten sie ihn auf den Scheiterhaufen schicken können. Deswegen haben sie Elija und Sarah stundenlang allein gelassen. Es war nur eine andere Form des Terrors, ein wenig subtiler als die Folter, doch auf die Dauer ebenso wirkungsvoll. So glaubten sie jedenfalls.

Aber da kannten sie Sarah nicht, die Kämpferin für die Freiheit! Jeden Schabbat brachte sie den Inquisitoren und den Gefängniswärtern einen Korb mit Brot, Käse, Schinken, Oliven und Wein. Wir mussten für Elijas Aufenthalt im Gefängnis bezahlen, das ist bei der Inquisición so üblich. Aber die stolze Sarah bezahlte monatelang auch die Inquisitoren, bis Kardinal Cisneros dahinterkam. Er soll getobt haben!«

»Und dann?«, fragte Celestina.

»Dann erinnerte sich Cisneros eines Verses aus dem Buch Ijob: ›Der Herr gibt und der Herr nimmt.‹ Er hat Elija Sarah weggenommen.«

Celestina sah mich an. »Er hat Sarah angeklagt, weil er dich nicht in die Knie zwingen konnte?«

Ich nickte.

»Hat er sie gefoltert?«

»Ja.«

»Hat sie gestanden?«

»Nein«, erwiderte ich. »Sie wusste, dass sie damit mich, unseren

Sohn Benjamin, David, Aron, Judith und Esther und viele unserer jüdischen und muslimischen Freunde auf den Scheiterhaufen gebracht hätte. Sie …« Ich holte tief Luft. »Sie hat sich unter der Folter die Zunge abgebissen, um nichts zu sagen. Tagelang haben sie sie gequält, losgebunden, in eine Zelle gebracht, und ich hoffte, das Martyrium wäre endlich vorbei. Doch dann haben sie sie wieder geholt, erneut festgeschnallt und brutal gefoltert. In meiner Zelle habe ich ihre verzweifelten Schreie gehört.«

Ich fuhr mir über die Stirn.

»Ich habe mir mit der Spitze meiner Schreibfeder in die Hand gebohrt, immer wieder, bis ich blutete. Ich wollte Schmerz erleiden, während Sarah so herzzerreißend schrie und weinte. Ich habe gefleht: ›Lasst sie doch in Ruhe. Nehmt mich, und lasst sie frei!‹ Das Wehklagen hörte nicht auf. Sie haben sie die ganze Nacht lang gequält: Ich dachte, ich würde den Verstand verlieren. In manchen Nächten kann ich ihre Schreie noch immer hören …«

Celestina ergriff meine Hand. Zart strich sie mit dem Finger über das Stigma, das ich mir selbst zugefügt hatte, als ich mit der Feder meine Hand durchbohrte.

»Dann haben sie Benjamin aus Granada geholt. Mein Sohn war wenige Wochen zuvor dreizehn geworden und hatte heimlich seine Bar-Mizwa gefeiert. Stolz hatte er mir im Gefängnis zugeflüstert, dass er nun ein ›Sohn des Gesetzes‹ sei. Sarah und ich hatten unseren Sohn nach seiner Geburt nicht beschneiden lassen, denn das wäre für ihn lebensgefährlich gewesen. Diese Pflichtvergessenheit gegenüber dem Bund mit Gott berichtigten dann die Folterknechte der Inquisición. Und beim Wegschneiden waren sie sehr großzügig. Benjamin ist vor Schmerz ohnmächtig geworden.«

Celestina barg ihr Gesicht in den Händen.

»Das Urteil der Inquisición lautete: schuldig. Als Conversos hätten meine Frau und mein Sohn heimlich weiter dem jüdischen Glauben angehangen.«

»Gab es Beweise?«, fragte Celestina leise.

Ich schüttelte den Kopf. »Schon 1482 hatte der Papst bemängelt, dass die spanische Inquisición Verdächtige ohne rechtskräftige Be-

133

weise verhaftete, folterte, als Ketzer verurteilte und hinrichten ließ – nachdem ihr Vermögen konfisziert worden war. Daran hatte sich nichts, aber auch gar nichts geändert.«

Ich holte tief Luft, dann fuhr ich fort:

»Am Karfreitag haben sie Sarah und Benjamin und einige andere im Büßergewand durch die Straßen von Córdoba getrieben. Immer wieder stolperten und stürzten sie, immer wieder wurden sie hochgerissen und weitergeschleift. Ich war dazu verdammt, dem Auto de Fé zuzusehen. David und Aron standen mir in dieser schweren Stunde bei …«

Einen Augenblick hielt ich inne, überwältigt von meinen Gefühlen.

»Elija, du musst das nicht erzählen«, tröstete mich David. »Quäle dich doch nicht selbst …«

»Ich will es so«, beharrte ich. »Dann wurden die beiden Scheiterhaufen entzündet. Sie bestanden nicht aus Holz und Reisig, sondern aus Büchern, die ich verfasst hatte … aus meinem Manuskript, das ich im Gefängnis geschrieben hatte … aus den arabischen Evangelien, die ich übersetzt hatte. Alles brannte: meine Frau, mein Sohn, meine Bücher, meine Vergangenheit und meine Zukunft.

Als die Scheiterhaufen loderten, brach ich zusammen. Auf Knien bat ich Sarah und Benjamin um Vergebung. Ich trage die Schuld an ihrem Tod …«

»Das ist nicht wahr, Elija!«, rief David. »Das ist einfach nicht wahr!«

»… denn ich hätte sie retten können, wenn ich mich selbst geopfert hätte. Dann könnten Sarah und Benjamin noch am Leben sein. Aber ich war zu schwach.«

»Du warst nicht schwach, Elija!«, entgegnete David nachdrücklich. »Nicht einen Augenblick hast du gezwei…«

»Ich habe Seine Gerechtigkeit infrage gestellt.«

»Das hat Ijob auch getan. Er beschämte Adonai. So wie du es getan hast«, sagte David. »Wen Adonai liebt, den lässt Er leiden. Dich, Elija, liebt Er über alle Maßen.«

Ich schwieg, und David erzählte weiter:

»Nach Sarahs und Benjamins Tod sind wir nach Granada zurückgekehrt. Elija hat den neuen Erzbischof um Erlaubnis gebeten, eine Wallfahrt nach Santiago de Compostela machen zu dürfen, um seine Sünden zu büßen.

Er erhielt die Genehmigung, weil der Erzbischof dem mächtigen Kardinal Cisneros zu Gefallen sein wollte. Einerseits konnte er einem Christen die Wallfahrt nicht verweigern – Elija war ja vom Tribunal nicht verurteilt worden. Andererseits war Elijas Besuch in Santiago de Compostela ein schönes Zeichen für alle verirrten Conversos. In Córdoba war Elija respektvoll behandelt worden, hatte mit dem Kardinal selbst disputiert – was also sprach gegen eine Wallfahrt?

Wir packten einen Tag und eine Nacht lang: die silbernen Schabbatleuchter, die Bücher, Gold und Schmuck, das Tafelsilber. Am nächsten Tag brachen wir noch vor dem Morgengrauen auf und zogen in Richtung Norden, über Jaén nach Toledo, dann auf dem Weg nach Santiago de Compostela weiter nach Salamanca, wo wir einige Tage rasteten. Als wir sicher waren, dass man uns nicht verfolgte, zogen wir nach Valladolid, Burgos, Pamplona, überquerten die Pyrenäen und erreichten schließlich Toulouse. In Frankreich waren wir in Sicherheit. Kardinal Cisneros' Macht endete an der spanischen Grenze. König Louis und König Fernando waren verfeindet.

Wir wandten uns nach Norden und reisten über Orléans nach Paris. Die Sorbonne bot Elija eine Professur an. Sie wäre gut bezahlt gewesen. Aber Elija lehnte ab, weil wir als Juden außerhalb von Paris hätten wohnen müssen und nicht weiter als Christen leben wollten.«

David suchte meinen Blick. Wir hatten uns gestritten, nachdem ich meiner Familie meine Entscheidung mitgeteilt hatte.

Judith ergriff meine Hand und drückte sie. Ihr Lächeln spiegelte ihre tiefe Scham über das, was in jener verzweifelten Nacht geschehen war … was niemals hätte geschehen dürfen.

Nachdenklich sah David uns an, dann sprach er weiter:

»Also verließen wir Paris wieder, gingen nach Lyon, Chambéry, Mailand, Bologna, Florenz und kamen schließlich, ein Jahr nach unserem Aufbruch in Granada, in Padua an. Von Padua aus setzten wir nach Venedig über. Und obwohl wenige Wochen nach unserer Ankunft die Pest ausbrach und der Consiglio dei Dieci uns 1511 mit der Ausweisung drohte, sind wir geblieben.«

Als David die Pest erwähnte, wandte Celestina den Blick ab. Hatte sie damals einen geliebten Menschen verloren?

»Dann seid ihr seit fünf Jahren hier«, sagte sie schließlich. »Wollt ihr irgendwann wieder fortgehen?«

Ich schüttelte den Kopf. »Ich will nicht mehr fliehen. Nie mehr!«, erwiderte ich. »Hier in Venedig kann ich als freier Mensch leben. Ich kann Jude sein. Den Schabbat feiern. Koscher essen. In der Synagoge mit Tallit und Tefillin beten. Ich kann sogar die Humanisten im Talmud und in der Tora unterrichten. Hier in Venedig bin ich ein Mensch, Celestina, ich werde nicht als Marrano, als Schwein, beschimpft. Ich werde das Paradies nicht verlassen. Niemals!«

Die Haustür fiel ins Schloss.

Schritte auf der Treppe.

»Der verlorene Sohn kehrt zurück«, murmelte David. Dann leerte er sein Weinglas in einem Zug, um es sofort wieder zu füllen. Mein Bruder war zornig.

Dann stand Aron in der Tür, schloss sie hinter sich und lehnte sich einen Augenblick dagegen. Seine dunklen Haare waren tropfnass. War er wieder in der Mikwa gewesen?

Dann bemerkte Aron Celestina an meiner Seite.

»Schabbat Schalom«, wünschte David und wies auf den Stuhl, auf dem bis zu Arons Eintreten Judith gesessen hatte. »Falls es dir vielbeschäftigtem Menschen entfallen sein sollte: Heute ist Schabbat. Selbst Gott ruhte am siebten Tag.«

Aron ließ sich auf den Stuhl fallen, schenkte sich das Glas voll und stürzte durstig den Wein hinunter.

»Wo warst du? Wir haben uns Sorgen gemacht …«, begann ich auf Hebräisch.

»Du bist nicht mein Vater«, fuhr Aron mich an. »Ich bin dir keine Rechenschaft schuldig.«

David knallte sein Glas auf den Tisch. Der Wein schwappte auf das weiße Tischtuch und hinterließ einen Fleck. Mein Bruder wollte etwas sagen, doch ich schnitt ihm das Wort ab:

»David und ich waren bei Sonnenuntergang an deinem Kontor am Rialto, aber es war schon geschlossen. Du warst nicht da.«

»Ich tätige meine Geschäfte nicht nur am Rialto.«

Ich nickte stumm.

Seit einigen Tagen, das hatte Aron mir erzählt, predigte ein fanatischer Franziskanermönch vor Arons Kontor den christlichen Kreuzzug gegen die jüdischen Bankiers, die Geld gegen Zinsen verliehen. Mit scharfen Worten verurteilte jener Franziskaner den ›von Gott verdammten‹ Aron Ibn Daud, beschimpfte alle Christen, die es wagten, auch nur in die Nähe seines Kontors zu kommen, und drohte ihnen mit erhobener Faust die Exkommunikation, den Verlust des Seelenheils und die Qualen der christlichen Hölle an.

Venedig hatte uns Juden durch die Condotta*, den Vertrag zwischen der Regierung und der jüdischen Gemeinde, das Recht und die Freiheit gegeben, in der Stadt zu wohnen, Synagogen zu errichten und unseren Glauben frei zu leben. Im Gegenzug sollten die Juden der Republik Geld leihen, denn den Christen war die Kreditvergabe gegen Zinsen verboten. Da wir Juden von fast allen Berufen bis auf den des Bankiers und des Arztes ausgeschlossen waren, weder Land noch Häuser besitzen durften und zum Teil über große Mengen Gold verfügten, war das Geldgeschäft letztlich die einzige Möglichkeit, die hohen Steuern zu bezahlen und zu überleben. Das hatte auch der große Rabbi Rashi von Troyes erkannt, als er entschied, dass Geldgeschäfte mit Christen gestattet waren, denn ›… wir können nicht überleben, wenn wir nicht mit Christen handeln, denn wir leben mitten unter ihnen und wir müssen sie fürchten‹.

Immer wieder hetzten die Franziskaner die Massen gegen die Juden auf. Oft gab es an Feiertagen blutige Ausschreitungen. Seit jener Frater vor Arons Kontor Gottes Zorn auf alle Juden herabbeschwor, machte ich mir große Sorgen um meinen Bruder.

Aron lehnte sich auf seinem Stuhl zurück, fuhr sich durch das nasse Haar und trank noch einen Schluck Wein. »Ihr werdet nicht glauben, wer mich heute zu sich gebeten hat. Seine Exzellenz, Tristan Venier.«

»Was wollte er von dir?«, fragte ich beunruhigt.

Aus dem Augenwinkel nahm ich wahr, dass Celestina die Stirn runzelte, als Aron den Consigliere erwähnte. Kannte sie ihn?

»Seine Herrlichkeit wollte Geld leihen«, murmelte Aron.

»Tristan Venier ist einer der reichsten Männer Venedigs«, warf David ein. »Wieso ruft er wegen ein paar Zecchini einen jüdischen Bankier?«

»Es ging um mehr als ein paar Goldmünzen«, murmelte Aron in sein Weinglas.

»Wie viel wollte er leihen?«, fragte David.

»Zehntausend Zecchini.«

»Zehntausend?«, ächzte David. »Das ist ja ein riesiges Vermögen! Aron, so viel Geld darfst du nicht verlei…«

»Das habe ich ihm auch gesagt«, unterbrach ihn Aron.

»Und dann?«, fragte David entsetzt.

»Er meinte, das sei ihm bekannt. Und dann fragte er, ob ich wüsste, dass ich als Jude kein Purpur und kein Scharlachrot aus Alexandria nach Venedig importieren dürfte, um den Vatikan damit zu beliefern.«

»Er hat dir das Messer an die Kehle gesetzt?«, rief David.

»So wie ich ihm.«

»Als Mitglied im Zehnerrat verfügt Tristan Venier über sehr viel Einfluss«, protestierte David. »Ein Wink von ihm, und dein Kontor wird geschlossen und unser Vermögen konfisziert.«

Aron schenkte sich erneut ein. »Er braucht das Geld. Nicht nächste Woche, sondern morgen. Erstaunlich rasch sind wir uns über die Rückzahlung der Schulden, den Zinssatz und die Bedingungen einig geworden.«

»Welche Bedingungen?«, fragte David.

»Er übersieht weiterhin alle Warenlieferungen, die aus Alexandria in meinem Kontor eintreffen«, erklärte Aron. »Dafür leihe ich ihm die zehntausend Zecchini zu einem Zinssatz, der weit unter den zwölf Prozent liegt, die die Republik Venedig in der Condotta festgeschrieben hat.«

»Ihr habt das Geschäft also tatsächlich abgeschlossen!«, rief David bestürzt. »Aron, wie konntest du nur?«

»Liebster Bruder, was hätte ich denn deiner Meinung nach tun sollen? Hätte ich dem mächtigsten Mann Venedigs sagen sollen: ›Es tut mir aufrichtig Leid, Señor Venier, aber ich kann Euch diese Summe nicht leihen‹? Welchen Grund hätte ich ihm nennen sollen? Dass ich nicht über so viel Geld verfüge? Darüber hätte er nur amüsiert gelacht – er weiß, dass ich ihm zehntausend Zecchini geben kann, und er weiß auch, dass wir so reich sind, dass wir halb Venedig kaufen könnten! Hätte ich mir den mächtigsten Mann Venedigs zum Feind machen sollen? Tristan Venier ist vielleicht der nächste Doge.«

»Ihr erpresst euch gegenseitig!«, rief David.

»Jeder von uns beiden bekommt, was er haben will. Er erhält morgen zehntausend Zecchini und kann wieder ruhig schlafen. Ich bekomme meine Zinsen und noch etwas viel Wichtigeres: Sicherheit. Nie wieder werde ich so sicher Handel treiben können wie unter dem Schutz eines einflussreichen Consigliere dei Dieci, der die venezianischen Gesetze selbstherrlich und ungeniert missachtet.«

Ich warf Celestina einen Blick zu. Obwohl sie nur wenig von unserer hebräischen Unterhaltung verstand, wirkte sie unruhig. Sie schien Tristan Venier tatsächlich zu kennen.

»Habt ihr das Geschäft bei einem Notar auf dem Rialto beglaubigen lassen?«, fragte David.

»Natürlich nicht! Es gibt einen Vertrag in zweifacher Ausfertigung: ein Exemplar für ihn, eines für mich. Er hat ihn selbst aufgesetzt.« Aron zog ein gefaltetes und gesiegeltes Papier hervor und warf es auf den Tisch.

»Gibt es Zeugen für dieses Geschäft?«, wollte David wissen.

Aron schüttelte den Kopf. »Tristan Venier hatte seinen Sekretär fortgeschickt, als ich in sein Arbeitszimmer geführt wurde. Nur wir beide wissen, dass er sich ein Vermögen bei mir leiht.«

David hob besorgt die Augenbrauen. »Wenn ihr so schnell handelseinig geworden seid – wo warst du dann den Rest der Nacht?«

Lange nach Mitternacht brachte ich Celestina nach Hause. Die Fackeln waren längst gelöscht.

Während des Rittes dachte ich an Aron, der Davids Frage nicht beantwortet hatte. Wo war er so lange gewesen? Und warum wollte er nicht, dass wir erfuhren, was er getan hatte?

Mehr denn je glaubte ich, dass sich Aron mit vierunddreißig endlich verliebt hatte und sich heimlich mit einer venezianischen Jüdin traf.

Erst vor wenigen Tagen hatte mir Yehiel unter dem Siegel strengster Verschwiegenheit erzählt, dass an manchen Abenden eine junge Frau vor Arons Kontor wartete. »Sie ist schön, hat langes goldblondes Haar und blaue Augen«, hatte Jakobs Sohn mir vorgeschwärmt. »Aron nennt sie Mirjam, wenn er sie umarmt und küsst.« An den Abenden, an denen Yehiel Mirjam gesehen hatte, war Aron sehr spät mit nassen Haaren heimgekehrt und hatte sich wortlos in sein Zimmer zurückgezogen. Er hatte also mit ihr geschlafen. Sonst hätte er nicht spät nachts die Mikwa aufgesucht, um sich nach dem Liebesakt rituell zu reinigen.

Ich gönnte Aron sein Glück von Herzen. Dass er es nicht mit uns teilen wollte, stimmte mich traurig. Glaubte er, mir wehzutun und mich an meine verlorene Liebe zu erinnern, wenn er mir seine Geliebte vorstellte?

David hatte mir angeboten, Celestina nach Hause zu bringen. »Du bist müde, Elija. In der letzten Nacht hast du nicht geschlafen. Außerdem hast du Schmerzen, das sehe ich dir an. Lass mich gehen!« Doch ich hatte abgelehnt: »Ich bin dir dankbar dafür, dass du mich beschützen willst, David. Aber nimm mir dabei nicht die Verantwortung für mein Leben.«

Ich hatte Celestina in den Sattel geholfen und das Pferd am Zügel ergriffen, um es durch die Nacht zu führen. Doch sie fasste meine Hand, glitt mit dem Fuß aus dem Steigbügel und bat mich, hinter ihr aufzusteigen.

Ihre Nähe, ihre Wärme und der Duft ihres Haares waren berauschend. Die Berührungen, wenn sie sich leicht gegen mich lehnte, erregten mich. Ich hatte meinen linken Arm um sie geschlungen und mit der rechten Hand die Zügel ergriffen. Mehr als ein Mal streiften ihre Finger wie unabsichtlich mein Knie.

Nach allem, was an diesem Abend geschehen war, nach allen Gefühlen, die sie wie glühende Funken in mir aufgewirbelt hatte, will ich gar nicht leugnen: Ich hatte Feuer gefangen und brannte lichterloh.

Langsam ritten wir durch die mondbeschienenen Gassen, aber nicht auf dem direkten Weg vom Campo San Luca zum Campo San Stefano. Ich wollte diese wundervollen Gefühle nicht zerstören, indem ich sie an das Attentat erinnerte. Also nahm ich den anderen Weg zur Piazza San Marco und von dort, an San Moisè vorbei, zum Campo San Stefano.

Vor der Ca' Tron sprang ich vom Pferd und half ihr aus dem Sattel. Die Schmerzen an meiner Seite spürte ich kaum.

Dann stand sie vor mir und lehnte sich gegen mich. Ihren Arm hatte sie um meine Mitte geschlungen, als müsste sie sich an mir festhalten, um nicht zu stürzen.

Schweigend sahen wir uns an. Der Sternenhimmel schimmerte in ihren Augen. Jedes Wort hätte diesen Augenblick zerstört.

Ich umarmte sie und küsste sie zart auf die Lippen. Sie schlang ihre Arme um meine Schultern und antwortete mir mit einem atemberaubenden Kuss. Dann ließ sie mich los.

»Dein Kuss ist sehr kostbar«, hauchte sie. »Du hast sie sehr geliebt. Und du liebst sie immer noch.«

Ich nickte.

Sie senkte den Blick. Dann sah sie mich wieder an. Ihre Augen funkelten im Mondlicht. Ganz zart berührte sie meine Wange. »Kali nichta!«

»Was heißt das?«

»Es bedeutet: gute Nacht! Das ist der erste Teil der Griechisch-Lektion. Du entscheidest, wann du sie fortsetzen willst, Elija. Wenn du kommst, werde ich da sein.«

Dann drehte sie sich um und verschwand im Haus.

❧ CELESTINA ☙

KAPITEL 5

Verwirrt lehnte ich mich gegen die geschlossene Tür. Elijas Kuss hatte mich völlig aus der Fassung gebracht, und meine Gefühle hatten mich überwältigt.

Eine Weile stand ich reglos und starrte in die Finsternis.

Ich dachte an Tristan, an unsere Liebe, an unsere Leidenschaft, wenn wir im Bett lachend eine Kissenschlacht ausfochten, die immer gleich endete – Tristan verlor. Ich dachte an unsere Zärtlichkeit, wenn wir erschöpft und glücklich in den Armen des anderen lagen, an all die tiefen Gefühle, die uns verbanden, an die Geheimnisse, die wir teilten, an die Freiheit, die wir uns jeden Tag neu schenkten.

So viel Liebe, so viel Freude!

Und so viele Geheimnisse!

Was hatte Tristan mit Aron besprochen?

Wenn er sich Geld leihen musste, warum wandte er sich an einen jüdischen Bankier und fragte nicht mich? Ich hätte ihm doch alles gegeben, was ich besaß! Auch wenn es sich offenbar um eine große Summe handelte – David war überrascht und entsetzt gewesen. Ich hätte über die Iatros in Athen und die Medici in Rom das Geld innerhalb weniger Tage beschaffen können. Oder sollte ich vielleicht nicht wissen, dass Tristan sich diese enorme Summe leihen musste? Warum nicht? Wofür, um Himmels willen, brauchte er so viel Geld?

Doch nicht ... Nein, daran wollte ich nicht denken! ... Aber wenn er das Geld nun doch ... Nein, er hatte mich noch nicht gefragt. Er hatte Angst vor meiner Antwort. Und trotzdem: Brauchte er das Geld für unsere Hochzeit?

Tristan, warum hast du so viele Geheimnisse vor mir?

Mit beiden Händen fuhr ich mir über das Gesicht.

Welch ein Tag!, dachte ich. Ein Knotenpunkt so vieler Ereignisse, die Verbindung so vieler Schicksalsfäden.

Zuerst die Einladung des Papstes nach Rom, die Baldassare mir während der Vermählung mit dem Meer überbracht hatte. Dann mein Gespräch mit Leonardo Loredan und seine Forderung, ich sollte auf meine Freiheit und meine Karriere verzichten, Tristan heiraten und meine verbotenen Bücher verbrennen. Meine Entscheidung, nach Rom zu fliehen, und mein Abschied von Tristan mitten in der Nacht. Dann das Attentat auf mich, der Kampf mit den Assassini, meine Rettung durch Elija. Sein Fortgehen ohne Abschied im Morgengrauen, meine Suche nach ihm, um ihm sein Buch zurückzubringen. Der Gottesdienst in der Synagoge, die Einladung zum Sabbatmahl, wo ich die verbotene Frucht gekostet hatte: das Brot und das Salz des Alten Bundes. Elijas Geschichte, die mir sehr nahe ging. Und als Elija mich nach Hause brachte, der Kuss ... dieser wundervolle und überaus kostbare Kuss.

Ihr seid wie zwei hell strahlende Sternschnuppen, die aufeinander zustürzen, hatte David gesagt. Was geschah, wenn zwei Sternschnuppen einander zu nahe kamen? Sie zogen sich an und lenkten sich gegenseitig aus ihrer festgelegten Bahn. Und was geschah, wenn jene beiden Sternschnuppen sich auf ihren Flugbahnen so nah kamen, dass sie sich berührten ... dass sie miteinander verschmolzen und eins wurden?

›... denn was ist der Mensch ohne seine Hoffnungen und Träume?‹, schrieb ich.

Meine Hand schmerzte – da ich nicht schlafen konnte, hatte ich seit dem Morgengrauen geschrieben. Ich steckte die Feder ins Tintenfass und wischte mir die Finger an einem Leinentuch ab.

In Gedanken versunken starrte ich auf die letzten Worte meines Manuskripts. Was ist der Mensch ohne seine Hoffnungen und Träume? Eine Frage, auf die ich keine Antwort hatte.

Mit fünfundzwanzig Jahren hatte ich alles erreicht. Ich war eine erfolgreiche Humanistin, über die selbst der Papst begeisterte Lobeshymnen sang und deren Ansichten und Urteile unter den Gelehrten anerkannt waren. Ich war finanziell unabhängig und musste nicht, wie viele andere, einem reichen Mäzen schmeicheln, um ein weiches

143

Bett und eine warme Mahlzeit zu bekommen. Ich konnte reisen, nach Athen, nach Istanbul, nach Alexandria, nach Rom, und ich konnte zurückkehren zu dem Mann, den ich liebte und der mich liebte, der mir vertraute und der niemals infrage stellte, was ich tat: Tristan.

Geistesabwesend starrte ich auf die im Sonnenlicht funkelnden Wellen des Canalazzo.

Wovon träumt der Mensch, der sich mit festem Willen und stolzer Leidensbereitschaft alles erkämpft hat, was es zu gewinnen gibt: Erfolg, Respekt, Ruhm, Ehre, Reichtum, Liebe, Glück? Wovon träumt der Mensch, der sich mit Selbstbeherrschung und Selbstvertrauen selbst erschaffen hat? Welche Visionen hat er noch?

Ich griff zur Feder und schrieb:

›Der furchtbarste Augenblick im Leben des Menschen ist nicht der, in dem er erkennt, dass, obwohl er sein Leben lang mit aller Kraft gekämpft hat, seine Hoffnungen sich nicht erfüllen werden, sondern der, in dem er sich bewusst wird, dass er keine Hoffnungen mehr hat, keine Wünsche, keine Träume, keine Visionen ...‹ Die Tinte tropfte auf das Papier, als ich einen Augenblick innehielt, dann schrieb ich mit zitternder Hand: ›... nichts, wofür es sich zu leben lohnt.‹

Ich warf die Feder auf das Manuskript, wo die Spitze einen Tintenfleck hinterließ, und fuhr mir mit den Händen über das Gesicht.

»Celestina?« Menandros stand in der Tür der Bibliothek. »Willst du Besuch empfangen? Unten wartet jemand auf dich.«

»Seit wann lässt Tristan sich so förmlich ankündigen? Sonst stürmt er doch die Treppen hoch, um mich zu küssen.«

»Es ist nicht Tristan. Doch mir scheint, als ob *er* ebenso gern die Treppen hochstürmen wollte, um dich zu umarmen.«

»Elija ist gekommen?«, fragte ich, und mein Herz schlug schneller. »Würdest du ihn bitte heraufführen?«

Menandros nickte und verschwand, um ihn zu holen.

Mein Blick fiel auf den Crucifixus an der Wand neben der Tür. Hastig nahm ich das Bild des Gekreuzigten ab und verbarg es unter einem Berg von Büchern.

Dann stand Elija vor mir.

»Ich habe den ganzen Morgen gebetet. Während des Gottesdienstes habe ich an deine Worte von letzter Nacht gedacht. Ich wollte dich fragen ...« Elija zögerte, als er mein Manuskript auf dem Schreibtisch liegen sah. »... ob wir nicht heute mit dem Griechisch-Unterricht beginnen könnten.« Er sah mir in die Augen – war da ein Flehen in seinem Blick? »Wenn es dir heute nicht passt, dann werde ich wieder gehen und an einem anderen Tag wiederkommen.«

»Bitte geh nicht, Elija«, bat ich ihn. »Wolltest du den Sabbat nicht im Studium verbringen?«

Er lächelte. »Aber das tue ich doch!« Dann zitierte er aus dem Gedächtnis die griechische Inschrift über der Tür: »›Wer werden will, der trete ein. Wer glaubt zu sein, komm' nicht herein.‹ Lernen will ich – also lehre mich.«

Ich ergriff seine Hand und führte ihn zum Schreibtisch. »Bitte setz dich!«

Während er auf meinem Stuhl Platz nahm, holte ich die griechische Grammatik und die Evangelien aus dem Regal.

Als ich die schweren Bücher auf den Tisch legte, deutete er auf die letzte Manuskriptseite, die vor ihm lag. »Du hast weitergeschrieben. Darf ich es lesen?«

Als ich nickte, nahm er das letzte Blatt:

»›Der furchtbarste Augenblick im Leben des Menschen ist nicht der, in dem er erkennt, dass, obwohl er sein Leben lang mit aller Kraft gekämpft hat, seine Hoffnungen sich nicht erfüllen werden, sondern der, in dem er sich bewusst wird, dass er keine Hoffnungen mehr hat, keine Wünsche, keine Träume, keine Visionen ... nichts, wofür es sich zu leben lohnt‹«, las er vor. Dann sah er mich an. »Selbst deine Feder hat geweint, als sie diese traurigen Worte niederschreiben musste.« Er deutete auf die Tintentropfen auf dem Papier.

Ich rang meine Gefühle nieder.

Dann wies ich auf den Stuhl auf der anderen Seite des Schreibtischs, wo Menandros saß, wenn wir gemeinsam arbeiteten: »Ist es dir recht, wenn ich während des Unterrichts neben dir sitze, wir gemeinsam die griechischen Texte lesen und ich sehe, wie du schreibst? Wenn es dir unangenehm ist, dann kann ich mich dir gegenüber setzen.«

»Bitte setz dich neben mich.«

Also schob ich den anderen Stuhl um den Tisch herum und ließ mich an seiner Seite nieder.

»In welcher Sprache soll ich dich Griechisch lehren, Elija? In Italienisch, Lateinisch oder Arabisch?«

»In Arabisch. Ich will auf das Du nicht mehr verzichten«, sagte er, und es klang beinah wie: Ich will auf dich nicht mehr verzichten.

Ich wich seinem sehnsüchtigen Blick aus und schlug umständlich die Evangelien auf.

Er war mir so nah, so beunruhigend nah! Und er roch verführerisch nach Moschus und einem schweren arabischen Duft. Ich konnte ihn berühren, wenn ich meine Hand nach ihm ausstreckte, sie ihm auf den Arm oder auf das Knie legte. Ich konnte seinen Atem hören, und wenn ich noch ein wenig näher rückte, auch seinen Herzschlag – er war ebenso erregt wie ich!

Ohne ihn anzusehen, blätterte ich zur ersten Seite des Evangeliums des Matthäus, legte meine Hand auf den ersten Absatz mit dem Stammbaum Jesu. Dann las ich den ersten Satz auf Griechisch vor und übersetzte ihn:

»Buch des Ursprungs Iesou Christou, des Sohnes Davids, des Sohnes Abrahams.«

Elija ahnte, was in mir vorging. Er legte seine Hand auf die meine. »Ich weiß, wie gern du das Buch von Ibn Shaprut lesen würdest. Du bist enttäuscht, weil ich es nicht mitgebracht habe. Aber ich darf es nicht. Es ist mir nicht erlaubt, am Schabbat ein Buch von meinem Haus zu deinem Haus zu tragen, denn an dem Tag, an dem Gott ruhte, darf ich nicht in die von Ihm vollendete Weltordnung eingreifen. Und Ibn Shapruts Buch *wird* die Welt verändern.«

»So wie dieses Evangelium?« Ich zog meine Hand nicht unter der seinen hervor, sondern bewegte nur meine Finger. Es war eine sehr intime Berührung.

»So wie dieses Evangelium«, nickte er. »Aber es ist ein anderes Evangelium, Celestina, nicht das Evangelium Jesu Christi, sondern das von Rabbi Jeschua. Es ist viel schöner, viel hoffnungsvoller, viel weiser. Es ist viel *wahrer*.«

»Wirst du es eines Tages mit mir lesen?«

Er zögerte, dann nahm er seine Hand weg, als fürchte er, mir mit seiner zarten Berührung wehzutun. Er schien ernsthaft darüber nachzudenken, und schließlich nickte er:

»Ja, wir werden das Evangelium gemeinsam lesen.«

Zwei Stunden lang lehrte ich ihn Griechisch aus dem ersten Kapitel des Matthäus, übersetzte und erklärte, dann ließ ich ihn die für ihn fremden Buchstaben und Worte lesen. Elija machte sich sehr viele Notizen in arabischer Schrift. Die meisten bezogen sich allerdings nicht auf die griechische Grammatik, die er sehr schnell begriff – Elija beherrschte sechs Sprachen! –, sondern auf Marias Jungfräulichkeit und ihre Schwangerschaft durch den Heiligen Geist, die Verkündigung der Geburt des Kindes durch den Engel Gottes an Joseph: ›Und sie wird einen Sohn gebären, und du sollst ihn Jesus nennen, denn er wird sein Volk erretten von seinen Sünden‹.

Die Worte ›sein Volk‹ hatte Elija unterstrichen, und ich fragte mich, ob sich die Unterstreichung auf ›sein‹ bezog, also auf Jesus als Sohn Gottes und Erlöser, oder auf ›Volk‹, also auf das Volk Israel, dem Jesus über seine jüdische Mutter angehörte. Oder meinte Elija sogar das Verb ›erretten‹, *ohne* es unterstrichen zu haben? Ich wusste, dass er als Jude nicht an Jesus als Messias und Erlöser seines Volkes glaubte.

Ich hatte das Gefühl, dass ich am Eingang eines geheimnisvollen Labyrinthes stand, dessen dunkle, verschlungene Gänge Elija vor mir durchschritten hatte. Er kannte die Irrwege und wusste, wie man sie gehen konnte, ohne zu stolpern und zu stürzen.

Wie gern würde ich mit dir gehen, Elija, mich mit dir in der Finsternis zwischen Glauben, Ahnen und Wissen verirren und dann mit dir das Licht der Wahrheit finden!

Als er bemerkte, dass ich ihn beobachtete, sah er auf. Unsere Blicke versanken ineinander. Schließlich steckte er die Feder ins Tintenfass und wischte sich die Finger am Tuch ab.

»Es ist Zeit für mein Gebet«, erklärte er. »Wenn du nichts dagegen hast, wäre ich gern für einige Minuten allein. Gibt es einen Raum, wo ich in Ruhe beten kann?«

»Du kannst hier beten, Elija. Ich werde dich allein lassen.« Ich erhob mich. »Wenn du bereit bist, dann öffne die Tür.«

»Evcharistó«, bedankte er sich auf Griechisch.

Sein Lächeln war bezaubernd.

Leise schloss ich die Tür hinter mir. Am Schreibtisch in meinem Schlafzimmer schrieb ich einen kurzen Brief und trug ihn hinunter in den Garten, wo ich Alexia fand. Ich bat sie, einen Weidenkorb zu holen, und schnitt ein paar sehr schöne Rosen, die ich mit dem Brief in den Korb legte. Dann erklärte ich Alexia, wohin sie die Blumen bringen sollte, und bat sie, die Anweisungen, die sie dort erhielt, sehr sorgfältig zu beachten. Und sie sollte nicht vergessen, eine Laterne mitzunehmen. Sie nickte und machte sich sofort auf den Weg.

Nach nicht einmal einer halben Stunde war Alexia mit dem Korb und der Laterne zurück, und ich stieg wieder hinauf in den zweiten Stock.

Die Tür der Bibliothek war offen.

Elija hatte sein Gebet beendet und stand am Fenster, um auf den Canalazzo hinabzublicken.

Ich trat neben ihn. »Elija, ich würde gern mit dir gemeinsam essen, bevor ich dich weiter lehre. Alexia hat im Speisesaal den Tisch gedeckt und trägt gerade das Mahl auf.«

»Es tut mir Leid, Celestina, aber ich kann nicht mit dir essen. Die Speisen und das Geschirr sind nicht koscher …«

Ich nahm seine Hand. »Komm, Elija, ich will dir etwas zeigen!« Dann zog ich ihn mit mir fort, die Treppe hinunter bis zum Speisesaal.

Als Elija den Raum betrat, blieb er überrascht stehen.

Der Tisch war schön gedeckt mit einer weißen Tischdecke, Rosen in einer Vase und zwei silbernen Kerzenleuchtern.

»Das ist ja ein Schabbatessen!«, freute er sich.

»Judith war so freundlich, zwei Mahlzeiten herüberzuschicken, die sie für heute Mittag vorbereitet hatte. Die Speisen sind also koscher, genauso wie das Geschirr. Und das Licht der brennenden Kerzen stammt von den Sabbatleuchtern in deinem Haus. Alexia hat alles geholt. Du musst also auf nichts verzichten, wenn du bei mir bist.«

Er war gerührt. »Ich danke dir, Celestina.«

»Ich hoffe, der Wein aus meinem Vorratsraum ist gut genug, um den Kiddusch-Segen darüber zu sprechen. Es ist ein sehr alter Montepulciano. Ich habe ihn mir für einen besonderen Tag aufgehoben.«

»Ist heute ein solcher Tag?«

»Ja.«

Er zögerte zuerst, dann stellte er die Frage doch: »Warum?«

»Weil ich glücklich bin.«

»Heute Morgen warst du traurig«, erinnerte er mich.

»Und dann bist du gekommen, und ich war glücklich.«

Er sah mir in die Augen, und unsere Seelen berührten sich.

»Ich bin auch glücklich, Celestina«, gestand er ernst. »Gestern Nacht nahm ich an, mein Kuss hätte dich erschreckt. Und heute Morgen dachte ich, du würdest mich wieder fortschicken.«

»Ich werde dich niemals fortschicken, Elija.«

Er ergriff meine Hand. »Darf ich dich etwas sehr Persönliches fragen, Celestina?«

Als ich nickte, umarmte er mich und küsste mich zart auf die Lippen. Und ich beantwortete ihm seine Frage mit aller Leidenschaft.

… und seine Hand glitt unter das Laken, streichelte sanft meine Schenkel und glitt dann provozierend langsam höher, über den Bauch, die Brüste, den Hals … welch sinnliche Berührung! Dann beugte er sich über mich und küsste meine nackte Schulter.

»Hmm …«, seufzte ich lächelnd.

Es war eine wunderschöne Art, geweckt zu werden. Verschlafen räkelte ich mich in die Kissen.

Dieser Kuss, dieser wundervolle Kuss! Dann das Essen und unser endloses Gespräch …

Er schob das Laken zurück und küsste meine Brüste.

»Elija!«, hauchte ich.

»Wer ist Elija?«, fragte er zwischen zwei Liebkosungen.

Ich schlug die Augen auf: »Tristan!«

Er küsste mich sehr leidenschaftlich auf die Lippen.

»Hattest du einen schönen Traum?«, hauchte er und strich mir über das zerwühlte Haar.

»O ja!«, nickte ich. »Einen ganz wundervollen Traum!«

Er ließ sich neben mich in die Kissen sinken und umarmte mich. »Erzähl ihn mir! Wir haben noch ein wenig Zeit.«

»Ich verstehe nicht«, murmelte ich und legte den Kopf an seine Schulter.

Tristan trug enge Hosen, die seine schlanken Beine sehr schön zur Geltung brachten. Die schwarze Jacke mit dem Hermelinkragen hatte er offen gelassen, sodass das weiße Seidenhemd zu sehen war.

Ich zog das Hemd aus seiner Hose, schob meine Hand darunter, und streichelte seinen flachen Bauch und seine Brust.

»Ich bin gekommen, um dich zur Messe in San Marco abzuholen«, flüsterte er und küsste mich. »Es ist Sonntagmorgen – falls dir das vor lauter Arbeit entfallen sein sollte. Leonardo hat uns nach dem Gottesdienst zum Essen in den Dogenpalast eingeladen.«

»Ich erinnere mich …«

»Mein Schatz, du arbeitest zu viel. Menandros hat mir vorhin erzählt, dass du erst heute Morgen ins Bett gegangen bist.«

»Ich war nicht müde …«

… nein: Ich wollte nicht müde sein! Ich hatte nicht in meinem Bett liegen und an Elija denken wollen, der nach dem Griechisch-Unterricht zum Sonnenuntergang in die Synagoge zurückgekehrt war, um den Sabbat zu verabschieden. Und an Tristan, den ich mit meinem Kuss verraten hatte.

O Gott, was hatte ich getan!

Tristan nahm mich zärtlich in die Arme. »Wie wäre es, wenn wir ein paar Tage aus Venedig verschwinden? Nur wir zwei, wie vor ein paar Wochen, als du Giovanni Montefiore in Florenz besucht hattest! Wir könnten nach Rom reisen.«

»Nach Rom?«, fragte ich erstaunt.

»Du wolltest doch in den Vatikan! Ich begleite dich. Was hältst du davon? Wir machen uns ein paar schöne Tage in Rom. Du verdrehst ein paar Kardinälen den Kopf, und ich besuche die berühmtesten

Kurtisanen. Vielleicht kann ich bei ihnen ein paar Dinge lernen, die uns beiden Vergnügen bereiten würden …«

»Nein!«

»Aber du scheinst dich in letzter Zeit mit mir gelangweilt zu ha…«

»Das ist nicht wahr!« Ich küsste ihn. »Du begehst jede Todsünde, außer der der Langeweile.«

»Also gut, keine Kurtisanen und Kardinäle! Nur wir beide, du und ich«, flüsterte er. »Wir könnten deinen Freund Raffaello auf der Baustelle von San Pietro besuchen oder Michelangelos Fresken in der Sixtina besichtigen oder mit dem Papst zu Abend essen … ich meine: wenn wir es schaffen, aus dem Bett zu kommen …«

Sein Kuss war atemberaubend.

Warum will Tristan nach Rom?, fragte ich mich. Vor vier Tagen ist er zum Vorsitzenden des Consiglio dei Dieci gewählt worden. Warum will er ausgerechnet jetzt, da er den Zenit seiner Macht erreicht hat, Venedig verlassen und nach Rom reisen?

Wenn ich näher darüber nachdachte, wurde ich das Gefühl nicht los, dass die Reise nach Rom eine Flucht war.

War Tristan um meine Sicherheit besorgt? Hatten die Untersuchungen zu dem Attentat vor drei Tagen beunruhigende Neuigkeiten zutage gefördert, sodass Tristan mich aus Venedig fortbringen musste, weil er mein Leben hier nicht schützen konnte? Weil er nichts gegen den Florentiner Humanisten Giovanni Montefiore unternehmen konnte, ohne einen Konflikt zwischen Florenz und Venedig heraufzubeschwören, der bei der verstreuten Nation der Humanisten in ganz Europa Wellen geschlagen hätte?

Und das Geld, das Tristan sich bei Aron geliehen hatte? Hatte Tristan Schulden, hatte er zu viele Zecchini für seine glänzende Karriere als künftiger Doge ausgegeben – wurde er deshalb erpresst? Doch dann dachte ich an den anonymen Brief in der Bocca di Leone und Leonardos Warnungen: Wer wusste von meinen verbotenen Büchern und unserer Liebe, die das Ende seiner und meiner Karriere bedeuten konnte? Wollte Tristan mit mir aus Venedig fliehen, um uns beide dieser Bedrohung zu entziehen?

Wer drohte Tristan? Derselbe, der den Anschlag auf mich befohlen hatte? Giovanni Montefiore!

Ich setzte mich im Bett auf und betrachtete meinen Geliebten, der neben mir in den Kissen lag.

In Rom würde Tristan auf eine Antwort auf die Frage hoffen, die ich nicht beantworten konnte, weil ich ihm nicht wehtun wollte. Ein Heiratsantrag in der Sixtinischen Kapelle und eine Trauung durch den Papst – das wäre nach seinem Geschmack gewesen!

Ich beugte mich über ihn, um ihn zu küssen. »Tristan, mein Liebster …«

»Mhm?« Er räkelte sich wohlig in die Kissen.

»Ich will nicht nach Rom.«

Tristan war enttäuscht, das sah ich ihm an.

Er hatte wirklich gehofft, dass wir uns in Rom amüsieren könnten, ohne Zeremoniell, ohne Versteckspiel. Und dass wir nach drei oder vier ausgelassenen Wochen nicht nur verliebt, sondern verheiratet nach Venedig zurückkehren würden. Aber da war noch etwas, das in seinen Augen schimmerte: War es Angst? Warum vertraute er mir seine Sorgen nicht an?

Während der Messe in San Marco stand Tristan so dicht neben mir, dass er verstohlen meine Hand halten konnte. Er spielte mit dem Topasring an meinem Finger.

Gedankenverloren betrachtete ich das Bild Jesu Christi als Weltenherrscher in der goldschimmernden Apsis oberhalb des Altars. Im Licht der in den dichten Weihrauchschwaden flackernden Altarkerzen funkelte das Mosaik wie der Sternenhimmel, wenn der Wind vom Meer den Dunst über der Lagune verwehte.

Ich dachte an Elijas Unterstreichung der Worte ›er wird sein Volk erretten‹. Und ich erinnerte mich an das ›Tu es Petrus …‹ und den hebräischen Text, der besagte, dass Jesus keine Kirche gegründet hatte, sondern eine Synagoge bauen wollte.

Die ganze funkelnde Pracht der Basilica di San Marco mit ihren wunderschönen Mosaiken, den kostbaren Malereien, dem Marmor, dem goldenen Altar, den Reliquien des Evangelisten Markus, dem Weihrauchduft und den prächtigen Gewändern der Kirchendiener und des Patriarchen – das alles war … ich wagte kaum, daran zu denken! … das alles war ungewollt … das alles war sinnlos?

Wenige Schritte von mir entfernt lagen in einer Wandnische die sterblichen Überreste von San Marco … des Evangelisten Markus … eines Menschen, der Jesus nahe gewesen war und der als Jünger von Petrus ein Evangelium geschrieben hatte – ein griechisches, kein hebräisches!

Und wieder dachte ich an Rabbi Shemtov Ibn Shapruts geheimnisvolles Buch mit dem hebräischen Evangelium des Mattitjahu.

»Celestina?« Tristan drückte meine Hand. »Was ist mit dir? Du bist so blass.«

»Es geht mir gut«, versicherte ich ihm.

»Dann lass uns zur Feier der Eucharistie nach vorne gehen.« Er zog mich durch die Reihen der Gläubigen zur Treppe der byzantinischen Ikonostasis, die das Hauptschiff der Basilica di San Marco vom Altarraum trennte.

Dort kniete er nieder, um aus der Hand des Patriarchen den Leib Christi zu empfangen.

Wie sehr ich dich um deinen Glauben und deinen Seelenfrieden beneide!, dachte ich, als ich beobachtete, wie er sich von Antonio Contarini segnen ließ.

Als mein Geliebter sich erhoben hatte, sah mich der Patriarch erwartungsvoll an, hielt mir die Hostie entgegen.

Ich war wie gelähmt: Vor zwei Tagen hatte ich Brot, Wein und Salz des Alten Bundes genossen … und nun sollte ich …

Ich schloss die Augen und musste mich an Tristan festhalten: Nein, das konnte ich nicht tun!

Mein inneres Ringen verstand er falsch. »Celestina, was ist denn mit dir? Du wärst beinahe gestürzt«, flüsterte er fürsorglich und stützte mich. »Bist du schwanger?«

Tristan half mir beim Niederknien. Mein verletztes Bein schmerzte immer noch. Dann reichte mir der Patriarch den Leib Christi.

Elija, hilf mir, schrie ich in meinem Geist. Hilf mir, die Wahrheit zu suchen! Hilf mir, den Zweifel zu besiegen und meinen Glauben wiederzufinden!

Elija, rette mich!

Den ganzen Sonntagnachmittag saß ich in meiner Bibliothek, vergrub mich in einem Berg von Folianten und schrieb an meinem Manuskript, um nicht mehr nachdenken zu müssen.

Nach der Messe und dem Mahl bei Leonardo Loredan hatte Tristan mich nach Hause gebracht. Er war sehr besorgt um mich, hatte mich vom Pferd gehoben und die Treppen zu meinem Schlafzimmer hinaufgetragen. Und er hatte darauf bestanden, dass ich ein paar Stunden schlief.

Während des Essens hatte der Doge mich nicht nach meiner Entscheidung zu einer Heirat mit Tristan gefragt. Allein die Tatsache, dass wir am Sonntag in aller Öffentlichkeit gemeinsam zur Messe in San Marco erschienen waren, dass wir gemeinsam den Leib Christi und den Segen des Patriarchen empfangen hatten, dass wir Arm in Arm zum Mittagessen in die Dogenwohnung gekommen waren, dass ich offensichtlich schwanger war und Tristan sich so rührend um mich kümmerte, hatte ihn diese Frage gar nicht erst stellen lassen.

Zufrieden lächelnd war Leonardo davon ausgegangen, dass Tristan und ich uns nach dem Mordanschlag auf mich ausgesprochen hatten, und er schien erleichtert darüber, dass ich Tristan kein entschiedenes »Nein!« entgegengeschleudert hatte, das das Ende unserer Liebe und Tristans Karriere bedeutet hätte.

Nachdem er mich so fürsorglich die Treppen hinaufgetragen hatte, setzte sich mein Geliebter auf den Rand des Bettes und küsste mich zart:

»Falls wir einen Sohn bekommen, will ich, dass er Adrian heißt. Oder gefällt dir der Name Alessandro besser? Du schwärmst doch immer von Alexander dem Großen. Alessandro Venier klingt majestätisch«, hatte er gesagt. »Und wenn wir eine Tochter haben ...«

»Tristan, du bist verrückt! Ich bin nicht schwanger!«

»Was nicht ist, kann ja noch werden«, hatte er mich geneckt. »Ich jedenfalls werde mir jede Mühe geben.« Dann war er ernst geworden. »Der Gedanke, du könntest schwanger sein und wir könnten Kinder haben, hat mich sehr berührt. Nie zuvor habe ich darüber nachgedacht ... Celestina, ich will dich öfter sehen. Meine Nächte ohne dich sind so einsam. Ich ertrage das nicht! Ich liebe dich!«

»Und ich liebe dich, Tristan!« Das hatte ich ihm mit einem leidenschaftlichen Kuss bewiesen.

»Ich kann heute Nacht nicht kommen. Am Nachmittag muss ich noch geheime Akten für einen Prozess durcharbeiten, in dem ich den Vorsitz führe. Es geht um einen spanischen Converso, einen getauften Juden, der unter seinem alten jüdisch-arabischen Namen Ibn Ezra über Alexandria und Istanbul nach Venedig gekommen ist. Er glaubt, hier könnte er wieder Jude sein und das heilige Sakrament der Taufe missachten. Diese Juden sind wirklich unbekehrbar!

Heute Nacht findet eine lange Sitzung des Consiglio dei Dieci im Dogenpalast statt, die gewiss nicht vor dem Morgengrauen enden wird. Noch ein paar Prozesse gegen diese eigensinnigen Juden, und wir haben die römische Inquisition in Venedig!«, hatte er geseufzt. »Bitte entschuldige, wenn ich dich mit meinen Sorgen belaste, Celestina. Aber mit niemandem außer dir kann ich darüber reden.«

Zum Abschied hatte er mich zart liebkost:

»Morgen Abend werde ich zu dir kommen, und ich verspreche dir: Ich werde bis zum Morgengrauen bleiben! Ich will dich die ganze Nacht im Arm halten und am Morgen neben dir aufwachen, mein Schatz!«

Nachdem Tristan gegangen war, hatte ich mich in meine Bibliothek geflüchtet.

Ich durfte Elija nicht wiedersehen! Es war lebensgefährlich für ihn und für mich! Wenn der Consiglio dei Dieci herausfand, dass er ein Converso war, der ganz offen als Jude lebte, würde auch er – und seine ganze Familie – angeklagt werden. Die Dieci würden mithilfe der Folter herausfinden, dass ich am jüdischen Gottesdienst teilgenommen hatte, dass ich in seinem Haus am Sabbat Brot, Wein und Salz mit ihm geteilt hatte, dass ich nicht nur gegen eines, sondern gegen *jede* Bestimmung des vierten Laterankonzils verstoßen hatte.

Mein Haus würde durchsucht, man würde die verbotenen Bücher finden und mich vor Gericht zerren. Auch Tristan würde in den Prozess hineingezogen werden, weil er gewusst hatte, woran ich arbeitete. Und auch der Doge hatte all die Jahre Kenntnis davon gehabt – schließlich war es Leonardo gewesen, der mir den Schlüssel zum ›Königreich der Himmel‹ gegeben hatte. Und Gianni … selbst der Papst war eingeweiht.

Nein, ich *durfte* Elija nicht wiedersehen.

Ich griff zur Feder und starrte auf die vielen zerrissenen Papierfetzen mit den nicht zu Ende gedachten Gedanken rund um meinen Schreibtisch. Die Tinte tropfte auf das Papier, ohne dass ich auch nur ein Wort schrieb.

Wieder und wieder las ich den letzten Satz, den ich ersonnen hatte, bevor Elija am Vortag so unerwartet erschienen war:

›Der furchtbarste Augenblick im Leben des Menschen ist nicht der, in dem er erkennt, dass, obwohl er sein Leben lang mit aller Kraft gekämpft hat, seine Hoffnungen sich nicht erfüllen werden, sondern der, in dem er sich bewusst wird, dass er keine Hoffnungen mehr hat, keine Wünsche, keine Träume, keine Visionen … nichts, wofür es sich zu leben lohnt.‹

Dann fügte ich, noch ganz in Gedanken versunken, ein paar Worte hinzu, die mich selbst zutiefst erschreckten:

›… und nichts, wofür es sich zu sterben lohnt.‹

Ich weiß nicht mehr, wie lange ich das Geschriebene anstarrte, unfähig, das Blatt zu zerreißen und zu den anderen zu werfen.

»Celestina?«

Ich kann mich auch nicht erinnern, welche Gedanken mich erfüllten, als ich diese furchtbaren Worte niederschrieb.

»Celestina!« Menandros stand in der offenen Tür der Bibliothek. »Elija ist gekommen.«

Ich schloss die Augen und stöhnte verzweifelt.

Als ich wieder aufsah, stand er vor mir. Menandros hatte ihn die Treppen hinaufgeführt, weil er annahm, Elija und ich wären für die nächste Griechisch-Stunde verabredet.

»Wenn ich ungelegen komme, werde ich wieder gehen«, sagte er und wandte sich zur Tür. Unter dem Arm trug er Ibn Shapruts *Prüfstein*.

Ich sprang auf. »Bitte warte, Elija! Geh nicht!«

Als er in der Tür stehen blieb und sich wieder umdrehte, eilte ich zu ihm. »Es tut mir Leid, ich wollte dich nicht verletzen. Ich habe nicht damit gerechnet, dass du heute Abend kommst. Du wolltest doch Jakobs Sohn Yehiel auf seine Bar-Mizwa-Feier vorbereiten.«

»Yehiel ist vor einer halben Stunde nach Hause gegangen. Da dachte ich, wir könnten noch ein wenig im Evangelium lesen. Ich nahm an, es hätte dir gestern Spaß gemacht, mich Griechisch zu lehren und mit mir zu diskutieren. Ich dachte, unser Kuss … Bitte entschuldige, ich habe mich geirrt.«

Er war so traurig, so verzweifelt – wie ich selbst! Ich konnte ihn nicht gehen lassen. Das würde ich mir niemals verzeihen. Und doch musste ich es tun. Ich durfte ihn nicht aufhalten, ich hatte nicht das Recht, sein Leben in Gefahr zu bringen.

Wie lange wir so standen, ohne ein Wort zu sagen, ohne uns zu berühren, wie lange wir uns nur ansahen, im Blick des anderen nach etwas suchten, nach einem Funkeln, nach einem Gefühl, an dem wir uns festhalten konnten, um einen Grund zu haben, uns nicht voneinander loszureißen und voreinander zu fliehen, nicht an diesem und an keinem anderen Tag – ich weiß es nicht mehr.

Geh, Elija, geh und komm nie wieder!, flehte ich im Stillen. Flieh aus meinem Leben, bevor wir beide nicht mehr zurückkönnen!

In diesem Moment muss ich ebenso hoffnungslos ausgesehen haben wie er selbst: Er ging nicht. Er floh nicht, nicht vor mir, nicht vor seinen eigenen Gefühlen, als er an Sarah dachte.

Seine Lippen streiften die meinen zart wie ein Lufthauch.

»Du hast das Buch mitgebracht.« Ich wies auf Ibn Shapruts *Prüfstein*, den er noch immer unter dem Arm trug.

»Ich hatte es dir versprochen.«

»Weißt du, dass du mir, indem du mir dieses Buch gibst, dein Leben anvertraust?«

»Weißt du, dass du, als du es mir vor zwei Tagen brachtest, mir dein Leben anvertraut hast?«, fragte er zurück.

Ich nickte.

»Du weißt, was ich vorhabe: Ich will das hebräische Matthäus-Evangelium im zwölften Kapitel des *Prüfsteins* mit dem griechischen Text vergleichen. Der Griechisch-Unterricht gestern, diese wundervollen Stunden, die wir miteinander verbrachten, haben mir die Augen geöffnet. Das Griechische werde ich niemals so beherrschen wie du. Ich werde niemals Griechisch denken, so wie du niemals Hebräisch denken wirst. Du weißt wie ich, dass ich Matthäus nicht ohne dich lesen kann, und du Mattitjahu niemals ohne mich.«

Wieder nickte ich nur.

»Wir sollten also keine Zeit verschwenden und mit dem beginnen, was wir doch im Grunde unseres Herzens tun wollen: gemeinsam arbeiten. Und während wir uns tief in die alten Texte hineinwühlen, lehrst du mich Griechisch und ich dich Hebräisch.«

Ich zog Elija zum Schreibtisch, drückte ihn mit einem »Setz dich!« auf den Stuhl und fegte mein Manuskript zur Seite. Dann nahm ich ihm das Buch aus der Hand und legte es auf den Tisch.

»So, und nun lehre mich, Rabbi!«

Er lachte. »Du verschwendest keine Zeit.«

»Der Weg durch die Wüste ist weit und schwierig. Also lass uns aufbrechen. Jetzt gleich!«

»Du sprichst wie Mosche, der seinem Volk sagte: Wir verlassen heute noch Ägypten.«

»Es *ist* ein Exodus, Elija. Für dich und für mich. Nichts wird sein, wie es vorher war. Wir riskieren beide die Exkommunikation, du die jüdische, ich die christliche, und wir setzen beide unser Leben aufs Spiel.«

»Du bist wirklich bereit, diesen Weg mit mir zu gehen?«

»Du sprichst wie Jesus: Wenn du nicht bereit bist, den Tod am Kreuz zu riskieren, dann folge mir nicht nach. Elija, ich kenne die Folgen meines Handelns sehr genau.«

Er wies auf den *Prüfstein*. »Was weißt du über dieses Buch?«

»Nicht viel«, gab ich zu. »Der Autor heißt Rabbi Shemtov ben Isaak Ibn Shaprut. Er hat das Werk 1380 in Aragón geschrieben.

Nach einer Disputation mit Kardinal Pedro de Luna, dem späteren Gegenpapst Benedikt XIII.

Der Titel stammt aus dem Prophetenbuch Jesaja: ›Darum spricht Gott, der Herr: Seht her, ich lege in Zion einen Grundstein, einen Prüfstein, felsenfest gegründet. Wer glaubt, braucht nicht ängstlich zu fliehen.‹

Ibn Shaprut hat meines Erachtens ein Handbuch für jüdisch-christliche Glaubensdisputationen geschrieben, eine Verteidigung des jüdischen Glaubens. Das zwölfte Kapitel enthält ein hebräisches Evangelium, dessen Herkunft ich nicht kenne, denn ein hebräischer Urtext des Matthäus-Evangeliums ist nicht überliefert. Der griechische Text, mit dem wir gestern gearbeitet haben, ist der älteste.

Und der hebräische Wortlaut scheint nicht nur in Details von dem griechischen abzuweichen, sondern auch in theologisch relevanten Versen. So wie: ›Tu es Petrus, et super hanc petram aedificabo ecclesiam meam‹, was bei Ibn Shaprut heißt: ›Du bist ein Stein. Und auf dir will ich mein Haus des Gebets bauen.‹ Eine Synagoge – keine Kirche!

Und nach deinem Vortrag vor den Humanisten zu Jesus als Messias vermute ich, dass dieses Buch noch mehr gefährlichen theologischen Sprengstoff enthält.«

Er nickte, offensichtlich beeindruckt von meinen Schlussfolgerungen.

»Wie viele Abweichungen gibt es zwischen der hebräischen und der lateinischen Niederschrift?«, wollte ich wissen.

»Fast jeder Satz des Evangeliums wurde entweder missverstanden, falsch abgeschrieben, falsch übersetzt oder aus theologischen und machtpolitischen Gründen verändert.«

»O mein Gott!« Ich ließ mich auf meinem Stuhl zurücksinken.

»Ja, ich glaube, das hätte Rabbi Jeschua auch gesagt: Was habt ihr aus meinen Worten gemacht? Ein Schwert, um mein Volk damit zu richten.«

»Erzähl mir von Shemtov Ibn Shaprut!«

Elija lehnte sich auf seinem Stuhl zurück, nahm den *Prüfstein* auf die Knie und schlug die erste Seite auf. Seine Finger glitten über die hebräischen Buchstaben, als er weitersprach:

»Rabbi Shemtov war ein Medicus. Die Disputation mit Kardinal Pedro de Luna über die Erbsünde und die Erlösung durch Jesus Christus fand am 26. Dezember 1375 in Gegenwart mehrerer Bischöfe und christlicher Theologen in Pamplona statt. Der *Prüfstein* entstand in den Jahren danach und wurde von ihm mehrmals überarbeitet. Es ist eine Streitschrift gegen das Christentum.«

Er schloss Shemtovs Buch auf seinen Knien, lehnte es gegen seine Brust und hielt es mit beiden Armen fest. Dann sah er mich an. »Celestina, ich habe dir noch nicht alles erzählt, als ich dir sagte, dass ich Shemtovs hebräisches Evangelium mit den griechischen und den lateinischen Texten vergleichen will.«

Ich hielt die Luft an. »Was hast du vor?«

»Ich will die griechischen Evangelien mithilfe von Shemtovs Evangelium ins Hebräische rückübersetzen, um die ursprünglich jüdischen Gedanken Jeschuas zu rekonstruieren. Dann will ich diese neuen jüdischen Evangelien in die lateinische Sprache übertragen, damit jedermann sie lesen kann. Diese Evangelien sollen die Grundlage für ein Buch sein, das ich schreiben will: *Das verlorene Paradies.*«

Mir fehlten die Worte. Die ganze Zeit war ich davon ausgegangen, er wolle das hebräische Evangelium in Shemtovs Buch mit dem griechischen vergleichen. Bei den vielen Abweichungen zwischen beiden Texten war das eine Arbeit von mehreren Wochen. Aber was Elija vorhatte, war sehr viel bedeutender: alle vier Evangelien ins Hebräische und dann zurück ins Lateinische zu übersetzen und durch ein Buch ausführlich zu kommentieren. Das war eine Arbeit von vielen Monaten … von Jahren … eine Lebensaufgabe!

»Wenn *Das verlorene Paradies* vollendet ist, will ich nach Rom reisen und meine Thesen auf dem Laterankonzil diskutieren, das seit drei Jahren tagt. Mit den Kardinälen und dem Papst.«

Um Gottes willen!, dachte ich. Du willst nach Rom, Elija, so wie Giovanni Pico mit seinen *Conclusiones* unter dem Arm nach Rom ging, um darüber öffentlich zu disputieren: Er wurde exkommuniziert, sein Buch verbrannt – und dabei hatte er den christlichen Glauben nicht infrage gestellt! Was droht dir, Elija?

Und dann musste ich plötzlich lachen.

Irritiert blickte er mich an. »Was ist denn?«

»Bitte entschuldige«, kicherte ich. »Ich sehe gerade vor mir, wie wir deine Thesen an die Kirchenportale in Rom nageln: ›Jesus hat die Kirche nicht gegründet‹ oder ›Jesus hat die Taufe im Namen des Vaters und des Sohnes und des Heiligen Geistes nicht befohlen und nie selbst getauft‹.

Und ich stelle mir die entsetzten Gesichter der Kardinäle und Bischöfe vor, wenn Rabbi Elija sie über die wahre Predigt des Rabbi Jeschua belehrt. Dieses einmalige Ereignis in der Kirchengeschichte will ich mir auf keinen Fall entgehen lassen!«

»Warum?« Er ließ sich von meinem Lachen mitreißen.

»Weil die Kirche kurz vor dem Zusammenbruch steht und dringend einer Reform bedarf – vom geborstenen Fundament und den brüchigen Säulen bis zum einsturzgefährdeten Dachstuhl«, erwiderte ich, nun wieder ernst. »Weil schon etliche Päpste daran gescheitert sind, denn sie fürchteten, dass die herabfallenden Trümmer sie erschlagen könnten.

Wusstest du, wie die Eröffnungsrede des Konzils im Mai 1512 lautete? ›Die Menschen müssen durch das Heilige umgestaltet werden, nicht das Heilige durch die Menschen.‹ Ich war enttäuscht, als ich diese Worte hörte: Kein Bestreben zu einer ernsthaften Kirchenreform durch das Konzil!

Wusstest du, dass es zwei Venezianer waren, die dann 1513 Papst Leo eine Denkschrift über die Kirchenreform übergaben? Eine Denkschrift, die nicht nur die Missstände in der Kirche schonungslos aufdeckte, sondern auch ganz konkrete Reformvorschläge machte? Und was hat es gebracht? Nichts.

Wusstest du, dass vor einigen Monaten ein spanisches Memorandum forderte, ›das Gericht müsse im Hause des Herrn beginnen‹? Und was ist geschehen? Nichts.

Wusstest du, dass die Kardinäle in der letzten Sitzung vom 4. Mai über die Bücherzensur debattiert haben? Klingt das nach Reform? Nach Freiheit?«

»Nein«, stimmte Elija zu. »Und woher weißt du das alles?«

»Ich kenne Giovanni de' Medici aus der Zeit, als er noch Kardinal war. Vor Jahren haben er und sein Cousin Giulio, der jetzige Kardinal-erzbischof von Florenz, in der Ca' Tron gewohnt, als sie beide in Venedig waren. Wir kennen uns also sehr gut. Seit dieser Zeit schreiben wir uns sehr persönliche Briefe. Gianni hat auch mein Manuskript gelesen.« Ich wies auf die Blätter, die auf dem Boden verstreut lagen.

Elija schwieg und betrachtete mich in Gedanken vertieft.

»Warum siehst du mich so an?«, fragte ich irritiert. »Hast du Angst bekommen, weil ich den Papst Gianni nenne? Willst du nun doch nicht mehr mit mir zusammenarbeiten?«

»Doch, das will ich! Mehr denn je!«

»Das fünfte Laterankonzil wird die Kirche nicht reformieren. Es wird die geborstenen Säulen der Macht weiter abstützen, die rissigen Fresken neu verputzen und nochmals schön bunt übermalen – und weiter hoffen, dass nicht alles zusammenbricht.«

»Ich will nicht die Kirche, sondern den christlichen Glauben reformieren.«

Ich sprang auf, ging zum Fenster hinüber und sah auf den Canalazzo hinunter, der im rotgoldenen Licht des Sonnenuntergangs funkelte.

An der Anlegestelle der Ca' Contarini, die meinem Palazzo gegenüberlag, saß ein Mann in einer Gondel und schien auf etwas zu warten. Als er bemerkte, dass ich am Fenster stand und zu ihm hinuntersah, wandte er sich ab. Wer war der Mann?

Als Elija weitersprach, drehte ich mich zu ihm um und lehnte mich gegen eine der Säulen, die die Fenster unterteilten.

»Glaubst du denn«, fragte er sehr ernst, »dass es mir nur darum geht, in Rom zwei oder drei Disputationen zu gewinnen? Meinen und Jeschuas Glauben zu verteidigen? Die Kardinäle niederzureden, ihre griechischen und hebräischen Sprachkenntnisse zu prüfen, ihr Wissen über die Tora, die Propheten und die Evangelien zu erforschen, ihren Glauben Wort für Wort zu widerlegen und am Ende den Papst als Nachfolger des Schimon Kefa, genannt Petrus, zu beschämen?

Ein berühmter Rabbi, Mosche Cohen von Tordesillas, sagte einmal: ›Lasst euch in eurem Glaubenseifer niemals zu einem Angriff auf den christlichen Glauben verführen, denn die Christen haben die Macht und können die Wahrheit mit Faustschlägen zum Schweigen bringen.‹

Und ein anderer berühmter Rabbi, Jeschua der Nazoräer*, forderte in seiner Bergpredigt: ›Alles, was ihr von anderen erwartet, das tut auch ihnen! Liebt eure römischen Feinde, meine jüdischen Brüder, denn sie sind wie ihr!‹

Nur hält sich leider niemand an diese weisen Ratschläge – es wird auf beiden Seiten, von christlichen Theologen und jüdischen Rabbinen, erbittert aufeinander eingeschlagen. Nein, Celestina, diese Art von Disputationen, die im Auto de Fé enden können, habe ich vor sechs Jahren in Córdoba erfolgreich gegen Kardinal Cisneros geführt. Ich will mehr, viel mehr erreichen!«

»Was?«

»Ich will den Menschen Hoffnung geben – und einen neuen Glauben. Ich will ihnen die Wahrheit über Jeschua erzählen, der weder Jesus noch Christus war. Ich will den Menschen einen Weg ins verloren geglaubte Paradies zeigen, einen Weg, den Juden und Christen gemeinsam gehen können. Wenn mir das gelingt, dann wäre Jeschua nicht vergeblich am Kreuz gestorben.«

Mit welcher Begeisterung er sprach! Er war so erfüllt von seiner Vision, so beseelt von seinem Glauben, dass mir meine Zweifel ganz unangemessen erschienen. Trotzdem fragte ich:

»Und wieso glaubst du, in der Disputation gegen die Kardinäle gewinnen zu können?«

In der Vergangenheit war die Rollenverteilung in christlich-jüdischen Glaubensdisputationen immer gleich gewesen: Die Christen gingen in die Offensive, und die Juden mussten sich verteidigen, mal mit den gleichen scharfen Waffen kämpfend, mal sich und ihren Glauben rechtfertigend, mal ihre Freiheit und ihr eigenes Leben verteidigend.

Aber am Ende war das Ergebnis immer dasselbe: Die Juden leugneten entschieden Jesu Gottessohnschaft und sprachen ihm seinen Titel als Messias ab. Sie leugneten die Auferstehung nach Jesu Sühnetod am Kreuz und hielten den Schriftgelehrten Paulus, den Gründer

163

des Christentums, für einen jüdischen Ketzer. Die Juden hatten die besseren Argumente. Doch die Christen hatten stets das letzte Wort: ›Verbrennt den Talmud, verbrennt die Bücher der jüdischen Rabbinen und Philosophen!‹

Als Humanistin fragte ich mich, wer denn nun eigentlich gewonnen hatte – jene, die Recht hatten, aber keine Macht, oder jene, die Macht hatten und sich mit Gewalt rechtfertigten. Ich glaubte, dass *beide* verloren hatten.

»Wieso nimmst du an, dass die Kardinäle überhaupt mit dir disputieren wollen?«, fragte ich nach.

»Weil ich glaube, dass das hebräische Evangelium in Shemtovs Buch das Original von der Hand des Evangelisten Matthäus ist. Nicht *das* Original. Aber eine Abschrift davon, die Shemtov sinngemäß rekonstruiert hat.«

Für einen Augenblick war ich sprachlos.

Das Original von der Hand des Evangelisten!

Die Gedanken eines Menschen, der Jesus vielleicht noch persönlich gekannt hatte!

Natürlich waren mir, als ich die griechischen Evangelien gelesen hatte, die vielen Grammatikfehler aufgefallen, die seltsame Satzstellung, die zweideutige Wortwahl und die Wortentlehnungen aus dem Hebräischen, die dem griechischen Denken so fremd waren: das Königreich der Himmel, der Bund mit Gott, Gnade, Sühne und Erlösung durch einen Messias. Aber ich hatte diese Unvollkommenheiten den mangelnden Sprachkenntnissen der Evangelisten zugeschrieben, die in den Provinzen Galiläa und Judäa eben kein klassisches Griechisch beherrschten, sondern nur die Umgangssprache. Nie aber wäre ich auf die Idee gekommen, dass eine Formulierung, die im Griechischen völlig unsinnig, ja sogar absurd war, im Hebräischen, weil es eben nicht zu übersetzen ist, durchaus einen Sinn haben könnte.

»Ich dachte, die Evangelisten hätten ihre Texte in Griechisch niedergeschrieben, und daraus entstand dann Jahrhunderte später die lateinische Übersetzung der Evangelien.«

Elija schüttelte den Kopf. »Sag mir, Celestina: Warum hätte der

Jude Mattitjahu sein jüdisches Evangelium über die jüdischen Lehren des jüdischen Rabbi Jeschua für jüdische Gläubige auf *Griechisch* niederschreiben sollen?«

»Weil Griechisch damals die Umgangssprache in Galiläa und Judäa war. Und Jesus selbst hat Aramäisch gesprochen.«

»So, hat er das?« Elija lehnte sich auf seinem Stuhl zurück, beide Hände ruhten auf den Armlehnen. »Wie erklärst du dir dann die Tatsache, dass Paulus nach seiner Gefangennahme im Tempel von Jeruschalajim seine Verteidigungsrede in Hebräisch hielt, nicht in Lateinisch oder Griechisch? Nachzulesen in der Apostelgeschichte.«

»Ich habe keine Ahnung.«

»Weil Hebräisch zur Zeit Jeschuas und auch noch zur Zeit der Zerstörung des Tempels täglich gesprochen wurde! Selbst Flavius Josephus, der einzige Historiker, der Jeschua überhaupt in seinem Werk erwähnt – denn alle anderen römischen, griechischen und jüdischen Historiker kennen ihn nicht –, hat sein berühmtes Werk *Der jüdische Krieg* zuerst in seiner Muttersprache verfasst und später ins Griechische übertragen. Er hat sein Werk also zweimal niedergeschrieben – wie der Evangelist Mattitjahu sein Evangelium. Erst auf Hebräisch, dann auf Griechisch.«

»Nachzulesen wo?«

»In den Schriften der Kirchenväter: Papias, Irenaeus, Origenes, Eusebius, Hieronymus, Clemens und eine Hand voll anderer großer Gelehrter der Kirche. Sie alle berichten von einem hebräischen Evangelium, das Mattitjahu verfasst haben soll.«

»Aber …«, begann ich und verstummte.

Wenn es ein solches hebräisches Evangelium wirklich gab – was noch zu beweisen war! –, warum berief sich die Kirche dann von Anfang an auf den griechischen Text, der, wie Elija behauptete, in fast jedem Satz vom hebräischen Wortlaut abwich? Wo war dieses Evangelium eintausendvierhundert Jahre lang gewesen, bis Rabbi Shemtov es in sein Buch übernahm? Hatten die jüdischen Gemeinden es all die Jahrhunderte bewahrt?

Warum hatten die Juden den alten Text gerettet und nicht einfach in der Genisa* einer Synagoge begraben – wie es mit Schriften

165

üblich ist, die den Gottesnamen enthalten? Weil der Text jüdischer war … weil er *wahrer* war als die griechischen Texte?

Elija sah, wie ich mit mir rang. »Besitzt du die *Kirchengeschichte* von Eusebius? Ich könnte dir zeigen, was die Kirchenväter geschrieben haben.«

Ich schüttelte den Kopf.

Elija wirkte enttäuscht: Wie gern hätte er mir meine Zweifel genommen! Und wie gern hätte ich ihm geglaubt! Sollte ich … *durfte* ich ihn an jenen geheimen Ort mitnehmen? Es war gefährlich!

Ich wandte mich um und warf einen Blick aus dem Fenster.

Wo war der Mann in der Gondel, der mich beobachtet hatte?

Vor der Ca' Contarini war kein Boot mehr festgemacht. Träge schwappten die Wellen des Canalazzo gegen die algengrünen Stufen zum Portal des Palazzos.

Von den Ereignissen der letzten Tage war ich noch so aufgewühlt, dass ich mir eingebildet hatte, ich würde überwacht!

Doch dann erschrak ich: Der Mann stand an der Anlegestelle der Mietgondeln an der Kirche Santa Maria della Carità, wenige Schritte von der Ca' Contarini entfernt, und sah zu mir empor. Als er meinem Blick begegnete, drehte er sich um und verschwand.

Wer war der Mann? Wer hatte ihm befohlen, mich zu beobachten – Giovanni Montefiore oder die venezianische Staatsinquisition?

Ich fuhr mir mit beiden Händen über das Gesicht, als könnte ich so die Furcht verscheuchen.

Wenn das Hauptportal zum Canalazzo beobachtet wurde, obwohl ich nur selten mit der Gondel fuhr, dann wurde auch der Eingang des Palazzos am Campo San Stefano überwacht. Und Elija war gesehen worden, wie er mein Haus betrat: ein jüdischer Rabbi, der eine Christin besuchte!

Dann traf ich eine Entscheidung – und ich machte sie mir nicht leicht! »Ich besitze dieses Buch nicht. Aber ich weiß, wo ich es finden kann.«

»Wo?«

»In meinem ›Königreich der Himmel‹.«

Und dann nahm ich seine Hand und führte ihn in mein Schlafzimmer.

Ich kniete mich vor meine Kleidertruhe und zog ein paar enge Hosen hervor, ein Seidenhemd, eine elegante schwarze Jacke.

Er sah zu, wie ich die Kleider auf das Bett warf und mich erneut über die Truhe beugte. Da war die dunkelblaue Jacke mit der eleganten Perlenstickerei! Mit einer Hose und einem weißen Hemd flog sie auf das Bett.

Elija stand in der Nähe der Tür, und ich ging zu ihm hinüber.

»Darf ich dir die Kippa abnehmen?«, fragte ich.

Er sah mir in die Augen, dann nickte er.

Ich nahm ihm die Kappe ab und berührte dabei sein langes Haar.

Er war mir so nah!

Dann öffnete ich die Silberknöpfe seines Gelehrtentalars mit dem aufgestickten gelben Kreis, den er als Jude in Venedig tragen musste. Ich zog ihm die weite Robe über die Schultern und half ihm aus den Ärmeln, während Elija mich nicht aus den Augen ließ. Er schien es zu genießen, dass ich ihn auszog.

»Darf ich das Paradies nur nackt betreten?«, fragte er mit funkelnden Augen und einem ironischen Lächeln, während ich mit zitternden Fingern sein weißes Seidenhemd aus der engen Hose zerrte und ihm über den Kopf zog. Darunter trug er auf der nackten Haut den Tallit Katan, den gestreiften Gebetsmantel.

Ich zog ihm den seidenen Tallit aus: »Nein, Elija, du musst nicht nackt sein wie Adam und Eva«, erklärte ich ernst. »Aber du musst ein Mensch sein, der frei ist und der Verantwortung für sein Handeln übernehmen kann.

Juden und Frauen sind nicht frei. Also tun wir eine Nacht lang so, als wären wir Menschen, und schleichen uns ins Paradies, um ein bisschen von den verbotenen Früchten zu naschen.« Ich lächelte verschmitzt. Dann führte ich ihn zum Bett und wies auf die indigoblaue Jacke mit der Perlenstickerei. »Würdest du das bitte anziehen?«

»Wem gehören diese Kleider?«

»Wenn ich nachts in Venedig unterwegs bin, trage ich diese Hemden und Hosen. Die blaue Jacke mit der Perlenstickerei hat meinem

Vater Giacomo Tron gehört, dem berühmten Humanisten und Consigliere dei Savi. Ich denke, sie wird dir passen. Du bist so groß wie er.«

Mein Blick streichelte seine nackte Brust, den flachen Bauch, die schmalen Hüften, die kräftigen Schultern … dann wandte ich mich ab und nahm meine Kleider, um mich umzuziehen.

Mit dem Rücken zu Elija öffnete ich die Schleifen meines Mieders. Mich hinter dem roten Brokatstoff der vorgezogenen Bettvorhänge zu verstecken, empfand ich als unsinnig.

Dann ließ ich das Kleid zu Boden fallen und zog mir das seidene Unterkleid aus. Ich spürte Elijas Blicke auf meiner nackten Haut. Als ich ihn über meine Schulter ansah, drehte er sich verlegen um.

»Es macht mir nichts aus, wenn du mich ansiehst«, gestand ich. »Du bist nicht der erste Mann, der mich nackt sieht. Maestro Raffaello hat mich als Modell für eines seiner Madonnenbilder sogar nackt gezeichnet.«

Ich stieg in die Hose, zog mir das Hemd über den Kopf, stopfte es nachlässig in den Hosenbund, wobei ich das Seidenband am Kragen offen ließ, schlüpfte in die schwarze Jacke, schloss sie aber nicht. Dann setzte ich mich auf das Bett, um die ledernen Stiefel anzuziehen. Mein rechtes Bein schmerzte.

Elija kniete sich vor mich hin und half mir in den engen Stiefel. Seine Hand lag länger als nötig auf meinem Knie und glitt dann an meinem Schenkel herab. Sodann erhob er sich und trat einen Schritt zurück.

Wie schön er war, wie erotisch attraktiv! Die engen Hosen brachten seine schlanken Beine gut zur Geltung und verbargen nichts, aber auch gar nichts! Und wie elegant er in dieser Kleidung wirkte! Wie ein venezianischer Adliger auf dem Weg zu einem Fest des Dogen! Ob ich jemals mit Elija im Palazzo Ducale ausgelassen einen Saltarello tanzen würde? Wohl kaum!

Ich verbarg mein langes Haar unter einem schwarzen Barett und erhob mich vom Bett. »Wir sollten aufbrechen. Es ist schon fast dunkel. Und der Weg ist weit.«

Eine unbändige Lust hatte mich gepackt, Elija mein ›Königreich der Himmel‹ zu zeigen!

Ich nahm seine Hand und führte ihn aus dem Schlafzimmer, die Treppen hinunter und dann in einen Raum, dessen Fenster auf den kleinen Rio blickten, der vom Canalazzo zum Campo San Stefano führte.

»Und nun?«, fragte er verblüfft, während er sich in dem Zimmer umsah.

Ich öffnete das Fenster und kletterte auf die Fensterbrüstung. »Weißt du nicht, dass nichts und niemand Engel und Propheten aufhalten kann?«

Dann sprang ich und landete in der Gondel, die unterhalb des Fensters festgemacht war. Es war nicht das erste Mal, dass ich diesen Weg nahm.

Elija lehnte sich aus dem Fenster. »Engel und Propheten?«, lachte er – er hatte verstanden, dass ich uns beide meinte:

Der Prophet Elija war von Gott zu sich in den Himmel genommen worden – er war der einzige Mensch, der nie gestorben war. Nach jüdischem Glauben würde er eines Tages wiederkehren, um das messianische Zeitalter anzukündigen. Und der Name Celestina bedeutete: die Himmlische, die aus den Wolken des Himmels Herabkommende.

Dann stand er neben mir in der gefährlich schwankenden Gondel und hielt sich an mir fest, um nicht in den Rio zu fallen.

Ich machte das Seil los, kletterte nach hinten, ergriff das lange Ruder und steuerte die Gondel die wenigen Ruderschläge durch die Dämmerung in Richtung Campo San Stefano.

Elija sah mir verblüfft dabei zu, wie ich das Boot am Ende des schmalen Kanals festmachte und, da es weder einen Anlegesteg noch eine Treppe gab, sehr umständlich zum Campo hinaufkletterte. Ich stolperte absichtlich und lachte dabei, um die Männer, die mein Haus beobachteten, auf uns aufmerksam zu machen. Dann reichte ich Elija meine Hand, um ihm an Land zu helfen.

»Küss mich!«, flüsterte ich, als er vor mir stand und ich mich so ungestüm gegen ihn drängte, dass er beinahe rückwärts in den Kanal gefallen wäre.

Er hielt sich an mir fest. »Wie bitte?«

»Wenn man ins ›Königreich der Himmel‹ will, muss man Opfer bringen«, flüsterte ich, umarmte ihn und küsste ihn leidenschaftlich.

»Es war sehr schön mit dir, Juan«, sagte ich so laut, dass der Mann, der wenige Schritte entfernt auf den Stufen eines Palazzos herumlungerte, mich verstehen konnte. »Man kann nie wissen, wer einem von den Fenstern aus zusieht, wenn man sich in einer Gondel liebt!«

Elija blickte verwirrt zu dem Mann hinüber, der uns interessiert beobachtete. Daraufhin sah er mich an. »Te quiero, Luca! Du warst großartig!« Er umarmte und liebkoste mich. »Ganz unwiderstehlich!«

Seine Hände glitten an meinem Rücken herunter, umfassten meine Schenkel und pressten meinen Körper fest gegen seinen. Er war erregt.

Ein spanischer Hidalgo, der sich mit einem Venezianer in einem verborgenen Rio in einer Gondel vergnügt hatte – das waren wir! In Venedig war die homoerotische Liebe so verbreitet, dass wir nicht weiter auffallen würden, wenn wir Arm in Arm durch die nächtlichen Gassen spazierten. Weder die Signori di Notte noch der Patriarch, der zornig auf der Kanzel das Gottesgericht auf das sittenlose Venedig herabbeschwor, konnten daran etwas ändern.

Ich schlang meinen Arm um Elijas Hüfte und wandte mich zum Gehen. Er lehnte sich gegen mich, als wäre er noch ganz verzückt von dem in der Gondel genossenen Liebesrausch. Als wir gemeinsam dem Mann auf den Stufen des Palastes entgegenstolperten, fragte er mich auf Spanisch:

»Soll ich dich zum Lachen bringen, mi amor?« Als ich nickte, fuhr er fort: »Also: Ein Jude geht in eine Kirche …«

»Juan, das ist absurd!«, kicherte ich auf Venezianisch, da ich Spanisch zwar verstand, jedoch nicht sprach.

»Nein, das ist es nicht! Sieh dir die christlichen Kirchen genau an: In jeder Kirche hängt ein Jude am Kreuz!«, erklärte er todernst. »Also: Ein Jude geht in eine Kirche, um zu beten. Es ist Abend – bitte beachte den eschatologischen, also endzeitlichen Aspekt dieses Gleichnisses!«

»Ich *habe* ihn bemerkt«, kicherte ich. »Erzähl weiter!«

»Es ist also schon spät. Der Jude steht vor dem Kreuz und betet mit dem Tallit um die Schultern das Schma Israel. Da kommt der christliche Priester und spricht ihn an. ›Es tut mir Leid‹, sagt er, ›aber der Abendgottesdienst beginnt gleich. Juden sind dabei nicht erwünscht. Bitte geht jetzt!‹ Da nimmt der Jude das Kreuz vom Altar, trägt es fort und sagt: ›Komm, Jeschua, mein Bruder, es ist Zeit: Wir müssen gehen.‹«

Ich lachte schallend.

Wie ein verliebtes Paar schlenderten Elija und ich – Juan und Luca – Arm in Arm zu einer Seitengasse, die nach San Moisè führte. Als wir in die Gasse einbogen, blieb ich stehen und blickte zurück, um zu sehen, ob der Mann uns folgte.

Nein, er saß noch immer auf den Stufen und beobachtete den Eingang der Ca' Tron. Die Täuschung war gelungen!

Dann zog ich Elija mit mir fort, über den Campo San Maurizio, über mehrere Brücken und Plätze zur Moses-Kirche. Während wir durch die Gassen gingen, stützte er mich: Der Weg war weit, und mein rechter Fuß schmerzte mit jedem Schritt mehr.

Als wir endlich die Piazza San Marco erreicht hatten, blieb ich einen Moment stehen und sah mich um. Waren Elija und ich erkannt worden? Wurden wir verfolgt?

Nicht auszudenken, was geschehen würde, wenn wir nur wenige Schritte vom Dogenpalast entfernt Tristan in die Arme liefen.

Die schönste Art, einen Sommerabend zu verbringen, ist mit einem geliebten Menschen auf der Piazza San Marco spazieren zu gehen. Niemals habe ich die Piazza menschenleer gesehen, nicht einmal um Mitternacht oder bei Acqua alta, wenn das Wasser steigt und die Wellen der Lagune gegen die Säulen von San Marco schwappen! Aber noch schöner ist es, mit einem Glas Wein unter den schattigen Arkaden der Prokuratien zu sitzen, die Menschen zu beobachten und mit Tristan viel Spaß zu haben. Unvergesslich waren die Abende, wenn ein Lautenspieler sich zu Füßen des Campanile niederließ und ein ergreifendes Liebeslied spielte – die Musik wehte dann mit dem Wind von der Lagune über die ganze Piazza. Ein paar Mal hatten Tristan und ich uns im Schatten der Arkaden geküsst.

Ich seufzte aus tiefstem Herzen.

»Du hast Schmerzen.« Elija legte den Arm um mich.

»Ich werde es schon schaffen. Es ist nicht mehr weit.« Ich biss die Zähne zusammen und humpelte weiter in Richtung Campanile, dann an der Basilica di San Marco vorbei zum Portal des Dogenpalastes. Elija folgte mir.

Die Porta della Carta stand noch weit offen, war aber bewacht.

Die beiden Bewaffneten, die mich kannten, runzelten angesichts meiner unschicklichen Kleidung die Stirn und betrachteten dann misstrauisch Elija, der sich einen Schritt hinter mir hielt.

»Hat die Sitzung des Consiglio dei Dieci schon begonnen?«, fragte ich sie. »Ich muss dringend mit dem Dogen sprechen, bevor der Prozess beginnt.« Schon wollte ich an ihnen vorbeigehen, als die Wachen mich aufhielten:

»Wer ist dieser Mann?«

Ich wandte mich zu Elija um. »Er ist ein Zeuge – ein spanischer Converso, der gegen den angeklagten Juden Ibn Ezra aussagen soll«, erklärte ich ein wenig ungeduldig, als ginge ich davon aus, dass die Wachen am Portal Bescheid wüssten, wer während der geheimen Nachtsitzungen den Palazzo betreten durfte und wer nicht. »Ist Signor Venier schon eingetroffen?«, fragte ich: Ich wollte Tristan auf keinen Fall begegnen – nicht mit Elija an meiner Seite.

»Vor einigen Minuten«, nickten die Wachen.

»Dann werde ich ihn im Sitzungssaal des Consiglio dei Dieci treffen.« Ich winkte Elija, mir zu folgen, und ging weiter in den von Fackeln beleuchteten Torgang hinein.

Die Wachen hielten uns nicht auf, als wir die Freitreppe zur Loggia hinaufstiegen. Der Innenhof war hell erleuchtet.

Auf der Treppe kam uns Antonio im langen Ornat eines Prokurators von San Marco entgegen. Als er mich im Fackelschein erkannte, blieb er überrascht stehen, die Hände im Gewand verborgen. »Celestina!«

Ich nickte ihm kühl zu und wollte an meinem Cousin vorbeigehen, aber er hielt mich am Ärmel fest.

»Warte einen Augenblick! Heute Morgen habe ich dich mit Tristan in San Marco gesehen. Celestina, ich bitte dich: Wir müssen miteinander reden …«

»Fass mich nicht an!« Energisch fegte ich seine Hand von meiner Schulter. »Fass mich nie wieder an, Antonio, oder ich erzähle ganz Venedig, was du getan hast!«

»Celestina, ich flehe dich an!«, beschwor er mich und sah zu Elija hinunter, der uns beobachtete.

»Du wirst niemals Doge werden, du verlogener Intrigant! Nicht solange ich lebe!«, fauchte ich ihn an. »Und jetzt geh mir aus dem Weg!«

Mein Tonfall ließ ihn unwillkürlich einen Schritt zurückweichen. Seinen Gesichtsausdruck konnte ich im flackernden Schein der Fackeln nicht deuten. War er enttäuscht? War er wütend? Hatte er wirklich gehofft, ich würde mich mit ihm versöhnen? Ihm vergeben? Alles vergessen, was er mir in den letzten Jahren angetan hatte?

Elija folgte mir die Treppe hinauf.

Mit geballten Fäusten blickte uns Antonio nach. Schließlich wandte er sich um und verließ den Palazzo, um in die Prokuratien zurückzukehren.

An der Bocca di Leone vorbei eilten Elija und ich zur Treppe, die zur Dogenwohnung und den Sitzungssälen der Savi und der Dieci hinaufführte. Das Licht der Fackeln im Hof tauchte die Loggia vor uns in tiefe Finsternis. Ich ergriff Elijas Hand und zog ihn mit mir durch die Loggia, drei Treppen hinauf und einen Gang entlang, bis wir vor einer Tür ankamen.

»Wo sind wir?«, fragte er verwirrt.

Ich zog den Schlüssel hervor und öffnete die Tür. Dann schob ich Elija in den dunklen Raum und verriegelte von innen.

»Du bist im ›Königreich der Himmel‹«, eröffnete ich ihm feierlich.

Erstaunt sah er sich um. »Es ist eine dunkle, staubige Dachkammer … mit vielen Truhen …«

Er betrachtete den Raum unter dem Dach des Dogenpalastes, das runde Fenster zur Piazzetta mit dem Blütenornament, die Truhen und den Tisch, der wie ein Altar wirkte. Das geheimnisvoll flackernde Licht von den Fackeln an der Fassade und der schwere, sinnliche Duft von alten Büchern ließen die Kammer wie eine Kathedrale erscheinen!

»Für mich ist es das Paradies.« Ich nahm seine Hand und führte ihn durch die Finsternis zu den Truhen. »Als Kind glaubte ich, dieser Raum wäre heilig. Ich bin sehr oft hierher gekommen, um zu beten, häufiger als in die Basilica di San Marco, die nur wenige Schritte entfernt ist.

Nach dem Tod meines Vaters, der im Kampf gegen Papst Julius fiel, habe ich lange keine Kirche mehr betreten. Ich bin in das ›Königreich der Himmel‹ gekommen, weil ich glaubte, dass Gott hier ist.«

Elija betrachtete mich aufmerksam. Er hielt meine Hand, und einen Augenblick lang dachte ich, er wollte mich küssen.

Ich hockte mich vor eine der Truhen, zog ihn neben mich auf die Knie und öffnete den Deckel.

»Bücher?«, staunte er.

»Achtundvierzig Truhen voller Bücher«, entgegnete ich. »Dies ist die berühmte Bibliothek von Ioannis Basilios Bessarion, dem Erzbischof von Nikaia, der anlässlich des Unionskonzils mit dem Kaiser von Byzanz und dem Patriarchen nach Florenz kam, um die römische und die griechische Kirche zu vereinigen.

Am 6. Juli 1439 las Kardinal Giuliano Cesarini in der Kirche Santa Croce in Florenz die lateinische Fassung der Unionsbulle, und Basilios Bessarion kam die Ehre zu, die griechische Fassung vorzutragen. Wegen seiner Leistungen auf dem Konzil war Bessarion vom Papst zum Kardinal und später zum lateinischen Patriarchen von Konstantinopolis ernannt worden. Und Jahre später im Konklave wäre er sogar beinahe Pontifex geworden: der erste ›griechisch-orthodoxe Papst‹!«

Meine Geste umfasste den ganzen Raum:

»Diese Dachkammer ist eine Schatzkammer für Humanisten. Und die Grabkammer meines christlichen Bekenntnisses. Es war ein langer Weg, der mich vom Glauben zum Wissen führte. Dieser Raum ist für mich ein heiliger Ort. Denn hier ruht das Wissen der Welt!«

»In einer staubigen Dachkammer?«

»Als er seine Bücher der Republik Venedig schenkte, wünschte Basilios Bessarion, dass sie im Dogenpalast jedermann zugänglich wären, der sich durch das Studium vervollkommnen will. Seit Jahren befindet sich die Büchersammlung in dieser Dachkammer, weil der Senat sich nicht entschließen kann, an der Piazzetta ein Bibliotheksgebäude zu errichten.

Im Lauf der Jahre sind von den ursprünglich siebenundfünfzig Kisten nur noch achtundvierzig übrig geblieben. Viele Humanisten, die Bücher entliehen hatten, brachten sie nicht zurück – berühmtestes Beispiel: Lorenzo de' Medici.

Im Jahr 1492 erließ der Senat dann die Verordnung, wonach eine Entleihung dieser überaus wertvollen Bücher nur mit dem Einverständnis von zwei Dritteln der Senatsmitglieder möglich war. Die Dachkammer wurde verschlossen, und niemand durfte mehr hinein.«

»Aber du hast einen Schlüssel zum Himmelreich?«

Ich schmunzelte. »Der Doge war der beste Freund meines Vaters. Er hat ihn mir gegeben.«

»Und du hast alle diese Bücher gelesen?«

»Mein Vater hat mich wie einen Sohn erzogen. Doch als junge Frau durfte ich nicht an einer Universität studieren. In den letzten Jahren habe ich die meisten dieser Bücher gelesen. Da ich sie nicht mitnehmen durfte, musste ich sie hier studieren. Tage und Nächte habe ich in dieser Dachkammer verbracht. Wenn ich in Florenz oder Rom studiert hätte, wäre ich längst Doktor der Theologie und Philosophie.«

»Ich bin beeindruckt«, gestand Elija. »Alles, was du weißt, hast du dir selbst beigebracht.«

Über den staubigen Boden kroch ich zu einer anderen Bücherkiste. »Komm hier herüber, Elija! In dieser Truhe liegen die Schriften der Kirchenväter.«

Er folgte mir und setzte sich mit untergeschlagenen Beinen neben mich, während ich eine Kerze entzündete.

Das Licht war so schwach, dass der Schein nicht durch das Fenster nach draußen fallen und unsere Anwesenheit an diesem verbotenen Ort verraten würde.

175

Das Letzte, was ich wollte, war eine Entdeckung, die unvermeidliche Auseinandersetzung mit dem Senat von Venedig, eine Untersuchung des Consiglio dei Dieci, um herauszufinden, wer mir den Schlüssel gegeben hatte und wer noch alles von meinen heimlichen Besuchen in Bessarions Bibliothek wusste. Aber das flackernde Licht war hell genug, dass wir in den Büchern lesen konnten.

Ich zog Eusebius' *Kirchengeschichte* aus der Truhe und schlug sie auf. Elija rückte näher heran und blätterte in dem Buch auf meinen Knien, bis er den entsprechenden Absatz gefunden hatte:

»Hier steht es, siehst du? Eusebius von Caesarea schreibt in seinem dritten Buch der *Kirchengeschichte*: ›Matthäus hatte zuerst die Juden gelehrt, und als er zu den anderen ging‹ – gemeint sind die Heidenchristen! – ›schrieb er das Evangelium in seiner eigenen Sprache nieder‹ – also in Hebräisch!«

Elija blätterte weiter und wies auf einen weiteren Absatz:

»Papias von Hierapolis, der im zweiten Jahrhundert fünf Bücher über die Sprüche Jesu verfasste, wird von Eusebius zitiert: ›Matthäus sammelte die Worte Jesu in der hebräischen Sprache, und jeder interpretierte sie, so gut er konnte.‹«

Wieder blätterte er ein paar Seiten um:

»Im fünften Buch wird der heilige Irenaeus von Lyon zitiert: ›Matthäus gab den Juden ein Evangelium in ihrer eigenen Sprache‹ – also Hebräisch! – ›während Petrus und Paulus in Rom predigten und die Kirche gründeten.‹

Und im sechsten Buch führt Eusebius den Kirchenlehrer Origenes an. Er schrieb: ›Das erste Evangelium wurde von Matthäus verfasst, der einst ein Steuereintreiber war, aber später dann ein Apostel Christi wurde. Er hatte das Evangelium in Hebräisch für jene Juden geschrieben, die zum Glauben gefunden hatten.‹«

Ich wusste nicht, was ich sagen sollte. Es war unfassbar!

Elija verstand mein Schweigen falsch:

»Wenn du die Glaubwürdigkeit von Heiligen, Bischöfen und Kirchenlehrern anzweifeln willst, weil du denkst, Eusebius habe sie falsch verstanden, dann solltest du dir anhören, was Hieronymus, der Übersetzer der lateinischen Bibel, dazu zu sagen hat.

Er schrieb, und ich zitierte aus dem Gedächtnis: ›Matthäus, auch Levi genannt, der zuerst Steuereintreiber war und dann Apostel, hat in Judäa ein Evangelium Christi in der hebräischen Sprache und Schrift niedergeschrieben. Wer es anschließend in die griechische Sprache übersetzt hat, ist nicht bekannt. Der hebräische Text wird bis heute‹ – Hieronymus lebte im vierten Jahrhundert! – ›in der Bibliothek von Caesarea aufbewahrt.‹

Und als sei das alles noch nicht genug: Hieronymus gab sogar zu, dass er ein Exemplar dieses hebräischen Evangeliums in der Hand gehalten hat, dass er damit gearbeitet und es sogar kopiert hat. Vermutlich hielt er den hebräischen Text für den Urtext der griechischen Übersetzung.«

»Das ist unglaublich!«

»Epiphanius, Bischof von Salamis, berichtet im vierten Jahrhundert von einem hebräischen Matthäus-Evangelium, das nicht mit den überlieferten Texten übereinstimmt und in der Gemeinde verbreitet war. Auch andere große Kirchenlehrer erzählen von einem solchen Evangelium, so etwa Cyril von Jeruschalajim und Clemens von Alexandria.«

Ich schwieg und dachte nach.

»Also gut, du hast mich überzeugt«, gab ich schließlich zu. »Es gab also ein hebräisches Evangelium, das Matthäus nach der Zerstörung des Tempels im Jahr 70 niedergeschrieben hat. Oder irgendjemand anderer, der sich seines Namens bediente – was in der Antike unter Schriftstellern ja durchaus üblich war.

Du hast mich auch überzeugt, dass Matthäus selbst sein Evangelium in die griechische Sprache übersetzte oder das griechische Evangelium ganz neu verfasste. Das ist der griechische Text in unseren Bibeln.« Ich holte tief Luft. »Das heißt aber *nicht*, dass Rabbi Shemtovs hebräisches Evangelium im *Prüfstein* mit dem von den Kirchenlehrern bezeugten hebräischen Evangelium identisch ist.«

»Das ist wahr«, gab er zu.

»Es gibt meines Wissens auch kein anderes hebräisches Evangelium, das von den Evangelisten niedergeschrieben und durch die judenchristliche oder die jüdische Gemeinde überliefert wurde. Und auch keines, das später gefunden wurde – in der Genisa einer jüdischen Synagoge oder in der Bibliothek eines christlichen Klosters.«

Sollte ich Elija von dem Papyrus erzählen, den ich in der Bibliothek des Katharinenklosters im Sinai gefunden hatte? Ich entschied mich dagegen, weil ich den halb zerfallenen hebräischen Text nicht lesen konnte – aber aus eben diesem Grund wollte ich die Sprache lernen!

Ich atmete tief durch: »Soweit ich weiß, gibt es nicht einmal ein hebräisches Evangelium, das von humanistischen Gelehrten als Fälschung bezeichnet wurde.«

»Auch das ist wahr«, nickte Elija.

»Shemtovs Evangelium ist also das einzige hebräische Evangelium …«

… sofern mein zu Staub zerfallender Papyrus aus dem Sinai nicht doch ein abgerissenes Stück eines antiken Evangeliums war.

»Ja, das glaube ich«, stimmte Elija zu.

»Shemtovs Evangelium könnte eine Rückübersetzung aus dem griechischen Evangelientext ins Hebräische sein, die er nach der Disputation mit Kardinal Pedro de Luna selbst vorgenommen hat, um seine Thesen zu rechtfertigen: dass Jesus nicht Gottes Sohn war, nicht der Erlöser der Welt, dass er keine Kirche gründete und die Taufe nicht befahl.

Vielleicht wusste Shemtov aus den Schriften der Kirchenväter von diesem hebräischen Evangelium, und weil er es nicht finden konnte, hat er es selbst verfasst. Bitte versteh mich nicht falsch, Elija! Ich sage nicht: Er hat das Evangelium böswillig gefälscht. Ich sage: Er könnte es nach bestem Wissen und Gewissen rekonstruiert haben. Als Trost in Zeiten der Verfolgung und als scharfe Waffe zur Selbstverteidigung in Glaubensdisputationen, die auf dem Scheiterhaufen enden können.«

»Das war auch mein erster Gedanke, als ich Shemtovs Evangelium las«, gab Elija zu. »Seit Jahren habe ich mich mit dem Text beschäftigt. Ich habe ihn mehrmals gelesen, die Sprache untersucht, die hebräischen Wortspiele in Jeschuas Worten, die in keiner anderen Sprache zu verstehen sind, die hebräische Poesie in Jeschuas Gleichnissen, die sich nicht übersetzen lässt, ohne den Sinn zu verändern, und die rabbinischen Kommentare, die Shemtov in den Evangelientext eingestreut hat. Ich bin zu dem Schluss gekommen, dass Shemtov dieses Evangelium nicht verfasst hat. Denn er hat den heiligen Gottesnamen an einigen Stellen eingesetzt, wo er in den lateinischen und, wie ich annehme, auch in den griechischen Texten fehlt. Kein gläubiger Jude würde einem christlichen Text dadurch Autorität und Glaubwürdigkeit verleihen oder ihn gar würdigen und heiligen, indem er den Gottesnamen einfügt, wo er nicht hingehört. Das ist völlig undenkbar!

Das heißt: Shemtov war *nicht* der Verfasser des Evangeliums. Sondern er hatte einen hebräischen Text als Vorlage, der den Gottesnamen bereits enthielt ... einen Text aus der Zeit, in der das noch keine theologischen Probleme aufwarf. Es muss also ein *sehr* alter Text sein.«

Elija sprach so begeistert von dem Evangelium, durch dessen Textschichten er sich jahrelang hindurchgewühlt und dessen Worte er wie Steine umgedreht und gereinigt hatte, um zu erkennen, welches Geheimnis, welches Gleichnis, welche andere Auslegung sich darunter verbarg! Ich musste ihn nur ansehen, um zu erahnen, wie sehr er mit dem Sinn gerungen hatte. Mit seinem eigenen Glauben. Mit Gott.

Gebannt beobachtete ich ihn, als er mit leuchtenden Augen weitersprach:

»Allerdings bin ich zu dem Schluss gekommen, dass Shemtovs Evangelium aber auch keine getreue Abschrift des Originals von der Hand des Evangelisten sein kann, obwohl die Sprache aus biblischer Zeit stammt.

Ich glaube, dass er eine oder mehrere Vorlagen hatte, die er selbst veränderte, um den alten Text zu rekonstruieren, den jüdische Kopisten in den letzten Jahrhunderten absichtlich oder unabsichtlich ebenso verändert hatten wie griechische Kopisten die griechischen Texte. Aber ich habe keine Ahnung, was Shemtov aus theologischen Gründen umschrieb und welche Auswirkungen dies auf den ursprünglichen Sinn hat.

Eines ist sicher: Trotz aller Veränderungen, die der hebräische Text im Verlauf von eintausendvierhundert Jahren erlitten hat – schon Epiphanius sprach ja von einem veränderten Text! –, und trotz aller Abwandlungen, die Shemtov selbst nach 1375 vorgenommen haben könnte, kommt sein Evangelium dem Urtext des Evangelisten näher als jede andere griechische oder lateinische Version. Und das fasziniert mich!«

Ich nickte. »Du hast Recht, Elija: Die Evangelien wurden niemals so genau kopiert wie die Tora. Jeder Kopist hat Dinge weggelassen und angefügt, wie es ihm oder seinem Auftraggeber passte – von den Schreibfehlern, die den Wortsinn entstellen, will ich gar nicht reden.«

»Dann stimmst du mir also zu, dass Shemtovs Evangelium *nicht* die getreue Abschrift des Originals des hebräischen Matthäus-Evangeliums ist, aber diesem Urtext sehr nahe kommt, sehr viel näher als die griechischen und lateinischen Evangelien?«

»Ja«, erwiderte ich. »Aber ich verstehe nicht, warum du nun Shemtovs Evangelium mit den griechischen und lateinischen Texten vergleichen willst, wenn du annimmst, es sei sehr viel näher am Urtext. Warum machst du dir so viel Arbeit?«

»Weil ich den ursprünglichen Text rekonstruieren will. Weil ich Shemtovs Veränderungen erkennen und beseitigen will. Weil ich wissen will, was der Evangelist geschrieben hat. Und weil ich erfahren will, was Jeschua wirklich gelehrt hat …«

»… um die Evangelien – wohlgemerkt: alle *vier* Evangelien! – nach der Rekonstruktion in der hebräischen Sprache ins Lateinische rückzuübersetzen, durch dein Buch *Das verlorene Paradies* zu kommentieren und anschließend deine Thesen vor dem Ende des Konzils mit dem Papst zu diskutieren. Diese Lebensaufgabe willst du in nur wenigen Monaten erledigen.«

Ich ließ mich zurücksinken und lachte aus vollem Herzen.

Er beugte sich über mich.

»Warum lachst du?«, fragte er irritiert.

»Weil das die Arbeit des Messias wäre. ›Elija wird kommen und die Welt retten‹, heißt es im Evangelium. Bist du der Messias?«

Er verzog die Lippen. »Nein, Celestina, nur ein Mensch, der sich unsterblich in die Wahrheit verliebt hat. Ich glaube, du kennst dieses überwältigende Gefühl.«

Ich nickte. »Ich glaube, dass uns diese Arbeit sehr viel Vergnügen bereiten wird.«

»Warum?«

»Weil wir viel voneinander lernen können – nicht nur griechische und hebräische Grammatik oder die Kunst, einen eintausendvierhundert Jahre alten Evangelientext auf hundert verschiedene Arten auszulegen: jüdisch und christlich ... rabbinisch und humanistisch ... theologisch und philosophisch ... glaubend und zweifelnd ... historisch oder mythologisch ... allegorisch, sinngemäß oder wörtlich in Hebräisch, Griechisch und Lateinisch.«

»Und was können wir noch lernen?«, fragte er ernst.

»Uns selbst in den Augen des anderen zu sehen«, sagte ich leise.

Stumm blickte er mich an.

»Wir können lernen, uns zu lieben, wie wir sind: Celestina und Elija. Und wir können lernen, den anderen zu lieben.«

Ich setzte mich auf, umarmte und küsste ihn.

Er schloss seine Augen nicht, während ich ihn liebkoste, sondern sah mich die ganze Zeit an, so wie ich ihn. Vor Erregung zitterte er am ganzen Körper.

»Celestina, ich habe es schon sehr lange nicht mehr getan! Ich weiß nicht, ob ich ...«

Ich küsste ihm die Worte von den Lippen.

Während der Feuersturm der Lust in uns verwehte, lag Elija neben mir. Er hatte die Augen geschlossen. Versuchte er, die entschwundenen Gefühle zurückzuholen, die Lust, die Leidenschaft, die Liebe?

Oder dachte er an Sarah?

Eine Träne lief an seiner Wange herab.

Ich drehte mich zu ihm um. »Elija?«

Er öffnete die Augen und sah mich an.

»Niemals werde ich von dir verlangen, sie zu vergessen.«

Ich strich ihm über das Haar, küsste ihn, schenkte ihm Zärtlichkeit und Geborgenheit und so viel Liebe, wie ich ihm nur geben konnte, und ließ ihn weinen.

Um Sarah.

Und um sich selbst.

Ein Geräusch riss mich aus meinen Träumen.

Ein Scharren und Flattern, als ob im ersten Morgengrauen die Tauben unter dem Dach des Dogenpalastes erwachten.

Elija hatte mich im Schlaf umarmt. Sein Gesicht ruhte an meiner Schulter, sein Atem streifte meine Wange. Er schlief fest.

Um ihn nicht zu wecken, befreite ich mich vorsichtig aus seiner Umarmung, setzte mich auf und lauschte.

Alles war ruhig.

Kein Gurren, kein Flattern. Die Tauben schliefen noch.

Dann: Schritte auf der Treppe, die zur Dachkammer führte!

Schritte, die die nächtliche Stille störten. Schritte, die unaufhaltsam näher kamen!

Ich hielt die Luft an und wagte nicht, mich zu bewegen. Nur kein Geräusch machen!

O mein Gott! Wer wusste, dass wir hier waren? Waren die Männer, die mein Haus beobachteten, uns doch gefolgt? Wer hatte sie geschickt, um mich zu überwachen? Der Consiglio dei Dieci? Die Staatsinquisition?

Atemlos horchte ich in die Finsternis.

Die Schritte kamen immer näher! Durch die Tür hörte ich das Rascheln von Seide: ein Mann in einer langen Robe.

Mein Herz raste.

Panisch sprang ich auf, huschte zur brennenden Kerze und drückte den Docht ins heiße Wachs. Meine Finger zitterten so sehr, dass ich die Kerze beinahe umgeworfen hätte. Den Schmerz der Flamme spürte ich nicht.

Finsternis.

Der Mond war längst untergegangen, der neue Tag noch nicht erwacht.

Vor der Tür blieb der Mann stehen.

Habe ich sie verriegelt? Wo ist der Schlüssel?, dachte ich in meiner Panik.

Stille.

Horchte er auf ein Geräusch in der Dachkammer?

Ich konnte seinen Atem hören.

Dann: ein Klopfen, leise und verhalten, als wolle er mich nicht erschrecken, als ahne er, dass ich entsetzliche Angst hatte.

»Celestina?«, drang seine Stimme durch die Tür.

Es war Tristan!

Was wollte er? Wusste er von Elija?

In dieser Nacht hatte der Prozess gegen den spanischen Converso Ibn Ezra stattgefunden, der angeklagt worden war, das Sakrament der Taufe zu missachten und den jüdischen Glauben wieder angenommen zu haben. Ein Sakrileg!

War Ibn Ezra gefoltert worden? Hatte er unter den furchtbaren Torturen gestanden? Hatte er Namen genannt – die Namen getaufter Juden? Elijas Namen …

»Celestina, bist du hier?«, flüsterte Tristan und drückte langsam die Klinke nach unten, um die Dachkammer zu betreten. »Ich muss dringend mit dir sprechen!«

ᎧᏅ ᎬᏏᏓ ᎧᏅ

KAPITEL 6

Als müsste der Schmerz mich erinnern, was ich getan hatte, als müsste er mir ins Gewissen schneiden, wickelte ich die Gebetsriemen zum Morgengebet fest um meinen linken Arm.

Anschließend wandte ich mich um, mit dem Rücken zu den Fenstern meines Arbeitszimmers, mit Blick auf das Bücherregal – nach Osten, gen Jeruschalajim. Dann zog ich den Tallit über den Kopf, bedeckte die nassen Haare und sprach mein Gebet:

»Gepriesen seist du, Ewiger.«

Still verharrte ich im Gebet.

Elija, mein Sohn! Hast du vergessen, wer du bist?

»Ja, Vater, in ihren Armen habe ich es für einen endlosen Augenblick vergessen«, antwortete ich Ihm. »Wer ich bin und was ich tun muss.«

Bereust du es, Elija?

»Nein, Vater. Ich bereue es nicht.«

Und sie, Elija, bereut sie, dass sie dich verführt hat?

Celestina war so still und traurig gewesen, als sie mich am frühen Morgen geweckt hatte. Sie war mir ausgewichen, meinen Händen, meinen Lippen, meinen Worten, hatte sich erhoben und angekleidet. Schließlich hatte sie mich schweigend aus der Dachkammer geführt und die Tür hinter sich fest verschlossen.

Während des langen Weges von der Piazza San Marco bis zur Ca' Tron hatte sie kein Wort gesprochen. Jedenfalls nicht mit mir. Mit sich selbst dagegen hatte sie ein endloses Gespräch geführt, das in einem schuldbewussten ›Mea culpa, mea maxima culpa!‹ geendet zu haben schien.

Die ganze Zeit hatte sie selbstversunken mit ihrem Topasring gespielt – was bedeutete ihr dieser Ring? Sie hatte sich bemüht, ihre Angst vor mir zu verbergen. Warum floh sie vor mir?

Und sie, Elija, bereut sie, dass sie dich verführt hat?

»Ja, Vater. Ich glaube, sie bereut es. Ich habe ihr sehr wehgetan. In ihren Armen habe ich um Sarah geweint, und sie sagte, sie würde niemals von mir verlangen, Sarah zu vergessen. Ich glaube …«

Was glaubst du, Elija?

»Ich glaube, dass ich mit meinen Tränen zerstört habe, was zwischen uns war. Jene zarten Gefühle der Sehnsucht, geliebt zu werden, und der Hoffnung, jemals wieder lieben zu können, mich in die Arme eines anderen Menschen fallen lassen zu dürfen und mich darin geborgen zu fühlen.«

Willst du sie, Elija?

»Ja, Vater. Ich liebe sie von Herzen. Aber ich bezweifele, dass sie mich noch will. Wir würden uns nur gegenseitig wehtun.«

Du bist traurig, Elija. Du weinst.

»Ja, Vater. Ich bin verzweifelt.«

Ich wischte mir eine Träne aus den Augen.

Ein Geräusch an der Tür.

Judith trat in den Raum. Ihre langen Haare waren vom Schlaf zerwühlt. Sie trug nur ein seidenes Nachthemd, das ihren schlanken Körper kaum verhüllte.

Ob David wohl noch schlief?

»Bitte entschuldige, Elija. Ich wollte dich nicht beim Morgengebet stören. Ich habe gehört, dass du zurückgekommen bist, und da dachte ich, ich sollte nach dir sehen … wie es dir geht.«

Sie schob den Tallit zurück auf meine Schultern und strich mir mit beiden Händen sanft über das nasse Haar.

»Du warst in der Mikwa!«, flüsterte sie bewegt. »Du hast mit ihr geschlafen.«

Als ich nickte, umarmte sie mich. »Elija, ich freue mich für dich! Ich bin so froh, dass du Celestina gefunden hast.« Sie küsste mich, wie Sarah es immer getan hatte. »Nach dem Tod meiner Schwester dachte ich wirklich, du wolltest zum Märtyrer werden und ihr in den Tod folgen. Jahrelang hast du um Sarah getrauert und niemandem erlaubt, dich zu trösten, dich zu lieben und dich aus deinen Leiden an Gottes Unbarmherzigkeit zu erlösen. Jahrelang hast du mit Adonai gehadert, weil Er dir Sarah wegnahm.

Elija, es ist nicht gut, wenn der Mensch allein ist. Du bist so sinnlich und so feinfühlig. Du brauchst einen anderen Menschen, um dich an ihm zu entzünden und um dich ihm mit Körper und Seele hinzugeben. So lange hast du dich nach Liebe gesehnt, nach Geborgenheit, nach Zärtlichkeit, nach Leidenschaft, nach allem, was ich dir nicht geben konnte, dass du innerlich ausgebrannt und erfroren bist.

Du hast dich in dich selbst zurückgezogen, damit niemand dir mehr wehtun konnte. Und um zu büßen, weil du glaubst, du seist schuld an Sarahs und Benjamins Tod. In den letzten sechs Jahren hast du dich selbst mehr gequält, als es die Inquisitoren in Córdoba mit all ihren Folterinstrumenten vermocht hätten.

Aber nun ist alles anders. Du bist zum Leben und zur Liebe erwacht: Du liebst sie. Und sie liebt dich.« Judith umarmte und küsste mich. »Masel tow, Elija, masel tow! Ich wünsche euch beiden alles Glück der Welt.«

Sie legte den Kopf an meine Schulter und schmiegte sich an mich. Sanft strich ich ihr über das Haar.

Sollte ich ihr sagen, dass ich Celestina heute Nacht verloren hatte? Aber Judith schien zu glücklich, als dass ich ihr diese innige Freude verderben wollte.

Die Liebe ist nur ein schöner Traum, dachte ich hoffnungslos. Der Traum von der Rückkehr ins Paradies. Aber das Paradies ist verloren. Für immer.

Die Gebetsriemen schnitten sich in meinen Arm, als ich mein Manuskript vom Schreibtisch nahm.

Wie bedeutungslos war, was ich geschrieben hatte! Wie unsinnig, wie nichtig!

Judith erschrak, als ich die Seiten zerriss.

Sie versuchte, mir die Blätter zu entwinden. »Sechs Jahre lang hast du am *Verlorenen Paradies* gearbeitet – seit der Flucht aus Granada!«

Die Papierfetzen schneiten auf den Boden. Judith hob einige auf, um sie wieder zusammenzufügen. Vergeblich!

»Elija, warum tust du das?«

»Ich will ganz von vorne anfangen.«

»Hast du nun endgültig den Verstand verloren?«, fragte Aron bestürzt, als er die zerrissenen Seiten sah. Dann stellte er die mitgebrachte Karaffe mit Rotwein und die Gläser auf den Schreibtisch und ließ sich auf den Stuhl fallen.

»Nein, Aron, ich bin gerade zur Besinnung gekommen.« Missbilligend betrachtete ich den Wein. »Ist es nicht zu früh am Morgen, um mit dem Trinken zu beginnen? Die Sonne ist noch nicht einmal aufgegangen.«

»Du irrst, mein unfehlbarer Rabbi. Die Nacht ist noch nicht zu Ende. Es ist also möglicherweise etwas spät, um mit dem Trinken anzufangen, aber auf keinen Fall zu früh.«

Mein Bruder schenkte die beiden Gläser voll, dann reichte er mir eines über den Schreibtisch hinweg.

»Ich habe die ganze Nacht auf dich gewartet. Dir wollte ich es zuerst sagen. Nachdem David am Schabbat mit mir gestritten hat …«

David hatte Aron scharf angegriffen, um ihn zur Vernunft zu bringen. Meine Brüder wären aufeinander losgegangen, wenn ich nicht eingegriffen hätte, um die Streitenden zu trennen.

David machte sich Sorgen um Aron – das hatte er mir in einem langen Gespräch, das erst im Morgengrauen endete, gestanden. Nach der Hawdala-Zeremonie in der Synagoge zur feierlichen Verabschiedung des Schabbats waren wir auf die nächtliche Lagune hinausgerudert. Wir hatten die funkelnden Lichter Venedigs betrachtet und stundenlang geredet. Über den spanischen Mönch vor Arons Kontor, der Gottes Zorn auf unseren Bruder herabbeschwor. Über das illegale und gefährliche Geschäft mit Tristan Venier und die gegenseitige Erpressung. Über Arons seltsames Verhalten in den letzten Wochen. Dass er immer erst lange nach Mitternacht heimkehrte. Dass er beim Synagogengottesdienst gefehlt hatte.

David hatte Angst. Und, ehrlich gesagt, ich auch.

Wie froh war ich nun, dass Aron sich entschlossen hatte, sich mir endlich anzuvertrauen! Die ganze Nacht hatte er auf mich gewartet, um mit mir zu reden.

Ich nippte am schweren, süßen Wein. »Was willst du mir sagen, Aron?«, fragte ich. »Dass du dich verliebt hast?«

Er trank einen Schluck, um Zeit zu gewinnen, zu überlegen, was er mir anvertrauen sollte und was nicht. Schließlich fasste er sich ein Herz:

»Nein, Elija. Dass ich mich verloben will. Ich wollte dich um deinen Segen bitten. Mirjam … Marietta und ich wollen heiraten.«

In einem Zug trank ich mein Glas leer und griff nach der Karaffe, um es erneut zu füllen.

»Wann?«

»An Weihnachten.«

»*An Weihnachten?*« Ich gebe zu, mein Tonfall war nicht gerade ermutigend.

»Mariettas Bruder Angelo kommt zum Christfest nach Venedig. Sie will, dass er uns traut … in der Basilica di San Marco.« Aron konnte mir nicht in die Augen sehen. »Marietta ist eine konvertierte Jüdin. Eine Christin. Ihr Bruder ist Priester. In Rom.«

»Du willst in San Marco nach christlichem Ritus heiraten?«, fragte ich entsetzt.

»Das hast du doch auch getan! Hernán hat Sarah und dich in der Kirche auf der Alhambra getraut! Nach christlichem Ritus. Ich habe dir die Ringe gereicht – erinnerst du dich nicht?«

»Wir sind nicht mehr in Granada. Wir sind keine Conversos mehr, sondern Juden. In Venedig sind wir frei. Willst du diese Freiheit, für die wir in den Jahren nach unserer Flucht gekämpft haben, einfach wegwerfen? Willst du wieder ein Christ sein, *Fernando*?«

»Ich liebe sie«, rief er. »Du kannst mir die Heirat mit Marietta nicht verbieten. Du bist nicht mein Vater.«

»Doch, das kann ich.« Meine Hände verkrampften sich um die Merkfäden meines Tallit. Beinahe hätte ich sie abgerissen. Ich musste mich zur Ruhe zwingen.

Ahnte Aron denn nicht, welche unvermeidlichen Konsequenzen seine Entscheidung für uns alle hatte? Wenn er wieder Fernando de Santa Fé war, dann war David wieder Diego und ich Juan. Wir mussten wieder als Christen leben und unseren Glauben und unsere unter großen Opfern erkämpfte Freiheit aufgeben. Wofür waren dann Sarah und Benjamin auf dem Scheiterhaufen gestorben? Wozu waren wir von Granada nach Venedig geflohen? Als Conversos mussten wir wieder um unser Leben fürchten, wenn wir heimlich den Schabbat hielten und Jom Kippur feierten.

Ich bezweifelte, dass David nach unserer Flucht aus Granada wieder als Christ leben wollte. Und Judith? Für sie wäre die Rekonvertierung ein Verrat an ihrer Schwester gewesen, die für unsere Freiheit in den Tod gegangen war. Und Davids Tochter? Esther hatte in den letzten Wochen Jakobs Sohn Yehiel mehr als ein verzücktes Lächeln zugeworfen. Und Yehiel hielt ihre Hand, wenn die beiden in der Stadt unterwegs waren.

Und Jakob? Würde er mir, seinem besten Freund, jemals vergeben, wenn ich wieder ein Christ wäre? Wohl kaum! Nach meiner jahrelangen Beschäftigung mit den Evangelien, meiner Freundschaft mit dem Erzbischof von Granada und der Arbeit für die Kirche musste er doch annehmen, dass ich mich dieses Mal voller Überzeugung zum Christentum bekehrte.

Sich in der Not taufen zu lassen, weil es keinen anderen Weg gab als die Via Dolorosa, die zum Kreuz führt, und sich zu Jesus Christus zu bekennen, um zu überleben, war aus rabbinischer Sicht mit dem Gewissen vereinbar. Aber siebzehn Jahre lang als Converso dem Glauben an Adonai treu zu bleiben … einen zwei Jahre langen Prozess und die demütigenden Disputationen mit Kardinal Cisneros durchzustehen … meine Frau und meinen Sohn zu verlieren … aus Granada zu fliehen, damit ich endlich wieder als Jude leben konnte, um mich dann ohne Bedrohung durch die Inquisición erneut zum Kreuz zu bekennen, unter dem wir alle so sehr gelitten haben? Das konnte mein Bruder nicht von mir verlangen!

»Ich kann und ich werde dir verbieten, Marietta zu heiraten!«, entgegnete ich. »Sei vernünftig, Aron! Sie ist eine Christin …«

Mein Bruder sprang so wütend auf, dass der Stuhl mit lautem Poltern umkippte.

»Dass David mir die Heirat verbieten würde, darauf war ich gefasst«, rief er verbittert. »Aber dass du mir meine Liebe nicht gönnst, das ist … Du hast dich doch selbst in eine Christin verliebt! Heute Nacht hast du mit ihr geschlafen – das hat mir Judith eben zugeflüs-

189

tert, als ich ihr auf der Treppe begegnet bin! Du kennst Celestina noch keine drei Tage und trittst Sarahs Andenken in den Staub. Du verrätst sie!

Nein, lass mich gefälligst ausreden, Elija! Du hast dich ihr doch hingegeben! Du hast dich an sie verschenkt! Wie ich mich Nacht für Nacht an Marietta verschenke, weil sie mir das gibt, wonach ich mich am meisten sehne: Liebe und Geborgenheit. Einen Ort, wo ich ich selbst sein kann – nicht Aron, der Jude, nicht Fernando, der Christ, sondern einfach nur ich selbst: ein Mensch, der sich nach Liebe sehnt. Ich war zu lange Aron *und* Fernando, als dass ich es noch länger ertragen könnte! Ich will ein Mensch sein, nur noch ein Mensch. Glaubst du, nach allem, was ich erlitten habe, dass Gott mir diese Gnade gewährt?«

»Aron, ich bitte dich …«

»Sag du mir nicht, was ich tun soll und was nicht, du Heuchler!«, brüllte er.

Ich wollte etwas sagen, doch er unterbrach mich: »Ja, ich weiß es, Elija! Ich weiß, was Judith und du in jener Nacht in Paris getan habt. Ich lag wach neben dir im Bett, nicht einmal eine Armlänge entfernt, als sie zu dir unter die Decke kroch, um dich zu trösten.«

»Aron …«, beschwor ich ihn.

Die Erinnerungen stiegen in mir auf. Wie verzweifelt ich in jener Nacht gewesen war, nachdem ich der Sorbonne mitgeteilt hatte, dass ich die Professur für Hebräisch und Aramäisch nicht annehmen würde. David und ich hatten uns beim Abendessen gestritten, weil ich nicht in Paris bleiben wollte – David hätte gern als Medicus dort gearbeitet. Wie hoffnungslos ich gewesen war nach unserer endlosen Flucht von Granada nach Paris. Würden wir bis ans Ende der Welt wandern müssen, ohne jemals irgendwo anzukommen? Wohin sollten wir nun gehen?

In dieser Hoffnungslosigkeit war Judith zu mir gekommen, um mich zu trösten. Sie hatte mich in die Arme genommen und mir zärtliche Worte zugeflüstert. Und dann … Ich hatte die Augen geschlossen und mir vorgestellt, sie wäre Sarah … Ich hatte es geschehen lassen …

Vater, vergib mir meine Schuld! Und lass David niemals erfahren, was ich getan habe!

Aron sah meine Scham und holte zum nächsten Schlag aus:

»In der Synagoge bist du mein Rabbi, Elija, und ich lausche demütig deinen Predigten – aber hier, in diesem Haus, bist du mein Bruder! Ich weiß, wie viele Opfer du in den letzten Jahren für mich gebracht hast. Aber das gibt dir nicht das Recht, über mein Leben zu bestimmen!« Aron bebte vor Wut. »Wenn du nicht willst, dass Marietta und ich in Venedig heiraten, dann werden wir es eben in Rom tun!«

Zornig stürmte er aus meinem Arbeitszimmer und schlug die Tür hinter sich zu.

David wollte trösten, versöhnen und den Zorn lindern, der Aron und mich entzweite, doch er machte alles nur noch schlimmer. Denn indem er sich für den einen Bruder entschied, stellte er sich gegen den anderen, der nach einem erbitterten Wortgefecht mit David wütend aus dem Haus rannte.

Als ich Aron folgen wollte, hielt David mich auf. »Lass ihn, Elija. Er wird sich beruhigen! Dann wird er zurückkommen.«

Entschlossen riss ich mich von David los, verließ das Haus und folgte Aron am Canal Grande entlang und über den Ponte di Rialto bis zu seinem Kontor am Rialtomarkt.

Das Tor war verschlossen.

Aron öffnete nicht auf mein Klopfen und meine eindringlichen Bitten, doch mit mir zu reden. Ich wartete noch eine Weile in der Gasse, aber vergeblich.

Ich machte mir die bittersten Vorwürfe. Mein Bruder wollte heiraten, und ich hatte bis jetzt nicht einmal den Namen der Frau gekannt, die er so sehr liebte, dass er alles für sie aufgeben wollte: seinen Beruf, seine Familie, seinen Namen und seinen Glauben. Am Grab unseres Vaters hatten David, Aron und ich uns geschworen, uns niemals zu trennen. Der Hass der Christen hatte uns all die Jahre zusammengeschweißt. Sollte unsere Liebe zu zwei Christinnen uns nun auseinander reißen?

Traurig kehrte ich nach Hause zurück – ich war nicht enttäuscht, weil er mir nicht geöffnet hatte, sondern weil er sich gar nicht im Kontor eingeschlossen hatte. Aron war zu Marietta geflohen und hatte mir damit die Versöhnung verwehrt.

Innerlich aufgewühlt hielt ich eine Stunde später den Morgengottesdienst in der Synagoge.

Immer wieder irrte mein Blick während der Psalmen und der Schriftlesung hoffnungsvoll zur Tür gegenüber der Kanzel, doch Aron kam nicht – weder zu seinem Bruder, noch zu seinem Rabbi.

Nach dem Gottesdienst, als die Gläubigen gegangen waren, blieb ich allein im Gebetssaal.

David hatte mich überreden wollen, Jakob zu besuchen, damit mein Freund mich auf andere Gedanken brachte, doch ich hatte meinen Bruder fortgeschickt. Im Buch Ijob wollte ich Trost finden: ›Der Herr hat gegeben, und der Herr hat genommen, der Name des Herrn sei gepriesen!‹ Aber auch Ijob konnte mich nicht besänftigen.

»Warum hast Du mir Aron und Celestina weggenommen?«, rief ich und verschonte Adonai nicht mit bitteren Vorwürfen. Und als ich keine Antwort erhielt, brüllte ich zornig mit weit ausgebreiteten Armen:

»Sprich mit mir, Vater! Sag mir, warum Du mir alles nimmst, was ich liebe! Sag mir, warum ich so viel leiden muss! Warum hast Du mich nicht auf dem Scheiterhaufen in Córdoba sterben lassen? Habe ich noch nicht genug Opfer gebracht? Was willst Du noch von mir? Was soll ich tun?«

Schweigen.

»Versteh mich nicht falsch, Vater! Ich will Deine Gerechtigkeit nicht infrage stellen. Aber nach all den Jahren der Verzweiflung und der Flucht bin ich nicht mehr so inspiriert wie am Anfang. Glaube nicht, dass ich an meiner Aufgabe verzweifele! Du hast mich berufen und weißt, wie ich gezweifelt und gelitten habe. Doch am Ende habe ich mich unterworfen: ›Dein Wille geschehe, nicht meiner!‹

Geduldig habe ich Deine harten Schläge ertragen: die zwei Jahre im Kerker der Inquisición, die Demütigungen durch Kardinal Cisneros, die Schmerzensschreie meiner Frau und meines Sohnes, die in der Zelle neben meiner gefoltert wurden, den Tod meiner Liebsten auf dem Scheiterhaufen, die Flucht aus Granada, die Trauer, die Zweifel, die Schuld, die Angst, den Schmerz und das Leiden.

Warum hast Du mich an jenem Karfreitag vor sechs Jahren nicht sterben lassen? Ich war bereit, mich zu opfern. Mit meinem Tod hätte ich Deinen Namen geheiligt. Welch ein Sieg wäre das gewesen!

Und was wäre David, Judith und Aron alles erspart geblieben! Es ist doch meine Schuld, dass wir aus Granada fliehen mussten. Du hast mich dazu verdammt, Vater! Du hast mich nicht nur zum Opfer gemacht, zum gescheiterten Märtyrer, sondern auch zum Täter! Welch entsetzliche Berufung!«

Gott schwieg beharrlich und ließ sich nicht herab, sich vor mir zu rechtfertigen.

»Noch heute wirst du mit mir im Paradies sein«, murmelte sie.

Ich saß am Schreibtisch und starrte gedankenverloren auf die zerrissenen Seiten meines Manuskriptes. Wie lange hatte sie mich von der offenen Tür aus beobachtet?

Sie hatte einen der Gedankenfetzen aufgehoben und vorgelesen. Die zerrissene Seite mit dem Zitat aus dem Lukas-Evangelium hielt sie noch in der Hand. »David sagte, ich würde dich hier finden.«

Sie legte den *Prüfstein* und die griechischen Evangelien, aus denen ein alter, brüchiger Papyrus hervorragte, auf den Tisch neben der Tür. Ich beobachtete sie, wie sie am Wandregal entlangging und ihre Hand über die Buchrücken strich: Salomon Ibn Gabirols *Quelle des Lebens*, Mosche ben Maimons *Führer für die Verirrten*, Saadia ben Josephs Gedanken über den Glauben, Abraham Ibn Dauds philosophische Ideen. Levi ben Gerschom. Mosche ben Nachman. Samuel Ibn Nagrela. Ich bezweifelte, dass sie die lateinischen und arabischen Buchtitel im Regal wirklich las, denn nach zwei Schritten, auf dem halben Weg zwischen Glauben und Wissen, blieb sie stehen und wandte sich zu mir um.

Sie war bestürzt über das Chaos in meinem Arbeitszimmer. Ihre

Geste – Celestinas Hände zitterten! – umfasste den ganzen Raum: die Folianten im Regal, die Korrespondenz mit aller Welt auf meinem Schreibtisch, die zerrissenen Fetzen meines Buches.

»David hat mir eben erzählt, dass du heute Morgen dein *Verlorenes Paradies* zerrissen hast. Ich wollte es nicht glauben, bis ich die Papierfetzen auf dem Boden sah. Dein Bruder ist sehr besorgt um dich. Er hat mir von deinem Streit mit Aron erzählt.«

»Hat er dich zu mir geschickt?«

Sie schüttelte den Kopf. »Nein, Elija, das hat er nicht. David meinte, ich sollte dich besser in Ruhe lassen. Du wärst sehr zornig, und ich solle mich auf keinen Fall zwischen dich und Gott stellen. Die Verletzungen, die ich dabei erleiden würde, könne er als Medicus nicht heilen. Und als ich dich eben sah … so verzweifelt … da wusste ich, was er meinte.«

»Warum bist du gekommen?«, fragte ich schroff.

»Weil ich dir sagen will, dass ich dich liebe.« Als sie mein Schweigen nicht ertrug, fuhr sie fort: »Was gestern Nacht geschehen ist …«

»… ist geschehen«, unterbrach ich sie, um ihr den Abschied leicht zu machen. Ich erhob mich von meinem Stuhl und flüchtete zu den Fenstern meines Arbeitszimmers, um auf den Campo San Luca hinabzublicken. »Wir haben es doch beide nicht zum ersten Mal getan – ich nicht und du auch nicht. Ich bereue es nicht. Es war sehr schön, dich zu lieben und von dir geliebt zu werden. Du hast mich …« Ich fuhr mir über die heiße Stirn. »… du hast mich in meiner Seele berührt. Einen Moment dachte ich, wir würden es schaffen, uns nicht gegenseitig wehzutun. Aber ich habe mich geirrt.

Es ist besser, wenn wir uns nicht wiedersehen. Ich will dir nicht wehtun. Ich werde dich vergessen. Es wird mir schwer fallen, denn ich liebe dich. Aber ich verspreche dir, dass ich mich bemühen werde. Ich werde versuchen, ohne dich weiterzuleben.«

Sie schluchzte auf, fassungslos über meine harten Worte.

Aber ich wandte mich nicht zu ihr um. Ich hätte es nicht ertragen, sie anzusehen.

»Elija«, flehte sie mich an. »Bitte schick mich nicht fort! Anscheinend hat mein Verhalten heute Morgen dich so verletzt, mein Schweigen, meine Worte zum Abschied. Wie enttäuscht musst du von mir sein, da du offenbar annimmst, dass ich bereue, was zwischen uns geschehen ist. Aber das ist nicht so! Ich bereue nichts. Du kennst mich nicht gut genug, um mich zu verstehen. Ich bitte dich: Nimm dir etwas mehr Zeit für mich!«

»Wie viel mehr?«

»Bis zum Ende unseres Lebens werden wir wohl nicht damit fertig werden, einander kennen zu lernen.« Sie schlang ihre Arme um meine Mitte und legte ihren Kopf an meine Schulter. »Elija, ich liebe dich!«

Ich drehte mich zu ihr um und umarmte sie.

»Und ich liebe dich!«

»Noch heute wirst du mit mir im Paradies sein!«, versprach sie und küsste mich selbstvergessen.

»Da bin ich schon!« Seufzend ließ ich mich in die Kissen zurücksinken. »Ich bin so glücklich. Ich dachte, ich hätte dich verloren.«

»Nein, mein Geliebter, du hast mich nicht verloren. Ich bin hier, ganz nah bei dir.« Sie schmiegte sich an mich, als suchte sie dasselbe wie ich: Zärtlichkeit und Geborgenheit.

Wir lagen eng umschlungen, als wollten wir einander nie mehr loslassen. Ich ergriff ihre Finger und küsste sie, einen nach dem anderen. Ihren Topasring hatte sie zu Hause abgelegt.

Wie zum Gebet verschränkten wir unsere Hände.

Und dann führte sie mich ins Paradies. Den Weg und alle Umwege dorthin kannte sie genau. Immer wieder hielt sie inne auf diesem wundervollen Pfad, ließ mich zu Atem kommen und ihre zärtliche Liebe genießen. Dann zog sie mich wieder mit sich fort, um mir all die wunderschönen Blüten der Sinnlichkeit, der Lust und der Glückseligkeit am Wegesrand zu zeigen. Um mich ihren betörenden Duft riechen zu lassen, den Duft der Sehnsucht, der Freude und der Hingabe. Um mir am Ende des Weges das Tor des Paradieses zu öffnen, das Tor zum Reich der vollkommenen Liebe, das wir gemeinsam betraten, Hand in Hand, Herz an Herz.

Das Empfinden, mit ihr eins zu werden, in ihr geborgen und von ihrer Liebe eingehüllt zu sein, war überwältigend schön, und ich genoss es mit geschlossenen Augen.

Als ich sie wieder öffnete, bemerkte ich David in der offenen Schlafzimmertür. Mit Tränen in den Augen starrte er mich an, traurig und zutiefst unglücklich. Verzweifelt wandte er sich ab und schloss leise die Tür.

❧ CELESTINA ☙

KAPITEL 7

Seufzend ließ ich mich neben ihn in die Kissen sinken und schloss für einen Augenblick die Augen. Welche Gefühle Elija in mir entfachte!

Er streichelte mein Gesicht und küsste mich. »Wie schön du bist! Ein vollkommener Engel, herabgestiegen aus dem Himmel!« Elija breitete meine langen blonden Haare auf dem Kopfkissen aus, als wären sie ein goldener Glorienschein.

Ich lachte. »Ich bin kein Engel! Ich bin ein Mensch …«

Mit dem Finger fuhr er mir zart über die Lippen und liebkoste mich. »Wer bist du, Mensch?«

»Willst du eine Einführung in die Philosophie des Menschseins?«, lächelte ich. »Ich frage: ›Wann ist der Mensch zutiefst menschlich? Wenn er leidet und doch liebt. Wenn er hasst und trotzdem vergibt‹. Papst Leo nannte diesen Satz das ›Credo der Humanitas‹, der Menschlichkeit und der Moral! Er sei prägnanter als die Bergpredigt!«

»Das ist er!«

»Warum, Rabbi?«

»Weil nur jemand, der das Leiden kennen gelernt hat, über sich nachdenkt. Wer er ist. Was er will. Was er kann. Und wie er es erreichen sollte. Wer nicht gestürzt ist, kann sich nicht erheben. Wer nicht zu hassen gelernt hat, kann nicht lieben und vergeben. Wer nicht an Körper und Seele gelitten hat, kann nicht wissen, was wahre Glückseligkeit und ekstatische Gottesnähe ist. Das Licht leuchtet in der Finsternis am hellsten.«

Ich nickte stumm.

»Was hast du erlitten, um zu werden, wer du bist?«, fragte er.

Ich setzte mich im Bett auf und zog das Laken um mich. »Mein Leben ist eine griechische Tragödie, die Homer verfasst haben könnte: Kampf um die Selbstbestimmung, Tod, Verzweiflung, Schuld, Ver-

197

rat, Gewalt, tiefste Demütigung, Verlust der Freiheit, Verlust der Heimat, Flucht, Vertreibung ins Exil. Nach Jahren eine triumphale Rückkehr. Erfolg, Respekt, Ruhm, Ehre, Reichtum, Liebe, Glück. Und dann, bevor die Heldin der Tragödie allzu übermütig wird: ein Mordanschlag.

Homer hätte gesagt: ›Ein guter Stoff für ein Epos. Aber die Geschichte kann so nicht enden. Die Heldin hat noch nicht genug erlitten. Nicht an den Menschen, nicht an den Göttern, sondern an sich selbst muss sie verzweifeln! Wer sich selbst erschafft, selbstbewusst und selbstmächtig, kann nicht durch Menschen oder Götter vernichtet werden, sondern nur durch sich selbst.‹« Mein Tonfall klang wohl sehr verbittert.

Elija setzte sich auf und umarmte mich. »Willst du mir erzählen, was geschehen ist?«

Als ich nickte, zog er mich neben sich in die Kissen und legte seinen Arm um mich.

»Es war nie leicht, ein Kind meines Vaters zu sein«, begann ich, und es fiel mir schwer. Es war lange her, dass ich mich jemandem anvertraut hatte. In jener endlosen Nacht hatte Gianni mir geduldig zugehört. Er verstand mich, denn er hatte selbst Jahre gebraucht, um sich aus dem Schatten seines überlebensgroßen Vaters Lorenzo il Magnifico hervorzukämpfen. Giannis Trost hatte mir so viel bedeutet.

»Mein Vater Giacomo Tron, ein Nachkomme des Dogen Niccolò Tron, war einer der berühmtesten Humanisten Italiens, ein siegreicher Offizier des venezianischen Heeres, ein einflussreicher Senator im Consiglio dei Savi und ein enger Freund des Dogen Leonardo Loredan.

Er war die Menschwerdung der vier platonischen Tugenden: Weisheit, Tapferkeit, Besonnenheit, Gerechtigkeit. Mein Vater war eine goldschimmernde Ikone des Erfolges, der höchsten Gottheit im Pantheon des Renascimento. Um seinen Triumph vollkommen zu machen, fehlte nur noch die Wahl zum Dogen von Venedig. Und ein Sohn, der sein Werk vollenden würde.«

Elija war betroffen.

»Sieh mich nicht so an, Elija! Ich habe gelernt, sein Sohn zu sein.

So gut, dass er vergessen hat, dass ich es nicht war. Er hat mich respektiert. Eines Abends gestand er mir, wie stolz er auf mich sei. Das war in der Nacht vor seinem Aufbruch in den Krieg gegen Papst Julius. Ein paar Tage später fiel er in der Schlacht. Er starb für die Freiheit Venedigs. Für *meine* Freiheit.«

»Das tut mir Leid.«

»Libertà! Ein großes Wort mit vielen bunt schillernden Facetten. Eine Vision voller Hoffnung. Ein strahlender Abglanz von Heldentum. Mein Vater war nicht der Einzige aus unserer Familie, der mit dem Schlachtruf ›Libertà!‹ auf den Lippen starb«, fuhr ich fort.

»Niccolò Tron regierte von 1471 bis 1473 als Doge von Venedig. Er hatte eine großartige Vision von Venedig! Das Banner des Islam mochte über Konstantinopolis wehen, aber ganz sicher nicht über Venedig! Der Prophet Mohammed statt des Evangelisten Markus als Schutzpatron der Stadt? San Marco wie die Hagia Sophia eine Moschee? Niemals! Was hätte Niccolò Tron alles erreichen können, wenn er nicht nach wenigen Monaten der Regentschaft gestorben wäre!

Im September 1501 wurde dann Filippo Tron vom Volk als Doge ausgerufen, obwohl er nicht offiziell gewählt worden war. Aber Filippo starb, bevor er das Amt antreten konnte, und wenige Tage später wurde Leonardo Loredan zum Dogen von Venedig gewählt.

Mein Vater Giacomo und mein Cousin Antonio, der Prokurator, sind mit diesen beiden Dogen verwandt. Und wenn mein Vater nicht in der Schlacht gefallen wäre, hätte er eines Tages seinem Freund Leonardo auf den Thron nachfolgen können.«

»Wer war deine Mutter?«

»Alexandra Iatros. Die Iatros sind der Athener Zweig der Florentiner Medici, daher meine Verwandtschaft mit dem Papst. Iatros ist die hellenisierte Namensform von Medici.

Meine Eltern haben sich 1489 in Athen kennen gelernt, wo mein Vater auf dem Rückweg von Istanbul nach Venedig als Botschafter der Serenissima oft Station machte.

Als Humanist kletterte er durch die Ruinen von Platons Akademie, grub eigenhändig unterhalb der Akropolis eine Büste des Perikles aus und wühlte sich monatelang durch die griechischen Bibliotheken, um antike Schriften zu finden. Er wollte ein Buch über Megas Alexandros – Alexander den Großen – schreiben, den er sehr verehrte. Als König, als Feldherr, als Philosoph und als Mensch.«

»Als Philosoph?«, fragte Elija verblüfft.

»Megas Alexandros war ein Schüler von Aristoteles. Trotz seines aufbrausenden Temperaments war er ein weiser Herrscher, der bewundernswert mutige Entscheidungen traf. Megas Alexandros, der Eroberer der halben Welt, hatte großartige Ideen von einem friedlichen Zusammenleben der Völker, die von einem König in Babylon regiert werden sollten. Wenn das keine Staatsphilosophie ist, dann weiß ich nicht, was Aristoteles ihm mit dem Stock eingeprügelt hat!«

Elija lachte. »Woher weißt du so viel über Alexander?«

»Ich habe meinem Vater geholfen, sein Buch zu schreiben. Er hat mit mir die großen Schlachten bei Issos und Gaugamela mit Schachfiguren nachgespielt. Und da er mich nicht nur das Reiten, sondern auch das Fechten gelehrt hatte, kämpften wir manchmal im Garten gegen den indischen König. Der Canalazzo war dann der Indus und die hohe Gartenmauer die Bergkette des Hindukush. War das ein Spaß!«

»Ich würde das Buch gern lesen«, bat mich Elija.

»Es ist nie fertig geworden. Mein Vater starb, bevor das Manuskript vollendet war. Er starb, als wir auf unserer imaginären Reise gerade Babylon erreicht hatten«, erwiderte ich. »Eines Tages werde ich das Buch vollenden und unter seinem Namen veröffentlichen.«

»Du hast deinen Vater sehr geliebt.«

»Er war der beste Vater, den ich mir wünschen konnte.«

»Obwohl er dich wie einen Sohn behandelt hat?«

»*Weil* er mich wie einen Sohn behandelt hat. Viel hat er von mir verlangt: Selbstbeherrschung, Selbstverantwortung, Selbstachtung. Aber er hat mir auch viel gegeben: Vertrauen, Respekt und Liebe. Er hat mir jede Freiheit gelassen, selbst herauszufinden, was ich tun wollte und was nicht. Ob ich katholisch oder orthodox sein wollte. Ob ich Französisch lernen wollte, Lateinisch oder Arabisch. Ob ich Humanistin werden wollte. Alle Entscheidungen hat er mich selbst treffen lassen.

Nie hat er mir Grenzen gesetzt, wie weit ich gehen durfte. Er sagte immer: ›Die Grenzen eines Menschen liegen in seinem Herzen und in seinem Verstand. Was du im Leben brauchst, ist ein Mensch, der dich dazu bringt, das zu tun, was du tun kannst.‹«

»War deine Mutter ein solcher Mensch?«

»Ja, das war sie. Die beiden haben sich sehr geliebt. Sie haben sich auf der Akropolis in Athen kennen gelernt, als mein Vater die Moschee im Parthenon besuchte. Es war Liebe auf den ersten Blick. Die Hochzeit fand in Athen statt, in einer orthodoxen Kirche, was die Familie in Venedig, allen voran mein Cousin Antonio, meinem Vater sehr übel nahm. Nach Antonios Ansicht kam eine griechisch-orthodoxe Hochzeit einer Satansmesse gleich. Adelige Venezianer heiraten adelige Venezianerinnen – das war schon immer so, das muss so bleiben! Eine Contarini, eine Morosini, eine Venier: Ja! Aber doch keine Griechin florentinischer Herkunft, die weder Italienisch noch Lateinisch sprach und, als sei das noch nicht genug, dem griechisch-orthodoxen Glauben anhing! Wie konnte Giacomo Tron so etwas tun!

Gegen den Widerstand der Familie nahm mein Vater meine Mutter mit nach Venedig. Ich wurde 1490 in der Ca' Tron geboren, dem Haus meines Vaters, wo ich eine glückliche Kindheit verbrachte.

Mein Vater war eng mit Marco Venier befreundet. Dessen Sohn Tristan, der zwei Jahre älter ist als ich, war mein bester Freund.«

»Tristan Venier, der Consigliere dei Dieci?«, fragte Elija überrascht.

»Mein Tristan«, nickte ich. »Unsere innige Freundschaft begann damit, dass ich ihn im Garten seines Vaters in die Rosen geschubst habe.«

»*Was* hast du getan?«, lachte Elija.

»Mit typisch männlicher Überheblichkeit hatte Tristan behauptet, ich sei als Mädchen nicht so stark wie er«, verteidigte ich meine Tat. »Da habe ich ihm bewiesen, dass er Unrecht hat, und warf ihn in die Rosen. Damals war ich sechs und er acht. Die Narben von den Dornen hat er heute noch. Nach unserem ›Rosenkrieg‹ haben wir dann Frieden geschlossen, der nun schon seit neunzehn Jahren alle Stürme überstanden hat.

Tristan ist immer noch mein bester Freund. Uns verbindet nicht nur eine innige Freundschaft, sondern auch dasselbe Schicksal: Sein Vater Marco Venier starb wie meiner in der Schlacht von Agnadello gegen den Papst und den König von Frankreich. Tristan war so allein wie ich. Nach dem Tod meiner Eltern war er der Einzige, der zu mir gehalten hat. In jener furchtbaren Nacht, als ich aus Venedig fliehen musste, hat er mir geholfen.«

Ich fuhr mir mit der Hand über die Augen, um die Erinnerungen zu verscheuchen. Die Demütigung. Die Scham. Den Hass. Antonios grausames Lächeln, als er mich mit Gewalt auf den Tisch drückte. Der Schmerz, als er brutal in mich eindrang. Sein heiseres Stöhnen. Empfand er dabei wirklich Lust, oder war es nur die tiefe Befriedigung, mir seinen Willen aufzuzwingen?

Ich holte tief Luft.

»Was ist mit dir? Wenn du nicht weitererzählen willst …«

»Elija, ich will, dass du weißt, was geschehen ist. Ich will, dass du verstehst, warum ich bin, wie ich bin, und warum ich tue, was ich tue. Ich will, dass du weißt, wen du liebst.«

»Glaubst du, ich würde dich nicht mehr lieben, wenn ich alles über dich wüsste?«, fragte er sehr ernst.

»Ja, das glaube ich«, nickte ich, um ihn dann mit einem verschmitzten Lächeln zu necken: »Aber ich verspreche dir, ich werde das eine oder andere finstere Geheimnis für mich behalten. Damit du nicht schon heute Nacht vor mir fliehst.«

Meinen Kuss beantwortete er sehr leidenschaftlich.

Ich schmiegte mich an ihn, legte meinen Kopf an seine Schulter und genoss seine Wärme.

»Als ich vierzehn war, begann meine Ausbildung«, erzählte ich weiter. »Nicht wie üblich in einem venezianischen Kloster, sondern im Palazzo Ducale von Urbino. Mein Vater wollte, dass ich das Denken lerne, nicht das Nachbeten. Wissen war ihm wichtiger als Glauben. 1504 brachte er mich nach Urbino und stellte mich Herzog Guido da Montefeltro vor.

Der Geist weht, wo er will – so sagt man. In Urbino hatte er sich zum geistigen Wirbelsturm entwickelt. Urbino war damals einer der gebildetsten Höfe Europas, ein Ort der Fröhlichkeit und höfischen Ungezwungenheit. Obwohl ich als junge Frau nicht an einer Universität studieren konnte, erhielt ich an Herzog Guidos Hof doch die bestmögliche Ausbildung.

Der Herzog war mir vom ersten Augenblick an sehr sympathisch.« Versonnen lächelnd erinnerte ich mich an unsere erste Begegnung. »Ich weiß noch, wie ich ihm im großen Thronsaal des Palazzo Ducale offiziell vorgestellt wurde – und über den Saum meines Kleides stolperte. In meinen hohen venezianischen Zoccoli knickte ich um und stürzte zu Boden. Mit einem charmanten Lächeln reichte er mir seinen Arm und half mir auf. Dabei flüsterte er so leise, dass nur ich ihn verstehen konnte: Einen so tiefen Hofknicks habe er von einer stolzen Venezianerin nicht erwartet – er fühle sich geehrt. Da mussten wir beide lachen. Er war wirklich sehr galant!

Und großzügig: Er gestattete mir, seine umfangreiche Bibliothek zu benutzen. Nach einigen Monaten durfte ich auch an den gelehrten Disputationen teilnehmen, die nach dem Abendessen im Saal der Engel stattfanden.

Im Palazzo Ducale lernte ich den Humanisten Baldassare Castiglione und den Maler Raffaello Santi kennen, der nun in Rom die Kathedrale von San Pietro erbaut. Mit ihnen bin ich befreundet. Baldassare kam vor ein paar Tagen zur Vermählung mit dem Meer, um mich zu sehen. Die zwei Jahre in Urbino waren wunderschön. Im September 1504 ging Raffaello nach Florenz, um sich mit Leonardo da Vinci und Michelangelo zu messen, aber als er Monate später für einige Wochen zurückkehrte, hat er mich gezeichnet. Als Modell für eines seiner Madonnenbilder.

Eines Nachts habe ich mich heimlich aus dem Palazzo geschlichen und bin zu Raffaello gegangen, damit er mich zeichnete.« Ich seufzte verzückt:

»Wie er mich angesehen hat, als ich nackt auf dem Bett in seinem Schlafzimmer saß! Wie zart er mich berührt hat, um meinen Kopf, meine Haare, meine Arme, meine Beine in die richtige Position zu bringen, damit er mich zeichnen konnte.

Ich war noch von keinem Menschen so berührt worden wie von

ihm. Er hatte mich zum Glühen gebracht. Er hatte mich gestreichelt, mit seinen Händen und seinen Haaren, hatte mich geküsst,
auf die Brüste, auf die Lippen, hatte mich erregt, aber ich durfte
mich nicht bewegen, durfte ihn nicht streicheln und nicht küssen.
Ich durfte ihn nicht einmal ansehen, als er diese wundervollen
Dinge mit mir tat.

O Gott, was hätte ich darum gegeben, wenn er mich in jener
Nacht geliebt hätte! Angefleht habe ich ihn, doch er hat nur den
Kopf geschüttelt. ›Nein, Celestina, das werde ich nicht tun.‹ – ›Warum denn nicht?‹, habe ich ihn gefragt. – ›Weil sich der Ausdruck
in deinen Augen ändert, wenn ich mit dir schlafe. Die Liebe will ich
malen, die glühende Liebe, das Leuchten in deinen Augen. Wenn ich
nur Schönheit malen wollte, könnte ich mir ein Mädchen von der
Straße holen, meine Lust an ihr stillen und sie dann malen. Aber das
ist nicht dasselbe wie mit dir.‹

Dann hat er sich neben mich auf das Bett gelegt und mich mit
dem Rötelstift gezeichnet. Ich bin fast vergangen vor Begehren. Am
Ende hat er mich dann erlöst. Mit der Hand. Raffaello hat begnadete
Hände. Er ist ein Maestro in der Kunst des Liebens.«

Ich besann mich: »Raffaello war der erste Mann in meinem Leben.
Wir haben miteinander geschlafen und haben es doch nicht getan.
Es war … einzigartig.«

»Hast du ihn geliebt?«

»Ich habe ihn begehrt«, gestand ich. »Ich war sechzehn, er dreiundzwanzig! Raffaello ist ein attraktiver Mann – anmutig und immer
höchst elegant gekleidet. Ein Märchenprinz! In Rom liegen ihm die
Frauen zu Füßen. Das macht unsere Beziehung so einzigartig. Ich
bin keine seiner unzähligen Affären.«

Elijas Blick tanzte über mein Gesicht.

Ich ließ mich in die Kissen sinken und küsste ihn. »Bist du schockiert, Rabbi?«

»Nein, ich bin nicht schockiert. ›Wer ohne Sünde ist, der werfe
den ersten Stein‹, hat Jeschua gesagt, als die Menge die Ehebrecherin
steinigen wollte. Ich habe kein Recht, dich zu steinigen, da ich doch
selbst gesündigt habe.«

204

»Elija ha-Chasid hat gesündigt?«, fragte ich ungläubig. »Was, um Himmels willen, hast du denn getan? Hast du bei der Buße an Jom Kippur eine lässliche Sünde vergessen?«

Er schüttelte den Kopf. »In Paris habe ich mit der Frau meines Bruders geschlafen.«

»Mit Judith?« Und als Elija nickte, fragte ich: »Weiß David davon?«

»Nein, er hat keine Ahnung. Aber Aron lag wach neben uns im Bett. Er weiß, was wir getan haben. Ich bete zu Gott, dass Aron es niemals David erzählt. Das würde mein Bruder mir nie vergeben.«

»Ihr steht euch sehr nah.«

»Ja.«

»Ich wünschte, ich hätte auch einen Bruder wie David. Aber ich blieb das einzige Kind meiner Eltern. Als ich nach Venedig zurückgekehrt war, fand ich dann so etwas wie einen Bruder.«

»Deinen Tristan?«

Ich schüttelte den Kopf. »Meinen Gianni.«

»Du meinst den Papst?«, fragte Elija verblüfft.

»Damals war Gianni noch nicht Papst, sondern Kardinal. Mit seinem Cousin Giulio, dem jetzigen Erzbischof von Florenz, war er ein paar Tage Gast meines Vaters. Obwohl Gianni fünfzehn Jahre älter ist als ich, haben wir uns von Anfang an gut verstanden. Nächtelang haben wir uns über Theologie und Philosophie unterhalten, und ich habe ihm erzählt, dass ich Humanistin werden will.«

»Was hat er dazu gesagt?«

»›Und ich will Papst werden.‹«

»*Das* hat er gesagt?«

»Gianni und ich sind immer ehrlich zueinander gewesen. Er vertraut mir die Geheimnisse seines Herzens an, seine Hoffnungen und seine Ängste. Ich glaube, wenn Gianni das Gefühl hätte, ich würde ihn anlügen oder hintergehen, dann würde er mir nie mehr schreiben. Ein Papst hat keine Freunde im Vatikan. Deswegen hätte er mich sehr gern in seiner Nähe.«

»Wirst du nach Rom gehen?«

»Ich liebe Venedig zu sehr, um noch einmal fortzugehen.«

Elija bemerkte die Traurigkeit in meinem Blick. »Erzähl mir, warum du ins Exil gehen musstest!«

Ich seufzte aus tiefstem Herzen. »Bis jetzt hatten die Götter es gut mit mir gemeint. Meine Kindheit war glücklich gewesen. Ich hatte eine hervorragende Erziehung genossen und wundervolle Freunde gewonnen. Ich war Humanistin geworden wie mein Vater, der sehr stolz auf mich war.

Doch nach dem Aufstieg, wenn man den höchsten Gipfel des Erfolges, des Ruhmes, des Glücks erreicht hat, gibt es nur noch einen Weg, und der führt abwärts. Ins Unglück. Mein Abstieg begann im Mai 1509, als die Nachricht vom Tode meines Vaters in Venedig eintraf.«

Elija legte seinen Arm um mich, als könnte er mich so vor den furchtbaren Erinnerungen schützen.

»Ich erinnere mich, wie Leonardo Loredan mitten in der Nacht in unser Haus kam, um uns selbst diese traurige Botschaft zu überbringen. Giacomo Tron war sein bester Freund gewesen. Leonardo redete nicht lange herum, und dafür war ich ihm dankbar. ›Dein Vater ist tot, Celestina. Er fiel gestern in der Schlacht. Er starb wie ein Held für die Freiheit Venedigs‹, sagte er. Leonardo und ich hatten oft genug über den Krieg des Papstes gegen Venedig gesprochen.

Ich habe stumm die Fäuste geballt und nicht eine Träne geweint. Leonardo war entsetzt über meinen Zorn. Mit welchem Recht hatte Julius, jener eroberungssüchtige Papst, meinen Vater getötet? Mit dem Recht der Macht! Und mit welchem Recht versagte er ihm die Totenmesse – Julius hatte das Interdikt über Venedig verhängt. Mein Hass auf diesen Papst war grenzenlos. Ich war so verbittert, dass ich lange keine Kirche mehr betrat, auch nicht, als das Interdikt wieder aufgehoben wurde. Wenige Monate später starb meine Mutter an der Pest, die die Kriegsflüchtlinge nach Venedig gebracht hatten. Und drei Tage nach dem Tod meiner Mutter stellte ich bei mir selbst die ersten Symptome der furchtbaren Krankheit fest.«

»Um Himmels willen!«

»Nach dem Tod meiner Mutter war die Dienerschaft fortgelaufen, und ich war ganz allein in dem großen Haus. Tristan kümmerte sich rührend um mich. Er wich nicht mehr von meiner Seite, gab mir zu essen und zu trinken, deckte mich zu, schlief neben mir im Bett, hielt mich in den Armen, als ich mich im Fieberwahn hin und her warf – obwohl er sich hätte anstecken können. Ich hatte hohes Fieber und war so geschwächt, dass ich beinahe gestorben wäre.

Ich kann mich erinnern, wie Tristan neben meinem Bett kniete und Gott anflehte, mich doch zu verschonen. Und als das Fieber weiter stieg, brüllte er Ihn zornig an und drohte Ihm sogar. So verzweifelt und wütend hatte ich Tristan noch nie gesehen, nicht einmal nach dem Tod seines Vaters, der in derselben Schlacht gefallen war wie meiner. Tristan war völlig außer sich. Auf keinen Fall wollte er mich verlieren. Fünf Tage und Nächte rang er mit Gott, und er gewann, weil er die Hoffnung nie aufgegeben hatte. Ich überlebte.«

»Der Herr sei gepriesen!«

»›Der Herr hat gegeben, und der Herr hat genommen‹ – Hiob mag Ihn für seine Gerechtigkeit gepriesen haben. Ich tat das nicht.«

»Was ist geschehen?«

»Mein Cousin Antonio hat das Testament meines Vaters angefochten, in dem er mir seinen gesamten Besitz hinterließ. Die Ca' Tron am Canalazzo, das große Haus unterhalb der Akropolis von Athen, seine kostbaren Bücher, sein großes Vermögen.«

»Aber warum?«, fragte Elija bestürzt.

»Antonio will Doge werden. Das ist auch ohne gekaufte Wahlstimmen eine äußerst kostspielige Angelegenheit. Mein Cousin war nie so reich wie mein Vater. Während der Kriege gegen Sultan Bajazet und Papst Julius hat er sein gesamtes Vermögen verloren. In jener furchtbaren Nacht, als das Arsenale in die Luft flog und die Galeeren und der halbe Stadtteil Castello niederbrannten, wurde auch sein herrlicher Palazzo zerstört. Mit dem Vermögen, das ich geerbt hatte, konnte er sich seinen Weg zum Palazzo Ducale mit Goldzecchini pflastern. Leonardo Loredan, der beste Freund meines Vaters, der sich wie ein zweiter Vater um mich kümmerte, war der Testamentsvollstrecker. Leonardo und Antonio sind verfeindet. Mein Cousin hat einen Prozess angestrengt, um mich zu enterben.

Antonio ließ die Ehe meiner Eltern für ungültig erklären, da sie in einer orthodoxen Kirche in Athen geschlossen worden war – Athen gehört zum Osmanischen Reich. Mit anderen Worten: Für die venezianischen Behörden waren meine Eltern nie verheiratet gewesen. Und ich, ihr Kind, war illegitim. Um es auf den Punkt zu bringen: Ich war nicht erbberechtigt.«

»O nein!«, stöhnte Elija.

»Das sagte die Familie Iatros in Athen auch. Himmel und Hölle setzten sie in Bewegung, um mir zu helfen. Sie sandten die Unterlagen über die Eheschließung nach Venedig – vergeblich! Sie schrieben an den Patriarchen in Istanbul, damit er beim Patriarchen von Venedig intervenierte – erfolglos! Antonio war damals schon Prokurator und hatte damit das zweithöchste Amt nach dem Dogen inne. Er ließ mich enterben. Leonardo musste ohnmächtig zusehen, wie der gesamte Besitz seines Freundes nun an seinen Feind fiel. Wie Giacomos Gold Antonio den Weg zum Thron von Venedig pflasterte.«

»Du hattest alles verloren«, murmelte Elija erschüttert.

»Nein, Elija, nicht alles. Mein Stolz und mein Zorn waren mir geblieben. Ich habe mich geweigert, den Palazzo zu räumen. Ich bin geblieben. Ich wurde in der Ca' Tron geboren, war dort viele Jahre glücklich und wäre wenige Wochen zuvor beinahe dort gestorben. Ich konnte das Haus nicht einfach verlassen.«

»Und was geschah dann?«

»Eines Nachts kam Antonio, um mit mir zu reden ... um mir zu drohen. Er hatte eine Schlägertruppe mitgebracht, die vor dem Haus wartete, während er versuchte, ›vernünftig‹ mit mir zu sprechen. Wie wir gestritten haben! Wir haben uns angeschrien. In seiner Ohnmacht, weil er mich nicht bezwingen konnte, wurde er ... wurde er gewalttätig.« Heiße Tränen stiegen in meine Augen. Ich schluckte. »Er hat ... er hat ...«

Ich schlug meine Hände vors Gesicht.

Elija umarmte mich. »Wenn es dich zu sehr aufwühlt ...«

»Nein!«, schluchzte ich. »Ich will es dir erzählen! Ich will, dass du es weißt, Elija!«

Ganz sanft nahm er meine Hände und liebkoste sie.

Die Erinnerungen, diese furchtbaren Erinnerungen, überschwemmten mich.

Ich holte tief Luft: »Antonio war in unserem Streit auf mich losgegangen, hatte mich gegen den Tisch im großen Saal gedrängt, bis ich ihm nicht mehr ausweichen konnte. Zwei seiner Schläger gaben ihm Rückendeckung, die anderen warteten vor dem Haus.

Er befahl ihnen, mich festzuhalten. Dann griff er in den Ausschnitt meines Kleides, zerriss das seidene Mieder, zerrte das Kleid herunter und stieß mich brutal auf den Tisch.

Ich hatte furchtbare Angst. Seine beiden Begleiter lachten und hielten mich fest. Ich versuchte, nach Antonio zu treten, doch er stand zwischen meinen Beinen, sodass ich ihn nicht traf. Da spuckte ich ihm ins Gesicht.

›Verdammt! Haltet sie doch fest!‹, befahl er seinen Männern. Er packte meine Schenkel und zog mich, erregt von dem Kampf, zu sich heran. Dann öffnete er seine Hose. ›Wenn ich mit ihr fertig bin, könnt ihr sie haben‹, sagte er zu seinen Männern.

Antonio stieß brutal in mich hinein. Ich stöhnte vor Schmerz und versuchte mich zu befreien, aber vergeblich. Immer wieder trieb er sein Glied in mich hinein, hart und tief. Er atmete schwer. Endlich erreichte er den Höhepunkt und stieß einen Triumphschrei aus. Zuckend ergoss er sich in mich, keuchend nach Atem ringend. Eine Weile verharrte er in mir, dann riss er sein Glied aus mir heraus, wischte es an den Fetzen meines Kleides ab und trat einen Schritt zurück.

Obwohl ich furchtbare Qualen erlitt, als hätte er ein glühendes Foltereisen in mich hineingestoßen, gönnte ich Antonio nicht die Genugtuung, mich weinen zu sehen. Voller Verachtung sah ich ihn an. Wie sehr ich ihn hasste!

›Sie gehört euch‹, sagte Antonio, als er schließlich von mir abließ. ›Im Schutz der Dunkelheit rudert ihr sie auf die Lagune hinaus! Ihr wisst, was ihr zu tun habt.‹ Er brachte seine Kleidung in Ordnung, drehte sich um und ging.

Seine Begleiter stürzten sich auf mich.

Obwohl Antonios Samen noch aus mir heraustroff, öffnete einer

209

der Männer seine Hose, drängte sich zwischen meine Schenkel und stieß hart in mich hinein. Er stöhnte schmutzige Worte, die ihn erregten.

›Nun mach schon!‹, drängte ihn der andere ungeduldig, das aufgerichtete Glied aus der viel zu engen Hose zerrend.

›Warte gefälligst, bis ich fertig bin!‹, keuchte der andere und rammte sich so ungestüm in mich hinein, dass ich über die Tischplatte rutschte. Mit einem Schrei bäumte er sich dann auf und brach schwer atmend über mir zusammen.

Der andere zog ihn grob von mir herunter. ›Verschwinde, Gio‹! Ich habe lange genug gewartet.‹ Dann ließ er sich auf mich fallen und drang brutal in mich ein.«

Meine Stimme versagte.

»Mein Gott, was haben sie dir angetan!«, flüsterte Elija entsetzt.

Ich barg mein Gesicht an seiner Schulter. Elija hielt mich liebevoll im Arm und wiegte mich wie ein kleines Kind. Seine Zärtlichkeit tat mir gut.

»Sieben Mal wurde ich in jener Nacht vergewaltigt. Von Antonio und sechs seiner Henkersknechte. Als sie mit mir fertig waren, wurde ich ohnmächtig.

Ich erwachte erst Stunden später. Es war dunkel im Saal, durch die halb offene Tür des Nachbarraumes drang flackernder Kerzenschein. Ich lag auf dem Tisch, Samen und Blut flossen aus mir heraus. Ich war verletzt und litt furchtbare Schmerzen.

Die beiden Männer und ihre Kumpane betranken sich im Nachbarzimmer. Ich hörte ihr Grölen, ihr lautes Prahlen, sie würden mich noch mal vergewaltigen, gleichgültig, ob ich ohnmächtig sei oder nicht.

›Dann liegt sie wenigstens still‹, hörte ich von nebenan.

Brüllendes Gelächter.

›Wenn du sie noch mal bespringst, bringst du sie um!‹, warnte einer der Männer.

›Na und? Wen interessiert das? Unser Auftrag lautet: Sie soll verschwinden. Für immer. Und sie wird verschwinden. So oder so. Dann haben wir wenigstens noch ein bisschen Spaß dabei.‹

Lachen.

›Von all dem Gerede habe ich Lust bekommen, sie mir noch mal vorzunehmen. Vielleicht wacht sie ja wieder auf.‹

Mit einer Kerze in der Hand kam der Mann in den dunklen Saal herüber. Ich lag ganz still und beobachtete ihn, wie er langsam näher kam, sein rasch wachsendes Glied aus der Hose holte und kräftig massierte, damit es hart genug war.

Ich schloss die Augen und stellte mich ohnmächtig. Ich hörte seinen keuchenden Atem, als er sich mit der Faust selbst erregte. Dann stand er direkt vor mir, sein aufgerichtetes Glied noch in der Hand.

Ich zog beide Beine an und trat zu. Er keuchte und ließ die Kerze fallen, die auf den Boden polterte.

Trotz meiner Qualen sprang ich vom Tisch und warf mich auf den Mann, der sich vor Schmerzen krümmte. Zornig schlug ich auf ihn ein. Ächzend hob er die Arme, um sich gegen mich zu wehren.

›Treib es nicht zu heftig, Gio‹! Wir wollen auch noch mal unseren Spaß haben!‹, erscholl es aus dem Nachbarraum.

Betrunkenes Gejohle.

Dann hatte ich den Griff des Dolches an seinem Gürtel umfasst. Ich riss ihn aus der Scheide. Der Mann wollte mir den Dolch entwinden, doch ich biss in seine Hand und trat mit dem angezogenen Knie hart zwischen seine Schenkel. Er stöhnte vor Schmerz.

›He, Gio‹! Bring sie nicht um!‹

Ich sah ihn an. Ich dachte an meinen Vater. An Antonios Verrat. An die Schmerzen. An die Demütigungen.

Da riss ich den Dolch hoch und stieß ihn dem Mann in die Kehle. Röchelnd sank er zu Boden und blieb still liegen. Im düsteren Lichtschein sah ich, wie das Blut über den Boden lief.

Er war tot!

Beinahe hätte ich den Dolch fallen gelassen.

O Gott! Ich hatte ihn getötet!

›Gio‹? Bist du endlich fertig mit ihr? Beeil dich gefälligst!‹

Ich musste fliehen! Doch wie? Die einzige Tür des Saals führte in den Raum, in dem sechs Männer sich Mut antranken für eine weitere Vergewaltigung. Die Fenster! Durch die Dunkelheit huschte ich

211

zu den fünf spitzbogigen Fenstern, die auf den nächtlichen Canalazzo hinabblickten.

Ich riss einen Fensterflügel auf und kletterte auf die marmorne Brüstung. Unter mir lag das Hauptportal des Palazzos mit dem Landungssteg und den Pfählen zum Festmachen der Gondeln. Doch die Lichter in der Stadt waren gelöscht worden, und ich konnte in der Finsternis nichts erkennen.

Wenn ich auf den Steg fiel, konnte ich mir das Genick brechen!

Aber ich hatte keine Wahl. Ich sprang.

Der Aufprall auf dem Wasser raubte mir den Atem. Ich musste mich an einem Pfahl festhalten, bevor ich quer über den Canal Grande zur Ca' Contarini hinüberschwamm. Zwei Gondeln lagen vor dem Portal. Ich schwang mich in eines der Boote und ruderte mit letzter Kraft zur Einfahrt des Rio Foscari, der wegen seiner Breite nachts nicht mit Ketten versperrt war. Der Kanal führte nach Westen.

Ob sie mir folgten? Ich lauschte: kein Ruderschlag. Nur das leise Plätschern der Wellen an den Fondamenti.

Ich bog nach rechts in den Kanal, der zur Kirche dei Frari führt. Dann folgte ich den Rii und Canali um die Kirche herum, bis ich nicht mehr weiterkonnte: Der Kanal war durch Ketten versperrt! Ich sprang aus dem Boot und lief zu Tristans Haus an der Nordschleife des Canal Grande. Dort brach ich völlig erschöpft zusammen. Tristan hat einen Medicus gerufen, der sich um mich kümmerte. Am nächsten Morgen hat er mich zu einem Schiff gerudert, das nach Athen segeln sollte. Er hat mir das Leben gerettet.

Das Schiff legte im Morgengrauen ab. Während es die Lagune durchquerte, blickte ich zurück nach San Marco und schwor: ›Ich werde zurückkommen.‹

Tristan winkte mir vom Molo aus zu. Nun hatte ich auch noch meinen besten Freund verloren! Dann hatte das Schiff die Insel Santa Elena erreicht, und ich konnte ihn nicht mehr sehen. Wir segelten hinaus aufs offene Meer.

Tage später erreichte das Schiff den Hafen von Piräus, wo ich an Land ging. Ich hatte weder Geld noch Gepäck. Alles war verloren.

Ich besaß nicht einmal eine Hand voll Münzen, um mir einen Esel oder ein Maultier zu mieten, um nach Athen zu gelangen. Die fünf Meilen bis zur Akropolis ging ich zu Fuß. Dann fragte ich mich zum Haus der Familie Iatros durch. Philippos, der Bruder meiner Mutter, nahm mich sehr herzlich auf. Er ließ mich in dem Palast wohnen, den meine Mutter mir hinterlassen hatte, versorgte mich mit Geld und stellte mir Diener zur Verfügung, damit ich einen eigenständigen Haushalt führen konnte. Damals kam Alexia zu mir. Sie hat mir sehr geholfen, über das, was in Venedig geschehen war, hinwegzukommen. Alexia beschützt mich noch heute. Sie ist mir eine Freundin geworden.

Denn Freunde hatte ich bitter nötig. Ich suchte Verbündete für meinen Rachefeldzug. In Athen war ich vor Antonio sicher. Meine Briefe konnte er nicht abfangen, und das Schreiben konnte er mir nicht verbieten. Ich wandte mich an die verstreute Nation der Humanisten, an Gianni, der damals Kardinal in Rom war, an den florentinischen Staatssekretär Niccolò Machiavelli in Florenz, an Baldassare Castiglione in Urbino, an Erasmus von Rotterdam in Cambridge und an viele einflussreiche Freunde meines Vaters in England, Frankreich, Deutschland und Italien.

Vielleicht hast du schon von meinen Briefen gehört, Elija? Ich verfasste Briefe an Jeanne d'Arc, an Helena von Sparta, um die der trojanische Krieg geführt wurde, an Kassandra, die nach der Eroberung von Troja zur Kriegsbeute des Königs Agamemnon wurde, an Penelope, die Gemahlin des Odysseus, an Königin Bilkis von Saba, die König Salomo ihre Rätselfragen stellte, an Königin Kleopatra von Ägypten, die dem mächtigen Rom zu trotzen versuchte, an die Päpstin Johanna und auch an die Jungfrau Maria. Jeder dieser Briefe endete mit den Worten: ›... ich aber bin frei!‹

Die Reaktionen der Humanisten waren überwältigend: so viel Bestürzung, so viel Bedauern für mein Schicksal, so viel Mitgefühl! Welcher Prophet gilt schon etwas im eigenen Land? Ein Humanist, geflohen aus seiner Heimat, ein Humanist im Exil, ein Humanist, der sich mit seinem Schicksal nicht abfinden wollte – das hatte etwas bewundernswert Heldenhaftes.

Ich war eine gelehrige Schülerin von Megas Alexandros. Ich wusste, was ich zu tun hatte. Und niemand konnte mich aufhalten. Alexandros hatte Kallisthenes, den Neffen seines Lehrers Aristoteles, als Historiker angestellt, damit er seine Geschichte aufschrieb. Wie er es wollte! Ich tat dasselbe. Ich erschuf mich selbst. Über Nacht war ich berühmt. Und ich erhob meine Stimme. Das Schweigen habe ich niemals gelernt, ebenso wenig wie das Aufgeben. Obwohl ich nicht nach Venedig zurückkehren konnte, hatte ich einen ersten Sieg über Antonio errungen: Mit seiner grausamen Tat hatte er das Gegenteil von dem erreicht, was er wollte – dass ich spurlos verschwand, als hätte ich niemals existiert.«

Ich schwieg einen Augenblick, dann fuhr ich fort:

»In Athen begann ich, mich mit der Freiheit und Selbstbestimmung des Menschen auseinander zu setzen.

Jesus begegnete ich in der Moschee auf der Akropolis. Die Türken hatten nach der Eroberung von Athen aus der Kirche im Parthenon ein muslimisches Gotteshaus gemacht. Ich war erstaunt, als ich zwischen den Koranversen Jesus fand. Dort stand er felsenfest. Unzerstörbar. Unbesiegbar.

Damals begann ich, mich mit den Evangelien zu beschäftigen – nicht aus theologischem Blickwinkel, sondern aus philosophisch-ethischer Perspektive: Wer bin ich, und was kann ich tun? Was ist der Sinn des Leidens? Wie kann ich meine Feinde lieben? Wie kann ich denen vergeben, die mich zutiefst verletzt haben? Ist es nicht die größere Demütigung für Antonio, wenn ich ihm nicht Gleiches mit Gleichem vergelte und mich moralisch über ihn erhebe? Ich hörte auf, Dogmen *nachzubeten*, und begann, Ethik *vorzudenken*. Seit jener Zeit in Athen stehen die griechischen Evangelien noch vor Aristoteles' *Ethik* in meinem Bücherregal.«

Ich schmiegte mich an Elija, legte meinen Kopf an seine Schulter. Er umarmte mich und hielt mich fest.

»Athen hatte eine großartige Vergangenheit, aber die Stadt bestand zum größten Teil aus Ruinen. Im Vergleich zu Venedig war Athen ein Dorf. Mir wurde es zu eng, daher beschloss ich zu reisen: nach Korinth, Sparta und Olympia.

Im Jahr darauf segelte ich nach Istanbul – und weiter nach Troja. Mit Homers *Ilias* wanderte ich die Küste entlang, doch die Ruinen von Troja fand ich nicht. Dann kehrte ich nach Athen zurück.

Einige Monate später reiste ich nach Alexandria. Ich wollte das Katharinenkloster im Sinai besuchen, um dort in der Bibliothek nach alten Schriften zu forschen und vielleicht ein verlorenes Evangelium zu entdecken.« Ich belächelte meine großartigen Pläne. »In Alexandria, wo ich mich einige Tage aufhielt, um die Expedition vorzubereiten, fand ich auf dem Sklavenmarkt Menandros. Er sprach mich auf Griechisch an und erzählte mir seine Geschichte: dass er aus Istanbul stamme und drei Sprachen spreche, dass er griechisch-orthodoxer Priester sei, dass er als Mönch in das berühmte Kloster von Athos hatte gehen wollen, aber von ägyptischen Piraten als Sklave nach Alexandria verschleppt worden war.«

»Menandros ist ein orthodoxer Priester?«, fragte Elija erstaunt.

»Er hat in Istanbul Theologie studiert und ist durch den Patriarchen selbst geweiht worden.

Ich kaufte Menandros frei und nahm ihn mit nach Kairo, wo ich die Pyramiden besuchte. Dann zogen wir auf Moses' Spuren am Schilfmeer vorbei in Richtung Osten. Wir wurden von Ägyptern verfolgt wie damals Moses und sein Volk, aber uns gelang die Flucht. Nach langen Umwegen erreichten wir schließlich das Katharinenkloster am Fuß des Berges Sinai. Frauen war es nicht gestattet, das Kloster zu betreten, doch da Menandros orthodoxer Priester war, durfte er hinein – mit seiner Dienerin, die ja unmöglich allein vor den Mauern des Klosters nächtigen konnte. Der sittenstrenge Prior gab nach, und ein Korbaufzug wurde an einem Seil über die hohe Wehrmauer zu uns herabgelassen – das Katharinenkloster besitzt kein Tor.

Fünf Wochen blieben Menandros und ich im Kloster, lebten mit den Mönchen, nahmen an den orthodoxen Gottesdiensten teil, beteten in der Kapelle der Basilika, dem heiligen Ort, wo Gott Moses in einem brennenden Dornbusch erschienen war und ihm befahl, Sein Volk aus Ägypten herauszuführen. Den göttlichen Dornbusch gibt es nicht mehr. Aber ein Ableger wächst und gedeiht außerhalb der Kirche, im Hof hinter der Apsis. Jeder Versuch, einen weiteren Ableger *in* der Kapelle zu pflanzen, ist nach Aussage der Mönche bisher gescheitert.« Ich lächelte verschmitzt. »Bitte beachte den möglicherweise eschatologischen, also endzeitlichen Aspekt dieses Symbols: Der Dornbusch lässt sich nicht vermehren. Und er wächst *außerhalb* der Kirche!«

»Das ist mir nicht entgangen!«, lachte Elija.

»Ein paar Tage nach unserer Ankunft stieg ich mit Menandros auf den Djebel Musa, den Mosesberg, der steil über dem Kloster aufragt. Wir übernachteten auf dem Gipfel und genossen einen fantastischen Sonnenaufgang und einen großartigen Blick über die Berge und die Wüstentäler des Sinai. Dort, wo wir standen, hatte Moses von Gott die zehn Gebote empfangen. Welch bewegender Moment!«

»Ich beneide dich um diese Erfahrung, auf Mosches Spuren zu wandeln!«, gestand Elija mit leuchtenden Augen.

»Im Kloster wühlten wir uns in den nächsten Tagen durch die umfangreiche Bibliothek, die noch nie erforscht worden war. Es war großartig! Immer neue Schätze des Wissens fanden wir. Tagelang, nächtelang saßen wir in dieser bedeutenden Bibliothek mit Tausenden griechischen, syrischen, äthiopischen und armenischen Handschriften, die die Siegel von Kaisern, Königen, Sultanen, Päpsten und Patriarchen tragen. Wir schrieben uns die Finger wund, als wir möglichst viele der alten griechischen Texte kopierten, um sie mit nach Athen zu nehmen.

Und dann, am letzten Tag unseres Aufenthaltes, entdeckte ich einen ganz besonderen Schatz: einen sehr alten hebräischen Papyrus.«

»Einen hebräischen Papyrus in einem griechisch-orthodoxen Kloster?«, fragte Elija ungläubig.

»Warte, ich werde ihn dir zeigen.« Ich sprang aus dem Bett und holte die griechischen Evangelien aus seinem Arbeitszimmer, dann kroch ich mit dem Buch zu ihm ins Bett.

Um den zerbrechlichen Papyrus nicht zu zerstören, öffnete ich vorsichtig die Buchdeckel.

»In einer dunklen, staubigen Ecke der Bibliothek habe ich ihn gefunden. Es ist ein abgerissenes Fragment einer Papyrusrolle, auf keinen Fall jedoch ein beidseitig beschriebenes Blatt aus einem gebundenen Codex. Das bedeutet, dass dieses Dokument sehr alt ist. ›Sehr alt‹ heißt: erstes Jahrhundert nach Christus! Ab der Mitte des ersten Jahrhunderts wurden statt der herkömmlichen Schriftrollen Codices, also gebundene Bücher, benutzt.

Ich habe den Abt gebeten, mir den Papyrus, den auch er nicht lesen konnte, zu verkaufen. Er kostete mich ein kleines Vermögen, aber das war mir gleichgültig. Um diesen alten Text lesen zu können, habe ich begonnen, Hebräisch zu lernen. Vergeblich! Bisher ist es mir nicht gelungen, ihn zu übersetzen.«

Begeistert beugte sich Elija über das Fragment. »Fantastisch!«, flüsterte er bewegt. »Wenn ich es nicht mit eigenen Augen sehen würde …«

»Kannst du das lesen?«

»Ja«, murmelte er gedankenverloren, den Blick gebannt auf den Text gerichtet.

»Was steht dort?«, drang ich ungeduldig in Elija.

»Es ist Aramäisch.«

»Die Sprache Jesu?«, fragte ich aufgeregt.

»Hebräisch und Aramäisch sind eng verwandt. Die Grammatik unterscheidet sie. Kein Wunder, dass du diesen Text nicht lesen konntest …« Seine Worte erstarben in fasziniertem Schweigen, als er sich wieder in den Text vertiefte. »Das ist unglaublich!«, flüsterte er schließlich. »Weißt du, welch kostbaren Schatz du gefunden hast, Celestina? Dieser Text ist ein aramäisches Matthäus-Evangelium!«

»*Was?*«

Elija lachte glücklich. »Die Kirchenväter, Eusebius, Hieronymus und all die anderen, haben die Wahrheit gesagt! Dieses Evangelium ist keine fromme Erfindung der Kirchenväter, und es ist keine jüdische Rechtfertigung des Glaubens! Es *gibt* ein hebräisches oder aramäisches Evangelium! All die Jahre habe ich gehofft, ich würde einen Beweis finden, dass Shemtov Recht hatte. Dass sein Evangelium *wahr* ist!« Er umarmte mich. Seine Hände zitterten vor Aufregung.

»Morgen werden wir mit der Übersetzung der Evangelien beginnen«, versprach ich, bewegt von seiner tiefen Freude. »Und du wirst *Das verlorene Paradies* ganz neu erschaffen!«

»Wir werden es gemeinsam erschaffen, Celestina.« Er küsste mich leidenschaftlich. »Ich will den Rest der Geschichte hören. Wie bist du nach Venedig zurückgekehrt?«

»Der Doge hat mich 1513, nach drei Jahren des Exils, zurückgerufen. Das scheinbar Unmögliche hat er vollbracht: Die Ehe meiner Eltern, die in Athen geschlossen worden war, wurde für gültig erklärt. Der Letzte Wille meines Vaters erfüllte sich. Ich bin seine legitime Tochter, die einzige Erbin des riesigen Vermögens. Ich – nicht Antonio!«

»Wie hat er auf deine Rückkehr reagiert?«

»Antonio fürchtete, ich wollte mich für seinen Verrat und die Vergewaltigung rächen. Er hat mich um Vergebung angefleht. In jener Nacht habe er mich nur dazu bewegen wollen, Venedig zu verlassen. Unser erbitterter Streit und meine Weigerung hätten ihn so zornig gemacht, dass er völlig die Beherrschung verlor.

Ich warf ihm vor, dass er mich ermorden und meine Leiche in der Lagune verschwinden lassen wollte. Er war entsetzt: So etwas hätte er niemals beabsichtigt! Seine Schläger sollten mich eine Nacht lang gefangen halten und mir so viel Angst einjagen, dass ich es nicht wagen würde, jemals nach Venedig zurückzukehren. Im Morgengrauen sollten sie mich dann zu einem Schiff rudern, das nach Lissabon segelte. Damit glaubte er mich aus dem Weg zu haben. Dass die Männer mich immer wieder vergewaltigen würden, habe er nicht gewusst.«

»Glaubst du ihm?«

Ich nickte. »Ja, ich glaube ihm. Antonio war fassungslos, als ich ihm erzählte, was mir angetan worden war. Auf Knien bat er mich um Vergebung.«

»Und hast du ihm vergeben?«

Ich schüttelte den Kopf. »Nein, das konnte ich nicht. Aber ich habe ihm versprochen, dass ich auf Vergeltung verzichte und in Frieden mit ihm leben wollte. Niemandem würde ich erzählen, was in jener Nacht geschehen war. Er hat versprochen, mich in Ruhe zu lassen. Wir haben uns die Hand gereicht.

Seit diesem Tag haben wir kaum ein Wort gewechselt. Wir sehen uns anlässlich der Staatsbankette im Dogenpalast, begegnen uns während der Sonntagsmessen in San Marco, aber wir sprechen nicht miteinander. Dafür hassen wir uns viel zu sehr!«

»Und Tristan?«

Am frühen Morgen brachte Elija mich zum Campo San Angelo. Von dort war es nicht weit bis zu meinem Haus.

An der Kirche San Stefano blieben wir stehen.

Der Mond war untergegangen, und die Sterne funkelten am samtschwarzen Nachthimmel.

Ich ergriff seine Hand. »Schalom, mein Liebster!«

»Darf ich morgen zu dir kommen? Ich möchte mit der Übersetzung des aramäischen Papyrus beginnen …«

»Ja, Elija, komm! Ich liebe dich!«

»Und ich liebe dich, Celestina.«

Er umarmte mich, und wir küssten uns leidenschaftlich. Dann trat er einen Schritt zurück, ohne meine Hand loszulassen. Noch einmal zog er mich an sich, um mich zart zu liebkosen, dann riss er sich von mir los. Ich sah ihm nach, bis er den Campo San Angelo überquert hatte und in der Gasse verschwand, wo ich vier Nächte zuvor überfallen worden war.

Seufzend drehte ich mich um und schritt langsam über den Rio San Stefano hinweg zum Campo.

Ich musste nachdenken.

So viel war geschehen seit der letzten Nacht, die ich mit Elija im ›Königreich der Himmel‹ verbracht hatte.

Wie erschrocken war ich gewesen, als plötzlich Tristan vor der Tür stand. »Celestina, bist du hier? Ich muss dringend mit dir sprechen!«, hatte er geflüstert. Ich hatte gezittert vor Angst, doch die Tür war verriegelt gewesen, und nach einer Weile war Tristan wieder gegangen. Was hatte er mir sagen wollen? Wieso war er nach dem Prozess und dem Besuch in meinem Haus in den Dogenpalast zurückgekehrt, um mit mir zu sprechen?

Die Antwort erhielt ich, als ich nach Hause zurückkehrte. Tristan hatte mir eine Nachricht hinterlassen, eine handschriftliche Notiz, die ich auf meinem Schreibtisch fand:

219

»Celestina, ich fürchte um dein Leben. Giovanni Montefiore ist in Venedig!«

Ich war entsetzt gewesen, als ich …

Waren da nicht Schritte?

Hinter mir, in der Gasse?

Ich blieb stehen, hielt den Atem an und lauschte.

Stille.

Hastig zog ich mir die Schuhe aus und huschte in die Schatten auf der Westseite des Campo. Lautlos schlich ich an den Mauern entlang. Ob mein Haus noch überwacht wurde? Haltlos irrte mein Blick durch die Finsternis.

Auf den Stufen der Kirche San Vidal, nur wenige Schritte von meinem Palazzo entfernt, kauerte ein Mann.

Ein Bettler?

Oder einer von Montefiores Assassini?

Mit meinem Dolch in der Hand huschte ich an den Hausfassaden entlang in Richtung des Canalazzo.

Nur noch wenige Schritte, und ich hatte das Gartentor der Ca' Tron erreicht!

Der Mann am Kirchenportal hatte mich bemerkt. Er sprang auf und kam auf mich zu.

Trotz der Schmerzen in meinem verletzten Bein stürmte ich los, quer über den Platz, riss das Gartentor auf, warf es hinter mir ins Schloss, rannte durch den Garten, erreichte das Portal des Palazzos, öffnete mit zitternden Händen, huschte hinein und schlug die Tür hinter mir zu. Dann sank ich mit bebenden Knien auf den Boden.

Mein Herz raste.

Angstvoll horchte ich in die Finsternis – im Haus waren alle Kerzen gelöscht worden. Doch alles blieb still.

Nach einer Weile erhob ich mich und schlich mit nackten Füßen zur Treppe.

Ich trat auf etwas Weiches. Was war das? In der Finsternis konnte ich nichts erkennen, also bückte ich mich und hob es auf. Das zarte Blütenblatt einer Rose!

Dann erst fiel mir der intensive Rosenduft auf, den ich in meiner Panik nicht bemerkt hatte.

Ich machte einen Schritt vorwärts und trat auf eine Rosenblüte. Dann auf noch eine und eine weitere.

Durch die Dunkelheit tastete ich mich zum silbernen Leuchter auf dem Tisch neben der Stiege und entzündete die Kerzen.

Die Treppe war mit Rosenblüten übersät. Es war wunderschön!

Mit dem Kerzenleuchter in der Hand stieg ich die blütenbedeckten Stufen empor zu meinem Schlafzimmer.

Ich öffnete die Tür – und erschrak.

Tristan!

Nackt lag er in den Kissen. Er hatte sich in das seidene Bettlaken gewickelt. Mein Blick huschte durch den Raum. Vor dem Fenster stand ein Tisch, zum erotischen Abendessen gedeckt. Die Kerzen in den silbernen Leuchtern waren heruntergebrannt. Das Essen – Austern, Langusten und andere aphrodisierende Köstlichkeiten – war längst kalt geworden.

Tristan hatte auf mich gewartet!

Dieses intime Abendessen zu zweit konnte doch nur bedeuten …

Ich trat an den Tisch heran.

Mein Topasring! Ich hatte ihn abgenommen, als ich zu Elija ging.

Mit zitternden Fingern griff ich nach dem Ring, der neben seinem auf dem Tisch lag. Die beiden Ringe waren durch ein weißes Seidenband miteinander verbunden.

Tristan wollte mir beim Abendessen einen Heiratsantrag machen! Den ganzen Abend hatte er auf mich gewartet, und als ich nicht kam, war er ins Bett gegangen.

Tristan, ich liebe dich! Ich will dich nicht zurückstoßen und dir wehtun, nach allem, was in den letzten Jahren zwischen uns geschehen ist. Aber ich kann nicht anders.

Was sollte ich denn nun tun?

Sollte ich zu Elija zurückkehren, die Nacht in seinem Bett verbringen und dabei an Tristan denken? Oder sollte ich mich zu Tristan legen, mich von ihm lieben lassen und mich nach Elija sehnen, während er mir einen Heiratsantrag machte?

Mein Gott, warum tust Du mir das an? Warum reißt Du mich hinauf in den Himmel der Glückseligkeit, um mich im nächsten Augenblick in die tiefste Hölle der Gewissensqualen stürzen zu lassen? Warum, mein Gott, lässt Du mich so leiden?

Ich wollte … ich *durfte* Tristan nicht verlieren! Uns verband mehr als nur eine weiße Seidenschleife.

Ich löste das Band, das die beiden Ringe zusammenhielt, und steckte mir meinen Topasring wieder an den Finger.

Während er auf mich wartete, hatte Tristan die Karaffe mit dem schweren Montepulciano geleert – er schlief fest. Ich nahm seine Hand und streifte ihm den Ring wieder über, den ich ihm in Florenz geschenkt hatte.

Dann schlüpfte ich nackt unter das Laken.

Er schlug die Augen auf. »Celestina! Ich habe die ganze Nacht auf dich gewartet. Wo warst du denn? Ich habe mir solche Sorgen ge…«

Ich küsste ihm die Worte von den Lippen und drückte ihn in die Kissen zurück.

»Menandros sagte, er wüsste nicht, wo du wärst. Aber das glaube ich ihm nicht. Menandros weiß immer, wo du bist und was du tust. Er liebt dich.«

»Tristan, ich habe über uns beide nachgedacht«, gestand ich.

»Das habe ich auch.« Dann erst bemerkte er den Ring an seinem Finger. Einen Herzschlag lang schloss er die Augen. »Du hast dich also entschieden.«

»Wir werden immer Freunde bleiben.«

»Aber … unser Kind!«

»Ich bin nicht schwanger.«

Er ließ sich in die Kissen zurücksinken. »Ich hatte so sehr gehofft, dass du schwanger wärst. Dass wir ein Kind haben könnten. Dass du mich heiraten würdest.

Ich habe doch nur dich!« Er schlang seine Arme um mich und zog mich an sich. »Ich will dich nicht noch einmal verlieren, wie damals, als du in jener furchtbaren Nacht aus Venedig fliehen musstest. Als ich am Molo stand und dein Schiff nach Athen ablegte, da dachte ich, ich würde dich nie wiedersehen.

Nach dem Tod meines Vaters warst du die Einzige, die ich noch hatte. Wir waren beide allein und haben einander getröstet. Dann bist du krank geworden und beinahe gestorben. Drei Tage lang warst du dem Tod näher als dem Leben. Ich lag neben dir im Bett und habe mit dir geredet, obwohl du mich nicht hören konntest. Die ganze Zeit hatte ich furchtbare Angst, du könntest sterben, während ich neben dir schlief. Ich war so verzweifelt ... und so glücklich, als du die Pest überlebt hattest. Und dann hat Antonio dich mir fortgerissen. Wie ich ihn gehasst habe! Wie einsam ich in jenen drei Jahren ohne dich war! Celestina, ich will dich nicht ein drittes Mal verlieren! Ich liebe dich!«

Es tat mir weh, den sinnlichen, temperamentvollen und lebensfrohen Tristan so tief verletzt zu sehen.

Wir waren so glücklich gewesen. Was tat ich ihm an? Ich liebte ihn doch auch!

»Du wirst mich nicht verlieren, Tristan. Ich verspreche dir: Wie du für mich da warst, werde ich immer für dich da sein.«

»Und ich werde dich lieben und ehren, bis der Tod uns trennt«, wiederholte er sehr bewegt seinen Schwur jener Nacht in Florenz, als wir die Ringe tauschten. »Und jeden Tag meines Lebens werde ich um dich kämpfen.«

»Celestina?«

Gedankenverloren starrte ich auf die Zeilen meines Manuskriptes, die ich zuletzt geschrieben hatte.

Tristan war im Morgengrauen gegangen. Er musste sich auf den Inquisitionsprozess gegen den Juden Salomon Ibn Ezra vorbereiten, der in der nächsten Nacht fortgesetzt werden sollte.

Was tat ich Tristan an? Und Elija? Konnte ich mein Handeln eigentlich rechtfertigen – wenn schon nicht vor ihnen, so wenigstens vor mir selbst?

»Celestina! Bitte entschuldige ...«

Ich durfte Tristan nicht wegschicken. Wenn er von Elija erfuhr, wäre er zutiefst gekränkt.

»Was ist mit dir? Du bist so geistesabwesend.«

Verwirrt sah ich auf: Menandros stand neben mir.

Als ich seufzte, küsste er mich zart auf die Wange. »Kann ich etwas für dich tun?«

»Nein, Menandros.«

Warum war er so besorgt um mich?

»Celestina.« Er zögerte, als müsste er mir etwas Furchtbares schonend beibringen. »Du hast Besuch.«

Er wich meinem Blick aus, als hätte er Angst, seine Gefühle würden mich verletzen. Er wirkte so traurig.

Menandros, bist du verstimmt über die Rosen auf der Treppe, Tristans intimes Abendessen, sein stundenlanges Warten auf mich, die Nacht in meinem Bett?

»Ist Elija gekommen?«

Menandros schüttelte den Kopf. »Es ist nicht Elija.«

»Wer dann?«

»Giovanni Montefiore.«

Er wartete im Empfangsraum auf mich. Er stand am Fenster und blickte auf die Gondeln und die funkelnden Wellen des Canalazzo herab. Als ich in den Raum rauschte, drehte er sich zu mir um.

»Ich danke Euch, dass Ihr mich empfangt, Celestina. Nach allem, was zwischen uns gescheh…«

»Warum seid Ihr nach Venedig gekommen? Wollt Ihr zu Ende bringen, was Ihr begonnen habt?«

Vor meinem heißen Zorn wich er einen Schritt zurück.

»Ja, das will ich«, gestand er nach einigem Zögern. Er wirkte verunsichert. »Celestina, ich verstehe Euren Zorn …«

»Vor einem Feind, der mir in die Augen sieht, wenn er mir den Dolch ins Herz rammt, habe ich mehr Achtung als vor einem, der mir mitten in der Nacht Assassini auf den Hals hetzt«, unterbrach ich ihn verächtlich.

Erschrocken sah er mich an. »Um Gottes willen!«

»Nun sagt Euren Text auf!«, fuhr ich ihn an. »Ich habe Euch schon bei unserem Treffen in Florenz wissen lassen, dass ich Verlogenheit verachte! Sagt, was Ihr zu sagen habt!«

Da fiel er vor mir auf die Knie. »Ich bitte Euch demütig um Vergebung …«

»*Wie bitte?*«

»… denn ich habe Euch beschimpft und beleidigt. Ich habe Dinge gesagt und geschrieben, die ich zutiefst bedaure. Eure humanistischen Kenntnisse habe ich in Zweifel gezogen. Ich bitte Euch inständig: Vergebt mir, Celestina!«

Für einen Augenblick war ich sprachlos.

»Ihr hattet Recht: Das Evangelium aus Ägypten ist tatsächlich eine Fälschung. Das haben auch andere Humanisten, die den Text untersucht haben, bestätigt.«

Sein Evangelium war eine Fälschung!

Und mein aramäischer Papyrus?

Was würden die Humanisten denken, wenn ich nun mein Evangelium veröffentlichte?

Ich wusste nicht, ob ich lachen oder weinen sollte.

»Bitte versteht mich doch, Celestina«, flehte er mich mit erhobenen Händen an. »Ich hatte mir solche Hoffnungen gemacht, ein neues Evangelium gefunden zu haben. Ich war so euphorisch! Und dann … O Gott, was habe ich bloß getan! Ich bin zutiefst beschämt, Celestina. Ich werde alles tun, um das Unrecht wiedergutzumachen.«

»Das Attentat!«, presste ich zutiefst aufgewühlt hervor und rang nach Atem. »Ihr habt keine Assassini nach Venedig geschickt? Ihr habt nicht versucht, mich zu ermorden?«

»Um Gottes willen: Nein!«

Verstört ließ ich mich auf einen Sessel sinken.

Wenn nicht Giovanni Montefiore hinter dem Anschlag steckte – wer wollte mich dann ermorden?

ᘒ Elija ᘓ

Kapitel 8

Als ich mich mit der Gondel dem Portal ihres Palacios näherte, sah ich ihn: Der Mann stand in der Nähe der Anlegestelle der Kirche Santa Maria della Carità, nur wenige Schritte von der Ca' Contarini entfernt.

Celestina hatte Recht: Ihr Haus wurde überwacht!

Tristan wollte sie offenbar vor einem neuen Mordanschlag schützen. Oder vor noch etwas anderem? Als Consigliere hatte er das Attentat auf sie untersuchen lassen. Er wusste, dass Celestina und Menandros im Kampf gegen fünf Asesinos niemals hätten überleben können.

Wusste er auch von mir?

Quer über den Canal Grande steuerte ich meine Gondel zum Landungssteg der Ca' Tron. Dann nahm ich die Bücher und meinen Tallit und kletterte auf den schwankenden Steg.

Auf mein Klopfen öffnete Menandros – als hätte er mich erwartet. »Kali mera«, begrüßte er mich auf Griechisch.

»Ich bin mit Celestina verabredet.« Ich zeigte ihm die Bücher unter meinem Arm.

»Das hat sie mir gesagt. Ich würde gern kurz mit Euch sprechen, bevor Ihr zu ihr geht.«

Menandros trug das lange schwarze Gewand eines orthodoxen Priesters und einen goldenen Crucifixus. Was war denn bloß geschehen?

»Warum wollt Ihr mit mir sprechen?«

»Celestina ist sehr erregt. Heute Morgen besuchte sie der Florentiner Humanist Giovanni Montefiore. Ihr habt sicher schon von ihm gehört.« Als ich nickte, fuhr er fort: »Bis vor einer Stunde war Celestina der Meinung, Montefiore sei für das Attentat auf sie verantwortlich gewesen. Aber er hatte die Assassini nicht geschickt. Er kam von Florenz nach Venedig, um sie um Vergebung zu bitten, weil er sie als gelehrte Humanistin diffamiert und als Frau gedemütigt hatte. Celestina ist zusammengebrochen.«

»Ich gehe zu ihr.«

»Elija!« Er hielt mich am Ärmel fest. »Sie liebt Euch.«

Als ich nickte, fragte er:

»Liebt Ihr sie auch?«

»Ja, Menandros, ich liebe sie.«

Hoffnungslos senkte er den Blick und wandte sich ab.

Ich ging hinüber zur Treppe, um zu Celestinas Bibliothek hinaufzusteigen – und blieb erstaunt stehen. Die Stufen waren bedeckt mit Hunderten roten Rosenblüten.

Hatte Tristan sie ihr geschenkt?

Langsam stieg ich die Stufen empor in den zweiten Stock. Die Tür der Bibliothek war geschlossen.

Um sie nicht zu erschrecken, trat ich leise in den Raum.

Celestina stand am Bücherregal und zog drei schwere Folianten auf einmal heraus, die sie in eine Truhe warf. Dann zerrte sie zwei weitere Bücher hervor. Neben dem Schreibtisch standen drei Bücherkisten, deren Deckel bereits geschlossen waren. Ihr Manuskript war vom Schreibtisch verschwunden – vermutlich befand es sich in einer der bereits gepackten Truhen.

»Glaubst du, du kannst dein Leben schützen, indem du nach Rom fliehst?«

Sie fuhr herum, presste die Bücher gegen ihre Brust und blickte mich erschrocken an.

»Nein«, erwiderte sie. »Aber ich kann *dein* Leben schützen.«

Sie warf die Folianten in die Truhe und wandte sich wieder dem Regal zu.

Ich trat einen Schritt näher und legte die mitgebrachten Bücher zu den anderen: Shemtovs *Prüfstein* und die griechischen Evangelien mit dem aramäischen Papyrus.

»Was soll das?«, fragte sie irritiert.

»Ich gehe mit dir.«

Sie schüttelte den Kopf. »Ich werde nach Rom reisen und Gianni bitten, mich eine Weile im Vatikan wohnen zu lassen.«

Sie holte die Bücher aus der Kiste, legte sie auf ihren Schreibtisch und wandte sich erneut dem Regal zu, um weiterzupacken.

Ich trat neben sie, nahm ihr die Bücher aus den zitternden Händen und stellte sie zurück. Dann umarmte ich sie und hielt sie fest. Sie wehrte sich nicht.

»Wo du bist, werde ich sein«, flüsterte ich und küsste sie. »Wenn ich es mir recht überlege, wäre Rom ein angemessener Ort, um *Das verlorene Paradies* zu erschaffen. Glaubst du, Gianni würde uns beide im Vatikan wohnen lassen?«

Sie barg ihr Gesicht an meiner Schulter. »Ich will nicht gehen«, flüsterte sie heiser.

»Dann geh nicht.«

»Elija, ich habe furchtbare Angst.«

»Ich auch. Ich würde wieder tot sein ohne dich, ohne Hoffnung und ohne Liebe. Bitte verlass mich nicht!«

Sie hat das Licht in ihren Augen, dachte ich, als ich sie still betrachtete. Ein wundervolles Strahlen liegt auf ihrem Gesicht, ein Widerschein ihrer mitreißenden Freude. Ein versonnenes Lächeln umspielt ihre Lippen – ein Lächeln, das mich in meiner Seele berührt. Ist sie glücklich?

Sie neigte den Kopf, als sie sich in die Übersetzung des aramäischen Papyrus vertiefte und den Text der Bergpredigt immer wieder las. Eine Hand strich zärtlich über die arabische Schrift, die andere spielte mit der Schreibfeder, die sie sich an die Lippen hielt, als wäre sie eine duftende Blüte.

Ich lehnte mich auf meinem Stuhl zurück und beobachtete sie.

Wer war der Freund, der ihr die Rosenblüten schenkte? Wer war der Liebende, der ihr den Weg zu sich mit duftenden Blüten schmückte? Hatte Tristan in dieser Nacht auf sie gewartet? Liebte er sie? Und … liebte sie ihn?

War diese Liebe eines von jenen dunklen Geheimnissen, die Celestina mir nicht anvertrauen wollte?

Da wand sie sich heraus aus dem Text, nahm das Blatt, barg ihr Gesicht darin und atmete tief den Duft der Worte ein. Einen Herzschlag lang verharrte sie so, dann ließ sie es sinken und sah mich an. »Elija, das ist wundervoll! Als ich mich eben in die Übersetzung vertiefte, konnte ich dein Ringen mit dem Wort und dem Sinn erahnen, mit dem Verstand und dem Herzen, mit dem Wissen und dem Glauben.

Als ich die Seligpreisungen las, ist mir zum ersten Mal bewusst geworden, dass Jesus nicht auf *einen* Berg stieg, sondern auf *den* Berg – im symbolischen Sinne den Berg Sinai, den auch Moses bestieg. Beide erklommen *den* Berg und verkündeten ihre Lehre. Einem jüdischen Leser dieses aramäischen Evangeliums muss sich bei der Erwähnung jenes Berges die Frage aufdrängen, ob Jesus nun nach Moses eine neue Lehre verkündet hat, die die Gebote vom Sinai aufhebt. Aber nein, das wollte er nicht! Sieh nur, hier sagt er: ›Glaubt nicht, dass ich gekommen sei, das Gesetz oder die Propheten aufzulösen – ich bin nicht gekommen, aufzulösen, sondern zu erfüllen und wiederherzustellen.‹

Endlich habe ich verstanden, dass Jesus nicht von einem Berg oberhalb des Sees Gennesaret eine Predigt für die herbeigeströmten Menschenmassen hielt! Denn hier steht ja, dass er nur seine Jünger lehrte. Und noch etwas ist mir klar geworden: Jesus stand nicht aufrecht, um eine Predigt zu halten oder aus der Tora vorzutragen, sondern er setzte sich hin, auf einen Stein oder ins Gras, um seine Jünger zu lehren wie ein Rabbi. Und das Volk hörte ihm zu – so gebannt wie ich!

Ich konnte deine Ehrfurcht vor Jesu Worten spüren. Deine Übersetzung der Bergpredigt ist wortgewaltige Poesie!«

»Es sind *seine* Worte, nicht meine«, erwiderte ich. »Hebräisch und Aramäisch sind sehr feinsinnige Sprachen. Mit ihren Wortspielen und Gleichnissen sind die hebräischen Evangelien ausdrucksstarke Dichtkunst.«

»Nein, Elija, es sind *deine* Worte! Die Art, wie du in den Seligpreisungen von Frieden, von Glückseligkeit, Gerechtigkeit und der Gottessohnschaft sprichst, macht sie zu deinen Worten. *Deine* Stimme höre ich, wenn ich diesen Text lese, nicht seine. *Dich* sehe ich vor mir, Rabbi Elija, der in einer venezianischen Synagoge die Humanisten lehrt, nicht ihn, Rabbi Jeschua, der auf einem Berg in Galiläa die Tora auslegte.«

229

Sie neigte sich zu mir herüber und küsste mich.

»Ich bin sehr glücklich«, flüsterte sie und drückte meine Hand.

»Warum?«

»Wenn diese Seligpreisungen der Grundstein des christlichen Glaubens sind und wenn Demut, Trauer, Sanftmut, die Suche nach Gerechtigkeit und das schweigende Erdulden von blutigen Verfolgungen in Jesu Namen christliche Tugenden sind, dann seid ihr Juden wohl die treuesten Anhänger von Rabbi Jeschua. Denn ›selig seid ihr, wenn ihr um seinetwillen geschmäht und verfolgt werdet‹.«

»Auf diese Weise habe ich die Seligpreisungen noch nie gelesen«, gestand ich überrascht.

»Und ich hatte schon befürchtet, du könntest von mir nichts mehr lernen, mein Rabbi«, lächelte sie verschmitzt. »Lass uns nun mit der Übersetzung des Matthäus-Evangeliums beginnen!«

Wir verglichen die griechische Übersetzung des Matthäus-Evangeliums mit dem hebräischen Text in Shemtovs *Prüfstein*, warfen einen Blick auf die lateinische Übersetzung des Hieronymus und diskutierten jeden Satz, jedes Wort und jeden Sinn aus jüdischer und griechischer, theologischer und philosophischer Sicht – die Rabbinen sagen, dass jedes Wort der Heiligen Schrift auf siebzig Arten ausgelegt werden kann. Dann schrieb ich den rekonstruierten Evangelientext auf Hebräisch nieder.

Während wir uns durch das erste Kapitel hindurchwühlten, erinnerte ich mich an die arabische Übersetzung der Evangelien, die ich vor Jahren angefertigt hatte. Mit jenen christlichen Heilsbotschaften waren Sarahs und Benjamins Scheiterhaufen entzündet worden. Welches Schicksal stand meinen hebräischen Evangelien bevor – und dem *Verlorenen Paradies*?

Celestina war sehr aufgewühlt, und je weiter wir in den Text über Jeschuas Geburt vordrangen, desto unruhiger wurde sie.

»Jedes Mal, wenn in den griechischen Evangelien Jeschua als Christos, als Gesalbter, bezeichnet wird, fehlt dieser Messias-Titel in Shemtovs hebräischem Text!«, verzweifelte sie schließlich und begann, als hinge ihr Seelenheil davon ab, bis zur Salbung in Bethanien in Kapitel 26 vorzublättern.

»Fass dich in Geduld, Celestina! Wir Juden warten seit Jahrhunderten geduldig auf den Maschiach.«

Als sie seufzend innehielt, fuhr ich fort:

»Die Passion ist das *Ende* des Evangeliums, nicht der Anfang. Du kannst Jeschuas Einzug nach Jeruschalajim, seine Lehrreden im Tempel, die Salbung in Bethanien, die Festnahme und den Prozess nicht verstehen, wenn du die anderen fünfundzwanzig Kapitel nicht kennst. Und wenn du nicht weißt, wer Jeschua war und was er gesagt und getan hat – und was sein Vater erleiden musste.«

»Aber Joseph spielt in den Evangelien doch gar keine Rolle! Er starb, bevor …« Erschrocken hielt sie inne.

»Sieh dir Jeschuas Familie an, und du wirst verstehen, warum er keinen Titel brauchte, um sich zu legitimieren«, erklärte ich. »Er entstammte der Dynastie Davids und Salomos. ›Und Jakob zeugte Joseph, den Gemahl der Mirjam, die Jeschua gebar.‹«

»Joseph war also königlicher Abstammung«, schloss sie. »Er war ein Davidssohn wie Jeschua … ein Thronanwärter aus der Dynastie der Ben Davids … ein möglicher Messias … O mein Gott! Ein Freiheitskämpfer? Ein Zelot!«

Ich nickte. »Ich glaube, dass Jeschua geboren wurde, als Joseph mit seiner hochschwangeren Frau auf der Flucht war. Es gab keine wundervolle Geburt des Messias in Betlehem, der Stadt Davids, keinen hellen Stern, der den drei Weisen den Weg zum König Israels wies, keine Engel des Herrn.

Die frommen Legenden von der Geburt in einem Stall, von der Krippe, von Ochs und Esel und den Schafhirten, die sich *nicht* in den vier Evangelien finden, scheinen der Wahrheit näher zu kommen: Die Flucht musste unterbrochen werden, als Mirjams Wehen einsetzten.

Als Jeschua mit zwölf Jahren den Tempel besuchte, lebte Joseph noch. Nach der Bar-Mizwa seines Sohnes verschwindet er aus den Evangelien. Wir erfahren nichts mehr von ihm – nicht einmal von seinem Tod. Warum wohl?«

»Was glaubst du?«, fragte Celestina atemlos.

»Ich glaube, dass Joseph ha-Zaddik – Joseph der Gerechte, so wurde er von Matthäus genannt – wie viele tausend andere Juden während des Aufstandes von Jehuda dem Galiläer als Märtyrer an einem römischen Kreuz starb. Flavius Josephus berichtete im *Jüdischen Krieg* über die Revolte und die anschließenden Massenkreuzigungen der Widerstandskämpfer.

Ein Zaddik ist ein frommer Jude, der nach dem Gesetz Gottes lebt: ›Wenn du in das Land kommst, das dir der Herr, dein Gott, geben wird, so sollst du den zum König über dich machen, den der Herr, dein Gott, erwählen wird. Du darfst keinen Fremden zum König über dich machen.‹ Dieses Königsgesetz machte es Joseph ha-Zaddik unmöglich, sich mit der römischen Herrschaft abzufinden. Er *musste* die Römer bekämpfen, bis zu seinem Tod. Tragisch ist, dass Joseph zweimal starb: das erste Mal am Kreuz, das zweite Mal, als die Evangelisten ihn totschwiegen.«

»Du hast Recht«, nickte Celestina. »Durch den Kreuzestod seines Vaters wird Jeschuas Geschichte tragischer. Und glaubwürdiger!«

Als ich ihr darlegte, dass die Geburt* in Betlehem, der Besuch der drei Weisen, der Kindermord auf Befehl des Herodes, die Flucht nach Ägypten und die Rückholung nach Nazaret durch den Engel nur dramatische Konstruktionen der Evangelisten waren, nickte sie nur still – denn ›Dies alles ist geschehen, damit sich erfüllte, was der Herr durch den Propheten verkündet hat‹.

Die Zeit des Abendgebets in der Synagoge war längst vorüber, als ich die Gondel durch den Canal Grande ruderte und in den schmalen, dunklen Rio di San Salvadòr einbog.

Arm in Arm waren Celestina und ich die mit Rosenblüten bedeckten Treppen hinabgestiegen, als sie mich zum Landungssteg begleitete.

Tristans Rosen.

Warum hatte Celestina Alexia nicht gebeten, die welkenden Blüten zu entfernen?

In Gedanken versunken machte ich die Gondel fest und kletterte mit dem Tallit über der Schulter auf den Steg gegenüber dem Konvent San Salvadòr. Dann folgte ich der schmalen Gasse zur Synagoge. Ich wollte einen Augenblick allein sein, mich besinnen und das Abendgebet nachholen.

Langsam stieg ich die Stufen zum Gebetssaal hinauf.

Und hielt inne.

War da nicht ein Geräusch gewesen?

Die Zeit des Abendgebets war doch längst vorüber!

Atemlos lauschte ich.

Eine Stimme, die leise Italienisch sprach!

Wer war im Gebetssaal? Alle Sefardim, die in dieser Synagoge beteten, sprachen Arabisch oder Spanisch, nicht aber Italienisch!

War mir jemand gefolgt, als ich die Ca' Tron verließ?

Lautlos schlich ich die Stufen empor, schob das Portal zum Gebetssaal auf und blieb im Schatten stehen.

Das Ewige Licht vor dem Tora-Schrein tauchte den Saal in seinen goldenen Schein. Zwei Menschen standen mit dem Rücken zu mir vor dem Schrein. Der Mann hatte die Hand der jungen Frau ergriffen.

»… und mit diesem Ring bekenne ich dir meine Liebe. Ich will dich lieben und ehren, ich will bei dir sein und dich niemals verlassen, bis ans Ende aller Tage«, sagte er auf Italienisch.

Es war Aron!

Marietta ergriff die Hand meines Bruders und steckte ihm den Verlobungsring an. »Aron, mein Liebster, nimm diesen Ring als Zeichen meiner innigen Liebe. Ich werde dich lieben, in den Zeiten des Glücks und in den Zeiten des Leids. Nur der Tod kann uns trennen.«

Dann küssten Aron und Marietta sich sehr innig.

Mein Herz krampfte sich schmerzhaft zusammen.

Was sollte ich tun?

Mich still zurückziehen? Oder mich ihnen offenbaren?

Mein Bruder, der nicht mehr Aron, der Jude, nicht mehr Fernando, der Christ, sein wollte, der an Weihnachten in einer Kirche heiraten wollte, verlobte sich in einer Synagoge!

»Ich will ein Mensch sein, nur noch ein Mensch. Glaubst du, nach allem, was ich erlitten habe, dass Gott mir diese Gnade gewährt?«, hatte er mich verbittert gefragt, bevor er aus dem Haus stürmte, zu Marietta floh und mir jede Gelegenheit nahm, mich mit ihm zu versöhnen.

Durfte *ich* meinem Bruder diese Gnade verwehren, ein Mensch zu sein, der sich nach Liebe und Geborgenheit sehnte?

Durfte ich ihn einem christlichen Priester in die Arme treiben, indem ich mich als Rabbi weigerte, die Verlobung anzuerkennen, an der unsere Familie zu zerbrechen drohte?

Durfte ich ihm die Zärtlichkeit und Liebe vorenthalten, nach der ich mich selbst so verzweifelt sehnte?

Der hölzerne Boden knarrte, als ich einen Schritt aus den Schatten heraustrat.

Erschrocken fuhr Aron herum. »Elija!«

Ich umarmte meinen Bruder. »Als dein Rabbi erkläre ich die Verlobung für rechtsgültig«, sagte ich auf Italienisch, damit Marietta mich verstehen konnte. »Masel tow, Aron, masel tow!«

Erleichtert lehnte er sich gegen mich. »Danke, Bruder!«

Dann ließ ich ihn los und wandte mich zu Marietta um.

Mit ihren blauen Augen und den goldblonden Locken, die in langen Kaskaden über ihre Schultern flossen, sah sie aus wie eine schöne Venezianerin. Sie war anmutig, doch ihre aufrechte Haltung zeugte trotz ihrer Jugend – sie war höchstens fünfundzwanzig – von einem stolzen, unbeugsamen Willen. Ich verstand sehr gut, warum Aron sich in sie verliebt hatte.

Ich umarmte sie herzlich und küsste sie zart auf beide Wangen. »Wie schön, dich endlich kennen zu lernen, Marietta. Sei willkommen in meiner Familie!«

»Ich danke dir, Elija«, hauchte sie bewegt. »Dein Segen bedeutet uns sehr viel!«

Von meinen Gefühlen überwältigt trat ich einen Schritt zurück. »Es ist schon spät, und ihr beide wollt gewiss heute Nacht allein sein und sehr leidenschaftlich Gottes Gebot der Liebe erfüllen.« Als Aron mich erstaunt ansah, sprach ich weiter: »Marietta, ich wäre glücklich, wenn du am Schabbat zu uns kämst, um Yehiels Bar-Mizwa mit uns zu feiern.«

Aron fiel mir um den Hals, wirbelte mich herum und küsste mich auf beide Wangen.

»Elija, ich liebe dich!«, rief er glücklich. »Du bist der beste Bruder, den ich mir wünschen kann!«

Ich zog den Tallit vom Kopf und legte ihn mir um die Schultern – der Gottesdienst war beendet.

Während die Gläubigen die Synagoge verließen, stieg Jakob zu mir auf die Kanzel und umarmte mich herzlich mit dem linken Arm. »Das war wirklich ein bewegender Gottesdienst. Sieh nur, wie glücklich Yehiel ist: Er hat den Wochenabschnitt aus der Haftara, den Prophetenbüchern, so schön gesungen!«

Der stolze Vater wischte sich verstohlen eine Träne aus dem Augenwinkel und deutete zu seinem Sohn hinüber, der immer noch ganz aufgeregt bei Aron und Marietta stand.

»Es war ein ganz normaler Schabbat-Gottesdienst mit der Aushebung der Tora aus dem Schrein und dem Verlesen des Wochenabschnittes aus der Tora und dem Buch Jeremia. Wir Sefardim feiern ihn auf diese Weise. Wenn dir unser Ritus gefallen hat, komm doch nach dem Schawuot-Fest zu mir – wir können dann in Ruhe über deinen Übertritt zum sefardischen Judentum sprechen …«

Mein Freund knuffte mich lachend in die Rippen. »*Ich* soll konvertieren? Niemals! Ich bin und bleibe ein Aschkenasi, ein deutscher Jude, auch wenn ich nun in Venedig lebe. Aber ein rabbinisches Streitgespräch können wir gern mal wieder führen.«

»Ja, das wäre schön«, stimmte ich zu, als ich ihm die Treppe der Kanzel hinab folgte.

Celestina erwartete mich. Wir umarmten und küssten uns.

»Hat es dir gefallen?«, fragte ich sie.

Sie nickte. »Es war, als ob du den Gottesdienst zur Bar-Mizwa-Feier deines eigenen Sohnes gehalten hättest.«

Arm in Arm verließen wir den Gebetssaal. David und Judith, Aron und Marietta, Jakob, Yehiel und Esther folgten uns zu unserem Haus, wo ein Festessen auf uns wartete.

Ich sprach den Kiddusch über dem Wein, dann reichte ich den Becher an die anderen weiter, damit sie daraus tranken.

Celestina saß, wie schon am letzten Schabbatmahl, rechts neben mir. An ihrer Seite hatte David Platz genommen, neben ihm saßen Judith und ihre Tochter. Esther hatte ihren Stuhl ganz nah an Yehiels Sitz am anderen Tischende herangerückt und hielt unter dem Tisch verstohlen seine Hand – was Jakob, der ihr gegenübersaß, nicht entging.

»Elija, wie wäre es, wenn wir unsere beiden Turteltäubchen Yehiel und Esther bald verloben?«, fragte er mit einem Schmunzeln.

Yehiel lief schamrot an und legte hastig beide Hände auf den Tisch. Esther senkte den Blick.

»Das solltest du mit David besprechen, Jakob. Er ist Esthers Vater, nicht ich.«

Ich fing einen Blick von Aron auf: Bist du sicher?

David hatte es bemerkt und sah mich irritiert an. Hatte Aron ihm verraten, dass ich mit Judith geschlafen hatte? Als ich seinem Blick standhielt, wandte er sich an Jakob: »Yehiel würde mir als Schwiegersohn gefallen. Aber vielleicht sollten die beiden selbst entscheiden, ob sie heiraten wollen.«

Dann segnete ich das Brot und brach es.

Marietta bestreute es mit Salz und aß. Sie bemerkte meinen fragenden Blick. »Ich bin erst vor wenigen Monaten konvertiert«, gestand sie mit einem verlegenen Lächeln. »Ich habe den Schabbat niemals aufgegeben.«

Aron drückte ihre Hand.

»Es ist schwierig, als Converso den Schabbat zu halten«, sagte ich, während ich ihren Weinbecher füllte. »In Granada beobachtete man genau, ob wir in die Synagoge oder die Kirche gingen, ob am Schabbat ein Feuer im Kamin brannte, ob wir zu Ehren des Schabbat gebadet hatten und besonders schöne Kleider trugen, ob wir koscher aßen …«

»Ja, es ist schwierig«, bestätigte Marietta. »Heute war ich das erste Mal seit Monaten zum Gottesdienst in einer Synagoge. Sonst gehe ich am Samstagvormittag und am Samstagnachmittag in die Kirche

San Moisè, um zu beten und den Schabbat zu feiern. Und sonntags gehe ich zum christlichen Gottesdienst. Man hält mich für sehr fromm!«

Sie lächelte verschmitzt bei der Erwähnung der Kirche, die Mosche geweiht war. Es war eine venezianische Eigenart, Kirchen nicht nur nach Heiligen des Neuen Testaments zu benennen, sondern auch nach Propheten des Alten Testaments. San Moisè war eine der wenigen Kirchen, in der kein gekreuzigter Jeschua hing.

»Bist du fromm?«, fragte ich.

Marietta zeigte mir den mit Rubinen besetzten Anhänger, den sie an einer goldenen Kette um den Hals trug.

Auf mein verwirrtes »Was ist das?« antwortete sie: »Ein Kreis, wie du ihn als Jude auf deiner Kleidung aufgestickt trägst. Meiner ist aus Gold und Rubinen gefertigt. Ich bin stolz darauf, Jüdin zu sein. Meine jüdische Nationalität ist nichts, was mit der Taufe abgewaschen werden kann – wie Dreck.«

»Du trägst das Zeichen als Schmuck? Obwohl du konvertiert bist?«

»Ja«, sagte sie trotzig.

»Bitte verzeih mir die Frage: Warum hast du dich dann überhaupt taufen lassen?«

»Mein Bruder ist Priester in Rom.« Marietta verstummte und warf Aron einen unsicheren Blick zu.

»Erzähl uns deine Geschichte, meine Liebste. Elija, David und ich haben keine Geheimnisse voreinander«, flüsterte Aron und küsste sie.

»Unser jüdischer Name lautet Halevi. Meine Familie stammt aus Florenz, wo wir seit der Sintflut gelebt haben«, begann Marietta. »In Florenz gibt es erst seit kurzem eine große jüdische Gemeinde, da die Medici die jüdische Pfandleihe in der Stadt verboten hatten. Doch jüdische Familien leben schon seit Jahrhunderten dort.

Im Jahr 1437 ließ Cosimo de' Medici, der Großvater von Lorenzo il Magnifico, dann auch jüdische Bankiers nach Florenz ziehen, und die Gemeinde wuchs. Das Schicksal unserer Familie war immer eng mit dem der Medici verknüpft – nicht nur wegen der gemeinsamen

Geschäftsinteressen. Die Halevis in Florenz waren eine Dynastie von Rabbinen. Einer meiner Verwandten, Rabbi Isaak, arbeitete eng mit dem berühmten Gelehrten Giovanni Pico della Mirandola zusammen und begleitete ihn auch zur Disputation seiner berühmten Thesen nach Rom.

Unsere Familie stand unter dem Schutz von Lorenzo il Magnifico, der uns trotz der Hetzpredigten fanatischer Mönche zwei Mal vor der Ausweisung bewahrte. Als die Medici im November 1494 gestürzt wurden und der Dominikanermönch Savonarola seinen Gottesstaat errichtete, drohte uns Juden wieder einmal die Vertreibung. Aber wir kauften uns frei und blieben in Florenz.

Ich war noch ein Kind, als Savonarola die ›Fegefeuer der Eitelkeiten‹ entzünden ließ. Und auch an seinen Märtyrertod auf dem Scheiterhaufen kann ich mich erinnern – damals war ich acht Jahre alt. Sobald Savonarola tot und der Gottesstaat abgeschafft war, beschloss die Republik erneut, die Juden auszuweisen. Mein Vater sagte sich, dass es selbst für eine wohlhabende Familie wie die Halevis den Ruin bedeuten würde, wenn wir uns immer wieder freikaufen mussten, um nicht vertrieben zu werden.

Also packten wir unsere Sachen und zogen nach Padua. Nach der Eroberung der Stadt im Juni 1509 flohen wir weiter nach Venedig. Mein Vater mietete ein sehr schönes Haus in der Nähe der Kirche San Moisè, wo ich immer noch wohne – allein, denn mein Vater starb ein paar Monate später an der Pest, die in Venedig wütete, und mein Bruder Joel – er heißt jetzt Angelo – ging nach Rom.«

»Du bist ganz allein in Venedig zurückgeblieben?«, fragte ich erstaunt. »Warum bist du nicht mit ihm gegangen?«

»Weil ich in Venedig meinen Glauben leben kann. Weil es mir hier möglich ist, zum Beten in die Synagoge zu gehen. Weil ich hier frei bin. In Rom hätten mein Bruder und ich nicht zusammen in einem Haus leben dürfen – er war Converso, ich nicht. Das Judenviertel in Rom ist unerträglich eng. Im Sommer wütet die Malaria. Wenn der Tiber über die Ufer tritt, stehen die Gassen unter Wasser wie in Venedig bei Acqua alta. Nein, dort wollte ich nicht leben. Also blieb ich in Venedig.«

»Und dein Bruder?«

»Nach seiner Taufe ließ er sich zum Priester weihen. Er wohnt nun im Vatikan.« Sie warf Aron einen Hilfe suchenden Blick zu.

»Was tut er dort?«

»Er ist ...« Sie zögerte. Dann holte sie tief Luft. »Er ist der Sekretär des Papstes.«

»Er ist *was*?«, fragte ich fassungslos.

»Angelo ist ein Vertrauter des Papstes. Die Familien Halevi und Medici sind seit Generationen befreundet ... ich meine: Giovanni de' Medici ist wie sein Vater Lorenzo il Magnifico der jüdischen Kultur gegenüber sehr aufgeschlossen. Papst Leo schätzt Angelo ... er vertraut ihm ...« Sie hielt den Blick gesenkt, als sie mir die ganze Wahrheit offenbarte. »Er hat meinen Bruder zum Erzbischof ernannt.«

Stöhnend barg ich mein Gesicht in den Händen.

Mein Bruder wollte eine Christin heiraten, die konvertiert war, um ihrem Bruder einen kometenhaften Aufstieg im Vatikan zu ermöglichen! Und als Erzbischof war er der Vertraute des Papstes!

Wenn Aron Marietta in San Marco oder, wie er mir vor einigen Tagen angedroht hatte, in San Pietro heiratete, würden wir nicht mehr länger als Juden leben können.

Und ein noch viel erschreckenderer Gedanke durchzuckte mich: Wusste Angelo, der Aron und Marietta an Weihnachten nach christlichem Ritus trauen wollte, dass David, Aron und ich uns in Portugal hatten taufen lassen? Dass ich der Sekretär des Erzbischofs von Granada gewesen war? Dass ich nach seinem Tod durch die spanische Inquisición angeklagt worden war? Dass ich mir in Córdoba mit Kardinal Cisneros erbitterte Wortgefechte geliefert hatte? Dass der Großinquisitor meine Frau und meinen Sohn auf dem Scheiterhaufen verbrannt hatte, um meinen Willen zu brechen? Dass wir nach Venedig geflohen waren? Dass wir Conversos waren, die nun wieder als Juden lebten?

Und wenn er das alles wusste, *durfte* er dem Papst gegenüber schweigen? Die Familie Ibn Daud war für seine Karriere als Kirchenfürst ebenso gefährlich wie es der Sekretär und Vertraute Papst Leos für uns war.

Die Leiden waren noch nicht vorbei. Sie würden niemals vorbei sein. Adonai, warum tust Du uns das an? War das Opfer an jenem Karfreitag noch nicht groß genug?

Celestina hatte tröstend meine Hand ergriffen. Sie spürte, was in mir vorging. Wir liebten uns wie Aron und Marietta. Wir aßen, tranken und schliefen miteinander und brachen jedes Gebot des vierten Laterankonzils. Und was noch viel schwerer wog: Wir arbeiteten zusammen an der hebräischen Übersetzung der Evangelien und an der Erschaffung des *Verlorenen Paradieses.*

Alle Blicke waren auf mich gerichtet.

Aron sah mich erwartungsvoll an. Was würde ich nun sagen, nachdem ich vor drei Tagen meinen Segen zu seiner Verlobung gegeben hatte? David war wie vom Donner gerührt. Judith rang mit den Tränen. Esther hielt den Blick gesenkt. Und mein Freund Jakob? Fassungslos wich er meinem Blick aus.

Durfte ich meinen Bruder verdammen? Nein! Und doch musste ich es tun, auch wenn unsere Familie an dieser Entscheidung zerbrach. Was sollte ich sagen, was tun?

»Ich würde Angelo gern kennen lernen, wenn er an Weihnachten nach Venedig kommt«, presste ich schließlich hervor. »Ich denke, wir haben viel zu besprechen.«

Marietta atmete auf, und Aron leerte sein Weinglas in einem Zug.

Jakob starrte die silbernen Schabbatleuchter auf dem Tisch an. Das alles fügte dem Rabbi, der sich worttreu an die Gebote Adonais hielt, dem verfolgten und misshandelten Juden, der seinen Glauben niemals aufgegeben hatte, geradezu körperliche Qualen zu. Jakob litt – wie ich.

Bis zum Ende des Schabbatmahles schwieg er beharrlich. Nachdem ich Gott für das genossene Mahl gedankt hatte –»Gepriesen bist du, Adonai, unser Gott, König der Welt«– , wandte Jakob sich an mich:

»Lass uns vor dem Nachmittagsgebet in der Synagoge in deine Bibliothek gehen und ein wenig über den Talmud diskutieren. Wir wollen sehen, ob wir ein Thema finden, über das ein aschkenasischer und ein sefardischer Rabbi *einer* Meinung sind.« Er schob seinen Stuhl zurück und verließ den Raum.

Aron und Marietta wechselten einen bestürzten Blick. David sezierte mit dem Dolch das Fleisch auf seinem Teller. Und Yehiel wusste nicht, wie er sich mir gegenüber verhalten sollte.

Schweigend erhob ich mich und folgte Jakob hinauf in mein Arbeitszimmer.

Er schloss hinter mir die Tür und lehnte sich dagegen, als fürchte er, ich wollte die Flucht ergreifen, wenn er mir seine zornigen Worte entgegenschleuderte.

Ich ließ mich auf den Stuhl hinter meinem Schreibtisch fallen und wartete ab, was er mir zu sagen hatte.

»Ich bin entsetzt über das, was in deiner Familie geschieht«, gestand er leise. »Und ich bin zutiefst besorgt. Um Aron, um David und um dich, Elija. In den letzten Tagen war ich drei Mal hier, um dich zu besuchen. Aber du warst nicht da.«

»Ich war bei Celestina.«

»Das hat David mir erzählt. Dein Bruder scheint darüber sehr unglücklich zu sein.«

Ich erinnerte mich, wie traurig David ausgesehen hatte, als er beobachtet hatte, wie Celestina und ich uns zärtlich liebten.

»Ich liebe sie, Jakob.«

»Wenn du mit ihr die Freuden der Liebe genießen willst, bin ich der Letzte, der dir dein Vergnügen missgönnt. Ich freue mich für dich, dass du nach Sarahs Tod endlich wieder jemanden gefunden hast, den du liebst. Es ist nicht gut, wenn der Mensch allein ist, und du hast lange genug wie ein Eremit gelebt.

Wenn du sie lieben willst, dann liebe sie! Meinen Segen hast du. Wenn du mit ihr schlafen willst, dann rudere mit ihr auf die Lagune hinaus und vergnüge dich in der Gondel oder im Uferschilf einer einsamen Insel. Aber, um Gottes willen, lade sie nicht am Schabbat in dein Haus ein, damit sie Brot, Salz und Wein des Bundes mit dir teilt und in deinem Bett mit dir den Schabbat heiligt.

Du, Elija ha-Chasid, der niemals vom rechten Weg des Glaubens abweicht, riskierst den Cherem-Bann. Die Gebote des Propheten Ezra gelten seit zweitausend Jahren! Du, der gelehrte Rabbi und Richter, der die Strafe eigentlich kennen sollte, riskierst die Geißelung,

weil du dich mit einer Christin eingelassen hast! Neununddreißig Gei-
ßelhiebe sind eine grausame Strafe, die ich als dein Freund nicht be-
fehlen will! Du stürzt mich in einen furchtbaren Gewissenskonflikt!«,
drang er in mich. »Elija, ich flehe dich an: Komm zur Besinnung!«

Ich barg mein Gesicht in den Händen und schwieg.

»David hat mir auch erzählt, dass ihr gemeinsam arbeitet. Dass ihr
die griechischen Evangelien mithilfe von Rabbi Shemtovs Buch in
die hebräische Sprache übersetzt. Dass ihr *Das verlorene Paradies* gemeinsam erschaffen wollt. Ich bitte dich, Elija: Sei vernünftig!«

»Mit Celestina an der Übersetzung zu arbeiten ist die vernünftigste
Entscheidung meines Lebens.«

»Ein Rabbi und eine Humanistin!«, rief er aus. »Elija, ich bin entsetzt!«

»Ich kann es nicht ohne sie tun, und sie kann es nicht ohne mich.
Nur ein Rabbi kann die jüdischen Gedanken des Matthäus-Evangeliums verstehen. Nur ein Jude, der Hebräisch denkt, kann den tiefen
Sinn der Wortspiele und die jüdische Poesie der Gleichnisse verstehen.

Nein, Jakob, lass mich bitte ausreden!«, redete ich ihn nieder. »Als
Rabbi und als gläubiger Jude sehe ich es als meine Pflicht an, jahr-
hundertealte Fehler zu korrigieren – die nicht nur bei der Übersetzung des Neuen Testaments begangen wurden.

Die Evangelien sind vom jüdischen Glauben durchdrungen. Mach
dir die Mühe und reiße alle Zitate aus der Tora, den Prophetenbüchern und den Psalmen aus dem Neuen Testament heraus – was übrig bleibt, sind Papierfetzen, die ich nicht einmal mit viel Fantasie als
ein zusammenhängendes Evangelium bezeichnen kann!«

»Überlass diese Papierfetzen den Christen, damit sie sich ein Evangelium daraus zusammenfantasieren! Wenn es sie glücklich macht!«,
brauste er auf.

»Mich macht es aber nicht glücklich! Meine Frau und mein Sohn
sind im Zeichen des Kreuzes gestorben! Ich will nicht, dass das, was
Sarah und Benjamin in Córdoba widerfahren ist, im Namen des
christlichen Glaubens irgendeinem anderen Juden geschieht! Diese
Aufgabe ist *notwendig*, im wahrsten Sinn des Wortes!«, beharrte ich

entschlossen. »Unser verlorener Bruder Jeschua sagte: ›Kehrt um und folgt mir nach‹. Er sagte nicht: ›Wartet, ich werde euch durch meinen Opfertod erlösen‹.«

»Elija ...«, versuchte Jakob mich zu beschwichtigen, aber ich war noch nicht fertig:

»Preise mich, spricht Adonai, dann weiß Ich, dass du Mich liebst. Verfluche Mich, dann weiß Ich, dass du Mich nicht vergessen hast. Aber wenn du alles hinnimmst, was dir angetan wird, ohne zu glauben, ohne zu zweifeln, ohne gegen das Unrecht aufzubegehren, ohne zu *handeln*, dann habe Ich dich vergeblich erschaffen. –

Jakob, ich will nicht, dass Gott mich vergeblich erschaffen hat!«

»Herr, schenke meinem Freund die Gnade der Einsicht! Du riskierst den jüdischen Bannfluch!«, warnte Jakob mich eindringlich. »›Wer den Göttern opfert, außer Adonai allein, der soll mit dem Bann belegt werden!‹ Zweites Buch Mosche, Kapitel 22, Vers 19 – falls dir die Stelle, die du nachschlagen solltest, entfallen ist.«

»Ich diene keinem fremden Gott!«, verteidigte ich mich.

»Du übersetzt die Evangelien ins Hebräische!«

»In Granada habe ich die Evangelien ins Arabische übertra...«

»Da warst du ein Converso«, fegte er den Rest meines Satzes zur Seite. »Jetzt gibst du vor, ein Jude zu sein!«

»Ich *bin* ein Jude ...«

»... der den Bannfluch riskiert!«, übertönte er mich.

»Zweifelst du an mir, Inquisitor?«

Er rang den gesunden Arm und trat zum Fenster, um zum Campo San Luca hinabzusehen.

»Nein, ich zweifele nicht an dir, Elija«, sagte er schließlich. »Aber nicht alle denken wie ich. Venedig ist für uns Juden das Paradies, aus dem wir jederzeit vertrieben werden können. Du weißt doch selbst, dass erst vor wenigen Wochen der Consiglio dei Dieci wieder einmal über die Ausweisung aller Juden debattiert hat. Und nicht nur die Insel Murano war im Gespräch, sondern auch die Terraferma!

Willst du denn mit deinem Buch den Zehnerrat gegen dich aufbringen? Willst du eine Untersuchung des Consiglio dei Dieci riskieren, dessen Inquisitoren mithilfe der Folter herausfinden werden,

243

dass Rabbi Elija Ibn Daud eigentlich Juan de Santa Fé heißt und zwei Jahre im Kerker der spanischen Inquisition verbrachte?

Weißt du, dass die Geheimpolizei des Zehnerrates vor einigen Tagen Salomon Ibn Ezra mitten in der Nacht in den Dogenpalast geschleppt hat, weil er, ein sefardischer Converso, sich in Venedig zum Judentum bekennt? Elija, sei vernünftig: Du riskierst dein Leben!«

»Ich bin bereit, mich zur Heiligung des Gottesnamens zu opfern! Ich war es an jenem Karfreitag in Córdoba, und ich bin es noch!«

»Ist sie das auch?«

Ich schwieg betroffen.

»Wozu riskierst du den Bannfluch? Wozu riskierst du dein Leben? Für ein Buch, das niemals erscheinen wird – das werden der Doge und der Zehnerrat nicht zulassen, denn es würde die römische Inquisition nach Venedig bringen.

Und selbst wenn es in Florenz oder Rom gedruckt werden sollte, wird man es auf dem Scheiterhaufen verbrennen, weil es häretisch ist – wie deine arabischen Evangelien in Córdoba lichterloh brannten, und mit ihnen Sarah und Benjamin. Und selbst wenn die Kirche das *Verlorene Paradies* nicht vernichtet, wird es die jüdische Gemeinde tun, denn es ist auch für uns Juden Häresie!

Elija, ich flehe dich an: Geh diesen Weg nicht weiter! Er führt ins Verderben.«

✂ CELESTINA ✂

KAPITEL 9

Als Tristan mich im Schlaf umarmte, schlug ich im zartblauen Licht der Morgendämmerung die Augen auf.

Sein Atem streichelte meine Wange. Ein zauberhaftes Lächeln lag auf seinen Lippen. Wovon träumte er?

Ich drehte mich zu ihm um und küsste ihn, doch er erwachte nicht.

Seit wir uns in der letzten Nacht geliebt hatten, lag das Bettlaken zerwühlt am Fußende des Bettes.

Ich erinnerte mich an jene Nacht, als ich ihn wissen ließ, dass ich ihn nicht heiraten würde. Wie enttäuscht er gewesen war – nach allem, was er in den letzten Jahren für mich getan hatte! »Du wirst mich nicht verlieren«, hatte ich ihm versprochen. »Wie du für mich da warst, werde ich immer für dich da sein.«

Nein, ich konnte Tristan nicht verlassen.

Ich konnte ihm nicht gestehen, dass ich einen anderen Mann liebte und dass mir diese Liebe das Herz zerriss. Ich konnte ihm nicht sagen, was ich für Elija empfand.

Ich *durfte* es nicht.

»Ich werde dich lieben und ehren, bis der Tod uns trennt«, hatte er vor vier Nächten geschworen. »Und jeden Tag meines Lebens werde ich um dich kämpfen.«

Nicht auszudenken, was geschehen wäre, wenn Tristan von Elija erfahren hätte. Tristan war ein Kämpfer, der sich auch mit mächtigen Gegnern wie Antonio anlegte, um mich aus dem Exil zurückzuholen. Und er war ein Sieger. Wer mit siebenundzwanzig Jahren zum Vorsitzenden des Zehnerrates gewählt wurde, hatte den Zenit seiner Macht noch lange nicht erreicht. Tristan konnte in einigen Jahren Doge werden – wenn nicht bekannt wurde, dass seine Geliebte eine Affäre mit einem jüdischen Rabbi hatte und gemeinsam mit ihm ein

245

ketzerisches Buch verfasste, das beide auf den Scheiterhaufen bringen konnte.

Ich brauchte Tristans liebevolle Freundschaft mehr denn je! Nein, ich *durfte* ihn nicht verlassen!

Und Elija? Ahnte er, was Tristan und ich füreinander empfanden?

Er hatte die Rosen auf der Treppe gesehen, die Tristan mir geschenkt hatte. Bei jedem seiner Besuche hatte er sie welken gesehen und sich gewiss gefragt, warum ich sie nicht entfernen ließ. Ich konnte es nicht, denn ich hatte keine Ahnung, wann Tristan nach jener Nacht zu mir zurückkehren würde. Wie enttäuscht er gewesen war! Und gewiss wäre er noch verletzter gewesen, wenn Alexia die Blüten, das Zeichen seiner Liebe, weggeworfen hätte.

Zudem waren die welkenden Rosen die einzige Möglichkeit, Elija ohne Worte zu sagen, dass es einen anderen Mann in meinem Leben gab. Wie hätte Elija reagiert, wenn ich ihm von der innigen Liebe zwischen Tristan und mir erzählt hätte? Von den ausgelassenen Ritten nach Padua und von den Liebesnächten in der Gondel auf der Lagune? Von unserem Liebesschwur in Florenz, als wir die Ringe tauschten? Die welkenden Rosen würde Elija richtig deuten, so hatte ich gehofft.

Zuerst war er sehr still gewesen. Nachdenklich. Traurig. Während wir zusammen arbeiteten, hatte ich seine Hand gehalten, und er hatte sie mir nicht entzogen. Und als er zum späten Abendgebet nach Hause zurückkehrte, hatte er mich geküsst und »Hasta mañana!« geflüstert. Aber in jener Nacht hatte ich wach gelegen und mich gefragt, ob es ein Morgen geben würde. Würde Elija über die Blüten hinwegsteigen, um zu mir zurückzukehren?

Er kam.

Und ich war glücklich.

Bis gestern Nachmittag.

Elijas Streit mit Jakob hatte mich entsetzt. Zwischen den beiden Freunden waren die Funken des Zorns geflogen. Ich war ihnen nachgegangen, weil ich die betroffenen Gesichter bei Tisch nicht ertragen konnte: Marietta hatte mit den Tränen gerungen, Aron hatte ein Glas Wein nach dem anderen hinuntergestürzt, und David hatte sich in sein Schweigen verbissen.

Als ich die Treppe zu Elijas Arbeitszimmer emporstieg, hatte ich den Streit durch die geschlossene Tür gehört.

»Elija, sei vernünftig: Du riskierst dein Leben!«, hatte Jakob seinen Freund beschworen.

»Ich bin bereit, mich zur Heiligung des Gottesnamens zu opfern! Ich war es an jenem Karfreitag in Córdoba, und ich bin es noch!«, hatte Elija entschlossen geantwortet.

Erschrocken war ich auf der Treppe stehen geblieben, unfähig, auch nur einen Schritt weiterzugehen.

Wie lange ich auf den Stufen gesessen hatte, weiß ich nicht mehr. Schließlich hatte ich mich erhoben und war wieder zu den anderen hinuntergegangen. David, der mir meine Seelenqualen ansah, hatte mich nach Hause begleitet und sich mit einem sehr liebevollen Kuss von mir verabschiedet. Und mit einem traurigen, hoffnungslosen Blick, der mir offenbarte, was er für mich empfand.

Lange nach Mitternacht war Tristan gekommen. Während der Nacht war der Prozess gegen Salomon Ibn Ezra fortgesetzt worden. Der Converso war im Gefängnis des Dogenpalastes gefoltert worden. Tristan hatte ihn verhört, bis Ibn Ezra unter den Torturen ohnmächtig geworden war.

Tristan war erschöpft, unruhig und in der Seele aufgewühlt. In den vergangenen Nächten hatte er wegen des Prozesses keine Ruhe gefunden. Wir hatten stundenlang miteinander gesprochen. Tristan hatte sich alles vom Herzen geredet, was ihn quälte. Seine Angst um mich, seit der Anschlag auf mich verübt worden war. Seine Hoffnung, ich würde ihn doch noch heiraten. Seine Freude, als er während der Sonntagsmesse in San Marco annahm, ich sei schwanger und wir könnten ein Kind haben. Und die Enttäuschung, als ich ihm sagte, dass ich an unserer innigen Freundschaft und unserer Liebe nichts ändern wollte.

»Liebe mich!«, hatte er geseufzt.

Und ich hatte ihn getröstet, zärtlich und leidenschaftlich. In meinen Armen war er endlich zur Ruhe gekommen.

Ich strich ihm über das Gesicht und küsste ihn. Er lächelte selig, doch er wachte nicht auf.

Ich ließ ihn schlafen, entwand mich behutsam seiner Umarmung, erhob mich und kleidete mich an.

Es war Pfingstsonntag. Tristan wollte die Messe in San Marco besuchen und den Tag mit mir verbringen.

»Wir haben uns in den letzten Wochen viel zu selten gesehen, mein Schatz«, hatte er letzte Nacht geflüstert. »Ich sehne mich nach dir. Am Sonntag ist keine Prozesssitzung. Ich kann also die ganze Nacht bei dir bleiben.«

Elija feierte das Wochenfest Schawuot und würde weder an diesem noch am nächsten Tag zu mir kommen. Schawuot war der Jahrestag der Offenbarung der Gebote an Moses. Elija würde einen feierlichen Gottesdienst in der mit Blumen geschmückten Synagoge halten und die ganze Nacht mit Jakob in der Tora lesen.

Die beiden Freunde wollten gemeinsam bis zum Morgengebet wachen, um eine uralte Schuld der Juden zu sühnen – während der Offenbarung an Moses war das Volk Israel in einen tiefen Schlaf gefallen. In dieser feierlichen Nacht soll zudem König David geboren und gestorben sein. Elija würde für die Ankunft des Messias aus dem Hause Davids beten.

In meiner Bibliothek verbarg ich Elijas hebräische Übersetzung, die griechischen Evangelien, Shemtovs *Prüfstein* und den aramäischen Papyrus in einer verschließbaren Truhe.

Tristan wusste von Menandros, dass ich einen Rabbi Griechisch lehrte und er mich Hebräisch – dass Elija und ich uns jeden Tag trafen, hätte ich niemals vor ihm geheim halten können. Aber was die hebräischen Schriftstücke auf meinem Schreibtisch zu bedeuten hatten, *konnte* ich ihm nicht erklären.

Unter einem Berg von Büchern entdeckte ich den gekreuzigten Jesus, den ich am letzten Sabbat von der Wand genommen und verborgen hatte, als Elija zum ersten Mal zu mir gekommen war.

Selbstvergessen betrachtete ich den leidenden Christus, seinen nackten, gegeißelten, schmerzverzerrten Körper, die ausgebreiteten Arme, die ans Kreuz genagelten Hände, den zum Himmel gerichteten Blick.

Wenn sein ganzes Leben auf diesen Moment des Sterbens reduziert war und wenn das am Ende alles war, was von ihm blieb – ein Kreuz, ein zerbrochener Körper, ein letzter qualvoller Aufschrei –, konnte ich dann noch an diesen zu Tode gemarterten Christus glauben? Nein! Ich glaubte an den lebenden Jeschua, den jüdischen Rabbi. Ich glaubte an das, was er gelehrt hatte.

Mit dem Gekreuzigten im Arm stieg ich die Treppen hinunter in den Garten, um hinter dem Rosenbeet ein Loch auszuheben.

Ich zog die Nägel aus seinen Händen und Füßen und nahm ihn vom Kreuz, das ich zerbrach und in den Canalazzo warf. Dann wickelte ich die Figur in ein seidenes Tuch und begrub sie im Rosenbeet.

»Mögest du endlich Frieden finden!«, flüsterte ich und legte einen Stein auf das Grab.

»Celestina?«

Erschrocken fuhr ich herum: Menandros stand hinter mir. Er trug eine seiner orientalischen Roben, darunter war er nackt. Offenbar war er gerade erst aufgestanden. In der Hand hielt er einen gefalteten Zettel.

»Was tust du da?«, fragte er verwirrt und starrte auf den Stein im Rosenbeet.

»Ich habe nachgedacht«, sagte ich, während ich mich erhob.

Menandros wirkte verstört – wie vor einigen Tagen, als Giovanni Montefiore unerwartet im Palazzo erschienen war. Am nächsten Morgen hatte ich ihn zur Ca' Venier geschickt, um herauszufinden, ob auch Tristan überwacht wurde. Auf dem Rückweg war Menandros vor Arons Kontor auf dem Rialto von einem spanischen Franziskanermönch, der Gottes Zorn auf alle Juden herabbeschwor, grob beschimpft worden. Der Mönch, von dem Elija mir zutiefst besorgt erzählt hatte, schleuderte Menandros in seinem Zorn die katholischen Bannflüche entgegen – er hatte die orthodoxe Soutane getragen.

Ich hauchte ihm einen Kuss auf die Wange. »Seit Tagen gehst du mir aus dem Weg, trägst dein Priestergewand und flüchtest dich in die Kirche, um zu beten. Was ist los mit dir?«

»Ich habe Angst um dich«, gestand er leise. »Furchtbare Angst.«

»Wovor fürchtest du dich?«

Wortlos reichte er mir den Zettel.

»Was ist das?«, fragte ich verwirrt, während ich ihn entfaltete.

»Ich bin sehr früh aufgewacht. Während ich auf meinem Bett lag, dachte ich, ich hätte im Garten ein Geräusch gehört. Also bin ich aufgestanden und habe nachgesehen. Dieser Zettel hing am Portal.«

Meine Finger zitterten, als ich die Worte las:

»So che hai fatto – Ich weiß, was du getan hast.«

Wie wird er reagieren?, fragte ich mich, während ich zur Piazza San Marco ritt. Vor einigen Tagen hatte er sehr ernsthaft mit mir gesprochen und mich angefleht, vernünftig zu sein. Er war entsetzt gewesen, als er von dem Attentat auf mich erfuhr. Und nun dieser Zettel! Er würde zutiefst besorgt sein. Sein schwaches Herz würde ihn dem Grab einen Schritt näher bringen. In den letzten Jahren hatte er schon genug gelitten.

Durfte ich ihm den Zettel zeigen – meinen gefälschten Zettel, nicht den, der heute Morgen an meiner Tür gehangen hatte? Aber ich hatte keine andere Wahl! Ich *musste* es tun. Wer konnte mir denn helfen, wenn nicht er?

›So che hai fatto!‹

Die Handschrift war mir so seltsam vertraut erschienen, während ich vorhin …

Ich erschrak, als ich mein Pferd auf die Piazza lenkte.

Zu dieser frühen Morgenstunde war der weite Platz fast menschenleer – bis auf eine Gruppe von drei Männern an den Arkaden der Prokuratien. Wie so oft an christlichen Feiertagen gingen zwei Venezianer auf einen Juden los, der mit dem Tallit über der Schulter die Fondamenta Orseolo entlanggekommen war. Offenbar war er auf dem Heimweg von der Synagoge, wo er nach der Tikkun-Schawuot-Nacht sein Morgengebet gehalten hatte.

Die beiden Christen schlugen auf den Juden ein, den verfluchten ›Gottesmörder‹, der den linken Arm hochgerissen hatte, um sich vor den brutalen Schlägen und Tritten zu schützen. Der rechte Arm hing wie gelähmt herab. Das Gesicht des Juden konnte ich nicht sehen, weil er den Kopf gesenkt hielt, aber ich erkannte ihn trotzdem: Es war Jakob!

Trotz des sonntäglichen Reitverbotes auf der Piazza lenkte ich mein Pferd im scharfen Galopp auf die Kämpfenden zu und hieb mit meiner Reitgerte auf die beiden Angreifer ein, die sofort von Jakob abließen.

Ich sprang vom Pferd und half ihm auf die Beine.

»Was hat dieser Mann getan, dass Ihr ihn verprügelt?«, fragte ich scharf.

»Er ist ein verdammter Jude!«

»Er ist ein Venezianer – wie Ihr und ich«, belehrte ich den Mann. »Im Übrigen hatte ich nicht gefragt, was er ist, sondern was er *getan* hat.«

»Heute ist Pfingstsonntag! Er entehrt einen christlichen Feiertag, wenn er ...«

»Heute ist Schawuot«, fuhr ich ihm in die Parade. »Die Juden feiern den Tag, an dem Moses die Zehn Gebote erhielt. Falls Euch entfallen sein sollte, was Gott in den Zehn Geboten von den Menschen – *Christen wie Juden* – fordert: Du sollst deinem Nächsten keinen Schaden zufügen!«

»Aber ...«

»Und Jesus sagte: ›Liebe deinen Nächsten, denn er ist wie du‹!«

»Dieser Jude ist nicht mein Nächster!«

»Doch, das ist er!«, entgegnete ich.

In seinem Zorn ging einer der beiden Venezianer erneut auf Jakob los und warf ihn zu Boden.

»Lasst ihn in Ruhe!«, schrie ich. »Die gewalttätige Belästigung eines venezianischen Bürgers ist ein Fall für den Zehnerrat, der für die Sicherheit des Staates verantwortlich ist. Wenn Ihr gegen diesen Mann oder gegen einen anderen Juden die Hand erhebt, klage ich Euch vor dem Consiglio dei Dieci an.«

Der Hieb saß!

Erschrocken ließ der Mann von Jakob ab, der keuchend zu Boden sank.

»Aber der Jude hat kein Bürgerrecht«, begann der andere.

»Verschwindet!«, fuhr ich die beiden an, die so schnell wie möglich abzogen.

Ich kniete mich neben Jakob.

»Wie geht es dir?«, fragte ich besorgt und untersuchte den Riss auf seiner Wange. »Hast du Schmerzen? Soll ich dich zu David bringen?«

»Nein, es geht schon.« Mit dem Handrücken wischte er sich über die blutende Wange. Ich zog das Tränentuch aus meinem Ärmel und presste es auf die Wunde, die der Ring eines der Angreifer aufgerissen hatte.

Jakob ließ es geschehen, obwohl es ihm sichtlich unangenehm war, dass ich mich um ihn sorgte. Wegen Elijas Liebe zu mir und unserer gemeinsamen Arbeit hatte er sich am Schabbat mit seinem Freund so laut gestritten, dass ich seine zornigen Worte auf der Treppe hören konnte.

»Danke«, murmelte er schließlich, ohne mich anzusehen.

Schweigend reichte ich ihm die Hand, um ihm aufzuhelfen.

»David hat mir gesagt, dass du meinen Streit mit Elija gehört hast.« Verlegen strich er sich mit der linken Hand den Staub von der Hose. »Was ich in meinem Zorn gesagt habe, tut mir Leid. Ich liebe Elija wie einen Bruder. Und dich habe ich auch sehr gern, Celestina. Aber ihr beide ... eure Liebe ... eure Arbeit ... O Gott, wie soll ich es sagen? Ich habe Angst um euch!«

»Mein lieber Jakob!« Ich umarmte ihn herzlich. »Hab so viel Angst, dass sie für Elija und mich reicht! Denn wir dürfen keine Furcht haben.«

Eine Bewegung an einem der offenen Fenster der Prokuratien ließ mich hinaufsehen.

Mein Cousin Antonio sah zu mir herunter! Das Hufgetrappel auf der Piazza und die Geräusche des Kampfes hatten ihn geweckt.

Wie ein Blitz traf mich sein hasserfüllter Blick, als er mich in enger Umarmung mit einem Juden sah.

»Wo liegt deine Gondel?«, fragte ich und ergriff die Zügel meines Pferdes.

»Nur wenige Schritte von hier. Am Molo.«

»Kannst du rudern? Oder soll ich dich nach Hause bringen?«

»Das ist nicht nötig. Mein linker Arm ist nicht verletzt«, winkte Jakob ab, um mich nicht unnötig in Gefahr zu bringen.

Gemeinsam gingen wir über die Piazza. Antonios Blicke spürte ich wie scharfe Dolche in meinem Rücken, bis wir am Campanile um die Ecke bogen.

Am Molo verabschiedete ich mich von Jakob, machte seine Gondel los und sah ihm nach, bis er zwischen den Schiffen im Hafen verschwand.

Die Worte auf dem Zettel gingen mir nicht mehr aus dem Sinn:

›So che hai fatto – Ich weiß, was du getan hast.‹

»Celestina, mein Kind«, murmelte er verschlafen, als ich mich auf den Rand des Bettes setzte. Als er sich aufrichtete, klopfte ich das Kissen in seinem Rücken zurecht. »Was willst du denn um diese Zeit hier?«

Nach der nächtlichen Sitzung war er blass und zittrig.

»Ich muss mit dir sprechen, Leonardo.«

»Ich dachte, Tristan wäre bei dir!« Der Doge ließ sich in die Kissen sinken. »Als wir uns verabschiedeten, sagte er, dass er den Tag mit dir verbringen will …«

»Tristan liegt in meinem Bett und schläft. Wir haben die halbe Nacht geredet.«

»Der Prozess gegen den spanischen Converso macht ihm sehr zu schaffen«, murmelte Leonardo.

»Tristan hat mir erzählt, wie Ibn Ezra gefoltert wurde, um ein Geständnis zu erzwingen. Sein Gewissen quält ihn. Ich glaube, der Jude tut ihm Leid.«

Leonardo blickte mich sehr ernst an. »Es ist nicht die grausame Folter, die Tristan so belastet, Celestina. Es ist das Todesurteil, das er unterschreiben muss.«

»Das *Todesurteil*?«, flüsterte ich entsetzt. Mein Herz krampfte sich schmerzhaft zusammen.

»Hat er dir denn nichts davon erzählt?«

»Nein.«

»Salomon Ibn Ezra hat kein venezianisches Gesetz gebrochen. Als frommer Jude geht er in die Synagoge, spricht seine Gebete, hält den Sabbat. Und er ist ein rechtschaffener Bewohner der Republik Venedig, der pünktlich seine Steuern zahlt. Sein einziges Vergehen ist die Missachtung des Sakraments der Taufe – als Converso hat er sich entschieden, in Venedig wieder als Jude zu leben. Bis Freitagnacht war Tristan der Ansicht, das sei kein Vergehen gegen die Sicherheit der Republik. Er wollte Ibn Ezra freilassen.«

»Und dann?«, flüsterte ich atemlos.

»Zaccaria Dolfin hat Tristan im Senat angegriffen: Wenn ein getaufter Christ als Jude lebe, sei das sehr wohl ein Fall für die Staatssicherheit. ›Im Gegensatz zu Venedig sorgt in Spanien die Staatsinquisition für Ruhe und Ordnung!‹, schleuderte er Tristan entgegen. Tristan konnte sich nur mühsam beherrschen. Nicht auszudenken, was geschehen wäre, wenn die beiden in ihrem Zorn aufeinander losgegangen wären.

Wegen der Kriege gegen den Sultan, den Papst und den Kaiser und wegen des wirtschaftlichen Niedergangs sind die großen Adelsfamilien im Senat zerstritten. Wenn es so weitergeht, werden wir bald wieder blutige Straßenkämpfe in den Gassen von Venedig haben wie damals, als Antonio Tron im Senat die Stimme erhob, um Antonio Grimani ins Exil zu schicken. Dein lieber Cousin hat Grimani nach fünfzehn Jahren erbitterter Feindschaft nun den Krieg erklärt und Venedig zu seinem Schlachtfeld gemacht. Wer den Kampf überlebt, soll Doge werden!«

»O nein!«

»Und seit einigen Wochen schüren die Franziskaner den Hass gegen die Juden. Asher Meshullam, der Vorsteher der jüdischen Gemeinde, hat gegen die Hetzpredigten der Mönche protestiert. Ich habe den Patriarchen Antonio Contarini aufgefordert, die Franziskaner, allen voran diesen fanatischen Mönch Fray Santángel, zur Ordnung zu rufen. Vergeblich!

Als Capo des Zehnerrates greift Tristan mit harter Hand durch, um den Staat zu schützen. Mit seiner Entschlossenheit macht er sich mächtige Feinde, die ihn skrupellos, selbstherrlich und machtbesessen nennen. Zaccaria Dolfin verglich Tristan vor einigen Tagen sogar

254

mit Cesare Borgia, der in der Wahl seiner Mittel ja nicht gerade zimperlich war.«

»Das darf nicht wahr sein!«

»Dolfin will ihn stürzen, weil er zu mächtig geworden ist. Tristan *muss* handeln. Die innere Sicherheit der Republik Venedig und die Wahrung der Verfassung ist die Aufgabe des Consiglio. Tristan muss die Macht und das Ansehen der Zehn und seine Autorität als Ratsvorsitzender beweisen. Er muss Ibn Ezra opfern.

Das Tragische daran ist, dass er mit diesem ungerechtfertigten Todesurteil zu eben jenem skrupellosen, selbstherrlichen und machtbesessenen Gewaltherrscher wird, als den ihn Zaccaria Dolfin und sein Freund Antonio Tron bezeichnen.«

Ich atmete tief durch. »Und was hast du ihm geraten, Leonardo?«

»Ich sagte zu ihm: ›Ein Doge muss nicht nur Entscheidungen treffen, die seinem Amt angemessen sind, sondern auch solche, die er vor sich selbst rechtfertigen kann‹.«

»Und was hat Tristan darauf geantwortet?«

»Nachdem er eine Nacht darüber geschlafen hatte, wollte er heute in Ruhe mit dir darüber sprechen.«

Um Himmels willen!, dachte ich. Und dann noch jener Zettel an meiner Tür!

»Er hat dich also nicht um deinen Rat gefragt?«

Ich schüttelte stumm den Kopf.

»Warum bist du dann zu mir gekommen, Celestina? Du sagtest, du wolltest mit mir reden.«

Sollte ich Leonardo von dem Zettel erzählen? Sollte ich ihm noch mehr Sorgen machen, noch mehr Angst um Tristan und um mich? Nein, das wollte ich ihm nicht antun! Und doch durfte ich ihm die Wahrheit – oder das, was ich daraus gemacht hatte – nicht vorenthalten. Er war der Einzige, der mir helfen konnte!

Ich zog den Zettel aus dem Ärmel, den ich vor einer Stunde geschrieben hatte.

Die Handschrift ›So che hai fatto‹ und der temperamentvolle Schnörkel über dem Buchstaben i waren mir seltsam vertraut erschienen, obwohl die Schrift verstellt war.

Als Humanistin, die gewohnt ist, Griechisch und Arabisch zu schreiben, war es mir nicht schwer gefallen, auf einem neuen Blatt Papier die Handschrift zu imitieren und aus dem ›So che hai fatto‹ ein ›So che avete fatto‹ zu machen.

Leonardo nahm mir das Blatt aus der Hand und entfaltete es. »›Ich weiß, was ihr getan habt‹«, las er vor.

»Dieser Zettel hing heute Morgen an meiner Tür«, log ich.

»Um Gottes willen! Weiß Tristan davon?«

»Nein, Leonardo. Ich wollte erst mit dir darüber sprechen …«

Das bedrohliche ›Ich weiß, was du getan hast‹ hätte ich Tristan niemals zeigen dürfen, wenn ich Elijas Leben schützen wollte!

»… und, ehrlich gesagt, bin ich nicht sicher, ob ich ihn angesichts der Vorwürfe, die Zaccaria Dolfin gegen ihn erhebt, überhaupt damit beunruhigen soll. Der Zettel wurde nicht in eine Bocca di Leone geworfen, wie der letzte, von dem du mir am Himmelfahrtstag erzählt hast. Eine offizielle Anklage gegen Tristan oder mich ist also wieder nicht beabsichtigt.«

Der Doge nickte zustimmend.

»Der Mordanschlag auf mich konnte bisher nicht aufgeklärt werden. Die Assassini sind alle tot. Wer auch immer mir nach dem Leben trachtet, konnte bisher nicht gefasst werden. Er wird wieder zuschlagen, da das erste Attentat auf so groteske Weise gescheitert ist: Die Assassini sind tot, das Opfer lebt!

Leonardo, ich brauche deine Hilfe!«, flehte ich ihn an. »Die Ca' Venier und die Ca' Tron werden von mehreren Männern überwacht. Tristan und ich können keinen Schritt tun, ohne verfolgt zu werden.«

»O Gott, nein!«, stöhnte er.

»Ich bitte dich, die Agenten des Zehnerrates diskret feststellen zu lassen, wer uns überwachen lässt.«

Er nickte. »Hast du einen Verdacht?«

»Nein«, gestand ich. »Du hast doch selbst gesagt, wie viele einflussreiche Feinde sich Tristan im Senat gemacht hat. Zähl noch die Neider hinzu, die ihm seinen kometenhaften Aufstieg, seinen Reichtum, seine Macht und sein Liebesglück nicht gönnen.

Und vergiss nicht deine eigenen Feinde! Der Prokurator Antonio Grimani und sein Sohn, Kardinal Domenico Grimani, dann mein geliebter Cousin, der Prokurator Antonio Tron, und sein Freund, der Savio Grande Zaccaria Dolfin! Sie alle sind nicht immer einverstanden mit deiner Politik gegenüber dem Sultan, dem Papst und dem Kaiser. Tristans Sturz würde auch dir schaden, Leonardo!«

Der Doge nickte stumm.

»Am nächsten Sonntag findet im Palazzo Ducale ein großes Bankett statt, zu dem die Würdenträger der Republik eingeladen sind …«

»Was hast du vor?«

»Ich will die Konstellation der Spielfiguren auf dem Spielbrett der Macht verschieben«, verriet ich ihm. »Ich weiß, dass die Einladungskarten längst verschickt sind, doch ich bitte dich, noch jemanden zu diesem Fest einzuladen.«

»Wen?«

Ich sagte es ihm.

Leonardo war schockiert, verschonte mich jedoch mit einem entrüsteten »Das kann ich nicht tun!«.

Mit zitternden Händen schob ich den Schlüssel in das Schloss.

War da nicht ein Geräusch gewesen? Hinter mir, auf der Treppe?

Ich hielt den Atem an und lauschte.

Stille.

Niemand hatte mich bemerkt.

Vorsichtig drehte ich den Schlüssel, vermied das knirschende Geräusch im Schloss, indem ich mich gegen die Tür lehnte, und öffnete sie, um das ›Königreich der Himmel‹ zu betreten.

So früh am Morgen war es noch dunkel in der großen Dachkammer.

Langsam schlich ich zwischen den Truhen hindurch.

Welches Buch sollte ich mitnehmen? Bei meinem Aufbruch hatte ich Menandros gebeten: »Sag Tristan, sobald er erwacht, dass ich vor der Sonntagsmesse nur schnell ins ›Königreich der Himmel‹ gegangen bin, um ein Buch zu holen, das ich für meine Arbeit brauche.«

Denn wie hätte ich Tristan sonst meinen Besuch im Dogenpalast erklären sollen?

Auf der geschlossenen Büchertruhe lag Eusebius' *Kirchengeschichte*. Elija und ich hatten das Buch dort zurückgelassen, als wir kurz nach Tristans unerwartetem Erscheinen vor der Tür der Dachkammer geflüchtet waren.

Trotz der Gefahr der Entdeckung nahm ich das Buch mit.

Mit kratzender Feder schrieb Elija seine hebräische Übersetzung der Geschichte von der Heilung des Sohnes des Centurios aus Kafarnaum nieder.

Als ich das achte Kapitel des Matthäus-Evangeliums durchblätterte, sah Menandros auf. Er saß uns gegenüber am Schreibtisch.

Auf meinen Wunsch kopierte er das unvollendete Manuskript meines Vaters über das Leben von Megas Alexandros in seiner schönen griechischen Handschrift in ein in kostbares Leder gebundenes Notizbuch. Das Buch hatte ich am Morgen im Laden des vor wenigen Wochen verstorbenen Druckers Aldo Manuzio am Campo di Sant' Agostin gekauft.

Aldo war ein guter Freund meines Vaters gewesen – von jedem Buch, das jemals in seiner berühmten Druckerei aufgelegt worden war, befand sich ein Exemplar in meiner Bibliothek.

Nach meiner Rückkehr hatte ich Menandros gebeten, mit Elija und mir in der Bibliothek zu arbeiten. In den letzten Tagen, seit der Zettel an meiner Tür gehangen hatte, war er sehr still gewesen. Meine Bitte hatte ihm ein Lächeln auf die Lippen gezaubert – das erste seit dem Attentat auf mich.

Ich erwiderte Menandros' Blick, dann vertiefte ich mich wieder in das Evangelium.

Noch nie zuvor war mir aufgefallen, dass Matthäus Jeschuas Wunderheilungen in zwei Kapiteln zusammengefasst hatte: die Heilungen von Blinden, Stummen, Gelähmten, Besessenen und Aussätzigen.

»Glaubst du, dass Jeschua eine Ausbildung als Arzt hatte?«, fragte ich Elija nachdenklich.

Er schüttelte den Kopf. »Nein, er war Rabbi und kein Medicus.«

»Aber wie konnte er dann heilen?«

»Er konnte es nicht. Die Menschen sind nicht geheilt worden, weil er sie wie ein Medicus *behandelt* hätte. Sie haben die Zizit, die Merkfäden seines Tallit, berührt und genasen von ihren Leiden. Ihr Glaube hatte sie gerettet und geheilt – so steht es in den Evangelien. Ihr Glaube an den Maschiach.«

»Das verstehe ich nicht«, gestand ich.

Elija wischte sich die tintenschwarzen Finger an einem Tuch ab.

»In den Büchern Mosche, den Propheten Jesaja, Jeremia und Daniel und den Psalmen gibt es viele Messiasprophezeiungen*, die der Maschiach erfüllen muss.

Er muss ein Nachkomme und Thronerbe des Königs David sein, ein Sohn Gottes. Er muss von einer jungen Frau – keiner Jungfrau! – in Betlehem geboren sein, er muss von einem messianischen Vorgänger wie Johanan dem Täufer angekündigt und mit dem Geist Gottes gesalbt werden, er muss in Galiläa wirken, liebevoll und mitfühlend sein und Kranke heilen – und das soll er zudem im Verborgenen tun. Daher Jeschuas Schweigegebote nach den Wunderheilungen – die angesichts der Menschenmengen, die sich um ihn drängten, völlig unsinnig erscheinen.«

Menandros hatte seine Feder ins Tintenfass gesteckt, die Arme verschränkt und aufmerksam zugehört.

»Du glaubst also, dass die Heilungen Erfindungen der Evangelisten sind, um Jeschua als Maschiach zu legitimieren?«, fragte ich.

Elija nickte. »Die Blinden sahen, die Tauben hörten, die Stummen jauchzten, die Lahmen tanzten fröhlich singend umher, und die Toten stiegen aus ihren Gräbern. Und den Armen, den Trauernden, den Verfolgten und den nach Gerechtigkeit Dürstenden wurde in der Bergpredigt die Frohe Botschaft verkündet. Tausende wurden mit sieben Broten und ein paar Fischen gespeist – ›sieben‹ und ›gesättigt werden‹ ist nichts anderes als ein hebräisches Wortspiel.

Kein jüdischer oder römischer Historiker berichtet über diese Wunder vor den tausenden Juden, die angeblich durch Galiläa und Judäa zogen, um Jeschua zu sehen und zu hören oder von ihm geheilt zu werden – nicht einmal Flavius Josephus.

Er schrieb, dass Herodes Antipas Johanan den Täufer hinrichten ließ, weil dieser mit seiner Taufe im Jordan die Massen anzog und der Tetrarch von Galiläa einen Aufruhr fürchtete. Aber kein Wort über Jeschua, den lehrenden Rabbi, den disputierenden Pharisäer, den Täufer, den Heiler, den Wundertäter … den Maschiach – bei dessen Tod der Vorhang im Allerheiligsten des Tempels zerriss, die Erde bebte und der Himmel sich verfinsterte? Ich frage dich: Warum nicht?«

»Weil diese Wunder nie vollbracht wurden«, vermutete ich, denn auch Paulus erwähnte keines davon in seinen Briefen.

»Wie auch viele andere Dinge niemals geschehen sind«, nickte Elija ernst. »Denn der Maschiach muss auf einem Esel nach Jeruschalajim kommen und mit Vollmacht im Tempel auftreten, dann von seinem eigenen Volk ungerechtfertigt gehasst und verworfen werden, von einem guten Freund wie Schimon Kefa verleugnet, von einem Vertrauten wie Jehuda für dreißig Silberstücke geküsst und verraten und von seinen eigenen Talmidim verlassen werden.«

»Und sein Tod am Kreuz …«, warf ich erschrocken ein.

»… ist eine perfekte Inszenierung des dramatischen Finales. Der Maschiach muss auf die Wange geschlagen, angespuckt, verhöhnt, geschlagen und, an Händen und Füßen durchbohrt, gekreuzigt werden. Er muss während seiner Hinrichtung Durst leiden, der mit Essig gestillt werden soll. Die Römer müssen unter dem Kreuz um seine Kleider würfeln. Und der Tod des Maschiach wird die Sünden der Menschheit sühnen.

Die Evangelien sind wunderschön inszenierte Trauerspiele, die mit der Hinrichtung des Helden enden – scheinbar! Denn der Held wird von den Toten erweckt und triumphiert am Ende: über Zeddukim und Peruschim – Sadduzäer und Pharisäer –, über die Kohanim – die Priester des Tempels –, über Gläubige und Ungläubige, über Juden und Römer. Ein Homer hätte diese Tragödie von Verrat, Gefangennahme, Kreuzigung und Auferstehung mit einem griechischen Göttersohn als leidendem Helden nicht dramatischer schreiben können!«

Ich ließ mich auf meinem Stuhl zurücksinken und schloss die Augen.

Kein triumphaler Einzug als Messias? Keine Tempelreinigung? Kein Verrat des Jehuda und kein Kuss im Garten? Keine Verleugnung durch Schimon vor dem Schrei des Hahns?

Und am Ende …

»Du hast mich vor einigen Tagen im ›Königreich der Himmel‹ gefragt, ob ich der Maschiach bin. Wie du siehst, *kann* ich es nicht sein«, scherzte er, um mich aufzuheitern – er sah, wie aufgewühlt ich war.

Ich erinnerte mich seiner Worte vom letzten Sabbat, sich zur Heiligung des Gottesnamens opfern zu wollen. Und dann ergriff ich seine linke Hand mit der Wunde, die er sich mit der gespitzten Feder im Kerker von Córdoba selbst beigebracht hatte, als er Sarahs verzweifelte Schreie in der Nachbarzelle hörte.

»So, glaubst du das, mein Prophet Elija?«, ging ich mit einem gequälten Lächeln auf seinen Scherz ein. »Was nicht ist, kann ja noch werden!«

Er lachte herzlich und entzog mir seine Hand.

Dann setzten wir unsere Übersetzung fort.

Der nächste Vers des Evangeliums erzählte, wie Jeschua die Schwiegermutter des Schimon Kefa heilte.

»Und Iesous ging zu Petros' Haus und sah dort Petros' Schwiegermutter fieberkrank im Bett«, las ich den griechischen Text vor.

Irritiert blickte Elija von Shemtovs hebräischem Text auf und sah Menandros an. »Warum lachst du?«

»Ich kann mir Petrus, bitte verzeih: Schimon Kefa, beim besten Willen nicht als verheirateten Mann vorstellen«, lächelte Menandros. Er sprach Arabisch mit dem türkischen Akzent seiner Heimatstadt Istanbul.

»Aber warum denn nicht?«

»Die Päpste berufen sich auf Petrus als ersten Bischof von Rom. Ein verheirateter Papst!«, schmunzelte der orthodoxe Priester.

»Im Jahr 306 hat die Synode von Elvira in Spanien die sexuellen Beziehungen für alle Priester und Bischöfe verboten – aber das Konzil von Nikaia hat im Jahr 325 dieses Verbot wieder aufgehoben«, erklärte Elija. »Erst das zweite Laterankonzil von 1139 hat die von

Priestern und Mönchen geschlossenen Ehen nicht nur, wie bisher, für unerlaubt, sondern für ungültig erklärt.«

»Und was haben die Entscheidungen der Konzilien gebracht? Päpste wie Rodrigo Borgia heiraten ihre Geliebten nicht mehr und setzen illegitime Papstkinder wie Cesare Borgia in die Welt«, warf Menandros respektlos ein.

»Gott gebot den Menschen: ›Seid fruchtbar und vermehrt euch!‹«, fuhr Elija unbeirrt fort. »Auch der Talmud verurteilt die Ehelosigkeit: ›Wer keine Frau hat, ist ohne Freude, ohne Segen, ohne Glück, ohne Tora, ohne Frieden. Ein Mann ohne Frau ist kein Mensch.‹ Und Rabbi Eleasar ben Asarja sagt: ›Wer sich der Ehe versagt, der verletzt das Gebot von der Vermehrung des Menschen und ist als Mörder anzusehen, der die Zahl der im Ebenbild Gottes geschaffenen Wesen vermindert.‹ Ein unverheirateter jüdischer Mann ist völlig undenkbar!«

»Willst du sagen, dass Rabbi Jeschua verheiratet war?«, fragte ich erstaunt.

»Selbstverständlich war er verheiratet.«

»Aber keiner der Evangelisten erwähnt eine Ehefrau!«, protestierte ich und deutete auf das Matthäus-Evangelium.

»Der Tenach erwähnt auch keine Ehefrauen der Propheten. Und auch im Talmud wirst du nichts über die Frauen der Rabbinen lesen«, erklärte Elija. »Von allen berühmten Talmudlehrern war nur ein einziger nicht verheiratet: Rabbi Ben Assai, ein Schüler und Freund des großen Rabbi Akiba. Und ihm wurden deshalb die schwersten Vorwürfe gemacht.

Die Ehelosigkeit wäre auch Jeschua von den Pharisäern und Sadduzäern vorgeworfen worden, die dem Rabbi immer wieder Entscheidungsfragen zur Auslegung der Mizwot stellten. Aber davon lesen wir nichts in den Evangelien! Also hat er nicht gegen diese Mizwa verstoßen.«

»Mit wem war Jeschua verheiratet?«, fragte ich atemlos.

»Ich vermute, dass er Mirjam aus Magdala geheiratet hat, denn sie wird in den Aufzählungen der Jüngerinnen immer als Erste genannt und sie war bei allen entscheidenden Ereignissen seines Lebens anwesend«, erwiderte Elija. »Die Stadt Magdala lag einige Meilen südwestlich von Jeschuas Heimatstadt Kafarnaum am Ufer des Sees Gennesaret.«

»Glaubst du, dass Jeschua und Mirjam Kinder hatten?«

»Ja.«

Menandros wirkte so bestürzt wie ich.

Elija zog die lateinische Bibel zu sich heran und blätterte einige Kapitel vor. »Lies nach bei Matthäus, Kapitel 18. Die Talmidim hatten sich im Haus ihres Rabbi in Kafarnaum versammelt und fragten ihn: ›Wer ist der Größte im Himmelreich?‹ Jeschua rief ein Kind – Shemtov schrieb: einen Jungen –, um ihnen zu erklären: ›Wenn ihr nicht werdet wie kleine Kinder, werdet ihr nicht in das Himmelreich kommen.‹

Welche Kinder spielen im Haus eines Rabbi, wenn nicht seine eigenen? Denn seine Brüder Jakob, Joseph, Schimon und Jehuda und seine Schwestern lebten mit ihren Familien nicht in demselben Haus in Kafarnaum, das Jeschua mit seiner Frau und seinen Kindern bewohnte. Ich nehme an, er hatte mindestens einen Sohn. Einer alten Legende zufolge hieß sein ältester Sohn Jehuda ben Jeschua.«

Jeschuas Sohn!

Menandros und ich starrten Elija betroffen an.

»Glaubst du, dass seine Nachkommen …«, begann ich und verstummte.

Hatte Elija mir nicht erzählt, dass seine Familie während des Jüdischen Krieges aus Israel geflohen war – zu dem Zeitpunkt, als nach Jakobs Tod auch die nazoräische Gemeinde aus Jerusalem flüchtete?

Elija hielt meinem Blick stand.

Konnte es sein … Ich wagte kaum, den Gedanken zu Ende zu denken … Und doch: War es möglich, dass Elija Ibn Daud … Elija ben David … ein Nachkomme von Jesus Christus war?

Seine Augen funkelten, als er mich ansah.

»Und die Geschwister mit ihren Familien?«, fragte ich.

»Jakob, der wie sein Vater Joseph ›der Gerechte‹ genannt wurde und vermutlich wie Jeschua ein pharisäischer Rabbi war, folgte Jeschua nach der Kreuzigung als Oberhaupt der Nazoräer nach – so hieß die judenchristliche Gemeinde«, erklärte Elija. »Flavius Josephus berichtete über Jakobs gewaltsamen Tod im Jahr 62. Es ist nicht überliefert, ob er Kinder hatte, doch er wird als Zaddik beschrieben, als Gerechter, der die Mizwot hält.

Paulus allerdings schreibt, dass die Brüder des Herrn verheiratet waren. Jeschuas Bruder Jehuda hatte mit Sicherheit Kinder. Zwei seiner Enkel waren Führer der nazoräischen Gemeinde, die als christliche Sekte von der Kirche bereits verketzert wurde. Das ist absurd, nicht wahr?« Elija schüttelte den Kopf. »Ich glaubte immer, der Apostel Paulus wäre der erste Häretiker gewesen, der einen ›anderen Jesus‹ und ein anderes Evangelium predigte‹ als Petrus und die anderen Säulen der Gemeinde – oder Jeschuas eigene Familie!«

»Woher weißt du von den Enkeln?«, fragte Menandros, noch immer zweifelnd.

»Weil Eusebius sie in seiner *Kirchengeschichte* erwähnt.« Elija zog das Buch zu sich heran und schlug es auf. »Eusebius zitiert im dritten Buch Hegesippus. Hier steht …« Elijas Finger glitt die Zeilen entlang, während er las: »›Von der Familie des Herrn lebten noch die Enkel von Judas, von dem gesagt wird, er sei der Bruder des Herrn.‹ Weiter berichtet er, dass der Kaiser Domitian diese beiden Enkel empfing und sie über das Kommen des Messias und seines Reiches befragte. Daraufhin soll der Kaiser die Christenverfolgungen eingestellt haben.«

»Und was wurde aus Mirjam?«, fragte Menandros mit gerunzelter Stirn. »Sie hatte unter dem Kreuz gestanden und am Ostersonntag das leere Grab entdeckt. Aber die Apostelgeschichte erwähnt sie nicht mehr. Maria Magdalena wird im orthodoxen Glauben als Heilige verehrt, die nach der Kreuzigung mit dem Lieblingsjünger nach Ephesos zog und dort auch starb. Ihre sterblichen Überreste liegen in meiner Heimatstadt Istanbul begraben.«

»Mein Vater, der kühne Humanist, hielt Maria Magdalena für jenen Lieblingsjünger, der in Ephesos das vierte Evangelium verfasst hat, welches heute als Johannes-Evangelium bekannt ist«, warf ich ein.

Elija war überrascht. »*Das* hat er gesagt? Obwohl der Lieblingsjünger als Mann beschrieben wird und gemeinsam mit Mirjam unter dem Kreuz und im leeren Grab erscheint?«

»Die Trennung des namenlosen Lieblingsjüngers von Mirjam zur Erschaffung einer fiktiven zweiten Figur ist im griechischen Text leicht durchzuführen.«

Menandros sah mich stirnrunzelnd an, doch dann nickte er.

»Und was denkst du, Celestina?«, fragte Elija gespannt.

»Ungeachtet der Tatsache, dass die Szenen unter dem Kreuz und im leeren Grab logische Widersprüche enthalten, die auf eine nachträgliche Bearbeitung schließen lassen, um ex nihilo das Trugbild des namenlosen männlichen Lieblingsjüngers zu erschaffen, glaube ich, dass weder Mirjam noch Johanan ben Savdai der vierte Evangelist waren. Auch wenn man in der Antike die Bezeichnung des Autors sehr weit fasste und damit oft nicht denjenigen meinte, der die Schreibbinse auf dem Papyrus führte, sondern denjenigen, der die Geschichte erzählte, die jemand anders dann in eigenen Worten niederschrieb. Weder Johanan noch Mirjam haben Philosophie studiert. ›Im Anfang war der Logos‹ – der erste Satz des Johannes-Evangeliums ist griechische Philosophie, und die Apotheosis, die Vergöttlichung des Heroen Jesus Christus, ist eine hellenistische Idee.«

Als Menandros zustimmend nickte, fuhr ich fort:

»›Reißt den Tempel ab, und in drei Tagen werde ich ihn wieder aufrichten‹, ›Der Vater richtet niemand, denn das ganze Gericht hat Er dem Sohn gegeben‹, ›Ich und der Vater sind eins‹. Hätte Jeschua es gewagt, *das* öffentlich in Jerusalem zu verkünden, wäre er von der wütenden Menge gesteinigt worden, ob er nun der erwartete Maschiach war oder nicht. Pontius Pilatus hätte auf die Kreuzigung verzichten können. Und die Evangelisten hätten sich die Mühe sparen können, ihre ›wundervollen‹ Evangelien niederzuschreiben. Diese Worte wurden ihm in den Mund gelegt – aber weder von seinem Jünger Johanan noch von Mirjam.

Andererseits hatte der Evangelist genaue Kenntnisse über die jüdischen Riten und Pilgerfeste. Er kannte Jerusalem, als wäre er dort aufgewachsen. Und er war bekannt mit Joseph ben Kajafa. Ich glaube, dass er ein Schriftgelehrter war – vielleicht sogar ein einflussreiches Mitglied des Hohen Rates.«

Elija lächelte. »Wer, glaubst du, war der Lieblingsjünger?«

»Mirjams und Martas Bruder Lazarus«, antwortete ich. »Rabbi Eleasar.«

Elijas Augen funkelten – also war er derselben Meinung!

»Und wohin ging Mirjam?«, fragte ich ihn schließlich.

Er lehnte sich auf seinem Stuhl zurück und verschränkte die Arme. »Eine alte Legende aus Frankreich erzählt, dass Mirjam nach der Kreuzigung mit ihrer Tochter nach Frankreich gesegelt und beim Dorf Saintes-Maries-de-la-Mer im Rhône-Delta an Land gegangen ist. Nachdem sie das Evangelium in der Provence verkündet hatte, lebte sie dreißig Jahre lang in einer Höhle nahe Marseille. Ihre sterblichen Überreste sollen nun in Vézelay begraben liegen.

Aber das ist nur eine fromme Legende. Denn warum hätte Mirjam nach Gallien fliehen sollen? Oder nach Ephesos?« Elija lächelte wissend. »Nein, es war alles ganz anders …«

»Was glaubst du?«, fragte ich gespannt.

»Dass Mirjam bis zu ihrem letzten Atemzug bei ihrem Gemahl Jeschua blieb. Jeschua und Mirjam müssen sich sehr geliebt haben.« Elija küsste mich zart. »So wie ich dich liebe!«

Wird er kommen?, fragte ich mich zum hundertsten Mal an diesem Abend und blickte erwartungsvoll zum Portal hinüber.

In diesem Augenblick rauschte Zaccaria Dolfin in der langen Seidenrobe eines Savio Grande in den großen Empfangssaal des Palazzo Ducale. Antonio, der neben Domenico, Tristan und mir stand, winkte ihn zu uns herüber.

Meine Finger krampften sich um das Buch meines Vaters, das Menandros in den letzten Tagen kopiert hatte.

Hatte ihn im letzten Augenblick der Mut verlassen? Lange hatte er gezögert, als er die Einladung des Dogen gelesen hatte. »Wie wird der Patriarch reagieren? Und der Kardinal?« Aber seine größte Furcht sah ich nur in seinen Augen schimmern: Was wird Tristan sagen? Doch als ich ihm meinen Plan erläutert hatte …

Er wird kommen!, beruhigte ich mich selbst. Er hat es mir versprochen!

Unruhig fuhr ich mir über das schweißnasse Gesicht. Die Nacht war schwül. Obwohl die großen Fenster des Saals geöffnet waren, brachte der Wind von der Lagune keine Abkühlung.

Zaccaria Dolfin drängte sich durch das wogende Meer der schwarzen, blauen und purpurnen Seidenroben der Würdenträger der Republik und ihrer Gemahlinnen, trat zu uns und begrüßte mich mit einem galanten Handkuss.

»Celestina, meine Liebe! Auf dem Weg zum Dogenpalast habe ich die Venus am Abendhimmel vermisst«, säuselte er. »Ihr seid der hellste Stern an Venedigs Firmament. Wie schön, dass Ihr mit Eurem Liebreiz den Abend erleuchtet.«

Ich lachte, als amüsierte mich sein Kompliment. »Mein lieber Zaccaria! Ich freue mich auch, Euch zu sehen!«, log ich ihm mit einem charmanten Lächeln ins Gesicht.

Seit meiner Rückkehr aus dem Exil in Athen hatte ich gelernt, meine wahren Gefühle hinter einem strahlenden Lächeln zu verbergen.

Zaccaria wandte sich ab, um seinen Freund Antonio auf beide Wangen zu küssen. Kardinal Domenico Grimani begrüßte er durch einen ehrerbietigen Kniefall mit Kuss des Rings.

Für Tristan in der langen schwarzen Seidenrobe der Dieci hatte Zaccaria nur einen verächtlichen Blick übrig. Mein Geliebter stand so dicht neben mir, dass ich spüren konnte, wie er die Muskeln anspannte und unter den langen Ärmeln die Fäuste ballte. Wie sehr sie sich hassten!

Ich hakte mich bei Tristan ein, um zu verhindern, dass er auf Zaccaria losging.

Mein Cousin, dem der Blickwechsel nicht entgangen war, verzog die Lippen.

Antonio, du verdammter Intrigant!, dachte ich wütend. Und zum ich weiß nicht wievielten Mal fragte ich mich, ob meine Entscheidung und meine Bitte an Leonardo richtig gewesen waren. Es war ein gewagtes Spiel! Aber ich brauchte jeden Verbündeten, den ich gewinnen konnte. Und der, den ich mir erwählt hatte, war einer der mächtigsten Männer Venedigs. Ein Prokurator von San Marco. Und vielleicht in einigen Jahren der nächste Doge. Tristan würde zornig sein, weil er annehmen musste, dass ich ihn verriet.

Mit einem fröhlichen »Welche Verschwörung gegen die Republik Venedig wird hier ausgeheckt?« stürzte sich Zaccaria Dolfin in die Unterhaltung, die mein Cousin Antonio mit Kardinal Domenico Grimani, Tristan und mir führte.

»Wir sprachen gerade über den Prozess der Dieci gegen den Converso Salomon Ibn Ezra«, erklärte der Kardinal dem Savio Grande. »Der Prozess ist abgeschlossen, aber Signor Venier sagte gerade eben, dass die Dieci noch kein Urteil gefällt hätten.«

Zaccaria sah Tristan in die Augen, nahm ein Kristallglas mit Wein, das ein Diener ihm reichte, prostete seinem Erzfeind zu. »Auf ein gerechtes Urteil! Und auf die Republik Venedig!«, murmelte er verächtlich und leerte das Glas in einem Zug.

Tristans Faust verkrampfte sich um sein Weinglas. Nur mühsam konnte er sich beherrschen.

Unruhig sah ich zum Portal hinüber. Ich wünschte mir nichts sehnlicher, als dass er endlich kam. Und dass dieser Abend nicht in einer Katastrophe endete!

Mein Blick irrte durch den Empfangssaal. Antonio Grimani lehnte in seiner prächtigen Prokuratorenrobe am Thron des Dogen und unterhielt sich angeregt mit Leonardo.

Ob ich jetzt mit ihm reden sollte?

Mit der Hand umklammerte ich das Buch über Megas Alexandros. Was hätte *er* getan, um die Schlacht zu entscheiden? Bis zum letzten Augenblick auf die Verstärkung warten, um den Kampf zu gewinnen? Oder angreifen?

Nein, ich würde noch warten.

Er wird kommen! Er wird mich nicht im Stich lassen!

Ich besann mich wieder auf das Gespräch.

»… ist es vielleicht das Beste, wenn die Juden aus Venedig ausgewiesen werden!«, sagte Zaccaria und sah mich scharf an. »Was meint Ihr dazu, Celestina?«

Sein Blick traf mich wie ein Dolch, und einen Augenblick lang fragte ich mich beunruhigt, ob ich ihm den Zettel ›So che hai fatto‹ verdankte.

Antonio beobachtete mich über den Rand seines Weinglases hinweg. Dass Tristan und ich in aller Öffentlichkeit so vertrauten Umgang pflegten, schien ihm sehr zu missfallen – sein Blick wirkte so verächtlich wie am letzten Sonntag, als ich Jakob auf der Piazza San Marco zu Hilfe gekommen war.

»Ich bin in dieser Frage derselben Meinung wie Kardinal Bessarion«, erwiderte ich.

»Wie Kardinal Bessarion?«, fragte Zaccaria verwirrt.

»Im Jahr 1463 fragte die Republik Venedig den Kardinal, ob die Juden in die Stadt gelassen werden sollten. Basilios Bessarion riet dem Dogen, den Juden einen vertraglich gesicherten rechtlichen Status zuzuerkennen. Im Gegensatz zu Kastilien und Aragón, die die Juden 1492 vertrieben, und Portugal, das 1497 dasselbe tat, ist Venedigs Haltung gegenüber der jüdischen Gemeinde mehr als kooperativ. In keinem anderen Land in Europa, nicht einmal im Osmanischen Reich, genießen die Juden so viel Freiheit wie hier.«

Zaccaria knirschte mit den Zähnen.

Eben diese Freiheit ermöglichte es Conversos wie Salomon Ibn Ezra, das Sakrament der Taufe zu leugnen und wieder als Juden zu leben!

»Und wie ist Eure Meinung zu dieser diffizilen Frage der Staatssicherheit, Euer Hoheit?«, fragte Zaccaria mit einer höhnischen Verneigung vor Tristan, als wäre mein Geliebter bereits Doge von Venedig. »Die Juden schüren seit Monaten einen Aufruhr in Venedig! Ein Funke, und der Schwelbrand wird zum alles vernichtenden Feuersturm!«

Zaccaria hatte Tristan vor einigen Tagen ›einen zweiten Cesare Borgia‹ genannt, ›der sich seinen Weg die Stufen hinauf zum Thron von Venedig mit Intrigen, Gold und Gewalt erzwingt.‹ Seine Absichten waren erschreckend eindeutig: Er wollte Tristan als Vorsitzenden der Dieci diffamieren und seinen Namen in den Schmutz ziehen.

Tristan ballte erneut die Fäuste, doch ich hielt seinen Arm umklammert.

Domenico Grimani wollte etwas einwerfen, aber Tristan unterbrach ihn mit einer Geste wie ein Schwerthieb, und der Kardinal verstummte. Beunruhigt suchte er meinen Blick.

»Ich glaube nicht, dass die Juden für die Unruhen in Venedig verantwortlich gemacht werden können«, stieß Tristan hervor. »Ganz im Gegenteil: Es sind fanatische Franziskaner wie jener spanische Mönch Fray Santángel, der täglich auf dem Rialto und vor den Kontoren der jüdischen Bankiers seine Hetzpredigten hält. Sie sind es, die die Christen immer wieder aufwiegeln.

Am Pfingstsonntag gab es erneut blutige Ausschreitungen gegen die Juden, die in ihren Synagogen ihr Wochenfest feierten. Ein jüdisches Kind starb an seinen Verletzungen, obwohl der Medicus David Ibn Daud eine Nacht lang verzweifelt versucht hatte, sein Leben zu retten.«

Tristan holte tief Luft, dann fuhr er fort:

»Ohne die jüdische Gemeinde, die pünktlich ihre Steuern zahlt, ohne den besonnenen jüdischen Gemeindevorsteher Asher Meshullam und ohne reiche jüdische Bankiers wie sein Bruder Chaim Meshullam oder Aron Ibn Daud, die der Republik immer wieder große Kredite gewähren, wäre der wirtschaftliche Ruin und damit auch die militärische Niederlage der Serenissima nicht mehr aufzuhalten.

Als Savio Grande wisst Ihr, dass Venedig kein Geld mehr hat, um diesen endlosen Krieg länger durchzuhalten. San Marco liegt am Boden, und ohne die rettende Hand der Juden können wir uns nicht mehr erheben.«

Zu meinem Erstaunen nickte Antonio nachdenklich – mein Cousin und mein Geliebter hassten sich mit aller Leidenschaft und waren sonst schon aus Prinzip niemals einer Meinung.

Zaccaria warf seinem besten Freund Antonio einen zornigen Blick zu, den dieser jedoch nicht beachtete.

»Venedig *darf* die Juden nicht verärgern«, erklärte Tristan. »Wenn ein Converso wie Ibn Ezra nicht als Christ, sondern als Jude in Venedig leben will, dann soll er es in Gottes Namen tun. Der Prozess gegen ihn hat für Furcht und Unruhe unter den Juden gesorgt.

Die Republik Venedig und der bei den jüdischen Bankiers hoch verschuldete venezianische Adel können es sich nicht leisten, dass die Juden ihre Truhen packen, ihr Vermögen aus Venedig abziehen und nach Istanbul oder Alexandria auswandern. Nach dem Bankrott der beiden größten venezianischen Banken, der Banca Pisani und der Banca Cappello-Vendramin, wäre das eine Katastrophe, von der sich die Serenissima nie mehr erholen würde – wie Kastilien und Aragón die katastrophalen wirtschaftlichen Folgen der Vertreibung der Juden nie überwunden haben.«

Zaccaria brauste auf wie ein Sturmwind, um Tristan eine verletzende Antwort entgegenzuschleudern, doch Antonio legte ihm beschwichtigend die Hand auf den Arm.

»Diese furchtsamen Juden, wie Ihr sie in Eurer jugendlichen Arglosigkeit nennt, sind eine Gefahr für Venedig und damit für die Sicherheit des Staates!«, eiferte sich Zaccaria. »Ich jedenfalls hielte es für sicherer, wenn die Juden nicht in allen Stadtteilen von Venedig wohnen würden, sondern in einem eigenen Judenviertel, wie es in anderen Städten wie Florenz oder Rom üblich ist.«

»Zaccaria, ich bitte dich …«, versuchte Antonio seinen Freund zu beschwichtigen.

»Und wo sollte Eurer Meinung nach dieses Judenviertel sein?«, unterbrach ihn Tristan. »Auf der Insel Giudecca, wie Euer Freund Giorgio Emo vor einigen Wochen vorgeschlagen hat?

Oder wollt Ihr die Juden nach Murano verbannen, was der jüdische Gemeindevorstand Asher Meshullam zähneknirschend als ›akzeptable Lösung‹ bezeichnete, bevor im Senat noch unsinnigere Vorschläge wie eine Ausweisung nach Mestre oder Padua gemacht werden konnten?

Wenn Murano Euer Vorschlag ist, dann lasst mich gleich die nächste Frage stellen: Wo sollen die Fischer von Murano wohnen – am Campo di San Polo? Und wo sollen sie ihre Fischerboote festmachen – im Canalazzo? Und wo sollen die Glasbläser von Murano künftig ihre Werkstätten einrichten – auf dem Rialto?

Zaccaria, diesen Vorschlag könnt Ihr wohl nicht ernst meinen, denn die Feuer in den Werkstätten gefährden die Sicherheit der

Stadt! Haben wir nicht deshalb schon vor Jahren das Ghetto, die alte Geschützgießerei im Sestiere di Cannareggio, stillgelegt?«

Zaccaria spülte seine hitzige Antwort mit einem Schluck Wein hinunter.

Leonardo Loredan, der sich einige Schritte entfernt mit Antonio Grimani unterhielt, hatte die Auseinandersetzung zwischen Zaccaria und Tristan beobachtet. Er verabschiedete den Prokurator und winkte mich zu sich.

»Haben die beiden einander gerade den Krieg erklärt?«, fragte Leonardo besorgt, als ich zu ihm trat. »Falls sie heute Abend mit schwerem Geschütz und lautem Kanonendonner aufeinander losgehen wollen, ziehe ich mich rechtzeitig vom Schlachtfeld zurück und gehe schlafen.«

»Dann würdest du den Höhepunkt des Abends verpassen.«

»Glaubst du, dass er kommen wird?«, meinte er zweifelnd. »Das Bankett soll gleich beginnen, und bisher ist er …«

»Er *wird* kommen!«, unterbrach ich ihn mit fester Stimme.

Der Doge seufzte. »Was hast du bloß vor?« Er deutete auf das Buch in meinem Arm und auf die goldenen Lettern des griechischen Titels MEGAS ALEXANDROS. »Der Buchtitel lässt mich das Schlimmste befürchten! Ziehst du in die Schlacht?«

Ich lachte. »Nein, Leonardo! Ich will nur herausfinden, wer mein Freund und wer mein Feind ist – im Sinne des Evangelisten Matthäus, der schrieb: ›Wer nicht für mich ist, ist gegen mich‹, aber auch im Sinne von Markus und Lukas: ›Wer nicht gegen mich ist, ist für mich‹. Das ist ein sehr großer Unterschied!«

»Um Himmels willen!«

»Vertrau mir, denn ich werde siegen!«

»Wirst du das?«, zweifelte der Doge angesichts des auf mich verübten Mordanschlages und zweier anonymer Drohbriefe.

»Ja«, nickte ich. »Weil ich, wie Alexander der Große, selbst die Schlachtfelder wähle, auf denen ich siegen kann. Weil ich mir, wie er, meine Verbündeten in den Reihen meiner Feinde suche. Ich *kann nicht* verlieren!«

Leonardo schüttelte den Kopf. »Du bist mutig!«

»Du weißt doch, Leonardo: Dem Tapferen hilft das Glück.«

Der Doge blickte zu Tristan hinüber. »Habt ihr endlich einen Termin für eure Hochzeit vereinbart? Heute Abend während des Banketts wäre eine gute Gelegenheit, eure Verlobung bekannt zu geben. Stell dir nur Antonios Gesicht vor, wenn ich …«

»Tristan und ich werden nicht heiraten«, nahm ich ihm den Wind aus den Segeln.

»Aber ich dachte …«

»Er hat mich vor zwei Wochen gefragt, doch ich habe Nein gesagt.«

»Er liebt dich.«

»Und ich liebe ihn.«

»Er will dich beschützen, Celestina. Die Männer, die Tag und Nacht die Ca' Tron überwachen … Du hattest mich am Pfingstsonntag gebeten, diskret festzustellen, wer sie geschickt hat. Tristan bezahlt die beiden Männer.«

»Tristan?«, fragte ich ungläubig.

Der Doge nickte, offenbar beruhigt darüber, dass er sich um mich sorgte.

Tristan lässt mich überwachen! Um Himmels willen: Weiß er, dass Elija und ich uns lieben?

Doch dann stutzte ich.

Hatte Leonardo nicht gesagt, dass Tristan *zwei* Männer bezahlte, die mich überwachen sollten?

Wer hatte den *dritten* Mann geschickt?

Derjenige, der auch die Assassini angeworben hatte.

Derjenige, der den Zettel an meine Tür gehängt hatte.

›So che hai fatto – Ich weiß, was du getan hast!‹

Meine Knie zitterten so stark, dass ich mich an Leonardos Sessel festhalten musste, um nicht zu stürzen. Ich presste das Buch gegen meine Brust. Mein Blick irrte durch den Saal.

Wer war es?

Antonio?

Mein Cousin und ich hassten uns leidenschaftlich.

Zaccaria Dolfin?

Er hatte seinem Freund Giacomo Tron niemals verziehen, dass er Alexandra Iatros geheiratet hatte – eine nichtadelige Griechin florentinischer Herkunft! Zaccaria hatte die tolerante Haltung meines Vaters in Glaubensfragen immer verabscheut und seine humanistische Arbeit als ketzerisch verdammt. Das Wort Humanist war für ihn gleichbedeutend mit Häretiker, und wenn er es aussprach, schwangen in seiner Stimme Verachtung und Hass mit. Hatte Zaccaria den Zettel an meine Tür hängen lassen, um mich zu warnen, dass ich zu weit ging, wenn ich einen jüdischen Rabbi in mein Haus einlud? Stammte der Brief in der Bocca di Leone mit den Anschuldigungen gegen Tristan und mich auch von ihm? War Zaccaria der geheimnisvolle Unbekannte, der Tristan um zehntausend Zecchini erpresste?

Und was war mit Antonio Grimani?

Im Rat der Weisen war der Prokurator von San Marco und ehemalige Oberbefehlshaber der venezianischen Kriegsflotte einer der mächtigsten Gegner meines Vaters gewesen. Ich wusste, dass Antonio Grimani für die Entscheidung meines Vaters, gegen den Papst, den Kaiser und den König von Frankreich in den Krieg zu ziehen, verantwortlich war – und damit auch für seinen Tod in der Schlacht von Agnadello. Aber war der erbitterte Machtkampf zwischen Giacomo Tron und Antonio Grimani wirklich ein Grund, mich zu ermorden?

Je länger ich nachdachte, desto verwirrter wurde ich.

Die Mosaiksteinchen ergaben kein zusammenhängendes Bild: Das Attentat auf mich. Der unsignierte Brief in der Bocca di Leone. Der Zettel an meiner Tür. Die Erpressung und Tristans Bitte an Aron, ihm die gigantische Summe von zehntausend Zecchini zu leihen. Der geheimnisvolle dritte Mann vor meinem Haus – das alles passte nicht zusammen.

Oder doch?

Und wenn es nun Tristan war, der mir mit einem inszenierten Attentat, bei dem ich gar nicht getötet werden sollte, Angst einjagen wollte, damit ich ihn schließlich heiratete? Er hatte mit meinem Nein gerechnet, sonst hätte er sich nicht Leonardo anvertraut und ihn um Rat gefragt!

Tristan bezahlte zwei Männer, die mich beschützen, die mich überwachen, die mich einschüchtern sollten!

Hatte Tristan den Zettel an meine Tür hängen lassen?

›So che hai fatto – Ich weiß, was du getan hast!‹

»Celestina, mein liebes Kind! Was ist mit dir? Du bist so blass!«

Wie konnte ich Tristan, meinen besten Freund, meinen Geliebten, nur verdächtigen – nach allem, was er in den letzten Jahren für mich getan hatte! Und doch …

»Celestina! Geht es dir nicht gut? Willst du dich hinsetzen?«

Wie benommen von den furchtbaren Gedanken zwang ich mich zu einem Lächeln. »Es geht mir gut«, beruhigte ich Leonardo.

»Im wievielten Monat bist du?«, fragte er besorgt.

»Ich bin nicht schwanger.«

»Aber ich dachte, dass du endlich … Tristan hat sich so sehr ein Kind gewünscht – einen kleinen Alessandro Venier. Ihr seid seit zwei Jahren ein Paar, doch bisher bist du nicht schwanger geworden …« Leonardo sah mir in die Augen. »Verzeih mir die Frage, Celestina: Verhütest du?«

Ich schüttelte den Kopf.

Er wirkte erleichtert, weil ich keine Todsünde beging, und doch war er beunruhigt. »Heißt das …«

»Tristan und ich können keine Kinder haben. Ich glaube, ich kann nie mehr schwanger werden. Die Vergewaltigungen …« Ich verstummte.

Mitfühlend ergriff er meine Hand.

Die Unterhaltungen im Saal versickerten in verlegenem Schweigen. Ich blickte zum Portal hinüber.

Er war gekommen!

Wie elegant er aussah! So hatte ich ihn noch nie gesehen.

Als ich ihm entgegenging, spürte ich die Blicke der Senatoren und Würdenträger wie Dolche in meinem Rücken.

Wer ist der Mann?, fragten sie sich. Was will er hier? Er gehört nicht zur venezianischen Nobiltà. Er ist kein Senator. Wie kann er es wagen!

»Elija wird kommen und die Welt retten!«, begrüßte ich ihn. »Und ich sage euch, er ist schon gekommen, doch sie haben ihn nicht erkannt.«

»Ich bezweifele, dass die Welt ausgerechnet von mir gerettet werden will«, meinte er ernst und deutete in den Saal.

Die Senatoren starrten zu uns herüber.

Leises Getuschel hinter vorgehaltener Hand: Ist er ein Jude? Er ist so prächtig gekleidet wie ein spanischer Adliger, und er trägt keinen aufgestickten Judenkreis.

Wir gingen zum Dogen hinüber.

Leonardo erhob sich, um Elija zu begrüßen.

»Euer Hoheit, darf ich Euch Rabbi Elija ben Eliezar Ibn Daud vorstellen? Signor Ibn Daud ist aus Al-Andalus nach Venedig gekommen und unterrichtet in der Synagoge am Campo San Luca italienische Humanisten in der Tora und im Talmud«, sagte ich so laut, dass die neugierig herandrängenden Senatoren mich verstehen konnten.

Aufgeregtes Getuschel.

Der Doge hat einen Juden eingeladen? Welch ein Skandal!

»Ich freue mich aufrichtig, einen berühmten Rabbi wie Euch kennen zu lernen, Signor Ibn Daud«, begrüßte ihn Leonardo in feierlichem Ton. »Celestina sagte mir, dass Ihr ein Nachkomme von König David seid. Es ist mir eine Ehre, dass Ihr meiner Einladung gefolgt seid.«

»Die Ehre ist ganz auf meiner Seite, Euer Hoheit.« Elija verneigte sich vor dem Dogen.

»Ich hoffe, wir haben später noch Gelegenheit, uns zu unterhalten«, entließ Leonardo seinen Gast. »Celestina hat mir viel von Euch erzählt.«

Ich hakte mich bei Elija unter. Arm in Arm gingen wir zu Antonio Contarini hinüber.

»Der Patriarch kann uns bei unserem Vorhaben nicht helfen«, raunte ich Elija zu. »Antonio Contarini hat im Vatikan nicht so viel Einfluss wie Kardinal Domenico Grimani. Der Kardinal steht dort drüben bei Tristan und Antonio. Aber wir können den Patriarchen nicht ignorieren, denn wir brauchen sein Wohlwollen, um hier in Venedig die Evangelien in Ruhe übersetzen zu können.«

»Erst jetzt wird mir richtig klar, was du vorhast«, flüsterte er. »Du sagst allen von Anfang an die Wahrheit: Ich arbeite mit einem jüdischen Rabbi zusammen. Er kommt in mein Haus, und ich gehe in seines. Am Ende kann niemand sagen, er hätte es nicht gewusst.«

Dann hatten wir den Patriarchen erreicht, und ich stellte ihm Elija vor.

»Ich war betroffen, als ich vom Tod des kleinen Moses am Pfingstsonntag hörte«, offenbarte Contarini. »Der Medicus, der das Kind zu retten versuchte, war Euer Bruder David, nicht wahr?«

»Ja, das stimmt.«

»Wie sehr müsst ihr Juden uns Christen hassen.«

»Es war ein jüdischer Rabbi, der sagte: ›Liebt eure Feinde! Tut Gutes denen, die euch hassen. Segnet die, die euch verfluchen. Und betet für die, die euch misshandeln‹«, zitierte Elija das Evangelium des Lukas.

Der Patriarch nickte versonnen. »Kennt Ihr die Eltern des kleinen Moses?«

»Ja, Euer Eminenz. Die Familie Rosenzweig ist vor der Verfolgung aus Köln nach Venedig geflohen und wohnt in derselben Gasse wie mein Freund Rabbi Jakob Silberstern.«

»Bitte richtet der Familie des Jungen mein aufrichtiges Beileid aus«, bat Contarini.

»Ich danke Euch, Euer Eminenz. Das werde ich tun.«

Wir verabschiedeten uns und schlenderten weiter durch den Saal. Die Gespräche flackerten nur sehr zögerlich wieder auf, als die Anwesenden erkannten, dass der jüdische Gelehrte keine persona non grata war, sondern durch den Dogen und den Patriarchen sehr freundlich, ja respektvoll begrüßt worden war.

»Wem wirst du mich nun vorstellen: Kardinal Grimani?«, flüsterte Elija.

»Nein, seinem Vater, dem Prokurator. Kennst du ihn?«

Als Elija den Kopf schüttelte, erzählte ich ihm in aller Kürze, was er über Antonio Grimani wissen musste.

»Im April 1499 war der Krieg mit dem osmanischen Sultan Bajazet unvermeidlich geworden. Grimani hatte im Senat mutig für den Krieg mit den Türken gesprochen. Mit fünfundsechzig Jahren wurde er zum Admiral der venezianischen Kriegsflotte ernannt – er war damals schon Prokurator.

In vier Seeschlachten vor der griechischen Küste kämpfte er heldenhaft gegen eine übermächtige türkische Flotte, doch er verlor sie alle. In den folgenden Monaten drangen die Türken weit auf das italienische Festland vor und standen dann eines Tages vor den Toren von Vicenza.

Seine Niederlagen wurden Grimani im Senat vorgeworfen: Seine Feigheit und Unfähigkeit als Oberkommandierender der Flotte habe Venedig, die ›Königin der Meere‹, an den Rand des Abgrunds getrieben.

Im November 1499 wurde Antonio Grimani in Ketten nach Venedig zurückgebracht. Seine Söhne begleiteten ihn bis ins Gefängnis des Dogenpalastes. Domenico – Kardinal Grimani dort drüben – verbrachte die ganze Nacht bei seinem Vater. Am nächsten Tag fand die Verhandlung gegen Antonio Grimani statt. Er hielt eine herzergreifende Rede, die ihn vor der Hinrichtung zwischen den Säulen auf dem Molo bewahrte.

Der Prozess zog sich monatelang hin. Mein Cousin Antonio spielte bei der Verurteilung eine entscheidende Rolle: Grimani musste für zehn Jahre ins Exil gehen. Er kehrte erst 1509 nach Venedig zurück und wurde dann bald in den Consiglio dei Savi gewählt, wo er schnell zu einer führenden Position aufstieg. Antonios Einfluss schwand immer mehr, und seine Kritik an der venezianischen Führungsschicht, vor allem an jungen, ehrgeizigen Adligen wie Tristan, wurde immer schärfer. Leonardo Loredan unterstützt Tristans Karriere und provoziert Antonio, der ihn im Senat als unfähigen Dogen beschimpft.

Seit Grimanis Rückkehr aus dem Exil bekriegen sich die beiden Prokuratoren auf allen Schlachtfeldern. Wer den Kampf überlebt, darf Doge werden.«

»Antonio Grimani ist also ein mächtiger Verbündeter auf unserem Weg nach Rom.«

»Der mächtigste von allen – und der reichste. Die Adligen haben sich in den letzten Jahren nach dem Bankrott der venezianischen Banken bei jüdischen Geldverleihern hoch verschuldet, um die Freiheit Venedigs gegen den türkischen Sultan, den Papst, den Kaiser und den französischen König zu verteidigen. Antonio Grimani war zehn Jahre lang im Exil. Im Gegensatz zu vielen anderen Adligen, wie meinem Cousin, hat Grimani sein Vermögen nicht verloren.«

»Wie willst du ihn gewinnen?«

»Ich habe etwas, das er besitzen will und das er sich mit allem Geld dieser Welt nicht kaufen kann.« Ich deutete auf das Buch unter meinem Arm, das Menandros in den letzten Tagen kopiert hatte, während Elija und ich das Evangelium übersetzten.

Der einundachtzigjährige Antonio Grimani, der sich mit seinem Sohn Domenico unterhalten hatte, war aufrichtig erfreut über mein Geschenk und blätterte mit leuchtenden Augen darin wie ein kleiner Junge, der sein erstes Buch bekommen hat.

»Mit diesem Buch über Megas Alexandros habt Ihr mir eine große Freude gemacht, mein Kind!«, gestand er gerührt und küsste mich auf beide Wangen.

Aus dem Augenwinkel nahm ich wahr, wie Antonio die Fäuste ballte, als Grimani auch Elija freundschaftlich begrüßte und ihm dabei sogar die Hand auf die Schulter legte.

Und auch Tristan schien wütend darüber, dass ich ohne sein Einverständnis mit Antonio Grimani und dessen Sohn sprach.

»Kardinal Grimani ist ein bedeutender Humanist«, stellte ich Domenico vor, der neben seinem Vater stand. »Er spricht fließend Lateinisch, Griechisch und Hebräisch.«

»Der berühmte Elia Levita – bitte verzeiht: Rabbi Elija Halevi – hat mich die heilige Sprache gelehrt«, erklärte Domenico auf Hebräisch, als er Elija begrüßte. »Schalom.«

»Schalom, Euer Eminenz«, erwiderte Elija. »Ich freue mich, Euch kennen zu lernen. Mein Freund Elija Halevi hat mir viel von Euch erzählt.«

»Die Freude ist ganz auf meiner Seite! Rabbi Halevi hat mir verraten, dass Ihr italienische Humanisten in der Tora und im Talmud unterrichtet. Das ist ungewöhnlich! Die meisten Gelehrten lernen doch nur Hebräisch, um die Mysterien der Kabbala zu erforschen. Wie gern würde ich eine Eurer Lektionen hören. Oder eine Eurer Predigten in der Synagoge.«

»Wenn Ihr einen meiner Gottesdienste besuchen wollt, Euer Eminenz, seid Ihr herzlich willkommen«, lud Elija den Kardinal in seine Synagoge ein.

Der Kardinal schluckte und wusste im ersten Augenblick nicht, was er sagen sollte. Aber dann trat ein vergnügtes Lächeln auf seine Lippen. »In einigen Tagen werde ich nach Rom abreisen. Ich danke Euch für Eure freundliche Einladung. Ich werde kommen.«

Nachdem Domenico mich um einen Tanz nach dem Bankett gebeten hatte – »Seine Heiligkeit hat mir von Eurem ›Credo der Humanitas‹ vorgeschwärmt, Celestina! Würdet Ihr mir ein paar Eurer Thesen vortragen, von Humanist zu Humanist?« –, gingen Elija und ich weiter.

»Domenico kann uns bei der Vorbereitung unserer Disputation in Rom noch während des Laterankonzils helfen«, flüsterte ich.

Antonio kam uns mit drei Weingläsern entgegen. Mein Cousin musste Antonio Grimani und seinen Sohn, die den Rabbi so zuvorkommend begrüßt hatten, natürlich noch übertrumpfen!

»Elija, darf ich dir Antonio Tron vorstellen?«

»Wir sind uns schon einmal begegnet, nicht wahr?« Mein Cousin nippte an seinem Wein. »Vor einigen Tagen, auf der Treppe des Dogenpalastes …«

Mir stockte der Atem.

Antonio hatte Elija wiedererkannt!

Hatte er sich an jenem Abend bei den Wachen an der Porta della Carta nach meinem Begleiter erkundigt? Ich hatte Elija als spanischen Converso und Zeugen im Prozess gegen Salomon Ibn Ezra ausgegeben, damit er mich während der Nachtstunden in den Palazzo Ducale und das ›Königreich der Himmel‹ begleiten konnte!

»Antonio ist Prokurator und Savio Grande«, stürmte ich in der Konversation vorwärts wie in einer Schlacht. »Er war maßgeblich beteilgt an den Verhandlungen über die Bedingungen der Condotta, des Vertrags zwischen der jüdischen Gemeinde und der Republik Venedig. Erst vor wenigen Wochen hat Antonio durch eine entschlossene Rede im Senat verhindert, dass die Juden nach Murano umgesiedelt werden.«

»Wir sind Euch zu Dank verpflichtet, Exzellenz!«, sagte Elija.

»Die Republik ist der jüdischen Gemeinde dankbar für ihre finanzielle Unterstützung.« Antonio verzog die Lippen zu einem Lächeln. »Ihr seid Aron Ibn Dauds älterer Bruder, nicht wahr?«

»Ja, Exzellenz.«

»Euer Bruder hat sich um die Republik verdient gemacht. Er hat der Serenissima in den letzten Jahren stets sehr großzügig Geld geliehen.«

»Ja, das hat er.«

Elija und Antonio waren einander noch nie begegnet – und trotzdem hatte ich das Gefühl, dass beide sich seit Jahren kannten … über Aron? Aber was, zum Teufel, hatte Aron denn mit Antonio zu tun? Die Verhandlungen über die Bedingungen der Condotta führte der jüdische Gemeindevorstand Asher Meshullam. Er bürgte auch für die Darlehen der jüdischen Gemeinde.

Welche dunklen Geschäfte tätigte Aron mit Antonio?

Und was wusste Elija über diese geheimnisvolle Verbindung?

Und wieso hatte Antonio mich am Pfingstsonntag so verächtlich, ja hasserfüllt von seinem Fenster aus angesehen, als ich einem Juden, Elijas Freund Jakob, geholfen hatte?

Tristan hatte uns keinen Augenblick aus den Augen gelassen, während ich Elija seinen Feinden Antonio Grimani und Antonio Tron vorstellte. Er war wütend und konnte sich nur mühsam beherrschen, als ich an Elijas Arm auf ihn zusteuerte.

Dann standen sich Tristan und Elija gegenüber und maßen einander mit Blicken wie zwei Feldherren auf dem Schlachtfeld.

»Tristan, das ist Rabbi Ibn Daud«, sagte ich in das Schweigen hinein. »Elija, darf ich dir Tristan Venier vorstellen, den Consigliere dei Dieci. Tristan und ich sind …«

»… eng befreundet«, ergänzte Tristan und legte mir sehr vertraulich den Arm um die Schultern. Es schien ihm gleichgültig, dass ihn Hunderte Gäste bei dieser zärtlichen Geste beobachteten. Seine Finger liebkosten auf eine höchst erotische Weise meine Haut und glitten spielerisch unter den Stoff am tiefen Ausschnitt meines Kleides.

Elija ließ mich los. Aber er wich keinen Schritt zurück.

»Ihr seid also Elija«, stellte Tristan fest und betrachtete ihn argwöhnisch. Seine Hand glitt noch ein wenig tiefer in den Ausschnitt meines Kleides. »Celestina hat in den letzten Tagen oft von Euch gesprochen …«

Elija schwieg.

»… und wenn sie in meinen Armen schläft, nachdem wir uns leidenschaftlich geliebt haben, seufzt sie manchmal Euren Namen.«

Entsetzt starrte ich ihn an, unfähig, ein Wort zu sagen.

Elija hielt Tristans Blick stand.

»Menandros und ich hatten am letzten Sonntagmorgen eine sehr ernsthafte Unterredung. Er erzählte mir, dass Ihr und Celestina an einer Übersetzung der griechischen Evangelien arbeitet. Dabei deutete er an, dass Eure Zusammenarbeit, sehr … wie nannte er es? … sehr *intensiv* ist und dass Ihr beinahe jeden Tag in der Ca' Tron seid, sogar am Sabbat«, lauerte Tristan.

»Das ist wahr«, gab Elija zu.

»Sagt mir: Wie ist Euer Verhältnis zu Celestina?«

Ich spannte die Schultern an, als Tristans Hand noch tiefer glitt.

Elija sah mir in die Augen. Was schimmerte in seinem Blick: Hoffnungslosigkeit? Traurigkeit? Nein, ganz sicher nicht! Er würde keinen Schritt zurückweichen!

»Celestina und ich sind eng befreundet«, bekannte Elija.

»Wie eng?«, setzte Tristan nach.

»Sehr eng.«

Tristan starrte Elija durchdringend an, als könnte er in seinen Augen lesen, wie weit er in mein Bett vorgedrungen war.

Ich legte meinen Arm um ihn. »Tristan, mein Liebster! Leonardo bittet die Gäste in den Bankettsaal«, versuchte ich zu retten, was noch zu retten war. »Würdest du mich bitte zu meinem Platz geleiten?«

Dann zog ich ihn mit mir fort und winkte Elija, uns in den benachbarten Bankettsaal zu folgen.

»Wie konntest du mich so demütigen!«, zischte Tristan so leise, dass Elija, der hinter uns ging, ihn nicht hören konnte.

Tristan verbiss sich in sein zorniges Schweigen, bis wir unsere Stühle an der langen Tafel erreicht hatten.

Ich hatte erwartet, dass Elija am Ende des Tisches platziert werden sollte, doch ich hatte mich getäuscht. Der Doge hatte ihm einen Stuhl ganz in seiner Nähe zugewiesen – neben Tristan und mir. Offenbar nahm er an, dass Tristan und Elija sich kannten.

Tristan schob meinen Stuhl zurecht und ordnete umständlich die Falten meines Rockes. Dann beugte er sich über mich, und seine Finger liebkosten meine linke Schulter.

»Es tut mir Leid«, flüsterte er bewegt. »Vergib mir meinen Zorn!« Er ergriff meine Hand und küsste den Topasring, das Zeichen unserer Liebe.

Elija tat, als bemerke er es nicht.

Leonardo hatte uns stirnrunzelnd beobachtet. Als Antonio Grimani mit dem Buch unter dem Arm uns gegenüber an der Tafel Platz nahm, wandte er den Blick ab und ordnete scheinbar in Gedanken versunken das Silberbesteck neben seinem Teller.

Antonio Grimani legte seine Hand auf das Buch und hob sein Glas, um auf mein Wohl zu trinken. »Ich beglückwünsche Euch zu Eurem genialen Schlachtplan, Celestina! Ihr könnt gar nicht mehr verlieren! Meinen Respekt – Ihr seid wirklich eine gelehrige Schülerin von Alexander dem Großen.«

Ich hob mein Glas, trank jedoch nicht. »Ich kann nicht verlieren?«

Antonio Grimanis großartige Geste umfasste die gesamte Tafel, wo die Gäste sehr geräuschvoll Stühle rückten und miteinander schwatzend Platz nahmen.

»Nicht, nachdem Ihr jeden Anwesenden zu Eurem Mittäter gemacht habt«, schmunzelte der ehemalige Oberkommandierende der venezianischen Flotte. »Niemand hat den Saal verlassen, nachdem der Doge, der Patriarch, der Kardinal, die Prokuratoren und der Capo des Zehnerrats den Rabbi so zuvorkommend begrüßt haben, den Leonardo Loredan eingeladen hat – auf Euren Wunsch, nehme ich an.

Niemand hat die Tischgemeinschaft mit einem Juden verweigert, die das vierte Laterankonzil verboten hat – nicht einmal Seine Eminenz, unser sittenstrenger Patriarch Antonio Contarini. Ihr, Celestina, seid ebenso unkonventionell, ja geradezu revolutionär in Euren Ansichten über die Gleichheit aller Menschen wie Jesus Christus.« Antonio Grimani belächelte den giftigen Blick des Patriarchen, während er weitersprach: »Ihr macht uns alle zu Euren Mitwissern, Celestina. Ich bewundere Euch aufrichtig für Eure Unverfrorenheit!« Erneut hob er sein Glas. »Nun bin ich gespannt, was Ihr als Nächstes vorhabt!«

»Ihr werdet Euch gewiss nicht langweilen, Exzellenz!«, versprach ich ihm mit einem charmanten Lächeln.

Aus dem Augenwinkel nahm ich wahr, wie Antonio finster zu mir herüberstarrte. Er wirkte nicht glücklich über die Konstellation an der Tafel: Tristan und Elija saßen während des Diners an meiner Seite, während ich mich freundschaftlich mit Antonio Grimani unterhielt.

»Ich habe Euren Vater als politischen Gegner im Rat der Weisen sehr geschätzt«, gestand Grimani mit einem gehässigen Seitenblick auf meinen Cousin. »Giacomo Tron hatte Charakter: Er ließ sich von keinem Sturm vom festgelegten Kurs abbringen und steuerte sein Lebensschiff stets wohin *er* wollte. Wie oft kreuzte er unbeirrt gegen den Wind!« Grimanis Worte ließen jeden am Tisch erahnen, wem er diese Standfestigkeit im politischen Gegenwind *nicht* zutraute: Antonio Tron. »Wie sollte ich von Euch, meine liebe Celestina, etwas anderes erwarten als *dignitas et excellentia*, als Würde und höchste Vollkommenheit in allem, was Ihr tut!«

»Ich danke Euch, Exzellenz!«

»Bitte vergebt mir meine unstillbare Neugier! Aber Euer geheimnisvolles Lächeln übt eine unwiderstehliche Wirkung auf mich aus. Ich würde zu gern wissen, welche Verschwörung Ihr plant.« Er zwinkerte mir fröhlich zu. »Wollt Ihr mir die Freude machen und morgen Abend mit mir im Palazzo Grimani dinieren?«

»Mit dem größten Vergnügen!«, nahm ich die Einladung an und ignorierte den wütenden Blick, den Tristan mir zuwarf – offenbar war er wie Antonio verärgert, dass ich mich mit seinem gefährlichsten Gegner im Senat und mächtigsten Rivalen zum Abendessen traf.

Als das Mahl aufgetragen wurde, hatte Tristan bereits sein drittes Glas Wein geleert. Wollte er sich betrinken?

Elija stocherte mit seinem Dolch im Braten und schob das Gemüse von der einen Seite des Tellers auf die andere, um den Eindruck zu erwecken, er esse mit Genuss.

»Die Speisen, die dir serviert werden, sind koscher«, beruhigte ich ihn. »Asher Meshullams jüdischer Koch hat die fünfzehn Gänge für dich zubereitet und dein Geschirr in der Mikwa rituell gereinigt. Du kannst bedenkenlos essen.«

»Du bist wundervoll«, flüsterte er.

Während des Banketts spielte eine Gruppe Musiker leichte Stücke von Antoine Brumel und Josquin Desprez, die in der angeregten Unterhaltung bei Tisch beinahe ungehört verklangen.

Sobald die Diener die Teller des letzten Gangs abgetragen hatten, sprang Tristan auf und zog mich mit sich in den benachbarten Saal.

»Ich will den ganzen Abend mit dir tanzen!« Er küsste mich sehr leidenschaftlich. »Niemand darf dich mir wegnehmen! Schon gar nicht dieser verdammte Ju…«

»Tristan, du bist betrunken!« Energisch entwand ich mich seiner Umarmung. »Wenn du wieder nüchtern bist, darfst du mich um einen Tanz bitten. Du weißt, wo du mich dann finden kannst.«

Ich ließ ihn stehen und kehrte in den Bankettsaal zurück. An der Tür wäre ich beinahe mit Antonio zusammengestoßen, der mit gesenktem Blick in Richtung Portal strebte. Mein Cousin murmelte eine Entschuldigung und eilte an mir vorbei.

Er wirkte verstört: Schon während des Banketts hatte ich bemerkt, dass er ungeduldig auf das Ende der Speisenfolge wartete, um … ja, um was zu tun?

Kopfschüttelnd ging ich durch den Bankettsaal zu Elija hinüber.

»Mein Liebster, würdest du gern die Tarantella mit mir tanzen?«

285

»Ich dachte, du tanzt mit Tristan …«, begann er verwirrt und sah zum Portal des Saals hinüber. »Wo ist er?«

»Tristan nimmt ein Bad in der Lagune.«

»Celestina, das ist gegen jede gesellschaftliche …«

»Ich hatte nicht vor, heute Abend mit dir über Moral und Anstand und gesellschaftliche Konventionen zu diskutieren. Ich will mich mit dir amüsieren, mein Geliebter.«

Leonardo beobachtete mit ungläubig zusammengekniffenen Augen, wie Elija mir in den anderen Saal folgte. Antonio Grimani dagegen verzog amüsiert die Lippen und nahm sich erneut das Buch vor, um ein wenig darin zu blättern.

Elija und ich tanzten die Tarantella und einen Saltarello.

Noch vor wenigen Tagen hatte ich bezweifelt, dass wir jemals auf einem Fest der venezianischen Nobiltà miteinander tanzen würden!

Nach dem zweiten Tanz hielt er inne.

Ich folgte ihm zu den großen Fenstern, die auf die nächtliche Lagune blickten. »Du bist plötzlich so ernst! Was ist los?«, fragte ich und lehnte mich gegen ihn.

»Während wir uns hier amüsieren, leidet Salomon Ibn Ezra in den Pozzi an den Wunden der Folter.«

Ich blickte Elija in die Augen. »Würdest du ihn gern besuchen?«

»Ist das möglich?«

»Nein«, sagte ich ruhig. »Aber ich *mache* es möglich.«

Ich bat ihn, auf mich zu warten, und kehrte in den Bankettsaal zurück, um Leonardo meinen Wunsch vorzutragen. Zuerst zögerte er, doch dann gab er nach und schickte einen Boten ins Gefängnis im Erdgeschoss. Ich kehrte zu Elija zurück. Gemeinsam stiegen wir die Treppen hinunter zu den Pozzi.

Mit lautem Schlüsselgerassel wurde die Tür zu Ibn Ezras Zelle aufgeschlossen. Ein moderiger Geruch wie aus einem Grab wehte uns entgegen. Ein Wächter reichte Elija eine Kerze, und ich folgte ihm in die dunkle Kammer.

Die Gefängniszellen im Ostflügel des Palastes wurden wegen der ständigen Feuchtigkeit Pozzi, Brunnen, genannt – sie lagen auf der Höhe des Meeresspiegels. Sie waren aus Stein gemauert und mit dicken Holzbohlen ausgeschlagen. Eine Holzpritsche diente als Bett, ein Brett an der Wand als Regal, ein Eimer mit Deckel als Abtritt. Im Vergleich zu den engen, schmutzigen und von Ungeziefer verseuchten Massenkerkern anderer Städte waren die Pozzi, wo jeder Gefangene eine saubere Zelle und ein Bett hatte, menschenwürdige Gefängnisse.

Elija stellte die flackernde Kerze auf das Regalbrett und setzte sich auf den Rand der Pritsche, wo Ibn Ezra zusammengekrümmt unter einer Wolldecke lag.

Elija ergriff seine Hand. »Schalom, Salomon!«, sagte er und strich dem Mann, dessen Gesicht im Schatten lag, sanft eine Haarsträhne aus der Stirn.

»Qué pasó?« Salomon blinzelte panisch in das Licht der Kerze. Fürchtete er, in dieser Nacht exekutiert zu werden?

Er wollte sich aufrichten, doch Elija drückte ihn auf das Lager.

»Cómo estás?«, fragte Elija.

»Estoy tán contento que estás aquí, Rabino«, antwortete Salomon erleichtert.

»Tienes dolor?«

»Si«, nickte der Gefolterte gequält. »Y tengo sed.«

Elija schenkte ihm aus einer Karaffe einen Becher Wasser ein, den Salomon durstig leerte. Dann erst bemerkte er mich. »Quién es?«

»Celestina es una amiga.«

»Es cristiana tu amiga, verdad?«, wollte Salomon wissen.

»Si«, nickte Elija. »Todavía.«

»Sois amantes?«

Elija nickte stumm, und Salomon seufzte.

Elija fragte, ob er etwas für ihn tun könne, aber der Gefangene schüttelte den Kopf und wies auf das Buch neben sich: das Alte Testament in Lateinisch – er habe alles, was er brauche. Elija half dem geschwächten Salomon auf die Beine, stützte ihn und betete mit ihm auf Hebräisch. Es war ein trauriges Gebet. Dann führte Elija ihn sehr liebevoll zurück zu seinem Bett.

»Gracias por la bendición, Rabino!«, flüsterte Salomon. »Hasta luego.«

Traurig verabschiedete sich Elija. Es würde wohl kein ›Hasta luego – Wir sehen uns bald wieder‹ mehr geben. »Schalom, Salomon.«

Dann nahm er die Kerze vom Regalbrett und zog mich aus der Zelle. Die Tür wurde hinter uns zugesperrt.

Elija und ich gingen hinaus in den Hof des Dogenpalastes. Er war sehr still, als er zu den erleuchteten Fenstern des Bankettsaals hinaufblickte. Fröhliche Musik wehte zu uns herab.

»Ich würde gern einen Augenblick allein sein …«, begann er. Als ich mich abwenden wollte, hielt er mich fest. »… mit dir.«

Sein Gesicht glühte im Schein der Fackeln im Innenhof.

Tristans Auftreten hatte ihn sehr verletzt.

»Lass uns zum ›Königreich der Himmel‹ hinaufgehen«, schlug ich vor. »Dort sind wir ungestört.«

Ich nahm seine Hand und führte ihn die Treppe hinauf zur Dachkammer. Von innen verriegelte ich die Tür, um dann Elija in die Finsternis des weiten Raumes zu folgen.

»Du hast Salomon Ibn Ezra nicht gefragt, ob er die Conversos verraten hat, die wie er als Juden leben.«

»Nein«, erwiderte Elija. »Ich war im Gefängnis, um Salomon zu trösten, und nicht, um das Verhör der Dieci fortzusetzen. Salomon hat gewiss niemanden verraten.«

»Auf seine Frage ›Sois amantes?‹ hast du eben genickt. Nach Tristans Verhalten dir gegenüber im Empfangssaal und während des Banketts … Nach meinem Verhalten dir gegenüber in den letzten Wochen … Verzeih mir: Ich wollte dir nicht wehtun! Aber ich habe es nicht über mich gebracht, dir von der Liebe zwischen Tristan und mir zu erzählen!«

Ich holte tief Luft.

»Bitte versteh mich nicht falsch, Elija! Aber sind wir noch Liebende?«

»Die Hölle sind wir!«

Tristan saß mit einer halb leeren Karaffe schweren Rotweins auf der Treppe. Offensichtlich hatte er seit Stunden auf mich gewartet – die Kerzen im silbernen Leuchter neben ihm auf den Stufen waren fast heruntergebrannt.

Ich schloss das Portal der Ca' Tron und lehnte mich dagegen. Es zerriss mir fast das Herz, den stolzen Tristan so zu sehen.

»Wir erschaffen uns das Inferno selbst – jeden Tag aufs Neue«, murmelte er in sein Weinglas und leerte es bis zum letzten Tropfen. »Sag mir, du große Philosophin: Gibt es Liebe ohne Leiden?«

»Nein.«

Er schenkte sich erneut das Glas voll. »Ich habe in den letzten Stunden, als ich auf dich gewartet habe, Höllenqualen erlitten. Ich bin durch den Palazzo Ducale geirrt, weil ich mit dir reden wollte, doch ich habe dich nicht gefunden. Da nahm ich an, dass du im ›Königreich der Himmel‹ warst. Mit *ihm*.«

Ich schwieg.

»Ich war zornig und enttäuscht«, gestand er. »Wie konntest du mir das antun – nach allem, was wir beide erlitten hatten. Als unsere Väter in der Schlacht fielen. Als du beinahe an der Pest gestorben warst. Als Antonio dich …« Tristan verstummte und biss sich auf die Lippen. »Dann habe ich dich mitten in der Nacht zum Schiff nach Athen gerudert. Als ich im Morgengrauen dem Schiff nachsah, habe ich gedacht, dass ich dich nie wiedersehe.

Drei Jahre lang habe ich auf dich gewartet. Drei endlose Jahre. Tausend traurige Tage und tausendundein einsame Nächte. Aber ich … Bitte verzeih!« Seine Gefühle überwältigten ihn. »Aber ich habe die Hoffnung niemals aufgegeben. Jede Nacht, bevor ich einschlief, habe ich mir gesagt: Eines Tages wird sie zu mir zurückkehren. Dann wird sie in meinen Armen einschlafen, und am nächsten Morgen werde ich neben ihr aufwachen. Nie mehr werde ich einsam sein!«

In der Seele berührt setzte ich mich neben ihn auf die Stufen, nahm ihm das Glas aus der Hand und umarmte ihn.

»Ich war so glücklich, als du aus dem Exil zurückkamst«, seufzte er. »Erinnerst du dich an unseren ersten Kuss?«

»Es war am Tag meiner Rückkehr aus Athen. Du hattest seit Stunden am Molo auf mich gewartet. Unter den Statuen von Adam und

Eva im *Sündenfall* an den Arkaden des Dogenpalastes haben wir uns geküsst.«

»Liebe ist keine Sünde. Sie ist eine Gnade Gottes«, murmelte er. »Sie ist ein kostbarer Schatz – eine ganze Truhe voller tiefer Gefühle wie Freude, Sehnsucht, Geborgenheit, Zärtlichkeit, Leidenschaft und Glückseligkeit … schöne Erinnerungen an die Augenblicke, die unserem Leben erst einen Sinn geben.

Vorhin habe ich mich daran erinnert, wie du mich als Kind in die Rosen gestoßen hast. Das war der Beginn unserer Freundschaft, die nun schon neunzehn Jahre hält. *Neunzehn Jahre*, Celestina! Das ist unser ganzes Leben …«

Ich strich ihm sanft über das lange Haar, schob eine Strähne aus seiner Stirn und küsste die Narbe von den Rosendornen.

»Und ich habe mich daran erinnert, wie wir vor einigen Wochen in Florenz die Ringe tauschten.« Tristan ergriff meine Hand und hielt den funkelnden Topasring ins Licht der Kerzen. »In jener Nacht in Florenz habe ich dir geschworen, dich zu lieben, bis der Tod uns trennt. ›Jeden Tag meines Lebens will ich um dich kämpfen‹, habe ich dir versprochen.

Wir haben die Ringe getauscht als Zeichen unserer innigen Liebe, unseres tiefen Vertrauens und als Symbol unserer Freiheit, die wir uns jeden Tag neu schenken wollten. Wir waren beide zu verletzt: Nur so, einander die Freiheit schenkend, hat unsere Beziehung … zwei Jahre lang … alle Stürme überstehen können.« Tristan weinte still in sich hinein.

Gerührt legte ich ihm den Arm um die bebenden Schultern und küsste ihm die Tränen aus dem Gesicht.

»Ich habe dir deine Freiheit genommen, als ich dich bat, mich zu heiraten. Ich habe dich mit meinem Herzenswunsch nach einem Kind bedrängt. Und ich habe versucht, dich zu beschützen, damit niemand mir meinen kostbarsten Schatz wegnehmen würde. Als ich Leonardo vorhin nach dir fragte, hat er mir erzählt, dass du ihn gebeten hattest, herauszufinden, wer die Männer vor deinem Haus angeworben hat. Er sagte mir, wie entsetzt du warst, als er dir sagte, dass *ich* sie geschickt hätte.

Celestina, es tut mir Leid. Es tut mir so unendlich Leid! Bitte vergib mir: Ich wollte dir keine Angst machen! Nach dem Mordanschlag auf dich wollte ich mit dir für einige Wochen nach Rom reisen, doch du hast es abgelehnt. Nach jenem Gottesdienst in San Marco wollte ich dich bitten, zu mir in die Ca' Venier zu ziehen, weil ich annahm, du wärst schwanger und wir könnten ein Kind haben. Aber ich habe es nicht gewagt. Du warst in Lebensgefahr, also habe ich die beiden Männer angeworben, die dich bewachen sollten!«

Ich wusste nicht, was ich sagen sollte.

»In den letzten neunzehn Jahren haben wir so viele Stürme überstanden, die uns auseinandergerissen und wieder zusammengeführt haben, dass wir diesen gefährlichen Strudel unserer verwirrten Gefühle, der uns in die Tiefe zu reißen droht, auch noch überstehen werden.«

»Ich verstehe nicht …«

»Ich habe nichts dagegen, wenn du mit Elija an der Übersetzung der Evangelien arbeitest. Ich werde auch nichts dagegen sagen, wenn ihr euch liebt und er in demselben Bett schläft wie ich. Ich gebe zu: Er sieht gut aus. Er ist gebildet und, wie du, in der Welt herumgekommen: Granada, Alexandria, Paris, Florenz – Menandros hat es mir erzählt. Elija spricht fließend sechs Sprachen. Er kann dich Hebräisch lehren.

Und im Gegensatz zu mir versteht er offenbar deine Arbeit als Humanistin. Am Pfingstsonntag war Menandros sehr ehrlich zu mir – seine Worte haben schmerzhafte Wunden gerissen. Und sie beginnen gerade wieder höllisch wehzutun.«

Mit beiden Händen fuhr er sich über das Gesicht.

»Ich verstehe, dass du dich zu Elija hingezogen fühlst. Das Orientalische reizt dich – und das Verbotene. Und ich weiß, dass ich dir die Liebe zu ihm nicht verbieten kann.

Wenn du dich mit ihm amüsieren willst, lasse ich dir dein Vergnügen. Und wenn eines Tages das Feuer deiner Leidenschaft ausgebrannt ist, dann komm zurück zu mir. Ich werde auf dich warten, Celestina. Gleichgültig, wie lange es dauert: Ich werde *immer* auf dich warten!«

Er küsste mich zart auf die Wange und erhob sich.

»Wenn du mich suchst, Celestina, dann weißt du, wo du mich finden kannst: in der Hölle!«

Damit wandte er sich um und verließ mich.

Tristan hatte Recht: Die Hölle sind wir.

ᛒᚩ ELIJA ᥩ

KAPITEL 10

Als Celestina in ihrem Palacio verschwand, atmete ich auf. Als wir den Dogenpalast verließen, hatte sie mir gestanden, dass sie sich vor dem Bettler auf den Stufen von San Vidal fürchte – der Mann, der die Ca' Tron bewachte, war bereits einmal auf sie losgegangen.

Vorsichtig spähte ich um die Ecke.

Der Bettler kauerte auf den Stufen der kleinen Kirche und schien zu schlafen. Wo war der andere? In der Finsternis konnte ich ihn nicht sehen.

Lautlos schlich ich rückwärts, verschmolz mit den Schatten an den Hauswänden und huschte zur Kirche San Stefano am Nordende des Campos. Am Portal des Seitenschiffes verharrte ich. War ich bemerkt worden?

Schritt für Schritt tastete ich mich an der Backsteinfassade entlang zur schmalen Gasse, die zum Campo San Angelo und weiter zum Campo San Luca führte. Ich wollte in die Mikwa gehen, um mich zu reinigen. Dann ins Bett. Ich war müde und sehnte mich nach ein paar Stunden Schlaf.

Aus dem Augenwinkel nahm ich wahr, wie das Portal der Ca' Tron aufgerissen wurde – ein Schatten stürmte heraus.

Tristan?

Am Gartentor blieb er stehen und fuhr sich mit beiden Händen über das Gesicht. Dann eilte er zu dem Bettler auf den Stufen von San Vidal, um kurz mit ihm zu sprechen. Der Mann, der auf der anderen Seite des Campos Celestinas Haus bewachte, huschte zu den beiden hinüber. Auch ihm gab Tristan Anweisungen.

Daraufhin holte er sein Pferd, das an der Gartenmauer festgebunden war, schwang sich in den Sattel, wendete und trabte über den Platz. Die beiden Männer folgten ihm.

293

Tristan ritt direkt auf mich zu. Gleich würde er mich in den Schatten erkennen.

Zwei hastige Schritte noch, und ich bog um die Ecke in die finstere Gasse. Atemlos huschte ich zum Hauptportal.

Es war verschlossen.

Ich warf mich mit der Schulter dagegen – vergeblich!

Das Hufgetrappel kam immer näher! Gleich würde Tristan in die Gasse einbiegen. Nicht auszudenken, was geschehen würde, wenn er mich für einen Attentäter hielt. Seine Männer würden sich mit ihren Dolchen auf mich stürzen, um sein Leben zu schützen.

Was sollte ich tun? Wohin fliehen? In die Gasse gegenüber? Ausgeschlossen: Sie hätten mich bemerkt!

Atemlos drückte ich mich in den tiefen Schatten des Portals.

Tristan bog um die Ecke, und die beiden Männer folgten ihm keuchend. Nicht einmal zwei Schritte von mir entfernt trabte er an mir vorbei. Er bemerkte mich nicht.

Als er am Ende der Calle dei Frari die Brücke zum Campo San Angelo überquerte, ging ich ihm nach.

Was war geschehen? Hatten Tristan und Celestina gestritten? Wusste er, dass wir im ›Königreich der Himmel‹ gewesen waren?

Während ich die Stufen der Brücke über den Rio di San Angelo hinauflief, sah ich Tristan am anderen Ende des Platzes in der Gasse verschwinden, wo das Attentat auf Celestina verübt worden war …

Die Gasse, die zu meinem Haus führte!

Ich rannte los, stolperte, raffte mich wieder auf und hastete ihm hinterher – ohne darauf zu achten, ob ich womöglich einem Signor di Notte in die Arme lief.

Dann hatte ich den Campo San Luca erreicht.

Wo war Tristan?

Beunruhigt blickte ich zu meinem Haus hinüber: Kerzenlicht schimmerte aus Davids und Arons Schlafzimmerfenstern.

Ich lauschte: kein Hufgetrappel, kein Schnauben, keine Schritte. Alles war ruhig.

Hastig bog ich nach links in die schmale Gasse, die zum Canal

Grande führte, rannte durch die Finsternis bis zum schwarzen Kanal, spähte um die Ecke, die Riva entlang.

Tristan war auf den Stufen zum Ponte di Rialto vom Pferd gesprungen und wartete, dass die Wächter die Brücke herabließen, damit er passieren konnte. Im Schein der Fackeln lehnte er an der Flanke seines Hengstes und schien sich an den Zügeln festzuhalten.

Einer der Bewaffneten reichte Tristan eine Fackel, und schließlich führte er sein Pferd über die Brücke. Mit seinen Begleitern verschwand er zwischen den Warenlagern und Kontoren des Rialtomarktes.

Zu Unrecht hatte ich ihn verdächtigt, sich an mir rächen zu wollen.

Ich kehrte zum Campo San Luca zurück.

Müde stieg ich die Treppen zur Synagoge hinauf, um mich im kühlen Wasser des Tauchbades rituell zu reinigen.

Mit fahrigen Bewegungen entkleidete ich mich. Dann wusch ich mich, stieg nackt die Stufen in das Becken hinab, sprach den Segen und ließ mich dann mit geschlossenen Augen in das Wasser fallen.

Es war kühl und erfrischend, und ich tauchte unter.

Alle Gedanken, alle Zweifel riss es von mir fort. Tristans Blick, als ich ihm im Palazzo Ducale gegenüberstand – wie verletzt er gewesen war! Salomons Frage »Sois amantes?«. Celestinas Geständnis im ›Königreich der Himmel‹.

Entspannt stieg ich wenig später aus der Mikwa und kleidete mich wieder an.

Nach dem Nachtgebet vor dem Tora-Schrein stieg ich die Treppen hinunter und ging ohne jede Eile nach Hause.

Die Fackeln waren längst gelöscht. Wie spät mochte es sein?

Als ich die Tür meines Hauses erreichte, hielt ich inne.

Ein Feuerschein am nördlichen Nachthimmel!

Im Stadtteil Santa Croce? In San Polo? Oder am Rialto?

Ich stürmte los, über den kleinen Campo, die Calle entlang zum Canal Grande. Auf der Riva blieb ich stehen, starrte über den Kanal hinweg auf die andere Seite.

Feuerschein über dem Rialto! Ein Kontor brannte! Es war …

»O Gott, nein!«, flüsterte ich entsetzt, drehte mich um und rannte zurück zu meinem Haus.

Mit zitternden Fingern stieß ich den Schlüssel ins Schloss, riss die Haustür auf und stürmte die Treppen hinauf.

Davids und Judiths Schlafzimmertür stand einen Spalt offen. Der Kerzenschein fiel bis auf die obersten Stufen der Treppe.

»… bist eifersüchtig!«, brüllte David.

Seit Tagen war mein Bruder gereizt gewesen, hatte sich immer wieder an Judiths Schweigen entzündet, aber in dieser Nacht schien sein feuriges Temperament mit ihm durchzugehen.

Judiths Antwort konnte ich nicht verstehen. Die sanfte, stille Judith, die mit dem Band ihrer Liebe unsere Familie zusammenhielt, sprühte vor Zorn!

Erschrocken blieb ich stehen.

David und Judith stritten sich! Waren es wieder die langen Blicke, die David Celestina zuwarf und die Judith so wehtaten? Das verliebte Funkeln in seinen Augen? Die zarten Küsse auf Celestinas Wange?

Was sollte ich tun? Wenn ich die Tür zu ihrem Schlafzimmer aufriss, würden sie wissen, dass ich ihren Streit mitangehört hatte. Ich hatte keine Ahnung, wie David darauf reagieren würde – in den letzten Tagen hatte die Luft zwischen uns vernehmlich geknistert.

Also drehte ich mich um und schlich wieder hinunter zur Haustür, die ich so laut wie möglich öffnete und mit einem Knall zuschlug, um dann »David! Aron!« brüllend die Treppe hinaufzustürmen.

»Feuer auf dem Rialto!«, rief ich, als David aus seinem Schlafzimmer trat. »Zieh dich an und komm mit!«

Mein Bruder eilte in den Raum zurück, und ich rannte die nächste Treppe hinauf zu Arons Wohnung.

Aron und Marietta waren eng umschlungen eingeschlafen, nachdem sie sich geliebt hatten – das Bett war zerwühlt, das Kopfkissen und das Laken lagen auf dem Boden.

»Aron, wach auf!« Ich rüttelte ihn an der Schulter, bis er sich zu mir umdrehte. »Aron!«

»Was ist?«, murmelte er verschlafen.

»Dein Kontor brennt!«

Aron sprang aus dem Bett, stolperte durch die Dunkelheit seines Schlafzimmers und tastete nach seinen Hosen.

Während Marietta sich erhob, hastete ich wieder die Treppe hinunter und hätte beinahe Judith umgerannt, die in ein Bettlaken gehüllt auf mich wartete. Sie reichte mir eine Ledertasche.

»Bring mir David und Aron zurück!«

Ich umarmte Judith. »Mach dir keine Sorgen!« Dann küsste ich sie und rannte mit der Tasche die Treppe hinunter.

Aron war fünf Stufen hinter mir, David wartete bereits an der Haustür auf uns. Gemeinsam eilten wir über den Campo, die Gasse entlang zum Canal Grande.

An der Riva blieb Aron entsetzt stehen. »Das darf nicht wahr sein!«

David zog ihn mit sich fort. Ich folgte ihnen zum Ponte di Rialto, wo die Wächter aufgeregt diskutierend zum feurigen Inferno hinüberstarrten. Erst vor wenigen Jahren war die hölzerne Brücke, die einzige Verbindung über den Canal Grande, gemeinsam mit dem nur wenige Schritte entfernten Fondaco dei Tedeschi abgebrannt. Eine Katastrophe!

Die Brücke war hochgezogen.

Aron bestürmte die Wächter, uns hinüberzulassen – vergeblich! Als mein Bruder in seinem ohnmächtigen Zorn auf die Bewaffneten losgehen wollte, zerrten David und ich ihn fort.

»Wir schwimmen hinüber!«, entschied ich und warf meine Brokatjacke fort. Dann sprang ich in den Kanal und schwamm mit der ledernen Tasche auf die andere Seite.

David und Aron folgten mir.

An einem Bootssteg kletterten wir an Land und rannten an der Fondamenta del Vin entlang in Richtung der Brücke. Dann bogen wir nach links in eine Gasse, die zum Rialtomarkt führte.

»Diese verfluchten Gojim!«, brüllte Aron, als wir vor seinem Kontor anlangten. Mein Bruder rang hilflos die Fäuste: Das Haus brannte lichterloh.

Ein paar Anwohner hasteten mit Eimern zum Canal Grande, um den um sich greifenden Brand zu löschen, bevor das ganze Stadtviertel, der Rialtomarkt mit den Lagerhäusern, der Ponte di Rialto und der Fondaco in Flammen standen.

Hufgetrappel.

Ich fuhr herum: Tristan, wie David, Aron und ich in Hemd, Hosen und Stiefeln, galoppierte vom Campo di San Polo heran. Ein Signor di Notte folgte ihm – anscheinend hatte er Tristan aus dem Bett getrommelt.

Vor dem brennenden Haus zügelte Tristan seinen panisch scheuenden Hengst und sprang aus dem Sattel. Als er mich im Feuerschein erkannte, warf er die Zügel dem Signor di Notte zu und eilte zu mir herüber.

Sein Blick suchte meinen, aber offenbar wusste er nicht, wie er sich mir gegenüber verhalten sollte. Schließlich wies er auf das brennende Haus. »Es tut mir Leid, Elija. Das ist ... das *war* das Kontor Eures Bruders, nicht wahr?«

Ich nickte stumm.

»Ich werde eine Untersuchung des Consiglio dei Dieci anordnen«, murmelte er. »Ein Anschlag auf eine jüdische Bank ist ein Gewaltverbrechen gegen die Republik Venedig.«

»Das ist sehr freundlich von Euch, Tristan.«

Er war überrascht, weil ich ihn mit seinem Vornamen ansprach.

Aron, der unsere Unterhaltung verfolgt hatte, stürmte plötzlich an uns vorbei zum Portal des Kontors.

»Aron!«, rief ich ihm erschrocken nach, doch er blieb nicht stehen, sprang über einen herabgestürzten Haufen Fassadenziegel und rannte in das brennende Haus. Offenbar wollte er retten, was noch zu retten war: den schweren Tesoro mit den Goldmünzen!

Ohne zu überlegen, folgte ich meinem Bruder.

Der dichte Rauch raubte mir den Atem, und die Hitze des Infernos versengte mir die Haare. Ich zog mein nasses Hemd aus und wickelte es mir um den Kopf. Schritt für Schritt kämpfte ich mich durch die Flammen.

Wo war Aron?

Ich fand ihn im nächsten Raum. Er hockte vor dem Tesoro, einer Stahlkassette – zu schwer, um sie aus der Feuersbrunst zu retten. Inmitten der prasselnden Flammen versuchte mein Bruder mit einem Schlüssel das Schloss zu öffnen. Schließlich hob er den schweren Deckel an. Ich kniete mich neben ihn und half ihm, die Goldmünzen in die mitgebrachte Tasche zu werfen.

»Und die Kreditverträge?«, fragte ich. Ich musste brüllen, damit er mich verstand.

Er schüttelte stumm den Kopf und reichte mir die schwere Tasche. Dann hastete er zum Tisch, wo ein Haufen Dokumente lichterloh brannte, und warf das brennende Bündel in den Tesoro.

»Wo ist das Kontobuch?«

Wortlos wies er auf den leeren Arbeitstisch.

Es war verschwunden!

In diesem Augenblick tauchte Tristan keuchend und hustend neben uns auf.

Sein Blick irrte von Aron zu mir – waren wir unverletzt? –, zu den brennenden Dokumenten im Tesoro, die er offensichtlich für vernichtete Kreditverträge hielt.

Ein furchtbarer Verdacht stieg in mir hoch.

»Raus aus diesem Höllenfeuer, bevor das Haus einstürzt!«, brüllte Tristan, packte Aron und mich am Arm und zog uns durch die lodernden Flammen in Richtung der Gasse.

Ein brennender Deckenbalken krachte direkt vor uns zu Boden und versperrte uns den Fluchtweg zur Tür. Gleich darauf folgte ein zweiter, glühend und schon fast verkohlt.

»Aron … Elija … springt!«, rief Tristan hustend und schützte sein Gesicht mit den erhobenen Armen. Seine Haare würden versengen, denn sie waren nicht nass wie unsere.

Während Aron über die flammenlodernden Balken sprang und Tristan »Jetzt du, Elija!« brüllte, barst krachend ein Stück der hölzernen Decke und stürzte mit Donnergetöse herab.

Ich warf mich gegen Tristan, und wir fielen beide zu Boden. Der Balken verfehlte uns nur um Haaresbreite.

Dann riss ich mir das nasse Hemd vom Kopf und gab es Tristan, der schwankend aufstand.

»Elija, das kann ich nicht anneh…«

»Nimm es, Tristan!« Ich wickelte ihm den nassen Seidenstoff um den Kopf und stieß ihn grob in Richtung des Portals. »Und nun rette dich endlich aus diesem Inferno!«

Mit einem gewaltigen Satz war er in dem wogenden Flammenmeer verschwunden. Ein weiterer Deckenbalken krachte einen Schritt hinter mir auf die zerberstenden Terrakottafliesen.

Ich war umgeben von Feuer.

Die Hitze brannte auf meiner Haut und in meinen Augen, raubte mir den Atem.

Keuchend nach Luft ringend dachte ich an Sarah und Benjamin, die im Feuer gestorben waren. Ich erinnerte mich an ihre furchtbaren Schmerzensschreie, an ihre Qualen, als die Flammen sich an ihren Beinen hochfraßen, sie bei lebendigem Leib verbrannten. Die Stichflamme, als ihre Haare wie ein glühender Heiligenschein in Flammen aufgingen. Und dann war das Feuer über ihnen zusammengeschlagen.

Ein Knall, gefolgt von Knirschen und ohrenbetäubendem Donnern. Das Haus begann einzustürzen!

Ich riss die Arme hoch, um mich gegen das Feuer zu schützen, hechtete über die Balken hinweg, rollte auf dem Boden ab, prallte hart mit der rechten Schulter auf und blieb vom Schmerz benommen liegen.

Tristan riss mich hoch und schleppte mich hinaus auf die Gasse.

Ein paar Schritte weiter sanken wir beide hustend auf die Knie, während einige Männer mit Wassereimern an uns vorbeirannten.

Tristan lehnte neben mir an einer Hauswand, als David zu uns eilte und sich neben uns kniete.

»Habt Ihr Schmerzen, Signor Venier?«, fragte er besorgt, während er sich über Tristan beugte, um ihn im Schein des Feuers zu untersuchen.

»Nein«, keuchte Tristan. »Es geht mir gut. Was ist mit Aron?«

»Der Ewige sei gelobt: Er hat sich die Hände verbrannt, doch ansonsten ist er unverletzt«, antwortete mein Bruder.

Tristan zog sich mein Seidenhemd vom Kopf und reichte es mir. »Als der brennende Balken auf mich herabstürzte, hast du mir das Leben gerettet, Elija. Ich stehe in deiner Schuld.«

»Ich danke *dir*, Tristan. Du hast versucht, Aron und mich aus dem Inferno zu befreien.«

Er sprang auf. »Ich werde zum Dogenpalast reiten und noch heute Nacht eine Untersuchung des Consiglio dei Dieci anordnen.« Er blickte zu den hoch auflodernden Flammen hinüber. »Das war Brandstiftung!«

»Wieso glaubst du das?«

David half mir auf.

»Erst vor wenigen Minuten bin ich vom Ponte di Rialto durch diese Gasse geritten. Die Fackeln in der Stadt sind seit Stunden gelöscht. Heute ist Sonntag, lange nach Mitternacht … genauer gesagt: Es ist Montagmorgen! Wie kann in dem verschlossenen Kontor ein Feuer ausbrechen? Wenn Aron oder einer seiner Angestellten wie dieser … wie heißt der Junge?«

»Yehiel ben Jakob Silberstern«, half ich ihm.

»… wie dieser Yehiel eine brennende Kerze vergessen hätte, wäre das Feuer schon früher ausgebrochen.« Tristan schüttelte den Kopf. »Ich denke, jemand hat das Tor aufgebrochen, im Kontor aber nicht das gefunden, was er suchte. Bevor er den Tesoro öffnen konnte, wurde er durch den Signor di Notte oder die Bewaffneten überrascht, die nachts die Gassen um den Rialto bewachen. Um seine Spuren zu verwischen, hat er Feuer gelegt.«

In diesem Augenblick stürzte das brennende Haus mit Donnergetöse in sich zusammen. Funken stoben in alle Richtungen, und die mit Wassereimern hin und her eilenden Anwohner schrien entsetzt auf, weil das Feuer auf die benachbarten Häuser und Warenlager überzuspringen drohte.

»Was könnte er im Kontor gesucht haben?«, fragte ich mit gespielter Naivität. »Mein Bruder hat nie viel Gold im Tesoro.«

»Was er gesucht hat? Einen Kreditvertrag!«, rief er, wandte sich ab, um zum Dogenpalast zu reiten, und ließ mich völlig verwirrt zurück.

Warum erwähnte er den Kreditvertrag?

Aron und Tristan hatten das Darlehen über zehntausend Zecchini bei keinem Notar beglaubigen lassen! Es gab keine Zeugen für das illegale Geschäft, nicht einmal einen Diener in der Ca' Venier. Tristan hatte bei Aron keine Juwelen als Sicherheit hinterlegt – David hatte sich darüber aufgeregt.

Und nun war Arons Ausfertigung des Vertrages vernichtet.

Das dachte Tristan jedenfalls, nachdem er die brennenden Papiere im offenen Tesoro gesehen hatte, die Aron absichtlich dort hineingeworfen hatte.

Zugegeben: Mein Bruder war gerissen!

Die Sonne war bereits untergegangen, als ich am nächsten Abend zur Ca' Tron ruderte. Müde betrachtete ich die ersten funkelnden Sterne am Abendhimmel.

Ich war müde, denn wegen des Brandes hatte ich kaum geschlafen. Die ganze Nacht hindurch hatten wir Wassereimer geschleppt, um das Feuer zu löschen, das sich bis zum Morgengrauen durch zwei weitere Häuser gefressen hatte. Die Funken des lodernden Infernos waren bis zum Ponte di Rialto geweht worden – und nicht alle waren in der Luft verglüht. Dann, im ersten Licht des neuen Tages, hatten wir das Feuer endlich besiegt.

Während ich meine Gondel durch den Canal Grande steuerte, dachte ich über das Gespräch mit Aron nach.

»Wen hast du im Verdacht?«, hatte ich gefragt.

»Tristan Venier.« Als ich nickte, fügte er hinzu: »Und Antonio Tron.«

»Wie hoch ist sein Kredit?«

»Sechstausend Zecchini.«

»Wann hat er dich um das Geld gebeten?«

»Vor fünf Jahren.«

»Warum zahlt er dir die Summe nicht zurück?«

»Er kann es nicht. In den vergangenen Jahren hat er als Prokurator der Serenissima fast sein gesamtes Vermögen geliehen, doch wegen des andauernden Krieges ist die Republik nicht in der Lage, ihm das Geld zurückzuerstatten. Antonio Tron kann kaum noch seine Steuern begleichen. Immer wieder bittet er mich um Geduld.«

»Zahlt er denn wenigstens die Zinsen?«, hatte David sich eingemischt.

Aron hatte den Kopf geschüttelt. »Der Betrag, den er mir schuldet, wird immer höher. Im Augenblick sind es zehntausend Zecchini – inklusive der Zinsen.«

»Um Himmels willen, Aron! Wie kannst du das tun!«, hatte David sich aufgeregt. »Sag nur, du hast von Antonio Tron wie von Tristan Venier keine Sicherheiten verlangt.«

»Doch, das habe ich – wenn er mir auch keine Juwelen hinterlegt hat«, hatte Aron ruhig geantwortet. »Der Prokurator Antonio Tron, einer der mächtigsten Männer nach dem Dogen, wird sich mit seinem ganzen Einfluss für die dauerhafte Verlängerung der Condotta zwischen der jüdischen Gemeinde und der Republik Venedig einsetzen – zu vernünftigen Bedingungen.

In unserem letzten Gespräch in den Prokuratien habe ich ihm das Versprechen abgerungen, dass er seinen Freund Zaccaria Dolfin davon abhält, im Senat weiterhin die Ausweisung der jüdischen Gemeinde nach Murano oder auf die Terraferma zu fordern.«

»Tristan will den Anschlag auf dein Kontor durch den Consiglio dei Dieci untersuchen lassen«, hatte ich meinen Bruder erinnert. »Wirst du dem Zehnerrat von Antonio Trons Kredit erzählen?«

»Selbstverständlich nicht! Meinst du, ich will in der Gefängniszelle neben Salomon Ibn Ezra landen? Der Vertrag entspricht nicht den Bestimmungen der Condotta.«

David hatte verzweifelt die Hände gerungen.

»Wer könnte das Feuer sonst noch gelegt haben?«, hatte ich gefragt.

»Zaccaria Dolfin, dieser verdammte Judenhasser. Der Franziskanermönch Fray Santángel, der vor meinem Kontor den Zorn Gottes auf mich herabfleht. Und Chaim.«

»Chaim Meshullam, Ashers Bruder?«

»Vor ein paar Tagen sind wir wegen der Lieferung des Purpurs aus Alexandria heftig aneinander geraten. Es passt ihm nicht, dass ich Geschäfte mit dem Vatikan mache. Ich vermute, dass er mich bei den venezianischen Behörden verraten hat. Chaim und ich sind die reichsten jüdischen Bankiers in Venedig. Ein unsignierter Brief in eine Bocca di Leone, und der Rat der Zehn muss reagieren. Tristan Venier erpresste mich mit eben jenem anonymen Brief, um den Kredit über zehntausend Zecchini von mir zu bekommen.«

»Aber wenn der Brief nicht unterschrieben war, woher weißt du dann …«

»Rechts oberhalb der ersten Zeile, über dem ›So che Aron ha fatto – ich weiß, was Aron getan hat‹, stand ein hebräisches Schriftzeichen. Tristan Venier hielt es für eine unleserliche Unterschrift oder ein persönliches Zeichen. Aber es war eine hebräische Segnung, bestehend aus den schwungvoll verbundenen Buchstaben Bet und Hei: ›Baruch Ha-Schem – Gelobt sei der Name Gottes.‹ Entweder hat ein Jude diesen Brief geschrieben oder ein Christ, der den Eindruck erwecken will, ein Jude habe mich verraten.«

Während ich gemächlich durch den Canal Grande ruderte, schweifte mein Blick suchend über den kleinen Platz vor der Kirche Santa Maria della Carità. Wo war der dritte Mann, der Celestinas Haus bewachte? Die beiden anderen hatte Tristan in der Nacht zuvor mit sich genommen.

Wer hatte den dritten bezahlt?

Als ich ihn entdeckte – er stand mit einem Franziskanermönch am Portal der Kirche –, beschloss ich, mit Yehiel zu sprechen. Nachdem Arons Kontor abgebrannt war, gab es für ihn nichts zu tun. Ich hatte einen wichtigen Auftrag für ihn.

Meine Gedanken irrten zurück zu der anonymen Anschuldigung gegen Aron.

Die Christen malten Kreuze oberhalb der ersten Zeile ihrer Briefe. Die Zeichen bedeuteten ›Im Namen Gottes‹. Sie schrieben von links nach rechts, wir Juden von rechts nach links. Das ›Baruch Ha-Schem‹ stand bei frommen Juden über dem ersten Wort: links bei italienischen, spanischen und lateinischen, rechts bei hebräischen Briefen. Kein Jude würde das ›Baruch Ha-Schem‹ in einem italienischen Brief rechts schreiben, über dem *letzten* Wort der ersten Zeile. Das war völlig undenkbar! Es sei denn …

… dieser Jude wollte den Eindruck erwecken, er sei ein Christ, der vorgab, ein Jude zu sein …

… oder jener Christ wollte als ein Jude erscheinen, der das Zeichen absichtlich an der falschen Stelle machte, um den Verdacht auf einen Christen zu lenken.

Ich war zutiefst beunruhigt.

Und was meinte Tristan mit seiner Bemerkung, der Einbrecher habe einen Kreditvertrag gesucht? Wen verdächtigte *er:* Antonio Tron?

Tristan musste annehmen, sein Kreditvertrag wäre verbrannt. Er hatte die verkohlten Papierfetzen im Tesoro gesehen. Aber der Brandstifter war offenbar nicht fündig geworden, denn Aron bewahrte die Verträge nicht im Kontor, sondern in einem Tesoro in unserem Haus auf. Und noch eine Frage beunruhigte mich: Hatte der geheimnisvolle Unbekannte auch den Mordanschlag auf Celestina verübt?

Seufzend steuerte ich meine Gondel an den Bootssteg der Ca' Tron, machte sie am Pfosten fest und sprang auf den schwankenden Steg.

Alexia öffnete mir. »Kali nichta, Kyrie! Es tut mir Leid: Celestina ist nicht da. Sie ist zum Abendessen bei Signor Grimani eingeladen. Vor Mitternacht wird sie nicht zurückkommen.«

»Ich will nicht Celestina besuchen, sondern Menandros.« Es wurde Zeit, dass ich mich mit diesem geheimnisvollen Menschen unterhielt. »Ist er da?«

Alexia schloss das Portal hinter mir. »In seiner Wohnung.«

»Evcharistó«, bedankte ich mich und stieg die Stufen empor. Menandros bewohnte die Räume oberhalb des Gartens im Nordwestflügel der Ca' Tron.

Ich klopfte.

Keine Antwort.

»Menandros?«

»Komm herein!«, hörte ich durch die geschlossene Tür.

Leise öffnete ich und trat ein.

Die Gemächer waren mönchisch schlicht eingerichtet, wie in einem Kloster auf dem Berg Athos. Ein schmales Bett. Ein Schreibtisch. Mehrere Faltstühle. Ein Stapel Bücher. Mehr nicht.

Ich fand Menandros im nächsten Raum. Mit weit ausgebreiteten

Armen lag er vor einer Wand mit Ikonen und betete auf Griechisch zu Iesous Christos.

Als ich eintrat, sah er auf.

»Verzeih mir! Ich wusste nicht, dass du betest«, entschuldigte ich mich für mein Eindringen. »Ich werde wieder gehen …«

»Bitte bleib!«, bat er mich, hockte sich auf die Knie und bekreuzigte sich dreifach. Dann wandte er sich zu mir um. »Celestina ist nicht hier. Antonio Grimani hat sie zum Abendessen eingeladen. Sie will wegen deines Buches mit ihm sprechen. Sein Sohn, Kardinal Grimani, könnte das Nihil obstat geben.«

Celestina wollte Antonio Grimanis Einfluss nutzen, um die Druckerlaubnis des Consiglio dei Dieci für *Das verlorene Paradies* zu erhalten – das Buch über Alexander den Großen hatte ihn offenbar sehr erfreut. Celestina wusste, dass Daniel Bomberg meine Übersetzung der Evangelien mit hebräischen Lettern drucken konnte. Von Tristan hatte sie erfahren – inoffiziell natürlich! –, dass der Antwerpener bald das Druckprivileg für hebräische Bücher erhalten würde.

Bomberg selbst hatte ihr im Vertrauen erzählt, dass er in einigen Monaten eine hebräische Bibel mit Kommentaren der berühmten Rabbinen Rashi von Troyes, Levi ben Gerschom und Mosche ben Nachman drucken und sie Papst Leo X. widmen wollte. Und mein Freund Rabbi Elija Halevi war schon vor Wochen mit der Nachricht bei mir erschienen, Bomberg habe ihn gefragt, ob er nicht als Lektor für ihn arbeiten wolle.

Kardinal Domenico Grimani hatte mir an diesem Nachmittag seinen Besuch in meiner Synagoge für den nächsten Freitag ankündigen lassen. Celestina würde ihm nach dem Kiddusch von unserer gemeinsamen Arbeit erzählen. Wenn er uns das Nihil obstat gab, dann fehlte uns nur noch das Imprimatur.

Und die kirchliche Druckerlaubnis wollte sich Celestina bei ihrem Freund Giovanni de' Medici in Rom holen. Vor kurzem hatte sie mir erzählt, dass Leo X. in den nächsten Wochen eine Bulle herausgeben wollte, die das Dekret von Papst Innozenz über die allgemeine Bücherzensur ersetzen sollte. Papst Leo wollte die Approbation von Büchern mit einem kirchlichen Imprimatur vor der Veröffentlichung durchsetzen. Celestina hatte beschlossen, nach dem Weihnachtsfest nach Rom zu reisen, um von ihm das Imprimatur zu erbitten.

»Ich bin nicht wegen Celestina hier, sondern deinetwegen.«

Menandros wirkte überrascht.

»Ich will mit dir über Tristan sprechen.« Fasziniert trat ich zu der Wand mit den Ikonen. »Sie sind wundervoll.«

»Ich dachte, euch Juden seien Bilder verboten: ›Du sollst dir kein Bildnis machen‹ – Exodus, Kapitel 20, Vers 4«, murmelte er und strich verlegen über den schwarzen Stoff seiner Soutane.

Die zehn Gebote galten doch auch für ihn!

»Für mich sind Ikonen keine Objekte der Anbetung«, erwiderte ich, ohne mich zu ihm umzudrehen. »Ich verneige mich nicht vor ihnen, ich berühre und küsse sie nicht, wie du es als orthodoxer Christ tust, wenn du betest. Für mich sind sie nicht heilig, sondern schön. Noch nie habe ich so wundervolle Ikonen gesehen.« Ich wies auf das Bildnis eines bärtigen Mannes mit lockigem Haar auf schimmerndem Blattgoldhintergrund. »Ist das Johannes der Täufer?«

Menandros trat neben mich. »Ja.«

»Und das ist die Theotokos, die Gottesgebärerin, die Jungfrau Maria?« Als Menandros nickte, fragte ich: »Und jener Mann mit der zum Segen erhobenen Hand ist Iesous Christos?«

»Ja, das ist Er.« Menandros nahm die Ikone von der Wand und küsste sie andächtig. Dann gab er sie mir, damit ich sie betrachten konnte.

Dieser Christos entsprach keiner der Regeln der Malerei, weder denen der venezianischen Ölmalerei des Giovan Bellini oder Tizian Vecelli noch denen griechisch-orthodoxer Ikonen. Dieser Christos war außergewöhnlich! Er war kein auf den Wolken thronender Weltenrichter. Er blickte dem Betrachter mit einem gütigen Lächeln in die Augen, als ob er ihn im nächsten Moment ansprechen wollte: ›Mein lieber Bruder …‹

In diesem Augenblick wurde mir bewusst, wie sehr Menandros seinen Gottessohn liebte und welche Seelenqualen ihm meine Arbeit mit Celestina zufügen musste. Ich riss seinen Glauben in Fetzen, die, wie ich vor einigen Tagen zu meinem Freund Jakob gesagt hatte, niemand mehr als Evangelium bezeichnen konnte.

»Es sind sehr kostbare Bilder mit teuren Farben wie Lapislazuliblau, Purpurrot und Blattgold«, sagte ich bewundernd und gab ihm das Bildnis zurück. »Wer hat sie gemalt?«

»Ich«, murmelte er verlegen und presste Iesous Christos liebevoll an seine Brust.

Ich spürte, dass ihn ein Geheimnis umgab.

Sein Blick irrte über meine Schulter hinweg zum Tisch, der vor dem Fenster stand. Erst jetzt bemerkte ich im Dämmerlicht die Schälchen mit Farben, die feinen Pinsel, das Blattgold und die Ikone, an der er offenbar noch bis Sonnenuntergang gearbeitet hatte. Wen malte er? Ich konnte die Figur im diffusen Abendlicht nicht erkennen.

Menandros wurde plötzlich unruhig. »Ich habe in Istanbul Bücher kopiert und illustriert, um das Geld für mein Studium zu verdienen.« Dann wechselte er rasch das Thema. »Du möchtest mit mir über Tristan reden. Wollen wir uns nicht setzen?« Er wies auf zwei Sessel und hängte die Ikone wieder an die Wand.

Während ich es mir bequem machte, warf Menandros betont lässig ein Tuch über die begonnene Ikone. Das Blattgold wirbelte auf und wehte wie Herbstlaub zu Boden. Warum wollte er das Bild vor mir verstecken?

Dann füllte er zwei Kristallgläser mit Rotwein und reichte mir eines. »Wein von der Insel Chios.«

Der Wein war nicht koscher, doch ich nahm ihn trotzdem, um Menandros nicht zu kränken.

Er setzte sich mir gegenüber.

»Tristan erzählte mir, dass du am letzten Sonntag ein sehr ernsthaftes Gespräch mit ihm geführt hast«, begann ich.

»Das stimmt.«

»Er sagte, du hättest ihm erzählt, dass wir an einer Übersetzung der griechischen Evangelien arbeiten. Und dass unsere Zusammenarbeit sehr … wie nanntest du es? … sehr *intensiv* sei. Tristan schien zu wissen, dass Celestina und ich uns lieben. Was hast du ihm gesagt?«

Er nippte am Wein, dann stellte er das Glas weg. »Dass Celestina sich in dich verliebt hat.«

Menandros wich meinem Blick nicht aus.

»Und was ist gestern Nacht geschehen?«

»Tristan saß auf der Treppe und betrank sich, als sie vom Bankett im Dogenpalast nach Hause kam. Er fragte sie: ›Gibt es Liebe ohne Leiden?‹, und sie antwortete: ›Nein.‹ Er ahnte, dass ihr im ›Königreich der Himmel‹ gewesen wart und dass ihr euch dort geliebt hattet. Er war enttäuscht und zutiefst gedemütigt. Eure innige Liebe zerreißt ihm das Herz.

Aber dann erklärte er traurig, dass er nichts dagegen sagen werde, wenn ihr euch liebt. ›Wenn du dich mit Elija amüsieren willst, lasse ich dir dein Vergnügen. Und wenn eines Tages das Feuer deiner Leidenschaft ausgebrannt ist, dann komm zurück zu mir. Ich werde auf dich warten, Celestina. Gleichgültig, wie lange es dauert: Ich werde *immer* auf dich warten! Wenn du mich suchst, dann weißt du, wo du mich finden kannst: in der Hölle!‹ Dann ist er aufgestanden und gegangen. Ich glaube, er hat geweint.«

Deshalb war Tristan so bestürzt gewesen, als er mich im Feuerschein von Arons brennendem Kontor erkannte!

Verstohlen beobachtete mich Menandros über den Rand seines Weinglases hinweg.

»Nachdem Tristan nun ihr Bett verlassen hat … wie wirst du dich mir gegenüber verhalten?«

»Ich weiß es noch nicht«, gestand er ehrlich. »Ich schätze dich als Gelehrten und als Mensch. Ich finde es wundervoll, wie du mit Respekt und Toleranz das ›verlorene Paradies‹ neu zu erschaffen versuchst. ›Das messianische Friedensreich ist schon gekommen‹, hätte Christos gesagt, ›es ist schon da, mitten unter euch‹: Ein jüdischer Rabbi, eine Humanistin und ein orthodoxer Priester arbeiten friedlich zusammen an der Übersetzung der Evangelien.« Er schwieg einen Augenblick. »Dass du ein Dogma nach dem anderen widerlegst, tut mir sehr weh.«

»Deine Passionszeit hat noch nicht begonnen, Menandros«, entgegnete ich ernst. »Celestina und ich werden morgen mit der Übersetzung von Jeschuas Einzug nach Jeruschalajim beginnen.«

Menandros nickte. »In den nächsten Tagen, wenn du über die Tempelreinigung sprichst, das Abendmahl, die Festnahme im Garten, den Verrat, den Prozess und die Kreuzigung, werde ich wohl noch sehr viel zu leiden haben.

Du bist sehr fromm, Elija. Du und ich, wir haben dasselbe Ziel: Heiligkeit und Vollkommenheit. Und im Grunde glauben wir an dasselbe: die Wahrheit. Ja, wir sind uns sehr ähnlich. Ich glaube sogar, dass wir eines Tages Freunde werden könnten, wenn …«

»… wenn wir nicht beide dieselbe Frau lieben würden?«

Er nickte stumm.

»Celestina und ich lieben uns sehr. Aber das nimmt dir nicht das Recht, sie ebenfalls zu lieben, Menandros. Celestina hat ja nichts dagegen, wenn du sie zärtlich liebkost.«

»Du bist nicht eifersüchtig?«, fragte er überrascht.

»Nein, warum sollte ich? Es ist doch ihre Entscheidung, wen sie lieben will: Tristan, dich oder mich.« Ich trank bedächtig einen Schluck Wein, dann stellte ich das Glas auf den Tisch neben mir. »Celestina liebt Tristan, und sie wird ihn immer lieben. Als mir das gestern Nacht bewusst wurde, war ich enttäuscht – es tat mir im Herzen weh. Aber ich habe kein Recht, von ihr zu verlangen, Tristan nicht mehr zu lieben, wenn es sie doch glücklich macht. Und ich will auch nicht, dass sich ihr Verhältnis zu dir als ihrem Freund und Vertrauten ändert, denn *sie* will es nicht ändern.«

Menandros sah mich verwundert an. Hatte er befürchtet, er müsste seine Truhen packen und doch noch ins Kloster gehen?

»›Die Liebe ist langmütig und gütig‹, schrieb Paulus an die Korinther. ›Sie ist nicht eifersüchtig. Sie erträgt alles, glaubt alles, hofft alles, duldet alles. Die Liebe hört niemals auf.‹

Und ich sage: Glückselig der, wer durch die Liebe in das Leben zurückgefunden hat, nachdem jahrelang die Flamme der Leidenschaft und des Begehrens in ihm erstorben war. Wer sie wieder in sich spüren kann, der kann wieder lachen und weinen, leiden, hoffen, sehnen und alles ertragen. Glückselig ist, wer die Liebe gefunden hat, denn sie schenkt seinem Leben unermesslich viel Freude. Glückselig ist, wer erkannt hat, dass Lieben heißt, den anderen anzunehmen, wie er ist. Denn er ist ein Geschenk des Himmels.«

Menandros schwieg.

»Ich würde gern dein Freund sein.«

»Du kennst mich nicht.«

»Dann erzähl mir von dir! Du bist ein Rätsel für mich, Menandros. Welcher Familie in Istanbul entstammst du? Ich kenne nicht einmal deinen Familiennamen …«

Er ließ sich in die Kissen sinken und dachte nach, als müsse er erst überlegen, was er mir erzählen wollte und was nicht.

»Ich trage ihn nicht mehr«, murmelte er schließlich. »Ich bin nur noch Menandros.«

»Warum hast du deinen Namen abgelegt?«

»Weil ich nur ich selbst sein wollte – der Mensch, den ich selbst erschaffen hatte. Kein Name. Kein Titel.« Er holte tief Luft. »Ich bin Menandros Palaiologos.«

Für einen Augenblick war ich sprachlos: Vor der Eroberung von Konstantinopolis durch die Türken waren die Palaiologoi die letzte byzantinische Kaiserdynastie gewesen.

Wenn Menandros die Wahrheit so sehr liebte, warum umgab er sich mit dem undurchdringlichen Schleier des Geheimnisses?

»Bisher habe ich nur Celestina von meiner Herkunft erzählt – nachdem sie mich auf dem Sklavenmarkt in Alexandria freigekauft hatte. Tristan hat keine Ahnung, wer ich wirklich bin: Er hält mich für einen Priester, der Mönch werden wollte, für Celestinas Sekretär und vertrauten Freund.«

Dann begann er seine Geschichte zu erzählen:

»Von 1259 bis zur türkischen Eroberung hatte meine Familie das Byzantinische Reich regiert. Um zu verstehen, was in den letzten Jahren vor dem Fall von Konstantinopolis im Mai 1453 geschah, musst du wissen, *wer* die Kaiser waren.

Byzanz wurde von Iesous Christos regiert. Die Goldmünzen zeigten ihn mit der Kaiserkrone und dem Prachtgewand des Basileus.

Neben dem Thron des Herrschers stand ein weiterer leerer Sessel, auf dem das geöffnete Evangelion lag – das war der Thron von Christos, dem wahren Herrscher von Byzanz.

Jahrhundertelang gab sich der Basileus als Iesous Christos. Er residierte in Palästen, die so prächtig waren wie Kathedralen. Das Hofzeremoniell war Liturgie. Wie Christos auf den Ikonen kleidete sich der Basileus in ein Gewand, das mit Perlen und Edelsteinen reich bestickt war. Am Ostersonntag erschien er mit totenbleich geschminktem Gesicht, den Körper in ein Leichentuch gehüllt, umgeben von zwölf Aposteln.

Der Basileus war der Messias, der Fleisch gewordene Sohn Gottes. Was er berührte, war geweiht. Der Glaube Roms war Häresie, der römische Papst ein Ketzer. Die *Idee* Rom lebte in Byzanz weiter: Von jeher haben wir uns als Romanoi bezeichnet, als Römer, als Erben des Imperium Romanum.«

Menandros bemerkte, dass mein Glas leer war, holte die Karaffe und schenkte mir nach. Dann nahm er wieder Platz.

»Die Geschichte meiner Familie begann, als Konstantinopolis im April 1204 durch das Kreuzfahrerheer des venezianischen Dogen Enrico Dandolo erobert wurde. Es gab ein furchtbares Massaker. Die Stadt wurde geplündert und zerstört. Unser Hass auf die Venezianer war grenzenlos.«

»Und doch bist du in Venedig«, warf ich ein.

»Venedig war länger byzantinisch als Byzanz venezianisch – Enrico Dandolo regierte nur ein Jahr in Byzanz«, lächelte er sarkastisch. »San Marco erinnert mich an die Hagia Sophia. Die bronzene Pferde-Quadriga über dem Portico ist 1204 aus dem Hippodrom gestohlen worden. Auch die prächtige Pala d'Oro, der Altar von San Marco, und die Tetrarchen-Figuren an der Fassade stammen aus meiner Heimatstadt. Du siehst, Elija: Ich kann mich in meinem Exil wie zu Hause fühlen.

Nach der Eroberung durch die Kreuzfahrer zerfiel das Byzantinische Reich. Ein Lateinisches Reich wurde in Konstantinopolis errichtet, und der Basileus floh nach Nikaia, das heute Iznik heißt. Die Zeit der lateinischen Regentschaft war die Hölle auf Erden. Uns erging es wie euch Juden, als die Babylonier den Tempel in Jerusalem zerstörten. Heilige Reliquien wurden aus den Kirchen fortgeschleppt.

Im Jahr 1259 wurde Michael VIII. Palaiologos Kaiser in Nikaia. Zwei Jahre später eroberte er Konstantinopolis zurück. Die Dynastie der Palaiologoi kämpfte zweihundert Jahre lang gegen den sicheren Untergang. Die Türken bedrohten die Grenzen des Reiches, rückten immer weiter vor und standen schließlich ante portas: 1422 belagerte Sultan Murad die Stadt.

Ein muslimisches Byzanz war nur noch eine Frage der Zeit. Die Hagia Sophia würde eine Moschee sein! Der Kaiserpalast die Residenz des Sultans! Nicht mehr Iesous Christos, sondern der Prophet Mohammed wäre Basileus!

In seiner Verzweiflung suchte Ioannis VIII. Palaiologos Hilfe im Westen – trotz des Schismas von 1054 und der Eroberung durch die Venezianer. Im Jahr 1438 reiste Kaiser Ioannis nach Italien, um Papst Eugenius IV. – ein Venezianer übrigens! – während des Unionskonzils in Florenz um militärische Unterstützung gegen die Türken zu bitten. Dafür war der Basileus bereit, einer Union zwischen der römisch-katholischen und der griechisch-orthodoxen Kirche zuzustimmen. Kaiser Ioannis und Papst Eugenius unterzeichneten 1439 die Unionsbulle, aber letztlich wurde sie von den orthodoxen Bischöfen abgelehnt. Während der letzten Tage des Jahres 1452 – wenige Wochen vor der Eroberung durch die Türken – fand in der Hagia Sophia eine feierliche Zeremonie statt, die das Schisma beendete. Aber das viel zu große Opfer, die Unterwerfung unter den Papst, war vergeblich gewesen!

Im Mai 1453 fiel die Stadt. Der letzte Kaiser, Konstantin XII. Palaiologos, fiel im Kampf, als die Türken nach monatelanger Belagerung die Mauern überrannten und jeden niedermachten, der sich ihnen in den Weg stellte. Drei Tage lang wüteten die Eroberer in der Stadt, töteten, vergewaltigten, plünderten und zerstörten das tausendjährige Byzantinische Reich. Der Basileus war tot. Christos war nicht mehr Herrscher.

Mein Großvater war damals zehn Jahre alt. Als ich ein Kind war, hat er mir erzählt, was in jenen Tagen geschehen war.

313

Sein Vater Andronikos, ein Cousin des Kaisers, hatte sich mit ihm in die Hagia Sophia geflüchtet, wo eine Messe gehalten wurde, um Gottes Beistand gegen die türkischen Barbaren zu erflehen. Als die Eroberer die Kirche stürmten, schlachteten sie die Gläubigen ab, als verlange Allah blutige Menschenopfer. Sie plünderten die Kirche: Geweihte Gefäße aus Silber und Gold, mit Perlen und Edelsteinen besetzt, kostbare Priestergewänder, Ikonen, Reliquien von Märtyrern, sakrale Gegenstände – alles wurde weggeschleppt, geschändet oder zerstört. Mein Urgroßvater Andronikos, der Cousin des Basileus, fiel dieser sinnlosen Raserei zum Opfer, aber meinem Großvater gelang die Flucht.

Wie oft hat er mir von diesen Tagen berichtet! Er sagte: ›Die Plünderung von Konstantinopolis und die Entweihung der Hagia Sophia werden nur noch durch die Zerstörung von Jerusalem und des jüdischen Tempels durch die Römer übertroffen.‹

Und er erzählte mir von der Legende, dass während jener letzten Messe in der Hagia Sophia, als die Ungläubigen in die Kirche eindrangen, sich die Wand hinter dem Altar öffnete und der Priester mit dem Abendmahlskelch verschwand. Hinter ihm schloss sich die Mauer wieder. Wenn eines Tages ein orthodoxer Herrscher die christliche Messe in der Hagia Sophia feiert, dann wird sich eben diese Mauer auftun, der Priester wird mit dem Abendmahlskelch erscheinen und die unterbrochene Messe beenden.«

Menandros seufzte aus tiefstem Herzen.

»Mein Großvater erzählte die Legende immer so, als wäre dieser Herrscher ein Mitglied unserer Familie. Als erwarte er von mir, dass ich Byzanz zurückerobere und Christos wieder zum Basileus mache.«

»Hast du den Namen Palaiologos deshalb abgelegt?«

»Ich bin nicht der Messias«, erwiderte er knapp. Offenbar wollte er nicht näher darauf eingehen. »Meine Kindheit war nicht glücklich. Mein Vater Demetrios und meine Mutter Sophia zerrten ständig an mir herum, um mich nach ihrem Idealbild zu formen.

Als ich sechs Jahre alt war, schenkte mir mein Vater ein Holzschwert und erzählte mir die Geschichte vom Basileus Michael, der Byzanz zurückerobert hatte. Während andere Kinder spielten, lernte ich zu kämpfen. Und zu siegen! Darauf legte Demetrios Palaiologos allergrößten Wert. Wenn ich das Schwert ungeschickt führte oder während des Galopps vom Pferd fiel und nicht sofort wieder aufsprang, schlug er mich und sperrte mich in mein Zimmer. Wie ich meinen Vater hasste!«, stieß Menandros verbittert aus.

»Ich erinnere mich an einen Weihnachtsabend … Meine Eltern, meine drei Brüder und meine beiden Schwestern saßen beim feierlichen Abendessen, das nach dem strengen Hofzeremoniell ablief – ein letztes, krampfhaftes Festhalten an einer glorreichen Vergangenheit. Niemand sprach ein Wort. Niemand klapperte mit den Tellern, dem Besteck oder den Weingläsern. Niemand wagte es, sich wie *ein Mensch* zu benehmen: zu scherzen, zu lachen, das Festmahl und den Wein zu genießen.

Alexandros, mein jüngerer Bruder, stieß während des Essens sein Weinglas um. Mein Vater wies ihn so scharf zurecht, dass der elfjährige Alexandros in Tränen ausbrach. Als ich es wagte, ihn zu verteidigen, brach der Zorn meines Vaters mit unerbittlicher Gewalt über mich herein. Wir beide wurden auf unser Zimmer verbannt. In der Weihnachtsnacht! Kann man einem Kind etwas Schlimmeres antun?

Meine Geschwister starrten entsetzt hinter uns her, als Alexandros und ich zu unseren Räumen hinaufschlichen. Ich brachte meinen Bruder in sein Zimmer und schloss ihn ein, wie es mein Vater befohlen hatte. Dann verschwand ich in meiner Gefängniszelle und zog leise die Tür hinter mir zu.

Niemand kam, um nach mir zu sehen oder mich zu trösten. Niemand erschien, um mich zur Heiligen Messe abzuholen. Mein Vater geruhte nicht einmal, die Treppe heraufzukommen, um die Tür zu versperren. Ich blieb allein und lauschte traurig auf das Schluchzen meines Bruders im Nachbarraum.

Meine Tasche für die geplante Flucht hatte ich schon Wochen zuvor gepackt! Entschlossen zog ich das Bündel mit meinen Schätzen unter dem Bett hervor, dann schlich ich aus dem Haus, während meine Familie in der Kirche war. Ich bin nie wieder zurückgekehrt.«

»Wie alt warst du?«

»Dreizehn.«

»Du hast dich allein durchgeschlagen?«

»In Istanbul habe ich für muslimische Gelehrte Bücher abge-schrieben und illustriert. Da ich kein Geld hatte, um mir eine kleine Werkstatt einzurichten, wohnte ich bei ihnen, während ich für sie arbeitete. Den Koran habe ich mehrmals kopiert – inzwischen kenne ich die Suren auswendig.« Er lächelte verschmitzt. »In den Nächten, wenn meine Arbeit in den Bibliotheken beendet war, las ich die ara-bischen Bücher. Die Gelehrten dachten wohl, ich würde eines Tages zum Islam konvertieren.

Als ich achtzehn war, bewarb ich mich als Sekretär beim Patriar-chen. Er war wie ein Vater für mich. Bei ihm fand ich die Anerken-nung und die Liebe, die mir Demetrios Palaiologos nicht schenken konnte. Sehr feinfühlig spürte er, was in mir vorging.

Ich wollte lernen, einen Schatz an Wissen sammeln, ein Gelehrter werden, ein Priester, ein vollkommener Mensch – wie mein gelieb-ter Iesous Christos. Ich wollte ein Mensch sein, der um seiner selbst willen geachtet und geliebt wird, weil er liebenswert ist, nicht, weil er wie eine goldschimmernde Ikone dem Ideal seines in Illusionen schwelgenden Vaters entspricht. Mein Vorbild war kein Kaiser aus dem Geschlecht der Palaiologoi, sondern Friedrich II. von Hohen-staufen, ein Genie mit brennendem Interesse für die Kunst und die Wissenschaften *aller* Kulturen.

Tag und Nacht lernte ich, bis die lateinischen, griechischen und arabischen Buchstaben vor meinen Augen verschwammen und ich über den Büchern einschlief.

Die Suche nach der Wahrheit jenseits aller Illusionen war mein höchstes Ziel. Doch was war die Wahrheit? Ich las die Bibel und den Koran, wühlte mich durch die griechischen Philosophien von Sokra-tes und Platon, studierte die Schriften der arabischen Mystiker, rang nächtelang mit Thomas von Aquino, fand aber die eine Wahrheit nicht, denn es gibt so viele. Schließlich war ich so verzweifelt, dass ich krank wurde. Ich war körperlich und geistig so erschöpft, dass ich mein Studium für einige Monate unterbrechen musste.

Der Patriarch war sehr besorgt um meine Gesundheit. Er schickte mich auf Reisen, damit ich mich erholen konnte. Und er verbot mir, auch nur ein Buch mitzunehmen. Selbst die Evangelien holte er bei unserem Abschied mit vorwurfsvollem Blick aus meiner Reisetasche. Die Abschriften aus dem ersten Buch von Eusebius' *Kirchengeschichte* hat er nicht gefunden, sonst hätte er sie mir wohl auch weggenommen.«

Menandros lächelte verschmitzt.

»Ich reiste nach Ephesos, weil ich mir die antiken Ruinen ansehen wollte. Dann segelte ich an der Küste entlang nach Syrien, um nach dem antiken Edessa zu suchen.«

»Edessa?«, fragte ich überrascht. »Was wolltest du denn dort?«

»In Eusebius' *Kirchengeschichte* bin ich auf eine rätselhafte Legende über das Grabtuch Christi gestoßen, das einige Jahrhunderte lang in Edessa aufbewahrt wurde, bevor man es nach Byzanz brachte. In den syrischen Archiven wollte ich nach alten Dokumenten forschen.«

Ganz in meine Gedanken versunken nickte ich.

Jeschuas Grabtuch, die heiligste Reliquie des Christentums, hatte ich fünf Jahre zuvor mit David und Aron mit eigenen Augen gesehen.

Auf der Reise von Paris nach Mailand waren wir durch Chambéry gekommen, die Hauptstadt des Herzogtums Savoyen. Ich hatte den Sekretär der Herzogin Margarete von Habsburg, der Tochter Kaiser Maximilians, gebeten, mir, dem Christen Juan de Santa Fé aus Granada, der auf Pilgerreise nach Rom war, dieses geheimnisvolle Tuch mit dem Abbild des Gekreuzigten zu zeigen.

Welch bewegender Moment, das Bildnis des Menschen zu sehen, der uns so viel bedeutete!

Gebannt hatte ich das Antlitz des Mannes betrachtet, dem ich so viele Jahre meines Lebens gewidmet hatte – als ich die Evangelien ins Arabische übersetzte, als ich mich im Kerker auf die Disputationen mit Kardinal Cisneros vorbereitete und als ich begann, die ersten Notizen für mein Buch aufs Papier zu werfen.

Aber David, der mich als Diego de Santa Fé begleitete, war noch viel aufgeregter als ich, nachdem er das Tuch in der Schlosskapelle so gründlich untersucht hatte, als läge der misshandelte, sich vor Schmerzen windende Körper Jeschuas vor ihm auf dem Tisch. Als

317

Arzt hatte mein Bruder im Kerker von Córdoba genug Gefolterte gesehen – lebendig und tot –, um zu finden, was er suchte.

»Sieh dir das an«, hatte er ausgerufen. »Die dunklen Flecken auf dem Tuch: Das ist wirklich *Blut.*« Zutiefst erschüttert hatte er mich am Arm gepackt. »Wie sie ihn gequält haben. Sieh dir die Wunden der Geißelung an. Auf den Schultern ist das Blut verschmiert, als hätte er etwas Schweres getragen: den Balken des Kreuzes. Sieh dir die Nägelmale an Händen und Füßen an. Den Lanzenstich in die Seite. Und die Verletzungen durch die Dornenkrone. Du weißt, was das bedeutet. *Er hat geblutet!* Es ist wahr!«

Ich kehrte wieder in die Gegenwart zurück.

»Hast du in Edessa etwas gefunden?«, fragte ich Menandros.

»Nichts außer ein paar alten syrischen Handschriften.«

Die Suche in Edessa hatte ihm offenbar viel bedeutet – so viel wie mir der Besuch im Schloss von Chambéry!

»Während meiner Rückreise besuchte ich Mistra, Korinth, Athen und – mit Unterstützung des Patriarchen – auch die Mönchsrepublik auf dem Berg Athos«, erzählte er weiter. »Nach monatelangem Umherirren fand ich dort endlich meinen Seelenfrieden. Das Athos-Kloster war für mich das Paradies auf Erden. Nach meiner Priesterweihe in Istanbul gab es für mich nur noch ein Ziel: die Rückkehr zum Berg Athos.

Endlich bestieg ich das Schiff, das mich ins Paradies bringen sollte. Das war vor vier Jahren – ich war damals siebenundzwanzig. Doch das Schiff wurde von ägyptischen Piraten überfallen. Dann wurde ich nach Alexandria verschleppt, um als Sklave verkauft zu werden.«

»Und dort hat Celestina dich gefunden.«

»Auf dem Sklavenmarkt suchte sie nach einem Begleiter für ihre Reise in den Sinai. Sie hat ein Vermögen für mich bezahlt. Auf dem Weg nach Kairo und weiter in den Sinai sind wir uns sehr nahe gekommen.« Er lächelte versonnen. »In den eisig kalten Wüstennächten schlief sie in meinen Armen. Wir schmiegten uns eng aneinander und schenkten einander Wärme und manchmal auch ein wenig Zärtlichkeit. Sie gab mir das Gefühl, *lebendig* zu sein.«

»Habt ihr miteinander geschlafen?«

»Nein.«

»Dass sie sich nach ihrer Rückkehr aus dem Exil in Tristans Arme geworfen hat und nicht in deine, hat dich sehr verletzt, nicht wahr?«

Er nickte. »Aber dass sie sich nun in dich verliebt hat, zerreißt mir das Herz.«

»Weil ich ein Jude bin?«

»Nein, das ist es nicht.« Er schien zu überlegen, wie er es mir erklären sollte. Dann sprang er auf und nahm eine Kerze. »Komm mit! Ich will dir etwas zeigen.«

Ich folgte ihm die Treppen hinunter in den nächtlichen Garten.

Er kniete sich vor das Rosenbeet und schob mit beiden Händen die Erde beiseite. Als er eine Elle tief gegraben hatte, legte er ein seidenes Tuch frei.

»Was ist das?«

»Celestina hat es vor einer Woche hier vergraben.«

Andächtig legte Menandros das Tuch auf den Boden. Dann schlug er den Stoff zur Seite.

Mir stockte der Atem:

Eingewickelt in ein Grabtuch lag ein gekreuzigter Jeschua!

Als Celestina im Schlaf leise seufzte, erwachte ich.

Es war noch dunkel. Wie spät mochte es sein? Der Mond war längst untergegangen.

Eng an mich geschmiegt lag sie in meinen Armen. Ihr Gesicht ruhte neben mir auf dem Kissen, ihr langes Haar fiel über ihre nackten Schultern. Tief sog sie den Atem ein und räkelte sich genüsslich.

Dann erst bemerkte ich in der Finsternis den Schatten neben ihr und erschrak.

Menandros saß auf dem Rand des Bettes und beobachtete uns, während wir schliefen.

Sanft strich er ihr über das zerwühlte Haar, als wollte er es ordnen und so die Spuren unseres ausgelassenen Liebesspiels verwischen – Celestina und ich hatten uns nach ihrer Rückkehr aus dem Palacio

319

Grimani sehr leidenschaftlich geliebt. Verstört über die Trennung von Tristan, war sie sehr froh, dass ich gekommen war.

Als Celestina sich im Schlaf gegen mich drängte, legte Menandros sich vorsichtig auf das Bett, glitt ganz nah heran und umarmte sie – als hätte *er* sie geliebt.

Ich wagte nicht mich zu bewegen und blinzelte in die Finsternis.

Was tat er denn?

Tief atmete er den Duft ihres Haares ein, küsste ihre Schulter, streichelte sie leise wie ein Windhauch von der Lagune.

Wie ein stechender Schmerz durchzuckte mich ein Gedanke: Wie oft hatte er in den vergangenen Nächten schon neben uns gelegen, wenn wir fest schliefen? Wie oft hatte er uns schon unbemerkt von der offenen Schlafzimmertür aus beobachtet, wenn wir uns geneckt, gestreichelt, geküsst … wenn wir uns geliebt hatten? Wie oft hatte er gelauscht, wenn wir eng umschlungen über unser Glück und unser gemeinsames Leben gesprochen hatten?

Wie sehr er sich nach Liebe sehnte!

Was sollte ich nun machen? So tun, als würde ich ihn nicht bemerken, obwohl er doch nicht einmal eine Armlänge von mir entfernt lag? Nein, das konnte ich nicht!

Tief atmend drehte ich mich zu Celestina um und legte meinen Arm um sie.

Menandros ließ sie los, verharrte einen Herzschlag lang reglos auf dem Bett und wartete ab, ob ich aufwachen würde. Als ich ruhig weiterschlief, erhob er sich und schlich aus dem Schlafzimmer. Die Tür ließ er nur angelehnt.

Eine Weile lag ich da und lauschte in die Finsternis.

Leises Schluchzen.

Um Celestina nicht zu wecken, setzte ich mich vorsichtig auf. Dann glitt ich aus dem Bett und schlich zur halb offenen Tür der Bibliothek.

Dort saß Menandros im Dunkeln und weinte leise.

Was sollte ich tun? Ihn trösten? Oder in Celestinas Armen seinem Schluchzen lauschen? Nein, das konnte ich nicht ertragen!

Leise schlich ich zur Treppe und huschte die Stufen hinunter. Die

Tür zu seinen Räumen war unverschlossen, und so trat ich ein und ging hinüber zu seinem Arbeitstisch, auf dem die geheimnisvolle Ikone lag. Wieso verbarg er sie vor mir?

Vorsichtig zog ich das Tuch von dem kleinen Gemälde, doch in der Dunkelheit konnte ich nicht erkennen, wen es darstellte.

Ich brauchte Licht.

Tastend fand ich eine Kerze und entzündete sie.

Dann starrte ich ungläubig auf die Ikone: Es war Celestina!

»Gefällt es dir?«

Erschrocken fuhr ich herum: Menandros stand drei Schritte hinter mir. Sein Eintreten hatte ich nicht bemerkt.

»Ja, sehr«, gestand ich verlegen.

Er kam näher und trat dicht neben mich, bis wir uns berührten. »Dann will ich es dir schenken.«

Ich wusste nicht, was ich sagen sollte. Ich durfte das Bild nicht annehmen. Und doch konnte ich das Geschenk nicht ablehnen, ohne ihn zu beleidigen.

»Du warst eben wach, nicht wahr? Du weißt, dass ich neben euch gelegen habe.« Als ich nickte, fragte er schüchtern: »Wirst du es ihr erzählen?«

Ich zögerte, dann schüttelte ich den Kopf.

»Ich sehne mich so sehr nach ihrer Wärme und ihrer Nähe. Aber ich verspreche dir: Ich werde es nie wieder tun!«

❧ CELESTINA ❧

KAPITEL 11

»Wenn du mich suchst, Celestina, dann weißt du, wo du mich finden kannst: in der Hölle!«, hatte er gesagt, bevor er ging.

In der Hölle!

Die Trennung von Tristan vor zwei Tagen hatte mir das Herz zerrissen, und es tat noch immer höllisch weh.

Ich liebte ihn doch!

So viel hatte er für mich getan! Als ich todkrank im Bett lag, war er nicht von meiner Seite gewichen. Als ich in jener furchtbaren Nacht zu ihm floh, hatte er mir zur Flucht nach Athen verholfen. Und als ich nach drei langen Jahren zurückkehrte, stand er winkend am Molo und erwartete mich, als hätte ich ihn erst Stunden zuvor verlassen.

So viel Geborgenheit, so viel Zärtlichkeit, so viel Liebe, so viel Glück hatte er mir geschenkt!

Unsere Reise durch den Schneesturm nach Florenz, die leidenschaftlichen Nächte im eiskalten Palazzo Medici, der nächtliche Ringtausch bei Kerzenschein in der kleinen Kapelle, unser Schwur, besiegelt mit einem Kuss …

»Neunzehn Jahre«, hatte Tristan beim Abschied gesagt. »Das ist unser ganzes Leben.«

Heiße Gefühle stiegen wieder in mir hoch.

Ich wollte ihm doch niemals wehtun!

Besorgt beobachtete mich Elija, während er die Gondel durch den Canalazzo ruderte.

Als ich gestern Abend vom Essen bei Antonio Grimani zurückkehrte, war er da gewesen, hatte er mich umarmt und getröstet. Dann hatten wir uns geliebt und waren eng umschlungen eingeschlafen.

Wie sehr ich ihn liebte! Und wie ich die Leidenschaft genoss, mit der er mich begehrte! Dass Tristan unsere tiefen Gefühle für eine flüchtige Affäre hielt, tat mir sehr weh.

Elija steuerte die Gondel quer über den Canalazzo in die Einfahrt zum Rio di San Tomà. Ich hatte ihm nicht mitgeteilt, wohin ich ihn führen würde.

Als er nach seinem Morgengebet die Tefillin von seinem Arm wickelte und zusammenlegte, hatte ich ihm nur gesagt »Mein Liebster, ich möchte dich jemandem vorstellen!«, und er hatte genickt.

Elija duckte sich und ließ die Gondel durch den schmalen Kanal gleiten, als wir die erste Brücke bei der Kirche San Tomà passierten. Hinter der nächsten Biegung schwangen sich drei weitere Brücken über den Kanal. Dann bogen wir nach rechts ab in den Rio dei Frari.

»Dort kannst du die Gondel festmachen.« Ich wies auf die Anlegestelle des Campo dei Frari.

Elija steuerte an die Stufen heran, schlang das Seil um einen Pfahl und half mir über die algengrünen Stufen auf den Campo. Dann zog er mich an sich und küsste mich.

Drei Franziskanermönche vor dem Portal der Kirche Santa Maria Gloriosa dei Frari beobachteten uns. Da fasste ich Elija an den Aufschlägen seines schwarzen Gelehrtentalars und drehte den aufgestickten Judenkreis unauffällig nach innen. Als Jude konnte er nicht in eine Franziskanerkirche gehen.

Die Mönche starrten ganz ungeniert in unsere Richtung und tuschelten miteinander.

Dann ergriff ich Elijas Hand und zog ihn über den Campo zur Frari-Kirche hinüber. Zögernd folgte er mir: Fürchtete er, Fray Santángel, der bis zum Brand in der vorletzten Nacht vor Arons Kontor gepredigt hatte, in die Arme zu laufen?

Wir gingen an den Fratres vorbei und betraten die große, lichtdurchflutete Kirche. Hinter dem Hauptportal blieb Elija stehen und betrachtete schweigend die schlichte Basilika, deren einziger Schmuck der rot-weiße Fußboden und die bemalten Holzbalken waren, auf denen das weite Kreuzgratgewölbe ruhte.

Ich spürte, welche Überwindung es ihn kostete, nach all den leidvollen Erfahrungen in Córdoba wieder eine Kirche des Ordens von San

Francesco d'Assisi zu betreten. Fray Francisco Jiménez de Cisneros, der Kardinalerzbischof von Toledo und Großinquisitor von Kastilien, der Mörder seiner Frau und seines Sohnes, war ein Franziskanermönch.

Hand in Hand schritten Elija und ich durch die marmornen Chorschranken. Dann hatten wir die hohe Apsis erreicht, und ich wies auf den Altar vor den vier Reihen hoher Fenster, die mich als Kind immer an eine Spitzenborte aus Burano erinnert hatten.

»Maestro Tizian malt derzeit eine Assunta, eine Himmelfahrt Marias, für die Frari-Kirche. Vor einigen Wochen habe ich ihn in seinem Atelier besucht, das nicht weit von der Ca' Tron entfernt ist. Die Entwürfe sind einzigartig! Und die Farben!«, schwärmte ich. »Und das hier ...« Ich wies nach oben. »... ist das Grabmal des Dogen Niccolò Tron, der vor vierundvierzig Jahren regierte.«

Beeindruckt trat Elija einen Schritt zurück, um das gewaltige Marmorgrab des Dogen zu bewundern.

Ungeduldig zog ich ihn zu einem schlichten Marmor-Epitaph, der im Seitenschiff in die rote Backsteinwand eingelassen war.

GIACOMO TRON 1467–1509

Gerührt las Elija den Grabspruch meines Vaters:

ER LEBTE, WIE ER STARB.
SEINE LETZTEN WORTE WAREN:
ICH BIN FREI

Ich ergriff seine Hand und sagte, zum Grab meines Vaters gewandt:

»Papa, das ist Elija. Ich liebe ihn sehr. Er ist der Mann, mit dem ich den Rest meines Lebens verbringen will.«

In seinen tiefsten Gefühlen aufgewühlt, umarmte mich Elija.

»Ich liebe dich! Du hättest mir keine größere Freude machen können.«

Nach unserer Rückkehr in die Ca' Tron begannen wir zu dritt mit der Übersetzung der Passionsgeschichte.

Offenbar spürte Menandros, dass zwischen Elija und mir etwas anders war als noch eine Stunde zuvor.

Was war gestern Abend zwischen den beiden geschehen?

Als wir schließlich die ersten elf Verse des Einzugs nach Jerusalem ins Hebräische übertragen hatten, las uns Elija den Text vor: »Als sie sich Jeruschalajim näherten und nach Bet-Page am Ölberg kamen, schickte Jeschua zwei seiner Talmidim mit folgenden Anweisungen voraus: ›Geht in das Dorf vor euch, und ihr werdet eine Eselin finden, die dort mit ihrem Fohlen angebunden ist. Bindet es los, und bringt es zu mir. Wenn jemand etwas zu euch sagt, antwortet ihm: Der Herr braucht es!, und er wird es sofort gehen lassen.‹

Dies geschah, damit erfüllt würde, was durch den Propheten gesagt worden war: ›Sprich zur Tochter Zions: Sieh! Dein König kommt zu dir, er reitet demütig auf einem Eselsfohlen!‹ So gingen die Talmidim und taten, wie Jeschua sie angewiesen hatte.

Sie brachten das Fohlen, legten ihre Kleider darauf, und Jeschua bestieg es. Die Menschenmassen breiteten ihre Gewänder wie einen Teppich auf der Straße aus, während andere Zweige von den Bäumen abschnitten und sie auf die Straße streuten. Die Massen, die vor ihm hergingen und ihm nachfolgten, riefen ihm zu: ›Retter der Welt, erlöse uns!‹ – ›Gesegnet ist er, der im Namen Adonais kommt!‹ – ›Erlöse uns, unser Retter! Gepriesen seist du im Himmel und auf Erden.‹

Als er in Jeruschalajim einzog, war die ganze Stadt in Aufruhr. ›Wer ist er?‹, fragten sie. Die Leute sagten zueinander: ›Das ist Jeschua, der Prophet aus Nazaret in Galiläa.‹«

Menandros, offensichtlich ein wenig enttäuscht, weil die Übersetzung keine spektakulären Überraschungen bot, fragte Elija: »Was ist denn nun so *anders*? Das ist doch im Grunde derselbe Text wie in den griechischen Evangelien.«

»Ach ja?« Elija schmunzelte. »Was glaubst du gerade gehört zu haben? Einen triumphalen Einzug des Maschiach anlässlich des Pessach-Festes, einen jubelnden Empfang durch die Festpilger? Und nach den Leidensankündigungen in Galiläa und Jeschuas Aufforderung an seine Talmidim, das Kreuz auf sich zu nehmen und ihm furchtlos nachzufolgen, siehst du nun einen Menschen, der mit sei-

325

nem Leben abgeschlossen hat und bereit ist, sich zu opfern, weil die Propheten es so forderten? Zur Erlösung der Welt!«

»Ja«, nickte Menandros.

»Ich lese in diesen Worten etwas völlig anderes.«

»Was, Elija? Was siehst du?«, fragte ich ungeduldig. »Beschreibe uns die Szene doch mit deinen Worten!«

»Also gut: Gehen wir ein Stück des Weges vom Ölberg bis zum Tempel mit ihm und sehen und hören, was er sagt und was er tut.«

Elija lehnte sich auf seinem Sessel zurück und schloss für einen Moment die Augen.

»Und dann taucht hinter dem Ölberg die stolze und trotzige Stadt auf«, begann er zu erzählen. Dabei schien er mit seinen Gedanken so weit entfernt, als wäre er wirklich *dort*. »Hohe, zinnenbewehrte Stadtmauern. Dahinter: eine orientalische Metropolis mit rund fünfzigtausend Einwohnern, bunten Märkten, jüdischen Häusern und Palästen im griechisch-römischen Stil.

Gegenüber dem Ölberg, jenseits des schmalen Kidron-Tals, ragt der gewaltige Tempel des Herodes in den Himmel. Wie hell die schneeweiße Marmorfassade und die Säulenhallen in der Herbstsonne strahlen! Wie schön die goldenen Verzierungen im Nachmittagslicht funkeln! Welch eine überwältigende Pracht!

Und neben dem Tempel: der alte Königspalast, der von den Römern zur Burg Antonia umgebaut worden war, deren vier befestigte Türme die Stadt überragen. Zwei Treppen führen von der Festung bis hinunter zum Tempelplatz – die römische Besatzungsmacht beherrscht den heiligen Bezirk.

Im Westen der Stadt liegt der Palast des Königs Herodes mit seinen gewaltigen Festungstürmen – neben dem Tempel der prunkvollste Bau, der jemals in Israel errichtet worden ist.

Jeschua steht neben uns auf dem Ölberg und betrachtet schweigend die Stadt. Was denkt er? Er ist so still. Er redet nicht über seine Hoffnungen und Ängste. Zweifelt er an sich, an seiner Aufgabe? Nein! Er hat sich endlich entschieden, und er wird diesen Weg weitergehen. Er *muss* nach Jeruschalajim gehen, denn erst dort kann sich alles vollenden.

Schimon Kefa, genannt ›der Fels‹, der zelotische Freiheitskämpfer, ist zutiefst besorgt – wir alle wissen, was Jeschua vorhat. Es ist gefährlich! Ein Scheitern würde keiner von uns überleben! Selbst wenn die Römer uns nicht festnehmen würden – der Hohe Priester Joseph ben Kajafa würde uns an den römischen Präfekten Pontius Pilatus ausliefern, nur um an der Macht zu bleiben! Und wir würden *alle* ohne Ausnahme vor den Mauern der Stadt gekreuzigt werden. Im Westen, auf der anderen Seite von Jeruschalajim, ragen etliche Kreuze mit verwesenden Leichen in den Himmel.

Was denkt Jakob? Zweifelt er an seinem älteren Bruder Jeschua? Gewiss, Jeschuas Vorhaben ist lebensgefährlich, doch haben wir nicht auch die Verfolgungen durch Herodes Antipas überlebt, als er uns nach dem Leben trachtete? Warum sollten wir nicht auch die Tage in Jeruschalajim siegreich überstehen?

Und Jehuda Sicarius? Ungeduldig spielt er mit dem Dolch in seinem Gürtel. Jehuda kann es kaum erwarten, dass den Worten vom Kommen des ›Königreichs der Himmel‹ nun endlich Taten folgen. Verstohlen blickt er Jeschua an: Schreckt er vor diesem letzten Schritt zurück? Es ist doch alles vorbereitet: Die getreuen Gefolgsleute sind seit Tagen in der Stadt!

Und selbst wenn Jeschua scheitert, wie sein Vater Joseph der Gerechte vor ihm gescheitert war, dann wird ihm sein Bruder Jakob nachfolgen. Und wenn Jakob es nicht schafft, dann wird Jehuda es wagen. Oder Schimon. Oder ihr Cousin Simeon. Irgendein Davidssohn *wird* den Tempel betreten.

Jeschua hat sich besonnen. Wir, seine Gefolgsleute und engsten Vertrauten, folgen ihm, der schon lange nicht mehr nur unser Rabbi ist, durch das Kidron-Tal hinauf zum Stadttor. Er schreitet voran, und seine Gemahlin Mirjam ist in dieser schweren Stunde mit den Kindern an seiner Seite …«

»Mit seinen Kindern?«, unterbrach ich Elija erstaunt. »Sie müssen noch sehr klein gewesen sein.«

Elija nickte. »Ich nehme an, dass sein Sohn Jehuda bereits Bar-Mizwa gefeiert hat.«

»Und wo ist der Esel?«, fragte Menandros. »Was ist mit der Sacharja-Prophezeiung, dass der gerechte und demütige Messias auf einem Esel reiten soll? Alle vier Evangelisten berichten davon. Und die Festpilger breiteten ihre Kleider aus auf seinem Weg.«

Elija schüttelte den Kopf. »Wenn Jeschua auf einem Esel reitend in einem Triumphzug nach Jeruschalajim gekommen wäre, hätte Pilatus ihn wahrscheinlich noch am selben Abend gekreuzigt! Jeschua ging zu Fuß. Er durfte kein Aufsehen erregen. Noch nicht!«

»Noch nicht?«, fragte ich gespannt, verstummte dann aber und ließ ihn weitererzählen:

»Wir folgen Jeschua hinauf zum Stadttor: Mirjam und die Kinder, Jeschuas Brüder Jakob, Jehuda und Schimon, seine Cousins Jakob und Johanan ben Savdai sowie Jakob und Mattitjahu ben Chalfai und deren Freunde und die Gefolgsleute* mit den Dolchen im Gewand, die Jeschuas Leben schützen sollen.«

Elija übersah Menandros' erstaunten Blick und fuhr fort:

»Auf dem Weg hinauf zum Tor treffen wir viele Pilger mit dem Lulav-Zweig in der Hand. Rund hundertzwanzigtausend Pilger sind in der Stadt, die aus allen Nähten platzt. Es ist Sukkot, das Laubhüttenfest, und …«

»Aber es ist Palmsonntag!«, protestierte Menandros energisch. »Jeschua ist im Frühling zum Pessachfest nach Jerusalem gezogen! Das schreiben *alle* Evangelisten!«

»Es ist Sukkot, das Pilgerfest im Herbst«, beharrte Elija. »Die Pilger halten einen Feststrauß aus einem Palmzweig, Lulav genannt, einer Zitrusfrucht, einer Bachweide und einer Myrte in der Hand. Man schwingt ihn beim feierlichen Umzug um den Altar – den Brauch gibt es noch heute an Sukkot in den Synagogen. Und die Pilger singen den hundertachtzehnten Psalm: ›Adonai, hilf doch – Adonai, gib Segen und Gnade! Gesegnet sei der, der kommt im Namen Adonais!‹« Elija holte tief Luft. »Aus dem hebräischen ›Hoscha na – Errette doch!‹ wurde das griechische Hosianna.

Und es klingt doch sehr nach einer flehentlichen Aufforderung an Jeschua, den Sohn Davids, sich endlich mit Macht und Herrlichkeit zu offenbaren, die Römer zu vertreiben und sich in einer öffentlichen Zeremonie zum König Israels salben zu lassen! Der Evangelist Johannes nennt Jeschua ›den König von Israel‹. Und Lukas geht noch einen Schritt weiter – er lässt Jeschua huldigen, als wäre er bereits zum König gesalbt worden: ›Gepriesen sei der König, der kommt im Namen Adonais.‹«

Menandros und ich hingen an Elijas Lippen.

Die Frage, die uns am meisten beschäftigte, wagten wir nicht zu stellen: War Jeschua der König der Juden?

»Wir folgen Jeschua hinauf zum Tempel«, fuhr Elija fort. »Wir drängen uns durch die zum Heiligtum strömenden Festpilger, die den hundertachtzehnten Psalm singen: ›Hoscha na – Errette doch! Gepriesen der, der kommt im Namen des Herrn. Gepriesen sei die kommende Königsherrschaft unseres Vaters David. Hoscha na in der Höhe!‹ – Aber haben sie das wirklich gesungen?«

»Worauf willst du hinaus?«, fragte ich.

»Die Worte ›Hoscha na in der Höhe‹ ergeben im Hebräischen überhaupt keinen Sinn – ebenso wenig wie im Griechischen!« Als ich nachdenklich nickte, fuhr er fort: »Die erste Aufgabe eines gesalbten Königs der Juden ist es, die Römer zu vertreiben und die Gottesherrschaft in einem befreiten und unabhängigen Reich Israel wieder zu errichten.

›Hoscha na‹ ist ein Hilferuf um Errettung aus Not, Elend und Unterdrückung. Doch was rufen jene Pilger, die zum Tempel strömen, denn nun wirklich?

Sie singen: ›Errette uns von den Römern!‹ Mit anderen Worten: Gib dem Caesar, was dem Caesar gehört, und gib Gott zurück, was Gott gehört. Israel gehört Adonai, also befreie es, König Jeschua. Ehre deinen großen Namen ›Jeschua – Gott errettet‹ und schick die römischen Legionen zurück nach Rom!«

»Aber bis zu seinem Einzug nach Jerusalem hat Jeschua sich doch selbst nie als Maschiach, als König der Juden, proklamiert!«

Auf Elijas »Ach nein?« starrte ich ihn einen Atemzug lang an, dann fragte ich: »Dann war Jeschua also *doch* der Maschiach?«

In die atemlose Stille platzte Alexia.

Verlegen stand sie in der Tür. »Bitte verzeiht die Störung! Ein Mann ist gekommen, der mit Rabbi Elija sprechen will.«

»Mit mir?«, fragte er verdutzt.

Wer wusste denn, dass Elija in der Ca' Tron zu finden war?

Alexia nickte. »Euer Bruder David hat ihn hierher gebracht. Er ist sehr schwach und kann kaum laufen …«

»Wie heißt der Mann?«, wollte Elija wissen.

»Salomon Ibn Ezra.«

Wenig später führte David Salomon in die Bibliothek.

Elija sprang auf, um ihm entgegenzugehen und ihn zu umarmen, doch Salomon fiel unbeholfen auf die Knie und küsste seine Hand. »Der Ewige segne dich! Du hast mir das Leben gerettet!«

Elija half ihm auf. »Du bist frei!«, flüsterte er bewegt. »Du bist frei, Salomon!«

»Und dafür danke ich dir!«

»*Mir?*«

»Der Capo des Zehnerrats, Tristan Venier, kam heute Nacht in meine Zelle. Erst fürchtete ich, die Folter würde fortgesetzt, aber nein! Señor Venier hat mir das Urteil des Rates verkündet. Zuerst habe ich nicht verstanden, was er mir da vorlas. Atemlos habe ich auf die Worte gewartet: ›… verurteilen wir Ibn Ezra zum Tode.‹ In Sevilla wäre ich lebendig verbrannt worden!

Aber am Ende half mir Señor Venier auf die Beine und sagte: ›Geht nach Hause! Ihr seid frei.‹ Ich habe Adonai für meine unerwartete Rettung gedankt, doch Señor Venier sagte: ›Dankt nicht Gott, Salomon, dankt Rabbi Elija Ibn Daud.‹ Dann gab er mir dieses Schreiben.«

Salomon zog ein gefaltetes und gesiegeltes Schreiben aus der Tasche und reichte es mir. »Diesen Brief soll ich Euch von Señor Venier geben.«

Ein Brief von Tristan?

Wie erstarrt sah ich auf die vertraute Schrift: Der schwungvolle Schnörkel über dem Buchstaben i …

Derselbe wie auf dem Zettel: So che hai fatto!

Mit zitternden Fingern riss ich das Siegel ab und entfaltete das steife Papier. Meine Augen huschten über die wenigen Zeilen: ›… der Rat der Zehn hat ein gerechtes Urteil gefällt … Salomon Ibn Ezra wird freigelassen, denn er ist unschuldig … Er hat kein Verbrechen gegen die Republik Venedig begangen … Zaccaria Dolfin und Antonio Tron werden mich wegen dieser Entscheidung im Maggior Consiglio angreifen … Ich stehe zu meiner Entscheidung, selbst wenn meine Karriere damit beendet sein sollte …‹ Und eine Zeile weiter: ›… und ich hoffe, dass du nun mit Elija glücklich bist. Ich bin es nicht. Tristan.‹

Bestürzt wandte ich mich ab.

Menandros umarmte mich, während Elija Salomon und seinen Bruder zur Tür geleitete.

»David wird dich nach Hause bringen, Salomon«, sagte er, und sein Bruder nickte. »Ruhe dich aus, mein Freund! Und danke Gott für deine Rettung! Ich würde mich freuen, dich am Schabbat in der Synagoge zu sehen.«

»Ich werde kommen«, versprach Ibn Ezra.

»Salomon, ich bitte dich: Sag niemandem, was in dieser Nacht geschehen ist.«

Ibn Ezra wirkte betroffen. »Es tut mir Leid. Vor einer Stunde war ich bei Asher Meshullam. Ich habe ihm gesagt, was du getan hast … War das nicht recht?«

»Doch, doch, Salomon«, beruhigte ihn Elija und fing einen besorgten Blick von David auf. »Aber versprich mir, es sonst niemandem zu erzählen!«

»Sein Sohn hat Salomon zu mir gebracht«, erklärte David. »Asher lädt dich für Donnerstag zum Abendessen ein.«

Elijas Blick irrte zu mir herüber. Wir hatten eigentlich dem Fronleichnamsfest entkommen und aufs Festland rudern wollen, um einen Tag und eine Nacht gemeinsam zu verbringen.

Schicksalsergeben nickte er: »Schick Yehiel zu Asher, und danke ihm für die Einladung. Ich werde kommen.«

»Aber warum soll ich denn niemandem erzählen, was du für mich getan hast?« Salomon legte Elija die Hand auf die Schulter. »Du bist so bescheiden. Du stellst dein Licht dorthin, wo es niemand sehen kann.«

Ich wusste, warum Elija so handelte. Er war zutiefst beunruhigt: Was würde Tristan als Nächstes tun?

331

»›… und als er in Jeruschalajim einzog, war die ganze Stadt in Aufruhr‹«, las Elija vor, nachdem David und Salomon gegangen waren. »›Wer ist er?‹, fragten sie. Die Leute sagten zueinander: Das ist Jeschua, der Prophet …‹«

Elija las die Frage in meinen Augen. »Ein jüdischer Prophet ist ein Mensch, der Gott und dem König widerspricht, der gegen Ungerechtigkeit kämpft, gegen Machtgier, Ausbeutung und heidnischen Aberglauben, der die herrschende Gesellschaftsordnung kritisiert und der der Verfolgung durch die Mächtigen erbittert Widerstand leistet.

Der Prophet Samuel wies König Schaul in aller Öffentlichkeit scharf zurecht, der Prophet Nathan verfluchte König David als Mörder und Ehebrecher, und der Prophet Elija musste sogar vor König Ahab fliehen – wie Jeschua vor der Verfolgung durch Herodes Antipas fliehen musste, weil er mit dessen Politik als römischer Vasallenfürst nicht einverstanden war.

Jesaja, Jeremia und Jeschuas Cousin Johanan der Täufer mischten sich ganz unverschämt in die Politik ein – wie es auch Jeschua in der Frage getan hat, ob die Juden die römischen Steuern zahlen sollten. Und Jeschuas Antwort war ein unmissverständliches Nein – aber dazu kommen wir noch!«, fügte Elija an, als er Menandros' Verblüffung bemerkte.

»Die Propheten geißelten das Volk Israel und seine Könige mit scharfen Worten, beschworen Gottes Zorn, forderten zu Besinnung, Umkehr und Gesetzestreue auf und riefen Israel zurück zum Bund mit dem Ewigen. All das gehörte zu ihrer Berufung als Prophet – nicht jedoch Weissagungen über die Zukunft. Erst die Übersetzung hat den hebräischen Nabi in einen griechischen Propheten verwandelt und aus dem Mahner und Künder einen Wahrsager künftiger Ereignisse gemacht.

Jeschua war ein Prophet, ein Künder der bevorstehenden Gottesherrschaft, des Königreichs der Himmel, das alles andere war als nicht von dieser Welt. Er verkündete nichts anderes als die Wiedereinsetzung des jüdischen Königs, des gesalbten Maschiach, des Sohnes Gottes, wie er im Krönungsritual genannt wird.

Die Salbung eines Königs und dessen Machtübernahme im Tempel war aber nur der erste Schritt. Als erste Amtshandlung musste der neue König den Hohen Priester Joseph ben Kajafa und seine Gefolgs- leute entmachten, denn sie arbeiteten eng mit dem römischen Prä- fekten Pilatus zusammen. Galiläa und Judäa mussten nach der Abset- zung des Tetrarchen Herodes Antipas als römischem Vasallenfürsten und nach der gewaltsamen Vertreibung der Römer zum Reich Israel vereinigt werden – eine Vision, die der Prophet Ezechiel eindrucks- voll beschworen hatte: ›So spricht der Herr: Siehe, Ich nehme die Söhne Israel aus den Völkern heraus, wohin sie gezogen sind, und Ich sammle sie und bringe sie in ihr Land. Und Ich mache sie zu *ei- ner* Nation, und *ein* König wird sie regieren.‹

Angesichts der römischen Legionen in Syrien würde die Schaffung eines unabhängigen Staates Israel einen jahrzehntelangen blutigen Freiheitskampf bedeuten. Jeschua kannte die Folgen genau, denn er konnte sich gewiss noch sehr gut an die brennenden Städte und die Massenkreuzigungen nach dem letzten großen Aufstand erinnern. War nicht auch sein Vater Joseph gekreuzigt worden?

Das und nichts anderes hat Jeschua verkündet. Das und nichts an- deres meinte er, als er sagte, jeder der ihm nachfolge, müsse bereit sein, als Rebell gegen Rom am Kreuz zu sterben.

Und sein Besuch im Tempel am Sukkot-Fest war alles andere als das überraschend brutale, aber doch im Grunde harmlose, ja lächer- liche Geschehen, das die Evangelisten daraus gemacht haben: die so genannte Tempelreinigung.«

Elija zog ein Blatt Papier zu sich heran und zeichnete mit der Fe- der ein großes in Nord-Süd-Richtung stehendes Rechteck.

»Das hier ist der wie eine Festung ummauerte Tempelberg«, er- klärte er, während Menandros und ich unsere Stühle näher heran- rückten. »Die hohen Mauern waren mit zweischiffigen Säulenhallen und Decken aus Zedernholz geschmückt. Acht Tore führten in den Tempelbezirk, dessen Boden mit einem Mosaikpflaster verziert war.

Im Norden …« Mit kratzender Feder zeichnete er ein kleineres Quadrat. »… lag die Burg Antonia, der ehemalige Palast von König Herodes und die Residenz des römischen Präfekten – falls er zu den Pilgerfesten in der Stadt war. Sein Amtssitz befand sich ja eigentlich in Caesarea am Meer. Von der Burg Antonia führten Treppen in den Tempelbezirk hinunter.«

Mit dem Federkiel wies er auf die linke Seite des Tempelberges.

»Die befestigte Westwand des zerstörten Tempels ist die heutige Klagemauer.« Dann zeichnete er ein kleineres Rechteck in Ost-West-Ausrichtung in den großen Tempelbezirk. »Im Osten lag das Schöne Tor, durch das man den ersten Vorhof betrat. Hier …« Er tippte auf das Papier. »… hingen große Warntafeln in Griechisch und Lateinisch: Fremden war es bei Todesstrafe verboten, den Tempel zu betreten.«

Gebannt folgten Menandros und ich Elija durch den vor mehr als tausend Jahren zerstörten Tempel.

»Vom ersten Vorhof stieg man fünfzehn Stufen hinauf zum Nikanor-Tor, dessen gewaltige, fünfzig Ellen hohe Torflügel mit Gold und Silber beschlagen waren, und betrat den zweiten Vorhof. Direkt vor dem Tempel, im Vorhof der Priester, stand der Brandopferaltar …«, den Elija wie die Tore und Vorhöfe einzeichnete, »… und zwölf Stufen führten hinauf zum Tempel, einem gewaltigen Bauwerk, das hundert Ellen hoch und ebenso breit war. Das Tor maß siebzig Ellen in der Höhe – es hatte keine Torflügel: Der Zugang zu Gott war niemals verschlossen.

Im Tempel befanden sich die goldene Menora, der Rauchopferaltar und der Tisch mit den zwölf Schaubroten, Symbol für die zwölf Stämme Israels. Dahinter lag das Allerheiligste, das der Hohe Priester nur am Versöhnungstag Jom Kippur betrat. Dieser Raum war völlig leer. Nur ein Stein lag an der Stelle, wo in König Salomos Tempel die Bundeslade gestanden hatte.

Der Tempel war über und über von Goldplatten umhüllt. Wenn die Sonne aufging, dann glänzte und funkelte er wie Feuer, sodass der Betrachter sein Auge wie von den Strahlen der Sonne abwenden musste. Und wo der Tempel nicht wie Gold schimmerte, war er strahlend weiß wie Schnee. Es muss ein überwältigender Anblick gewesen sein!«

Elija seufzte aus tiefstem Herzen.

»Heute steht an der Stelle des zerstörten Tempels der muslimische

Felsendom, einer der heiligsten Orte des Islam. Der Legende nach ritt der Prophet Mohammed von hier aus in den Himmel.«

Menandros blickte ihn betroffen an. Er verstand Elijas Schmerz, denn die Hagia Sophia war inzwischen auch eine Moschee.

»Und wo standen die Tische der Geldwechsler und der Taubenverkäufer?«, fragte ich mit Blick auf die Skizze.

Elija wies auf den großen Hof zwischen dem Tempel und den Säulenhallen. »Im Vorhof der Heiden, *außerhalb* des Tempels.«

Er steckte die Feder ins Tintenfass und lehnte sich auf seinem Stuhl zurück.

»Während der Tempelreinigung soll Jeschua die Tische der Opfertierverkäufer und der Geldwechsler umgeworfen haben.

Wie viele hat er hinausgetrieben? Acht, neun oder zehn Händler? Haben sie sich gegen ihn gewehrt? Haben sie die mit Knüppeln bewaffneten Tempelwächter gerufen, um den Ruhestörer festnehmen zu lassen? Wie viele Männer hätte Jeschua auf diesem riesigen Tempelplatz allein hinaustreiben können? Denn die Jünger halfen ihm ja nicht!

Was hat Jeschua mit den römischen Münzen mit dem Bild des Kaisers gemacht? Hat er die Käfige geöffnet und die Tauben freigelassen? Und warum hat er die Händler überhaupt vertrieben? Sie hatten das Recht, im Vorhof der Heiden Handel zu treiben, und Jeschua hat den Tempelkult und Opferdienst bei keiner seiner Pilgerfahrten zu Sukkot oder Pessach jemals angegriffen. Und hatte er nicht gesagt, er sei nicht gekommen, das Gesetz aufzuheben, sondern es zu erfüllen und wiederherzustellen?«

Betroffen sah ich Elija an.

»Du glaubst also, die Tempelreinigung hat gar nicht stattgefunden?«, fragte Menandros gespannt.

»Mit Sicherheit hat es einen Tumult und Blutvergießen gegeben, als Jeschua mit seinen Gefolgsleuten während des Sukkot-Festes in den Tempelbezirk stürmte und der Hohe Priester Joseph ben Kajafa auf die Besetzung reagieren musste. Aber es war ganz gewiss keine Prügelei mit Geldwechslern oder Opfertierverkäufern im Vorhof der Heiden.«

»Was, denkst du, ist wirklich geschehen?«, wollte ich wissen.

»Der Evangelist Markus deutete an, was vorgefallen ist.« Elija nahm die lateinische Bibel zur Hand und schlug das elfte Kapitel auf: »Hier steht es, Vers 18: ›Und die Hohen Priester‹ – gemeint sind die Anhänger von Joseph ben Kajafa – ›überlegten, wie sie ihn umbringen könnten. Sie fürchteten ihn nämlich, weil die Massen so sehr von seiner Lehre angetan waren.‹ Im Evangelium des Matthäus riefen die Sukkot-Pilger: ›Hoscha na! Errette uns doch, du Sohn Davids!‹, wie sie zuvor gerufen hatten: ›Errette uns von den Römern!‹

Kein Wunder, dass der Hohe Priester Joseph ben Kajafa ihn töten lassen wollte – aber nicht, weil Rabbi Jeschua im Vorhof der Heiden randalliert oder ein paar Händler verprügelt hatte, sondern weil er fürchtete, abgesetzt zu werden – entweder durch Jeschua, der ihn stürzen wollte, oder durch Pontius Pilatus, weil es dem Hohen Priester nicht gelang, den Tumult im Tempel unter Kontrolle zu bekommen, der sich auf die ganze Stadt auszuweiten begann. Nicht einmal die Evangelisten leugneten, dass es einen blutigen Aufstand gegeben hat.«

»Eine Revolte?«, flüsterte Menandros entsetzt.

»Eines ist sicher«, sagte Elija. »Was immer an jenem Tag geschah – für Jeschua war es die Stunde der Entscheidung. Dass sein Vorhaben misslang, dass er grandios scheiterte, war der Grund, warum er wenige Stunden später von den Römern festgenommen, verurteilt und dann gekreuzigt wurde.«

Ungestüm zerrte Menandros die griechischen Evangelien heran und blätterte so hastig bis zur Salbung in Bethanien, dass er beinahe die Seiten zerrissen hätte.

»Ich bitte dich, Menandros!« Elija legte ihm die Hand auf den Arm. »Hab noch zwei Tage Geduld, bis wir jene rätselhafte Szene in dem Haus in Bethanien übersetzt haben. Dann wirst du verstehen, was an jenem Tag im Tempel *wirklich* geschah …«

ᛒᚦ ELIJA ᚲᚻ

KAPITEL 12

Wie sehr hatte ich mich darauf gefreut, mit Celestina zur Terraferma hinüberzurudern. Mit ihr über die Wiesen und Felder zu galoppieren. Sie vom Pferd zu heben und im Uferschilf der Lagune zu lieben. Dann wollten wir eng aneinander geschmiegt in den Sommerhimmel hinaufsehen und träumen. Ohne Menandros neben uns im Schilfbett, ohne Davids traurige Blicke, ohne Tristans verzweifelte Briefe. Wie sehr hatte ich mich danach gesehnt, endlich mit Celestina allein zu sein. Die Szene am Grab ihres Vaters hatte mich tief berührt. »Elija ist der Mann, mit dem ich den Rest meines Lebens verbringen will.« Ich war glücklich, dass sie sich für mich entschieden hatte.

Hinter dem Ponte di Rialto und dem Markt bog ich auf meinem Weg zu Asher Meshullams Palacio nach links ab und kam wenig später an Arons niedergebranntem Kontor vorbei.

In jener Nacht, als er die verglimmenden Papiere in den Tesoro warf, hatte sich mein Bruder die Hände verbrannt. Seit Tagen trug er dicke Verbände, die David regelmäßig wechselte. Marietta kümmerte sich hingebungsvoll um ihren Verlobten, der seit drei Tagen bei ihr wohnte. Mit seinen verletzten Fingern konnte Aron nicht einmal einen Löffel halten.

Während ich den Campo di San Polo überquerte, fragte ich mich, wie Mariettas Bruder Angelo, der Erzbischof und Vertraute Papst Leos, reagieren würde, hätte er gewusst, dass seine Schwester in ihrem Haus nahe San Moisè mit einem sefardischen Juden zusammenlebte.

Dann hatte ich Ashers Palacio am Campo di San Polo erreicht. Der Platz war so menschenleer wie die Gassen jenseits des Rialto. Das aufgestickte Zeichen an meiner Kleidung hatte ich ›versehentlich‹ verdeckt, doch meine Vorsicht war unnötig gewesen: Die meisten Gojim waren auf der Piazza San Marco, um das Corpus-Christi-

Fest mit einer Prozession zu feiern. Niemand hatte mich angegriffen oder bedroht. Fray Santángel, der täglich vor Arons Kontor seine antijüdischen Hetzpredigten gehalten hatte, war verschwunden.

Ich klopfte und trat, während ich wartete, einen Schritt zurück, um den großartigen Palacio zu bewundern. Die Fassade war ebenso herrlich mit Säulen geschmückt wie die Ca' d'Oro oder die Ca' Tron. Welch eine Pracht!

Die Meshullams hatten den Palast gemietet, als die Brüder mit ihren Familien nach Venedig gezogen waren. Chaim, der Leiter einer der größten und mächtigsten Banken der Republik Venedig, zeigte seinen immensen Reichtum ganz ungeniert. Die fanatischen Bettelmönche hetzten die durch den endlosen Krieg verarmten Venezianer gegen die reichen Juden auf, doch Chaim und Asher ließen sich dadurch nicht einschüchtern. Was blieb ihnen übrig, als sich selbstbewusst zu geben? Ihr Vater Salomon war vor Jahren nach der Hetzpredigt eines Mönchs von der aufgebrachten Menge misshandelt und beinahe getötet worden.

Das Portal wurde einen Spalt breit geöffnet. »Wer seid Ihr?«

»Ich bin Rabbi Elija Ibn Daud.« Ich wies auf den Judenkreis auf meiner Kleidung.

Das Tor wurde aufgeschoben.

Ein Diener geleitete mich die Treppe hinauf in das Arbeitszimmer, wo Asher mich bereits erwartete.

Er sprang vom Stuhl hinter dem Schreibtisch auf und eilte mir entgegen, um mich zu umarmen.

»Wie schön, dass du gekommen bist, Elija«, begrüßte er mich auf Italienisch. »Du glaubst nicht, wie erstaunt ich war, als vor zwei Tagen plötzlich Salomon hier auftauchte und mir verkündete, er habe dir seine Freilassung aus dem Kerker des Zehnerrates zu verdanken.

Wie oft habe ich mit den Consiglieri und dem Dogen gesprochen! Gefleht und gedroht habe ich – vergeblich! Man beharrte darauf, ein Converso, der das Sakrament der Taufe missachtet und sich zum Glauben seiner Väter bekennt, sei eine Gefahr für die Republik. Das Todesurteil schien unabwendbar. Und nun ist Salomon frei! Wie hast du das nur geschafft, Elija?«

Was sollte ich Asher sagen? Ich hatte doch nichts anderes getan, als Salomon im Kerker zu besuchen, um mit ihm zu beten und ihn zu trösten.

»Ich habe mit Tristan Venier gesprochen«, murmelte ich ausweichend. »Während des Banketts im Dogenpalast.«

»Was auch immer du zu ihm gesagt hast, es muss ihn sehr beeindruckt haben. In der folgenden Nacht trat der Consiglio dei Dieci zusammen und hat das Urteil gefällt: Salomon ist unschuldig. Er wurde sofort freigelassen.«

Als ich nicht antwortete, reichte Asher mir ein Glas Wein. Ich sprach den Segen und trank einen Schluck.

»Kennst du Tristan Venier persönlich?«, erkundigte er sich.

»Mhm«, murmelte ich in mein Weinglas.

»Wo habt ihr euch kennen gelernt?«, fragte Asher stirnrunzelnd.

»In der Ca' Tron«, wich ich ihm aus. »Tristan Venier und Celestina Tron sind eng befreundet. Bei einem meiner Besuche habe ich ihn dort getroffen.«

Asher nickte zufrieden. »Es ist gut, wenn man einen Freund hat, der Vorsitzender im Rat der Zehn ist.«

Tristan und ich sind keine Freunde!, wollte ich sagen, doch ich schwieg.

»Tristan Venier hat keine Angst vor Entscheidungen, die im Senat auf Ablehnung stoßen«, urteilte Asher. »Zaccaria Dolfin soll ihn im Rat der Weisen wütend angegriffen haben. Und der Patriarch hat ihm sehr eindringlich ins Gewissen geredet.«

Asher faltete übertrieben andächtig die Hände zum christlichen Gebet, hob die Augen zum Himmel und bewegte die Lippen, als tue er – wie Tristan – Buße.

Ich verkniff mir ein Lachen. »Woher weißt du das?«

»Ich weiß es eben«, grinste Asher verschmitzt. »Für uns Juden ist es lebenswichtig, dass ich als Führer der Gemeinde weiß, was im Palazzo Ducale debattiert und beschlossen wird. Ist während des Banketts am Sonntag über unsere Ausweisung aus Venedig gesprochen worden?«

Ich schüttelte den Kopf.

»Hältst du es für möglich, dass die Condotta nicht verlängert wird und wir nach Murano umgesiedelt werden?«, fragte Asher gespannt. »Wie denkt Tristan Venier darüber?«

Tristan würde mich am liebsten bis ans Ende der Welt verbannen!, dachte ich. Denn ich nehme ihm seine Geliebte weg, demütige ihn, verletze seine Gefühle und zerstöre seine Karriere. Tristan war mit siebenundzwanzig noch nicht verheiratet. Ich nahm an, dass er Celestina heiraten wollte, um mit ihr an seiner Seite eines Tages Doge zu werden. Hatte er nicht gesagt, dass er auf sie warten wollte – gleichgültig, wie lange –, bis das Feuer ihrer Leidenschaft verglüht war und die Affäre mit mir beendet? Tristan konnte Celestina nicht zwingen, mich zu verlassen.

Aber *mir* konnte er das Messer an die Kehle setzen.

»Ich habe keine Ahnung, wie er über unsere Ausweisung denkt.« Ich trank mein Weinglas leer.

Asher schenkte mir nach. »Wie geht es Aron?«

»Er hat sich die Finger verbrannt …«

»Nicht zum ersten Mal«, meinte Asher bissig. »Er sollte sich an die Bestimmungen der Condotta halten und illegale Geschäfte vermeiden, die ihn sonst noch sein Vermögen kosten werden.«

Als ob Asher sich nicht schon selbst die Hände verbrannt hatte!

Drei Jahre zuvor, im Jahr 1512, hatte die Republik Venedig zehntausend Zecchini bei der jüdischen Gemeinde leihen wollen. Als Asher die Bedingungen der Serenissima als unannehmbar ablehnte, war er im Dogenpalast eingekerkert worden, damit er in den Pozzi ›zur Besinnung kam‹ – aber vergeblich. Die jüdischen Bankiers, allen voran Aron, hatten der Republik Venedig gedroht, die Kontore zu schließen und die Stadt zu verlassen, wenn Asher nicht freigelassen würde. Am Ende musste der Rat der Zehn nachgeben und Asher Meshullams Bedingungen akzeptieren.

»Wenn der Wille gegen die Macht kämpft, gewinnt immer die Macht«, pflegte Asher in gespielt resigniertem Tonfall zu sagen – um schon im nächsten Augenblick den Satz mit einem zynischen Lächeln ins Gegenteil zu verkehren: »Denn wer das Geld hat und weiß, was er will, der hat die Macht.«

Seit seiner Gefangenschaft in den Pozzi hatte er als Führer der jüdischen Gemeinde unzählige Kämpfe gegen den venezianischen Senat ausgefochten und die meisten gewonnen – manches Mal mit überzeugenden Argumenten, manches Mal mit hohen Bestechungsgeldern.

Bedächtig nippte Asher an seinem Wein. »Dein Freund Tristan Venier hat vor drei Tagen eine Untersuchung des Brandanschlags veranlasst. Gibt es schon Verdächtige?«

Ich sah Asher in die Augen, doch er hielt meinem Blick stand.

Er wusste, dass Aron und Chaim sich wegen der Geschäfte meines Bruders mit dem Vatikan erbittert gestritten hatten. Und er ahnte wohl, dass Aron seinen Bruder verdächtigte, das Kontor angezündet zu haben, um die Warenlieferung von Purpur aus Alexandria zu vernichten.

»Nein, bisher nicht«, murmelte ich.

»Aron wohnt seit drei Tagen bei Mirjam ... Marietta Halevi.« Das war keine Frage, sondern ein Vorwurf. »Sie ist Christin.«

»Sie ist Jüdin«, sagte ich ruhig. »Daran kann auch eine Hand voll Taufwasser nichts ändern.«

»Mirjam ist vor einigen Monaten freiwillig konvertiert, um ihrem Bruder Angelo eine Karriere im Vatikan zu ermöglichen! Niemand hat sie mit Gewalt zur Taufe geschleppt. Und jetzt lebt sie als Christin mit einem Juden zusammen. Was Angelo wohl dazu sagen wird?« Asher holte tief Luft. »Oder wird Seine Exzellenz von Seiner Heiligkeit so sehr in Anspruch genommen, dass er kaum das päpstliche Bett verlassen kann, um sich um die Affären seiner geliebten Schwester zu kümmern?«

Wollte Asher mich mit dieser Enthüllung schockieren? Mirjam hatte mir erst vor wenigen Tagen mit verschämt gesenktem Blick von der Affäre ihres Bruders erzählt.

»Aron und Marietta sind verlobt«, eröffnete ich Asher. »Mein Bruder will noch in diesem Jahr heiraten.«

»Heiraten?«, fragte Asher bestürzt. »Um Himmels willen: ein Jude und eine Christin! Nach welchem Ritus wollen die beiden denn die Ehe schließen?« Ohne meine Antwort abzuwarten, fuhr er erregt fort: »Elija, ich will ehrlich sein: Das Verhalten deiner Familie bereitet mir

341

große Sorgen. Arons Verlobung mit Mirjam Halevi, der Schwester des päpstlichen Geliebten. Deine Affäre mit Celestina Tron, von der Salomon mir erzählt hat …«

»Es ist keine *Affäre*.«

»Was ist es dann?«

»Wir lieben uns. Wir sind glücklich.«

»Das ist doch kein Argument!«, rief er. »Das Gebot des Propheten Ezra, keine Gojim zu hei…«

»Es ist das beste Argument von allen!«, unterbrach ich ihn. »Denn es ist Gottes Gebot. Nach übereinstimmender Meinung aller maßgeblichen Rabbinen ist die Nächstenliebe das wichtigste Gebot neben der Gottesliebe. Rabbi Hillel sagte: ›Das höchste Gebot ist die Liebe. Der Rest der Bibel ist nichts anderes als ein Kommentar dazu.‹ Und *meiner Ansicht nach* schließt dieses Gebot die Venezianer nicht ausdrücklich von der Liebe aus.«

»Gibt es denn unter den Töchtern Israels keine, die dir gefällt?«

»Asher, ich bitte dich …«

»Was ist mit Lea? Sie ist wunderschön und sehr in dich verliebt. Als ihr euch vor ein paar Wochen am Purim-Fest getroffen habt … ähm … seid ihr da nicht …«

»Wir haben nicht miteinander geschlafen«, wies ich ihn zurecht. »Ich will Lea nicht!«

»Und Rebekka? Sie wäre eine gute Partie! Die Familie Montefiore ist angesehen …«

»Nein!«

»Celestina Tron ist erst fünfundzwanzig«, wagte er sich noch weiter vor. »Du willst eine junge Frau, die dir im Bett Vergnügen bereitet, nicht wahr? Wie wäre es mit …«

»Sag mir, Asher: Was gibt es an meinem Nein misszuverstehen?«

»Celestina Tron hat dir den Verstand geraubt!«

»Ich liebe sie.«

»Willst du sie heiraten?«, setzte er sein Verhör fort.

»Ich habe noch nicht mit ihr darüber gesprochen.«

»Willst du sie heiraten, Elija?«, wiederholte er seine Frage. »Ja oder nein!«

»Ja, ich will sie heiraten«, gestand ich. »Ich will ihr unter dem geschmückten Baldachin den Ring an den Finger stecken und mit ihr den Becher Wein teilen. Ich will sie lieben und ehren, bis der Tod uns trennt.«

»Laut Salomon hast du im Kerker auf seine Frage, ob sie Christin sei, geantwortet: ›Todavía – noch!‹ Wird sie konvertieren?«

»Ich weiß es nicht.«

»Wirst *du* konvertieren?«

»Nein.«

Er nickte. »Willst du nach dem Tod deines Sohnes noch einmal Kinder haben?«

»Ich wünsche mir nichts sehnlicher als ein Kind mit Celestina. Benjamin wäre jetzt neunzehn – ein junger Mann. Er wäre verheiratet, hätte vielleicht selbst schon Söhne.« Ich seufzte. »In ein paar Monaten werde ich vierzig. Wenn ich nochmal ein Kind haben könnte, wäre es ein Gottesgeschenk. Du ahnst nicht, wie sehr ich mich danach sehne, noch einmal ein kleines Menschenkind im Arm zu halten.«

Asher, selbst Vater eines Sohnes, nickte. »Dein Sohn wäre kein Jude, wenn Celestina nicht konvertiert. Nur das Kind einer jüdischen Mutter ist ein Ju…«

»Ich bin Rabbi. Du musst mir die Gesetze nicht erklären.«

»Wenn sie Jüdin wird, muss sie die Ca' Tron verkaufen, denn Juden dürfen in Venedig keinen Grundbesitz haben. Wo willst du mit ihr leben?«

»Darüber habe ich noch nicht nachgedacht.«

»Würdest du aus Venedig fortgehen?«

»Ja«, nickte ich, denn ich war bereit, das Paradies auf Erden zu verlassen, nur um mit ihr zusammen zu sein.

»Wohin würdest du mit ihr gehen?«

»Nach Jeruschalajim.«

»Was willst du in der Wüste, mein Prophet Elija? Den Steinen und dem Sand Gottes Wort verkünden?«, fragte Asher spöttisch. »Jeruschalajim liegt in Trümmern. Auf dem Tempelberg steht eine Moschee. Und in der Stadt gibt es mehr Kirchen als Synagogen oder Talmudschulen. Was, um Himmels willen, willst du dort?«

Dem Gebot des Propheten Ezra zum Trotz gab er während des Abendessens seine tiefe Besorgnis über meine Liebe zu Celestina und meine Freundschaft zu Tristan auf, denn sie waren vorteilhaft für die jüdische Gemeinde. Celestina und Tristan waren Vertraute des Dogen. Und meinen Einfluss auf den Capo dei Dieci bewies doch schon die Tatsache, dass Tristan Salomon freigelassen hatte – eine Entscheidung, für die er heftig angegriffen worden war.

Da im Senat immer wieder über die Ausweisung der Juden diskutiert wurde, war meine Verbindung zum Dogen sehr wertvoll. Als ich Asher erzählte, dass Loredan mich zum Abendessen eingeladen hatte, war er so erfreut, dass er mir für jenen Abend erneut seinen Koch zur Verfügung stellte, damit ich im Palazzo Ducale koscher speisen konnte.

Nun hatte Asher keine Einwände mehr, dass ich mit Celestina arbeitete, dass ich sie jeden Tag besuchte und hin und wieder auch über Nacht blieb. Denn er ging davon aus, dass ich sie irgendwann heiraten würde.

Am nächsten Abend – Celestina und ich hatten Jeschuas lange Tempelrede übersetzt – besuchte Kardinal Domenico Grimani die Synagoge, allerdings früher als angekündigt.

Noch lehrte ich die Humanisten, als er leise in den Gebetssaal trat. Er trug keine purpurfarbene Soutane, sondern enge Hosen, eine schlichte schwarze Samtjacke mit Silberknöpfen und eine Kappe, die seine Tonsur verbarg. Kein Gefolge begleitete ihn – sein Besuch war nicht offiziell, sondern rein privat. Als ich ihm entgegengehen wollte, um ihn angemessen zu begrüßen, schüttelte der Kardinal den Kopf, legte den Finger an die Lippen und setzte sich still in die letzte Reihe der Synagogenbänke, um meinem Vortrag über das höchste Gebot der Tora zu lauschen: das Gebot der Liebe.

Das lange Gespräch mit Asher nach dem Abendessen hatte mich zu diesem Thema inspiriert. Ich erklärte den Humanisten und dem Kardinal, dass Rabbi Schimon der Gerechte die Lehre zu drei Forderungen zusammengefasst hatte: ›Tora, Gottesdienst und praktizierte Nächstenliebe‹. Rabbi Akiba dagegen hatte nur einen Lehrsatz formuliert: ›Liebe deinen Nächsten wie dich selbst!‹ Und auch für Rabbi Hillel war die Nächstenliebe die wichtigste Forderung – der Rest der Bibel war für ihn nur ein Kommentar zu diesem einen Gebot.

»Und was ist Eurer Ansicht nach das höchste Gebot?«, fragte Kardinal Grimani aus der letzten Reihe.

Die Humanisten, die sein Eintreten nicht bemerkt hatten, drehten sich erstaunt zu ihm um.

»Ich stimme mit einem anderen berühmten Rabbi darin überein, dass es zwei Gebote gibt«, erklärte ich. »Das erste ist das Schma Israel, das jüdische Glaubensbekenntnis: ›Liebe den Herrn, deinen Gott, von ganzem Herzen.‹ Das zweite ist das Gebot der Nächstenliebe: ›Liebe deinen Nächsten wie dich selbst.‹ Oder, in einer anderen Übersetzung: ›Liebe deinen Nächsten, denn er ist wie du.‹«

»Und wer ist jener berühmte Rabbi, mit dem gemeinsam Ihr diese Lehre vertretet?«, fragte der Kardinal.

»Rabbi Jeschua ha-Nozri, besser bekannt als Jesus der Nazoräer.«

Vergnügt lächelnd lehnte Kardinal Grimani sich auf der Synagogenbank zurück, verschränkte die Arme und lauschte meinem Vortrag, der ihm sehr zu gefallen schien. Denn als die Lehrstunde beendet war und meine Talmidim aus dem Gebetssaal strömten, blieb er noch sitzen.

Er gestand, dass er noch nie zuvor in einer Synagoge gewesen war – sein Lehrer Elija Halevi hatte ihn nie gebeten, ihn zu begleiten. Ich führte ihn herum und zeigte ihm den goldverzierten Schrein mit der Tora und die Kanzel mit dem eingeschnitzten Spruch: ›Wisse, vor Wem du stehst.‹

Der Kardinal war beeindruckt, und ich fragte ihn, ob er gern am Erev-Schabbat-Gottesdienst teilnehmen wollte. Zuerst sah er mich verblüfft aber fasziniert an, doch dann dachte er wohl an das Donnerwetter, das ihm drohte, falls Papst Leo von seinem privaten Besuch in einer venezianischen Synagoge erfuhr. Als ich ihm erklärte, welche Psalmen am Freitagabend gesungen und welche Gebete gesprochen wurden, nickte er zögernd, und nahm schließlich mit meinem Gebetbuch in der letzten Bankreihe Platz.

Es war ein schöner Gottesdienst, der dem Kardinal so gut gefiel, dass er zum Kiddusch in mein Haus kam. Domenico Grimani war überrascht, Celestina am Schabbattisch zu finden, und sie erzählte ihm von unserer gemeinsamen Arbeit.

Der Kardinal, selbst ein Humanist, schätzte Celestina als Gelehrte. Von Ibn Shapruts *Prüfstein* hatte er schon gehört: Mein Freund Elija Halevi hatte ihm davon erzählt. Domenico Grimani stellte viele Fragen zu unserer Übersetzung der Evangelien ins Hebräische: Wie viele Übersetzungsfehler wir gefunden hätten? Welche theologischen Auswirkungen unsere Korrekturen auf den griechischen Evangelientext hätten? Wann die Übersetzung abgeschlossen sein würde? Ob wir eine Veröffentlichung planten? Und – er wagte kaum zu fragen – ob er denn das Manuskript lesen dürfte?

Eigentlich hatte er nicht zum Abendessen bleiben wollen, doch er war so gefesselt von Celestinas Ausführungen, dass er gar nicht wahrnahm, wie Judith das Mahl auftrug.

Es war ein denkwürdiger Abend. Erst lange nach Mitternacht verabschiedete sich der Kardinal, um am nächsten Morgen nach Rom abzureisen.

Sobald sich die Tür hinter ihm geschlossen hatte, fiel mir Celestina glücklich lachend um den Hals und wirbelte mich ausgelassen herum. Der Abend war ein großer Erfolg gewesen:

Kardinal Grimani würde uns die Tore des Vatikans öffnen!

»»... dann versammelten sich die Hohen Priester und die Ältesten des Volkes im Hof des Kohen ha-Gadol Joseph ben Kajafa und beschlossen, Jeschua mit List zu ergreifen und zu töten. Sie sagten aber: Nicht an dem Fest, damit kein Aufruhr im Volk entsteht«‹, las ich unsere Übersetzung vor.

Dann sah ich auf.

»Dieses Todesurteil ist eine Reaktion auf die angebliche Tempelreinigung. Es steht unmittelbar vor der Beschreibung der Salbung in Bethanien, die deshalb Jeschuas Salbung für sein Begräbnis zu sein scheint – was es aber trotz des Kusses, der symbolischen Waschung durch die Tränen und des Salböls aus indischer Narde nicht ist!«, erklärte ich Celestina und Menandros, denen seit dem frühen Morgen

346

die Frage nach Jeschuas Königstitel auf den Lippen brannte. »Wenn Jeschua gewusst hätte, dass er in Jeruschalajim sterben würde, wäre er doch niemals dorthin gegangen. Denn was nützte dem jüdischen Volk *noch* ein gescheiterter und gekreuzigter Maschiach? An ihm würden sich keine Hoffnungen entzünden!«

Menandros spielte unruhig mit den Seiten der Evangelien.

»Aus dramaturgischen Gründen ist die Reihenfolge der Ereignisse in den Evangelien verändert worden«, fuhr ich fort. »Die Tempelreinigung fand nämlich *nach* dem Abendessen in Bethanien statt. Und das Todesurteil ist eine Folge der Salbung *und* der Tempelreinigung an Sukkot.«

Ungeduldig bat mich Menandros: »Lies weiter!«

»›Als Jeschua in Bethanien war, im Haus Schimons des Esseners ...‹«

»Ich dachte, es hieße: ›im Hause Schimons des Aussätzigen‹!«, unterbrach mich Menandros verwirrt.

»Das Haus eines Aussätzigen hätte Jeschua niemals betreten. Leprakranken war es verboten, innerhalb von Städten und Dörfern zu wohnen«, erläuterte ich ihm. »Lukas nannte Schimon, bei dem Jeschua an jenem Abend zu Gast war, einen Pharisäer. Ich glaube, dass Schimon ursprünglich nicht der Aussätzige hieß, sondern der Bescheidene, der Fromme. Das ist eine talmudische Bezeichnung für die Essener. Wie hat dieser arme Schimon unter seiner Krankheit gelitten, die am Ende doch nur ein Abschreibefehler war – wie so vieles in den Evangelien! Was ist in Jeschuas Mahl mit den von Gott Verworfenen nicht alles hineininterpretiert worden!

Jener Schimon der Essener hat wirklich gelebt. Er war schriftgelehrter Rabbi, ein bekannter Mann. Der Talmud erwähnt ihn wie übrigens auch Flavius Josephus.«

Ich nahm die Seiten mit meiner Übersetzung und las weiter vor. »›Als Jeschua in Bethanien war, im Haus Schimons des Esseners, kam eine Frau zu ihm, die ein Alabasterfläschchen mit sehr kostbarem Salböl hatte, und goss es auf sein Haupt, als er zu Tisch lag.‹«

»Ein griechisches Symposion?«, fragte Celestina mit einem Schmunzeln. »Ein gelehrtes Gespräch bei einem Becher Wein?«

»Ja, so ähnlich!«, nickte ich. »In reichen jüdischen Familien war es üblich, bei Tisch zu liegen – wie bei den Griechen. Die christlichen Darstellungen des Letzten Abendmahls, in denen Jeschua, umgeben von seinen Talmidim, an einer Tafel sitzt und das Brot bricht, sind falsch!«

»Erkläre *das* bitte Leonardo da Vinci!«, kicherte sie.

»Gerne – wenn ich ihn in Rom treffe!«, gab ich übermütig zurück. »Vielleicht reist er dann sofort zurück nach Mailand und schlägt sein *Abendmahl* in Santa Maria delle Grazie wieder ab.«

Das berühmte Fresko hatte ich mir in Mailand angesehen, als ich mit meiner Familie während unserer Flucht von Paris, Lyon und Chambéry über Turin und Mailand nach Florenz gereist war. Ich war beeindruckt gewesen – vor allem von der Darstellung Jeschuas, die dem zarten Abbild auf dem Grabtuch von Chambéry so ähnlich war.

»Lies weiter!«, bat Celestina.

»›Aber diese Verschwendung verstimmte die Talmidim. Denn das Salböl hätte teuer verkauft und der Erlös den Armen gegeben werden können. Als Jeschua es erkannte, sprach er zu ihnen: Warum beschuldigt ihr diese Frau? Sie hat doch wahrlich Großes und Wundervolles an mir vollbracht.‹«

»Wenn das, was jene Frau getan hat, *nicht* die Salbung für das bevorstehende Begräbnis war, wie du sagst, dann kann es doch nur die Salbung zum König von Israel gewesen sein!«, triumphierte Menandros und schlug mit der flachen Hand auf die griechischen Evangelien.

»Nein.« Ich lehnte mich zurück und verschränkte die Arme.

»*Nein?*«, flüsterte Menandros betroffen.

»Nein, das war nicht das traditionelle Ritual der Salbung des Maschiach. Das war ein festliches Abendessen bei einem guten Freund Jeschuas, Rabbi Schimon. Einem offenbar sehr wichtigen Gefolgsmann, denn in seinem Haus fand die …«

»Aber das kostbare Öl, mit dem Jeschua gesalbt worden ist!«, wandte nun auch Celestina ein.

»Sag mir, Celestina: Wer ist die Frau, die Jeschuas Haupt und Füße mit kostbarem Öl salbt? Eine Sünderin, wie Lukas schrieb? Mirjam, die Schwester des Eleasar, wie Johannes zu wissen glaubte? Warum singt niemand während der feierlichen Zeremonie einen Krönungspsalm? Warum findet die Salbung während eines Abendmahls statt – wieso nicht an einem würdigeren Ort wie dem Berg Zion, wie es der zweite Psalm beschreibt? Wieso huldigt keiner seiner Gefolgsleute Jeschua als ha-Melech ha-Maschiach, als gesalbtem König? Weshalb wird Jeschua nicht mit seinem Titel ›Sohn Gottes‹ angesprochen, der ihm als rechtmäßiger König zusteht?

Und warum wurde ihm schon bei seinem Einzug nach Jeruschalajim von den Sukkot-Pilgern als Sohn Davids und König Israels gehuldigt? Und wurde er nicht bereits in Jericho so genannt? Alle Evangelisten bezeugten unmissverständlich, dass Jeschua bei seinem Einzug bereits rechtmäßig gesalbter König von Israel war!«

»Aber seit wann?«, fragte Menandros verwirrt.

»Blättere neun Kapitel zurück! Evangelium des Matthäus, Kapitel 17: Jeschuas Verklärung auf einem hohen Berg nahe Caesarea Philippi. *Das* ist die ausführlichste Schilderung einer Königssalbung, die ich je gelesen habe. König Schauls Salbung durch den Propheten Samuel wird in einem einzigen Satz beschrieben. König Davids Salbung werden lediglich zwei Sätze gewidmet! Und Salomos Proklamation zum König wird auch nur in drei Zeilen abgehandelt. Doch König Jeschuas Salbung? Neun lange Verse! Und ein Krönungspsalm!«

Ich blätterte in meinem Manuskript, um die längst übersetzte Szene zu finden. Schließlich nahm ich das eng beschriebene Blatt, warf einen Blick darauf und erklärte:

»Matthäus beschrieb, dass Jeschua nach sechs Tagen seine Gefolgsleute Schimon Kefa, Jakob und Johanan ben Savdai auf einen hohen Berg führte.

Wenige Verse zuvor fand in der Gegend von Caesarea Philippi, das ist weit im Norden, die seltsame Szene statt, in der Jeschua den Schimon fragte: ›Wer, glaubt ihr, bin ich?‹ Und Schimon antwortete: ›Du bist der Maschiach, der Sohn des lebendigen Gottes!‹

Das ist die einzige Szene, in der Jeschua als Maschiach – als Christos – bezeichnet wird. Mit anderen Worten: Dies ist die Proklamation zum König! In diesem Moment hat Jeschua sich entschieden, die Königswürde anzunehmen und damit die Verantwortung, vor der er monatelang geflohen war. Und er hat seine Gefolgsleute aufgefordert, diese Entscheidung noch geheim zu halten!

Der nächste Satz, ›Du bist Petrus, und auf diesem Felsen werde ich meine Kirche errichten‹, ist eine nachträgliche christliche Einfügung. Und im Übrigen schrieb Rabbi Shemtov in seinem hebräischen Evangelium nicht Kirche, sondern Synagoge.« Ich holte tief Luft. »Oder meinte Jeschua vielleicht einen neuen Tempel? Sprach er in Jeruschalajim nicht davon, den Tempel niederzureißen und einen neuen zu errichten?«

Wie gebannt hingen Celestina und Menandros an meinen Lippen. Doch ich wollte die Frage nach der so genannten Tempelreinigung nicht beantworten. Noch nicht!

»Die Interpretation, Jeschua habe seinen Anspruch, der erwartete Maschiach zu sein, nie offen geäußert, sondern in seiner Lehre und in seinen Gleichnissen vom Kommen des Gottesreiches und des Menschensohns verborgen, ist völlig unsinnig«, fuhr ich fort. »Es gibt kein Messiasgeheimnis – es sei denn, man nennt so die konsequente Verschleierung der Wahrheit durch die Evangelisten.

Matthäus, Markus, Lukas und Johannes haben die Schatztruhen der jüdischen Hoheitstitel geplündert und Jeschua sämtlichen Schmuck umgehängt, dessen sie nur habhaft werden konnten: Messias, Erlöser, Leidender Gottesknecht, Davidssohn, Menschensohn und Gottessohn.

Der Titel Sohn Gottes bedeutet das Erwähltsein durch Gott, nicht die Göttlichkeit. Die Idee, dass Gott einen Sohn haben könnte, ist dem Judentum fremd. Doch aus dem gesalbten ha-Melech ha-Maschiach der Juden, einem Menschen, der den Königstitel Sohn Gottes trug, haben die Evangelisten einen von den Wolken des Himmels herabsteigenden geheimnisvollen Erlöser und Weltenrichter gemacht! Einen Christos, die Inkarnation des göttlichen Wortes.«

Dann fuhr ich fort:

»Aber wenn der Sohn Gottes, der mit dem göttlichen Vater eins ist, in die Welt hinabstieg, um sie zu erlösen, warum musste dieser Gottessohn – dieser Menschensohn aus Daniels Vision – von den

Menschen, die doch gerade von ihren Sünden erlöst werden sollten, mit Öl gesalbt werden? Der Titel Menschensohn ist in diesem Zusammenhang völlig unsinnig, denn Jeschua hat sich niemals selbst als Menschensohn bezeichnet! Genügt denn nicht das Wort des Allmächtigen, wenn Er sagt: ›Dies ist mein Sohn!‹? Wozu also die Salbung mit Öl, wenn Jeschua nicht wirklich der König der Juden war, der, wie er dem Volk verkündet hatte, das Reich Gottes in Israel errichten wollte?«

Keine Antwort. Aber tausend Fragen in ihren Blicken.

Menandros war erschüttert. In diesem Moment stürzte sein Glauben an den göttlichen Menschensohn mit Donnergetöse ein – endgültig!

Er war traurig, obwohl er doch wusste, dass Jeschuas Gottessohnschaft erst auf dem Konzil von Nikaia im Juni 325 durch Abstimmung mit zwei Gegenstimmen festgelegt worden war: Er war ›aus dem Wesen des Vaters‹, ›Gott aus Gott, Licht aus Licht‹, ›wesensgleich mit dem Vater‹. Die Bischöfe, die ihre Unterschrift verweigert hatten, waren exkommuniziert worden.

Ich holte tief Luft. »Die Juden erwarteten damals verschiedene Erlösergestalten: einen Menschen, der zum König, zum ha-Melech ha-Maschiach, gesalbt würde und der als Nachfolger Davids, als Davidssohn, herrschen, das Gottesreich in Israel errichten, das Gottesvolk befreien und die Römer in einer gewaltigen Schlacht vertreiben sollte. Einen apokalyptischen Engel wie in Daniels Vision: einen Menschensohn, der auf den Wolken vom Himmel herabsteigt und die Welt innerhalb von wenigen Tagen erlöst. Einen Propheten, dessen Ankunft Mosche vorausgesagt hatte: ›Einen Propheten wie mich wird der Herr, unser Gott, aus euren Brüdern erwecken – dem sollt ihr gehorchen!‹ Und einen Propheten, in dem einige den zurückgekehrten Mosche, andere den aus dem Himmel herabgekommenen Propheten Elija sahen. Gott sprach: ›Siehe, Ich will euch senden den Propheten Elija, ehe der große und schreckliche Tag des Herrn kommt!‹

Das gedemütigte jüdische Volk wartete vor allem auf einen Befreier, der Davids Reich wiederherstellte. *Keiner* dieser sehnsüchtig erwarteten Erlöser, Engel, Könige oder Propheten sollte einen Sühneopfertod zur Vergebung der Sünden sterben. Und schon gar nicht an einem römischen Kreuz.

Die Zeloten – ein großer Teil von Jeschuas Gefolgsleuten waren Widerstandskämpfer: Zeloten und Sikarier! – erwarteten einen kriegerischen Maschiach ben David, der in Jeruschalajim den Kampf gegen die Gojim aufnehmen und die Römer endgültig besiegen sollte.

Jeder Führer, dem es gelang, die Römer zu besiegen und einen unabhängigen jüdischen Staat zu errichten, würde als Maschiach anerkannt werden. Sein Erfolg würde seinen Anspruch bestätigen, auch wenn er kein Nachkomme Davids war – wie Schimon Bar-Kochba, den Rabbi Akiba hundert Jahre später, während des Jüdischen Krieges, zum Maschiach ausrief. Tatsächlich hatte es bereits einige Jahre vor Jeschua Anführer von Widerstandsbewegungen gegeben, die sich zu Königen ausgerufen hatten – und scheiterten.

Jeschuas Cousin Johanan der Täufer, einer der berühmtesten Führer einer messianischen Bewegung, hatte sich selbst nie als Maschiach bezeichnet – er wartete auf den, der kommen sollte. Wegen des Aufruhrs, den er durch seine apokalyptischen Predigten verursachte, wurde er im Jahr 33 oder 34 von Herodes Antipas hingerichtet, wie uns Flavius Josephus überliefert hat.

Jeschua war also weder der Erste, der von seinen Gefolgsleuten zum König ernannt wurde, noch war er der Letzte. Er scheiterte wie alle anderen.«

Ich lächelte traurig.

»Ihr seht: Wir Juden haben in all den Jahrhunderten seit dem Exil in Babylon derart unerfüllbare Forderungen an den erwarteten Maschiach gestellt, dass er angesichts der übermenschlichen Aufgabe, der Gerechtigkeit Gottes zum Sieg zu verhelfen, und angesichts des sicheren Scheiterns – nicht an unseren Feinden, sondern an unseren Erwartungen an ihn! – gar nicht erst gekommen ist.«

Menandros verzog die Lippen: »Du bist zynisch!«

»Nach einer Wartezeit von zweitausend Jahren darf ich doch wohl zynisch sein!«, gab ich zurück. »Aber wir Juden sind unverbesserliche Optimisten. Wir glauben noch immer, dass er irgendwann kommen wird. Es gibt eine rabbinische Geschichte von einem wartenden Maschiach. Er lebt unerkannt bei den Kranken und den Bettlern vor den Toren Roms. Dort wird er in jeder Generation neu geboren – und wartet.«

»Auf wen?«, fragte Menandros verwirrt.

»Er wartet auf dich.«

»Auf mich?«

»So lautet die rabbinische Antwort: Der Maschiach wartet auf dich. Wenn du … wenn *jeder von uns* die Gebote hält und wenn wir ihm helfen, seine Aufgabe zu erfüllen, dann wird er erscheinen und die Welt erlösen – Juden *und* Gojim.

Das Gottesreich fällt nicht vom Himmel – jeder von uns muss für den Frieden kämpfen.«

Ich lehnte mich auf meinem Stuhl zurück und trank einen Schluck Wein. Menandros schenkte mir sofort nach, obwohl mein Glas erst zur Hälfte geleert war.

»Kehren wir also zurück zu Jeschua und seinen Gefolgsleuten in der Gegend von Caesarea Philippi. Schimon hat Jeschua gerade als seinen König anerkannt. Was tat Jeschua? Er sprach davon, dass er nach Jeruschalajim gehen wollte, um dort die Macht zu ergreifen. Er sandte seine Gefolgsleute aus, die seine königliche Reise durch das Reich Israel vorbereiten sollten. Und er, der eigentlich nie König sein wollte, warnte seine jubelnden Vertrauten: ›Wer mich begleiten will, muss wissen, dass ihm der Tod am Kreuz droht.‹

›Und nach sechs Tagen nahm Jeschua den Schimon Kefa und Jakob und Johanan, seinen Bruder, mit und führte sie abseits auf einen hohen Berg …‹«, zitierte ich Matthäus. »Es ist der Berg Hermon, nicht der Tabor. Die Wendung ›nach sechs Tagen‹ und ›der hohe Berg‹ verweisen auf Mosches Bund mit Gott auf dem Berg Sinai. Sechs Tage lang hatte eine Wolke den Berg Sinai verhüllt. Am siebten Tag offenbarte sich Gott dem Menschen. Der Schabbat war also der Tag, an dem der Mensch Gott begegnete.«

Ich las weiter:

»›Und er wurde vor ihnen verwandelt. Sein Gesicht leuchtete wie die Sonne.‹ Das ist eine Anspielung auf Schauls Salbung durch den Propheten Samuel: ›Und der Geist des Herrn wird über dich kommen, und du wirst in einen anderen Menschen verwandelt werden‹, also im symbolischen Sinne neu geboren werden als Sohn Gottes.

Und genau das geschah nun in der Salbungsszene auf dem Berg Hermon: Eine Wolke überschattete Jeschua, und Gott sprach: ›Dieser ist mein geliebter Sohn, an dem ich Wohlgefallen gefunden habe. Auf ihn sollt ihr hören!‹

Dieses Gotteswort erinnert nicht nur an die Offenbarung anlässlich von Jeschuas Taufe im Jordan, sondern ist auch eine Anspielung auf den Krönungspsalm König Davids, auf Mosches Ankündigung eines Propheten, der nach ihm kommen soll, und auf Jesajas leidenden Gottesknecht – eines der großen Vorbilder für die Erschaffung des christlichen Messias.

Es ist erstaunlich, wie viel Symbolik die Evangelisten in diese wenigen dramatischen Worte legten! Und es ist noch erstaunlicher, wie diese wundervollen Worte auf dem Konzil von Nikaia so falsch verstanden wurden: Die Bischöfe legten per Abstimmung Jeschuas Gottessohnschaft in einem Glaubensbekenntnis fest und verfolgten in den nächsten Jahrhunderten alle, die nicht daran glauben wollten.«

Menandros nickte. »Und was bedeuten Schimons Worte: ›Rabbi, es ist gut, dass wir hier sind.‹? Unter anderem wegen dieser Äußerung, die keinen Sinn zu haben scheint, wird er für einfältig und dumm gehalten. Markus hat sogar noch angefügt: ›Er wusste nämlich nicht, was er sagen sollte, denn die Jünger hatten Angst.‹«

»Schimon sang den hundertdreizehnten Psalm: ›Siehe, wie gut und wie lieblich ist es, wenn Brüder einträchtig beieinander wohnen. Wie das köstliche Öl auf dem Haupt, das herabfließt auf den Bart. Wie der Tau des Hermon‹, auf dem ja die Salbung stattfand. Schimon sang den Salbungspsalm.«

»Jeschua war also der König von Israel«, staunte Menandros.

»Ja, daran habe ich keinen Zweifel«, bekräftigte ich. »Er ist auf dem Hermon gesalbt worden und ging dann nach Jeruschalajim, um sein Königsamt nach einer weiteren, öffentlichen Salbung anzutreten.

Pontius Pilatus fragte ihn während des Prozesses, ob er der König der Juden sei, und Jeschua bejahte die Frage. Die römischen Legionäre verspotteten ihn mit Dornenkrone und Purpurmantel als König der Juden. Und er ist als Iesus Nazarenus Rex Iudaeorum gekreuzigt worden – das sagt das berühmte Schild mit der Aufschrift INRI, das am Kreuz angenagelt worden war.

Wieso hätte Pontius Pilatus dieses Schild anbringen lassen sollen, wenn Jeschua nicht wirklich gesalbter König gewesen wäre? Er wollte die Juden, diese stolzen, rebellischen Juden, die sich gegen Rom erhoben hatten, demütigen, indem er ihren König nackt ans Kreuz schlagen ließ.«

Menandros musterte mich nachdenklich. »Glaubst du, dass er König sein wollte?«

Ich schüttelte den Kopf. »Johannes berichtet, dass Jeschua sich mehrmals einer Menge entzogen hat, die ihn zum König machen wollte. Ich glaube, dass er lange zögerte. Seine Anhänger – Schimon, Jakob, Johanan und Jehuda, die vier Zeloten in seinem Gefolge – haben ihn bedrängt, sich dieser gewaltigen Verantwortung zu stellen. Am Ende hat er nachgegeben. Er hat sich auf dem Hermon salben lassen, ging nach Jeruschalajim, um die Macht zu ergreifen, und starb am Kreuz, weil er von Joseph ben Kajafa – dem anderen, hohenpriesterlichen Maschiach – verraten wurde.« Ich seufzte. »König wider Willen: Welch eine tragische Geschichte!«

»Er zog also als König in Jerusalem ein«, sinnierte Menandros. »Jetzt verstehe ich, warum er den Esel aus der Sacharja-Prophezeiung nicht brauchte, um als Messias in die Heilige Stadt zu kommen. Die Leute wussten, wer er war!«

»Der Einzug war gut vorbereitet«, nickte ich. »Schon um König Jeschuas Leben zu schützen, durfte nichts dem Zufall überlassen bleiben. Die Gefolgsleute waren in der Stadt – wir hören später noch von ihnen. Jeschua selbst nächtigte in Bethanien, einem Dorf drei Meilen östlich von Jeruschalajim an der Straße nach Jericho. Entweder wohnte er bei jenem Schimon dem Essener, in dessen Haus die rätselhafte Salbungszeremonie stattfand, oder, was ich für wahrscheinlicher halte, bei seinem Schwager Eleasar, dem Bruder seiner Gemahlin Mirjam.«

»Lazarus?«, fragte Celestina verblüfft. »Den er von den Toten auferweckt hatte?«

»Derselbe. Eleasar, der Lieblingsjünger. Mirjams und Martas Bruder.«

Celestina fasste sich an den Kopf. »Dann sind Mirjam von Magdala und Mirjam von Bethanien ...«

»... dieselbe Frau: Jeschuas Gemahlin Mirjam«, ergänzte ich. »Ist dir schon einmal aufgefallen, dass die beiden Mirjams nie gleichzeitig auftauchen? Mirjam von Magdala steht in den Listen der weiblichen Gefolgsleute immer an erster Stelle, als hätte sie eine herausragende Stellung – dein Vater, der verwegene Humanist, ging ja sogar so weit, sie als den Verfasser des vierten Evangeliums zu bezeichnen!

Und Mirjam von Bethanien? Lukas bezeichnete sie als glühende Verehrerin Jeschuas. Und Johannes schrieb, dass Jeschua Eleasar, Mirjam und Marta ›liebte‹, also ein besonders enges Verhältnis zu ihnen hatte – weil er in Mirjam verliebt war oder weil sie seine Gemahlin war?

Wie sonderbar, dass zwar Mirjam von Magdala unter dem Kreuz stand und Jeschua unter Qualen sterben sah, nicht jedoch Mirjam von Bethanien. Noch verwunderlicher ist, dass zwar Mirjam von Magdala am Sonntagmorgen das Grab besuchte, nicht aber Mirjam von Bethanien. Warum nicht?«

»Weil sie dieselbe Mirjam sind«, flüsterte Celestina.

»Wie alle Schimons und Jehudas in Jeschuas Gefolge immer nur *ein* Mann sind – aber dazu später!«, nickte ich. »Ich nehme also an, dass Jeschua während seines Aufenthaltes in Jeruschalajim im Haus eines engen Gefolgsmanns wie Eleasar nächtigte.

Ob die Salbung nun im Haus von Schimon dem Essener oder im Haus von Eleasar stattfand, darüber sind die Evangelisten ebenso uneinig wie über den Zeitpunkt des Mahls. Ich jedenfalls gehe davon aus, dass dieses griechische Gelage zu Jeschuas Ehren abgehalten wurde. Es war ein königlicher Empfang für die engsten Gefolgsleute*. Für jene, die an der Salbung auf dem Hermon nicht teilnehmen konnten, und für jene, die König Jeschua mit den wichtigsten Ämtern betrauen wollte.

Ich hätte doch zu gern gewusst«, spann ich den Faden weiter, »welchem seiner Brüder er welche Aufgabe anvertraut hätte: Jakob ... Jehuda ... Schimon! Wen hätte er zum Hohen Priester salben lassen? Wen wollte er zum Vorsitzenden des Sanhedrin ernennen? Wer wäre als Gesandter zu Tiberius nach Rom geschickt worden? Und wer wäre als sein Ratgeber in Jeruschalajim geblieben?

Und wer mag an jenem Abend außer Schimon dem Essener anwesend gewesen sein? Joseph von Arimatäa, der ein einflussreiches Mitglied im Sanhedrin war? Der Pharisäer Nikodemus – Nakdimon ben Gorion –, ebenfalls Mitglied im Hohen Rat? Und gehörte auch der berühmte Rabban Gamaliel, der angebliche Lehrer von Paulus, zu den Anhängern Jeschuas? Er war Mitglied im Sanhedrin und setzte sich nach der Kreuzigung im Rat für die Freilassung von Jeschuas Gefolgsleuten ein.

Worüber mochte an diesem Abend gesprochen worden sein? Über die Königssalbung? Die feierliche Zeremonie sollte vermutlich am letzten Tag des Laubhüttenfestes im Tempel stattfinden, anlässlich der Hakhel-Zeremonie. Über die Reaktion des Hohen Priesters Joseph ben Kajafa? Die war absehbar: Gewalt zur Sicherung der eigenen Macht! Ob der Präfekt Pilatus mit seiner bewaffneten Eskorte schon in Jeruschalajim eingetroffen war? Und wenn die Situation im Tempel nun eskalierte? Wenn Joseph ben Kajafa in seiner Panik die Römer rief? Wenn sich die Gewalt auf die mit Festpilgern überfüllte Stadt ausbreitete? Dann gäbe es einen Aufstand, der von den römischen Legionären blutig niedergeschlagen würde!

Hoffnungen und Ängste – das waren die Gesprächsthemen dieses Abends.«

Menandros barg das Gesicht in seinen Händen.

»Folgen wir also Jeschua an jenem letzten Tag des Sukkot-Festes von Bethanien, wo wir die Nacht verbracht haben, bis zum Tempel.

Jeschua schreitet voran, so ungestüm, dass wir ihm kaum folgen können. Er will die Zeremonien im Tempel so schnell wie möglich durchführen. Schimon und Jehuda bleiben, die Hände an ihren Dolchen, dicht hinter ihm, um sein Leben zu schützen. Denn erst gestern wären wir in der Stadt beinahe in eine erbitterte Schlägerei zwischen Juden und Römern geraten.

Tausende Pilger von nah und fern, von allen Orten des jüdischen

Exils, waren in die Stadt gekommen, um Sukkot zu feiern: aus Alexandria, Babylon, Athen und Rom. Überall auf den Plätzen, in den Gassen, in den Gärten und auf den Dächern der Häuser und Herbergen waren Laubhütten errichtet worden. Der Duft von geschnittenen Zweigen und den Zitrusfrüchten der Feststräuße erfüllte die Luft. Die Stimmung war ausgelassen. Überall wurden die Psalmen gesungen.

Wir waren durch die Gassen geschlendert, hatten uns an den Marktständen etwas zu essen gekauft und wollten gerade zum Tempel hinaufgehen, um die Prozession der Priester mit den Lulav-Feststräußen um den Altar zu sehen, da tauchte eine Gruppe von schwer bewaffneten römischen Legionären auf. Einer der Römer machte sich einen Spaß daraus, die Juden zu provozieren, die in ihren Laubhütten ihr schönstes Fest feierten.

Diese Provokation war eine große Dummheit!

Nicht der Zorn Gottes traf den Goj, aber eine jüdische Faust.

Es gab eine Schlägerei, und nur mit Mühe konnten wir Jeschua davon abhalten, den Tallit und den Feststrauß wegzuwerfen und sich in die Schlacht zu stürzen, um die Kämpfenden zu trennen.

Nun steigen wir durch das Kidron-Tal hinauf zum Tempel, den wir durch das Goldene Tor im Osten betreten. Dann haben wir den weiten Tempelvorhof erreicht. Hinter uns liegen die hohen Säulenhallen entlang der befestigten Tempelmauer. Rechts von uns ragen die drohenden Schatten der Burg Antonia auf. Die Sonne ist längst hinter dem Horizont versunken. Die ersten Sterne leuchten am Himmel – der neue Tag bricht an!

Tausende Pilger strömen über den Tempelplatz zum Heiligtum. Am nächsten Morgen werden sie alle Jeruschalajim verlassen und nach Hause zurückkehren – nach Betlehem und Jericho, nach Rom und Babylon, nach Athen und Alexandria. Es herrscht ein unvorstellbares Gedränge, Geschiebe und Gestoße. Um ein Haar werden die Tische der Geldwechsler und Taubenverkäufer im Vorhof der Heiden umgeworfen!

Wir müssen Acht geben, dass wir nicht getrennt werden! Wir können Jeschua doch nicht allein in den Tempel gehen lassen!

Je näher wir dem Schönen Tor zum ersten Vorhof kommen, desto enger wird es. Einige der Pilger erkennen Jeschua. Sie rufen: ›Seht, da ist Jeschua! Dem Ewigen sei Dank: Er ist gekommen, um die Hakhel-Zeremonie durchzuführen! Macht ihm Platz, damit er den Tempel betreten kann!‹ – ›Hoscha na! Erlöse uns doch, du Sohn Davids!‹ – ›Errette uns von den Römern!‹

Schimon sieht sich unruhig um. Wo ist die Tempelwache? Wo sind die Römer? Erst vor wenigen Monaten hatte der grausame und gefürchtete Pontius Pilatus* ein Massaker an galiläischen Pilgern angeordnet – ihr Blut hatte sich mit dem Blut ihrer Opfertiere vermischt! Jeschua legt ihm beruhigend die Hand auf die Schulter. ›Hab keine Angst, mein Bruder! Es wird schon gut gehen! Wenn Joseph ben Kajafa wüsste, was ich vorhabe, hätte er uns schon letzte Nacht festnehmen lassen.‹

Den ganzen Tag hatte Jeschua den hundertachtzehnten Psalm auf den Lippen: ›Ich werde nicht sterben, sondern leben.‹ Unablässig betete er: ›Herr, hilf doch! Herr, lass es gelingen!‹ Aber nun ist er endlich ruhig geworden. Und siegesgewiss: ›Unser Vater im Himmel wird uns helfen, wenn wir uns durch nichts beirren lassen!‹

Entschlossen schreitet Jeschua durch das Tor in den ersten Vorhof und drängt sich durch die Massen bis zu den fünfzehn Stufen, die zum gewaltigen Nikanor-Tor hinaufführen.

Dann ist er in der Menge verschwunden!

Fluchend stürzt Jehuda hinter ihm her, zwängt sich durch das Tor und hat ihn schließlich eingeholt.

Jeschua erwartet uns im Vorhof der Priester, wenige Schritte entfernt vom Tempeltor. Wir drängen zu ihm hinüber: Mirjam, sein Sohn Jehuda, seine Brüder und seine Gefolgsleute.

Wer hat das Salböl? Wo ist der Mann, der das Öl auf Jeschuas Stirn gießen soll? Wo ist Jakob mit der Tora? Ist die richtige Textpassage, das Königsgesetz, zur Verlesung in der Hakhel-Zeremonie* schon aufgerollt?«

»Die Hakhel-Zeremonie?«, fragte Celestina. »Was ist das?«

»Es ist ein uraltes Ritual, das Mosche selbst eingesetzt hat. Alle sieben Jahre sollte im Tempel eine Lesung der Gesetze stattfinden, die Mosche niedergeschrieben hatte.

›Versammle das Volk, die Männer und die Frauen und die Kinder und den Fremden, der in deinen Toren wohnt, damit sie hören und damit sie lernen und den Herrn, euren Gott, fürchten und darauf achten, alle Worte dieses Gesetzes zu tun!‹«, zitierte ich aus dem Gedächtnis. »Die Königsriten fanden alle sieben Jahre am Abend des achten und letzten Tages des Sukkot-Festes statt. Der König verlas im Tempelhof aus der Tora das Königsgesetz, das seine Pflichten als Herrscher festschrieb.«

Ich nahm Hernán de Talaveras Bibel, schlug das fünfte Buch Mosche auf und las vor: »›Wenn du in das Land kommst, das der Herr, dein Gott, dir gibt, und es in Besitz genommen hast und darin wohnst und sagst: Ich will einen König über mich setzen, wie alle Nationen, die rings um mich sind!, dann sollst du nur den König über dich setzen, den der Herr, dein Gott, erwählen wird. Aus der Mitte deiner Brüder sollst du einen König über dich setzen. Du sollst keinen Fremden, der nicht dein Bruder ist, über dich setzen.‹«

Ich klappte die Bibel zu.

»Die Hakhel-Zeremonie, die Lesung des Königsgesetzes im Tempel an Sukkot, war keine feierliche Thronbesteigung. Aber es war die Erneuerung eines sehr alten Rituals, das schon König David und König Salomo durchgeführt hatten. Das Zelebrieren der Königsriten während des Laubhüttenfestes war ein Akt von größter politischer Bedeutung – es zeigte mehr als alles andere Jeschuas Entschlossenheit, die Pflichten eines gesalbten Königs aus der Dynastie der Ben Davids zu erfüllen.«

Celestina lehnte sich auf ihrem Stuhl zurück. »Und dann geschah, was geschehen musste: Der Hohe Priester, der seine Macht bedroht sah, griff ein. Er schickte die Tempelwache, um Jeschua zu ergreifen. Es kam zu einem Tumult im Tempelhof, der sich innerhalb weniger Stunden auf die ganze Stadt ausbreitete. Die Evangelien berichten ja von einem blutigen Aufstand, der von einem Mann namens Barabbas angeführt worden war.«

Ich nickte, während sie zwei Seiten bis zum römischen Prozess unter Pontius Pilatus vorblätterte. Ihr Blick flog über die Seite, dann sah sie mich an.

»Sag mir, Elija: Wer war Jesus Barabbas?«

»… und dann kam Baldassare Castiglione zurück nach Rom und bat um eine Audienz. Er erzählte mir, er wäre in Venedig gewesen und hätte dich während der Vermählung mit dem Meer auf der Piazzetta getroffen. Meine herzlichen Grüße und meinen Kuss hätte er dir übermittelt. Ich bin enttäuscht, Celestina, weil du meiner Bitte nicht gefolgt bist …«

Das sanfte Schaukeln der Gondel auf den Wellen der Lagune und die schwüle Hitze hatten mich schläfrig gemacht. Träge räkelte ich mich im Schatten des über die Bordwand gespannten Lakens und legte meinen Arm um Celestina. Wie ich war sie nackt.

Nachdem Menandros ihr den Brief des Papstes in die Hand gedrückt hatte, war er zum orthodoxen Gottesdienst verschwunden. Gestern, am Schabbat, als wir über Jeschua als König der Juden sprachen, war er sehr verstört gewesen. Er wollte in Ruhe über alles nachdenken, bevor wir am nächsten Tag das Abendmahl, den Verrat durch Jehuda und die Festnahme auf dem Ölberg übersetzen wollten.

An diesem Sonntagmorgen waren wir zu Jakobs Haus auf der Insel Giudecca gerudert, um mit Yehiel zu sprechen. Ich hatte ihm erklärt, was er für mich tun sollte, und der Junge hatte gegrinst: Eine Verfolgungsjagd durch Venedig? Welch ein Spaß! Ich hatte Yehiel gewarnt, dass die Sache gefährlich werden konnte und dass er vorsichtig sein sollte, aber Jakobs Sohn winkte lässig ab. Wie lange sollte er den Mann beschatten? Und wann erwartete ich seinen Bericht? Am nächsten Tag? »Kein Problem!«

Dann waren Celestina und ich in südlicher Richtung auf die Lagune hinausgerudert, um ein paar Stunden allein zu sein.

Celestina las mir den Brief des Papstes vor, während sie in meinen Armen lag.

»… hat mir dann beim Abendessen auch von Tristan erzählt, den ihm der Doge an Bord des *Bucintoro* vorgestellt hat. Deinen Geliebten würde ich gern kennen lernen. Warum kommt ihr nicht für ein paar Wochen nach Rom? Ich würde euch im Vatikan aufnehmen. Dann wärst du immer in meiner Nähe, und wir könnten reden, wie damals, in jenen endlosen Nächten von Venedig. Wenn ihr aber lieber allein sein wollt, könnt ihr den Palazzo Medici in der Nähe des Pantheon beziehen.

Wie gern würde ich dir die Sixtina zeigen, deren Decke Michelangelo vor drei Jahren fertig gestellt hat! Oder meine neuen Gemächer, die Raffaello ausmalt. Ich flehe dich an, Celestina: Komm endlich nach Rom! Du fehlst mir so …«

Mit glühenden Worten beschrieb der Papst Rom, das Raffaello als sein Architekt aus Ruinen neu erschuf. Er schwärmte von der neuen Kathedrale von San Pietro, die noch eine Baustelle war: Raffaello riss die eintausendzweihundert Jahre alte Basilika Konstantins ab und errichtete an derselben Stelle die größte Kirche der Welt.

Als ich sie küsste, faltete sie Giannis Brief zusammen und schmiegte sich an mich.

»Wirst du seiner Einladung folgen?«

Sie ließ ihre Hände über meinen nackten Körper huschen – welch ein erregendes Gefühl! »Ich werde ihm schreiben, dass ich an Weihnachten nach Rom kommen will. Dann werde ich Gianni wegen des Imprimaturs für dein Buch fragen. Und da du mich nach Rom begleiten wirst, werde ich dich Seiner Heiligkeit vorstellen.

Wir könnten ein paar Wochen in Rom bleiben …« Sie küsste mich auf eine äußerst erregende Weise. »… nur wir beide …« Sie küsste mich gleich noch einmal. »… ohne Tristan und Menandros …« Die Gondel schwankte sanft auf den Wellen, als sie sich auf mich legte. »Wir könnten zwischen den Ruinen des Forum Romanum spazieren gehen … uns von Michelangelo die Decke der Sixtina zeigen lassen … Wir könnten uns Pferderennen auf der Piazza Navona ansehen oder die Konzilssitzungen im Lateranpalast besuchen … Oder wir bleiben im Palazzo Medici und lieben uns die ganze Nacht vor dem flackernden Kamin.«

Sie küsste mich sehr leidenschaftlich, bevor ich sie daran erinnern konnte, dass Aron und Marietta an Weihnachten heiraten wollten.

Ihr Liebesspiel in der schwankenden Gondel war äußerst erregend, und ich erinnerte mich an das venezianische Gedicht, das erzählte, wie der Halbmond vom Himmel herabfiel, um einem jungen Liebespaar als Gondel ein Versteck zu sein.

Wir liebten uns ganz eng umschlungen. Danach lagen wir erschöpft in den Armen des anderen und ließen die Gondel mit der Strömung treiben.

Am späten Nachmittag badeten wir in der Lagune, kleideten uns wieder an und ruderten nach Norden, nach Murano, wo wir abends Arm in Arm am Canale degli Angeli spazieren gingen. Immer wieder blieben wir vor den Toren der Werkstätten stehen, um einen Blick hineinzuwerfen.

Wir waren elegant gekleidet – ich trug den aufgestickten Judenkreis nicht sichtbar. So wurden wir, der spanische Adlige Juan de Santa Fé und seine venezianische Geliebte, in eine Glaswerkstatt gewinkt. In kunstvoll geblasenen Gläsern wurde uns ein herrlich kühler Tropfen angeboten.

Nachdem wir uns erfrischt hatten, führte uns der Meister durch seine Werkstatt und zeigte uns seine gläsernen Schätze.

Die venezianischen Glaswerkstätten seien vor Jahren wegen der Brandgefahr nach Murano verlegt worden, erzählte uns der Meister. Glas war neben der berühmten Spitze aus Burano eine der wenigen Waren, die die Venezianer selbst herstellten, um sie in alle Welt zu verkaufen. Die Techniken der Glasherstellung wurden wie ein Staatsgeheimnis behandelt. Jeder Glasbläser, der die Republik Venedig verließ, wurde in seiner Abwesenheit als Verräter zum Tode verurteilt.

Ein gläserner Ring gefiel Celestina. Er war sehr fein und zerbrechlich, ganz in Blau und Gold gehalten – ein außergewöhnliches Schmuckstück.

Als ich Celestina den Ring kaufte und an den Finger steckte, fiel sie mir um den Hals und küsste mich.

Nachdem wir die Werkstatt verlassen hatten, schlenderten wir weiter an den Fondamenti entlang und stiegen auf den Campanile einer kleinen Kirche, um in inniger Umarmung den Sonnenuntergang über der Terraferma zu betrachten.

Im Norden erhoben sich die Alpen majestätisch über den Horizont, im Osten wogte im Abendlicht funkelnd die Lagune und, hinter dem Lido, das goldschimmernde Meer. Im Süden ragte der

363

Campanile von San Marco in den Himmel, und zu unseren Füßen lagen Villen mit nach Jasmin duftenden Gärten voller Zitronen- und Orangenbäume.

Welch ein unvergesslicher Anblick – beinahe so schön wie das Glück, das ich in ihren Augen funkeln sah.

Und mein Ring an ihrem Finger.

Als ich in jener Nacht allein in meinem Bett lag und das Kissen neben mir umarmte, dachte ich: Wie gern hätte ich sie gefragt, ob sie mich heiraten will! Und wie glücklich wäre ich gewesen, wenn sie erwidert hätte: »Ja, ich will!«

Lange nach Mitternacht kam Judith in mein Bett, zum ersten Mal seit jener Nacht in Paris. Ihr Gesicht war tränennass – sie hatte am Abend erneut mit David gestritten und suchte bei mir Trost.

Judith schlüpfte unter mein Laken und schmiegte sich an mich.

Ich konnte sie doch nicht wegschicken!

Eng umschlungen schliefen wir ein.

»»… während sie aßen, nahm Jeschua das Brot und sprach den Segen, brach es und gab es den Talmidim und sprach: Nehmt, esst, dies ist mein Leib!«« Celestina stockte und blickte von der hebräischen Übersetzung des Abendmahls auf. Als ich nickte, las sie langsam weiter – ihr Hebräisch wurde mit jedem Tag besser. »»Und er nahm einen Kelch und sprach den Segen und gab ihnen den und sprach: Trinkt alle daraus! Denn dies ist mein Blut des Bundes, das für viele vergossen wird zur Vergebung der Sünden.«« Sie ließ das Blatt mit der Übersetzung sinken und schüttelte den Kopf. »Auf Griechisch erinnert es an ein mystisches Kultmahl des Dionysos … das Essen des göttlichen Leibes und das Trinken des göttlichen Blutes, das die Gottheit im Menschen innewohnen lässt … aber auf Hebräisch klingt es geradezu grotesk. Den Juden ist der Genuss von nicht koscher geschlachtetem Fleisch und Blut doch streng verboten! Und zudem warnte Jakob als Führer der nazoräischen Gemeinde in der Apostelgeschichte ausdrücklich vor dem Genuss von Blut – auch im symbolischen Sinne.«

Sie sprach wieder Griechisch, damit ich es lernte.

»Jeschua hat das Abendmahl* nicht als Kulthandlung eingesetzt«, sagte ich ebenfalls auf Griechisch.

Menandros erstarrte. Seine Hand, die mit einer Schreibfeder gespielt hatte, verkrampfte sich. Beinahe hätte er den Kiel zerbrochen.

»Nein, das war Paulus«, stimmte mir Celestina zu.

»Paulus?«, fragte ich überrascht. »Aber …«

»Vor Jahren habe ich an der Universität von Padua ein paar theologische Vorlesungen gehört«, gestand sie schmunzelnd. »Ich habe den Gelehrtentalar meines Vaters angezogen und in der letzten Bank den Ausführungen des Professors gelauscht.« Sie holte das mitgebrachte Buch hervor und legte es auf meinen Schreibtisch. »Dies sind die Mitschriften der Vorlesungen, die ich besucht habe. Es ging um die Wandlung von Brot und Wein in Leib und Blut des Christos. Das ist seit dem vierten Laterankonzil von 1215 ein Dogma«, dozierte sie mit erhobenem Finger.

Dann lehnte sie sich auf ihrem Sessel zurück. »Du meine Güte«, lachte sie. »Wie habe ich mich in den Vorlesungen mit dem Professor gestritten! Es ging um die Frage, ob die Worte ›Dies ist mein Leib und dies ist mein Blut‹ bedeuten, dass das Brot, das aussieht wie Brot, das riecht wie Brot, das schmeckt wie Brot, nach der Konsekration nicht mehr Brot und der Wein nicht mehr Wein ist, sondern Leib und Blut des Christos.

Der Professor belehrte mich, dass Iesous Christos in *jeder* der beiden Hälften des Brotes steckt, wenn es gebrochen wird. Ich fragte ihn: Und wenn die beiden Hälften erneut geteilt werden? Er antwortete: Auch dann ist Christos präsent! Und ich fragte: Und wenn das Brot nun während der Wandlung durch das Ungeschick des Priesters in tausend kleine Krümel zerfällt? Er versicherte mir: Auch dann!

Unter großem Gekichere der Studenten definierten wir sehr ernsthaft, wann ein Krümel ein Krümel ist und in wie viele Krümel eine Hostie zerbrochen werden kann, damit Christos noch in *jedem* Krümel gegenwärtig ist – selbstverständlich ohne dass der Krümel die ihm innewohnenden Eigenschaften als Krümel verliert.

Die Frage nach der Wesensgleichheit des Krümels mit Gott gemäß der Definition des Konzils von Nikaia und die daraus logisch resul-

365

tierende Anbetungswürdigkeit eben jenes konsekrierten Brotkrümels ersparte ich ihm. Die ersten Studenten schlichen prustend aus dem Saal, und ich glaube, auch Papst Julius hätte über unsere Disputation Tränen gelacht!

Dann fragte ich: Und wenn nun eine Kirchenmaus die Krümel, die nach der Konsekration auf dem Altar liegen blieben, fressen würde – auch wenn Paulus den unwürdigen Genuss von Brot und Wein in der Eucharistie verdammt! –, wäre dann Iesous Christos auch in der Maus? Wütend gebot er mir zu schweigen. Ich nähme die ganze Sache offenbar nicht ernst! Die Eucharistie sei ein Sakrament!«

»Aber du hast nicht geschwiegen«, vermutete ich lachend und wischte mir eine Träne aus dem Augenwinkel.

»Nein, natürlich nicht! Aus Trotz machte ich mich sehr ernsthaft ans Werk. Ich wühlte mich durch die verschiedenen Abendmahlstexte bei Matthäus, Markus, Lukas und Paulus und habe sie Wort für Wort verglichen.

Dabei stellte ich fest, dass Iesous Christos' Worte: ›Tut dies zu meinem Gedächtnis!‹ beschämend nachlässig überliefert wurden. Jeder der Evangelisten hatte sehr sorglos daran herumredigiert, damit die Worte in seine jeweilige Theologie passten.

Im Gegensatz zu einem Evangelisten darf sich ein Humanist eine solch dilettantische Arbeitsweise nicht leisten!«

Sie schüttelte missbilligend den Kopf.

»Wie dem auch sei: Der Text in Paulus' Brief an die Korinther ist der älteste. Er stammt wahrscheinlich aus dem Jahr 55, während die Evangelien erst Jahrzehnte später, nach der Tempelzerstörung im Jahr 70, entstanden sind.

Nächtelang habe ich mich ins ›Königreich der Himmel‹ in der Dachkammer des Dogenpalastes vergraben, um die Wahrheit zu finden. Ich fand heraus, dass unter den ersten Christen, die damals noch Nazoräer genannt wurden, scheinbar von Anfang an der Ritus des Brotbrechens vollzogen worden ist – das war *keine* kultische Handlung im Sinne einer Konsekration von Brot und Wein in Leib und Blut des Christos durch einen Priester. Und sie war nicht verbunden mit dem Pessach-Fest, sondern fand täglich oder am ersten Tag der Woche statt, also am Sonntag.

Erst Paulus hat den Ritus eines symbolischen Gedächtnismahles geschaffen, einen Erlösungsritus wie in der griechischen Mysterienreligion, die er in seiner Heimatstadt Tarsos kennen gelernt hatte.

Dionysos, der Sohn des Zeus und einer sterblichen Frau, war ein leidender, sterbender und wiederauferstandener Gott. Im Dionysos-Kult gibt es wie in anderen orientalischen und ägyptischen Mysterienkulten ein rituelles Opfermahl, bei dem das göttliche Blut in Form von Wein getrunken wird, um die *Communio* mit dem Gott zu erreichen.

Seine selbstherrliche Reform des Ritus legitimierte Paulus kühn damit, dass er ›vom Herrn empfangen habe, was er der Gemeinde in Korinth nun weitergab‹. Er vergaß nur zu erwähnen, wann genau das geschehen sein soll, da Paulus Iesous Christos doch niemals begegnet war. Und außerdem verschwieg er seinen erbitterten Streit mit den Führern der judenchristlichen Gemeinde in Jerusalem: Jakob und Simon Petrus. Was also berechtigte Paulus* zu dieser Reform? Außer seiner eigenen Hybris – nichts!«

»Hast du das dem Professor in Padua so gesagt?«, lachte ich.

»Gewiss doch!«, nickte sie. »Ich habe ihm unwiderlegbar bewiesen, dass Christos das Abendmahl *nicht* eingesetzt hat. Dass den Juden der Genuss von nicht koscher geschlachtetem Fleisch und Blut verboten ist und dass die Vorstellung des rituellen Verzehrs von geopfertem Menschenfleisch absurd ist. Dass das Dogma von der Transsubstantiation, beschlossen auf dem unseligen Laterankonzil von 1215, *docta ignorantia* ist: gelehrter Unsinn. Quod erat demonstrandum!

Ich wusste, dass ich scheitern würde. Macht hat Recht, die Kirche hat Macht, also hat die Kirche Recht. Scheinbar aristotelische Logik, die nicht erst bewiesen werden musste! Mit anderen Worten: Ich konnte mir also selbst beim Scheitern zusehen und hoffte, dass ich wenigstens souverän, klug und unwiderlegt scheitern würde. Was ich dann ja auch tat!«

»Wie hat der Professor reagiert?«, fragte ich.

»Was sollte er tun, da er doch mit dem Rücken zum theologisch nicht mehr auslotbaren Abgrund stand? Er drohte mir, nachdem ich ihn so weit in die Enge getrieben hatte, dass er nicht mehr vor oder zurück konnte. Wenn ich mit diesem gefährlichen Unsinn nicht aufhörte – ja, er sagte Unsinn! –, könnte ich niemals Priester werden!« Sie lächelte verschmitzt. »Aber das durfte ich als Frau ja ohnehin nicht! Doch ein erbittertes Wortgefecht auf *diesem* sumpfigen theologischen Schlachtfeld ersparte ich mir – ich hatte keine Lust, von dem Professor niedergebrüllt und aus dem Hörsaal geworfen zu werden.«

Dann wurde sie wieder ernst.

»Seit jener Zeit habe ich an den Eucharistiefeiern in San Marco zwar teilgenommen, aber nicht, um wie in einem antiken griechischen Mysterienkult den Leib des Christos zu essen oder sein Blut zu trinken. Sondern zu Iesous' Andenken, so wie es ursprünglich gedacht war.«

»Du glaubst also, dass Iesous keinen Neuen Bund mit Gott gestiftet hat?«

»Ja, das glaube ich«, bekannte sie sehr ernsthaft. »Iesous' Worte ›Dies ist mein Blut‹ sind ein Zitat aus Moses' Rede im Buch Exodus, wo er das Volk Israel mit Opferblut, dem ›Blut des Bundes‹, besprengt. Die Worte des Abendmahls beziehen sich auf die Ankündigung eines Neuen Bundes, den Gott mit Israel schließen will – nachzulesen beim Propheten Jeremia.

Weshalb sollte Gott diesen Bund dann nicht, wie angekündigt, mit den Juden geschlossen haben, sondern mit den Christen? Nein, Iesous hat mit seinem Blut keinen Neuen Bund besiegelt. Denn er betete im Tempel, hielt die Gebote, lehrte als pharisäischer Rabbi in Synagogen und wollte das Gesetz nicht abschaffen – also auch nicht den Bund mit Gott.«

Menandros, der orthodoxe Priester, war sehr still und in sich gekehrt. Er starrte auf die Bücher in meinem Regal – Mosche ben Maimon, Abraham Ibn Daud, Levi ben Gerschom, Mosche ben Nachman –, als könnte er in ihnen seinen Seelenfrieden wiederfinden. Ich sah ihm an, dass er zutiefst unglücklich war!

»Was war das Abendmahl – ein festliches Mahl am Vorabend von Pessach?«

Ich schüttelte den Kopf und fuhr fort: »Ein Sedermahl *kann* es nicht gewesen sein, da Jeschua an Sukkot, also im Herbst, nach Jeruschalajim kam und Pessach im Frühjahr gefeiert wird. Außerdem sind sich die Evangelisten völlig uneinig, an welchem Tag denn nun diese Feier stattgefunden haben soll. Die Problematik der Datierung des Abendmahls, vor oder nach Beginn des ersten Festtages, mit oder ohne rituell geschlachtetem Pessachlamm, mit oder ohne Mazzot, ist ein unentwirrbarer Gordischer Knoten, der sich ganz einfach zerhauen lässt: Es war kein Sedermahl.«

Menandros blickte mich ungläubig an. »Du meinst …«

»Ich meine, dass das Mahl am Abend des siebten Tages des Laubhüttenfestes stattfand, bevor Jeschua am achten Tag zur Hakhel-Zeremonie in den Tempel ging. Die Evangelisten haben es ein halbes Jahrhundert später zum Abschiedsmahl umgedeutet und dramatisch inszeniert. Celestina hat ja vorhin ausgeführt, dass die Evangelisten die mündliche Überlieferung zurechtredigiert haben, um ihre eigenen Theologien niederzuschreiben. Um der Pessachlamm-Symbolik willen haben sie das Abendmahl und alle nachfolgenden Ereignisse wie die Festnahme, den Prozess und die Kreuzigung auf das Fest im Frühjahr verschoben. So wurde Jeschua das Opferlamm, das Agnus Dei.« Dann fügte ich hinzu: »In orientalischen Mythen findet die Auferstehung von Göttern übrigens *immer* im Frühling statt, niemals im Herbst.«

Menandros überlegte kurz. »Dann wäre das Abendmahl identisch mit jenem Abendessen im Hause von Schimon dem Essener?«

»Ja, das glaube ich.«

»Aber die Mazzot und der Wein«, protestierte er. »Das spricht doch *für* den Sederabend!«

Menandros, kannst du die ganze Wahrheit wirklich ertragen?

»Auf den ersten Blick: ja!«, gestand ich schließlich. »Aber wenn du, wie ich, mit deiner Familie das Sedermahl gehalten hast … wenn du am Vortag das Gesäuerte feierlich ausgeräumt und das besondere Pessach-Geschirr für Milch- und für Fleischspeisen hervorgeholt hast … wenn du dich tagelang auf das Festessen gefreut hast … wenn du als Kind deinem Vater still zugehört hast, wie er am Sederabend feierlich die Haggada, die Geschichte vom Exodus der Kinder Israels aus Ägypten, erzählt hat ... wenn du ein Stück der Mazza versteckt hast, weil das zum Ritual der Sedernacht gehört ... wenn *drei* Mazzot im Korb auf dem Tisch lagen, nicht *eine* Mazza ... wenn du aus *vier* Bechern – nicht *einem*! – Wein getrunken und einen fünften Becher für den Propheten Elija eingeschenkt hast, der in der Sedernacht durch die geöffnete Tür in jedes Haus kommen soll ... und wenn du als Kind spät nachts ungeduldig und ein wenig ängstlich hinter der geöffneten Haustür auf ihn gewartet hast und jeden leisen Windhauch für sein Kommen hieltest ... dann fragst du dich, ob dieses Mahl, das die Evangelien in nur wenigen Zeilen beschreiben, wirklich ein Sedermahl war – das schönste aller Familienfeste mit Frauen und Kindern und guten Freunden, die gemeinsam feiern.

In den Evangelien lese ich nichts von einem Besuch in der Synagoge oder dem Tempel vor dem Sedermahl. Wo sind die Frauen und die Kinder? Wo sind die Freunde? Kein Wort von einem Kiddusch über dem ersten Becher Wein vor dem Mahl. Ich höre nicht die Haggada, die Erzählung vom Auszug aus Ägypten, und ihre Deutung durch Jeschua als die Befreiung und der Beginn unserer Geschichte als das Volk Israel. Niemand stellt die traditionelle Frage: ›Warum unterscheidet sich diese Nacht von allen anderen Nächten?‹ Ich höre die Feiernden keine Psalmen singen. Ich sehe auf dem festlich gedeckten Sedertisch kein Pessachlamm und keine symbolischen Speisen wie die Bitterkräuter oder den Meerrettich zum Gedenken an die bittere Knechtschaft in Ägypten, kein Mus aus Äpfeln, gehackten Mandeln und Rosinen zur Erinnerung an den Lehm, aus dem die Israeliten in Ägypten die Ziegel formten. Auch die Schüssel mit Salzwasser, dem Symbol der vergossenen Tränen, wird nicht erwähnt. Jeschua tauchte zwar gleichzeitig mit Jehuda die Hand in eine Schüssel, doch was er aß, erfahren wir nicht – war es ein Stück der Mazza, des ›Brotes der Freiheit‹? Nein, dieses Mahl war ganz sicher *keine* Sederfeier!«

Menandros stöhnte auf, als fügte ich ihm Schmerzen zu. Ich schob ihm das aufgeschlagene griechische Markus-Evangelium hinüber und wies auf den Text: »Lies!«

Er nahm das Buch und begann: »›Und am ersten Tag des Festes

der ungesäuerten Brote, als man das Pessachlamm schlachtete, sagen seine Jünger zu ihm: Wohin willst du, dass wir gehen und alles vorbereiten, damit du das Pessachmahl essen kannst? Und er sendet zwei seiner Jünger und spricht zu ihnen: Geht in die Stadt, und es wird euch ein Mensch begegnen, der einen Krug Wasser trägt. Folgt ihm! Und wo er hingeht, sprecht zu dem Hausherrn: Der Lehrer sagt: Wo ist mein Gastzimmer, wo ich mit meinen Jüngern das Pessachmahl essen kann? Und er wird euch einen großen Raum oben im Haus zeigen, mit Polstern ausgelegt und vorbereitet. Und dort bereitet es für uns!‹« Menandros hob den Blick und sah mich an. »Wer ist der Mann mit dem Wasserkrug?«

»Ein Essener«, erklärte ich. »Das Wasserholen am Brunnen war Frauensache. Doch Essener waren häufig nicht verheiratet und mussten selbst am Brunnen Wasser holen. Der Mann mit dem Wasserkrug ist ein Symbol für einen Essener – denn wenn Markus an dieser Stelle, wie in seiner Schilderung der Salbung anlässlich des Abendessens, von Schimon dem Essener gesprochen hätte, wäre die Verschiebung des Mahls von Sukkot auf Pessach sofort aufgefallen. *Beide* Abendessen fanden aber im Haus von Schimon dem Essener statt. Und, wie ich annehme, an demselben Tag, dem siebten Tag von Sukkot.«

Menandros nickte langsam. »In einer Laubhütte?«

Ich schüttelte den Kopf. »Die Sukkot-Hütten werden am Abend des siebten Tages Hoschana Rabba abgebaut. Im Sommer nahmen die Juden die Mahlzeiten gern draußen ein, entweder im Hof des Hauses oder auf dem flachen Dach. Nur die Wohlhabenden, die in römischen Villen wohnten, besaßen auch ein Triklinium mit Tischen und Liegen. Am nächsten Tag, Schemini Atzeret, verlas Jeschua anlässlich der Hakhel-Zeremonie im Tempel das Königsgesetz.«

»Es war also wirklich Sukkot«, murmelte Menandros.

»Davon bin ich überzeugt«, bekräftigte ich. »Als wir vor einigen Tagen über die Salbung sprachen, habe ich erklärt, dass die Szene in Schimons Haus keine Salbung für ein Begräbnis sein kann, trotz des Kusses, trotz der symbolischen Waschung durch die Tränen und trotz des Salböls aus indischer Narde.«

Als er nickte, fuhr ich fort:

»Der Friedenskuss durch den Gastgeber, die Fußwaschung und die Salbung des Gastes mit kostbarem Öl sind jüdische Tischsitten – wie übrigens auch der Segen über Brot und Wein. Der Kiddusch gehört zu allen jüdischen Festen, zu Pessach ebenso wie zu Sukkot. Als Darreichung von Leib und Blut kann er nicht gedeutet werden – Jeschua wäre entsetzt, wenn er wüsste, wie sein feierlicher Kiddusch über Brot und Wein mystifiziert worden ist.

Die Sitzordnung bei Tisch war sehr streng. Am Ehrentisch lagen Polster für drei Speisende. Der Platz gegenüber blieb für die Bedienung frei. Der zweite Ehrenplatz befand sich wie bei den Römern rechts vom Gastgeber. Deshalb schreibt der Evangelist Johannes, dass der Lieblingsjünger, Mirjams Bruder Eleasar, an Jeschuas Brust ruhte. Der erste Ehrenplatz war links vom Gastgeber – und dort lag jener Mann, mit dem Jeschua die Hand in die Schüssel tauchte.«

»Jehuda?«, fragte Celestina verblüfft, offensichtlich noch ganz gefangen in der christlichen Vorstellung, Jeschua und seine Gefolgsleute hätten an einer langen Tafel gespeist – mit weißem Tischtuch, Silberbesteck und Weingläsern aus Murano.

»Jehuda hatte den Ehrenplatz an Jeschuas Seite«, nickte ich. »Die anderen Tische, an denen jeweils sechs oder sieben Personen speisten, standen ein wenig entfernt. Der Gastgeber bediente seine Gäste und zeichnete sie auf diese Weise aus. Während jenes Festmahls reichte Jeschua seinem Bruder ein Stück Brot.«

»Seinem Bruder?«, stieß Menandros hervor.

»Ich glaube, dass Jehuda Sicarius sein Bruder war.«

»Aber er hat ihn doch verraten!«, rief Menandros aus.

»Nein, das hat er *nicht*!«, widersprach ich. »Er ist – wie übrigens Jeschuas gesamte Familie: sein Vater Joseph, seine Mutter Mirjam, seine Brüder Jakob, Jehuda und Schimon –, Opfer von Verleumdungen durch die Evangelisten geworden …«

»*Was?*«

»Sein Vater Joseph ha-Zaddik, der vielleicht wie Jeschua am Kreuz starb, wurde von den Evangelisten totgeschwiegen – nach der Bar-Mizwa seines Sohnes wird er nicht mehr erwähnt. Spätere christliche

Legenden haben aus ihm einen alten Mann gemacht, zu alt, um mit der Jungfrau Mirjam einen Sohn zeugen zu können, zu unverständig und zu dumm, um die Verkündigung des Engels zur Geburt des göttlichen Kindes begreifen zu können.

Und Mirjam? Ihr wurden alle Freuden der Liebe genommen, als sie durch einen heiliggesprochenen Übersetzungsfehler zur ewigen Jungfrauenschaft verdammt wurde. Und dann wurden ihr auch noch ihre vier Söhne und ihre Töchter, die sie unter Schmerzen geboren hatte, weggenommen und zu ihren Stiefkindern erklärt, damit Jeschua ihr einziges Kind sein konnte. Schließlich wurde die Mutter, die ihrem göttlichen Sohn während ihres Lebens angeblich so wenig Verständnis entgegenbrachte, auf dem Konzil von Ephesos im Jahr 431 als Theotokos, als Gottesmutter, in den Himmel entrückt. Eine logische und theologisch längst überfällige Konsequenz des Konzils von Nikaia, das Jeschua zum Gott erklärte.

Seine Gemahlin Mirjam wurde in die zweite Reihe der Jünger zurückgestoßen und als Besessene und Sünderin diffamiert.

Jakobs überragende Bedeutung als Führer der Nazoräer in Jeruschalajim wurde in der Apostelgeschichte des Lukas zu Gunsten der Rolle des Paulus konsequent heruntergespielt. In den Evangelien wird Jakob nur ein einziges Mal erwähnt – wie seine Brüder, die angeblich auch nicht an Jeschua glaubten. Jeschuas Cousins, seine Brüder und Gefolgsleute – alle werden sie als Feiglinge dargestellt, die ihn am Ende im Stich lassen.

Jehuda* wird ein Verrat angehängt, um ihn zu diffamieren. Wie auch Schimon in der Nacht der Gefangennahme seinen Bruder drei Mal verleugnet haben soll ...«

»Schimon Kefa?«, wiederholte Menandros ungläubig. »Petrus war ...«

»... Jeschuas jüngerer Bruder.«

Menandros wollte etwas sagen, schwieg dann aber.

»Die Evangelisten verschleierten die historische Tatsache, dass ein Familienclan aus der Dynastie der Ben Davids nach der Macht griff: Jeschua ha-Nozri und seine Brüder Jakob ha-Zaddik, Schimon Kefa, Jehuda Sicarius und Joseph ha-Zaddik sowie seine Cousins, die ›Söhne des Zorns‹ Johanan und Jakob ben Savdai sowie Mattitjahu, Jakob und Simeon ben Chalfai, die seine Gefolgsleute* waren.«

Ich holte tief Luft und fuhr fort:

»In dieser christlichen Verschwörung wurden alle Verwandten Jeschuas Opfer der Evangelisten und ihrer von Paulus beeinflussten Geschichtsfälschung.

Und selbst Jeschua wurde nicht verschont! Die Evangelisten nahmen ihm seinen Vater Joseph und machten Jeschua damit nach jüdischem Recht zu einem Bastard. Sie nahmen Jeschua seine Brüder, erklärten sie zu seinen Stiefbrüdern oder gar Cousins und machten zwei von ihnen, Schimon und Jehuda, zu Verrätern an ihm.

Die Evangelisten leugneten die Tatsache, dass er den Geboten gemäß verheiratet war, und ließen ihn, den schriftgelehrten Rabbi, wie einen Gesetzesbrecher erscheinen. Sie verweigerten ihm nicht nur die Leidenschaft und die Lust der Liebe, sondern muteten ihm auch noch das furchtbare Unglück zu, keine Kinder zu haben und damit die Gebote der Tora nicht zu erfüllen. Sie leugneten sein Judesein. Aus dem frommen Nazoräer, der das Gelübde des Nazirats* abgelegt hatte, machten sie einen ›Fresser und Weinsäufer‹.

Sie nahmen ihm die Königswürde, erklärten sein Reich als nicht von dieser Welt, glorifizierten sein Scheitern und verherrlichten seinen Tod am Kreuz – einem Instrument des Todes, das zum Symbol des christlichen Glaubens wurde, den er doch nie gegründet hatte. Sie ließen Jeschua ohne das Schma Israel, das jeder Jude in der Stunde seines Todes betet, am Kreuz sterben! Und am Ende hetzten sie sein eigenes Volk gegen ihn auf.

Das nenne *ich* Verrat an Jeschua.«

»Gepriesen bist Du, Adonai, unser Gott, König der Welt …«

Als ich kurze Zeit später den Segen vor dem Essen sprach, trat Yehiel ein und schloss leise die Tür hinter sich. Dann wartete er still, bis ich die Benediktion beendet hatte und das Mahl begann. Er war unruhig und wollte mit mir reden.

Bevor Celestina und ich am Sonntag auf die Lagune hinausruder-

ten, hatte ich ihn gebeten, den dritten Mann, der die Ca' Tron über-
wachte, zu beschatten. Was hatte er herausgefunden?

»Komm, Yehiel: Iss mit uns!«, lud ich ihn ein, auf dem freien Stuhl
am anderen Ende des Tisches Platz zu nehmen.

Wie ein Sonnenstrahl huschte ein Lächeln über sein Gesicht, während sich Yehiels und Esthers Blicke trafen. Als auch David zustimmend nickte, setzte sich der Junge mit leuchtenden Augen neben
seine geliebte Freundin, die unter dem Tisch nach seiner Hand tastete. Während Judith ihm einen gefüllten Teller zuschob, rückte er
seinen Stuhl ein wenig näher an Esther heran.

Celestina war besorgt, das sah ich ihr an. Lustlos schob sie das Gemüse auf ihrem Teller herum und sah immer wieder zu dem Jungen
hinüber, der hungrig das Essen hinunterschlang. Als ich ihr beruhigend die Hand auf den Arm legte, blickte sie auf und verzog die Lippen zu einem gequälten Lächeln.

David sezierte den Fisch auf seinem Teller und tat, als nähme
er meine zärtliche Geste nicht wahr. Menandros starrte traurig auf
meine Hand. Als er merkte, dass ich ihn ansah, senkte er den Blick.

Schließlich berichtete Yehiel: »Elija, du hast mich gestern Morgen gebeten, den Mann vor der Kirche Santa Maria della Carità zu
beschatten.« Der Junge zog mit spitzen Fingern eine Gräte aus dem
Fisch. Mit vollem Mund erzählte er weiter: »Ich habe mich sofort auf
den Weg gemacht, bin über den Canale della Giudecca gerudert und
wollte gerade in einen Rio einbiegen, um den Canal Grande zu erreichen, da sah ich ihn:

Der Mann stand auf der Fondamenta delle Zattere und starrte
zum Haus meines Vaters hinüber. Er muss euch zu Fuß durch die
Gassen gefolgt sein, während ihr durch die Kanäle gerudert seid, um
zur Insel Giudecca zu gelangen.«

»Bist du sicher, dass es der beschriebene Mann war?«, fragte ich
und füllte mein Weinglas.

»Ganz sicher«, nickte Yehiel und genoss einen Moment lang
Esthers Bewunderung für seine Heldentat. »Als ihr in die Gondel
gestiegen und den Canale della Giudecca in Richtung Westen ent-
langgerudert seid, ist der Mann euch gefolgt. Er lief die Fonda-

menta delle Zattere entlang bis zum westlichen Ende. Dort stand er eine Weile und sah euch nach, wie ihr auf die Lagune hinausgefahren seid.«

»Und dann?«, fragte ich gespannt.

»Dann ist er zur Kirche Santa Maria della Carità zurückgekehrt. Dort hat er mit einem Mönch geredet.« Yehiel machte eine dramatische Pause. »Er sprach mit Fray Santángel, der jeden Tag vor Arons Kontor den Zorn Gottes auf uns Juden herabgefleht hatte – bis das Kontor letzte Woche abgebrannt ist. Seitdem war der Franziskaner verschwunden, und ich hatte ehrlich gesagt gehofft, Gott hätte seinen Zorn an *ihm* ausgelassen.«

Jakobs Sohn verdrehte die Augen. »Na ja, dann hat der Mann eine vorbeifahrende Mietgondel herangewunken und sich vom Gondoliere zum Molo bringen lassen. Ich bin ihm gefolgt! Das war nicht einfach, denn der Gondoliere hat sich derart ins Zeug gelegt, als müsste er das Gondelrennen auf dem Canalazzo gewinnen. Als ich am Molo anlegte, wusste ich auch, warum.«

Celestinas Hand begann zu zittern, und ich hielt sie fest.

»Wohin ist der Mann gegangen?«

»Er eilte über die Piazzetta. Es war ein ziemliches Gedränge – die Senatoren strömten durch die Porta della Carta in den Hof des Dogenpalastes. Die Glocken von San Marco läuteten schon eine Weile und riefen die Senatoren zur sonntäglichen Sitzung des Maggior Consiglio. Überall auf der Piazzetta und auf der Riva degli Schiavoni standen Bewaffnete der Dieci, die dafür sorgten, dass niemand unbefugt den Dogenpalast betrat.

Ich habe mein Boot festgemacht – was nicht leicht war, denn der gesamte Molo war mit den prächtigen Gondeln der Senatoren verstellt. Dann bin ich dem Mann über die Piazzetta gefolgt. Beinahe hätte ich ihn zwischen den vielen Würdenträgern aus den Augen verloren, aber dann sah ich ihn wieder: Er betrat den Dogenpalast! Die Porta della Carta war wegen der Sitzung des Maggior Consiglio bewacht, doch er sprach kurz mit den Bewaffneten und wurde dann durchgewinkt.«

»Sein Auftraggeber – der Mann, der uns beschatten lässt – ist im

Dogenpalast!«, flüsterte Celestina und sah mir furchtsam in die Augen. Ich drückte ihre Hand.

»Und was hast du dann getan?«, fragte ich Yehiel.

»Ich habe gebettelt«, entgegnete er verschmitzt.

»Du hast *was* getan?«

»Das arme kleine Judenkind hat sich durch die Arkaden des Palazzo Ducale an das Portal herangeschlichen, um die Senatoren anzubetteln«, erklärte er stolz. »Ich hatte mir Staub von der Piazetta im Gesicht verrieben und meine Hände an der Kleidung abgewischt. Ich muss ziemlich schmutzig ausgesehen haben.« Er grinste frech. »Ich habe die Senatoren an den Ärmeln ihrer prächtigen Seidenroben gezupft, die Hand aufgehalten und ihnen vorgeheult, wie hungrig ich sei!«

»Yehiel, du sollst nicht lügen!«, wies ich ihn zurecht. »Dieses Gebot gilt auch gegenüber den Gojim!«

»Ich habe nicht gelogen, Rabbi! Ich *war* doch hungrig!«, verteidigte er sich. »Einige der Signori haben mir armem Judenkind tatsächlich etwas gegeben. Es war ja Sonntag! Und ich sah so erbärmlich aus!«

Yehiel grinste übermütig, griff in seine Tasche und legte etliche Münzen auf den Tisch.

»Na ja, jedenfalls habe ich es geschafft, bis zum Portal des Dogenpalastes zu gelangen und einen Blick in den Hof zu werfen, bevor die Wachen mich vertrieben. Am Fuß der Freitreppe stand Signor Venier in der schwarzen Seidenrobe des Zehnerrats.«

Tristan nahm an einer Sitzung des Maggior Consiglio teil? Fürchtete er einen erneuten Angriff Zaccaria Dolfins wegen der Freilassung von Salomon Ibn Ezra? Wollte er sich vor dem Senat rechtfertigen? Seine Amtszeit als Capo dei Dieci lief in wenigen Tagen aus, und der Zehnerrat würde einen neuen Vorsitzenden wählen.

»Was hat Tristan getan?«, wollte ich wissen. »Hat er mit dem Mann, den du verfolgt hast, gesprochen?«

»Nein, hat er nicht. Er stritt sich mit einem Mann in einer Prokuratorenrobe. Die beiden sind beinahe aufeinander losgegangen. Als der andere sich umwandte, um den Mann, den ich verfolgt habe, zu begrüßen, erkannte ich ihn: Es war Signor Tron.«

Antonio Tron?

Celestina sah mich bestürzt an. »Ich muss mit dir sprechen, Elija«, flüsterte sie ängstlich. »Allein!«

Als ich nickte und den Teller wegschob, erhob sie sich, und ich folgte ihr hinauf in mein Arbeitszimmer. Ich schloss die Tür hinter mir.

»Wenige Stunden nachdem Antonio dich während des Banketts im Dogenpalast traf, brannte Arons Kontor ab«, erinnerte sie mich besorgt. »Tristan und du, ihr habt euch gegenseitig das Leben gerettet. Noch in derselben Nacht hat Tristan eine Untersuchung angeordnet, weil er vermutete, dass der Brand vorsätzlich gelegt worden war, nachdem jemand in Arons Tesoro vergeblich nach einem Kreditvertrag gesucht hatte.«

Ich nickte. »Dein Cousin hat Schulden bei Aron, die er nicht zurückzahlen kann. Vor Jahren hat er sich sechstausend Zecchini geliehen. Mit den angefallenen Zinsen, die er nie bezahlt hat, sind das zehntausend Zecchini.«

»Kein Wunder, dass Antonio sich im Senat gegen die Vertreibung der Juden ausgesprochen hat. Und dass er Asher Meshullam erst vor wenigen Wochen versichert hat, eine Umsiedelung auf die Terraferma, nach Mestre oder Padua, käme für ihn nicht in Frage. Alles würde er tun, um das zu verhindern.«

Ich erinnerte mich an mein Gespräch mit Aron, als ich ihn vor einer Woche fragte, wer seiner Ansicht nach als Brandstifter in Frage käme. »Der Prokurator Antonio Tron, einer der mächtigsten Männer nach dem Dogen, wird sich mit seinem ganzen Einfluss für die dauerhafte Verlängerung der Condotta zwischen der jüdischen Gemeinde und der Republik Venedig einsetzen – zu vernünftigen Bedingungen«, hatte mein Bruder gesagt. »In unserem letzten Gespräch habe ich ihm das Versprechen abgerungen, dass er seinen Freund Zaccaria Dolfin davon abhält, im Senat weiterhin die Ausweisung der jüdischen Gemeinde nach Murano oder auf die Terraferma zu fordern.«

Sie sah mich an. »Ich vermute, Antonio erpresst Tristan, um seine Schulden bei Aron bezahlen zu können. Und Tristan leiht sich das Geld ausgerechnet bei deinem Bruder! Bei wem auch sonst, wenn ich davon nichts wissen soll? Neben Chaim Meshullam ist Aron der reichste jüdische Bankier in Venedig! Nur er kann Tristan die Summe …« Sie verstummte und schlug sich die Hand vor die Lippen. »Um Himmels willen!«

»Was ist?«

»Antonio hat nicht nur Tristan in der Hand! Er hat Tristan gezwungen, das Geld innerhalb weniger Stunden zu besorgen. Es war Sabbat! Tristan kann die gesamte Summe also nur bei *einem* Bankier geliehen haben, denn die Kontore der jüdischen Geldverleiher schließen rechtzeitig vor dem Sonnenuntergang zu Beginn des Sabbat. Antonio weiß, dass der Kredit, den Aron Tristan gewährt hat, nicht den Bestimmungen der Condotta entspricht und damit illegal ist!«

»O nein!«, rief ich aus.

»Antonio hat Aron die zehntausend Zecchini, die er von Tristan erhalten hat, nicht zurückbezahlt, denn die Zahlung würde in Arons Kontobüchern auftauchen«, spann sie den Faden weiter. »Und dann hat er uns während des Banketts zusammen gesehen: Ich habe dich dem Dogen vorgestellt, dem Patriarchen, dem Prokurator Grimani, seinem Sohn, dem Kardinal, und Tristan. Antonios erbittertsten Feinden!«

Sie schüttelte den Kopf und fuhr sich über die Stirn.

»An jenem Abend, als ich euch vorstellte, habe ich mich gewundert, weil ihr euch zu kennen schient. Aber jetzt verstehe ich alles: Du wusstest von seinen Schulden bei Aron. Und ihm war klar, dass du Bescheid weißt. Kein Wunder, dass er so höflich war! Dieser verdammte Intrigant!«

Er musste handeln, als er uns zusammen sah. Während des Tanzes nach dem Bankett verschwand er für längere Zeit aus dem Saal. Vermutlich hat er einen seiner Leibwächter beauftragt, in Arons Kontor einzubrechen, um den Kreditvertrag mit seiner Unterschrift und die Kontobücher zu stehlen!

Der Dieb wurde überrascht, bevor er den Tesoro aufbrechen konnte, aber die Kontobücher, die offen auf dem Arbeitstisch lagen, hat er mitgenommen. Und dann brannte Arons Kontor – scheinbar mit Antonios Kreditvertrag im Tesoro. Mein Cousin geht also davon aus, dass alle Unterlagen zu seinen Schulden bei Aron vernichtet sind – nicht jedoch die Belege für Tristans illegalen Kredit. Denn Antonio ist nun im Besitz von Arons Kontobuch! Damit hat er Tristan *und* Aron in seiner Hand!«

Ich erzählte Celestina von dem mysteriösen Brief, der meinen Bruder beschuldigte, illegale Geschäfte mit dem Vatikan zu machen. Rechts oberhalb der ersten Zeile hatte eine hebräische Segnung gestanden: ›Baruch Ha-Schem – Gelobt sei der Name Gottes.‹ Chaim hatte meinem Bruder Vorwürfe wegen seines illegalen Handels mit Purpurrot gemacht. Deshalb hatte Aron ihn als Brandstifter im Verdacht. Und Tristan hatte Aron mit dem unsignierten Brief aus der Bocca di Leone erpresst, um die zehntausend Zecchini von ihm zu erhalten.

Wahrscheinlich stammte auch dieser anonyme Brief aus Antonios Feder!

Celestina war zutiefst beunruhigt: »Aber Antonio hat wohl nicht nur Tristan und Aron in der Hand, sondern auch dich und mich! Er lässt uns überwachen – das ist nach Yehiels Bericht ganz offensichtlich. Er weiß, dass ich zum Sabbatgottesdienst in der Synagoge war. Er weiß, wie oft wir uns sehen, um gemeinsam zu arbeiten, und dass du ein paar Mal die Nacht in der Ca' Tron verbracht hast. Elija, er weiß von unserer Liebe!«

Sie erklärte mir, was sie in den nächsten Tagen vorhatte – nach unserem Abendessen in den Gemächern des Dogen, das am nächsten Abend stattfinden sollte.

Ich kann nicht sagen, was mich mehr erschreckte: die Gefahr, in die sie sich begeben wollte, oder die Entschlossenheit in ihrer Stimme.

Tief besorgt setzten Celestina, Menandros und ich nach dem Mittagessen die Übersetzung der Passionsgeschichte fort: von Jeschuas Festnahme auf dem Ölberg über die nächtliche Verhandlung vor dem Sanhedrin bis zur Verurteilung durch Pontius Pilatus.

Ungeduldig hastete Celestina durch den Text, so schnell, dass ich ihr mit der hebräischen Niederschrift kaum folgen konnte.

Menandros blätterte in den Passionsgeschichten von Markus, Lukas und Johannes, las die Szenen vom nächtlichen Verhör durch den abgesetzten Hohen Priester Hannas ben Sethi, von der Verhandlung vor dem amtierenden Kohen ha-Gadol Joseph ben Kajafa, der rechtswidrigen nächtlichen Verhandlung des Hohen Rates und der Auslieferung an die Römer – ein Szenarium, das von Widersprüchen nur so strotzte, wenn man es als Rabbi und Richter betrachtete.

Am Nachmittag hatten wir die Übersetzung des Prozesses vollendet. Ich schrieb den letzten Satz nieder: ›Die Soldaten des Präfekten zogen Jeschua seine Kleider aus und legten ihm ein purpurnes Gewand an, woben Dornenzweige zu einer Krone, setzten sie auf sein Haupt und gaben ihm einen Stock in die rechte Hand. Dann knieten sie vor ihm nieder und verhöhnten ihn: Heil dem König der Juden!‹«

Ich legte die Feder weg und wischte mir die Finger ab.

»Die Passionsgeschichte ist ein herrliches, verherrlichendes Gemälde von Iesous Christos, dem gekreuzigten Gottessohn und auferstandenen Erlöser der Welt. Die leuchtenden Farben und der Goldglanz wurden dick aufgetragen, um die Wahrheit darunter zu verbergen«, fasste Celestina zusammen. »An vielen Stellen haben wir in den letzten Tagen die wunderbaren christlichen Übermalungen Schicht um Schicht entfernt, um das schlichte, das *menschliche* jüdische Bild darunter zu entdecken. Ein Bild von König Jeschua, das wir bis jetzt nur erahnen können. Nun zeig uns dieses verborgene Bild, Elija!«

Ich schloss die Augen, um mich zu besinnen – da stiegen die Erinnerungen in mir auf, die ich so gern vergessen würde.

In meiner Zelle in Córdoba hatte ich die Passionsgeschichte erforscht, um die Disputationen mit Kardinal Cisneros überleben zu können. Siegen oder sterben! Ich erinnerte mich, wie ich ein paar Tage vor dem Karfreitag über Jeschuas Worte am Kreuz nachsann: ›Mein Gott, mein Gott, warum hast Du mich verlassen‹, während in der Nachbarzelle Sarah gefoltert wurde. Auch ich hatte den zweiundzwanzigsten Psalm gebetet: ›Mein Gott, ich rufe bei Tage, und Du antwortest nicht, und ich rufe bei Nacht und finde doch keine Ruhe.‹

Und immer wieder Sarahs gequälte Schreie!

Dann, am Karfreitag, der lodernde Scheiterhaufen. Sarah und Benjamin in den Flammen. Sie starben, weil ich es nicht fertig brachte, mich selbst zu opfern! Sie starben, und ich lebte weiter.

Celestina hatte meine Hand ergriffen. »Elija, mein Liebster. Was ist denn?« Liebevoll strich sie mir über das Gesicht.

Wie gern ließ ich mich von ihr umarmen und küssen! Ihre Wärme und ihre Zärtlichkeit taten mir unendlich gut, und ich genoss sie in vollen Zügen.

»Du bist so blass, Elija. Und du zitterst. Willst du die Arbeit unterbrechen und in Ruhe dein Gebet sprechen? Menandros und ich könnten so lange nach unten geh…«

»Ich werde später beten«, winkte ich ab.

In diesem Augenblick wollte ich auf keinen Fall allein sein! Und ich wollte auch in dieser Nacht nicht allein sein, sondern am nächsten Morgen neben ihr aufwachen. Und ich wollte auch für den Rest meines Lebens nie mehr einsam sein!

Celestina spürte, was in mir vorging. Sie umarmte mich ganz fest: »Soll ich heute Nacht hier bleiben?«

»Ja, das wäre schön!«

Da ließ sie mich los, und ich erhob mich, um ein paar Schritte durch mein Arbeitszimmer zu gehen und mich zu fassen.

Schließlich drehte ich mich zu Celestina und Menandros um und begann zu erzählen:

»Jeschua ist zum Sukkot-Fest nach Jeruschalajim gekommen. Nach seiner Salbung auf dem Berg Hermon zum König sendet er seine Gefolgsleute aus, um seinen Einzug in der Hauptstadt vorzubereiten.

Er kommt von Jericho, wo er vom Volk bereits als König erkannt wurde. Über die Straße, die durch Bethanien führt, erreicht er den Ölberg. Dort hält er inne, um den Tempel auf der anderen Seite des Kidron-Tals zu betrachten.

Nun betritt er mit seinen Gefolgsleuten die von mehr als hunderttausend Festpilgern überfüllte Stadt. Durch die Scharen von ›Hoscha na‹ singenden und den Lulav-Feststrauß schwingenden fröhlichen Menschen kämpft er sich durch die Gassen bis hinauf zum Tempel.

Die Dämmerung sinkt herab, am Himmel leuchten die ersten Sterne. Die Trompeten der Priester kündigen den Beginn des Festes an. Viele erkennen Jeschua, huldigen ihm als gesalbtem König und rufen ihm zu: ›Hoscha na – Erlöse uns, du Sohn Davids!‹ – ›Errette uns von den Römern!‹

An diesem Tag betet Jeschua wie alle Pilger. Seine Zeit ist noch nicht gekommen!

Am Abend des ersten Festtages leuchtet der Tempel im Feuerschein der goldenen Menora. Das Licht, das vom Tempel aus die Finsternis der Nacht erhellt, ist ein Zeichen für die Gegenwart Gottes. ›Das Volk, das im Dunkeln lebt, sieht ein großes Licht‹ – Jesaja Kapitel 9. Eine Verheißung des Reiches unter dem Sohn Davids. Welch eine Symbolik!

Während der Nacht wird im ersten Vorhof des Tempels gefeiert. Die Frommen tanzen mit Fackeln in der Hand, wirbeln sie herum und fangen sie wieder auf. Die Leviten spielen auf Harfen, Trommeln und Trompeten, die Pilger singen Psalmen. Das ausgelassene Fest dauert die ganze Nacht.

Am Morgen des zweiten Festtages findet die ›Freude des Wasserschöpfens‹ statt, ein Fest des Dankes für den Segen des vergangenen Jahres, einer der Höhepunkte von Sukkot. Ein Priester schöpft Wasser aus der Shiloah-Quelle und bringt es in einer feierlichen Prozession zum Tempel hinauf. Das Quellwasser wird auf den Altar gegossen. Die Pilger drängen heran, denn keiner will sich diese Zeremonie entgehen lassen, ebenso wenig wie die Prozession der Priester, die mit frisch geschnittenen Weidenzweigen den Altar umkreisen, den hundertachtzehnten Psalm singen und ihre Lulav-Feststräuße schwingen und auf den Boden schlagen.

Am Abend des zweiten Festtages kehrt Jeschua mit seinen Gefolgsleuten in das nahe gelegene Bethanien zurück, um dort im Haus seines Schwagers zu übernachten. Es ist Schabbat – wir schreiben den 17. Tishri des Jahres 3796, den 8. Oktober 35 der christlichen Zeitrechnung.

Eleasar, der Bruder seiner Gemahlin Mirjam, hat für ihn seit dem Versöhnungstag Jom Kippur eine prächtig geschmückte Sukka, eine

Laubhütte, errichten lassen. Wie alle Festpilger wird Jeschua in den kommenden Tagen dort wohnen, essen, schlafen und beten. Und er wird seine Freunde im Hohen Rat zu sehr ernsthaften Gesprächen empfangen: Joseph von Arimatäa, Nakdimon ben Gorion, vielleicht auch Rabban Gamaliel, den Führer der Pharisäer im Hohen Rat.

Worüber mögen sie während der langen nächtlichen Spaziergänge durch die Olivenhaine des Ölberges gesprochen haben? Über die tiefe Symbolik des Berges als Ort der Entscheidung? Hier hatte König David während seiner Flucht aus Jeruschalajim in seiner tiefsten Verzweiflung geweint und gebetet. Hier befanden sich die Gräber der großen messianischen Propheten Sacharja und Maleachi. Hier hatte der Prophet Ezechiel die Herrlichkeit Gottes gesehen! Hier sollte am Tag des Herrn während des Laubhüttenfestes die große Schlacht gegen die Gojim stattfinden und das messianische Zeitalter anbrechen, wenn Gott als König über die Welt richten würde!

Der siebte Tag von Sukkot heißt Hoschana Rabba. Nicht nur ein Mal, sondern sieben Mal umrunden die Priester mit ihren Feststräußen den Altar des Tempels. Am Abend endet das Fest. Die Kinder zerlegen die Lulav-Sträuße und essen die Zitrusfrüchte. Die Sukkot-Laubhütten werden abgebaut.

Hoschana Rabba ist der Beginn der Passionszeit*.

An diesem Abend gibt Jeschua im Haus Schimons des Esseners einen königlichen Empfang mit einem Abendmahl im griechischen Stil. Der König liegt mit seinen engsten Vertrauten zu Tisch. Auf den Ehrenplätzen an seiner Seite speisen sein Schwager Eleasar, der Lieblingsjünger, und sein Bruder Jehuda. Seine jüngeren Geschwister Jakob, Joseph und Schimon Kefa haben die Ehrenplätze an den anderen Tischen inne.

Die Stimmung, während der letzten Festtage ausgelassen und übermütig, ist nun angespannt. Der nächste Tag, Schemini Atzeret, der achte Tag des Festes, würde die Entscheidung bringen: König sein oder am Kreuz sterben. Alles oder nichts.

Am Abend des nächsten Tages kehrt Jeschua mit seinen Brüdern und seinem Gefolge in den Tempel zurück, um die Königssalbung vom Berg Hermon im Tempelvorhof öffentlich zu wiederholen und um die Hakhel-Zeremonie durchzuführen, die Lesung des Königsgesetzes vor dem Allerheiligsten.

Folgen wir ihm!

Jeschua stürmt über den Vorhof der Heiden, als wollte er in die Schlacht ziehen. Jehuda und Schimon halten sich dicht hinter ihm, die Hände an ihren Dolchen. Einige der Pilger erkennen Jeschua, drängen heran, um den gesalbten König zu begrüßen. Jehuda schiebt sie zur Seite, damit Jeschua durch das Schöne Tor den Tempel betreten kann. Schimon ist unruhig: Wo ist die Tempelwache? Sein Blick irrt hinauf zur Burg Antonia oberhalb des Tempelplatzes, wo Pontius Pilatus residiert und die römische Kohorte stationiert ist. Jeschua beruhigt ihn: ›Wenn Joseph ben Kajafa wüsste, was ich vorhabe, wäre er doch zu seinem Freund Pilatus gelaufen und hätte mich festnehmen lassen.‹

Entschlossen wendet er sich um und drängt sich durch die Pilgermassen zum Nikanor-Tor, das zum Vorhof der Priester führt. Dort erwartet er uns.

Jakob trägt die Tora, aus der das Königsgesetz vorgelesen werden soll. Jehuda winkt den Mann mit dem Salböl heran.

Im von Fackeln erleuchteten Tempelhof wird Jeschua zum König gesalbt. Die Menge singt den Königspsalm und ruft ›Erlöse uns, Sohn Davids, erlöse uns von den Römern!‹ – ›Der Tag des Herrn ist gekommen!‹ – ›Gott ist König!‹

Unter den Freudenschreien der Pilger steigt Jeschua ein paar Stufen zum Allerheiligsten des Tempels empor und verliest mit lauter Stimme das Königsgesetz, das seine Pflichten als Herrscher regelt: ›Wenn du in das Land kommst, das der Herr, dein Gott, dir gibt, und es in Besitz genommen hast und darin wohnst und sagst: Ich will einen König über mich setzen, wie alle Nationen, die rings um mich her sind!, dann sollst du nur den König über dich setzen, den der Herr, dein Gott, erwählen wird. Aus der Mitte deiner Brüder sollst du einen König über dich setzen. Du sollst keinen Fremden, der nicht dein Bruder ist, über dich setzen.‹

Das Volk jubelt. Ein jüdischer König aus der Dynastie der Ben

Davids – mit Söhnen wie Jehuda ben Jeschua, die ihm nachfolgen können! Mit Brüdern, die ihm im bevorstehenden Kampf zur Seite stehen werden! Welch eine Hoffnung für das jüdische Volk! Welch eine prächtige Erscheinung ist dieser einundvierzigjährige König in seinem purpurfarbenen Gewand!

Die Freude ist unbeschreiblich, als Jeschua den pro-römischen Kohen ha-Gadol Joseph ben Kajafa für abgesetzt erklärt und im selben Atemzug seinen Bruder Jakob ha-Zaddik zum neuen Hohen Priester salben lässt. Er setzt ihm die Nezer ha-Kodesch, die hohepriesterliche Krone, auf.

Joseph ben Kajafa *muss* handeln.

Die Tempelwache greift ein. In den Vorhöfen des Tempels entsteht ein Tumult, als die Bewaffneten heranstürmen, um Jeschua, der sich die Königswürde anmaßt, gefangen zu nehmen. Einige Pilger werfen sich den Wachen in den Weg, um Jeschuas Leben zu schützen, andere fliehen aus dem Tempel in den Vorhof der Heiden, wo sie in die gezogenen Schwerter der römischen Legionäre laufen.

Ein blutiger Kampf entbrennt im Vorhof der Heiden.

Jehuda und Schimon versuchen, die Tore des Tempels zu schließen, doch es gelingt ihnen nicht. Die Tempelwachen dringen in den Vorhof der Priester ein. Jeschua ist in Lebensgefahr! Er muss fliehen! Wenn er noch länger zögert, werden sie ihn wie ein Opferlamm auf den Stufen des Altars abschlachten! Dann wäre alles umsonst gewesen!

Mit seiner Gemahlin, seinen Kindern und seinen engsten Vertrauten flüchtet Jeschua durch eines der nördlichen Tore in den Vorhof der Heiden, hastet zum Goldenen Tor, das sich zur Straße hinunter zum Tal des Kidron und weiter zum Ölberg öffnet.

Im dichten Olivenhain könnte Jeschua sich während der Nacht verstecken und seine Getreuen um sich versammeln. Der Ölberg bot vor tausend Jahren schon König David eine Zuflucht.

Jeschua kann entkommen!

Erschöpft erreicht er mit seiner Familie den Garten Getsemani in der Nähe des Ölbergs. Er schickt Mirjam mit einigen Bewaffneten fort, um seine Kinder ins Haus seines Schwagers Eleasar zu bringen.

Die Getreuen, verletzt und blutend, scharen sich mit Schwertern in der Hand um ihn. Das Tragen von Schwertern ist Juden streng verboten! Bewaffnete können als Rebellen gekreuzigt werden!

›Sieh her, König Jeschua!‹, rufen sie. ›Jeder von uns hat ein Schwert und einen Dolch. Wir können uns gegen die Römer verteidigen.‹ Und Jeschua nickt: ›Das ist genug!‹

Dann lässt er Wachen aufstellen, die das unübersichtliche Gelände des dichten Olivenhains absichern sollen, und zieht sich in die Einsamkeit der Nacht zurück, um an diesem symbolträchtigen Ort zu beten. Nur Schimon Kefa und Jeschuas Cousins Jakob und Johanan ben Savdai begleiten ihren König, um sein Leben zu schützen.

Jeschua verbringt die Nacht im Gebet. Immer wieder drängt ihn Schimon, ein paar Stunden zu schlafen, aber er will es nicht. In dieser Nacht der Entscheidung kann er keine Ruhe finden. Zu viel steht auf dem Spiel: siegen oder sterben!

Während der ganzen Nacht dringt der Kampfeslärm aus der Stadt bis zum Ölberg. Die ganze Stadt ist in Aufruhr. In der Finsternis der Nacht stellen sich die Gefolgsleute bange Fragen: Was geschieht in Jeruschalajim? Woher kommt der Feuerschein – brennen dort drüben, jenseits des Tempelbergs, die ersten Häuser? Wo sind Jeschuas Brüder Jakob und Jehuda? Sie sind nicht mit ihm aus dem Tempel geflohen! Leben sie noch? Haben die in der Stadt zurückgebliebenen Freunde gegen die schwer bewaffneten Römer überhaupt eine Chance? Oder ist die Rebellion bereits gescheitert, bevor sie richtig begann?

Dann können sie sie hören!

In aller Stille haben die Römer während der frühen Morgenstunden den Ölberg umstellt. Nun entzünden sie Fackeln und kommen Schritt für Schritt näher. Eine ganze Kohorte der zehnten Legion ist für Jeschuas Festnahme* angetreten! Sechshundert ... siebenhundert Mann!

›Um Himmels willen!‹, flüstern die Gefolgsleute verzweifelt. ›Wenn die Römer uns gefangen nehmen, werden sie uns ans Kreuz nageln und qualvoll sterben lassen! Wer zum Schwert greift, wird durch das Schwert sterben!, hat Jeschua gesagt. Es ist besser, mit der Waffe in der Hand zu sterben. Als freier Jude!‹ und ›Lasst uns die Prophezeiungen von Sacharja und Joel wahr machen! Am Tag des Herrn findet die Schlacht gegen die Gojim hier auf dem Ölberg statt! Der Tag des Herrn ist gekommen! Gott ist König!‹

Der Kampf um Leben oder Sterben beginnt.

Todesmutig werfen sich die bewaffneten Gefolgsleute auf die römischen Legionäre, die ihre Fackeln fallen lassen und mit blitzenden Schwertern gegen die Juden vorgehen.

Lateinische Kommandos werden gerufen: ›Wo ist Jeschua der Nazoräer? Fasst ihn, bevor er entkommen kann!‹

Die Nacht ist erfüllt vom zornigen Gebrüll der Kämpfenden, von den Schmerzensschreien der Verwundeten, vom Stöhnen der Sterbenden.

Die Römer sind nicht aufzuhalten.

Sie haben den Befehl, Jeschua gefangen zu nehmen und zum Präfekten Pontius Pilatus zu bringen – lebend! Ein spektakulärer Prozess in der Burg Antonia und eine öffentliche Kreuzigung des Rex Iudaeorum vor den Mauern der Stadt wird die aufsässigen Juden davon abhalten, sich erneut gegen die Weltmacht Rom zu erheben! Wie viele von diesen Möchtegern-Königen hat Rom schon ans Kreuz geschlagen? Offenbar noch immer nicht genug! Rom beherrscht die Welt, und die Provinz Judäa gehört zum Imperium Romanum. Daran wird auch ein König Jeschua nichts ändern!

Jeschua erkennt, dass sein Schicksal besiegelt ist.

Er wird festgenommen. Seine Hände werden gefesselt. Er wird abgeführt, durch das Tal des Kidron zum Tempelberg, wo die vom Fackelschein hell erleuchtete Burg Antonia über der Stadt in den Nachthimmel ragt.«

Ich verstummte.

Menandros starrte mich mit glänzenden Augen an, als wäre er gerade eben aus einem Traum erwacht. »Und der jüdische Prozess* vor dem Sanhedrin …?«

»… hat nie stattgefunden«, erklärte ich. »Weder gab es eine Untersuchung durch den ehemaligen Hohen Priester Hannas ben Sethi, den Pontius Pilatus' Amtsvorgänger Valerius Gratus rund fünfzehn Jahre zuvor abgesetzt hatte, noch hat der wenige Stunden zuvor von Jeschua abgesetzte Joseph ben Kajafa Jeschua in seinem Haus empfangen. Wenn er ihn vor der Kreuzigung am nächsten Morgen überhaupt gesehen hat, dann im Hof der Burg Antonia, wo Jeschua durch den römischen Präfekten, seinen guten Freund Pontius Pilatus, verurteilt wurde.«

»Aber …«, rang Menandros nach Worten. »… die nächtliche Sitzung des Sanhedrin …«

»… wurde niemals einberufen«, sagte ich. »Wozu auch? Die Verurteilung eines Rebellen gegen Rom lag nicht in der Kompetenz dieses jüdischen Gerichts. Im Übrigen wäre eine solche Sitzung des Sanhedrin eine grobe Missachtung aller geltenden Richtlinien für die Durchführung von Prozessen.«

Ich erhob mich, zog einen Band meines zwölfbändigen Talmud aus dem Bücherregal und legte ihn aufgeschlagen vor Menandros auf den Tisch. »Nachzulesen im Traktat Sanhedrin, wo alles ausführlich beschrieben ist.«

Als Menandros schweigend den Talmud wieder zuklappte – er konnte kein Hebräisch lesen –, fuhr ich fort:

»Am frühen Morgen wurde Jeschua gefesselt zum Praetorium gebracht, dem Amtssitz des römischen Präfekten in der Burg Antonia. Dort wurde er brutal misshandelt, blutig gegeißelt und dann in einem öffentlichen Prozess, der seine rebellischen Anhänger abschrecken sollte, zum Tod am Kreuz verurteilt.

Der römische Prozess ist eine dramatische Inszenierung der Evangelisten, die fast gänzlich aus Zitaten des Tenach, der hebräischen Bibel, besteht: Die Schläge ins Gesicht und das Anspucken erinnern an Jesajas leidenden Gottesknecht. Die Verhöhnung stammt aus dem zweiundzwanzigsten Psalm, der mit den Worten beginnt: ›Mein Gott, mein Gott, warum hast Du mich verlassen?‹«

Menandros zog scharf die Luft ein, als wollte er etwas sagen. Aber er schwieg.

»Bei der Schilderung des Verhaltens der Juden im Praetorium hat man aus dem einunddreißigsten Psalm abgeschrieben: ›Indem sie sich miteinander gegen mich zusammentun, sinnen sie darauf, mir das Leben zu nehmen.‹ Und bei näherem Nachdenken fällt mir noch ein Psalm ein: ›… und Fürsten tun sich zusammen gegen den Herrn und Seinen Gesalbten.‹

Pilatus' Worte ›Ich wasche meine Hände in Unschuld‹ wurden übrigens dem sechsundzwanzigsten Psalm entnommen. Ich bezweifele ernsthaft, dass dieser Judenhasser König Davids Lied kannte.«

»Gab es den Brauch, zum Pessach-Fest einen Gefangenen freizulassen?«, fragte Celestina.

Ich schüttelte den Kopf. »Die rabbinische Literatur kennt keinen solchen Brauch. Das römische Recht verbietet ausdrücklich die Einstellung eines Strafverfahrens und die Begnadigung eines rechtmäßig Verurteilten ohne die Genehmigung des Kaisers. Wenn Pilatus dem Wunsch der Juden entsprochen und einen gefährlichen Rebellen freigelassen hätte, wäre er von Tiberius seines Amtes als Präfekt von Judäa enthoben worden. Und warum hätte er ausgerechnet Barabbas freilassen sollen, da er doch noch zwei andere Zeloten gefangen hatte, die später zusammen mit Jeschua gekreuzigt wurden.«

»Dann sind also die Rufe der Juden nach Jesus Barabbas und dessen Freilassung nur eine Erfindung der Evangelisten! Hat Jesus Barabbas jemals gelebt?«

»Jeschua und Jeschua bar-Rabban sind ein und derselbe Mann.«

Sie stutzte. »Bar-Rabban …?«

»… ist Aramäisch und bedeutet Sohn des Rabban«, erklärte ich ihr. »Rabban ist der Titel eines großen rabbinischen Gelehrten.«

»Du glaubst, dass Jeschuas Vater ein großer Rabbi war?«

»Ich weiß es nicht«, gestand ich ehrlich. »Im Talmud findet sich kein Wort von ihm. Aber Joseph war ein Zaddik, ein Gerechter. Zwei seiner fünf Söhne trugen denselben Ehrennamen: Rabbi Jeschua und Rabbi Jakob. Und – welche Überraschung! – es gibt zwei weitere Bar-Rabbans in der Apostelgeschichte: einen Joseph, der ebenfalls ein Zaddik war, und einen Jehuda, der eine führende Rolle in der nazoräischen Gemeinde spielte. Das sind Jeschuas Brüder Joseph und Jehuda.

Die Vermutung liegt nahe, dass ihr Vater Joseph ein Rabbi war, der seine Söhne lehrte. Ich habe meinen Sohn auch selbst unterrichtet – nach der Vertreibung der Juden gab es außer mir keinen anderen jüdischen Schriftgelehrten in Granada. Benjamin wollte Rabbi werden … wie ich.«

Celestina ergriff meine Hand und drückte sie.

»Die Wahl zwischen Jeschua und Jeschua während des römischen Prozesses ist eine Szene, die an Tragik kaum noch zu überbieten ist. Die Juden verwerfen Jeschua, den Messias, auf den sie schon so lange warten und den sie nicht erkannt haben, den Sohn Gottes, den Erlöser der Welt. Stattdessen feiern sie ausgelassen Jeschua, den Rebellen, Räuber und Mörder. Wenn *das* nicht ihre Uneinsichtigkeit und Verworfenheit beweist!«

Ich seufzte.

»Diese erschütternde Szene ist *einer* der Gründe, warum Juden in der christlichen Welt verfolgt, vertrieben, gedemütigt, misshandelt, durch die Inquisición bedroht, ihres Glaubens, ihres Besitzes und ihrer Rechte als Menschen beraubt und ermordet werden. Im Namen Jeschuas – ihres jüdischen Bruders und ihres Königs, um dessen Freiheit und um dessen Leben sie Pilatus doch gerade angefleht hatten!

Das ist die wirkliche Tragik dieser Szene!«

»… und dann führen die römischen Soldaten den gefesselten Jeschua ins Praetorium im Hof der Burg Antonia, um ihn zu geißeln«, erzählte David am nächsten Morgen an meiner Stelle.

Mein Bruder verehrte Jeschua, und sein Schicksal berührte ihn sehr. Deshalb hatte er mich gebeten, vor Celestina und Menandros über die Geißelung, die Kreuzigung und die Grablegung sprechen zu dürfen.

Nach der Besichtigung des Grabtuches in der Schlosskapelle von Chambéry vor fünf Jahren hatten mein Bruder und ich immer wieder über die Kreuzigung gesprochen. Und über das, was danach geschehen war.

»Im Hof, vor der versammelten Menge, reißen sie ihm die prächtigen Purpurgewänder vom Leib, die er anlässlich der Verlesung des

391

Königsgesetzes im Tempel wenige Stunden zuvor angelegt hatte. Nackt und gedemütigt wird er an eine Säule gebunden.«

David trat vor das Bücherregal, neigte sich vor und lehnte sich mit beiden Händen gegen die Bretter.

»So bietet er seinen Rücken ihren Schlägen dar«, erklärte er und richtete sich wieder auf. »Zwei Männer schlagen mit römischen Geißeln auf ihn ein, bis sein Rücken zerfetzt ist.

Im Gegensatz zur jüdischen Bestrafung, bei der es nur eine begrenzte Anzahl von Schlägen gibt, ist die römische Geißelung eine furchtbare Tortur. Es wird so lange geschlagen, bis entweder die Folterknechte ermüden und die Lust an der Quälerei verlieren oder das Fleisch des Verurteilten in blutige Fetzen gerissen ist.«

Celestina, die neben mir am Schreibtisch saß, verzog das Gesicht, als ob Davids Worte ihr körperliche Schmerzen zufügten.

»Eine solche Geißelung konnte tödlich enden. Flavius Josephus bekennt, er selbst habe Menschen geißeln lassen, bis ihre Eingeweide herausquollen. Einen anderen ließ er zerfetzen, bis die Knochen zu sehen waren.«

»Mein Gott!«, flüsterte Menandros entsetzt.

David holte tief Luft. »Die Geißelung ist nur der Anfang, Menandros. Du solltest die Folterkammern der Inquisición in Córdoba besuchen und dir die Instrumente ansehen. Höre die Schreie der Gequälten, das Stöhnen, das erlöste Seufzen, wenn die Agonie zu Ende geht, das befreite Aufatmen vor der nächsten Tortur. Berühre ihre gequälten, zerbrochenen, zerfetzten, blutenden Körper, wenn sie aus der Folterzelle getragen werden, weil sie nicht mehr selbst laufen können. Und sieh in ihre schmerzverzerrten Gesichter, wenn du es übers Herz bringst. Sieh in ihre Augen, Menandros, wie ich nach der Folter in Sarahs und Benjamins Augen geblickt habe! Dann weißt du, wozu der Mensch fähig ist.«

Tief bewegt erzählte David weiter:

»Jeschua wird von zwei Männern gegeißelt, die hinter ihm stehen und abwechselnd auf ihn einschlagen. Die spitzen Enden der römischen Geißeln graben sich mit jedem Schlag tief in seine Brust, seine Schultern, seinen Rücken, haken sich fest und reißen entsetzliche Wunden. Blut strömt an seinem Körper herab, spritzt bei jedem Schlag der Geißel auf das Steinpflaster. Schließlich sinkt Jeschua entkräftet auf die Knie, windet sich vor Qualen im Staub des Praetoriums, stöhnt vor Schmerz …«

Menandros barg das Gesicht in seinen Händen.

»… aber immer wieder erhebt er sich, wenn die Folterknechte denken, sie hätten seinen Willen gebrochen. Immer wieder schlagen sie in ihrem Zorn über seinen Stolz auf ihn ein – auf die Arme, mit denen er sich an der Säule festhält, auf die Beine, die schließlich unter ihm nachgeben. Er liegt in seinem eigenen Blut und steht nicht wieder auf.

Seine Fesseln werden durchtrennt, und er wird hochgerissen. Eine Dornenkrone wird ihm auf den Kopf gesetzt und brutal festgedrückt – die spitzen Dornen bohren sich ihm schmerzhaft in die Stirn und den Nacken, das Blut läuft ihm wie Tränen über das Gesicht. Dann wird ihm sein purpurfarbenes Gewand umgehängt, in dem er zuvor das Königsgesetz verlesen hat, und die römischen Legionäre huldigen ihm höhnisch als Rex Iudaeorum.

Als sie ihn genug gedemütigt haben, reißen sie ihm das von den Geißelwunden blutdurchtränkte Gewand herunter und treiben ihn nackt über den Hof. Eine Holztafel wird ihm umgehängt, darauf steht in lateinischer, griechischer und hebräischer Sprache: Jeschua der Nazoräer, König der Juden. Zwei römische Folterknechte schleppen das Patibulum heran und laden den schweren Holzbalken, an dem Jeschua gekreuzigt werden soll, auf seine Schultern. Geschwächt von der Geißelung sinkt er unter der schweren Last auf die Knie, die Holzsplitter des grob behauenen Kreuzbalkens reißen ihm die Schultern wund.

Dann wird er erneut hochgezerrt und mit dem Patibulum auf seinen Schultern von der Burg Antonia durch die Gassen von Jeruschalajim getrieben. ›Das Joch des Himmelreichs auf sich nehmen‹, so heißt diese Tortur in der Sprache der jüdischen Widerstandskämpfer.«

Ich sah David an, wie schwer ihm das Sprechen fiel.

»Es ist früh am Morgen. Wie ein Lauffeuer hat sich die Nachricht von Jeschuas Festnahme und Verurteilung durch die Römer in der Stadt verbreitet. Seine Gefolgsleute, die während der Nacht noch gekämpft haben, mischen sich unter die Sukkot-Festpilger, die die Stadt noch nicht verlassen haben. Stumm sehen sie zu, wie Jeschua mit dem Kreuzbalken auf dem Rücken durch die Straßen wankt. Welch eine Demütigung für das jüdische Volk!

Frauen drängen heran, um Jeschua einen Betäubungstrank zu reichen – das ist bei Hinrichtungen so üblich. Im Talmud heißt es: ›Wer abgeführt wird, um hingerichtet zu werden, dem reicht man einen Becher Wein mit Weihrauch, um seine Sinne zu benebeln.‹ Doch die Frauen werden von den Römern brutal zurückgestoßen. Jeschua soll leiden, damit auch der letzte seiner Anhänger begreift, dass der Aufstand gescheitert ist!

Einige in der Menge beginnen, zuerst sehr leise, dann immer lauter, den zweiundzwanzigsten Psalm zu singen: ›Mein Gott, mein Gott, warum hast Du mich verlassen? Mein Gott, ich rufe bei Tage, und Du antwortest nicht, und bei Nacht, und ich finde keine Ruhe. Auf Dich vertrauten unsere Väter, und Du hast sie gerettet. Zu Dir schrien wir um Hilfe!‹

Schwingt Enttäuschung in ihren tränenerstickten Stimmen, Verzweiflung, Trauer oder Zorn? Wie konnte Gott dieses Unrecht zulassen, dass ihr gesalbter König, ihre Hoffnung auf Freiheit, blutig gegeißelt wurde! Wie konnte Er die Gojim über den Maschiach, den König von Israel, triumphieren lassen! Und doch: Was ist dieser Tod am Kreuz anderes als die Heiligung des Gottesnamens durch das Opfer des Martyriums?

Der Kiddusch ha-Schem«, erklärte David, »ist die letztmögliche Konsequenz unseres Glaubens: die Selbsthingabe an Gott. Es war das, was Elija an jenem Karfreitag in Córdoba versucht hatte, als Sarah und Benjamin …«

Er brach ab, als ich ihm einen zornigen Blick zuwarf. »Verzeih mir!«, bat er leise.

Als ich ernst nickte, fuhr er hastig fort:

»Angetrieben von seinen Peinigern schleppt Jeschua den schweren Kreuzbalken von der Burg Antonia im Osten der Stadt bis zum westlichen Stadttor. Als er stürzt und sich nicht wieder erhebt, wird Schimon von Kyrenai aus der Menge gezerrt, damit er das Patibulum trägt.

An der Hinrichtungsstätte wird Schimon der Querbalken abgenommen. Jeschua, von der Geißelung völlig entkräftet, muss sich mit weit ausgebreiteten Armen auf das Patibulum legen. Seine Arme werden mit Stricken an das Holz gefesselt. Mit einem schweren Hammer werden lange Nägel durch seine Handgelenke getrieben. Das Querholz mit dem sich vor Schmerzen windenden Jeschua wird mit einem Seil am Pfahl hochgezogen und befestigt. Dann werden die beiden Füße an das Holz geschlagen.«

Menandros barg sein Gesicht in seinen Händen.

»Betet ihr Christen nicht diesen gequälten und ans Kreuz genagelten Menschen an?«, fragte David verbittert, als er Menandros' Tränen bemerkte. Als der verzweifelt aufsah, war mein Bruder bestürzt. »Bitte verzeih mir, Menandros. Ich wollte dir nicht wehtun!«

»Schon gut!«, murmelte der Grieche und wischte sich mit beiden Händen das Gesicht ab. »Bitte erzähle weiter, David!«

»Die Kreuzigung ist eine furchtbare Strafe. Das Blut sinkt in die untere Körperhälfte, das Herz schlägt sehr schnell. Die Muskeln in Brust und Bauch verhärten sich durch die enorme Anstrengung, das gesamte Körpergewicht mit den ausgebreiteten Armen halten zu müssen. Wenn der Gekreuzigte sich nicht mit den Beinen abstützen kann, ringt er nach zwei Stunden um Atem und erstickt qualvoll. Deshalb haben die Kreuze einen Sockel für die Füße: um die Qualen des Verurteilten um Tage zu verlängern.

Die Kreuzigung* dauerte sechs Stunden. Am Nachmittag betete Jeschua den zweiundzwanzigsten Psalm: ›Mein Gott, mein Gott, warum hast Du mich verlassen?‹, der mit den Worten endet: ›Es ist vollbracht.‹ Dann wurde er ohnmächtig ...«

»... und starb«, ergänzte Menandros mit tonloser Stimme. Seine Hand tastete zu dem goldenen Crucifixus, den er unter seiner Soutane trug.

»Nein, er starb nicht.«

»Was?« Menandros' Blick irrte zum Koran in meinem Bücherregal.

395

Entsann er sich der vierten Sure, die er in Istanbul so oft abgeschrieben hatte und seitdem auswendig konnte?

›Wir haben den Messias Issa, den Sohn der Mirjam, den Gesandten Allahs, getötet‹, stand im Koran geschrieben. ›Doch sie töteten ihn nicht und kreuzigten ihn nicht zu Tode, sondern es erschien ihnen nur so.‹

»Nachdem Jeschua von dem Wein getrunken hatte, den man ihm in einem Schwamm an der Spitze eines Speeres hinaufreichte, wurde er ohnmächtig. Ich glaube, dass der Wein Opium enthielt.«

Menandros starrte David verständnislos an.

»Opium ist ein starkes Betäubungsmittel«, dozierte David als versierter Medicus. »In kleineren Dosen lindert es den Schmerz und die Angst und führt eine euphorische Stimmung herbei. Nach einem raschen Hochgefühl folgt eine wohlige Ruhephase mit innerem Frieden und Entspannung. Der Opiumrausch führt zu kristallklarem Denken und zu genussvollen Träumen. Sehr hohe Dosen beruhigen so stark, dass man einschläft. Ich habe das selbst ausprobiert.«

David wich Menandros' erstauntem Blick aus. »Ich glaube, dass Jeschua trotz seiner Erschöpfung durch die Geißelung dank des Betäubungsmittels noch die Kraft hatte, am Kreuz einen Psalm zu beten. Wohlgemerkt: einen Psalm – nicht das Schma Israel, das jeder Jude betet, wenn er den Tod nahen fühlt, und das Jeschua doch selbst als das höchste Gebot bezeichnete. Nein, Jeschua starb ganz sicher nicht am Kreuz.«

»Du glaubst also«, fasste Celestina zusammen, »dass Jeschua im Opiumrausch am Kreuz hing und dann bewusstlos wurde?«

»Ja, das glaube ich. Opium in zu hohen Dosen führt zu Atemlähmung und Herzstillstand. Ein Mensch im tiefen Opiumrausch kann für tot gehalten werden«, nickte mein Bruder. »Jeschua hing erst seit sechs Stunden am Kreuz. Er konnte noch nicht gestorben sein!«

Als Celestina ihn verwirrt ansah, fügte er hinzu: »Der Talmud berichtet von Menschen, die mehrere Tage am Kreuz überlebten und anschließend gesund gepflegt wurden. Flavius Josephus erzählt, dass drei seiner Freunde gekreuzigt wurden und er den Feldherrn Titus bat, sie abnehmen zu lassen – zwei starben, einer überlebte. Und ich war in den Kerkern der Inquisición in Córdoba: Ich weiß, was Menschen erleiden können, bevor sie sterben. Er war nicht tot!«

»Wie kannst du das wissen?«, fragte Celestina.

»Tote bluten nicht.«

»Ich verstehe nicht …«

»David, Aron und ich haben vor fünf Jahren in der Schlosskapelle von Chambéry Jeschuas Grabtuch* gesehen«, nahm ich den Faden der Erzählung auf. »Wir waren auf dem Weg von Paris nach Mailand und weiter nach Florenz. In Chambéry baten wir den Sekretär der Herzogin von Savoyen, uns das Grabtuch zu zeigen. Aber er lehnte ab: ›Da könnte ja jeder kommen!‹« Ich lächelte verschmitzt. »Mit einem Lederbeutel voller Goldmünzen ließ er sich dann doch überzeugen, dass Juan, Fernando und Diego de Santa Fé nicht *irgendjemand* waren. Er führte uns in die Kapelle und schloss den silbernen Schrein auf, in dem das Grabtuch verwahrt wurde. Dann breitete er es vor uns aus.«

Wie erschüttert war David angesichts der blutigen Wunden auf dem Tuch gewesen! Wie grausam war Jeschua misshandelt worden!

Ich besann mich. »Es war ein sehr bewegender Augenblick für David, Aron und mich …« Als ich Celestinas fragenden Blick bemerkte, verstummte ich, und David fuhr fort:

»Das Grabtuch bewahrt das diffuse, sepiafarbene Abbild eines nackten männlichen Körpers mit gekreuzten Armen. Auf der einen Hälfte des langen Tuches ist die Rückenansicht und auf der anderen die Vorderansicht eines Gekreuzigten zu sehen. Das Tuch war in der Mitte über den Kopf geschlagen worden.

Der Mann war hoch gewachsen und schlank, so groß wie Elija. Sein Haar fiel ihm bis auf die Schultern, und er trug einen Bart – er scheint ein Nazir* gewesen zu sein …«

»Jeschua ha-Nozri«, murmelte Celestina atemlos. »Jeschua der Nazoräer* …«

Nachdenklich betrachtete sie erst Davids und dann mein schulterlanges Haar. Offenbar fragte sie sich, ob mein Bruder und ich ebenfalls das Gelübde des Nazirats abgelegt hatten.

David nickte. »Ich untersuchte die Wunden des Gekreuzigten. Auf der Brust und dem Rücken, aber auch an den Beinen fand ich über neunzig Geißelwunden von einem römischen Flagrum. Die Anordnung der Wunden lässt darauf schließen, dass zwei Männer hinter Jeschua gestanden und auf ihn eingeschlagen haben. In der Schultergegend rissen die Wunden auf, als er den schweren Kreuzbalken trug. Die Blutflüsse auf der Stirn, im Nacken und in den langen Haaren stammen von einer Krone aus geflochtenen Dornen. *Alle* Wunden, vor allem aber die Seitenwunde des Lanzenstichs und die Nagelwunden an den Füßen und den Handgelenken, haben noch stark geblutet, als Jeschua im Tuch lag. Tote bluten nicht.«

Als Menandros die Stirn runzelte, erklärte David:

»Wenn Jeschua am Kreuz gestorben wäre, hätten die Wunden keinen derartigen Abdruck im Leinen des Tuchs hinterlassen, denn das Blut wäre längst geronnen. Und wenn das getrocknete Blut bei der Totenwaschung durch das Wasser aufgelöst ins Tuch getropft wäre, hätte es keine derartigen Flecken gegeben.«

Menandros öffnete den Mund, um etwas zu erwidern.

»Erst vor wenigen Tagen habe ich den kleinen Moses Rosenzweig behandelt«, erinnerte David ihn an die blutigen Ereignisse an Schawuot, als der Junge durch Christen schwer misshandelt worden war. »Ich habe versucht, ihn zu retten, doch Moses starb in der Nacht vom Pfingstsonntag.

Solange sein Herz noch schlug, strömte das Leben aus ihm heraus. So viel Blut! Aber als sein Herz still stand, versiegte das Blut. Denn: Tote bluten nicht.«

Menandros senkte erschüttert den Blick.

»Offensichtlich wurde Jeschua gewaschen, denn die Wunden sind nicht blutverschmiert, sondern sehr deutlich zu erkennen. Und nach der Waschung hat er *immer noch* geblutet«, erklärte mein Bruder. »Man erkennt große Blutlachen zwischen den Falten. Das Blut floss nicht nur aus den niedrig gebetteten Fußwunden, sondern auch aus den Verletzungen an den Händen, die über seiner Mitte gekreuzt waren, und sogar aus den Wunden, die die Dornenkrone auf seiner Stirn aufgerissen hatte.

Der durchgehende Abdruck seines Körpers auf dem Tuch lässt darauf schließen, dass er auf einer weichen Unterlage lag – ganz bestimmt nicht auf einer harten Steinbank in einem Felsengrab, wie es die Evangelisten beschrieben. Die Arme lagen nicht neben dem Körper, sondern waren locker über der Mitte verschränkt, was nur auf einer weichen Unterlage mit Kissen möglich ist, wo die Schultern und Ellbogen Halt finden.

Zudem muss Jeschuas Kopf erhöht auf einem Kissen gelegen haben, denn das Blut tropfte nicht über die Stirn nach oben in die Haare, sondern lief nach unten zu den Augenbrauen. Diese Stirnverletzung befand sich an der höchstgelegenen Stelle des Körpers – oberhalb des Herzens! –, und trotzdem blutete sie.

Wäre Jeschua wirklich am Kreuz gestorben, hätte nach dem Herausziehen der langen Nägel die bereits eingetretene Totenstarre mit Gewalt gebrochen werden müssen, um die Arme in die gekreuzte Position zu bringen – doch Jeschua scheint ganz entspannt im Tuch zu liegen. Im Opiumrausch.

Und das alles bedeutet: Sein Herz schlug noch – *Jeschua lebte*.«

Celestinas Blick schweifte von David zu mir. »Und was, denkt ihr, ist wirklich geschehen?«

»Ich glaube«, erwiderte ich, »dass Jeschua schon sehr bald nach dem Lanzenstich, durch den man seinen Tod feststellen wollte, vom Kreuz genommen wurde. Irgendwann in der Nacht des hereinbrechenden Schabbat. Dass Joseph von Arimatäa und Nakdimon ben Gorion den römischen Präfekten dazu überreden konnten, den Gekreuzigten freizugeben, halte ich für unsinnig. Die von Aasfressern zerfetzte und langsam am Kreuz verwesende Leiche des Königs der Juden war doch gerade Pilatus' wertvollste Waffe im Kampf gegen die rebellischen Anhänger Jeschuas. Nein, ich glaube, dass der Körper während der Nacht vom Kreuz abgenommen und in aller Eile nach Bethanien geschafft wurde.«

»Nicht ins Grab?«, fragte Celestina überrascht.

»Nein, in welches Grab denn?«, gab ich zurück. »In Josephs neues

Grab, in das noch nie jemand gelegt worden war? Er stammte doch angeblich aus Arimatäa! Wieso sollte Joseph ein Grab in Jeruschalajim haben, nicht in der Stadt seiner Väter?«

»Das weiß ich nicht«, gestand sie.

»Ich auch nicht«, entgegnete ich. »Die Geschichte vom leeren Grab ist eine Legende, die die Evangelisten immer weiter ausgeschmückt haben. Josephs Bitte an Pilatus, ihm Jeschuas Leichnam für ein ehrenvolles Begräbnis zu überlassen, ist völlig unsinnig. Die verwesenden Leichen hingerichteter Rebellen wurden tagelang am Kreuz hängen gelassen – zur Abschreckung. Dann hat man ihre sterblichen Überreste über die Felsen geworfen. *Keiner* von ihnen wurde begraben.

David kann sich als Medicus beim besten Willen nicht vorstellen, was Joseph und Nakdimon mit der vielen Myrrhe und Aloe anfangen wollten, von der Johannes spricht!«

Mein Bruder nickte. »Hundert Pfund Aloe und Myrrhe – das sind mehrere schwere Säcke voller Heilkräuter, die *nicht* als Salben oder Tinkturen zubereitet waren. Derartige Mengen Kräuter wurden bei jüdischen Begräbnissen nicht verwendet – die Toten wurden ja nicht einbalsamiert wie ägyptische Mumien!«, erklärte David. »Laut Hippokrates dient Myrrhe allerdings als Mittel zur Desinfektion von Wunden.«

»Zu den jüdischen Begräbnisriten gehört eine Waschung des Toten«, fuhr ich fort. »Die sterblichen Überreste werden in feierlicher Stille mit warmem Wasser gewaschen. Anschließend findet die rituelle Reinigung statt: Man begießt den Toten drei Mal mit Wasser, während ein Gebet gesprochen wird: ›Denn an diesem Tag geschieht eure Entsühnung: Von all euren Sünden werdet ihr rein sein vor Adonai, unserem Herrn.‹ Dann wird der Verstorbene in ein weißes Totengewand gekleidet, das er jedes Jahr am Versöhnungstag Jom Kippur übergezogen hatte. Sein Tallit, den er täglich zum Gebet getragen hatte, wird ihm umgelegt. Die Zizit, die Merkfäden an den Enden des Tallit, die den Menschen erinnern sollen, dass er ein Kind Gottes ist, werden abgeschnitten.

Die Angehörigen und Freunde begleiten den Toten an seine letzte

Ruhestätte. Während des Weges zum Grab wird ein Vers aus dem Buch Daniel zitiert: ›Du wirst ruhen und auferstehen am Ende der Tage.‹ Am Grab reißen die engsten Angehörigen ihre Kleider ein und zitieren Ijob: ›Der Herr hat gegeben, und der Herr hat genommen. Der Name des Herrn sei gepriesen!‹. Nachdem die Trauernden einen Psalm gesungen haben, wird das Kaddisch gebetet. Das Kaddisch ist eigentlich kein Gebet, sondern eine Hymne an Gott. Das Kaddisch am Todestag beginnt mit den Worten: ›Erhoben und geheiligt werde Sein großer Name in der Welt, die neu geschaffen werden soll, wo er die Toten zurückrufen und ihnen ewiges Leben geben wird.‹

So hat mein Freund Jakob vor einigen Tagen den kleinen Moses Rosenzweig begraben. Und so haben wir alle um dieses Menschenkind getrauert, als es auf dem jüdischen Friedhof am Lido in sein Grab gelegt wurde.

In den Evangelien lese ich nichts über eine Totenwaschung oder Salbung, die – und hier irrten die Evangelisten! – auch am Schabbat hätte vorgenommen werden können.« Ich wies auf den Talmud. »Nachzulesen im Trakat Schabbat. Und in den Evangelien höre ich nichts über das Totengewand, den Tallit, das Kaddisch-Gebet, die Gedenkfeier am Grab oder über die Trauerwoche der engsten Angehörigen.

Trauerte denn *niemand* außer Joseph und Nakdimon?

Wenn Jeschua wirklich gestorben wäre, hätten Jeschuas Mutter und seine Gemahlin während der Trauerwoche nicht das Haus verlassen, um zum Grab zu gehen und Jeschua zu salben. Trauernde verlassen das Haus nicht. Freunde und Verwandte besuchen sie, bringen ihnen Speisen und die Tora-Rolle aus der Synagoge und halten sogar die Gottesdienste in ihrem Haus ab.

Die Salbung am Ostersonntagmorgen, von der die Evangelisten berichten, ist völlig absurd, denn sie hätte am Schabbat vollzogen werden können – und was taten eigentlich Joseph und Nakdimon im Felsengrab, wenn sie Jeschua nicht salbten?

Wäre das Grabtuch mit einem toten Jeschua begraben worden, wäre es doch mit ihm verwest – aber es existiert noch! Und selbst wenn es später aus dem Grab geholt wurde, wäre es für Juden rituell unrein. Doch es wurde aufbewahrt und in Ehren gehalten! Sonst wäre es in den letzten eintausendfünfhundert Jahren doch längst verloren und vergessen.

Das alles bedeutet: Es haben keine jüdischen Begräbnisriten stattgefunden. Es gab ein leeres Kreuz, aber nie ein leeres Grab.«

»Was ist wirklich geschehen?«, fragte Celestina atemlos.

»Jeschua wurde während der Nacht nach Bethanien ins Haus seines Schwagers Eleasar gebracht und dort von Mirjam gesund gepflegt.«

»Konnte er sich nach drei Tagen von seinen Verletzungen erholt haben?«, fragte sie David, der entschieden den Kopf schüttelte.

»Auch wenn Jeschuas Lebenswille nicht gebrochen war und er mit einundvierzig Jahren gesund und kräftig gewesen ist, hätte die Heilung der schweren Verletzungen viele Wochen gedauert. Vermutlich hatte er wegen der infizierten Wunden hohes Fieber und war tagelang bewusstlos.

Die Nagelwunden an Händen und Füßen müssen ihm furchtbare Schmerzen bereitet haben. Ich bezweifle, ob er jemals wieder gehen konnte, ohne zu hinken, oder die Hände gebrauchen konnte.

Auf dem Grabtuch sind die Daumen nicht zu sehen. Die Nägel in den Handgelenken haben vermutlich einen Nerv oder eine Sehne durchtrennt, sodass er die Daumen nicht mehr bewegen konnte. Vielleicht waren seine Hände völlig gefühllos. Mit anderen Worten: Es war für ihn sehr schwierig, während des Gottesdienstes eine Tora-Rolle aus dem Schrein zu heben, und er war ganz sicher nicht mehr in der Lage, eine Schreibfeder oder ein Schwert zu halten.«

Ein bedrücktes Schweigen folgte.

»Wenn also Jeschua die Kreuzigung überlebt hat«, begann Menandros schließlich. »Was ist dann mit der Erlösung, die er durch seinen Sühneopfertod am Kreuz bewirkt haben soll? Denn wenn Jeschua nicht auferstanden ist, dann ist, wie Paulus schrieb, der christliche Glaube sinnlos.«

»Du weißt doch, Elija: Engel und Propheten kann niemand aufhalten!«, wisperte sie Stunden später mit funkelnden Augen, als sich die Tür des Appartamento Ducale hinter uns schloss.

Verstohlen tastete Celestina nach meiner Hand, während zwei Diener mit Kerzenleuchtern voranschritten und uns die Treppen hinableuchteten. Hand in Hand folgten wir ihnen hinunter bis in den von Fackeln erleuchteten Innenhof des Dogenpalastes.

Das Abendessen mit dem Dogen war ein Erfolg gewesen!

Während des Mahls hatte Celestina Leonardo Loredan von unserer gemeinsamen Arbeit und dem Buch erzählt, das ich nach der Übersetzung schreiben wollte: einen Midrasch, einen rabbinischen Kommentar zum Neuen Testament – in hebräischer und lateinischer Sprache.

Begeistert von dieser Idee hatte mich der Doge gefragt, ob wir beabsichtigten, das Buch in Venedig drucken zu lassen.

»Wie viele Juden könnten mit dem Buch eines Rabbi mit Eurem Namen zum Wahren Glauben bekehrt werden!«, hatte er schließlich geseufzt, als alle Fragen zu seiner Zufriedenheit beantwortet waren. »Solltet Ihr bei Eurem großartigen Vorhaben die Unterstützung der Republik San Marco oder des Consiglio dei Dieci benötigen, lasst es mich wissen! Als Doge werde ich alles tun, was in meiner Macht steht. Das Wohl und das Seelenheil unserer jüdischen Mitbürger liegen uns in Venedig, anders als in Kastilien und Aragón, sehr am Herzen!«

Celestinas Augen funkelten, als wir Hand in Hand die Stufen hinabschritten. Ich spielte mit dem gläsernen Ring an ihrem Finger, den ich ihr in Murano gekauft hatte.

An der Treppe im Hof warteten wir, bis zwei Diener unsere Pferde geholt hatten, dann half ich ihr in den Sattel. Nebeneinander trabten wir durch die Porta della Carta hinaus auf die Piazzetta.

Als wir an der Basilika um die Ecke bogen und aus dem Blickfeld der Wachen vor dem Tor des Dogenpalastes entschwunden waren, drängte sie ihren Hengst so dicht neben meinen, dass sich unsere Knie berührten. Dann ergriff sie meine Hand, zog mich zu sich herüber und küsste mich.

Ich war wie von Sinnen! Zutiefst erregt zog ich sie an mich, doch sie riss sich lachend los, wendete ihr Pferd und galoppierte am Campanile vorbei über die Piazza San Marco.

Schwer atmend trieb ich Menandros' Hengst an und stürmte ihr hinterher. Sie war ein paar Pferdelängen vor mir, doch ich hatte sie schnell eingeholt.

Tief beugte ich mich über die Mähne meines Hengstes, während wir in rasender Geschwindigkeit nebeneinander her ritten.

In manchen Nächten war ich mit Sarah ausgelassen lachend durch die Olivenhaine unseres Landsitzes galoppiert. Tief sog ich die Nachtluft ein, atmete nicht den Geruch der Lagune von Venedig, sondern den berauschenden Duft der Orangenbäume in den Gärten unserer Villa bei Alhama de Granada.

Weit beugte ich mich aus dem Sattel, um nach ihren Zügeln zu greifen, doch vor Vergnügen jauchzend entkam sie mir.

Die Hufe schlugen Funken auf dem Steinpflaster der Piazza, als Celestina plötzlich ihren Hengst herumriss und in Richtung der Prokuratien davonraste. Schon hatte ich sie eingeholt, da änderte sie erneut die Richtung und entkam. Voller Vorfreude auf eine leidenschaftliche Nacht in ihrem Bett folgte ich ihr. Zwischen den beiden Kirchen am Westende der Piazza erreichte ich die Calle dell'Ascension, die nach links in Richtung des Canal Grande führte. Schlitternd bog ich in der schmalen Gasse nach rechts ab zur Kirche San Moisè.

Immer wieder sah sie sich nach mir um und trieb lachend ihr Pferd an, als ich sie einholte.

Auf dem Campo vor der Kirche drängte sie mich ab – beinahe wäre ich mit meinem Pferd in den Rio di San Moisè gestürzt! – und jagte mit einem triumphierenden Schrei die Stufen der Brücke hinauf. Der wilde Ritt durch das nächtliche Venedig schien ihr unbändigen Spaß zu bereiten!

Schwer atmend zügelte ich meinen Hengst nicht einmal zwei Schritte vor dem im Mondlicht schimmernden Kanal, dann wendete ich und trabte die Stufen der Brücke empor.

Am Ende der Gasse sah ich, wie sie ihr Pferd nach links herumriss, zur Brücke, die über den nächsten Rio führte. Über die Schulter blickte sie zurück: ob ich ihr noch folgte?

Ich hieb meinem Pferd die Absätze in die Flanken. Die Hufe donnerten durch die nächtliche Stille.

Dann hatte ich den nächsten Rio erreicht! Von der Brücke aus beobachtete ich, wie sie ihr Pferd die Treppe neben der kleinen Kirche am Campo hinauflenkte. Mit einem gewaltigen Satz sprang mein Hengst über die Stufen der Brücke hinweg und stürmte hinter ihr her.

»Du wirst mir nicht entkommen!«, rief ich ihr hinterher, doch sie lachte nur übermütig. Beinahe wäre ihr Pferd auf den glatten Stufen ausgeglitten, aber es fing sich wieder.

Auf dem Campo San Maurizio hatte ich sie endlich eingeholt. Ungestüm drängte ich meinen Hengst gegen ihren, bis sich unsere Knie aneinander rieben. Ich beugte mich vor, um ihr die Zügel zu entreißen, aber wieder entkam sie mir.

Hintereinander preschten wir durch die schmale Gasse auf den Campo San Stefano. Bevor sie nach links zur Ca' Tron abbiegen konnte, schnitt ich ihr den Weg ab. Während wir ganz nah nebeneinander her galoppierten, neigte ich mich weit hinüber und riss sie schwungvoll vor mich in den Sattel.

Um nicht von meinem galoppierenden Pferd zu fallen, schlang sie ihre Arme um meine Schultern und hielt sich an mir fest. Völlig außer Atem zügelte ich meinen Hengst nur wenige Schritte vor dem Gartentor der Ca' Tron.

Ihre Hand lag auf meinem Knie und huschte an der Innenseite meines Schenkels nach oben, um mich zwischen meinen Beinen zu streicheln. Ihr Kuss war erregend, und ich stöhnte vor Lust.

Als ich die Zügel losließ, um sie zu umarmen, lachte sie übermütig und glitt aus dem Sattel. Mit wehenden Röcken rannte sie zum Portal und huschte ins Haus.

Voller Ungeduld sprang ich ab, band Menandros' Pferd fest und stürmte ihr hinterher. Mit einem Tritt schloss ich das Portal, das donnernd ins Schloss fiel, und folgte ihr, zwei Stufen auf einmal nehmend, hinauf in den ersten Stock.

An der Treppe, die zu ihrem Schlafzimmer hinaufführte, hatte ich sie eingeholt. Ungestüm riss ich sie in meine Arme und hielt sie fest, damit sie mir nicht noch einmal entkommen konnte. Mein Kuss raubte ihr den Atem.

Aufgeschreckt durch den Lärm war Menandros aus seinem Schlafzimmer gekommen. Er trug eine seiner weiten orientalischen Roben und hielt ein Buch in der Hand. Offenbar hatte er gelesen, während er auf uns gewartet hatte.

Er musste uns nur ansehen, um zu wissen, wie erfolgreich das Gespräch mit dem Dogen gewesen war.

»Bitte entschuldige!«, keuchte Celestina und entwand sich verlegen meiner Umarmung. »Wir wollten dich nicht stören!«

Im Licht der Kerzen sah ich die Hoffnungslosigkeit in Menandros' Augen funkeln. Wortlos wandte er sich ab und schloss leise die Tür hinter sich.

Celestina wollte ihn trösten, doch ich hielt sie fest. »Lass ihn!«

Sie nickte still. Seine Traurigkeit berührte sie sehr.

Ich nahm sie in meine Arme, und sie lehnte ihren Kopf an meine Schulter, als ich sie die wenigen Stufen hinauf in ihr Schlafzimmer trug. Auf dem Tisch neben ihrem Bett brannte eine Kerze – hatte Menandros sie entzündet?

Mit einem Tritt schloss ich die Tür, legte Celestina auf das Bett und beugte mich über sie, um sie zu liebkosen.

»Ich liebe dich, Elija!«, flüsterte sie bewegt. »Und es tut mir weh, mitanzusehen, wie Menandros unter unserer Liebe leidet! Wie gern würde ich ihn umarmen und trösten …«

Zärtlich küsste ich ihr die Worte von den Lippen.

»Bitte verzeih mir!«

»Eine innige Freundschaft wie zwischen Menandros und dir ist nichts, was einer Verzeihung bedarf«, flüsterte ich. »Ich bin sehr glücklich, dass er so liebevoll um dich besorgt ist.«

Überwältigt von ihren Gefühlen schlang sie ihre Arme um meine Schultern und zog mich zu sich herunter. Ihr Kuss war atemberaubend. Und ihre Hand, die an meinen Schenkeln emporglitt, ließ mich aufstöhnen.

»Liebe mich, Elija!«, flüsterte sie und zerrte an den Knöpfen meiner Brokatjacke. »Liebe mich! Den ganzen Abend habe ich mich nach dir gesehnt! Dir so nah zu sein, während des Essens neben dir zu sitzen und dich doch nicht berühren zu dürfen, war nur schwer zu ertragen!«

»Glaubst du, dass der Doge bemerkt hat, wie sehr wir uns lieben?«

»Nein«, hauchte sie zwischen zwei Küssen. »Leonardo glaubt, dass wir gute Freunde sind. So wie ich mit Gianni, Raffaello und Baldassare befreundet bin.«

Mit einem verführerischen Lächeln schob sie ihre Hand unter mein Seidenhemd und streichelte meine Brust. Dann glitt die Hand tiefer und huschte zwischen Stoff und Haut in meine inzwischen viel zu enge Hose. Ich schloss die Augen und keuchte, als sie mich zu streicheln begann.

Ungeduldig riss ich an den Schleifen ihres Mieders und schob den Brokatstoff auseinander, um ihre Brüste zu küssen.

Sie räkelte sich lächelnd in die Kissen, ohne mit ihren sanften Liebkosungen aufzuhören. Mit der anderen Hand zerrte sie mir das Hemd aus der Hose, während ich ihren Rock hochschob.

Mit einem Stöhnen drang ich in sie ein. Schwer atmend vergrub ich einen Herzschlag lang mein Gesicht in ihrem Haar. Wie sehr ich sie begehrte!

Atemlos küssend entzündeten wir uns aneinander, bis das Feuer unserer Leidenschaft lichterloh brannte, bis die ekstatische Lust uns mit sich in den Himmel riss. Wie lange wir dort blieben und bebend vor Erregung auf unseren Herzschlag lauschten, weiß ich nicht mehr. Sie flüsterte verliebte Worte, und auch ich liebkoste sie mit zärtlichen Versprechungen.

»Ich liebe dich«, seufzte ich, während ein Feuerwerk der Gefühle in uns explodierte, Funken der Glückseligkeit auf uns herabregneten und wir der Erlösung entgegentaumelten. »Nie mehr will ich von dir getrennt sein!« Ich umarmte sie und hielt sie fest. »Willst du mich heiraten und vor Gott meine Frau werden?«

Warum wich sie meinem Blick aus? Warum war sie plötzlich so traurig?

Erschöpft ließ ich mich neben ihr in die Kissen sinken.

»Bitte verzeih mir meine Frage«, murmelte ich enttäuscht. »Vor einigen Tagen hast du gesagt, dass du den Rest deines Lebens mit mir verbringen willst, und da dachte ich …«

Ganz sanft küsste sie mir die Worte von den Lippen. Dann legte sie den Kopf an meine Schulter.

»Wünschst du dir Kinder?«, fragte sie leise – sie war den Tränen nah. Was hatte sie bloß so gekränkt?

»Ein Kind mit dir wäre mein sehnlichster Wunsch«, gestand ich. »Wie gern würde ich wieder ein Kind im Arm halten! Einen kleinen Netanja Ibn Daud.«

Ihre Schultern zuckten. Ihre Tränen tropften auf meine Brust, als sie lautlos weinte.

Sanft wiegte ich sie, bis sie sich beruhigt hatte.

Dann setzte sie sich auf. »Es tut mir Leid«, murmelte sie und wich meinem Blick aus. »Es ist nur … Die letzten Tagen waren sehr anstrengend. Die Trennung von Tristan …« Sie biss sich auf die Lippen, um nicht gleich wieder in Tränen auszubrechen.

»Ich bin durstig nach dem Ritt.« Sie erhob sich vom Bett und brachte ihr Kleid in Ordnung, ohne mich dabei anzusehen. »Ich werde uns zwei Gläser Wein holen. Ich bin gleich zurück!«

Ich ließ mich in die Kissen fallen und starrte in das flackernde Licht der Kerze. Was war denn bloß geschehen? Was hatte sie so tief verletzt, dass sie vor mir floh, weil sie meine Nähe nicht ertrug? Traurig drehte ich mich auf die Seite und vergrub meinen Kopf im Kissen. Wie hatte ich ihr nur so wehtun können?

Meine Hand glitt unter das Kopfkissen – dann spürte ich es.

Ein Ring?

Ich zog ihn unter dem Kissen hervor und betrachtete ihn: Es war ein Saphirring, der einen eingerollten Brief umschloss.

Ungläubig starrte ich auf den Ring in meiner Hand.

Tristans Ring!

Und ein Brief?

Ich weiß nicht, warum ich ihn nicht einfach auf den Nachttisch legte – oder zurück unter das Kopfkissen, wo sie ihn doch offenbar versteckt hatte. Celestinas Tränen hatten mich sehr aufgewühlt. Weinte sie wegen dieses Briefes? Was hatte Tristan ihr geschrieben?

Mit zitternden Fingern, als ahnte ich, was ich gleich lesen würde, zog ich Tristans Ring vom eingerollten Schreiben und strich es glatt.

Es war ein Brief, der mich in der Tiefe meiner Seele berührte.

In bewegenden Worten dankte Tristan ihr für ihre innige Freundschaft, für das Vertrauen und die Liebe.

›Ich sehne mich nach dir! Nachts liege ich allein in meinem Bett, umarme das Kissen neben mir und weine mich in den Schlaf. Wie glücklich waren wir noch vor ein paar Tagen!‹, hatte er geschrieben. Ein paar trostlos-traurige Zeilen weiter las ich von ihrer gemeinsamen Reise nach Florenz:

›Wie oft denke ich daran, wie wir uns mitten in der Nacht in die kleine Kapelle des Palazzo Medici schlichen und zwei Kerzen entzündeten! Erinnerst du dich? »Unsere Liebe ist wie das Licht dieser Kerzen«, hast du gesagt. »Wir können es nicht festhalten. Aber wir können das Licht in uns bewahren, damit es unsere Seelen erleuchtet und unsere Herzen wärmt. Und wir können die Flamme hüten und vor dem Sturm bewahren. Denn wenn das Licht verlöscht, ist es zu spät. Für immer.«

Mein Licht ist nicht erloschen, Celestina. Jede Nacht brennt die Kerze neben meinem Bett, während ich voller Sehnsucht darauf warte, dass du zu mir zurückkehrst.‹

Ich war zutiefst verstört, als ich seine Worte las. Aber ich konnte Tristans Brief nicht weglegen, und so quälte ich mich bis zum Ende durch seine traurigen Zeilen:

›Als wir in Florenz die Ringe tauschten, habe ich dir geschworen, dass ich dich lieben werde, bis der Tod uns auseinander reißt, und dass ich jeden Tag meines Lebens um dich kämpfen will. Ich bin verzweifelt, Celestina, aber ich gebe nicht auf! Ich werde auf dich warten, gleichgültig, wie lange es dauern wird.

Nimm den Ring zurück, den du mir in jener wundervollen Nacht, der schönsten meines Lebens, an den Finger gesteckt hast, als du mir schworst, mich zu lieben. Bewahre ihn wie die Flamme unserer Liebe und erinnere dich daran, wie glücklich wir waren! Und wenn du so weit bist, dann bring ihn mir zurück und steck ihn mir wieder an den Finger, wie damals in Florenz.

Ich warte auf dich, Celestina! Ich werde immer auf dich warten!

Und denke daran: Vor Gott bin ich dein Mann, und du bist meine Frau.

Dein dich innig liebender Tristan!‹

Bestürzt rollte ich den Brief zusammen und steckte ihn wieder in den Saphirring.

O Gott, was hatte ich getan! Ich hatte ihre Liebe zerstört!

Tristan und Celestina waren verlobt!

Ein furchtbarer Schmerz durchzuckte meine Brust.

Ich hatte … Nein, ich wagte kaum, daran zu denken! … ich hatte mich versündigt … Nach jüdischem Recht waren Tristan und Celestina so gut wie verheiratet.

»Adonai, vergib mir! Ich wusste doch nicht, dass sie sich einander versprochen hatten! Der Topasring an ihrem Finger … die Rosen auf der Treppe … Tristans verletzte Gefühle während des Banketts im Dogenpalast … Ich wusste doch nicht, dass sie heiraten wollten!«

Deshalb war Celestina so verstört gewesen, als ich sie fragte, ob sie meine Frau werden wollte! Deshalb hatte sie geweint, als ich ihr meinen Herzenswunsch nach einem Kind gestand! Sie hatte mir nicht in die Augen sehen können. Jetzt verstand ich, warum!

War denn unsere Liebe wirklich nur eine Affäre, wie Tristan sie vor ein paar Tagen genannt hatte? Eine Liaison amoureuse, deren hell loderndes Feuer viel zu schnell erlöschen würde? Die Liebesbeziehung eines Juden und einer Christin, die, wie wir uns ehrlich eingestehen mussten, doch nie eine Zukunft haben konnte? Eine stürmische Affäre, nach deren tränenreichem Ende sie sich wieder in Tristans Arme werfen würde, da er ihr die Sicherheit gab, die ich ihr niemals geben konnte, weil ich ein Jude war? Ein Jude, der niemals etwas anderes sein wollte als ein Jude, weil es das Letzte war, was ihm in seinem Leben geblieben war!

Wie hatte ich auch nur einen Moment lang annehmen können, sie könnte mit mir glücklich werden?

Celestina war die Liebe meines Lebens! Doch nun hatte ich sie für immer verloren! Nach ihr konnte ich keine andere Frau mehr lieben – nicht Rebekka und auch nicht Lea. Nie mehr würde ich lieben. Mein Herz würde wieder erfrieren. Für den Rest meines Lebens würde ich wieder allein sein und so gottverlassen einsam wie in den hoffnungslosen Jahren nach Sarahs Tod.

Mein Leben hatte nun endgültig seinen Sinn verloren: denn ohne Celestina konnte ich das *Verlorene Paradies* nicht erschaffen!

Wäre ich an jenem Karfreitag doch mit Sarah und meinem Sohn auf dem Scheiterhaufen gestorben! Hätte ich mich doch von David und Aron losgerissen und in die Flammen geworfen!

Sarah, meine geliebte Sarah war gestorben, damit ich weiterleben konnte! Ich hatte die Gelübde des Nazirats abgelegt, hatte mich Gott geweiht und hatte mit meinem ganzen Herzen und meiner ganzen Seele versucht, heilig zu werden – ein Nazoräer! Aber ich war so unheilig geworden, wie ich es nur sein konnte! Jedes Gebot hatte ich gebrochen!

O Gott, diese Schuld!

Vielleicht war es am besten, wenn ich ging, bevor sie zurückkehrte, wenn ich ihr und mir eine tränenreiche Trennung ersparte und sie ohne ein Wort des Abschieds verließ.

Wozu Worte verschwenden, die am Ende doch nichts anderes waren als die Rechtfertigung einer Schuld, die unentschuldbar war. Ich hatte Tristans Ehe gebrochen, wie zuvor die Ehe meines Bruders David. Diese Sünde würde Adonai mir niemals vergeben!

Bebend vor Scham und vor Enttäuschung über meine furchtbare Tat erhob ich mich vom Bett und brachte meine Kleidung in Ordnung. Dann legte ich Tristans Brief mit seinem Ring auf das Kopfkissen.

Leise schlich ich die Treppe hinunter, lauschte einen Herzschlag lang auf Celestinas verzweifeltes Schluchzen, das aus Menandros' Schlafzimmer drang, dann zog ich lautlos die Tür hinter mir ins Schloss.

Ich hatte immer gedacht, Sarahs Tod wäre der schlimmste Augenblick meines Lebens. Doch ich hatte mich getäuscht.

Wie Recht hatte Celestina gehabt, als sie schrieb:

›Der furchtbarste Augenblick im Leben des Menschen ist nicht der, in dem er erkennt, dass, obwohl er sein Leben lang mit aller Kraft gekämpft hat, seine Hoffnungen sich nicht erfüllen werden, sondern der, in dem er sich bewusst wird, dass er keine Hoffnungen mehr hat, keine Wünsche, keine Träume, keine Visionen …

… nichts, wofür es sich zu leben lohnt.‹

❧ Celestina ☙

Kapitel 13

»… und dann habe ich ihn gefragt, ob er sich Kinder wünscht«, schluchzte ich.

Menandros setzte sich im Bett auf und umarmte mich tröstend.

»Einen Sohn mit mir zu haben, das wäre sein Herzenswunsch. Wie gern würde er wieder ein Kind im Arm halten! Einen kleinen Netanja. Meine Tränen haben ihn verletzt. Nach Benjamins Tod wünscht er sich so sehr einen Sohn! Aber ich … *ich kann doch keine Kinder bekommen!*«, schrie ich meine Seelenqualen hinaus.

Menandros zog mich neben sich auf das Bett, legte den Arm um mich und ließ mich weinen.

Schließlich wischte ich mir die Tränen ab. »Was soll ich tun, Menandros? Soll ich ihm die Wahrheit sagen – dass ich ihm niemals ein Kind schenken kann? Keinen Sohn, der die Dynastie der Ben Davids fortsetzen kann.«

»Sag ihm die Wahrheit, wie du sie mir im Katharinenkloster gesagt hast«, presste er hervor. »In der Kapelle des brennenden Dornbusches hast du mir gestanden, dass du mich als vertrauten Freund haben willst, nicht als Geliebten.«

»Seit drei Jahren hoffst du, dass sich meine Gefühle ändern«, erwiderte ich.

»Diese Hoffnung werde ich niemals aufgeben, Celestina«, murmelte er. »Ich liebe dich!«

Ich küsste ihn auf die Lippen. Verzweifelt erwiderte er meinen Kuss und schlang seine Arme um meine Schultern.

»Deine Liebe bedeutet mir sehr viel«, flüsterte ich, dann befreite ich mich aus seiner Umarmung. »Ich gehe jetzt zu Elija.«

»Was wirst du ihm sagen?«

»Ich werde ihn fragen, ob er mich noch will, auch wenn wir keine Kinder haben können. Und dann werde ich ihn bitten, seine Sachen zu packen und in die Ca' Tron zu ziehen. Keinen Augenblick meines Lebens will ich mehr ohne ihn sein. Vor aller Welt will ich bekennen: Das ist der Mann, den ich liebe.«

Ich strich Menandros über das Haar und küsste ihn auf die Wange, dann erhob ich mich von seinem Bett und verließ ihn.

Aus der Vorratskammer holte ich eine Karaffe mit einem schweren, süßen Rotwein. Es war ein sehr alter Montepulciano, den ich für besondere Stunden aufgehoben hatte.

Mit der Glaskaraffe in der einen Hand und zwei Kristallgläsern in der anderen stieg ich langsam die Stufen zu meinem Schlafzimmer hinauf.

Flackernder Kerzenschein fiel durch die geöffnete Tür auf die Treppe. Es war sehr still im Raum. Ob Elija schon schlief?

Mit der Schulter schob ich die Tür auf und trat ein.

Elija war fort!

Das Bett war zerwühlt. Die Decken hatten wir bei unserem Liebesspiel auf den Boden geschleudert. Die Kopfkissen …

Dann sah ich es!

Auf einem der Kissen lag ein zusammengerollter Brief.

Mit zitternden Händen stellte ich den Wein und die Gläser auf den Nachttisch, sank auf das Bett und griff nach dem Schreiben, das in einem Saphirring steckte.

Tristans Ring!

Der Ring, den ich ihm in Florenz an den Finger gesteckt hatte!

Tristan hatte mir geschrieben? Wann? Wieso lag sein Brief auf meinem Kopfkissen? Wer hatte ihn dorthin gelegt?

Und wo war Elija?

Eine furchtbare Ahnung zerriss mir beinahe das Herz: Er hatte Tristans Brief gelesen!

Hastig zog ich den Ring ab und las, was er mir geschrieben hatte.

›Ich sehne mich nach dir!‹, las ich. ›Nachts liege ich allein in meinem Bett, umarme das Kissen neben mir und weine mich in den Schlaf. Wie glücklich waren wir noch vor ein paar Tagen!

Nimm den Ring zurück, den du mir in jener wundervollen Nacht,

414

der schönsten meines Lebens, an den Finger gesteckt hast, als du mir schworst, mich zu lieben. Bewahre ihn wie die Flamme unserer Liebe, und erinnere dich daran, wie glücklich wir waren! Und wenn du so weit bist, dann bring ihn mir zurück und steck ihn mir wieder an den Finger, wie damals in Florenz.

Ich warte auf dich, Celestina! Ich werde immer auf dich warten!

Und denke daran: Vor Gott bin ich dein Mann, und du bist meine Frau. Dein dich innig liebender Tristan!‹

Ein verzweifelter Schrei entrang sich meinem Herzen.

Elija hatte diesen Brief gelesen! Zutiefst verletzt von seinen Worten und meinen Tränen hatte er geglaubt, dass ich Tristan niemals aufgeben würde. Er war gegangen!

Er hatte mich verlassen – ohne ein Wort der Vergebung!

In der Seele getroffen brach ich zusammen. Ich sank auf das Bett und weinte.

Menandros stürzte in den Raum – er hatte meinen Schrei gehört.

»Um Himmels willen!«, rief er entsetzt und kniete sich neben mich. »Celestina, was ist denn geschehen?«

»Er ist weg!«

Menandros' Blick irrte zum Bett: Tristans Ring und sein Schreiben lagen auf dem Kopfkissen. Seine Augen funkelten im Kerzenschein.

Er hatte von dem Brief gewusst!

Als er sich neben mich aufs Bett gesetzt hatte, begann er, mich auszuziehen. Anschließend klopfte er das Kopfkissen zurecht und deckte mich zu.

»Du hast Tristans Brief so versteckt, dass Elija ihn finden musste, nicht wahr?«

»Es ist besser so. Eure Beziehung war zum Scheitern verurteilt. Und sie ist ja auch gescheitert. Er hat dich verlassen.« Er strich mir zärtlich über das Haar und wollte mich auf den Mund küssen, aber ich wandte das Gesicht ab, und seine Lippen streiften nur meine Wange.

»Nun hast du dein Ziel erreicht, Menandros«, sagte ich leise, und mein verbitterter Tonfall verletzte ihn. Wie hatte er mir das nur antun können! »Tristan und Elija haben mich verlassen. Nun hast du mich ganz für dich allein.«

»Ich werde dich niemals verlassen, Celestina«, schwor er. »Niemals, solange ich lebe!«

Noch ganz benebelt von dem Opium, das Menandros mir zur Beruhigung gegeben hatte, lag ich auf dem Bett und starrte in die Finsternis der frühen Morgenstunden. Bei jedem leisen Geräusch dachte ich, es wäre Elija, der zu mir zurückkäme. Doch jedes Mal war es nur der Wind von der Lagune.

Elija kam nicht.

Im Schlaf hatte Menandros schützend seinen Arm um mich gelegt, wie damals in der Wüste. Er war sehr gefühlvoll um mich besorgt und hatte mich nicht allein gelassen.

Um ihn nicht zu wecken, entwand ich mich vorsichtig seiner Umarmung und setzte mich auf. Berauscht vom Opium erhob ich mich und wäre beinahe gestürzt – mir war schwindelig!

Wie schwerelos schwebte ich zur Schlafzimmertür, die nur angelehnt war. Dann huschte ich durch mein Arbeitszimmer, bis ich zitternd auf den Stuhl vor meinem Schreibtisch sank.

Ich fühlte mich elend.

War die Übelkeit eine der Nebenwirkungen des Opiums?

Erschöpft lehnte ich mich auf dem Sessel zurück, zog die nackten Beine an und legte meine Arme um die Knie. Ich schloss die Augen und dachte an Elija, der mich verlassen hatte und der genauso litt wie ich.

Mein Liebster, komm zurück zu mir!

Ich griff nach meinem Manuskript, das seit Tagen unberührt auf dem Schreibtisch lag. *Über die Würde und die Erhabenheit des Menschen.* Im Mondlicht flog mein Blick über die Seiten, die ich vor Monaten geschrieben hatte und die Gianni das ›Credo der Humanitas‹ nannte.

Wie unsinnig, wie nichtig war, was ich geschrieben hatte!

Wenn ich in den Sprachen der Menschen und der Engel rede, aber die Liebe nicht habe, bin ich nichts. Wenn ich als Humanistin Erfolg und Ruhm gewinne, aber die Glückseligkeit nicht habe, habe ich nichts. Glaube, Hoffnung, Liebe … die größte von diesen ist die Liebe. Ich hatte alle drei verloren.

Und ich hatte Elija verloren.

Ich kämpfte gegen die aufsteigende Übelkeit. Ich schlug mir die Hand vor den Mund und hastete zur Treppe, die Stufen hinunter, hinaus in den Garten.

Zitternd fiel ich zwischen den Rosenbeeten auf die Knie und übergab mich. Dann brach ich zusammen.

Menandros kniete sich neben mich. Hatte ich ihn geweckt?

Behutsam strich er mir das schweißnasse Haar aus der Stirn. »Ich bringe dich ins Bett«, versprach er mir. Dann hob er mich hoch und trug mich die Treppen hinauf ins Schlafzimmer.

In seinen Armen schlief ich endlich ein.

»… mir solche Sorgen gemacht! Wie geht es ihr?«, riss seine Stimme mich aus meinen Träumen.

»Sie leidet unter der Trennung. Sie hat furchtbare Angst vor der Einsamkeit, aber ich habe sie keinen Augenblick allein gelassen. Ich habe ihr Opium gegeben, damit sie endlich zur Ruhe kommt. Seit heute Morgen schläft sie tief und fest – den ganzen Tag ist sie nicht aufgewacht. Sie träumt – *von ihm*.« War das Menandros?

In der Finsternis versuchte ich, etwas zu erkennen: zwei Schatten neben der Tür, die sich leise unterhielten.

»Ich will mit ihr reden.«

»Das halte ich nicht für …«

»Menandros, ich dulde dich in diesem Haus … Lass mich gefälligst ausreden! … Ich sagte: Ich *dulde* dich in diesem Haus, denn Celestina liegt sehr viel an eurer Freundschaft. Aber ich warne dich: Wenn du noch einmal versuchst, uns zu trennen, sorge ich dafür, dass du mit dem nächsten Schiff nach Griechenland segelst – ins Athos-Kloster.«

Menandros schwieg betroffen.

»Und jetzt lass mich zu ihr!«, herrschte ihn der andere an, packte Menandros ungeduldig an den Schultern und schob ihn auf die Seite, um sich neben mich auf das Bett zu setzen.

Er strich mir die Haare aus der Stirn. Dann küsste er mich so sanft wie damals, als ich vor fünf Jahren todkrank in diesem Bett gelegen hatte und er sich hingebungsvoll um mich kümmerte.

»Mein Schatz, endlich habe ich dich wieder!«

»Tristan«, hauchte ich und umarmte ihn.

»Wie geht es dir? Menandros sagt, du hättest letzte Nacht stundenlang geweint, als Elija dich verlassen hat.«

Eine Seele in zwei Körpern – das waren wir!, wollte ich in meinem Schmerz hinausschreien. Meine Seele ist mir fortgerissen, und mein Herz blutet. Ich stürze haltlos in den Abgrund, in die finstere Leere in mir selbst, in die Traurigkeit und in die Sehnsucht nach ihm, dem besten aller Menschen.

»Ich fühle mich … schon viel besser«, log ich, um Tristan nicht noch mehr wehzutun. »Ich bin so froh, dass Menandros dich gebeten hat zu kommen …«

»Das hat er nicht getan.«

»Woher weißt du denn …?«

»Elija war vor einer Stunde bei mir. Sein Bruder David hat ihn begleitet. Danach bin ich sofort zu dir geeilt.«

»Er war bei dir?«

»Er bat mich um Vergebung«, nickte Tristan. »Seine Worte haben mich sehr berührt. Elija gestand mir, er wäre in seinem Leben noch nie so glücklich gewesen wie mit dir. Du wärst das Licht in seinem dunklen Leben gewesen, seine Hoffnung und sein Glück. Er war so traurig und so hoffnungslos, als er mir beim Abschied sagte: ›Tristan, liebe sie so sehr du kannst. Und mach sie glücklich!‹«

»Hast du ihm vergeben?«

Tristan nickte. »Und dann sagte er noch etwas, das ich nicht verstanden habe.«

»Was?«, flüsterte ich.

»Er sagte, er wolle sich Gott weihen.«

Ich setzte mich auf. »Ich muss mit ihm reden …«

Tristan hielt mich fest. »In Florenz haben wir uns geschworen, einander niemals die Freiheit zu nehmen«, erinnerte er mich. »Darum

bitte ich dich: Nimm *ihm* jetzt nicht seine Freiheit und seine Selbstbestimmung. Respektiere seine Entscheidung!«

In aller Eile stopfte ich das Hemd in die enge Hose und zog eine
schwarze Samtjacke über. Dann schlich ich zur Treppe und horchte
in die Finsternis – aber alles war ruhig.

Tristan war um Mitternacht zu einer Sitzung des Zehnerrats aufgebrochen. »Es tut mir Leid, dass ich dich heute Nacht allein lassen
muss, doch als Vorsitzender des Consiglio dei Dieci muss ich an dieser Beratung teilnehmen. Der Mörder des kleinen Moses Rosenzweig
wird heute Nacht zum Tode verurteilt. Ich verspreche dir, ich werde
nach der Sitzung so schnell wie möglich zu dir kommen und nach
dir sehen«, hatte er geflüstert und mir ein »Ich liebe dich!« auf die
Lippen gehaucht. Dann war er gegangen.

Und ich hatte stundenlang schlaflos auf dem Bett gelegen.

Elija war zu Tristan gegangen und hatte ihn um Vergebung angefleht. Ich hatte doch die Schuld auf mich geladen, nicht er!

Leise huschte ich die Stufen hinunter. Vor Menandros' Schlafzimmer hielt ich inne. Die Tür war offen, und ich trat ein.

Menandros hatte das Gesicht im Kopfkissen vergraben. Seine
Hand umklammerte das vergoldete Bild von Iesous Christos, das er
gemalt hatte.

Seit Elija ihm seinen Glauben fortgerissen hatte, seine Heilsgewissheit und den Sinn seines Lebens als orthodoxer Priester, war Menandros traurig und verzweifelt. Er betete sehr viel, zog sich in sich selbst
zurück und dachte nach. Iesous Christos war ihm zeit seines Lebens
ein Vorbild gewesen, die goldschimmernde Ikone des vollkommenen
Menschen, der Menandros so gern sein wollte.

Er fürchtete sich vor der Einsamkeit, vor dem inneren Schweigen
und dem lähmenden Schmerz eines erfrorenen Herzens. Und er
sehnte sich so sehr nach Liebe und Geborgenheit! Der Berg Athos,
einst das Ziel seiner Sehnsucht, wäre jetzt die Hölle für ihn gewesen.

Ganz sachte zog ich das zerwühlte Laken über seinen nackten Körper und deckte ihn zu.

Dann schloss ich leise die Tür hinter mir, schlich die Treppe hinunter und huschte durch das Portal hinaus auf den nächtlichen Campo. Durch die Finsternis – die Fackeln waren schon vor Stunden gelöscht worden – rannte ich zur Kirche San Stefano hinüber. Über den schmalen Rio eilte ich weiter zum Campo San Angelo.

Beinahe wäre ich einem Signor di Notte in die Arme gelaufen!

Ich hielt den Atem an und drückte mich an die Backsteinfassade der Augustinerkirche. Er schlenderte in Richtung des Campo San Luca. Ich konnte weder an ihm vorbeischlüpfen noch ihm folgen. In der schmalen Gasse, wo vor einigen Wochen das Attentat auf mich verübt worden war, hätte er mich bemerkt!

Was sollte ich tun?

An der Kirchenfassade entlang lief ich in eine dunkle Calle, die nach Osten führte. Rechts über eine schmale Brücke, dann links über einen kleinen Campiello, vorbei an einer Kirche und über einen Rio in Richtung Piazza San Marco. An der Fondamenta Orseolo entlang rannte ich keuchend nach Norden, in die Gasse, die zum Campo San Luca führte.

Vorsichtig spähte ich um die Ecke: Der Signor di Notte war nirgendwo zu sehen. Kein Feuerschein. Keine Schritte. Alles blieb ruhig.

Erleichtert atmete ich auf, trat aus den Schatten und sah an der Fassade von Elijas Haus empor zu seinem Schlafzimmerfenster.

Kein Licht – alle schliefen.

Ich schlich hinüber zur Haustür und klopfte. Während ich wartete, dass mir geöffnet wurde, strichen meine Finger über die Mesusa rechts neben der Tür. Darin eingefaltet lag ein Pergament mit dem Schma Israel: ›Höre Israel: Adonai ist unser Gott, Adonai unser Herr allein. Und du sollst den Herrn, deinen Gott, lieben mit deinem ganzen Herzen und mit deiner ganzen Seele und mit deiner ganzen Kraft.‹

Was hatte Elija gemeint, als er zu Tristan sagte, er wolle sich Gott weihen?

Mit beiden Fäusten trommelte ich gegen die Tür. Dann trat ich einen Schritt zurück, damit ich von den Fenstern aus gesehen werden konnte.

420

In Davids Schlafzimmer wurde Licht gemacht.

Dann öffnete er das Fenster, um zu sehen, wer mitten in der Nacht gekommen war. Gab es einen Notfall? Lag eine junge Frau in den Wehen? War ein Jude blutig geprügelt worden?

Ich sah zu ihm hoch: Hatte David gestöhnt, als er mich erkannte?

Das Licht verschwand.

Schließlich öffnete er die Haustür.

»Was willst du?«, flüsterte er.

»Ich muss mit Elija sprechen«, erwiderte ich und wollte an ihm vorbei ins Haus huschen. Aber David hielt mich am Arm fest.

»Er will nicht mit dir reden, Celestina.« David wusste nicht, wie er sich mir gegenüber verhalten sollte. Er wandte den Blick ab.

»Elija war heute Abend bei Tristan. Wie geht es ihm?«

»Was glaubst du wohl, wie es ihm geht?«, fragte David verbittert. »Du hast ihn sehr verletzt.«

Als David im Kerzenschein mein Gesicht sah, mäßigte er seinen Ton:

»Elija hat die Nacht in der Synagoge verbracht. In seiner Verzweiflung hat er mit Gott gerungen – wie so oft in den hoffnungslosen Jahren seit Sarahs Tod ... seit er selbst um ein Haar in den Flammen des Scheiterhaufens gestorben wäre. Als ich heute Früh zum Morgengebet in die Synagoge ging, lag er auf dem Boden vor dem Tora-Schrein.

Ich habe ihn ins Bett gebracht. Elija hat den ganzen Tag weder gegessen noch getrunken. Es ist, als ob sein Lebenswille mit Gewalt aus ihm herausgerissen wurde. Er ist so still und in sich gekehrt, so verzweifelt wie in jenen traurigen Jahren nach Sarahs Tod, bevor er dich kennen lernte und du ihn zum Leben erweckt hast.«

»Ich will mit ihm reden, David! Lass mich zu ihm!«

»Er ist nicht hier.«

Seine Worte trafen mich wie eine Faust. »Wo ist er?«

»Celestina, ich bitte dich«, flehte er mich an. »Quäle ihn doch nicht! Er leidet so sehr!«

Wo war Elija? David hatte ihn zur Ca' Venier gerudert, wo Elija Tristan um Vergebung angefleht hatte. Dann war er allein nach Hause zurückgekehrt.

Ich ahnte, wo ich Elija finden würde: bei seinem Freund, der ihn wie kein anderer verstehen würde. Jakob hatte während der Judenverfolgung in Köln seine Frau verloren.

Atemlos hastete ich zurück zur Ca' Tron und vergewisserte mich, dass Tristan noch nicht zurückgekehrt war. Dann stieg ich in die Gondel und ruderte den Canalazzo entlang in Richtung Hafen. Der Rio di San Vio und der Rio di San Gervasio waren nachts mit Ketten gesperrt, und ich musste zwischen den im Bacino di San Marco ankernden Schiffen hindurchfahren.

Mitten in der Nacht war es im Hafen lebensgefährlich. Und so blieb mir fast das Herz stehen, als ich ein plätscherndes Geräusch hörte. Ein Boot, nur wenige Ruderschläge entfernt. Zwei Männer!

Waren sie Signori di Notte? Oder betrunkene Matrosen, die nach einem nächtlichen Gelage auf ihre Schiffe zurückkehrten?

Hastig zog ich das Ruder aus den Wellen, damit kein Geräusch mich verriet. Das Holz der Gondel knarzte, als ich mich duckte, um nicht entdeckt zu werden.

Mit angehaltenem Atem wartete ich, bis das andere Boot in Richtung San Marco vorbeigefahren war. Dann steuerte ich die Gondel zwischen den Segelschiffen hindurch und bog in den Canale della Giudecca ein, um zu Jakobs Haus hinüberzurudern.

Als ich die Insel Giudecca erreichte und die Gondel festmachte, dämmerte es bereits. Ich sprang auf den Bootssteg, lief zum Haus und klopfte.

Jakob schien auf jemanden gewartet zu haben, denn er öffnete sofort. Als er mich erkannte, hätte er vor Schreck beinahe die Kerze fallen gelassen. »Celestina? Was tust du denn hier so früh am Morgen?«

»Ich muss mit Elija sprechen. Ist er bei dir?«

»Nein«, sagte er zögernd. »Nicht mehr.«

Elijas Liebe zu mir, die alle Gebote brach, war Jakob, dem streng orthodoxen Rabbi, stets ein Dorn im Auge gewesen. Aber er hatte geschwiegen und uns gewähren lassen, weil er sah, wie glücklich Elija und ich miteinander waren.

Jakob blickte mich mitfühlend an. »Elija war die ganze Nacht hier. Wir haben stundenlang geredet. Vor ein paar Minuten ist er nach Hause zurückgekehrt, um ein wenig zu schlafen. Er ist völlig erschöpft. Yehiel rudert ihn gerade hinüber zum Molo.«

Elija war in dem Boot gewesen!

Jakob leuchtete mir ins Gesicht. »Du bist blass. Willst du dich einen Augenblick setzen? Wenn Yehiel zurückkehrt, kann er dich nach Hause bringen. Komm doch herein ...«

»Nein danke, Jakob.«

Ich wollte mich schon abwenden, als er mich aufhielt. »Lass ihn in Ruhe, ich bitte dich! Er hat sich Gott geweiht.«

»Was heißt das?«, fragte ich mit schwacher Stimme.

»Er hat das Gelübde abgelegt – wie damals, als Sarah starb. David war darüber so betroffen, dass auch er den Schwur gelei...«

»Welchen Schwur, Jakob?«

»Das Gelübde des Nazirats. Elija ist ein Nazoräer, ein Wahrer des Gesetzes – und wie Jeschua und seine Brüder hat er sich Gott geweiht.« Jakob seufzte resigniert und hoffnungslos – offenbar hatte er die Entscheidung seines Freundes nicht ohne Widerspruch hingenommen. »Das Streben nach Heiligkeit und Vollkommenheit scheint der Familie Ben David schon immer im Blut gelegen zu haben.«

Wie lange hatte mein Lebensschiff mit flatternden Segeln gegen den Sturmwind gekreuzt, wie lange hatte es vernichtenden Schicksalsschlägen standgehalten! Nun war es an den Klippen zerschellt.

An die Brüstung der Dachterrasse gelehnt, sah ich zu, wie die Sonne in einem apokalyptischen Inferno aus dem rotglühenden Meer auftauchte. Die Wolken des Himmels brannten lichterloh.

Was ich in diesem Augenblick fühlte, weiß ich nicht mehr. Da war nur Leere in mir. Finsternis. Stille. Und das Gefühl, mit Elija mich selbst verloren zu haben.

Wer war ich ohne ihn?

»Du verlierst dich, wenn du liebst«, sagte Tristan, als er hinter mich trat, mich umarmte und einen Kuss in den Nacken hauchte.

Ich lehnte mich gegen ihn und genoss seine Wärme.

»Du hast an *ihn* gedacht, nicht wahr?«

»Ich werde ihn niemals vergessen.«

»Celestina, ich liebe dich, weil du bist, wie du bist«, flüsterte er bewegt und drehte mich zu sich um. »Ich weiß, wie sehr du ihn geliebt hast. Glückselig ist der Mensch, dem du deine Liebe schenkst, deine Zärtlichkeit, deine Leidenschaft und deine tiefsten Gefühle.« Er küsste mich und hielt mich fest. »Mach mich glücklich, Celestina! Liebe mich. Ich sehne mich nach dir. Ohne dich kann ich nicht leben.«

Wie Tristan sich bemühte, mich aus meiner Traurigkeit zu reißen und mir ein Lächeln auf die Lippen zu zaubern! Er hatte sich ein paar Tage frei genommen, die er mit mir verbringen wollte. Mit unseren Pferden und unserem Gepäck – »Keine Bücher!«, darauf hatte er bestanden – ließen wir uns zur Terraferma hinüberrudern und ritten nach Padua.

Während wir am Spätnachmittag in den Gassen spazieren gingen, hielt Tristan meine Hand und spielte mit dem Topasring. Er machte mir Geschenke – ein Rosenparfum, seidene Handschuhe und einen Fächer – aber auf eine sehr feinfühlige Weise, sodass ich nie das Gefühl hatte, er wolle mich zurückkaufen.

In jener Nacht in Padua fühlte ich mich in seinen Armen geborgen. Tristan war sehr zärtlich, doch er bedrängte mich nicht, mit ihm zu schlafen.

Er war so glücklich, dass ich zu ihm zurückgekehrt war!

Am nächsten Morgen ritten wir weiter nach Ferrara, wo wir zwei Tage blieben. Herzog Alfonso d'Este und seine Gemahlin, die Papsttochter Lucrezia Borgia, empfingen uns im Castello Estense.

Am Morgen nach dem Empfang besuchten Tristan und ich die Sehenswürdigkeiten von Ferrara: das Geburtshaus von Fra Girolamo Savonarola, der vor Jahren in Florenz die Gottesherrschaft eingeführt hatte und auf Befehl von Papst Alexander VI., Lucrezias Vater, in Florenz hingerichtet worden war, die Kathedrale und die Arkaden am Seitenschiff des Doms, wo viele kleine Läden geöffnet hatten. Als ich mich – »mit leuchtenden Augen«, wie Tristan glücklich lächelnd bemerkte – durch einen dunklen, verstaubten Buchladen wühlte, fand ich ein sehr seltenes und überaus kostbares Buch, das er mir schenkte.

Arm in Arm verließen wir den Laden, um die berühmte Via delle Volte zu suchen, eine schmale Gasse, die von malerisch gemauerten Torbögen überschattet war – Lucrezia Borgia hatte mir während des Abendessens davon erzählt.

Als wir ein paar Schritte gegangen waren, hielt ich plötzlich inne: Wir standen am Eingang zum Judenviertel, wie uns ein Schild auf Hebräisch und Italienisch kundtat. Aus der Synagoge wehte der Gesang der Gläubigen zu mir herüber. Es war Sabbat!

Der Schmerz zerriss mir fast das Herz, als ich mir vorstellte, wie Elija die Tora zur Kanzel trug, um daraus vorzusingen. Ganz in Gedanken versunken schritt ich – wie an jedem Sabbat seit wir uns begegnet waren – zur Synagoge hinüber.

Tristan stellte sich mir in den Weg.

»Celestina!«, flüsterte er zutiefst betroffen. Dann nahm er meine Hand und zog mich fort.

Wie er sich bemühte, mich auf andere Gedanken zu bringen. Wie behutsam er den Arm um mich legte, mich durch die Stadt zur Via delle Volte führte. Wie zärtlich er mich im Schatten eines der Bögen liebkoste.

Er war glücklich, als ich ihm seinen Ring wieder an den Finger steckte. Vor Gott und der Welt waren wir wieder ein Paar.

In jener Nacht, als Tristan mit einem seligen Lächeln eingeschlafen war, lag ich wach. War die wundervolle Zeit mit Elija nur eine zum Scheitern verurteilte Affäre gewesen? Stürmische Leidenschaft und ekstatische Lust? Verliebtheit in das, was wir in den Augen des anderen zu erkennen glaubten – uns selbst?

Nein, da war mehr gewesen.

Glückseligkeit.

Erfüllung.

Wie ich mich nach ihm sehnte!

Durch die sumpfige Po-Ebene ritten Tristan und ich am nächsten Morgen nach Comacchio in der Nähe des Meeres. Die stillen Kanäle der Stadt, in denen sich ganz zauberhaft die bunten Häuser spiegelten, erinnerten mich ein wenig an Murano.

Im Hafen bestiegen wir ein Schiff, das uns nach Venedig bringen sollte. Am Delta des Po entlang segelten wir nach Norden, erreichten Chioggia in der Laguna Veneta und legten schließlich im Hafen von Venedig an.

Ich war froh, als ich endlich wieder festen Boden unter meinen Füßen spürte. Auf dem Schiff war ich seekrank geworden und hatte mich mehrmals übergeben. Tristan hatte sich sehr taktvoll um mich gekümmert.

Als wir bei Sonnenuntergang den Bootssteg der Ca' Tron erreichten, umarmte er mich zum Abschied:

»Es fällt mir so schwer, dich heute Abend zu verlassen. Die letzten Tage mit dir waren unbeschreiblich schön. Wie gern würde ich alle meine Tage und Nächte mit dir verbringen!« Während er zärtlich seine Nase an meiner Wange rieb, spielte er mit dem Ring an meinem Finger. »Ich wäre sehr glücklich, wenn du in den nächsten Tagen zu mir in die Ca' Venier ziehen würdest.«

Ehrlich gesagt: Ich hatte Angst.

Aber ich hatte es Elija versprochen!

Und so machte ich mich am nächsten Morgen nach einer durchwachten Nacht auf den Weg zum Palazzo Grimani, wo der Prokurator mich sehr freundlich empfing. Das Buch über Megas Alexandros hatte Antonio Grimani mit Feuereifer verschlungen. Wann ich wohl das Buch meines Vaters vollenden würde? Und ich antwortete: Schon in den nächsten Wochen. Mit leuchtenden Augen bat er mich um eine Abschrift.

Beim Abschied überreichte ich ihm den versiegelten Umschlag mit den Papieren, die ich während der Nacht geschrieben hatte, und bat Antonio Grimani, ihn in seinem Tesoro sicher für mich zu verwahren. Er wog den schweren Umschlag in seiner Hand: Ein neues Manuskript? Da ich ihn nicht anlügen wollte, lächelte ich nur rätselhaft.

Nach dem Besuch im Palazzo Grimani ritt ich zur Residenz des Patriarchen neben der Kathedrale San Pietro in Castello.

Antonio Contarini war überrascht, als sein Sekretär mich in sein Studierzimmer geleitete. Als ich in dem bequemen Sessel vor seinem Schreibtisch Platz genommen hatte, fragte er mich, ob Tristan Venier und ich uns entschlossen hätten zu heiraten. Während ich mich beunruhigt fragte, woher der Patriarch von unserer Liebe wusste, redete er weiter: In San Marco? Mit dem Dogen als Trauzeugen? Und einem anschließenden Empfang im Palazzo Ducale? Das wäre für eine solch bedeutende Verbindung wie die der beiden mächtigsten Familien Venedigs nur angemessen! Ob mein Cousin, Kardinal Giulio de' Medici, sein Kommen zugesagt hätte? Als Patriarch sei es ihm eine große Ehre, Tristan Venier und Celestina Tron *selbst* zu trauen!, versicherte er mir. Wann sollte die Hochzeit denn stattfinden?

Tristan und ich hätten uns noch nicht entschieden, erklärte ich. Sollten wir eines Tages heiraten, dann gewiss in San Marco.

Am Ende unseres Gespräches überreichte ich auch ihm einen versiegelten Umschlag und bat ihn, diesen für mich aufzubewahren.

Als er allzu neugierig das Siegel betrachtete, erklärte ich ihm, dass entweder ich die Dokumente in den nächsten Wochen wieder abholen würde, oder aber ein Gesandter des Vatikans, der auf Befehl Seiner Heiligkeit, Papst Leo, mit bewaffnetem Geleitschutz in Venedig erscheinen würde. Der Patriarch beeilte sich, den Umschlag höchstpersönlich in seinem Tesoro zu verschließen.

Ich war sicher, dass Antonio Contarini das Siegel nicht berühren würde, aus Angst, er könnte es zerbrechen.

Vom Palast des Patriarchen trabte ich die Riva degli Schiavoni entlang zurück nach San Marco. Tauben flatterten auf, als ich die Piazza überquerte und vor den Prokuratien aus dem Sattel sprang. Während ich die vorbereiteten Dokumente aus der Satteltasche holte, eilte ein Diener herbei, um mir die Zügel abzunehmen.

427

Ich trat ein, und der Majordomus nahm mir die Reitgerte ab.

»Ist er da?«, fragte ich ihn, während ich ihm die Handschuhe reichte, die Tristan mir in Padua gekauft hatte.

»In seinem Arbeitszimmer«, nickte er.

Als ich an ihm vorbeihuschen wollte, hielt er mich auf: »Er ist nicht allein! Ihr könnt jetzt nicht …«

»Wer ist bei ihm?«, fragte ich ungeduldig.

»Seine Exzellenz, der Savio Grande Zaccaria Dolfin. Die Exzellenzen haben eine wichtige Bespre…«

»Und jetzt hat er mit mir eine wichtige Besprechung.«

Ich raffte die seidenen Röcke und rauschte an ihm vorbei in den ersten Stock. Hastig stolperte er hinter mir her: Wenn er mich schon nicht aufhalten konnte, wollte er mich wenigstens angemessen bei Seiner Exzellenz ankündigen – vielleicht war die Angelegenheit ja doch wichtig? Immerhin war ich nach so vielen Jahren zum ersten Mal in dieses Haus gekommen.

Als ich Antonios Arbeitszimmer betrat, erhob er sich – wie ich annahm, wohl mehr aus Verwirrung als aus Höflichkeit. »Celestina!«, flüsterte er.

Auch Zaccaria Dolfin war aufgesprungen, als er mich erkannte.

»Mein lieber Zaccaria«, begrüßte ich ihn und hauchte ihm ein »Wie schön, Euch zu sehen!« auf die Wange. Dann ergriff ich seinen Arm und zog ihn zur Tür. »Es ist wirklich schade, dass Ihr schon gehen wollt! Sehen wir uns am nächsten Sonntag in San Marco?«

Zaccaria warf Antonio einen Hilfe suchenden Blick zu, und mein Cousin nickte stumm.

Nachdem der Majordomus den Savio Grande hinausgeleitet hatte, ließ ich mich auf den Stuhl vor Antonios Schreibtisch sinken.

»Warum bist du gekommen?«, fragte er stirnrunzelnd. »Willst du mir den Krieg erklären?«

»Nein. Ich will mit dir über annehmbare Bedingungen für einen Frieden verhandeln.« Als er mich verblüfft anstarrte, sagte ich unverfroren: »Setz dich doch, Antonio! Im Sitzen verhandelt es sich besser.«

Als ich die Dokumente, die ich während der Nacht vorbereitet hatte, zwischen uns auf den Schreibtisch legte, setzte er sich und wartete ab, was ich ihm zu sagen hatte. Er schien verwirrt und verunsichert: Was hatte ich bloß vor?

»Die Kunst des Krieges hat einige wichtige Regeln, die man beherzigen sollte, wenn man den Kampf nicht nur überleben, sondern auch gewinnen will«, belehrte ich ihn. »Regel eins: Greif an, wenn du stark bist und dein Gegner nicht mit deinem Angriff rechnet, und zieh dich zurück, wenn du schwach bist. Regel zwei: Kämpfe niemals auf Schlachtfeldern, auf denen du nicht gewinnen kannst. Regel drei: Verrate niemandem deine wahren Absichten. Oder auf wessen Seite du eigentlich stehst. Regel vier: Lass dich nie zwei Mal von demselben Mann verraten – nicht einmal, wenn er dein Cousin und damit dein nächster Verwandter ist. Sei erbarmungslos mit dem Verräter!«

»Stammen diese Regeln von Alexander dem Großen?«

»Nein, mein lieber Cousin. Sie sind von einem anderen großen Feldherrn: meinem Vater«, erklärte ich, um dann gleich das nächste Gebot zu nennen: »Regel fünf: Kenne deinen Feind wie dich selbst.«

Er holte tief Luft, als wolle er etwas sagen, schwieg dann aber. Sein Blick irrte zu den Papieren zwischen uns auf dem Tisch.

»Regel sechs: Schlage den Feind mit seinen eigenen Waffen!« Dann flüsterte ich: »So che hai fatto – Ich weiß, was du getan hast, Antonio.«

Mein Cousin wurde blass. Seine Hände verkrampften sich um die Lehnen seines Stuhls.

»Bevor ich dir meine Bedingungen für den Frieden zwischen uns nenne, Antonio, will ich …«

»Deine Bedingungen?«, brauste er auf. »Du hältst dich allen Ernstes für den Sieger in unserem Kampf?«

»Aber selbstverständlich!«, lächelte ich zuversichtlich. »Die Anfechtung des Testaments meines Vaters vor fünf Jahren. Dein tätlicher Angriff auf mich und die Vergewaltigungen. Meine Vertreibung ins Exil in Athen. Zwei diffamierende Briefe gegen Tristan und Aron in der Bocca di Leone. Der Zettel an meiner Tür: ›So che hai fatto‹, geschrieben mit Tristans Handschrift. Die illegale Überwachung meines Hauses. Der Kreditvertrag, dessen Betrag und Zinssatz nicht den Bestimmungen der Condotta mit der jüdischen Gemeinde entsprechen und der damit illegal ist. Die Erpressung von Tristan um zehntausend Zecchini. Der Einbruch und der Brand in Aron Ibn Dauds Kontor auf dem Rialto. Das entwendete Kontobuch mit dem Eintrag deiner immensen Schulden bei ihm. Der Mordanschlag auf mich vor einigen Wochen.

Das alles dürfte ausreichen, dich ins Exil zu schicken – wenn der Consiglio dei Dieci gnädig ist. Wenn nicht, dürfte die Anklage wegen versuchten Mordes zu deiner Hinrichtung führen.«

»Ich wollte dich nicht umbringen! Ich wollte dir nur Angst machen, damit du aus Venedig verschwin…«

»Das weiß *ich*. Und das weißt *du*. Aber weiß das auch Tristan, der dich im Rat der Zehn anklagen wird?«

Er schnappte nach Luft.

»Oder Antonio Grimani, der, seit du ihn vor fünfzehn Jahren ins Exil geschickt hast, dein erbittertster Gegner im Consiglio dei Savi ist? Ich habe Signor Grimani heute Morgen einen versiegelten Umschlag gebracht, den er in seinem Tesoro verwahren wird, bis ich ihm sage, was er damit tun soll. Die darin enthaltenen Dokumente sind eine sehr detaillierte Aufstellung deiner Vergehen. Der Patriarch hat einen zweiten Umschlag von mir erhalten.

Solltest du – was ich nicht hoffe! – mit meinen Bedingungen nicht einverstanden sein, werden die beiden Umschläge heute Abend dem Consiglio dei Dieci übergeben werden, durch den Patriarchen und den Prokurator höchstpersönlich. In diesem Fall solltest du heute Nachmittag die wenigen Sachen packen, die du im Kerker des Dogenpalastes benötigen wirst. Ich denke, eine kleine Tasche wird genügen. Du wirst nicht lange dort sein.«

»Du meinst es wirklich ernst!«

»Todernst!«, versicherte ich ihm. »Nun zu meinen Bedingungen.« Ich nahm die Dokumente von seinem Schreibtisch und blätterte darin.

»Ich weiß, dass du in den vergangenen Jahren des Krieges gegen den Papst und den Kaiser der Republik Venedig immer wieder große

Anleihen gegeben hast, die nicht zurückbezahlt wurden, weil die Serenissima bankrott ist. Du hast dich bis über beide Ohren verschuldet, damit der Löwe von San Marco den Krieg um seine Freiheit und Unabhängigkeit fortsetzen kann.

Nach dem Zusammenbruch der venezianischen Banken hast du dich dafür eingesetzt, dass die Juden nach Venedig kamen. Du hast dich an den Verhandlungen der Condotta beteiligt. Vor fünf Jahren musstest du dir bei Aron Ibn Daud Geld leihen, das du bis heute nicht zurückzahlen konntest. Mit anderen Worten: Du hast alles verloren. Du brauchst Geld. Und du willst es *von mir.*«

Ich zog zwei Schriftstücke aus dem Haufen der Dokumente auf meinen Knien und reichte sie ihm.

»Mit dem ersten Vertrag überschreibe ich dir den Palast unterhalb der Akropolis von Athen, den meine Mutter mir hinterlassen hat. Ich schätze, dass er fünfzehn- bis zwanzigtausend Zecchini wert ist. Die Familie Iatros in Athen wird nicht begeistert sein, dass ausgerechnet du den Palast erhältst, aber ich werde Onkel Philippos schreiben und ihm alles erklären.

Der andere Vertrag regelt die Eigentumsrechte meines Landbesitzes auf der Insel Rhodos. Die Weinberge, die Obstplantagen und der Olivenhain bringen weitere zehntausend Zecchini, wenn du sie verkaufst. Das dürfte ausreichen, damit du in den nächsten Jahren deinen kostspieligen Wahlkampf um das Amt des Dogen finanzieren kannst.«

Fassungslos starrte er mich an. »Warum tust du das – nach allem, was zwischen uns geschehen ist?«

»Ich weiß, dass du kein schlechter Mensch bist, Antonio. Deine Motive als Prokurator von Venedig waren immer ehrenwert. Du hast alles geopfert, um den Löwen von San Marco im verzweifelten Kampf um seine Freiheit zu stärken. In diesem endlosen Krieg gegen den Sultan, den Kaiser und den Papst hast du alles verloren. Alles, bis auf deine Ideale. Unbeirrbar hast du weitergekämpft – dafür gebührt dir mein Respekt.

Nach dem Tod meines Vaters hast du dich entschlossen, mich zu opfern, um mit Hilfe meines Erbes den Kampf, in dem dein Cousin Giacomo gefallen ist, weiterführen zu können. Nach der Schlacht von Agnadello hast du dem Maggior Consiglio sogar angeboten, selbst in den Krieg zu ziehen.

Antonio, ich will dir helfen, diesen Kampf um die Unabhängigkeit der Republik Venedig, um meine Freiheit und die Freiheit derer, die ich liebe, nicht nur weiterzuführen, sondern am Ende auch zu gewinnen.«

Ich reichte ihm ein weiteres Schriftstück.

»Das ist eine Vollmacht, die du unterschreiben musst. Sie gestattet es mir, deine Schulden bei Aron Ibn Daud zu tilgen und den Kreditvertrag sicher zu verwahren.«

Er war zutiefst beschämt. »Was verlangst du dafür?«

»Erstens: Du lässt Tristan und mich in Ruhe. Keine Attentate, keine Drohungen, keine Erpressungen, keine Intrigen. Und keine Angriffe gegen Tristan im Senat.«

»Einverstanden.«

»Zweitens: Als einflussreicher Prokurator verhinderst du die Ausweisung der Juden aus Venedig. Du sorgst dafür, dass die Condotta mit der jüdischen Gemeinde verlängert wird. Und du redest mit deinem Freund Zaccaria Dolfin, damit er künftig so unsinnige Vorschläge wie eine Vertreibung der Juden aus Venedig unterlässt.«

Er nickte.

»Drittens: Du wirst Tristan die zehntausend Zecchini, die du von ihm erpresst hast, in den nächsten Tagen zurückerstatten.«

»Das werde ich.«

»Viertens: Du überlässt mir Aron Ibn Dauds Kontobuch, damit ich es ihm wiedergeben kann.«

Wortlos erhob sich Antonio, holte das große Buch aus seinem Tesoro und reichte es mir.

Ich blätterte in dem Folianten, bis ich den Eintrag seines Kredites fand. Dann riss ich die Seite heraus und hielt sie in die Flamme der Kerze auf dem Schreibtisch, bis sie in meiner Hand verbrannte. Den verglühenden Rest warf ich auf den Boden und trat ihn aus.

Danach reichte ich ihm die Feder aus dem Tintenfass, damit er die Verträge und die Vollmacht unterschreiben konnte.

Während er dies tat, fragte er: »Weiß Tristan von unserem Gespräch?«

»Nein, und ich will, dass das so bleibt.«

Er gab mir die drei Dokumente zurück. »Habt ihr euch entschlossen, doch noch zu heiraten?«

Ich lächelte. »Möchtest du eine Einladung zu unserer Hochzeit?«

Auf mein Klopfen öffnete Judith.

»Kann ich einen Augenblick mit Aron sprechen?«

»Komm herein!«, bat sie mich freundlich und schloss die Tür hinter mir. »Elija, David und Aron beten gemeinsam in Elijas Arbeitszimmer. Warte einen Augenblick! Ich werde ihn holen.«

»Danke, Judith.« Ich drückte das Kontobuch und das hölzerne Kästchen gegen meine Brust.

»Du bist blass«, sorgte sie sich. »Es geht dir nicht gut.«

»Seit Elija mich verlassen hat, fühle ich mich miserabel«, gestand ich leise.

»Willst du dich setzen?« Sie wies die Treppe hinauf, wo sich die Wohnräume befanden.

Ich schüttelte den Kopf. »Würdest du bitte Aron holen?«

Sie nickte mitfühlend und verschwand.

Wenig später kam er die Treppe herunter. Er trug noch den Tallit um die Schultern. Er schloss mich herzlich in die Arme und küsste mich auf beide Wangen.

»Wie geht es ihm?«, fragte ich leise.

»Er leidet – so wie du.«

Ich biss mir auf die Lippen. »Du hast auch die Gelübde des Nazirats abgelegt?«

»Ja.«

»Was ist mit deiner Hochzeit mit Marietta?«

»Ich weiß es nicht«, gestand er traurig.

»Ihr wart so glücklich miteinander.«

»So wie Elija und du«, erwiderte er. »Warum bist du gekommen?«

»Ich will dir dein Kontobuch zurückbringen …«

Erstaunt nahm er das große Buch entgegen.

»… und eine Schuld begleichen. Dies ist eine Vollmacht, unterschrieben von Antonio Tron, die mich berechtigt, seinen Kredit bei dir zu tilgen und den Kreditvertrag von dir zu erhalten.« Dann reichte ich ihm das Schmuckkästchen. »Und dies ist der Schmuck, den mir meine Mutter vererbt hat. Er ist sehr alt – er stammt aus dem Familienbesitz der Florentiner und Athener Medici. Ich bitte dich, die Diamanten, Perlen und Saphire für mich zu verkaufen. Der Erlös wird einen großen Teil der Schulden decken. Wegen der restlichen Summe schick Yehiel zu mir, damit ich weiß, wie viel ich dir noch schulde.«

Der Schmuck war die einzige Erinnerung an meine Mutter, die ich noch besaß – da ihre sterblichen Überreste wegen der Pest verbrannt worden waren, hatte sie kein Grab!

»Ich kann das nicht anneh…«

»Ich will es so!« Dann zog ich mir den Ring vom Finger, den Elija mir in Murano gekauft hatte. »Dieser Ring bedeutet mir mehr als die Diamanten und Saphire. Würdest du ihn bitte Elija geben?«

»Soll ich ihm etwas ausrichten?«

»Nein, Aron. Für das, was ich Elija gern sagen will, würden alle Worte dieser Welt nicht ausreichen.«

Ich rang mit den Tränen, flüsterte »Schalom!« und floh hinaus auf den Campo.

Bevor ich auf mein Pferd stieg, sah ich nach oben.

Am Fenster seines Arbeitszimmers stand Elija. Er hatte den Gebetsmantel über den Kopf gezogen und blickte zu mir herunter. Dann barg er mit beiden Händen das Gesicht im Tallit.

David erschien neben ihm am Fenster, warf mir einen traurigen Blick zu, legte den Arm um die Schultern seines Bruders und zog ihn fort vom Fenster.

Leonardo war sehr aufgewühlt, als er Tristan und mich am Sonntag nach dem Gottesdienst in San Marco zum Mittagessen bat. Er hätte etwas sehr Ernstes mit uns zu besprechen.

»Tristan, Celestina, es wird Krieg geben«, erklärte uns der Doge ernst. »König François sammelt ein gewaltiges Heer. Die Franzosen werden in einigen Tagen in Italien einmarschieren – zum dritten Mal seit 1494 und 1499. François hat sich schon bei seiner Krönung zum Herzog von Mailand erklärt. Er will das Herzogtum erobern. Die Kriege gegen Frankreich haben Venedig ruiniert. Diese erneute Invasion ist eine furchtbare Katastrophe!«

Er seufzte aus tiefstem Herzen. »Die Republik Venedig ist mit Frankreich verbündet. Mit anderen Worten: Als Doge von Venedig unterstütze ich die Eroberung des Herzogtums Mailand, unseres Nachbarn im Westen. Das ist der Grund, weshalb ich mit euch beiden reden will …«

Leonardo war besorgt: Tristan hasste die Franzosen, seit sein Vater Marco Venier in der Schlacht von Agnadello getötet worden war. Mit Leonardos französischer Bündnispolitik war er nie einverstanden gewesen – das hatte er seinem väterlichen Freund sehr nachdrücklich gesagt.

Meine Situation war noch komplizierter: Mein Cousin Gianni würde als Papst und damit als mächtigster Herrscher Italiens gegen die Franzosen kämpfen. Sein Bruder Giuliano, der Bannerträger der Kirche, würde die Heere des Papstes nach Norden führen, um die Franzosen aufzuhalten – und die mit ihnen verbündeten Venezianer.

»Angenommen, König François gelingt, was seinen beiden Vorgängern nicht gelungen ist: die Eroberung Italiens. Muss er, um seinen Triumph vollkommen zu machen, nicht auch Venedig besiegen? Angenommen, den Medici gelingt es, König François vernichtend zu schlagen und aus Italien zu verjagen. Wird Papst Leo dann nicht gegen Venedig marschieren, um die aufsässige Republik endlich dem Kirchenstaat einzuverleiben? Um in Venedig römische Bischöfe zu ernennen und die Inquisition einzuführen? Gott steh uns bei!«

Leonardo ließ uns Zeit, über seine Worte nachzudenken.

»Der Löwe von San Marco muss stark sein!«, drang er schließlich in uns. »Ich bin achtundsiebzig Jahre alt und, wie ihr wisst, sehr krank. Vielleicht wird die Serenissima schon in wenigen Monaten einen neuen Dogen wählen.

Tristan, Celestina, Venedig braucht euch! Könnt ihr euch denn nicht endlich auf einen Hochzeitstermin einigen?«

Am nächsten Morgen fühlte ich mich so elend, dass ich Alexia bat, einen Arzt zu holen.

Zuerst hatte ich angenommen, es wären Nebenwirkungen des Opiums, das Menandros mir nach der Trennung von Elija gegeben hatte. Denn sobald ich kein Opium mehr nahm, hatte sich mein Zustand gebessert. In Padua und Ferrara hatte ich mich gut gefühlt – bis zu jener Seereise zurück nach Venedig. Seit diesem Tag war ich krank.

Die Trennung von Elija, die mir das Herz zerriss. Die Friedensverhandlungen mit Antonio und die Überschreibung des Athener Palastes an meinen Cousin. Das Gespräch mit Aron und der schmerzliche Verlust des Schmucks meiner Mutter. Elija weinend am Fenster. Leonardos Drängen auf eine Hochzeit. Das alles war zu viel für mich!

Am Sonntagnachmittag – Tristan befand sich in einer endlosen Sitzung des Maggior Consiglio – war ich zusammengebrochen. Menandros hatte mich ins Bett gebracht und nicht einen Augenblick allein gelassen. Stundenlang hatte er neben mir auf dem Bett gelegen, bis ich endlich eingeschlafen war.

Als ich an diesem Morgen erwachte, fühlte ich mich elender denn je! Und so bat ich Alexia, einen Arzt zu holen.

Eine halbe Stunde später betrat David mein Schlafzimmer, setzte sich auf das Bett und küsste mich auf beide Wangen. »Was ist mit dir?«, fragte er und strich mir über das zerwühlte Haar. »Alexia sagte mir, du wärst schon seit Tagen krank.«

Ich nickte und kämpfte wieder gegen die Übelkeit an.

»Hast du Fieber?« David legte mir die Hand auf die Stirn.

»Nein«, würgte ich und atmete tief durch.

»Ist dir jeden Morgen übel?«, fragte er und ergriff meine Hand, um den Puls zu messen.

»Mhm.«

»Hast du Schmerzen im Unterleib?«

»Mhm.«

»Darf ich dich untersuchen?«

Als ich nickte, schlug er das dünne Laken zurück. Er befühlte meine schweißnassen Brüste, was mich sehr verwunderte. Ich sah ihm ins Gesicht, aber David tat, als empfände er nichts, wenn er mich derart intim berührte. Ganz sanft strich seine Hand über meinen Bauch, glitt tiefer, fühlte, tastete … streichelte.

Seufzend zog er das Laken über mich. Er wirkte so traurig!

»Was ist?«, fragte ich ängstlich.

»Celestina, du bist schwanger.«

»*Was?*«

»Es muss vor vier oder fünf Wochen passiert sein – das kann ich nicht genau sagen.«

»David, ich *kann* nicht …« Dann verstummte ich.

In den zwei Jahren meiner Beziehung zu Tristan war ich nicht schwanger geworden. Ich hatte geglaubt, ich könnte nach den brutalen Vergewaltigungen vor fünf Jahren kein Kind mehr bekommen. Und nun …

Tristan konnte keine Kinder zeugen!

Elija war der Vater dieses Kindes!

Bestürzt barg ich mein Gesicht in den Händen.

Elija hatte sich so sehr einen Sohn gewünscht! Einen kleinen Netanja, der die Dynastie der Ben Davids fortsetzen konnte. Aber das Kind war nicht legitim, denn wir waren nicht verheiratet. Und nach dem jüdischen Gesetz war es kein Jude, denn seine Mutter war nicht jüdisch.

David ahnte, was in mir vorging. »Elija wird sich sehr freuen! Sein Herzenswunsch geht in Erfüllung.«

Sollten mich seine Worte trösten?

»David, du wirst Elija nichts von seinem Kind erzählen!«

»Aber …«

»Ich will, dass Elija zu mir zurückkehrt, weil er mich liebt. Er soll nicht wegen des Kindes sein Naziratsgelübde brechen oder irgendetwas tun, das gegen sein Gewissen oder seinen jüdischen Glauben verstößt. Versprich es mir!«

»Celestina, was verlangst du von mir?«, rief er.

»Versprich es mir!«

»Ich verspreche es!«, murmelte er resigniert. »Ich werde ihm nichts sagen.«

»Tristan wird dem Kind ein wundervoller Vater sein«, versicherte ich David, der mich bedrückt ansah. »Er wünscht sich einen kleinen Alessandro.

Und selbst wenn Tristan irgendwann dahinterkommt, dass Alessandro nicht sein Sohn ist – denn wir werden nur dieses eine Kind haben können! –, wird er Alessandro doch lieb haben. Auch wenn er weiß, dass sein Sohn und Erbe Elijas Kind ist.«

Während der nächsten Tage wartete ich, dass Elija zu mir zurückkehrte. Aber er kam nicht.

Trotz seines gequälten Gewissens hatte David Wort gehalten.

Und so machte ich mich mit dem Gedanken vertraut, Tristan zu heiraten und ihm in einigen Monaten den ersehnten Sohn zu schenken. Ich hatte viel Zeit zum Nachdenken, denn Tristan hielt sich wegen des bevorstehenden französischen Italienfeldzugs fast ständig im Dogenpalast auf. Er nahm an endlosen Sitzungen des Consiglio dei Dieci teil, der für die venezianische Außenpolitik zuständig war, beriet sich mit den Condottieri, den Feldherrn der Republik, empfing den französischen Gesandten und den päpstlichen Legaten und wich Leonardo, der sehr krank war, nicht mehr von der Seite.

Ich sah Tristan nur spät nachts, wenn er erschöpft neben mir ins Bett fiel und sofort einschlief. Es gab keine Gelegenheit, über unsere Hochzeit zu sprechen oder ihm von meiner Schwangerschaft zu erzählen. Ich ahnte, was es bedeuten würde, vielleicht eines Tages mit dem Dogen von Venedig verheiratet zu sein.

Menandros erlitt Höllenqualen. Der in die Wahrheit Verliebte hatte die Wahrheit gefunden – und seinen Glauben verloren, der ihm sein Leben lang Geborgenheit geschenkt hatte.

Er war mir ein treuer Freund, obwohl ihm meine Entscheidung, Tristan zu heiraten, sehr wehtat – war sie doch das Ende seiner Sehnsucht nach Zärtlichkeit und Liebe, die er seit seiner Kindheit so schmerzlich vermisste.

Stundenlang redeten wir über unsere Gefühle, unsere Hoffnungen und Ängste. Menandros fürchtete, dass Tristan ihn nach unserer Heirat und der Geburt des Kindes bitten würde zu gehen. Aber wohin sollte er gehen? Er wollte Venedig nie mehr verlassen.

»Celestina, du bist alles, was ich noch habe«, sagte er, und seine stille Traurigkeit rührte mich. »Alles habe ich verloren: meine Heimat, meine Familie, meinen Glauben, meine Liebe und ...« Nach langem Zögern hatte er sich mir anvertraut: »... und den einzigen Freund, den ich jemals in meinem Leben hatte: Elija.«

Menandros gestand mir, wie sehr er ihn vermisste. Obwohl Elija ihm seine Heilsgewissheit fortgerissen hatte, empfand er sehr viel für ihn – und tiefe Reue über seine Tat.

»So vieles hat er mich gelehrt! Geduld, Achtsamkeit, Toleranz, Respekt, Vergebung. Er hat mir bedingungslos vertraut, obwohl er doch wusste, wie sehr ich dich liebe. Und wie habe ich es ihm vergolten? Ich habe Tristans Brief unter dein Kopfkissen gelegt, damit er ihn fand. Wie weh habe ich euch beiden damit getan!«, schämte er sich für sein Verhalten.

»In den letzten Tagen habe ich oft über Elijas Worte nachgedacht: ›Der Messias wartet auf dich, Menandros! Er wartet, dass du ihm hilfst, die Welt zu erlösen. Das Gottesreich fällt nicht vom Himmel – jeder von uns muss für den Frieden kämpfen.‹

Ich habe erkannt, dass ich nicht darauf warten darf, dass der Messias vom Himmel herabsteigt, um die Welt zu erlösen, sondern dass ich handeln muss – wie Jeschua als König, als Rabbi und als Mensch gehandelt hat. Die Erlösung findet nur in mir statt – in meinem Gewissen.

Welch großartige Vision Elija hatte! Wie gern hätte ich ihm geholfen, das *Verlorene Paradies* zu erschaffen! Aber nun ist der Traum zerstört – durch meine Schuld!«

»Celestina!«, keuchte David, als er in meine Bibliothek stürmte. Er war die beiden Treppen hinaufgelaufen. »Celestina, du musst sofort mit mir kommen!« Er rang nach Luft. »Etwas Furchtbares ist geschehen!«

Er ergriff meine Hand und riss mich aus dem Sessel vor meinem Schreibtisch – seit dem Morgen hatte ich an meinem Buch gearbeitet.

»Was ist geschehen?«, fragte ich entsetzt, während er mich hinter sich her zur Treppe zog.

»Elija will fliehen!«

»*Was?*« Ich blieb stehen.

»Vor einer halben Stunde stand er plötzlich mit gepackten Taschen vor uns und verabschiedete sich von Aron und mir. Keiner von uns ahnte, dass er fortgehen will!«, rief er verzweifelt. »Vor drei Tagen kam ein Brief aus Granada. Tarik ar-Rashid, ein enger Freund, der vom Islam zum Christentum konvertiert ist, hat uns geschrieben: Die Inquisición hat Elija zum Tode verurteilt! Eine Strohpuppe mit seinem Namen wurde in Córdoba auf dem Scheiterhaufen verbrannt!

Elija fürchtet, dass Kardinal Cisneros ihn mit Gewalt nach Córdoba entführen lässt, um ihn doch noch zu verbrennen! Denn er lebt ja als Jude in Venedig! Elija will die Stadt verlassen, um seine Familie zu schützen.

Komm mit mir, Celestina!«, flehte David. »Er hat ein Schiff bestiegen! Es läuft in Kürze aus!

Nur du kannst Elija jetzt noch aufhalten!«

ᚱᚣ ELIJA ᚷᚹ

KAPITEL 14

Der Wind von der Lagune riss an meinen Haaren. Ich lehnte mich gegen die Bugreling.

Ich wandte mich nicht um und blickte zurück nach San Marco, zum Dogenpalast, zur Basilika und zum Campanile, die wie Celestinas Palacio mit jedem Ruderschlag der Galeere weiter hinter mir zurückblieben. Hinter dem Lido würde ich Venedig, das fünf Jahre lang meine Heimat gewesen war, nicht mehr sehen können. Wie glücklich war ich hier mit ihr gewesen!

Sie würde Tristan heiraten, noch bevor ich Jeruschalajim erreichte. In seinen Armen würde sie mich vergessen.

»Was willst du in der Wüste?«, hatte Asher Meshullam mich vor Wochen gefragt. »Den Steinen und dem Sand Gottes Wort verkünden? Jeruschalajim liegt in Trümmern. Auf dem Tempelberg steht eine Moschee. Und in der Stadt gibt es mehr Kirchen als Synagogen oder Talmudschulen. Was, um Himmels willen, willst du dort?«

Blinzelnd gegen die Gischt der Wogen wandte ich den Blick nach Südosten: nach Israel.

Eine Windbö riss einen verzweifelten Schrei mit sich: »Elija!«

Eine Möwe?

Mein Blick irrte zum Himmel, doch kein Vogel war zu sehen.

»Elija … flehe dich an … geh nicht!«

Celestina?

Stolpernd hastete ich zum erhöhten Heck der Galeere. Dann sah ich sie! David ruderte sie in ihrer Gondel über die Lagune.

Meine Hände verkrampften sich um die Reling.

In diesem Augenblick dachte ich, mein Herz würde zerreißen.

Der venezianische Kapitän trat neben mich … sah die Gondel … sah den verzweifelten Bruder … sah die Geliebte … blickte mir ins Gesicht … dann wandte er sich ab und gab den Befehl, die

Ruder der Galeere aus dem Wasser zu heben, damit die Gondel längsseits gehen konnte.

Wie versteinert stand ich am Heck, während sie an Bord kam.

Sie fiel mir um den Hals und hielt mich fest. »Bitte verlass mich nicht, Elija! Verlass *uns* nicht!«

»*Uns?*«, fragte ich bestürzt und sah David an, der meine Reisetasche an sich genommen hatte, um sie zur Gondel hinüberzutragen.

Mein Bruder nickte, als ob er wüsste, von wem sie sprach.

»Mich und deinen Sohn: Netanja.«

Tief atmete ich ihren Duft ein, während ich meinen Arm um sie legte und mein Gesicht in ihren Haaren vergrub.

Ich hatte gedacht, ich würde nie mehr lieben. Wie glücklich ich war!

»Du bist also wirklich schwanger?«, fragte ich gerührt.

Sie nickte lächelnd und schmiegte ihren nackten Körper an meinen. »Es muss bei unserem ersten Mal passiert sein. In der Dachkammer des Dogenpalastes.«

Ich küsste sie. »Dann ist diese staubige Kammer wirklich das Königreich der Himmel.«

Mit ihr im Arm ließ ich mich in die Kissen sinken. Sie legte ihren Arm über meine Brust und streichelte mich.

Nach einer Weile fragte sie: »Wärst du jemals zurückgekehrt?«

»Nein«, gestand ich mit gesenktem Blick.

»Wohin wolltest du?«

»Nach Jeruschalajim. Ich wollte *ihm* nachfolgen.«

Die Frage, die sie wohl am meisten bewegte, stellte sie nicht: Bist du sein Sohn?

»Willst du dein nazoräisches Evangelium noch immer schreiben?«

»Ja, das will ich!«

»Lass uns das *Verlorene Paradies* gemeinsam suchen!«

Dann nahm sie meine Hand und führte mich zurück ins Paradies der innig Liebenden.

Wir bekommen ein Kind.

Vier Worte mit hundert Bedeutungen: Liebe, Hoffnung, Freude und Glückseligkeit, aber auch Verantwortung und Ängste ... ja, auch Ängste. Auf unserer langen Reise zu uns selbst hatten Celestina und ich die Grenzen zweier Kulturen überschritten – irgendwann würden wir uns für eine entscheiden müssen.

Celestina hatte den Brief aus Granada gelesen, in dem mein Freund Tarik mir von dem Todesurteil und der Verbrennung der Strohpuppe mit meinem Namen vor der Mezquita von Córdoba berichtete. Hatte Kardinal Cisneros mich sechs Jahre nach Sarahs und Benjamins Tod und meiner Flucht durch Frankreich und Italien nun doch gefunden?

Stundenlang berieten wir darüber, was wir tun konnten. Fliehen wollten wir nicht. Sollte ich mich unter den Schutz des Consiglio dei Dieci stellen? Nein, das war wegen Tristan ausgeschlossen. Also blieb uns nur die bange Hoffnung, dass Kardinal Cisneros und seine franziskanischen Häscher mich niemals finden würden.

Tristan kam tagelang nicht nach Hause – das Wort ›nach Hause‹ war Celestina so herausgerutscht, als sie mir davon erzählte. Sie hatte sich mit ihrer Hochzeit mit ihm abgefunden, als David ihr von meiner Flucht erzählte. In den letzten Wochen hatte Tristan bei ihr in der Ca' Tron gewohnt, weil er wegen der bevorstehenden französischen Invasion als Consigliere dei Dieci sehr viel zu tun hatte und ihm der nächtliche Weg über den Ponte di Rialto in die Ca' Venier zu weit war. Seit seine Amtszeit als Vorsitzender des Zehnerrates beendet war, stand er in Verbindung mit König François, der ein gewaltiges Heer sammelte, um erneut in Italien einzufallen. Seit einigen Tagen hatte Tristan den Palazzo Ducale nicht verlassen. Da Leonardo Loredan schwer erkrankt war, übernachtete er sogar bei ihm in der Dogenwohnung.

In einem Wirbelsturm von Gefühlen bereiteten Celestina und ich uns gemeinsam auf die schönste aller Lebensaufgaben vor. Immer wieder bat ich sie, mir zu erzählen, was sie in dem Augenblick empfunden hatte, als sie erkannte, dass sie mein Kind unter ihrem Herzen trug. Celestina wollte das Kind. Von Anfang an nannte sie es Netanja –

Gottesgeschenk, obwohl sie doch gar nicht sicher sein konnte, dass es wirklich ein Junge sein würde.

Wir waren nicht mehr allein. Wenn wir eng aneinander geschmiegt im Bett lagen und von einem gemeinsamen Leben träumten, uns zärtlich liebkosten und einander Lust bereiteten, war da immer noch jemand anderer – ein kleines Menschenkind. Ich genoss es, meine Hand auf ihren Bauch zu legen und sie sanft zu streicheln. Ich war so glücklich! Und, ehrlich gesagt, war ich auch ein wenig stolz darauf, noch einmal Vater zu werden. Nach Benjamins Tod hatte ich den Gedanken an ein Kind endgültig begraben.

Wir verbrachten viel Zeit miteinander. Hand in Hand gingen wir in den Gassen von Venedig spazieren und ruderten mit der Gondel auf die Lagune hinaus, um ein paar Stunden allein zu sein und uns mit der Strömung der Gezeiten treiben zu lassen. Nachdem wir das Grab des Evangelisten Markus in der Basilica di San Marco besucht hatten, begannen wir mit der Übersetzung seines Evangeliums ins Hebräische, die nach nur zehn Tagen abgeschlossen war.

Mit Menandros führte ich in dieser Zeit lange und sehr ernsthafte Gespräche. Er habe lange nachgedacht, gestand er mir. Er habe mit sich gerungen, doch am Ende seine Zweifel überwunden. Er wolle mir sehr gern helfen, mein Buch zu schreiben und das Königreich der Himmel, in dem alle Menschen in Frieden leben könnten, zu verwirklichen. Er war begeistert von meiner … von Jeschuas Vision.

»Das Joch des Himmelreichs ist nicht leicht zu tragen!«, warnte ich ihn. »Mit jedem Schritt wird es schwerer werden.«

»Und Jeschua sprach zu seinen Jüngern: Wer mit mir gehen will, der nehme sein Kreuz und folge mir nach!«, sagte er sehr ernst. »*Das* wolltest du doch sagen, nicht wahr? Elija, ich bin schon zu weit mit dir gegangen, als dass ich jetzt umkehren wollte! Ich will dich deinen Weg nicht allein gehen lassen!«

»Sag mir, Elija: Wie liebt man seine Feinde?«

Arm in Arm mit Celestina verließ ich nach dem Erev-Schabbat-Gottesdienst die Synagoge, um zum Abendessen nach Hause zu gehen. Ich blieb stehen und wandte mich um.

Es war Tristan!

Bebend vor Enttäuschung und Wut stand er mit geballten Fäusten vor mir in der schmalen Gasse. »Lehre es mich, du großer Rabbi, denn ich kann für dich keine Liebe empfinden – nur Hass und Zorn!«

Er wirkte so erschöpft, als hätte er nächtelang kein Auge zugetan.

Celestina trat auf ihn zu. »Tristan, um Himmels willen ...«

»Vor einer Stunde war ich bei dir. In den vergangenen Nächten hatte ich mich so nach dir gesehnt, aber du warst nicht da.« Er rang um Fassung. »Menandros hat mir verraten, dass ich dich hier finden würde. Mit *ihm*!« Tristan deutete auf mich. »Er sagte mir, dass Elija zu dir zurückgekehrt ist und dass ihr heiraten wollt. Stimmt das?«

»Ja, Tristan, das ist wahr. Elija und ich erwarten ein Kind.«

Ein verzweifelter Schrei entrang sich seiner Brust. Wie enttäuscht er sein musste! Er war derjenige, der keine Kinder haben konnte!

Zornig warf er sich auf mich und schlug mit den Fäusten auf mich ein.

An der Stirn getroffen taumelte ich gegen die Mauer der Synagoge und wäre beinahe gestürzt. Tristans Ring hatte eine Wunde gerissen. Das Blut rann mir ins Auge.

David und Aron eilten herbei, um mir zu helfen, doch ich hob die Hand und gebot ihnen, Ruhe zu bewahren. Nicht auszudenken, was geschehen würde, wenn zwei Juden einen Consigliere dei Dieci verprügelten!

In seiner unbeherrschten Wut – ich wehrte mich ja nicht! – schlug Tristan immer weiter auf mich ein, um mich zu demütigen.

Zähneknirschend ertrug ich seine schmerzhaften Schläge und Tritte und fiel stöhnend auf die Knie.

Celestina versuchte schreiend, Tristan von mir wegzureißen – aber vergeblich! Brutal stieß er sie zurück. Sie stolperte, doch David fing sie auf. Judith nahm sie in die Arme und zog sie ein paar Schritte weiter. Sie war nicht verletzt.

Die Tritte in die Seite bereiteten mir furchtbare Schmerzen.

»Tristan«, keuchte ich, »du hast mich gefragt: Wie liebt man seine

Feinde? ... Ich sage dir: Tu Gutes denen, die dich hassen ... Segne die, die dich verfluchen ... Und bete für die, die dich misshandeln ... Tristan, du tust mir ...« Ich stöhnte vor Schmerz und wand mich auf dem Boden, als seine Faust mich in den Unterleib traf. Mit letzter Kraft wich ich einem weiteren Schlag aus und richtete mich auf.

Blut lief mir über das Gesicht und tropfte mir in die Augen.

»Du tust mir Leid, mein Freund.« Meine Lippen waren aufgerissen, und das Sprechen fiel mir schwer. »Denn du fügst dir selbst ... in deinem Zorn ... mehr Qualen zu als mir. Denn du bist schwach ... und ich bin stark. Du kannst mich totschlagen, aber *besiegen* kannst du mich nicht!«

Rasend vor Zorn trat er mir ins Gesicht, um mich zum Schweigen zu bringen. Er traf mich an der Schläfe.

Hart schlug ich mit dem Kopf auf dem Boden auf und wurde ohnmächtig ...

... und erwachte erst eine Stunde später.

»David, er ist wach!«, flüsterte Celestina.

Mein Bruder setzte sich neben mich auf das Bett. »Aron und ich haben dich ins Bett gebracht. Ich habe deine Wunden versorgt. Wie geht es dir?«

»Ich habe furchtbare Kopfschmerzen«, murmelte ich noch ganz benommen und tastete nach dem kühlen Tuch auf meiner Stirn.

»Mein Gott, was hat Tristan dir nur angetan!«, stöhnte mein Bruder. Aron trat neben ihn, den Tallit noch um die Schultern.

Hatte er gebetet?

Dann schwappte die Finsternis wie eine Meereswoge über mich hinweg und zog mich hinab in die Tiefe des Vergessens.

Als ich am späten Nachmittag erwachte, hatte Celestina schon gepackt. Die Pferde waren gesattelt, und das Boot, das uns zum Festland bringen sollte, lag im Rio di San Salvadòr vertäut.

»Wir gehen nach Rom!«, hatte sie beschlossen. »Elija, du hattest Recht, als du mir vor Wochen sagtest, der Vatikan sei ein angemessener Ort, um dein Evangelium zu schreiben. Gianni wird sich freuen, wenn wir ihn besuchen! Er wird dich vor Kardinal Cisneros beschützen.«

Tristan erwähnte sie mit keinem Wort.

Während der Abenddämmerung brachen wir auf. David, Aron und Menandros ruderten uns hinüber zur Terraferma und halfen uns, die Pferde an Land zu bringen und das Gepäck aufzuladen. Dann umarmten sie uns zum Abschied und wünschten uns »Schalom!« und »Masel tow – viel Glück!«. Winkend blickten sie uns nach, bis wir hinter dem Uferschilf verschwunden waren.

An diesem Abend ritten wir bis Padua und am nächsten Morgen weiter nach Ferrara, wo wir im Judenviertel neben der Kathedrale im Haus eines Rabbis sehr freundlich aufgenommen wurden.

Über Bologna erreichten wir Florenz, wo wir beim Humanisten Giovanni Montefiore ans Tor klopften, um seine Gastfreundschaft zu erbitten.

Vor seiner Taufe war Montefiore ein bekannter Rabbi gewesen. Als Converso wohnte er außerhalb des Judenviertels in einem großen Haus an der Via Larga, auf halbem Weg zwischen Lorenzo il Magnificos Palast und dem Kloster San Marco. Die jüdische Gastlichkeit hatte er jedoch nicht mit seinem Glauben abgelegt. Mit offenen Armen nahm er uns auf: »Solange Ihr wollt!«

»Nur für eine Nacht!«, hatte Celestina entschieden, doch Giovanni schwärmte mir während des Abendessens von den Sehenswürdigkeiten von Florenz vor:

»Michelangelos *David* müsst Ihr Euch unbedingt ansehen, Elija!« Doch er hatte ein noch besseres Argument: »In zwei Tagen ist der 9. Aw! Seid Ihr nicht an jenem Tag aus Spanien geflohen? Ihr wollt doch nicht den 9. Aw auf der Straße nach Rom verbringen! Ich bitte Euch, Elija: Bleibt in meinem Haus und ruht Euch aus.«

Und so beschlossen Celestina und ich, vier Nächte in seinem Haus zu bleiben – der jüdische Trauertag Tischa be-Aw wird in der Diaspora zwei Tage lang gehalten.

Giovanni hatte ein koscheres Mahl zubereiten lassen. Wir verbrachten einen vergnüglichen Abend mit gutem Essen, doch ohne Wein:

Denn ich hatte ihm erzählt, dass ich mich Gott geweiht hatte und als Nazir auf den Genuss von Traubensaft verzichtete. Er hatte genickt und mir dann seine Gründe für den Übertritt zum Christentum erläutert. Ich mochte ihn – er war keiner jener Conversos, die nach der Taufe die Worte Nächstenliebe und Toleranz aus ihrem Wortschatz strichen.

Nur zum Vergnügen und aus purer Lust am rabbinischen Wortgefecht disputierten Giovanni und ich den halben Abend über die Auslegung von Matthäus, Kapitel 1 Vers 21: ›Jesus wird sein Volk erretten von seinen Sünden.‹ Er schleuderte mir Worte der Propheten Joel, Micha und Ezra entgegen, die ich schlagfertig mit Zitaten aus dem Talmud konterte, während Celestina sich mühte, die Aussprüche von Rabbi Johanan und Rabbi Chijja ben Nechemja in meinem Talmud zu finden.

O ja, wir hatten unseren Spaß!

Am nächsten Morgen zeigte mir Celestina Michelangelos *David* vor der Loggia des Palazzo della Signoria. Lange stand ich vor der Marmorstatue, die meinen Vorfahren darstellen sollte, und betrachtete sie gedankenvoll.

Zum ersten Mal suchte ich den verborgenen Sinn nicht in einem Buch wie der Bibel oder dem Talmud, sondern im Abbild eines nackten Menschen ... und verstieß gegen Adonais Gebot. Aber ich konnte nicht anders! Davids kraftvolle Gestalt und sein zweifelnder Blick hatten mich in seinen Bann gezogen. Michelangelo hatte den Hirtenjungen aus Betlehem vor seinem Kampf mit dem bislang unbesiegten Goliath dargestellt: die Schleuder über der Schulter, den Stein in der Hand, die Muskeln angespannt.

War ich nicht letztlich in derselben Situation wie David? Ich, der jüdische Rabbi, nur mit einer Schreibfeder bewaffnet, hatte den Kampf gegen einen übermächtigen Gegner aufgenommen: die Kirche. Während ich Davids zweifelnden Blick betrachtete, überlegte ich, was mich wohl in Rom und im Vatikan erwartete. Würde Kardinal Cisneros zum Konzil nach Rom kommen? Würden wir uns am Ende im Vatikan erneut gegenüberstehen? Konnte der Papst mich wirklich vor dem spanischen Großinquisitor schützen, dem mächtigen Vertrauten König Fernandos von Aragón? Und ... wollte er es überhaupt?

Celestina, die sehr feinfühlig spürte, was in mir vorging, zog mich mit sich fort. Nach einem Mittagessen im Judenviertel hinter der Kirche Orsanmichele gingen wir am Arno spazieren. Unter einem Feigenbaum im Garten der Kirche San Miniato al Monte genossen wir den Blick über Florenz mit Giottos Campanile und Brunelleschis Domkuppel im Licht eines atemberaubenden Sonnenuntergangs.

An diesem Abend begann der 9. Aw. An jenem Tag war der Tempel in Jeruschalajim zwei Mal zerstört worden: erst durch die Babylonier, dann, sechshundertfünfzig Jahre später, durch die Römer. An jenem Tag hatte der Kaiser Hadrian beschlossen, Jeruschalajim in eine römische Stadt zu verwandeln. An jenem Tag war der Aufstand des Maschiach Bar-Kochba gegen die Römer endgültig gescheitert. Und an eben jenem Tag wurden die Juden aus Spanien verbannt. Der 9. Aw war für mich ein Symbol für unsere Vertreibung aus Granada, die furchtbaren Tage im Hafen von Málaga, unsere überstürzte Flucht durch ganz Al-Andalus, den Tod meines Vaters und meine Taufe in einer kleinen portugiesischen Dorfkirche.

Zum Abendgebet begleitete mich Celestina in die Synagoge, aus der an diesem Trauertag Licht und Schmuck entfernt worden waren. Anschließend kehrten wir in Montefiores Haus zurück.

Sie hielt mit mir die Trauerriten, fastete einen Tag lang ohne Brot und Wasser, saß ohne Schuhe neben mir auf dem Boden und las im Buch der Klagelieder: »»Die Herrlichkeit Israels hat Er vom Himmel zur Erde geworfen. Der Herr ist wie ein Feind geworden. Israel hat Er vernichtet. In Tränen vergehen meine Augen ... Jeruschalajim, wer kann dich retten?‹«

Am Morgen des 11. Aw – dem 21. Juli 1515 – verabschiedeten wir uns sehr herzlich von Giovanni Montefiore, bestiegen unsere Pferde, überquerten den Ponte Vecchio und verließen Florenz in Richtung Siena.

»Rom!«

Auf der Via Cassia, der alten Römerstraße, näherten wir uns, von

Viterbo kommend, der Ewigen Stadt. Dann lag sie vor uns im goldenen Abendlicht: Auferstanden aus den Ruinen ihrer eigenen Vergangenheit, neu erschaffen von Papst Leos Architekt und Maler Raffaello, war das ewige Rom doch nicht halb so groß wie Granada.

Als ich vor vielen Jahren begann, über Jeschua nachzusinnen, sein Leben und sein Sterben, doch auch über mich, meine Herkunft und meine Berufung, da hatte ich oft an Rom gedacht: Würde ich, sein Sohn im Geiste, eines Tages dem Papst gegenüberstehen, dem Oberhaupt der Kirche, die Jeschua doch nie gegründet hatte? Im Kerker von Córdoba hatte ich über die Widersinnigkeit der Anklagen gegen mich nachgesonnen: War nicht auch Jeschua ein Jude gewesen, der den Schabbat hielt, der in der Synagoge mit dem Tallit um die Schultern jüdische Gebete sprach und der an Jom Kippur seine Sünden büßte? Verkündete ich nicht mit seinen Worten das ersehnte Königreich der Himmel: Gerechtigkeit, Liebe und Vergebung?

Nach Sarahs und Benjamins Tod war ich geflohen, nach Salamanca, Paris und Venedig, und war Rom mit jedem Schritt näher gekommen. Und nun war ich in jener Stadt und dachte wehmütig zurück an Granada.

Celestina und ich ritten auf die Stadt zu. Schon von weitem sahen wir das gewaltige Colosseum und das Castel Sant'Angelo aus dem Häusermeer aufragen. Die Kuppel des Pantheons glühte im Licht der untergehenden Sonne.

An der Porta Flaminia zügelte Celestina ihr Pferd und sah sich um. Zerlumpte Bettler reckten uns ihre schmutzigen und schwieligen Hände entgegen.

Auf meine Frage, wen sie suche, lächelte sie: »Den Messias! Hast du mir nicht erzählt, er lebe als Bettler verkleidet vor den Toren Roms und warte auf dich und mich? Komm, Elija, lassen wir ihn nicht länger warten!«

Übermütig lachend trieb sie ihr Pferd an und galoppierte in die Stadt. Ich warf den Armen ein paar Münzen zu und folgte ihr.

Kaiser Nero hatte Rom niedergebrannt, um es als ›Neropolis‹ wiederaufzubauen – er war gescheitert. Papst Leo aber hatte seinen

Traum wahr gemacht: Er hatte sein ›Leopolis‹ erschaffen! Die Caput Mundi, vor wenigen Jahren noch ein heruntergekommenes Dorf mit weidenden Kühen auf dem Trümmerfeld des Forum Romanum, trug ihren Namen wieder zu Recht: Rom war die Hauptstadt der christlichen Welt!

Gemächlich ritten Celestina und ich auf der von Papst Leo neu angelegten Prachtstraße nach Süden, vorbei am Grabmal des Augustus, der römischer Kaiser gewesen war, als Jeschua geboren wurde. Dann erreichten wir das Pantheon, das in der Antike allen römischen Göttern geweiht war und heute nur noch dem einen römischen Gott: Jesus Christus.

Hinter der antiken Kirche wandten wir uns nach Westen, trabten die prächtige Via Papalis entlang und überquerten die Tiberbrücke, die zur Engelsburg führte.

Schon von weitem konnte ich die riesige Baustelle der Kathedrale von San Pietro erkennen, der größten Kirche der Welt. Die vier gewaltigen Pfeiler schienen nicht nur die Kuppel der Kathedrale tragen zu müssen, sondern das gesamte Himmelsgewölbe! Maestro Raffaello hatte die alte Basilika von Kaiser Konstantin abreißen lassen und aus den eintausendzweihundert Jahre alten Ruinen etwas völlig Neues erschaffen: den römischen Tempel.

»Ich kann es einfach nicht fassen! Erst vor einigen Tagen sagte ich zu Seiner Heiligkeit: Eher erscheint Jesus Christus im Vatikan als Celestina Tron. Aber er hat nur gelacht und prophezeit: Sie wird kommen! Und er hatte Recht: Sie ist gekommen!«

Pietro Bembo, der päpstliche Sekretär, sprang hinter seinem Schreibtisch auf, um uns zu begrüßen. »Seine Heiligkeit wird sich sehr freuen, dass Ihr …« Das ›doch noch‹ verschluckte der Kardinal mit einem Lächeln. »… gekommen seid!«

Dann küsste er Celestina auf beide Wangen – die beiden kannten sich aus Urbino, wo sie einige Zeit am Hof des Herzogs Guido da Montefeltro gelebt hatten. Noch im Konklave vor zwei Jahren hatte Papst Leo den berühmten venezianischen Humanisten zu einem seiner Sekretäre ernannt und ihm bald darauf den Kardinalshut aufgesetzt. Die Poeten Roms hatten nach seiner Investitur stolz den Anbruch des Goldenen Zeitalters des Humanismus verkündet.

»Im Augenblick ist die Santa Trinità ...« Pietro Bembo grinste verschmitzt. »Bitte verzeiht, Celestina: Im Augenblick befinden sich der Heilige Vater, Herzog Giuliano de' Medici und Kardinal Giulio de' Medici in einer Besprechung mit dem französischen Botschafter. Seine Heiligkeit ist wegen der bevorstehenden Invasion sehr besorgt. Nach dem französischen Gesandten wird er eine Delegation des Erzbischofs von Köln empfangen – in Deutschland erhitzen sich wieder einmal die Gemüter: Dominikaner gegen Humanisten!« Pietro Bembo rang in gespielter Verzweiflung die Hände. »Aber ich werde Seine Heiligkeit sofort von Eurer Ankunft benachrichtigen.«

»Ich bitte Euch, Eminenz ... Pietro: Sagt ihm nichts. Ich will ihn überraschen!«, bat Celestina.

Die Augen des Kardinals funkelten: Der Papst liebte Überraschungen!

»Ich werde Euch und Euren Begleiter in sein Arbeitszimmer führen«, versprach er, ohne mich nach meinem Namen gefragt zu haben. »Nach der Audienz werde ich ihn dann zu Euch bringen.«

Mit wehender Purpursoutane rauschte er uns voran zur Stanza della Segnatura, schloss die Tür hinter uns und ließ uns allein.

»Elija, sieh dir das an!«, begeisterte sich Celestina für die Bilder an den Wänden der Stanza. »Das sind die herrlichen Fresken, die Raffaello mir in seinen Briefen beschrieben hat! Dieses ...« Sie deutete über meine Schulter, und ich wandte mich um. »... ist die *Disputà*.

Auf den Wolken des Himmels thront Jesus Christus, und auf der Erde ringen die Gelehrten um ihr Glaubensbekenntnis: Francesco von Assisi, Thomas von Aquino, Dante Alighieri, Fra Girolamo Savonarola und Giovanni Pico della Mirandola ... Auch *ihn* hat Raffaello gemalt! Sieh nur, Elija: die Engelchen mit den Evangelien!

Während die Gelehrten noch in ihren Büchern nach der Erkenntnis des Göttlichen suchen, heben andere ihre Blicke in den Himmel: Sie sehen und glauben. Wie viele Wege des ›Auf dem Weg Seins‹ zu

Gott‹ hat Raffaello in diesem Fresko dargestellt: vom ungläubigen Ketzer, der sich über den Rand des Bildes hinauslehnt – welch eine Symbolik! –, bis zum Heiligen, der Gott schaut!«

Begeistert zog sie mich zur anderen Seite des Raumes.

»Und das hier ist die berühmte *Schule von Athen*! Auf den Stufen in der Mitte siehst du Platon, der mit einem Finger gen Himmel weist, und neben ihm Aristoteles, dessen Hand auf die Erde zeigt. Das heißt, dass man die Dinge dieser Welt erforschen muss, um die Wahrheit zu erkennen. Wie viel Raffaello mit diesen einfachen Gesten ausgedrückt hat!

Und dort drüben …« Mit leuchtenden Augen führte sie mich zum Fenster gegenüber dem päpstlichen Schreibtisch. »… ist der *Parnassos*. Schau, Elija: Dort hat Raffaello die Sappho gemalt, deren Skizze in meinem Arbeitszimmer hängt.

Ich bin so glücklich, hier in Rom zu sein!«

Sie fiel mir um den Hals und küsste mich.

In diesem Augenblick wurde mit einem ungeduldigen »Wo ist sie?« die Tür des Raumes aufgerissen, und der Papst stürmte herein.

Als er uns in inniger Umarmung sah, hielt er einen Augenblick inne, hob das vergoldete Augenglas und blinzelte uns kurzsichtig an. Dann trat er auf uns zu.

Er war so groß wie ich und sehr beleibt, was, wie Celestina mir erzählt hatte, auf eine schwere Krankheit zurückzuführen war. Trotz seines Leidens umspielte stets ein liebenswürdiges Lächeln seine Lippen.

Der Sohn des Lorenzo il Magnifico war ein Schüler von Giovanni Pico della Mirandola und Angelo Poliziano gewesen, den größten Geistern des Humanismus. Als Förderer von Leonardo, Michelangelo und Raffaello, die im Vatikan arbeiteten, ließ er nun den florentinischen Glanz in Rom erstrahlen – schöner, prächtiger, grandioser, als es der berühmte Vater in seiner Heimatstadt vermochte. Als Machtpolitiker nutzte Papst Leo vor allem Maestro Raffaello zur Darstellung der göttlichen Vorherbestimmung seiner Erhebung zum Stellvertreter Christi. Seit seiner Wahl zum Pontifex schien ein Goldenes Zeitalter angebrochen zu sein: Der Papst, ein Brieffreund des Humanisten Erasmus von Rotterdam, unterstützte dessen Übersetzung der Evangelien und ermunterte sogar hebräische Studien im Vatikan.

»Celestina!«, strahlte der Papst und riss sie aus meinen Armen, um sie auf beide Wangen zu küssen. »Wie schön, dass du gekommen bist!«

»Ich freue mich auch, Gianni.«

Dann wandte er sich mir zu. »Und du bist Tristan«, vermutete er mit einem charmanten Lächeln und drückte auch mich an sein Herz, bevor ich auch nur ein Wort sagen konnte, um seinen Irrtum aufzuklären.

»Gianni«, fiel Celestina ihm in den Arm. »Das ist nicht Tristan … das ist Elija.«

»Elija?«, murmelte der Papst erstaunt.

»Rabbi Elija Ibn Daud. Ein berühmter Schriftgelehrter aus Granada«, stellte Celestina mich dem Papst vor. Sie ergriff meine Hand und drückte sie. »Elija und ich sind verlobt. Wir erwarten ein Kind und werden bald heiraten.«

Der Papst war äußerst überrascht, das sah ich ihm an. Ein Jude? Ist er schon getauft? Doch dann trat ein warmherziges Lächeln auf seine Lippen. Die Frage nach Tristan schluckte er hinunter, als er mich erneut umarmte.

»Herzlich willkommen in der Familie Medici«, murmelte er und klopfte mir freundschaftlich auf die Schulter. »Es würde mich freuen, euch beide in der Sixtina zu trauen.«

Offenbar nahm er an, wir wollten nach christlichem Ritus heiraten.

»Ich danke Euch …«, begann ich, und er lächelte über meine Schwierigkeiten, ihn ›Heiliger Vater‹ zu nennen – immerhin war er genauso alt wie ich.

»Gianni«, bot er mir ganz offenherzig das Du an. »Celestina nennt mich so, seit wir uns vor Jahren in Venedig kennen gelernt haben! Ich weiß nicht, warum du es als ihr künftiger Gemahl anders halten solltest.«

Dann bestürmte er uns mit Fragen: »Wie lange kennt ihr euch? Erst zwei Monate!« – »Woran arbeitet Ihr gemeinsam?« – »Wie lange wollt ihr in Rom bleiben?« – »Wo werdet ihr wohnen?« Großzügig bot er uns eine Wohnung im Vatikan an: »... bis ihr einen eigenen Palazzo und ein paar Diener habt. Solltet ihr meine Unterstützung benötigen, lasst es mich wissen.« Er zwinkerte mir fröhlich zu und scherzte: »Und sag mir Bescheid, falls du Kardinal werden willst.«

Gianni war, so schien es mir, ein glücklicher Mensch, der alles in seiner Macht Stehende tat, um auch andere glücklich zu machen. Mit einem so herzlichen Empfang im Vatikan hatte ich wirklich nicht gerechnet!

»Die Geschichte von Jesus Christus ist ein heilig gesprochenes Märchen«, erklärte der Papst eine Stunde später. »Ein Mythos von einem Gottessohn, der, indem er sich opfert, über den Tod triumphiert, das ewige Leben gewinnt und die Welt erlöst. Ein sehr fantasievolles Märchen!«

Während in den päpstlichen Privatgemächern das Abendessen aufgetragen wurde, hatte Gianni sich von unserer Übersetzung der Evangelien ins Hebräische und zurück ins Lateinische erzählen lassen. »Wie interessant!«, hatte er immer wieder ausgerufen und begeistert in die Hände geklatscht. Dann hatte ich ihm von dem Buch berichtet, das ich zu schreiben beabsichtigte und über dessen Thesen ich auf dem Laterankonzil disputieren wollte.

»Einen rabbinischen Kommentar zu den Evangelien?« Gianni hatte mir anerkennend lächelnd die Hand mit dem Fischerring auf den Arm gelegt. »Eine großartige Idee!«

Offenbar nahm der Papst an, dass dieses Werk eines berühmten Rabbi die Juden zum Glauben an Jesus Christus bekehren konnte!

Angelo, der mir während des Abendessens gegenüber saß, hatte die Stirn gerunzelt. Der Vertraute des Papstes war vor einigen Wochen zum Erzbischof ernannt worden. Vor seiner Taufe war Mariettas Bruder Rabbi in Florenz gewesen – die Halevis waren eine Dynastie von Schriftgelehrten.

Er musterte mich so gedankenvoll und so ernst, dass ich mich fragte, was Marietta ihm über mich geschrieben hatte. Angelo war überrascht, ja geradezu erschrocken gewesen, als er von meiner Ankunft in Rom erfuhr. Aber warum? Was wusste er über Elija Ibn Daud? Und was über Juan de Santa Fé?

Morgen würden wir über Mariettas und Arons Hochzeit an Weihnachten in Venedig sprechen.

»Die Geschichte von Jesus Christus ist ein schöner Mythos«, wiederholte Gianni, als er über den festlich gedeckten Tisch hinweg den Blickwechsel zwischen Angelo und mir bemerkte. »Und dieser Mythos hat der Kirche bisher sehr genützt. Die Evangelisten haben Gott nach des Menschen Bild erschaffen.«

»Gianni«, begann Celestina. »Elija schreibt kein Buch über Jesus Christus, sondern über König Jeschua ben David, den gesalbten König Israels, der mit seiner Gemahlin Mirjam, seinen Kindern und seinen Brüdern Jakob, Jehuda und Schimon nach Jerusalem zog, um die römische Gewaltherrschaft aus Israel zu vertreiben. Aber König Jeschua scheiterte, wurde von Pontius Pilatus gekreuzigt und ... überlebte!«

Gianni lehnte sich auf seinem Sessel zurück. War er zornig? Nein, nur sehr ernst.

»Wozu willst du den Menschen die Wahrheit sagen, Elija?«, fragte er mich schließlich. »Und welche Wahrheit? Es gibt so viele. Und ist nicht jede dieser Wahrheiten von Gott offenbart?« Er schüttelte den Kopf, als glaube er selbst nicht daran. »Jeder Evangelist hat seinen eigenen Jesus erschaffen – als sich selbst opfernder Gottessohn, als triumphierender Welterlöser, als Lichtbringer in einer dunklen Welt, als sichtbares Symbol eines so offenbar abwesenden Gottes.

Hätte Matthäus' aramäisch denkender Rabbi Lukas' griechisch sprechenden Philosophen überhaupt verstanden? Und hätte nicht Markus' streng orthodoxer Jesus den Jesus des Johannes wegen Gotteslästerung aus dem Tempel geworfen und ihn gesteinigt, wenn er gesagt hätte: ›Ich bin der Weg, die Wahrheit und das Leben‹ oder ›Ich und der Vater sind eins‹?

Du, Elija, schreibst ein Buch über Jesus, ich aber verkünde Christus – das sind zwei verschiedene Personen. Denn Jesus ist längst gestorben, doch Christus lebt. Einen Mythos kannst du mit deiner Schreibfeder nicht töten.«

Als ich betroffen schwieg, fuhr er fort:

»Mythen sind tiefste Sehnsucht, Glaube, Hoffnung und Trost. Die Hoffnung, dass der Tod nicht das Ende ist. Der Glaube, dass das Leben, das Leiden an der eigenen Unvollkommenheit und das verzweifelte Warten auf den Erlöser, der seit nunmehr eintausendfünfhundert Jahren nicht gekommen ist, einen tieferen Sinn haben könnte! Und die Antwort auf die Frage: Wo war Gott, als Sein Sohn in tiefster Gottverlassenheit am Kreuz starb? Und warum schweigt Er immer noch angesichts der himmelschreienden Ungerechtigkeit der Welt?

Nimm den Menschen nicht ihre Hoffnung, ihren Trost, ihre Gebete!«, drang er in mich. »Nimm ihnen nicht ihren Glauben! Denn das Denken – das Zweifeln, das Fragen-Stellen und das Sich-selbst-Antworten-Geben – haben die meisten Menschen, im Gegensatz zum gläubigen Nachbeten, doch nie gelernt.«

Ich wollte etwas sagen, aber er redete mich nieder:

»Versteh mich nicht falsch, Elija: Ich kann dir das Denken und das Zweifeln nicht verbieten, und ich will es auch gar nicht. Einer meiner Vorgänger auf dem Stuhl Petri, Rodrigo Borgia, hat einmal gesagt: ›Rom ist eine freie Stadt – jeder kann tun und lassen, was er will.‹ Das ist auch meine Meinung! Das gilt für deutsche Humanisten ebenso wie für jüdische Rabbinen.

Schreib dein Evangelium, Elija! Ich habe keine Angst vor deinem Buch, ganz im Gegenteil. Ich schätze Celestina als eine Humanistin, die nach kristallklaren ethischen Grundsätzen lebt. Sie ist ein funkelnder Diamant, wunderschön, faszinierend und unzerstörbar. Das haben mir ihre Briefe aus dem Exil in Athen bewiesen, die sie an Jeanne d'Arc und die Päpstin Johanna schrieb – und ihr neues Werk, das ich das ›Credo der Humanitas‹ nenne. Dieses Buch ist ein kostbarer Schatz der Menschlichkeit!

Wäre Celestina nicht Giacomo Trons Tochter, sondern sein Sohn gewesen und im Konklave gegen mich angetreten, dann wüsste ich nicht, wer von uns beiden heute Papst wäre.

Für Celestina lege ich meine Hand ins Feuer. Wenn ihr also gemeinsam an deinem Buch schreibt, kann es nur *wahr* sein. Und ich werde nicht den Fehler begehen, gegen die Wahrheit zu kämpfen!«

Aber eine Diskussion deiner revolutionären Thesen im Laterankonzil kann ich nicht zulassen! In einer Glaubensdisputation auf dem Konzil, in einem intellektuellen Kampf zwischen Recht und Macht würdest du keinen Schritt zurückweichen und am Ende vielleicht sogar die Kardinäle in die Knie zwingen. Das darf ich nicht zulassen, Elija! Und wenn Celestina an meiner Stelle Papst wäre, würde sie ebenso entscheiden!«

Celestina senkte den Blick, um über Giannis Worte nachzusinnen. Dann nickte sie still.

»Als studierter Theologe bin ich beeindruckt von deinem König Jeschua und seiner jüdischen Prophetenlehre, und als weltoffener Humanist würde ich dein *Verlorenes Paradies* sehr gern erforschen. Aber als Papst und mächtigster Herrscher der Christenheit werde ich nicht zulassen, dass die Kirche von innen heraus durch Glaubenszweifel geschwächt wird. Ich darf es nicht. Die Kirche ist das Fundament Europas, das unter dem Ansturm des Islam zerbrechen wird, wenn der eine christliche Glaube es nicht mehr zusammenhält.

Wir, die Kirche, und ich, der Papst, sind das Imperium Romanum, das Katholische Könige wie Fernando von Aragón, Allerchristlichste Herrscher wie François von Frankreich und Leonardo Loredan, den Dogen von Venedig, der an nichts glaubt als an die eigene Macht und Herrlichkeit, in *einem* Glauben zusammenschmiedet. Ich bin die Kraft, die Frieden schafft. Ich weiß, dass man mich, Giovanni de' Medici, machtbesessen nennt, weil ich Kardinäle, Könige und Kaiser zu beherrschen suche und meinen Bruder Giuliano zum Bannerträger der Kirche, meinen Cousin Giulio zum Kardinal und Erzbischof von Florenz und meinen Neffen Lorenzino zum Herzog ernannt habe.

Wir, die Kirche, und ich, der Papst, sind das Bollwerk gegen den von Osten vorrückenden Islam, der Jerusalem, Konstantinopolis und Athen bereits eingenommen hat. Ich gestehe: Ich habe furchtbare Angst, dass das Banner des Propheten Mohammed eines Tages auf den Zinnen des Vatikans wehen und dass die Kathedrale von San Pietro eine Moschee sein könnte.«

Sehr eindringlich fuhr er fort:

»Begehe nicht den Fehler, Rom und das Imperium Romanum vernichten zu wollen, Elija. Du wirst scheitern, wie dein König Jeschua vor dir gescheitert ist.

Jede Schwächung der Kirche als weltlicher Staat und des Papstes als Führer der Christenheit ist ein unverzeihlicher … ein tödlicher Fehler. Deshalb werde ich, Papst Leo, nicht zulassen, dass deine Thesen auf dem Laterankonzil diskutiert werden. Deine Tempelreinigung wird nicht stattfinden, Elija.«

Doch dann lächelte er versöhnlich und drückte freundschaftlich meine Hand.

»Und dennoch würde ich, der Humanist Giovanni de' Medici, mich freuen, wenn du mir dein neues Evangelium verkündest.«

Ich nickte stumm.

War ich enttäuscht?

»Nein«, sagte ich einige Stunden später, als Celestina, eng an mich geschmiegt in unserem Bett, dieselbe Frage stellte. »Denn ich habe mich nie der Illusion hingegeben, die Kirche reformieren zu können. Ich kämpfe für Freiheit, Gerechtigkeit und Frieden. Und Giannis offenherzige Freundschaft, sein humanistisches Interesse und seine ganz unchristliche Toleranz sind mehr, als ich erwartet hatte.«

In Rom würde ich mein Evangelium schreiben und *Das verlorene Paradies* erschaffen: den Traum vom Königreich der Himmel, den Jeschua schon vor mir träumte.

❧ CELESTINA ☙

KAPITEL 15

In der mondlosen Finsternis der frühen Morgenstunden glitt meine Hand über das Laken. Das Bett neben mir war noch immer leer. Elija war noch nicht zurückgekehrt.

Seufzend schmiegte ich mich in die Kissen. Die Nacht war schwül und windstill. Wie sehnte ich mich nach einer kühlen Brise von der venezianischen Lagune!

Leise wurde die Tür des Schlafzimmers geschlossen.

Elija?

Atemlos wartete ich, bis er sein Nachtgebet beendet hatte und sich neben mich legte.

Als ich mich über ihn beugte, um ihn zu küssen, umarmte er mich. »Ich dachte, du schläfst schon …«

In der Finsternis strich ich ihm über das lange Haar. »Wie war dein Gespräch mit Angelo?«

Er schwieg.

»Habt Ihr über Arons und Mariettas Hochzeit gesprochen?«

»Mhm.«

»Wie denkt Angelo über Arons Naziratsgelübde? Dein Bruder bekennt sich zum Judentum und hat sich Gott geweiht. Glaubt Angelo, dass die beiden heiraten können?«

»Nein.«

»Elija, glaubst du, dass ihre Liebe noch eine Zukunft hat?«

»Nein.«

Seine Stimme klang so hoffnungslos! Hätte ich doch nur sein Gesicht sehen können!

»Was ist geschehen?«

In der Finsternis hörte ich, wie er tief Luft holte.

»Angelo weiß, wer ich bin.«

»*Was?*«

»Nach dem Brand in Arons Kontor hat Marietta ihm geschrieben. Sie fürchtete um Arons Leben und bat ihren Bruder um Hilfe. Angelo weiß, dass wir Conversos aus Granada sind. Er hat einen Brief nach Spanien gesandt, um sich über Juan, Diego und Fernando de Santa Fé zu erkundigen. Der Großinquisitor von Kastilien hat ihm selbst geantwortet. Kardinal Cisneros weiß, dass ich in Venedig als Jude lebe ...«

»Um Gottes willen!«

»... und Angelo weiß, dass ich als Juan de Santa Fé zwei Jahre im Kerker der Inquisición in Córdoba verbracht habe. Er weiß von den Glaubensdisputationen mit dem Großinquisitor in der Mezquita von Córdoba. Er weiß von Sarahs und Benjamins Tod auf dem Scheiterhaufen und von meiner Flucht nach Venedig. Und ...« Er atmete tief durch. »... er weiß, dass Cisneros mich vor einigen Wochen zum Tode verurteilt hat.«

Was würde Angelo nun tun? Elija, der zum Tode verurteilte Converso Juan de Santa Fé, der in Venedig als Jude lebte, war seiner Karriere schädlich – denn der ehrgeizige Angelo, der die Stufen der Macht sehr schnell erklommen hatte, wollte Kardinal werden.

Ich musste so schnell wie möglich mit Gianni sprechen!

Aber was konnte er gegen den spanischen Großinquisitor unternehmen, der nicht dem Papst, sondern König Fernando von Aragón unterstand? Cisneros war so mächtig, dass man ihn, den Vertrauten Fernandos, ›den zweiten König‹ nannte. Fernando war krank, und ich hatte keinen Zweifel, wer als Regent in Spanien die kirchliche und weltliche Macht innehaben würde, wenn der Rey Católico in einigen Monaten starb: Kardinal Francisco Jiménez de Cisneros!

Ich musste Gianni die Wahrheit über Elija sagen! Sein Entsetzen konnte ich mir vorstellen. Würde er meinen Wunsch ablehnen, wenn ich ihn bat, mich noch am selben Tag ...

»Celestina, ich habe furchtbare Angst«, gestand Elija leise. »Nicht um mich, sondern um dich und Netanja. Denn ich habe erkannt, dass ich nirgendwo auf der Welt sicher sein kann: nicht in Venedig und nicht in Rom. Wenn Cisneros mich findet, wird er mich mit Gewalt nach Córdoba zurückbringen, um selbst die Fackel auf meinen Scheiterhaufen zu werfen.«

»*Was* soll ich?«

Gianni war fassungslos, als ich ihm am nächsten Morgen in der Stanza della Segnatura meinen Wunsch vortrug. Elijas Geschichte hatte ihn aufgewühlt, doch meine Bitte traf ihn ins Herz.

Er sprang von seinem Sessel hinter dem Schreibtisch auf und ging zum Fenster seines Arbeitszimmers. »Celestina, das kann ich nicht tun!«, rief er. »Ich will es auch nicht! Dein Seelenheil …«

»Gianni, du bist nicht nur mein Papst, sondern vor allem mein Freund. Und ich bitte dich, meinen Wunsch zu respektieren!«

Als er sich, einen Ausweg aus seinem Dilemma suchend, abwandte, fuhr ich fort:

»Um unserer Freundschaft willen bitte ich dich, mir diesen Gefallen zu tun. Denn ich will diesen Schritt nicht ohne dein Wissen als mein Papst und ohne dein Einverständnis als mein Freund tun. Du kennst mich gut genug, um zu wissen, dass ich mir diese Entscheidung nicht leicht gemacht habe. Aber ich sehe keine andere Möglichkeit, mit Elija zusammenzuleben und ihn eines Tages zu heiraten. Gianni, wir erwarten ein Kind«, erinnerte ich ihn.

Er schwieg, verzweifelt über meine Entschlossenheit und meinen Eigensinn. Er schaffte es einfach nicht, sich zu mir umzudrehen, mir in die Augen zu sehen und mich zu fragen: Wirst du konvertieren?

»Wenn du es nicht übers Herz bringst, mir diesen Gefallen zu tun, weil er deinem Glauben widerspricht und deine Gefühle für mich verletzt, dann habe ich dafür Verständnis. Ich werde dich nicht länger mit meinem Wunsch quälen.« Ich wartete ab, und als er immer noch schwieg, sagte ich: »Ich werde einen anderen Priester finden! Das dürfte im Vatikan nicht allzu schwierig sein!« Ich erhob mich und ging zur Tür.

Schon hatte ich den Türgriff in der Hand, als er mich zurückrief:

»Celestina, bitte warte!«

Er schlich zurück zu seinem Schreibtisch, ließ sich auf den Sessel fallen, griff nach der silbernen Glocke und läutete.

Als Angelo den Arbeitsraum des Papstes betrat, bat ihn Gianni: »Würdest du bitte Kardinal Bembo bitten, zwei Exkommunikationsbullen aufzusetzen – eine für Celestina Tron, eine für Juan de Santa Fé. Er soll sie heute noch siegeln. Es ist lebenswichtig: Als Converso ist Elija durch die spanische Inquisition zum Tode verurteilt worden. Abschriften beider Bullen sollen noch heute an Kardinal Cisneros, den Großinquisitor von Kastilien, gesandt werden.«

Der Erzbischof sah mich betroffen an, dann nickte er.

»Und bitte bring mir eine Heilige Schrift, eine Glocke und zwei Kerzen. Celestina wünscht, dass du an der Zeremonie teilnimmst.«

Angelo schloss für einen Augenblick die Augen. Dachte er daran, wie viel Schuld er an Elijas und meiner Entscheidung hatte, die Kirche zu verlassen?

Resigniert wandte er sich ab und verließ den Raum, um wenig später mit Buch, Glocke und Kerzen zurückzukehren.

Die Glocke symbolisiert den öffentlichen Charakter der Exkommunikation, die Heilige Schrift belegt die Autorität der Worte des den Akt vollziehenden Bischofs, die Kerze, die nach dem Anathema gelöscht wird, verkörpert die Möglichkeit der Rückkehr in die christliche Gemeinschaft.

»Wir scheiden dich, Celestina, vom Körper und vom Blut Jesu Christi und von der Gemeinschaft aller Christen. Wir schließen dich aus unserer Heiligen Mutter Kirche aus, im Himmel wie auch auf Erden. Wir erklären dich …« Giannis Stimme versagte. »Mein Gott, was tue ich?«, flüsterte er zutiefst bewegt. Dann holte er tief Luft und sprach seinen Text: »Wir erklären dich für exkommuniziert und verdammt …«

Er konnte mir nicht in die Augen sehen, als er »So sei es!« murmelte und wie Angelo seine brennende Kerze auf den Boden warf, damit sie erlosch. Wie traurig er war!

Ich umarmte ihn herzlich. »Ich weiß, wie sehr du an meiner Entscheidung verzweifelst, Gianni. Und ich danke dir, dass du meinem Wunsch entsprochen hast, obwohl er dir sehr wehtut, weil du mich damit verlierst.

Wahre Freundschaft ist, dem anderen seine Freiheit nicht zu nehmen. Wahre Freundschaft ist, den anderen tun zu lassen, was er von ganzem Herzen tun will. Ich bin sehr glücklich, dich zum Freund zu haben, Gianni!«

Nach der Zeremonie verließen Elija und ich den Vatikan und zogen in den Palazzo Medici in der Nähe des Pantheon.

An jenem Nachmittag, als wir unsere Reisetaschen ausgepackt hatten, begannen Elija und ich mit der Übersetzung des griechischen Lukas-Evangeliums.

Elija und ich lebten sehr zurückgezogen. Nur selten gingen wir aus und besuchten meine Freunde Raffaello und Baldassare. Den prächtigen Hof des Papstes mieden wir, was Gianni sehr verstimmte. Wie gern hätte er aller Welt verkündet, dass ich endlich nach Rom gekommen war – und nun? Auf meinen Wunsch hatte er Elija und mich exkommuniziert. Meine Entscheidung, die Kirche zu verlassen, hatte ihn ins Herz getroffen.

›Unbesieglich wie der Tod ist unsere Liebe, und heiß wie Feuergluten brennt unsere Leidenschaft‹, so triumphiert das Hohelied.

Trotz der Gefahr der Entdeckung durch Kardinal Cisneros waren Elija und ich in Rom sehr glücklich. Mitte August, drei Wochen nach unserer Ankunft, ging es mir besser: Im dritten Monat machte mir die Schwangerschaft nicht mehr so zu schaffen. Ich hatte zugenommen, und meine Formen hatten sich gerundet: Meine Brüste waren voller geworden. Elija schien es zu gefallen. »Du bist unglaublich erotisch!«, lächelte er Nacht für Nacht verzückt, wenn wir uns leidenschaftlich liebten. Er war so liebevoll, so zärtlich, und ich fühlte mich geborgen, wenn er mich in seinen Armen hielt und mit mir von Netanja träumte. Wie sehr er sich auf das Kind freute!

Nach drei Wochen hatten wir die Übersetzung des Lukas-Evangeliums abgeschlossen, und Ende August war auch das Johannes-Evangelium übersetzt. In den letzten Monaten hatte Elija mich Hebräisch gelehrt, sodass ich ihm bei der Übertragung seines hebräischen Matthäus-Textes in die lateinische Sprache helfen konnte.

Es war ein unermüdliches Ringen mit dem Verstand und dem Herzen um den Sinn eines jeden Wortes – um den lebendigen Geist des Wortes, wie Paulus es genannt hätte. Die hebräische Poesie der Evangelien und die feinsinnigen Sprachgemälde der Gleichnisse ließen sich nur sehr schwer, falls überhaupt, ins Lateinische übertragen. Noch schwieriger war es mit den jüdischen Begriffen: Königreich der Himmel, Erlösung, Auserwählung, Gnade, Sühne und Gerechtigkeit. Sollten wir hebräische Worte wie Zedaka – Gerechtigkeit überhaupt übersetzen, da sie dabei doch ihren Sinn veränderten?

Elija hatte begonnen, Notizen für sein Buch zu machen, das er in wenigen Wochen beginnen würde: Zitate aus den Evangelien, Prophetenworte aus der Bibel und Rabbinensprüche aus dem Talmud. Nachdem ich mich in Florenz einen Abend lang durch die Traktate des Talmud gekämpft hatte, während Elija und Giovanni Montefiore in ihrem rabbinischen Wortgefecht aus dem Gedächtnis zitierten, lehrte mich Elija, seinen Talmud zu lesen.

Wie konnten wir denn ahnen, dass meine Kenntnis des Talmud Elija eines Tages das Leben retten würde!

Kurz vor Rosch ha-Schana, dem jüdischen Neujahrsfest am 1. Tishri 5276, dem 8. September 1515, hatten wir das Matthäus-Evangelium fertig übersetzt.

Rosch ha-Schana und die folgenden neun Tage bis Jom Kippur, dem Versöhnungsfest, sind eine Zeit der Umkehr und Besinnung. In jener stillen Zeit des Nachdenkens und der Buße war Elija oft in der sefardischen Synagoge im Judenviertel am Tiberufer, um in tiefer Demut zu beten. Wie jedes Jahr trug er zum Neujahrsfest ein langes weißes Totenhemd, in dem er eines Tages begraben sein würde.

Am Abend aßen Elija und ich Granatäpfel: So viele rubinrote Kerne eine Frucht hatte, so viele unserer Wünsche sollten im neuen Jahr in Erfüllung gehen. Ein ganz zauberhafter jüdischer Neujahrsbrauch – der Elija allerdings sehr traurig stimmte: Er dachte an Granada.

Und sehr oft an seinen Tod.

Würde Kardinal Cisneros, wenn er ihn gefunden hatte, auch nur einen Augenblick zögern, ihn lebendig zu verbrennen – obwohl die päpstliche Bulle bestätigte, dass Elija kein Christ mehr war?

Einen Tag nach Jom Kippur – Elija hatte den Versöhnungstag in der Synagoge verbracht – hörten wir von der Schlacht bei Marignano, die am 13. September stattgefunden hatte.

Die Franzosen eroberten Mailand!

Entsetzt über das Vordringen von König François, beschloss der Papst, dem vorrückenden französischen Heer bis Bologna entgegenzueilen, um die Souveränität des Kirchenstaates zu sichern. Zum venezianischen Botschafter Marino Zorzi sagte er: »Was wird nun aus der Kirche? Und was wird aus Venedig? Wir werden Uns in die Hände des Allerchristlichsten Königs begeben und ihn um Gnade anflehen!« Anfang Oktober brach Leo X. mit seinem Gefolge nach Norden auf und reiste nach Florenz.

Ich war nicht weniger besorgt als Gianni, denn Venedig war mit Frankreich verbündet. Hatte Tristan mit den venezianischen Truppen an der Schlacht teilgenommen? War er verwundet?

Und noch eine andere Frage beunruhigte mich zutiefst:

Was empfand ich eigentlich noch für ihn?

›Wir Juden haben Jeschua aus Israel vertrieben.‹

Mit kratzender Feder schrieb Elija das Vorwort seines Buches nieder.

›Einen der größten Rabbis, eine Leuchte des Judentums, einen Märtyrer für seinen Glauben, haben wir den Christen überlassen, die seine Worte von Liebe und Vergebung wie eine tödliche Waffe gegen uns gewendet haben. Sein blutüberströmter, unter Qualen sich windender Körper am Kreuz ist zum Symbol der endlosen Leiden des jüdischen Volkes geworden – seiner Brüder und Schwestern. Doch im Inferno von Hass und Gewalt, streitbaren Glaubensdisputationen und den auflodernden Scheiterhaufen der Inquisition halte ich unbeirrbar fest an Jeschua, meinem Rabbi, meinem König, meinem Bruder.

Wahrlich, so sprach Jeschua …‹

»Signore?« Die Dienerin stand in der Tür der Bibliothek.

Elija ließ die Feder sinken und sah auf.

»Ihr habt Besuch, Signore. Im Empfangsraum wartet ein Mann, der Euch zu sprechen wünscht. Er sagte, er sei weit gereist, um Euch zu sehen ... und es sei nicht leicht gewesen, Euch in Rom zu finden.«

»Wer ist es?«, fragte Elija stirnrunzelnd.

Wer wusste denn, dass wir in Rom waren?

Das Mädchen senkte beschämt den Blick. »Ich habe seinen Namen nicht verstanden, Signore. Es ist ein ausländischer Name. Ich glaube, er heißt Ssssi ... oder Ssssinero ... oder so ähnlich ...« Sie knickste verlegen. »Bitte verzeiht!«

Zutiefst beunruhigt sah ich Elija an.

Kardinal Cisneros?

War er nach Rom gekommen, um Elija nach Córdoba zurückzubringen?

»Führe ihn in die Bibliothek!«, bat Elija das Mädchen, das sofort verschwand, um den Besucher zu holen.

Seine Hände zitterten, als er die Feder ins Tintenfass steckte und sich die Finger an einem Tuch abwischte. Dann schob er den Sessel zurück, erhob sich und trat zum Fenster.

Ich umarmte ihn. »Wo du bist, werde auch ich sein, Elija!«, flüsterte ich und küsste ihn.

Sein Kuss schmeckte nach Verzweiflung.

Das Mädchen öffnete leise die Tür der Bibliothek, um den Besucher einzulassen.

Dann stand er vor uns.

»Jakob!«, rief Elija überrascht und sehr erleichtert. Er umarmte seinen Freund und küsste ihn auf beide Wangen.

Dann begrüßte auch ich Jakob. »Wie schön, dich zu sehen. Was machst du in Rom?«

»Ich suche euch! Und es war gar nicht so leicht, euch zu finden!« Jakob ließ sich erschöpft in einen Sessel sinken. »Ich war in der sefardischen Synagoge – vergeblich! Dann habe ich den jüdischen Gemeindevorstand von Rom aufgesucht – erfolglos! Schließlich habe ich mich durch das Judenviertel gefragt und erfahren, dass Elija in Rom ist, aber nicht im jüdischen Viertel wohnt. Dann habe ich euch im Vatikan gesucht – aber nicht gefunden! Der Papst ist auf dem Weg nach Florenz, um sich mit König François zu treffen, und Mariettas Bruder Angelo ist bei ihm. Wen also sollte ich nach euch fragen? Celestinas Cousin Giuliano de' Medici, der Bannerträger der Kirche, führt das Heer des Papstes, und Kardinal Giulio de' Medici verhandelt als päpstlicher Legat mit dem französischen König.

Da fiel mir ein, dass Celestina mit Baldassare Castiglione befreundet ist. Ich klopfte an seinen Palazzo – umsonst! Der Conte ist mit dem Papst nach Norden aufgebrochen. Also bin ich wieder in den Vatikan zurückgekehrt und habe nach Raffaello Santi gefragt. Und – Adonai sei gelobt! –, der Maestro wusste, wo ich euch finden konnte.« Er schnaufte. »Ich bringe Nachrichten aus Venedig.«

»Was ist geschehen?«, wollte Elija wissen.

»Auf Aron ist ein Attentat verübt worden.«

»O mein Gott!«, entfuhr es mir.

»Lange nach Mitternacht kehrte Aron von Mariettas Palazzo nahe San Moisè nach Hause zurück. An der Fondamenta Orseolo wurde er überfallen und schwer verwundet. Aber er konnte sich retten! Mit letzter Kraft entwand er sich den Angreifern, warf sich in den Bacino Orseolo, schwamm auf die andere Seite, erreichte die Arkaden der Prokuratien an der Piazza San Marco und flüchtete sich in die Arme des Prokurators Antonio Tron. Er hat David rufen lassen. Dein Bruder und ich haben Aron nach Hause gebracht.«

»Wer hat versucht, ihn zu ermorden?«, fragte Elija erschüttert.

»Der Prokurator versprach, dafür zu sorgen, dass der Consiglio dei Dieci die Gewalttat untersucht. Nach dem Brand in Arons Kontor hat Tristan Venier als Vorsitzender des Zehnerrates erklärt, dass er einen Anschlag auf einen jüdischen Bankier, der es der Serenissima durch große Anleihen ermöglicht, ihren Kampf um Freiheit und Unabhängigkeit fortzusetzen, als einen Angriff gegen die Republik Venedig betrachtet. Doch Signor Venier war nicht in Venedig.«

»Wo ist er?«, fragte ich bestürzt.

»Im Feldlager des französischen Königs. Seine Exzellenz sagte mir, er sei in der Schlacht von Marignano verwundet worden.«

Mit zitternden Knien ließ ich mich auf den Sessel vor dem Schreibtisch sinken.

»Und Aron?«, fragte Elija.

Jakob hielt den Blick gesenkt. »Das Blut strömte aus ihm heraus wie aus dem kleinen Moses Rosenzweig. David hatte den Jungen nicht retten können. Erinnerst du dich, wie verzweifelt er an Schawuot war? Elija, so habe ich David noch nie erlebt. Er war so zornig! Drei Tage lang hat er mit Gott gerungen, doch am Ende hat er den Kampf um Arons Leben gewonnen. Dein Bruder lebt!«

Elija nickte stumm. Dann fragte er seinen Freund: »Hat der Consiglio dei Dieci das Attentat auf Aron untersucht?«

»Ja.«

»Und?«

Jakob schüttelte resigniert den Kopf.

»Hat David dich geschickt?«

»Dein Bruder weiß nicht, dass ich hier bin.«

»Er weiß es nicht?«, fragte Elija verwirrt.

»Ich bin nach Rom gekommen, um dich zu warnen, Elija: Dein Leben ist in Gefahr! David will nicht, dass du von dem Anschlag auf Aron erfährst. Er hat Angst, du könntest deine Sachen packen und mit Celestina zurückkommen. Er fürchtet, du könntest glauben, dass Kardinal Cisneros das Attentat auf deinen Bruder befohlen hat, um dich nach Venedig zurückzulocken und nach Córdoba zu entführen. In Rom stehst du unter dem Schutz des Papstes. David will, dass du mit Celestina in Rom bleibst und auf keinen Fall ...«

»Wir werden nach Venedig zurückkehren«, entschied Elija. »Ich kann mich nicht in Rom verkriechen, während meine Familie in Gefahr ist. Sie leiden, weil ich in Córdoba nicht den Mut hatte, mich selbst zu opfern.«

»Elija, das ist Wahnsinn!«, rief Jakob verzweifelt. »In Venedig wartet der Tod auf dich!«

Im dunstigen Licht der goldenen Abendsonne schien Venedig über den Wellen zu schweben. Mein geliebtes Venedig – Stadt der Lebensfreude und der Sinnlichkeit!

Bis zu unserer Flucht nach Rom war die Serenissima das Paradies auf Erden gewesen, ein Ort des Friedens und der Freiheit. Und nun? War das Paradies für uns verloren?

Während die untergehende Sonne den Abendhimmel in Flammen setzte und die Wolken in allen Schattierungen von Gold und Purpurrot verglühten, ließen Jakob, Elija und ich uns mit unserem Gepäck von einem Gondoliere nach Venedig hinüberrudern. Unsere Pferde sollten später mit einem größeren Kahn zur Ca' Tron gebracht werden.

Während des fünftägigen Rittes über Urbino und Ravenna war Jakob sehr schweigsam gewesen: Er gab sich die Schuld an Elijas Entschluss, in die Serenissima zurückzukehren. Das Band der Freundschaft zwischen ihnen war zerrissen, seit Jakob und Elija sich in Urbino zerstritten hatten. In seiner Verzweiflung hatte Jakob seinem Freund den Plan ausreden wollen, sein nazoräisches Evangelium zu schreiben. Er hatte Elija verletzende Worte entgegengeschleudert: Ob der Weihrauchdunst von San Pietro Elija den Verstand vernebelt habe? Ob er sich nach all den Jahren doch noch zum Märtyrer machen wolle?

»Der Papst hat dich exkommuniziert: Du bist kein Christ mehr«, hatte Jakob ihn angeschrien. »Willst du mit deinem Evangelium den Cherem-Bann riskieren, um am Ende auch kein Jude mehr zu sein?«

Jakob, der mir in der Gondel gegenübersaß, wich meinem Blick aus. Der Streit mit Elija und das Ende ihrer Freundschaft hatten ihm sehr wehgetan – so wie Elija.

Unser Boot glitt durch den Canal Grande, vorbei an den prächtigen Palazzi der Nobiltà.

Dort ragte die Ca' Venier aus den funkelnden Wellen des Kanals. Tristan, bist du schon zurückgekehrt? Wie geht es dir? Ich vermisse dich so sehr …

Elija legte mir tröstend den Arm um die Schultern. »Du denkst an *ihn*, nicht wahr?«

Ich nickte und schwieg, während wir zum Ponte di Rialto gerudert wurden.

Als wir endlich den Palazzo Tron erreichten, machte die Gondel am Bootssteg vor dem Haus fest. Jakob umarmte uns zum Abschied, murmelte ein hoffnungsloses »Schalom!« und ließ sich zu seinem Haus auf der Insel Giudecca hinüberrudern.

Elija und ich sahen ihm vom Steg aus nach, bis das Boot hinter der Biegung des Canalazzo verschwand.

»Mein Haus ist dein Haus«, sagte ich, als ich das Portal aufstieß.

Zwei Stufen auf einmal nehmend, flog uns Menandros entgegen und riss uns ungestüm in seine Arme.

»Ihr seid zurückgekehrt!« Er küsste Elija auf beide Wangen. »Nach dem Attentat auf Aron hatte ich solche Angst um euch! Dem Allmächtigen sei Dank: Es geht euch gut!«

»Menandros«, rang ich in seiner Umarmung nach Luft. Ich war im fünften Monat schwanger! »Wie froh bin ich, dich zu sehen! Hast du von Tristan gehört? Er wurde in der Schlacht von Marignano verwundet.«

»Tristan ist wieder in Venedig! Gestern war er hier, um nach dir zu fragen. Er wusste nicht, wohin ihr geflohen wart. Er ist so verzweifelt – weil er Elija in seinem Zorn geschlagen und dich damit endgültig verloren hat.«

»Wie geht es ihm?«

»Die Wunde an seinem Bein ist verheilt – David hat ihn untersucht. Aber die an seinem Herzen wird wohl nie heilen. Tristan ist traurig und sehr einsam.«

Vor dem Gartentor der Ca' Venier zügelte ich meinen Hengst und sprang aus dem Sattel. Während ich das Pferd festband, sah ich an der Rückseite des Palazzos empor, einer schlichten Backsteinfassade.

Wie lange war ich nicht hier gewesen? Fünf Monate! Was war in jenen Wochen alles geschehen!

Schwermütig schritt ich durch den herbstlichen Garten zum Portal. Auf mein Klopfen öffnete mir Tristans Diener Giacometto. An ihm vorbei betrat ich das Haus. Aber anstatt wie früher gleich die

Treppen hinaufzufliegen, um meinen Geliebten stürmisch zu umarmen, blieb ich stehen. »Giacometto, sag mir: Wie fühlt er sich?«

»Es geht ihm besser, seit vor drei Tagen der Medicus David Ibn Daud hier war. Wir hatten ihn nicht gerufen, und doch stand er plötzlich vor der Tür und wollte den Signore besuchen. Er hat sein zerschmettertes Bein untersucht und ihm Opium gegeben, damit er die Schmerzen ertragen kann. Dann ist er noch zwei Stunden geblieben und hat sich mit dem Signore unterhalten. Zuerst war der Signore sehr beschämt, weil er den Bruder des Medicus geschlagen hatte ... aber als Doktor Ibn Daud wieder ging, fühlte er sich sehr viel besser.

Trotz seiner Schmerzen hat Signor Venier vorgestern das Bett verlassen, um sich von mir zur Ca' Tron rudern zu lassen – er wollte nach Euch fragen.«

Betroffen quälte ich ein »So schlimm ist es?« heraus.

Giacometto nickte ernst. »Der Medicus sagte, Signor Venier werde nie mehr richtig laufen können. Und er war doch immer so lebenslustig!« Giacometto schluckte. »Und jetzt ... Erst heute Morgen, als ich ihm sein Frühstück ans Bett brachte, sagte er zu mir, er sei ein gestrandetes Wrack – zu nichts mehr nütze und allen eine Last. Er ist so niedergeschlagen! Es tut mir weh, ihn so zu sehen.«

»Wo ist er?«

»Nach dem Mittagessen hat er Opium genommen. Er schläft jetzt.«

»Ich werde nach ihm sehen.« Ich stieg die beiden Treppen hinauf zum Schlafzimmer. Leise öffnete ich die Tür und trat in den Raum.

Tristan lag schlafend in die Kissen gelehnt. Das seidene Laken und die lagunenblaue Brokatdecke bedeckten seinen Körper bis zur Hüfte. Auf dem Nachttisch standen eine halb leere Karaffe mit Rotwein und ein Fläschchen mit Opium aus Davids Apotheke.

Behutsam setzte ich mich neben ihn, strich ihm eine Strähne seines langen Haares aus der Stirn und küsste ihn zärtlich.

Noch im Opiumrausch gefangen, öffnete er seine Lippen und atmete aus tiefstem Herzen seufzend meinen Duft ein.

Da schlug er die Augen auf. »Celestina«, flüsterte er bewegt. »Ich habe mich so gefreut, als Menandros mir gestern eine Nachricht sandte, du seist aus Rom zurückgekehrt. Und nun bist du da.«

»Ich werde immer für dich da sein.«

»Ich liebe dich.«

»Und ich liebe dich, Tristan.«

»Immer noch?«

»Immer noch, und für alle Zeit«, versprach ich ihm. »Neunzehn Jahre, Tristan! Das ist unser ganzes Leben!«

Bedächtig zog ich die Schleifen meines Mieders auf. Dann erhob ich mich und ließ das Brokatkleid und das seidene Unterkleid zu Boden gleiten.

Tristans Blick streichelte meine Brüste und meinen gerundeten Bauch, als ich zu ihm unter das Laken schlüpfte.

Ich schmiegte mich an ihn, nahm seine Hand und legte sie auf meinem Bauch. »Spürst du es?«

Er nickte gerührt.

»Das ist Netanja.«

Tristan streichelte meinen Bauch. »Elija muss sehr stolz sein.«

»Das ist er.«

»Weiß er, dass du hier bist?«

»Ja, er weiß es. Heute Nachmittag haben wir gemeinsam Aron besucht. Dann ist Elija nach Hause zurückgekehrt, um seine Truhen auszupacken – er wohnt jetzt bei mir.«

»Seid ihr glücklich?«, fragte er leise.

»In Rom waren wir es. Ob wir es in Venedig sein können, hängt vor allem von dir ab.«

»Von mir?«

»Deine Traurigkeit und deine Einsamkeit bedrücken uns. Wir würden unser Glück gern mit dir teilen.«

Zutiefst beschämt schwieg er.

Vor drei Monaten hatte er Elija gefragt, wie er seinen Feind lieben könne: »Lehre es mich, du großer Rabbi, denn ich kann für dich keine Liebe empfinden – nur Hass und Zorn!«

Und nun lehrte Elija ihn das Lieben.

»Elija würde sich freuen, wenn du uns oft besuchen kämst und wenn du dann mit Netanja spielen würdest, als wäre er dein eigener Sohn.«

Glaube, Hoffnung, Liebe, diese drei: Die größte von diesen ist die Liebe, hatte Paulus geschrieben. Denn die Liebe erträgt alles, glaubt alles, hofft alles, erduldet alles.

Wie sehr Paulus sich irrte!

Eines der schönsten Gefühle der Welt ist die Glückseligkeit der Vergebung.

Nach dem Abendessen im großen Saal trugen Menandros und Elija Tristan die Treppe hinauf in die Bibliothek, wo im Kamin ein Feuer prasselte. Mit seinem zerschmetterten Bein konnte er noch nicht ohne fremde Hilfe gehen.

Elija half ihm in den Sessel vor dem flackernden Kamin, während Menandros eine Decke über Tristans Beine breitete.

Es hatte einige Tage gedauert, bis Tristan Elijas Einladung gefolgt war. Aber dann war er gekommen. Die Versöhnung mit Elija vor dem Abendessen hatte mich sehr glücklich gemacht, und ich hatte mich an Menandros' Worte erinnert: »Ich finde es wundervoll, wie du mit Respekt und Toleranz das verlorene Paradies neu zu erschaffen versuchst. ›Das messianische Friedensreich ist schon gekommen‹, hätte Christus gesagt, ›es ist schon da, mitten unter euch‹.«

Menandros hatte Recht: Elija und ich hatten das verlorene Paradies gefunden – nicht in der Welt, sondern in uns selbst.

Aviram, einer unserer neuen Diener, brachte mit Nelken gewürzten Wein und für Elija ein Kristallglas mit Wasser. Als Nazir trank er keinen Wein.

Während Tristan an seinem Wein nippte, sah er sich in der Bibliothek um. Auf dem großen Tisch in der Mitte des Raumes stapelten sich Elijas hebräische und arabische Bücher – Menandros hatte damit begonnen, sie in die Regale zu stellen.

Tristan wies auf den Schreibtisch, der sich unter dem zwölfbändigem Talmud, der hebräischen Bibel und den Büchern von Mosche ben Maimon und Shemtov Ibn Shaprut bog: »Du hast dein Buch schon begonnen, nicht wahr?«

Elija nickte. »Seit einigen Tagen schreibe ich am ersten Kapitel: Die Geburt in Betlehem, die Weisen und der Stern. Das Vorwort ist schon fertig.«

»Darf ich es lesen?«

Elija holte die ersten Seiten des Manuskripts vom Schreibtisch. Wenn wir *Das verlorene Paradies* in Daniel Bombergs Druckerei verlegen wollten, benötigten wir ohnehin die Zustimmung des Consiglio dei Dieci.

Verwirrt starrte Tristan auf die Seiten. »Aber das ist doch Celestinas Handschrift!«

»Ich schreibe das Manuskript für den Drucker ab«, erklärte ich.

Tristans Blick flog über die ersten Zeilen, hielt inne, huschte zurück und begann von vorn.

Im Licht des flackernden Kaminfeuers sah ich, wie seine Gesichtszüge erstarrten – und es lag nicht daran, dass sein Bein ihm Schmerzen bereitete.

Leise begann Tristan vorzulesen:

»›… Doch im Inferno von Hass und Gewalt, streitbaren Glaubensdisputationen und den auflodernden Scheiterhaufen der Inquisition halte ich unbeirrbar fest an Jeschua, meinem Rabbi, meinem König, meinem Bruder.

Wahrlich, so sprach Jeschua, was ihr einem meiner geringsten Brüder getan habt, habt ihr mir getan.

Und so wurde Jeschua zusammen mit seinen jüdischen Brüdern und Schwestern eintausendfünfhundert Jahre lang misshandelt, bedroht, gequält, verhöhnt, verfolgt, beraubt, gedemütigt, ermordet und vertrieben – und von den Christen wieder und wieder ans römische Kreuz geschlagen.

Liebt eure Feinde, so predigte Jeschua, und betet für die, die euch verfolgen, damit ihr Kinder Gottes werdet.

Lasst uns gemeinsam – Juden und Christen! – die Nägel aus seinem Fleisch ziehen und ihn endlich vom Kreuz nehmen …‹«

Blass ließ Tristan drei Seiten weiter das Manuskript sinken. Das blanke Entsetzen stand ihm ins Gesicht geschrieben.

Und die Angst.

Menandros half mir in die schwankende Gondel, breitete einen warmen Pelz über meinen Bauch und meine Beine und entzündete die Laterne. Dann machte er das Seil los und steuerte die Gondel in die Mitte des Canalazzo.

Es war so nebelig, dass ich trotz des Lichtscheins der Laterne die Palazzi zu beiden Seiten des Kanals nicht erkennen konnte. Nebelschleier waberten vor uns über das tiefschwarze Wasser. Nur das leise Plätschern der Wellen gegen die Bootsstege und das Geräusch aneinander schlagender Gondeln durchbrach die Stille. Kein fremder Ruderschlag, kein Lachen, kein Gesang drang durch den dichten Nebel.

Misteriosa Venezia – geheimnisvolles Venedig!

Als wir am Rio di San Moisè vorbeigeglitten waren, hielt sich Menandros nah am linken Ufer – nicht aus Angst vor einer Kollision mit einer anderen Gondel, sondern weil der Hafen abends bei Nebel besonders gefährlich war.

Meine Hand unter dem warmen Pelz zerknitterte die kurze Nachricht, die Leonardo mir gesandt hatte. ›Bitte komm!‹, hatte er geschrieben. ›Ich muss dringend mit dir reden.‹

Ich konnte mir denken, was er mir zu sagen hatte!

Dann tauchte der Palazzo Ducale aus den dichten Nebelschwaden auf. Menandros steuerte die Gondel an den Molo heran, legte an einem Bootssteg an, sprang hinauf und half mir an Land. Dann begleitete er mich durch die Porta della Carta in den Hof des Dogenpalastes. »Ich werde auf dich warten!«, versprach er und küsste mich auf die Wange.

Wenig später hatte ich das Appartamento Ducale erreicht. Ein Diener öffnete mir die Tür zu Leonardos Privatgemächern.

In eine Decke gewickelt saß er am Kamin. Sein Blick war glanzlos, und wie immer war er bleich wie der Tod. Die nebelige Feuchtigkeit des venezianischen Winters bereitete ihm Schmerzen.

»Danke, dass du gekommen bist, mein Kind«, murmelte der Doge. »Bitte setz dich! Wir müssen reden.«

Während ich mich im Sessel gegenüber niederließ, ruhte sein Blick auf meinem Bauch: Ich war im siebten Monat.

»Celestina ...«, begann er mühsam.

»Was willst du mir sagen, Leonardo? Dass Zaccaria Dolfin im Senat erneut die Vertreibung der Juden aus Venedig gefordert hat? Dass er mich als Judenhure beschimpft hat? Das weiß ich schon von Tristan.«

»Celestina, es tut mir ...«

»Warum?«, unterbrach ich ihn. Verbittert? Nein, denn ich hatte nichts anderes erwartet als Unverständnis und Hass. Enttäuscht – das war ich! Zutiefst enttäuscht über die christliche Intoleranz. »Zaccaria hat doch Recht: Ich bin die Geliebte eines Juden. Ich bin von ihm schwanger. Wir leben zusammmen, obwohl wir nicht verheiratet sind, brechen sämtliche Regeln des vierten Laterankonzils und setzen uns über alle gesellschaftlichen Konventionen hinweg. Ich, die berühmte Humanistin und Verfasserin des Buches *Über die Würde und die Erhabenheit des Menschen*, das der Papst die ›schönste Blüte der Moral‹ nennt, bin doch offensichtlich das beste Beispiel für den sittlichen Verfall Venedigs. Eine Judenhure!«

»Ich werde dafür sorgen, dass Zaccaria Dolfin sich bei dir in aller Form entschuldigt«, versprach Leonardo mit beschwichtigend erhobenen Händen.

»... dass er sich bei mir entschuldigt? Das kann er gar nicht! Nur ich könnte ihm vergeben. Aber das will ich nicht! Seine selbstherrliche Intoleranz ist unverzeihlich!«

Stöhnend fuhr sich Leonardo mit der Hand über die Stirn.

»Celestina, mein Kind, ich wollte mit dir über das Buch sprechen, das du mit Elija schreibst. Tristan war vor einigen Tagen bei mir und hat mich um Rat gefragt. Das Lesen der ersten Seiten hat ihn in einen furchtbaren Gewissenskonflikt gestürzt. Als Consigliere dei Dieci müsste er das Buch als ketzerisches Werk der Staatsinquisition übergeben, damit es verbrannt wird. Aber als dein Freund, der dich mehr liebt als alles andere auf der Welt, will er dich nicht in Gefahr bringen, von der Inquisition angeklagt zu wer...«

»Elija und ich werden dieses Buch schreiben!«

»Es wird verbrannt werden«, prophezeite er.

»Mögen sie es verbrennen! Dann wissen Elija und ich, weshalb wir es geschrieben haben: weil es notwendig ist! Denn in Europa werden nicht nur Bücher, sondern auch Menschen verbrannt, weil sie einen anderen Glauben haben.«

»Dein Vater war auch so ein intellektueller Freiheitskämpfer!«, erregte er sich – verzweifelt über meinen Eigensinn. »Celestina, sei vernünftig: Das Buch ist häretisch und höchst gefährlich! Elija nimmt Jesus Christus vom Altar und schleppt ihn aus der Kirche fort!«

Ich dachte an den jüdischen Witz, den Elija mir vor Monaten erzählt hatte, als wir gemeinsam das ›Königreich der Himmel‹ betraten: »Ein Jude geht in eine Kirche …«

»Das ist absurd!«, hatte ich gelacht.

»Nein, das ist es nicht!«, hatte er sehr ernst erwidert. »Sieh dir die christlichen Kirchen genau an: In jeder Kirche hängt ein Jude am Kreuz! Also: Ein Jude geht in eine Kirche, um zu beten. Es ist Abend – bitte beachte den endzeitlichen Aspekt dieses Gleichnisses! Der Jude steht vor dem Kreuz und betet mit dem Tallit um die Schultern das Schma Israel. Da kommt der christliche Priester und spricht ihn an. ›Es tut mir Leid‹, sagt er, ›aber der Abendgottesdienst beginnt gleich. Juden sind dabei nicht erwünscht. Bitte geht jetzt!‹ Da nimmt der Jude das Kreuz vom Altar, trägt es fort und sagt: ›Komm, Jeschua, mein Bruder, es ist Zeit: Wir müssen gehen.‹«

Wie hätte ich damals ahnen können, dass Elija das Gleichnis ernst gemeint hatte! Denn wie jener Jude wollte er Jeschua aus der Kirche in die Synagoge zurücktragen.

Und was ließ er den Christen? Ein leeres Kreuz!

»Ich war entsetzt, als Tristan mir erzählte, was Elija geschrieben hatte: ›Die ethischen Gebote des Rabbi Jeschua sind einer der kostbarsten Schätze des Judentums.‹ Um Himmels willen!«, rief Leonardo händeringend aus. »Elija und du, ihr seid beide berühmte und hoch geachtete Gelehrte – die Humanisten werden Daniel Bomberg die Seiten eures Buches aus der Druckerpresse reißen! Innerhalb eines Jahres wird es in Italien, Deutschland, Frankreich, Spanien und England gedruckt und gelesen werden. Dass ihr beide exkommuniziert seid, macht euch zu Märtyrern … zu Helden! Die humanistischen Gelehrten werden dem Papst die ›heilig gesprochenen Irrtümer der

Kirche‹ vor die Füße werfen – so nannte Elija doch die christlichen Dogmen! Es wird zu einem neuen Schisma kommen! Celestina, ich flehe dich an: Ihr dürft dieses Buch niemals vollenden!

Das verlorene Paradies ist das häretischste Buch, das jemals geschrieben wurde. Und das gefährlichste! Mit apokalyptischem Donnergetöse wird die christliche Weltordnung einstürzen!«

✂ Elija ✂

Kapitel 16

Wie ein Schiff aus Stein tauchte die Insel Giudecca vor mir aus dem dichten blauen Nebel auf. Es war schon fast dunkel. Hoffentlich kam ich nicht zu spät!

Seit Stunden freute ich mich auf das Schabbatessen. Aron und Marietta hatten zugesagt, nach dem Gottesdienst zum Abendessen in die Ca' Tron zu kommen – mein Bruder wollte wegen Angelos entschiedenem Nein zu seiner Hochzeit mit Marietta mit mir reden, bevor er am 25. Kislew, dem ersten Tag von Chanukka, in Venedig eintraf.

Der Erzbischof hatte Aron und Marietta eigentlich an Weihnachten in San Marco trauen wollen. Und nun? Mein Bruder, der sich monatelang verzweifelt bemüht hatte, weder Aron Ibn Daud, der Jude, noch Fernando de Santa Fé, der Christ, zu sein, sondern einfach ein Mensch, der nach all den Leiden ein Anrecht auf Glück zu haben glaubte – nun war er zutiefst unglücklich. Mit seinem Naziratsgelübde hatte er sich eindeutig zum Judentum bekannt. Er hatte sich zwischen Marietta und seiner Familie entscheiden müssen und es nicht über sich gebracht, unseren Vater, unsere Herkunft und unseren Glauben zu verraten.

Und trotzdem war Aron wie jeder andere Mensch erfüllt von der tiefen Sehnsucht nach Geborgenheit in den Armen einer geliebten Frau – nach Freude, Glückseligkeit und Frieden. Doch der Friede schien für immer verloren.

Wie ich quälte sich auch Aron wegen der Angriffe der Christen auf die Juden – an denen wir beide wegen unserer Liebe zu Christinnen schuld waren.

In den letzten Wochen hatten die Franziskaner, allen voran der spanische Mönch Fray Santángel, die Christen gegen die ›Christusmörder‹ und ›die von Gott verdammten Juden‹ aufgehetzt. Immer wieder war es zu blutigen Ausschreitungen gekommen. In Arons neuem

Kontor war Feuer gelegt worden, nachdem Fray Santángel mit Donnerstimme auf dem Campo di San Polo verkündet hatte, Aron hätte für einen Kredit an einen Christen einen goldenen Crucifixus als Sicherheit verlangt – und den Gekreuzigten dann angespuckt. Wie verbittert Aron, der Jeschua verehrte, über die Hasstiraden des Franziskaners war!

Doch nicht nur auf Aron und David, sondern vor allem auf mich hatte es Fray Santángel seit meiner Rückkehr aus Rom abgesehen. Stundenlang stand er vor der Ca' Tron und hielt seine Hetzpredigten gegen mich auf dem Campo San Stefano. Er folgte mir, wenn ich das Haus verließ. Er trat mir in den Weg, sodass ich ihm immer wieder ausweichen musste. Er beschimpfte mich, spuckte mich an und bewarf mich mit Dreck.

Wieso provozierte mich der Mönch? Wollte er, dass ich die Beherrschung verlor und auf ihn losging?

Tristan hatte diskret Erkundigungen über den geheimnisvollen Frater aus Spanien eingeholt, der vor Monaten an einigen meiner Lehrstunden für Humanisten teilgenommen und seit Wochen vor Arons Kontor gepredigt hatte. Dann war er wochenlang verschwunden gewesen.

Als Tristan mir vor einigen Tagen beim Abendessen berichtet hatte, Fray Santángel sei von Toledo nach Venedig gekommen, war ich entsetzt. Kardinal Cisneros war Erzbischof von Toledo! War der Frater der geheimnisvolle Attentäter, der Aron fast ermordet hätte?

Mit weit ausholenden Ruderschlägen fuhr ich den Canale della Giudecca entlang in Richtung San Giorgio Maggiore. Als ich den Bootssteg vor Jakobs Haus erreichte, band ich die Gondel fest und sprang an Land.

Bis zur aschkenasischen Synagoge war es nicht weit. Ich stieß das schwere Tor auf, das im Notfall einem Angriff der Gojim standhalten konnte, und stieg die Treppen hinauf zum Gebetssaal.

Mit dem Tallit um die Schultern saß Jakob auf seinem angestammten Platz in der Nähe der Kanzel und blätterte mit der linken Hand in seinem Gebetbuch.

»Schalom, Jakob!«, begrüßte ich ihn.

Die Gläubigen musterten mich. Sie wussten, wer ich war. Elija ha-Nozri, so nannten sie mich – Asher Meshullam hatte es mir erzählt. Elija der Nazoräer. Elija der Christ. Der vom rechten Weg Abgekommene. Der Verirrte.

Jakob sprang auf, um mich zu begrüßen. »Schalom!«

Er umarmte mich nicht – glaubte er, Häresie sei eine ansteckende Krankheit?

»Warum bist du gekommen?«, fragte er mit einem beunruhigten Seitenblick auf die Gläubigen, die uns nicht aus den Augen ließen. Die Gespräche in der Synagoge waren verstummt – niemand wollte sich auch nur ein Wort entgehen lassen.

»Ich bin gekommen, weil du mein Freund bist, Jakob. Und weil ich wissen will, ob ich noch der deine bin.« Ich legte ihm die Hand auf die Schulter.

Dann wandte ich mich ab und ging zu einem der freien Plätze in der letzten Reihe. Auf dem Sitz neben mir lag ein aschkenasisches Gebetbuch, in dem ich blätterte, um den ersten Schabbat-Psalm zu finden. Ich wollte Jakob die Möglichkeit geben, eine Entscheidung zu treffen.

Einen Herzschlag lang stand er unentschlossen vor seinem Sitz, presste seinen Siddur an die Brust und starrte auf den goldgeschmückten Tora-Schrein. Dann murmelte er etwas auf Deutsch, das wie »Verdammt!« klang, wandte sich um und ließ sich neben mich auf den freien Sitz sinken.

Unwilliges Gemurmel in der Synagoge. Verächtliche Blicke. War Rabbi Jakob ben Israel Silberstern etwa auch ein Abtrünniger?

»Mein Gott, wie musst du dich fühlen, Elija!«, seufzte Jakob schließlich, als er die Blicke der Gemeinde nicht mehr ertrug. »Asher Meshullam hat mir gestern erzählt, dass du seit deiner Rückkehr aus Rom in der Synagoge nicht mehr zur Lesung des Wochenabschnittes aus der Tora aufgerufen wirst. Welch eine Demütigung für eine Leuchte des Judentums!«

»Intoleranz ist kein Vorrecht der Christen.«

»Elija, es tut mir so Leid«, murmelte er, ohne mich anzusehen.

»Der Weg ins verlorene Paradies führt durch die Hölle, Jakob.«

»Und unbeirrbar gehst du deinen Weg durch Dantes Inferno, immer tiefer hinab in die Hölle. Kehr um auf diesem Weg, Elija! Such nicht nach dem Paradies, das doch gar nicht existiert! Juden und Christen können nicht friedlich …«

»Ich kann nicht mehr zurück, Jakob. Ich will es nicht. Adonai hat mir diesen Weg gezeigt, und ich werde ihn bis zum Ende gehen.«

»Bis in die Flammen des Infernos?«, regte er sich auf. »Die Gojim werden dich kreuzigen – wie deinen geliebten Jeschua! Und deinen Scheiterhaufen werden sie mit deinem Buch entzünden!«

Jakob war zutiefst besorgt – wie in jener Nacht vor einem halben Jahr, als ich ihm offenbarte, dass ich *Das verlorene Paradies* schreiben würde.

Es war die Nacht, in der ich Celestina kennen lernte.

»Ibn Shaprut hat sein Buch geschrieben, um seinen Glauben in der Disputation gegen Pedro de Luna, den späteren Papst Benedikt XIII., zu verteidigen, Jakob. *Zu verteidigen!*«, hatte ich ihm erklärt. »Das Buch ist eine Apologie, eine Rechtfertigung des jüdischen Glaubens! Es wurde nicht geschrieben, um die Wahrheit über Jeschua zu verkünden.«

»Aber *du* kennst die Wahrheit, mein Prophet Elija?«, hatte er zornig ausgerufen.

Mein Freund Jakob hatte nicht begriffen, warum ich mein Buch schreiben wollte. Warum ich es nach unserer Vertreibung aus dem Paradies Granada, nach zwei Jahren im Kerker der Inquisición, den Wortgefechten mit Kardinal Cisneros, dem Tod meiner Frau und meines Sohnes und meiner Flucht aus Spanien schreiben musste: »Weil ich will, dass das, was mir geschehen ist und was Sarah und Benjamin erleiden mussten, nie wieder einem Juden geschieht, getauft oder nicht«, hatte ich Jakob erklärt. »Ich will, dass nie wieder ein Jude, wie ich, seinen Glauben verteidigen muss. Dass nie wieder ein Jude, wie du, auf offener Straße gedemütigt oder misshandelt wird. Dass nie wieder ein Jude vor einem Tribunal der Inquisición angeklagt wird, weil er seinen Glauben lebt, wie Adonai, unser Herr, es ihm vorschreibt.«

Der Erev-Schabbat-Gottesdienst begann.

Jakob und ich sprachen dieselben Gebete, sangen dieselben Psalmen und rezitierten gemeinsam das Schma Israel. Aber als sefardischer Jude kannte ich die aschkenasischen Riten nicht. Meine Fehler wurden mir nicht vergeben. Unverzeihlich war, dass ich am Ende den gesegneten Kiddusch-Becher nicht nahm – als Nazir hatte ich gelobt, keinen Wein zu trinken.

Getuschel und Geraune.

Heiligt Elija der Nazoräer den Schabbat nicht?

Wie mich ihre Blicke schmerzten, ihre Verachtung und ihr Zorn! Ich zog den Tallit über den Kopf, barg mein Gesicht darin und betete still für mich allein.

Jakob war zutiefst betroffen.

Als der Gottesdienst beendet war und die Gläubigen den Gebetssaal verließen, blieben mein Freund und ich allein zurück. Lange sagte er kein Wort, bedeckte die Augen mit seiner linken Hand, schüttelte den Kopf und rang mit seiner Traurigkeit.

Und mit seinem wundgedachten Gewissen. Wie sollte er sich mir gegenüber verhalten? Was sollte er sagen, was tun? Mein Handeln zerriss ihm das Herz, denn er liebte mich. Sollte er mich tun lassen, was ich tun musste? Sollte er meinen Glauben respektieren? Oder war es seine Pflicht als mein Freund, mich an der Hand zu nehmen und auf den rechten Pfad zurückzuführen? Mein Gott, wie er sich quälte!

Nach einer Weile erhob ich mich.

»Ich werde jetzt gehen, Jakob«, kündigte ich an. Meine Hände verkrampften sich um die hölzerne Lehne der Synagogenbank. »Ich wollte dich fragen, ob du wie jedes Jahr das Lichterfest mit uns feiern wirst.«

Bedrückt schüttelte er den Kopf.

Hatte Yehiel ihm erzählt, dass Mariettas Bruder Angelo seine Ankunft zum Chanukka-Fest angekündigt hatte? Der Erzbischof wollte die Reise des Papstes nach Bologna zum französischen König nutzen, um seine Schwester zu besuchen und um mit ihr über ihre Liebe zu Aron zu sprechen.

Der Gedanke an ein Lichterfest ohne meinen Freund Jakob tat mir weh.

»David bat mich, dir zu sagen, dass er in den nächsten Tagen mit dir über Esthers und Yehiels Verlobung reden will. Mein Bruder wünscht sich Yehiel als Schwiegersohn, aber er will dir die Entscheidung überlassen, ob eine solche Verbindung unserer Familien ...« Die Worte blieben mir im Hals stecken.

Jakob wandte das Gesicht ab, damit ich das verräterische Funkeln in seinen Augen nicht sah. Das Glück seines einzigen Sohnes lag ihm so sehr am Herzen! Yehiel liebte Esther – aber sie war die Nichte eines irrgläubigen Gesetzesbrechers.

Mit einem gemurmelten »Schalom, Jakob!« wandte ich mich ab und verließ den Gebetssaal.

Als ich leise die Tür hinter mir schloss, hörte ich ihn schluchzen. Woran litt er? Dass er eben gerade seinen besten Freund fortgeschickt hatte? Oder dass er, der so gern gerecht sein wollte, mir gegenüber ungerecht sein musste?

Ich stieg die Treppen hinab und trat hinaus in die Kälte. Durch den dichten Nebel irrte ich zurück zu meiner Gondel an der Fondamenta di San Giacomo, entzündete die Laterne, machte das Seil los und ruderte hinaus in die Nacht.

Nach wenigen Ruderschlägen auf dem Canale della Giudecca trat das Ufer hinter mir zurück. Das Licht meiner Laterne reichte nicht weit – der Nebel war undurchdringlich. Eine große Stille umgab mich, als ich über den Kanal ruderte. Nur das Knarzen des Ruders und das Plätschern der Wellen am Bug meiner Gondel waren zu hören. Es war, als wäre ich ganz allein auf der Welt!

Ich ruderte zum Rio di San Vio hinüber, um den Canal Grande zu erreichen. Durch den Hafen wollte ich auf keinen Fall fahren. Es war zu gefährlich!

Kraftvoll tauchte ich mein Ruder in die Wellen und glitt lautlos über den Kanal.

War da nicht das Geräusch eines Ruders gewesen? Ein geflüstertes »Está aquí«?

Ich hielt das Ruder fest und lauschte.

Stille.

Dann ein Plätschern! Tropfen, die auf das Wasser fielen!

Sofort ließ ich den Riemen los und huschte zur Laterne am Bug der Gondel, um die Kerze zu löschen.

»Maldito Judío!«

Ein spanischer Fluch: Verdammter Jude!

War das nicht Fray Santángels Stimme?

Stolpernd hastete ich durch die Finsternis zurück zum Ruder, um ihm und seinen Häschern zu entkommen. Wie viele Männer verfolgten mich? Wie viele Boote? Und aus welcher Richtung kamen sie?

Im dichten Nebel konnte ich nichts erkennen.

Das Knarzen eines Ruders!

Von Westen! Sie wollten mich den Canale della Giudecca entlang nach Osten jagen, um mich im Hafen zwischen den ankernden Schiffen in die Enge zu treiben!

Ich ruderte um mein Leben!

Würde es mir gelingen, vor meinen unsichtbaren Verfolgern den Rio di San Vio zu erreichen? In dem schmalen Kanal konnten sie mich nicht überholen und gegen eine Hauswand drängen, ohne dass mir die Möglichkeit zur Flucht blieb! Sie waren dicht hinter mir – schon konnte ich im Nebel den schweren Atem des Gondoliere hören! –, als ich endlich die Einfahrt des Rio erreichte …

… und der Bug meiner Gondel über die Sperrkette schlitterte und hängen blieb.

Sie hatten mir den Fluchtweg abgeschnitten!

Mit aller Kraft riss ich am Riemen und zog die Gondel rückwärts von der Kette weg, um zu wenden.

Dann steuerte ich ans Ufer, ließ mein Boot so laut gegen die Fondamenta delle Zattere krachen, dass meine Verfolger es hören mussten, nahm meinen Tallit und sprang an Land.

»Rápido, que no se vaya! Er darf nicht entkommen!«

Ich huschte durch den Nebel und warf meinen weißen Gebetsmantel in einen schmalen Durchgang zu einer Gasse, die zum Canal Grande führte. Es sollte so aussehen, als hätte ich den Tallit während meiner Flucht verloren.

Atemlos hastete ich zurück zum Kanal und rannte am Ufer entlang nach Westen, bis ich eine festgemachte Gondel fand.

Während das andere Boot nur wenige Schritte entfernt gegen die Fondamenta polterte und zwei oder drei Männer an Land kletterten, um mich durch die Gassen zu verfolgen, glitt ich lautlos auf den Canale della Giudecca hinaus …

… und wäre im dichten Nebel beinahe mit dem zweiten Boot zusammengestoßen!

Fray Santángel!

Er erkannte mich: »Es él! – Das ist er! Ergreift ihn!«

Meine Gondel war leichter als seine mit vier Bewaffneten. Ich riss das Boot herum, bevor einer der Spanier zu mir herüberspringen konnte.

Im dichten Nebel konnte ich entfliehen.

Fray Santángel fluchte gotteslästerlich. »Maldito Judío! Du entkommst mir nicht!«

Kraftvoll legte ich mich ins Ruder und hatte bald den Rio di San Nicolò erreicht, den letzten Kanal vor dem Westufer der Insel. Atemlos betete ich zu Adonai, dass der Rio nicht mit einer Kette gesperrt war.

Er war es nicht!

Mit einem erleichterten »Herr, ich danke Dir!« steuerte ich meine Gondel in den schmalen Kanal, der sich nach nur wenigen Ruderschlägen verzweigte: Ein Rio führte nach Norden, einer nach Osten. Die beiden Gondeln würden sich trennen müssen, um nach mir zu suchen – so hoffte ich!

Kurz entschlossen riss ich das Ruder herum und steuerte in den Rio dell'Angelo Raffaele.

Fray Santángel war dicht hinter mir!

Wie, um Himmels willen, sollte ich ihm entfliehen?

In den Kanälen und den Gassen der Stadt war der Nebel nicht so dicht wie draußen auf der Lagune oder dem Canale della Giudecca. Wenn ich meine Gondel ans Ufer steuerte, würde er mich sehen. Ich konnte ihm nicht entkommen!

Wenn ich überleben wollte, musste ich schneller sein als er!

Und wenn ich die Ca' Tron jenseits des Canal Grande erreichen wollte, durfte ich die Gondel nicht zurücklassen, um zu Fuß durch die Gassen zu entkommen – denn der Ponte di Rialto war nachts gesperrt.

Adonai, was soll ich tun?

Dann hatte ich die Kreuzung von vier Kanälen erreicht.

Und nun? Nach links, um Tristans Palacio an der Nordschleife des Canal Grande zu erreichen? Nach rechts, um zur Ca' Tron zu rudern?

Ich schwenkte nach rechts in den Rio Foscari, der zum Canal Grande führte, überquerte den von den Fenstern der Palacios hell erleuchteten Kanal, verschwand im schmalen Rio San Pantalòn, versteckte die Gondel in den tiefen Schatten einer Brücke, die über den Rio führte, kletterte auf den Campo, rannte an der Kirche San Pantalòn vorbei und verschwand in der finsteren Calle, die zur Kirche Santa Maria Gloriosa dei Frari führte, der Kirche der Franziskaner.

Die Höhle des Löwen.

Würde die blutdurstige Bestie damit rechnen, dass sich die fliehende Beute in seiner Höhle verbarg?

»Aquí está la gondola! Pero dónde está él?«, hörte ich aus der Gasse hinter mir. Sie hatten meine Gondel gefunden! Dann ein weiterer Ruf, den ich nicht verstehen konnte. Schickte Fray Santángel seine beiden Gondeln aus, um mich zu suchen?

Ich blieb stehen und lauschte.

Schritte im Nebel.

Der Löwe witterte seine Beute!

Und wieder fragte ich mich, ob Fray Santángel damals in Córdoba an den Disputationen mit Kardinal Cisneros teilgenommen hatte. Wie gut er mich zu kennen glaubte!

Ich wandte mich um und rannte los. Über den Campo dei Frari hetzte ich an der Franziskanerkirche vorbei zur Brücke, dann stolperte ich durch die engen Gassen zum Rio di San Polo.

Als ich den Campo di San Polo erreichte, sah ich sie: vier Bewaffnete, die mir aus der Gasse entgegenkamen, die zum Ponte di Rialto führte!

Die andere Gondel hatte am Rio della Madonnetta angelegt, um mir den Weg zur Ca' Venier abzuschneiden!

Was sollte ich nun tun?

Sie hatten mich in die Enge getrieben: Ich konnte weder vor noch zurück!

Der Traghetto am Canal Grande! Dort lagen Gondeln vertäut, mit denen ich den Kanal überqueren konnte! Tagsüber konnte man sich an etlichen Traghetto-Stellen des Kanals für ein paar Münzen von den Gondolieri über den Kanal rudern lassen. Schließlich gab es ja nur eine einzige Brücke über den Canal Grande: den Ponte di Rialto!

Aber die Gasse, die zum Traghetto führte, lag hinter den Bewaffneten, die sich mir mit gezogenen Degen näherten! Wie sollte ich die Gondeln erreichen?

Ich rannte los, quer über den Campo di San Polo, den Verfolgern entgegen. Dann wandte ich mich nach Norden, als wollte ich zu Tristan fliehen, und verschwand auf dem nassen Boden schlitternd in einer Calle. Inständig hoffte ich, dass es keine Sackgasse war, die am eisigen Wasser eines Kanals endete.

Ich hatte nur diese eine Chance! Den weiten Weg bis zur Ca' Venier würde ich niemals schaffen!

»Cuidado que no le maten, el Cardenal le quiere en vivo! Der Kardinal will ihn lebend haben!«, brüllte Fray Santángel in seinem Zorn, nachdem ich ihm erneut entwischt war.

Ich überquerte das schwarze Wasser des Rio della Madonnetta, glitt auf den nebelfeuchten Stufen der kleinen Brücke aus, stolperte, stürzte, raffte mich auf, rannte weiter und bog nach rechts in eine enge, dunkle Gasse.

Dann lag der Traghetto am Canal Grande vor mir!

Entsetzt hielt ich den Atem an: Wo waren die Gondeln?

Dann sah ich sie. Sie trieben auf dem Kanal! Meine Verfolger hatten sie losgemacht, als sie vorbeiruderten.

Ich saß in der Falle!

Schritte in der Gasse hinter mir. Keuchender Atem.

»Aquí está, le tenemos! Da ist er, jetzt haben wir ihn!«

Wie sollte ich mich in der engen Gasse gegen ihre Klingen wehren? Ich hatte doch nur einen Dolch!

Sie kamen immer näher.

Und ich stand mit dem Rücken zum Kanal.

Vaya con Dios, Juan, y Él va contigo, hatte Hernán de Talavera mir in seiner Todesstunde gewünscht. Geh mit Gott, Juan, und Er wird mit dir gehen.

Da wandte ich mich um und sprang.

Das eiskalte Wasser des Canal Grande raubte mir den Atem. Prustend tauchte ich auf und schwamm zum anderen Ufer.

»Dieser gottverfluchte Jude!«, schrie Fray Santángel, als er keuchend den Traghetto erreichte. »Folgt ihm mit der Gondel!«

Mit zornig geballten Fäusten sah er mir nach, bis ich mich am Bootssteg des Traghetto San Benedetto an Land zog.

»Du wirst brennen – das schwöre ich dir!«, brüllte er über den Kanal. Es war ihm gleichgültig, wer ihn hörte.

Erschöpft lag ich ein paar keuchende Atemzüge lang auf dem Boden. Schließlich erhob ich mich zitternd und frierend. Die Kälte schmerzte in meinen Gliedern! Mein vom Rudern und Laufen erhitzter Körper dampfte in der eisig kalten Winterluft.

»Kehr zurück in die Hölle, Santángel!«, rief ich zu ihm hinüber. »Und wenn du im tiefsten Inferno Satan triffst, dann sag ›El Cardenal‹, dass er mich lebendig nicht bekommen wird! Nicht Satan, sondern Gott wird am Ende über mich richten!«

Santángel tobte vor Zorn.

In diesem Augenblick schoss die Gondel mit den Bewaffneten aus dem Rio della Madonnetta und steuerte quer über den Kanal direkt auf mich zu!

Wo war die andere Gondel?

Dann sah ich sie: Sie steuerte den Canal Grande entlang nach Süden, um mir den Weg zur Ca' Tron abzuschneiden.

Mit einem letzten Blick auf Fray Santángel wandte ich mich um und hastete zum Campo San Benedetto, dann weiter durch das Labyrinth der Gassen, bis ich auf die enge Calle stieß, wo vor einem halben Jahr die Asesinos Celestina angegriffen hatten.

Über den Campo San Angelo huschte ich zur Kirche San Stefano. Keuchend drückte ich mich gegen die Backsteinfassade der Augustinerkirche und spähte um die Ecke.

Alles war ruhig.

Der Campo San Stefano lag verlassen vor mir.

War ich schneller gewesen als die zweite Gondel? Oder warteten die Bewaffneten mit gezückten Degen im Garten der Ca' Tron auf mich?

Da rannte ich los, hastete quer über den Platz zum Gartentor des Palacio, riss das Gitter auf, stolperte zum Portal und hämmerte mit beiden Fäusten dagegen.

Menandros öffnete mir.

»Um Himmels willen«, entfuhr es ihm, als er mich im Schein der Kerzen erkannte – tropfnass, frierend und erschöpft. Er zog mich ins Haus, schloss die Tür hinter mir und verriegelte sie.

Dann fing er mich auf und half mir, mich auf die Stufen zu setzen.

»Alexia!«, brüllte er die Treppe hinauf. »Richte ein heißes Bad für Elija! Aviram, mach Feuer im Schlafzimmer, und hilf Alexia dann mit dem Wasser! Und hole sämtliche Decken, die du finden kannst. Elija muss es im Bett warm haben.«

Mit wehenden Röcken flog Celestina die Stufen herab, kniete sich vor mich auf den Boden und umarmte mich. »Mein Liebster, bist du verletzt?«

»Es geht mir gut«, beruhigte ich sie mit heiserer Stimme, während Menandros an mir herumzerrte, um mir aus den nassen Sachen zu helfen. Ich zitterte vor Kälte.

»Was ist geschehen?« Sie strich mir über das nasse Haar.

»Fray Santángel wollte mich nach Córdoba entführen. Mein Scheiterhaufen vor der Mezquita ist offenbar schon aufgerichtet. Und Kardinal Cisneros erwartet mich mit der brennenden Fackel in der Hand …«

Tagelang wagte ich mich nicht aus dem Haus, obwohl Fray Santángel sich nicht blicken ließ.

Fürchtete er, ich würde ihn wegen versuchten Mordes vor dem Consiglio dei Dieci anklagen?

Warum hatte der Mönch nicht schon früher versucht, mich nach

Córdoba zu entführen? Hatte er wegen meiner Freundschaft zu Tristan abgewartet, wegen meiner Bekanntschaft mit Kardinal Domenico Grimani und seinem Vater, dem Prokurator Antonio Grimani, wegen meiner Vertrautheit mit dem Dogen von Venedig? Als ich nach Rom geflohen war, hatte er mich aus den Augen verloren. Doch nun war ich zurück! Exkommuniziert und von Christen und Juden als Häretiker verdammt!

»Du wirst brennen!«, hatte der Inquisitor Fray Santángel geschworen, als ich ihm entkommen war.

Tristan war zutiefst entsetzt über den Anschlag und ließ den Franziskanermönch durch die Geheimpolizei des Consiglio im Konvent der Frari-Kirche und in den Gassen von Venedig suchen – vergeblich! Der Santángel, der zum Todesengel geworden war, blieb verschwunden.

Ich ahnte, dass ich ihn erst in der Todesstunde wiedersehen würde …

»Nein, Aron!«

Angelo hatte sich die Entscheidung nicht leicht gemacht, wusste er doch, dass dieses Nein für immer zwischen ihm und seiner Schwester Marietta stehen würde.

Der Erzbischof war am Mittag des 2. Dezember in Venedig eingetroffen, am ersten Tag des Lichterfestes Chanukka. Als päpstlicher Sekretär hatte er Gianni bis Bologna begleitet, wo am 11. Dezember die Friedensverhandlungen mit König François beginnen sollten.

Chanukka ist eine Zeit der Freude. Doch an diesem Abend, als die erste und die zweite der acht Kerzen im Chanukka-Leuchter mit dem Schamasch-Licht entzündet worden waren, sollte keine festliche Stimmung aufkommen.

Die Lichter tauchten den festlich geschmückten Raum in ein goldenes Licht. Der Tisch war schön gedeckt, das Tafelsilber glänzte, die Gläser funkelten. Das ganze Haus duftete nach einem herrlichen Festmahl.

Es hätte ein so schönes Lichterfest werden können!, dachte ich traurig. Eine Zeit des Friedens ohne Bedrohung durch die Verfolgung, eine Zeit der Besinnung ohne Besorgnis wegen des angedrohten Cherem-Banns. Eine kleine paradiesische Insel im stürmischen Meer von Hass und Gewalt.

Menandros, der zwischen Celestina und Judith an der festlich gedeckten Tafel saß, blickte mich mitfühlend an. Wie er sich gefreut hatte, als ich ihn fragte, ob er Chanukka mit uns feiern wolle. Er sollte nicht allein zu Hause in der Ca' Tron bleiben. Und nun …

»Nein!«, wiederholte Angelo und sah dieses Mal nicht Aron, sondern mich an. »Ich kann dieser Heirat nicht zustimmen. Ich darf es nicht.«

Celestina ergriff meine Hand. Sie wusste, wie sehr ich litt.

Aron war nach Angelos Rede so unbeherrscht aufgesprungen, dass sein Stuhl umgestürzt war. Er floh zum Fenster und barg das Gesicht in beiden Händen. Seine Schultern zuckten.

Mit gesenktem Blick erhob sich Marietta und ging zu ihm hinüber, umarmte ihn und flüsterte tröstende Worte.

Wie sehr Aron sich nach Liebe und Geborgenheit sehnte – wie ich! Wie sehr er sich nach einem Ort sehnte, wo er nur er selbst sein konnte, nicht Aron, der Jude, nicht Fernando, der Christ, sondern einfach nur er selbst: ein Mensch! Als er mir vor einem halben Jahr seine Liebe zu Marietta gestanden hatte, war ich über seinen verzweifelten Aufschrei betroffen gewesen. Wie viele Opfer hatten wir gebracht, um in Venedig als Juden leben zu können. Und nun? Wenn ich ehrlich zu mir war: Empfand ich nicht tief in meinem Herzen dieselbe Sehnsucht, als Mensch geliebt zu werden?

Davids Blick irrte zwischen Angelo an dem einen Ende der Tafel und mir am anderen hin und her. Arons Verzweiflung tat ihm in der Seele weh.

»Versteh mich nicht falsch, Aron!«, versuchte Angelo die Situation zu retten. »Ich bewundere dich als frommen Juden, der das Nazitatsgelübde abgelegt hat. Ich schätze dich als überaus fähigen Geschäftsmann und Bankier. Ich achte dich als Mensch. Wie gern würde ich Marietta und dich in San Marco nach christlichem Ritus trauen … O Gott, wie soll ich dir das erklären, Aron? Es ist …« Er senkte den Blick. »Es ist wegen Elija.«

Seine Worte trafen mich wie ein Faustschlag ins Gesicht.

Ich war schuld, dass Aron und Marietta nicht heiraten konnten?

Adonai, lass das nicht wahr sein!

David und Judith senkten die Blicke.

»Wegen Elija?«, fragte Aron ungläubig.

»Ich bin Erzbischof und Vertrauter des Papstes!«, entrang sich Angelo. »Ich kann nicht zulassen, dass ein exkommunizierter Converso, der durch die spanische Inquisition zum Tode verurteilt wurde, der in Venedig als Jude lebt und ein höchst gefährliches Buch schreibt, das meinem christlichen Glauben widerspricht, und den selbst die Juden als Häretiker verdammen, mein Schwager wird!«

»Adonai, tu uns das nicht an!«, rief David verzweifelt. »Alles, nur das nicht!« Er sprang auf und wandte sich ab.

Aron, der sich zwischen Marietta und mir entscheiden musste, starrte mich zornig an. In seiner Ohnmacht hatte er seine Fäuste geballt, und ich dachte: Gleich geht er auf mich los!

Unsere Familie, die Hass, Gewalt und Verfolgung überstanden hat, zerbricht nun an der Liebe!, dachte ich. Ist es denn nicht einmal möglich, das Königreich der Himmel, das ersehnte Reich des Friedens, der Freiheit und der Liebe, in unserer eigenen Familie zu erschaffen?

Angelo sah mir in die Augen. »Es tut mir Leid, Elija. Aber ich kann nicht anders handeln«, sagte er traurig. »Als Jude bewundere ich dich für deine Chuzpa, Kardinal Cisneros und seine spanischen Inquisitoren in die Knie gezwungen zu haben.

Als Erzbischof liegt mir das Wohl der Juden sehr am Herzen – ich kann und will meine Herkunft nicht verleugnen! Ich verdamme die spanische Inquisition, die Juden gegen ihren Willen und mit Gewalt zur Taufe zwingt, um sie anschließend lebendig auf dem Scheiterhaufen zu verbrennen, weil sie ihren Glauben an Adonai, unseren … *ihren* Gott nie aufgegeben haben.« Sein Versprecher war dem Erzbischof und ehemaligen Rabbi nicht peinlich.

»Ich habe die allergrößte Hochachtung vor dir, Elija. Ich schätze dich als jüdischen Rabbi, als christlichen Theologen, als Kämpfer für Freiheit und Gleichberechtigung. Ich bewundere dich für deine Standhaftigkeit im Inquisitionsprozess.

Wo Elija steht, da steht er unverrückbar wie ein Fels.

Das habe nicht ich gesagt, sondern Gianni. Eure Exkommunikation hat ihm sehr wehgetan – wir haben in den letzten Monaten sehr oft über dich gesprochen. Der Papst ist von dir beeindruckt, Elija. Er hätte dich gern an seiner Seite!« Dann holte er tief Luft: »Elija, ich flehe dich an: Bekenne dich zu Jesus Christus!«

Ungläubig starrte ich ihn an, als er ein gefaltetes Papier aus dem weiten Ärmel seiner Soutane zog.

»Diese Bulle bestätigt die Aufhebung deiner Exkommunikation. Gianni will sich bei Kardinal Cisneros für dich einsetzen. Das Todesurteil von Córdoba wird aufgehoben! Wenn du nach Rom kommst, wird der Papst dein Leben schützen. In einem Jahr kannst du Erzbischof sein, und vielleicht schon bald darauf Kardinal! Du kannst den Juden helfen, wie ich ihnen helfe. Elija, ich bitte dich …«

Ich barg mein Gesicht in den Händen, schüttelte den Kopf und schwieg.

Angelo kam herüber und setzte sich neben mich auf Arons Stuhl. Vor mir auf dem Tisch breitete er die päpstliche Bulle und ein weiteres Schriftstück aus.

»Unterwirf dich Jesus Christus!«, drang er in mich. »Unterschreibe dieses Dokument! Damit widerrufst du deine ketzerischen Thesen und verpflichtest dich, dein Buch nicht zu vollenden.«

Blicklos starrte ich in die Flammen des Chanukka-Leuchters.

Das Lichterfest erinnert an den jüdischen Sieg über die Gojim und die erneute Weihung des Tempels von Jeruschalajim. Es war ein Kampf auf Leben und Tod zur Bewahrung der jüdischen Identität und des jüdischen Glaubens.

Wie konnte Angelo ausgerechnet an Chanukka von mir verlangen, mich den Gojim zu unterwerfen?

Es war Verrat an Sarah, die ihr Leben geopfert hatte, damit ich weiterlebte und weiterkämpfte. Wofür war sie gestorben, wenn ich jetzt aufgab? Wofür war ich zwei Jahre im Kerker gewesen? Wofür hatten wir alles zurückgelassen, unser Haus, unsere Freunde, unsere Heimat, und waren aus Granada geflohen? Wofür hatte ich mich mit Jakob zerstritten? Wofür, wenn nicht für meinen Glauben?

Angelo legte mir die Hand auf den Arm, und ich sah auf.

»In Rom kannst du in Frieden leben, Elija. Du kannst mit Celestina und deinem Kind zusammen sein. Wenn du auf die Heirat verzichtest, wird Gianni dich zum Erzbischof ernennen. Seit Rodrigo Borgia und Giuliano della Rovere kümmert es niemanden in Rom, ob ein künftiger Kardinal eine Geliebte und einen Palast voller Kinder hat!«

Celestina war zutiefst verletzt von Angelos Vorschlag.

Doch Mariettas Bruder redete weiter auf mich ein:

»Celestina und du – ihr könnt euch in Rom in Ruhe euren humanistischen Studien widmen. Und die Übersetzung der Evangelien vollenden, die Gianni sehr großzügig unterstützen wird«, lockte er mich. »Du kannst als freier Mann leben, Elija, als angesehener Gelehrter. In Rom fragt niemand, wer du vorher warst, denn dort ist jeder, was er den Mut hat zu sein. Elija, ich flehe dich an: Unterwirf dich Jesus Christus!«

Aron trat einen Schritt näher. »Tu es, Elija!«

»Aron!«, ermahnte David ihn entsetzt. »Das kannst du nicht von ihm verlangen, nach allem, was er in Córdoba …«

»Doch, das kann ich!«, unterbrach ihn Aron. »Wie ich sehnt sich Elija doch danach, endlich in Frieden zu leben! Nicht mehr angespuckt, nicht mehr mit Dreck beworfen, nicht mehr von den Christen als Gottesmörder und von den Juden als Häretiker beschimpft zu werden. Wie ich sehnt er sich danach, ohne Todesangst vor Kardinal Cisneros aus dem Haus zu gehen.

Nein, David, lass mich gefälligst ausreden!

Wie ich mit Marietta will Elija mit Celestina zusammenleben, ohne dass unsere Liebsten als Judenhuren beschimpft werden! Wie ich will er nicht, dass jene, die uns lieben, mit uns leiden. Denn wie könnte er das mit seinem Gewissen vereinbaren?«

»O Gott, Aron«, stöhnte David. »Sei doch still!«

Meine Hand umfasste die Merkfäden meines Tallit Katan, den ich unter dem Seidenhemd trug. Beinahe hätte ich sie abgerissen.

Ich fing einen traurigen Blick von Menandros auf. Er wusste genau, wie ich mich fühlte!

Aron stellte ein Tintenfass neben das Dokument, das ich unterschreiben sollte, und reichte mir eine Schreibfeder. »Bitte, Elija, ich flehe dich an …«

Als ich die Feder nicht ergriff, tauchte er die Spitze in das Tintenfass und drückte sie mir in die Hand. »Wir könnten alle nach Rom gehen und dort in Frieden leben, Elija. Ich könnte in Rom eine Bank eröffnen und meine Geschäfte fortführen. David könnte an der Universität von Rom Medizin lehren, wie er es so gern an der Sorbonne in Paris getan hätte. Du weißt, dass du ihm das nach jener Nacht in Paris schuldig bist.«

Seine Worte fügten mir Schmerzen zu, und meine Finger verkampften sich um den Federkiel. Die Hand zitterte, und ein Tropfen Tinte fiel auf das Papier. Wollte Aron unserem Bruder erzählen, was in jener Nacht geschehen war?

»Aron, um Himmels willen, hör auf ihn so zu quälen!«, rief David entsetzt. »Du bist ja schlimmer als ein Folterknecht der Inquisición!«

Traurig sah ich meine Liebsten an. Was tat ich ihnen nur an? Ich ließ die Feder fallen und barg mein Gesicht in den Händen.

Was soll ich tun, Adonai, schrie ich verzweifelt in mich hinein. Was soll ich denn tun?

Schließlich nahm ich die Hände vom Gesicht.

Alle Blicke waren auf mich gerichtet.

»Ich kann meine Herkunft nicht verleugnen«, sagte ich leise. »Und ich kann meinen Glauben nicht aufgeben.«

Mit erhobenen Fäusten ging Aron auf mich los: »Du willst uns alle zu Märtyrern machen, du verdammter …«

David hielt ihn an den Schultern fest, bevor er sich auf mich stürzen konnte. »Aron, erhebe nicht die Hand gegen deinen Bruder! Du weißt, welche Opfer Elija gebracht hat, damit wir alle als Juden leben können.«

»Und jedes Gebot hat er dabei gebrochen!« Aron riss sich von David los.

»Aron, du bist ungerecht!«, versuchte unser Bruder ihn zu besänftigen – vergeblich.

»*Du* verteidigst ihn, David?«, brüllte Aron in seinem rasenden

Zorn. »Ausgerechnet du, dem er am meisten von uns allen wehgetan hat?«

»Ich verstehe nicht …«

»In Paris hat Elija deine Ehe gebrochen, David. In jener Nacht, als ihr gestritten hattet, hat er mit Judith geschlafen. Ich lag wach neben ihnen im Bett.«

David schwankte und hielt sich an einer Stuhllehne fest. »Ist das wahr?«, fragte er mich leise.

Mein Gott, diese Scham!

Ich nickte stumm.

»David, vergib ihm!«, rief Judith verzweifelt. »Es ist allein meine Schuld. Elija war so traurig, als ihr an jenem Abend gestritten hattet, weil er Paris verlassen wollte und du nicht. Ich bin zu ihm gegangen, um ihn zu trösten und da haben wir … da habe *ich* …« Sie konnte nicht weitersprechen.

Wie tief verletzt David war!

Ich sah ihn an, doch er wandte sich ab.

Erinnerte er sich an die begehrlichen Blicke, die er Celestina zugeworfen hatte? Dachte er daran, wie sehr er Judith mit seinem sehnsüchtigen Verlangen wehgetan hatte?

Er rang mit sich, das sah ich ihm an.

Doch schließlich drehte er sich zu mir um und sagte leise: »Ich vergebe dir, Elija.«

Menandros atmete auf – der Streit meiner Brüder hatte ihn zutiefst erschüttert. Mitfühlend blickte er mich an.

Seine innige Freundschaft bedeutete mir sehr viel.

»David, Aron«, begann ich. »Ich weiß, dass ihr mich verfluchen werdet … dass ihr mich vielleicht sogar hassen werdet, aber ich kann meinen Glauben nicht aufgeben, nur um in Rom meinen Frieden zu finden. Denn in meinem Gewissen würde es keinen Frieden geben, solange ich lebe und Gott um Verzeihung anflehe.«

Mit einem zornigen Schrei stürzte Aron aus dem Raum.

Marietta schlug sich die Hand vor die bebenden Lippen und warf Angelo einen verzweifelten Blick zu. »Ich habe geschworen, Aron zu lieben, in den Zeiten des Glücks und in den Zeiten des Leids – nur der Tod kann uns trennen!«, rief sie. »Eure Unnachgiebigkeit vermag das nicht!«

Sie riss sich die Kette mit dem rubinbesetzten Kreuz ab und warf sie ihrem Bruder vor die Füße. Dann drehte sie sich schluchzend um, folgte Aron und schlug die Tür des Speisesaals hinter sich zu.

Betretenes Schweigen.

Angelo hob das goldene Kreuz auf und küsste es.

Dann fiel auch die Haustür ins Schloss.

»Mein Gott!«, rief ich entsetzt und sprang auf. »Aron und Marietta haben das Haus verlassen! Sie können an einem jüdischen Feiertag nicht nachts durch Venedig laufen! Das ist lebensgefährlich! Wir müssen sie aufhalten!«

Mit fliegender Soutane stürzte Angelo hinter mir zur Tür. »Verlasst auf keinen Fall das Haus!«, rief ich Celestina, Judith und Esther zu. Dann eilte ich mit Angelo, David und Menandros die Treppe hinunter, riss die Haustür auf und stürmte auf den nächtlichen Campo San Luca.

Ein Schatten, der vor mir zurückwich.

Fray Santángel?

Hatte er die Casa beobachtet, als Aron und Marietta so plötzlich aus dem Haus geflohen waren?

Als der Mönch im Schein der Leuchter in den Fenstern des Hauses die scharlachrote Soutane des Erzbischofs erkannte, wandte er sich erschrocken um und floh in den Schatten der Gasse, die zur Piazza San Marco führte.

Mit dem blitzenden Dolch in der Hand stürzte ihm Menandros nach, bevor ich ihn aufhalten konnte.

»Wir müssen Aron und Marietta finden!«, rief David. »Vielleicht sind sie zu Mariettas Palacio geflohen.«

»Angelo, David, sucht nach ihnen! Ich muss Menandros finden. Er darf Fray Santángel auf keinen Fall allein verfolgen.«

Wir trennten uns.

Ein tödlicher Fehler.

499

Wohin war Menandros verschwunden?, fragte ich mich, als ich in Richtung San Marco durch die Gassen rannte.

Würde der fliehende Mönch so töricht sein, auf der Merceria in der Nähe der Piazza einem Signor di Notte in die Arme zu laufen?

Ich blieb stehen.

Dann bog ich nach links in eine unbeleuchtete Gasse ein, die zum Konvent San Salvadòr führte. Es hatte zu schneien begonnen, und die Schneeflocken behinderten meine Sicht. Schritt für Schritt tastete ich mich vorwärts, die linke Schulter an der Hauswand, den Dolch in der rechten Hand.

Eine verschneite Gasse, die nach rechts zur Piazza San Marco führte.

Lautlos huschte ich auf die andere Seite, lehnte mich gegen die Backsteinwand und spähte vorsichtig um die Ecke. Soweit ich sehen konnte, war die Gasse leer.

Das dachte ich jedenfalls …

Wenig später hatte ich die Brücke über den Rio di San Salvadòr erreicht.

Erneut blieb ich stehen und lauschte.

Die Wellen plätscherten träge gegen die Fundamente des Konvents. Die festgemachten Gondeln schlugen rhythmisch aneinander. War da nicht noch ein anderes Geräusch gewesen?

Ich horchte in die Stille.

Dann huschte ich weiter, vorbei an einer dunklen Sackgasse.

Nur ein paar Schritte noch, und ich hatte die Merceria erreicht. Nach links ging es an der Kirche San Salvadòr vorbei zum Ponte di Rialto, nach rechts zur Kirche San Zulian und weiter, unter dem Uhrturm hindurch, zur Piazza San Marco.

Dann hörte ich es!

Schritte.

Hinter mir!

»Buenas noches, Rabino!«

Ich fuhr herum: Dort stand er im dichten Schneetreiben.

Mein Todesengel.

Fray Santángel.

Meine Finger verkrampften sich um den Dolch in meiner Hand, als er langsam näher kam.

»Du kannst deinem Schicksal nicht entfliehen, Jude. Du wirst brennen!«, drohte er mir. Er hob beide Hände, als wollte er mich festhalten, weil ich vor ihm zurückwich. »Kardinal Cisneros hat den allergrößten Respekt vor dir. Und so hat er großmütig entschieden, dass du vor der Kathedrale von Granada verbrannt wirst. Du willst Granada doch noch einmal sehen, nicht wahr?«

Ich antwortete nicht und wich einen weiteren Schritt zurück.

Die Spitze eines Dolches bohrte sich in meinen Rücken.

Einer von Santángels Häschern stand hinter mir!

»Keine Bewegung, sonst wird die Klinge dein Herz durchbohren!«, flüsterte der Mann auf Spanisch. »Lass den Dolch fallen, Jude!«

Wie viele Spanier waren nach Venedig gekommen, um mich zurückzuholen? Wie viele Männer hatten mich durch die nebeligen Canali gejagt? Wo waren die anderen?

Um Gottes willen: Wo war Menandros?

»Wirf die Waffe weg!«, zischte der Mann hinter mir. »Sofort!«

Langsam hob ich die Hand mit dem Dolch, als wollte ich die Klinge fallen lassen. Doch dann holte ich aus und schleuderte sie in Richtung Santángel. Mit einem gotteslästerlichen Fluch wich der überraschte Mönch der Klinge aus. Der Dolch fiel zu Boden, schlitterte über den feuchten Lehm der Gasse und blieb zwei Schritte hinter Santángel im Schnee liegen.

»Maldito Judío!«, fluchte der Mann hinter mir.

Der Druck des Dolches gegen meinen Rücken ließ nach, als er über meine Schulter sah, ob Santángel verletzt war.

Im selben Augenblick stürzte ich nach vorn, einen Schritt, zwei Schritte, drei, vier, prallte mit der Schulter hart gegen den verblüfften Mönch, riss ihn um, sodass er in den Schnee stürzte, sprang vorwärts, hob meinen Dolch auf und wandte mich wieder um.

Santángel hatte sich erhoben.

Die beiden Franziskanermönche kamen mit drohend erhobenen Dolchen auf mich zu.

Ich wich zurück in Richtung San Salvadòr.

Mein Herz raste. Konnte ich es mit beiden aufnehmen?

Da sah ich ihn, als er hinter den beiden Fratres aus dem dichten Schneetreiben auftauchte.

Ein Schatten!

Menandros?

War er Santángel bis zur Piazza San Marco gefolgt? Als er ihn dort nicht fand, war er umgekehrt, um den fliehenden Mönch in der Merceria zu stellen!

Und wenn es nun nicht Menandros war?

Gegen drei Angreifer hatte ich keine Chance! Den Kampf auf Leben und Tod würde ich nicht überleben!

»Ich bin froh, dass du gekommen bist«, sagte ich auf Griechisch.

Santángel blieb verblüfft stehen. »Cómo dice? Was hast du gesagt?«

»Er sagte, er sei froh, dass ich gekommen bin«, erklärte Menandros auf Venezianisch.

Die Mönche fuhren herum. »Der verfluchte Schismatiker!«

Mit seinem Dolch ging der Frater, der mich bedrohte hatte, auf Menandros los. Santángel stürzte sich mit einem Wutschrei auf mich und riss mich dabei fast um. Wir torkelten ein paar Schritte, rangen miteinander, schlugen aufeinander ein, dann glitt ich im Schnee aus, stolperte und stieß mit der rechten Schulter hart gegen die Wand des Konvents.

Mein Dolch fiel in den Schnee.

Nun lag Santángels Klinge an meiner Kehle!

»Sprich dein letztes Gebet, Jude! Es ist so weit!«, flüsterte er heiser. Erregte ihn die Vorstellung, mich zu töten? »El Cardenal wird deine Leiche ans Kreuz schlagen! Das wird ein Spektakel werden! Ganz Granada wird zusehen, wie du brennst, verdammter Jude!«

Ich versuchte, ihm die Klinge zu entwinden – vergeblich!

Der scharfe Stahl schnitt mir schmerzhaft in die Kehle. Ich spürte, wie das Blut über meine Haut rann.

Santángel lehnte sich mit seinem ganzen Gewicht gegen mich und presste mich gegen die Wand des Klosters.

»Höre Israel: Adonai ist unser Gott, Adonai unser Herr allein«, murmelte ich auf Hebräisch. Würde er mich töten, während ich in meiner Todesgewissheit das Schma Israel betete? »Du sollst den Herrn, deinen Gott, lieben mit deinem ganzen Herzen …«

In diesem Augenblick tauchte Menandros hinter ihm aus dem Schneetreiben auf.

So viel Blut auf seiner Kleidung!

Hatte er den anderen Mönch getötet?

Als Santángel ihn hörte, ließ er von mir ab. Der Frater warf sich gegen Menandros, der unter dem Aufprall in den Schnee stürzte. Er stöhnte vor Schmerz.

Um Gottes willen, war das *sein* Blut auf seiner Kleidung?

Ich hob meinen Dolch auf und stolperte auf die beiden Ringenden zu, um Menandros zu helfen.

Zu spät!

Santángel hob die blitzende Klinge und stach zu. »Stirb, du griechischer Ketzer!«

Mit einem Röcheln brach Menandros zusammen.

Der Frater fuhr herum, als er mich hinter sich bemerkte. Er sprang auf, floh rückwärts, stolperte über den toten Mönch, wandte sich um und flüchtete in Richtung Ponte di Rialto.

Ich fiel neben Menandros in den Schnee.

So viel Blut!

»Menandros, wo bist du getroffen?«

Blut lief ihm über die Lippen, rann seine Wangen hinab und tropfte in den Schnee. Er hob die Hand und wies auf sein Herz.

Die Lunge war verletzt! Er würde an seinem eigenen Blut ersticken, wenn ich ihn nicht sofort zu David brachte!

Aber wo war David? Er verfolgte Aron und Marietta!

Ich musste Menandros heimbringen. Celestina und Judith konnten mir helfen, seine Wunden zu versorgen.

»Leg deinen Arm um meine Schultern, Menandros! Ich werde dich nach Hause bringen.«

»Nach Hause«, keuchte er, und das Blut strömte über seine Lippen. »Da bin ich doch schon … Du bist ja da, Elija.«

Ich hob ihn hoch, legte meinen rechten Arm um seine Mitte und stolperte mit ihm in Richtung der Brücke über den Rio di San Salvadòr.

Er war so schwach!

Auf den Stufen der Brücke entglitt er mir und stürzte in den Schnee. Da nahm ich ihn auf meine Arme und trug ihn durch die Gassen nach Hause. Sein Kopf lag an meiner Schulter. Er murmelte etwas, das ich nicht verstand. War es Griechisch?

Nur noch wenige Schritte, und ich hatte den Campo San Luca erreicht!

Mit letzter Kraft stieß ich mit der Schulter das Portal unseres Hauses auf, trug Menandros hinein, rief verzweifelt nach David und brachte den Schwerverletzten dann in das Behandlungszimmer.

Vorsichtig setzte ich Menandros auf den Tisch in der Mitte des Raumes. Mit einer weiten Armbewegung fegte ich einige Gegenstände vom Tisch, die laut zu Boden polterten.

»David!«, schrie ich.

Dann half ich Menandros beim Hinlegen und zerrte an seiner blutnassen Kleidung.

»*David!*«

Schritte auf der Treppe!

War er schon zurückgekehrt?

Dann hatte ich die Knöpfe von Menandros' Jacke aufgerissen, den Brokatstoff auseinander geschlagen – und erschrak. Hatte Santángel mit dem Dolch sein Herz getroffen?

David erschien in der Tür, die langen Haare noch von Schneeflocken bedeckt. Er war gerade erst zurückgekehrt!

»Lass mich ihm helfen!« Mein Bruder drängte mich zur Seite, beugte sich über Menandros und zerriss das blutige Seidenhemd. »O mein Gott!«, stöhnte er.

Celestina stürmte in den Raum und fiel mir um den Hals. Dann erst sah sie das viele Blut. »Du bist verletzt!«

»Es geht mir gut«, beruhigte ich sie. »Es ist *sein* Blut. Menandros hat mir das Leben gerettet.«

»Elija, hilf mir!«, befahl David und wies auf eine inzwischen blutdurchtränkte Kompresse an Menandros' Hals. »Die Halsschlagader ist verletzt. Drück die Leinenbinden gegen seinen Hals, um das Blut zu stillen. Ich muss mich zuerst um die Wunde an seinem Herzen kümmern. Celestina, hol alle sauberen Bettlaken, die du finden kannst. Ich brauche sehr viel Verbandsmaterial! Judith, hol heißes Wasser! Angelo, hilf mir, Menandros aufzurichten! Er erstickt sonst an seinem Blut! Stell dich hinter ihn und halt ihn fest! Nicht so, du tust ihm weh! Ja, so ist es gut!«

Menandros' Blut rann über meine Finger und tropfte auf den Tisch. Ich presste ein neues Leinentuch gegen seinen Hals, aber auch das war nach wenigen Augenblicken nass von seinem Blut.

Er ergriff meine Hand und drückte sie.

»Du hast mir das Leben gerettet!«, flüsterte ich.

Er wollte etwas sagen, doch es war kaum mehr als ein Röcheln.

Er war so schwach!

»Pater noster, qui es in coelis – unser Vater im Himmel …«, murmelte Angelo, der neben mir stand und Menandros festhielt. Dann besann er sich und betete auf Hebräisch weiter: »Awinu sheba shamajim … jitkadesh sh'mecha … tawo malchutecha – Dein Reich komme … Dein Wille geschehe …«

Celestina brachte die Bettlaken, wollte sie David geben, doch der schüttelte nur verzweifelt den Kopf.

»… und vergib uns unsere Schuld, wie auch wir vergeben …«

»Ich kann nichts tun«, resignierte David und fuhr sich mit dem blutigen Handrücken über die Stirn. »Er stirbt.«

Celestina trat neben mich.

Ein Lächeln huschte über Menandros' Lippen. »Ich liebe dich …«

»… in Ewigkeit. Amen!«, beendete Angelo das Gebet.

Celestina beugte sich über den Sterbenden und küsste ihn. »Ich liebe dich auch, Menandros!« Tränen rannen über ihr Gesicht und vermischten sich mit seinem Blut. »Auch wenn du fortgehst, wirst du immer bei uns bleiben«, schluchzte sie. »In unseren Herzen!«

Er nickte und ergriff meine Hand. »Elija, versprich mir … dass du nicht stehen bleibst … auf deinem Weg … Durchquere unbeirrbar … die Wüste der Ignoranz und der religiösen Intoleranz … und finde das verlorene Paradies … Du bist auf dem richtigen Weg! ... Ich bin ...« Er hustete Blut und rang nach Atem. »Ich bin ... sehr gern ... ein Stück dieses Weges ... dieser Via Dolorosa ... mit dir gegangen, mein Freund ... Denn es war doch auch Jeschuas Weg ... Folge ihm nach, Elija!«

Seine Kräfte schwanden.

»Das werde ich!«, versprach ich ihm.

Er wollte noch etwas hinzufügen, doch seine Stimme versagte.

Da zog er meine Hand auf seine Brust, und ich beugte mich tief über ihn, um zu verstehen, was er mir mit seinem letzten Atemzug anvertrauen wollte.

»Elija, ich weiß, wer du bist ...« Menandros, lächelte. Dann hauchte er seinen Atem aus und starb.

Ich konnte die Tränen nicht mehr zurückhalten und weinte. Angelo legte mir tröstend seine Hand auf die Schulter.

Mein Freund, der mir das Leben gerettet hatte, war tot.

Er hatte sich für mich geopfert!

David und ich wuschen Menandros nach jüdischem Ritus. Damit brachen wir unsere Naziratsgelübde, denn einem Nazir ist es verboten, Tote zu berühren. Aber Menandros war nicht irgendein Toter – er war ein Freund, ein Mitglied unserer Familie.

Mit der Gondel brachten wir seine sterblichen Überreste zur orthodoxen Kirche, wo Angelo eine Totenmesse hielt.

Nach dem Gottesdienst ruderten wir unseren Freund hinüber zur Insel San Michele, wo wir ihn bestatteten und an seinem Grab gemeinsam beteten. Dann kehrten wir nach Hause zurück und trauerten um unseren toten Bruder.

Drei Tage später, am San-Nicola-Tag, kehrte der Erzbischof nach Bologna zurück, wo der Papst ihn zu den bevorstehenden Friedensverhandlungen mit König François erwartete. Angelo war sehr unglücklich, denn mit seiner unnachgiebigen Haltung hatte er seine Schwester verloren – so wie ich meinen Bruder.

Aron und Marietta waren geflohen. Unsere Familie war endgültig zerbrochen.

Tristan hatte Recht: Die Hölle sind wir.

Wie leer das große Haus ohne Menandros war!

Celestina litt unter dem Verlust ihres Freundes, der ihr so viel bedeutet hatte. Er war immer für sie da gewesen, hatte sie umsorgt und beschützt.

Wie oft erzählte sie mir in jenen traurigen Tagen von ihrer gemeinsamen Reise von Alexandria nach Kairo, durch die schroffen Wüstentäler des Sinai zum Katharinenkloster. Von der eisigen Nacht auf dem Mosesberg, als sie sich in seinen Armen so geborgen fühlte. Von seinen liebevollen Zärtlichkeiten, die sie nach den Vergewaltigungen in Venedig und ihrer abgrundtiefen Einsamkeit in Athen so sehr genoss. Von ihrem langen Gespräch in der Kapelle des brennenden Dornbuschs im Katharinenkloster, als sie ihm sagte, dass sie ihn als ihren Freund, nicht aber als ihren Geliebten wollte. Von ihrer gemeinsamen Rückkehr nach Athen. Von der Sehnsucht nach Liebe und Geborgenheit, die in seinen Augen schimmerte. Von seinen Hoffnungen, sie könnte ihn eines Tages doch noch lieben. Und von seiner stillen Verzweiflung, als sie sich bei ihrer Rückkehr nach Venedig in Tristans Arme warf und nicht in seine.

Er hatte sie so sehr geliebt.

Und sie vermisste ihn so sehr.

Celestina schrieb seinem Vater Demetrios Palaiologos und Menandros' jüngerem Bruder Alexandros einen langen Brief – die Namen der anderen Geschwister kannte sie nicht. Sie schrieb von ihren Gefühlen für Menandros, von ihrer Hochachtung, von ihrem Vertrauen, von ihrer innigen Freundschaft und ihrer Liebe. Aber sie sandte den Brief nie ab, denn sie wusste nicht wohin – die kaiserliche Familie der Palaiologoi lebte im Exil. Menandros hatte die Seinen mit dreizehn Jahren verlassen.

Wir brachten den Brief zu ihm und schoben ihn unter einen Stein, den wir auf Menandros' Grab legten.

Mein Gott, wie einsam er gewesen war!

»Was für ein schönes Weihnachtsfest!«

Celestina schmiegte sich in die Pelze, während ich die Gondel den

Canal Grande entlang zur Synagoge steuerte. Sie war traurig, dass Menandros nicht mehr bei uns war, und doch hatte sie das festliche Abendessen und Davids feierliche Lesung aus dem Evangelium sehr genossen.

Und mein Geschenk hatte sie sehr glücklich gemacht!

Glück – welch überaus kostbares Gefühl in diesen Zeiten von Hass und Gewalt!

Während ich am hell erleuchteten Palazzo Grimani vorbeisteuerte, sah ich zu David hinüber, der seine Gondel mit Judith und seiner Tochter neben mir herruderte.

Wie froh ich war, dass wir uns nach Arons Flucht und Menandros' tragischem Tod wieder versöhnt hatten!

An diesem Abend war er mit Judith und Esther in die Ca' Tron gekommen, um nach der Art unserer Familie die Heilige Nacht mit uns zu feiern. In Granada hatten wir so viele Jahre als Christen gelebt, dass wir auch in Venedig nicht mehr auf das Weihnachtsfest verzichten wollten. An Weihnachten feierten wir Jeschuas Geburt, wie wir an Schawuot König Davids Geburt gedachten. Wie die Christen hielten wir, wie früher in Granada, um Mitternacht einen Gottesdienst – allerdings nicht in einer Kirche, sondern in der Synagoge. In der Weihnachtsnacht besuchen die Christen die Christmette, und die Juden schließen sich aus Angst vor blutigen Ausschreitungen gegen die verdammten ›Gottesmörder‹ in ihre Häuser ein – die Synagogen sind in dieser Heiligen Nacht immer verlassen.

Celestina hatte Recht: Es war wirklich ein sehr schönes Weihnachtsfest mit einem wundervollen Abendessen im Lichterglanz vieler Kerzen und der stimmungsvollen Lesung der Weihnachtsgeschichte im Lukas-Evangelium – »Ein schönes Märchen!«, hatte Gianni sie genannt.

Wie überrascht Celestina gewesen war, als ich ihr nach dem Abendessen eine kleine Schachtel in die Hand gedrückt hatte:

»Ein Geschenk für mich? Elija, ich …«

Ich hatte ihr die Worte von den Lippen geküsst. »Mach es auf! Ich will es mitnehmen, wenn wir gleich zur Synagoge fahren.«

Celestina hatte geahnt, was die Schachtel enthielt. Mit zitternden

Fingern hatte sie den Deckel geöffnet. »O Elija, sie sind wunderschön!«

Zwei Ringe aus Murano-Glas, zerbrechlich wie unsere Liebe.

»Ich kann dich nicht heiraten«, hatte ich gesagt. »Denn wenn du konvertierst, wirst du die Ca' Tron verlieren, die dir so viel bedeutet. Aber wie Aron sich mit Marietta verlobt hat, so will ich mit dir die Ringe tauschen und dir geloben, dich zu lieben, bis der Tod uns trennt!«

Wie ihre Augen vor Glück gefunkelt hatten!

Wir hatten den Rio di San Salvadòr erreicht, und ich steuerte die Gondel in den dunklen Kanal. David blieb dicht hinter unserem Boot und legte neben mir am Bootssteg an. Während er seine Gondel festmachte, half ich Celestina an Land – sie war im achten Schwangerschaftsmonat. In der Gasse küsste sie mich leidenschaftlich. »Ich bin sehr glücklich«, flüsterte sie.

David trat neben uns. »Na kommt, ihr verliebten Turteltäubchen!«

Dann legte er seinen Arm um meine Schultern, um wie all die Jahre zuvor gemeinsam mit mir zur Synagoge zu gehen.

Ich war sehr froh, dass mein Bruder trotz allem zu mir stand. Wie traurig er gewesen war, als Aron ihm sagte, dass ich mit Judith geschlafen hatte! Und wie entsetzt, als Aron mich zornig aufgefordert hatte, mich dem Papst zu unterwerfen und zu widerrufen!

Arm in Arm gingen wir zur Synagoge, dann stiegen wir die Treppen hinauf in den Gebetssaal …

… und blieben zu Tode erschrocken stehen.

Mein Herz zog sich schmerzhaft zusammen, und meine Knie zitterten, als ich langsam weiterging.

Vater im Himmel, lass es nicht wahr sein!

»O mein Gott!«, stöhnte David. »Wie können sie so etwas tun!«

Vor dem Tora-Schrein war ein Kreuz aufgerichtet worden. Daran festgenagelt hing die Leiche eines zwei- oder dreijährigen nackten Jungen mit einer Dornenkrone. Seine Lippen waren wie zu einem stummen Schrei verzerrt! Die großen Nägel hatten seine kleinen Hände und Füße zerrissen. Die Brust des kleinen Jungen war wie durch einen Lanzenstich zerfetzt worden – das Herz war herausgerissen!

Welch grauenvoller Anblick!

Entsetzt stürzte David auf das gekreuzigte Kind zu, und ich folgte ihm, am ganzen Körper zitternd.

»Sie haben ihn geschlachtet und ausbluten lassen wie koscheres Fleisch, Elija! Das Herz … O Gott, du weißt, was das bedeutet!«, flüsterte er heiser. »Sie werden uns einen Ritualmord in der Weihnachtsnacht anhängen! Die Kreuzigung dieses Kindes ist von Christen inszeniert worden!«

Und ich wusste auch, wer in seinem fanatischen Hass auf mich zu einer solchen Tat fähig war.

Fray Santángel.

Nach dem Mord an Menandros war er verschwunden. Tristan, seit einigen Tagen wieder zum Vorsitzenden des Zehnerrates gewählt, war durch den erneuten Anschlag auf mein Leben und Menandros' tragischen Tod zutiefst erschüttert. Er hatte Santángel suchen lassen, um über ihn zu richten – vergeblich! Und nun …

Ein gekreuzigtes Christkind in der Weihnachtsnacht in einer Synagoge! Das war Santángels Rache: mein Todesurteil!

»Du wirst brennen!«, hatte er mir geschworen.

Es war nicht das erste Mal, dass Juden angeklagt wurden, zur Verspottung von Jeschuas Martyrium ein Kind getötet und sein Blut für rituelle Zwecke verwendet zu haben. Das Blut eines Kindes ist nach Ansicht fanatischer Christen eine notwendige Zutat für die Herstellung der Mazzot, der Brote für das Pessach-Fest. Die Juden, die diese Bluttaten begangen haben sollten, wurden auf dem Scheiterhaufen hingerichtet. In Spanien hatte es während der letzten Jahrzehnte unzählige Prozesse wegen solcher Ritualmorde gegeben. In Ciudad Real, Burgos, Toledo, Barcelona, Valencia und vielen anderen Städten waren zudem Hunderte Juden zusammengetrieben und auf offener Straße massakriert worden.

Auch in Italien und Tirol hatte es Ritualmordbeschuldigungen gegeben – der bekannteste Fall war der des kleinen Simone, der vor einigen Jahrzehnten von einem Juden in Trient tot aufgefunden worden war. Die Wunden des Zweijährigen waren eindeutig Rattenbisse gewesen. Die Juden protestierten: Das tote Kind sei absichtlich vor dem Haus des Juden in einen Bach geworfen worden – wie Abfall! Aber wer glaubt schon Juden? Die ganze jüdische Gemeinde war festgenommen und gefoltert worden, um die erwünschten Geständnisse zu erzwingen. Die grausamen Folterungen und die Todesurteile erregten so großes Aufsehen, dass der Papst einen Legaten entsandte, um den Fall zu prüfen. Doch der kleine Simone aus Trient war inzwischen zum christlichen Märtyrer geworden, zum Wundertäter, zum Heiligen. Und die vierzehn Juden, die unter der Folter den Mord gestanden hatten, waren hingerichtet worden.

Wie viele Menschen mussten noch an meiner Stelle sterben? Sarah ... Benjamin ... Menandros ... dieses unschuldige Kind.

Adonai, warum quälst Du mich mit dieser furchtbaren Schuld?

Doch dann besann ich mich:

»Fray Santángel war hier, David! Es kann noch nicht lange her sein.« Ich zog ihn weg von dem Kreuz. »Wir müssen sofort verschwinden!«

Als ich mich umwandte, blieb mir fast das Herz stehen.

Totenbleich starrte Celestina auf das gekreuzigte Kind. Sie hatte sich vornübergebeugt und presste beide Hände auf ihren Bauch. Judith hatte ihren Arm um sie gelegt und stützte sie.

»Celestina, was ist denn?«, flüsterte ich.

»Ich habe Schmerzen. Ich glaube, es sind ... die Wehen.«

»Um Gottes willen«, rief David. »Wir kehren so schnell wie möglich zurück zur Ca' Tron. Celestina muss sich sofort hinlegen. Der Anblick des toten Kindes war zu viel für sie.«

Ich nahm Celestina in die Arme, trug sie die Treppen hinunter und floh mit ihr aus der Synagoge.

Sie hielt sich an mir fest und legte ihren Kopf an meine Schulter. »Es tut mir Leid, Elija. Es tut mir so Leid«, hauchte sie immer wieder. Die Tränen des Schmerzes rannen über ihre Wangen.

»Ich bringe dich nach Hause«, flüsterte ich. »Sei ganz ruhig!«

David stieß die Tür auf und ließ mich mit ihr auf die Gasse hinaustreten.

»Bring Celestina, Judith und Esther zu den Gondeln!«, bat mich mein Bruder. Unruhig irrte sein Blick durch die Gasse, doch niemand war zu sehen. »Ich hole aus meiner Apotheke nur schnell ein Mittel gegen die viel zu frühen Wehen. In ein paar Minuten werde ich nachkommen!«

»David, das ist zu gefährlich!«

»Willst du, dass dein Kind heute Nacht geboren wird? Dann lass mich die Medizin holen, die sein Leben rettet!« Energisch schob er mich mit Celestina, die sich vor Schmerzen wand, in Richtung des Kanals. »Nimm nicht den Weg durch den Canal Grande, sondern fahr durch die schmalen Kanäle, die zur Kirche San Moisè führen. Der Weg ist sicherer! Santángel ist irgendwo dort draußen!«

Dann drehte er sich um und rannte die wenigen Schritte zu unserem Haus.

Judith folgte mir mit ihrer Tochter zu den Gondeln und half mir, Celestina hinzulegen und in den wärmenden Pelz zu hüllen. Während sie beruhigend auf Celestina einredete und ihre Hand hielt, machte ich die Gondel los und ruderte so schnell ich konnte zur Ca' Tron.

Wie sie sich quält!, dachte ich besorgt, als ich Celestinas schweißnasses Gesicht betrachtete. Und wie sehr sie sich bemüht, sich ihre panische Angst nicht anmerken zu lassen. Sie fürchtet, das Kind heute Nacht zu verlieren.

Ich setzte mich neben sie auf das Bett und küsste sie zart.

»David wird sicher gleich kommen«, beruhigte ich sie.

Und mich!

Wo blieb er denn so lange?

Was war geschehen? Hatte er keine Medizin gegen Celestinas Wehen? Musste er sie erst bei einem anderen Arzt holen – mitten in der Weihnachtsnacht? War er auf dem Weg zur Ca' Tron von Gojim angegriffen worden, die spät nachts aus der Christmette kamen? Oder war er wegen des Mordes von den Schergen des Zehnerrates festgenommen worden?

Und ein noch grauenvollerer Gedanke quälte mich: War er womöglich Santángel in die Arme gelaufen?

Unruhig sprang ich wieder auf, trat erneut ans Fenster, um in die

Nacht hinauszustarren. Immer noch nichts zu sehen! Schließlich setzte ich meine Wanderung durch unser Schlafzimmer fort.

Ein halbe Stunde schon!

Wo, um Himmels willen, war David?

Judith nahm mich in die Arme, um mich zu trösten. Sie war so stark! Ich lehnte mich gegen sie.

»Ich hätte David nicht gehen lassen dürfen.«

»Er wollte es so«, sagte sie leise. »Du hattest keine Wahl: Celestinas Wehen …«

Jemand trommelte gegen das Portal zum Campo San Stefano.

David?

Schritte auf der Treppe!

Celestina wand sich stöhnend unter einer erneuten Wehe.

Ich setzte mich zu ihr auf das Bett und nahm ihre Hand. »Alles wird gut!«, versuchte ich sie zu beruhigen und strich ihr über die Stirn. »Alles wird gut!«

»Da bin ich nicht so sicher«, hörte ich eine Stimme hinter mir.

Erschrocken fuhr ich herum:

»Tristan!«

Er stand in der Schlafzimmertür.

»Elija, ich muss dich festnehmen«, sagte er sehr ernst. »Heute Nacht ist ein anonymer Brief in die Bocca di Leone des Dogenpalastes geworfen worden. Du wirst beschuldigt, in der Weihnachtsnacht ein Kind ermordet zu haben. Wir fanden den gekreuzigten Jungen vorhin in der Synagoge am Campo San Luca. Ein furchtbarer Anblick!

Als Vorsitzender des Consiglio dei Dieci klage ich dich des Ritualmordes an einem christlichen Kind an.

Bitte leiste keinen Widerstand, Elija, und komm mit mir!«

Atemlose Stille.

Zwei Bewaffnete betraten auf Tristans Wink das Schlafzimmer, packten mich an den Armen und rissen mich vom Bett fort.

»Keine Gewalt!«, befahl Tristan in scharfem Ton. Sogleich ließen mich seine Häscher los und wichen einen Schritt zurück.

Judith umarmte ihre schluchzende Tochter.

»Tristan!« Celestina keuchte vor Schmerz auf. »Wir waren vor einer halben Stunde in der Synagoge. Ich habe den gekreuzigten Jungen gesehen! Es war so furchtbar!« Sie rang nach Atem. »Die Wehen haben eingesetzt.«

»O nein!«, stieß er hervor, ließ sich auf das Bett sinken, wo ich zuvor gesessen hatte, und nahm ihre Hand. Dann wandte er sich zu mir um. »Wo ist David?«

»Keine Ahnung«, erwiderte ich. »Er wollte ein Medikament holen und so schnell wie möglich nachkommen.«

Tristan rang mit sich: Was sollte er tun?

Ich trat neben ihn. Die Bewaffneten wollten mich festhalten, doch er winkte ab.

»Tristan, du weißt, dass ich diesen Mord nicht begangen habe.«

Er senkte den Blick. »Nein, natürlich nicht! Es tut mir Leid, Elija, aber ich kann nicht anders handeln. Es ist eine Anklage gegen dich erhoben worden, die ich als Vorsitzender des Zehnerrates nicht einfach ignorieren kann.«

Er konnte mir nicht in die Augen sehen!

Ich legte ihm die Hand auf die Schulter. »Tristan, tu mir einen Gefallen: Wenn die Bewaffneten mich ins Gefängnis bringen, dann bleib bei Celestina, bis David kommt. Sie hat furchtbare Schmerzen. Versprich mir, dass du sie nicht allein lässt!«

Erstaunt sah er zu mir hoch. Dann nickte er.

»Elija, ich verspreche dir: Ich werde Celestina nicht verlassen! Niemals, so lange ich lebe!«

Krachend fiel die Tür der Zelle hinter mir ins Schloss, und es war finster um mich.

Schlüsselgerassel.

Schritte, die sich entfernten.

Stille.

In der undurchdringlichen Dunkelheit tastete ich mich durch die Zelle, die Salomon Ibn Ezra vor mir bewohnt hatte. Meine Finger glitten über die feuchten Holzwände – die Pozzi befanden sich auf der Höhe des Meeresspiegels –, dann fand ich das Regalbrett an der rechten Wand.

Keine Kerze!

In der Finsternis betete ich wie Jeschua am Kreuz den zweiundzwanzigsten Psalm:

»Mein Gott, mein Gott, warum hast Du mich verlassen? Mein Gott, ich rufe bei Tage, und Du antwortest nicht, und bei Nacht, und finde keine Ruhe. Auf Dich vertrauten unsere Väter, und Du hast sie gerettet. Zu Dir schrien wir um Hilfe! Ich werde verhöhnt und verachtet. Alle, die mich sehen, spotten über mich, verziehen ihre Lippen und schütteln den Kopf. Sei nicht fern von mir! Mein Gott bist Du!«

Wie oft hatte ich im Kerker in Córdoba diesen Psalm gebetet? Jede Nacht vor dem Einschlafen. Siebenhundertachtundfünfzig Nächte lang.

Wie lange würde ich in den Pozzi bleiben müssen? Würde der Consiglio dei Dieci mich foltern lassen, um ein Geständnis zu erzwingen? Tristan wusste doch, dass ich das Kind nicht gekreuzigt hatte!

Oder ging es ihm gar nicht um das Kind, sondern um mein Buch? Das häretischste und gefährlichste Buch, das jemals geschrieben wurde – so hatte der Doge es genannt.

Aber noch beunruhigendere Gedanken quälten mich:

Wo war David? Warum war er nicht gekommen? Lebte er noch?

Und wie ging es Celestina? Würde unser Kind in dieser furchtbaren Nacht auf die Welt kommen?

Tristan hatte mir sein Wort gegeben: »Ich werde Celestina nicht verlassen! Niemals, so lange ich lebe!«

Seine Worte hatten mich zutiefst erschreckt.

Würde er mich opfern? Tristan hatte viel zu gewinnen: Celestina, die Liebe seines Lebens. Und mein Kind, das sein Sohn und Erbe sein könnte.

Wenn ich nach einem spektakulären Prozess, der Tristans Macht und Ansehen in Venedig stärkte, hingerichtet wäre: Würde Celestina nicht zu Tristan zurückkehren, ihn heiraten und mit ihm gemeinsam unser Kind erziehen? Wenn ich tot war, hatte sie doch niemanden mehr außer ihm. Und sie liebte ihn noch immer.

Tristan wird Netanja … Alessandro als seinen Sohn und Erben legitimieren – er kann keine anderen Kinder haben. Er wird Alessandro lieben wie sein eigenes Kind, und mein Sohn wird niemals erfahren, wer sein Vater war! Und weshalb er hingerichtet wurde.

Gianni wird keinen Augenblick zögern, Celestinas Exkommunikation feierlich aufzuheben, Celestina und Tristan in einer prunkvollen Zeremonie in der Sixtina in Rom zu trauen und den kleinen Alessandro Venier selbst zu taufen.

Das verlorene Paradies wird vernichtet werden.

Celestinas Aufsehen erregende Affäre mit mir, einem Juden, wäre vergeben und in einigen Monaten vergessen.

Tristan hatte sehr viel zu gewinnen: alles!

Außer seinem Gewissen musste er nur ein einziges Opfer bringen: mich!

❧ CELESTINA ☙

KAPITEL 17

»Was ist mit dir?«, sorgte sich David, als ich auf der Piazzetta stehen blieb und mir die Hände gegen den Bauch presste. Wie liebevoll er seinen Arm um mich legte! »Hast du wieder Schmerzen? Du solltest ein paar Tage im Bett bleiben – wie ich dir geraten habe! Es ist keine leichte Schwangerschaft. Die Gefahr, das Kind zu verlieren ...«

»Die Schmerzen sind zu ertragen, David. Netanja ist unruhig. Er bewegt sich.« Ich zwang mich zu einem Lächeln. »Offenbar ahnt er, dass wir seinen Vater besuchen wollen.«

Ich atmete einmal tief durch.

»Soll ich dich wieder nach Hause bringen?« David deutete auf die Gondel am Molo, mit der er mich hergerudert hatte.

Ich schüttelte energisch den Kopf, dann nahm ich seine Hand und führte ihn zur Porta della Carta.

Es war noch sehr früh am Morgen, doch das Portal des Dogenpalastes war bereits geöffnet. War die nächtliche Prozesssitzung des Zehnerrates schon beendet?

Die Wachen am Tor erkannten mich und winkten mich durch.

»Wer ist dieser Mann?«, fragten sie, als David mir folgen wollte. »Ist er nicht der Bruder dieses Juden?«

»Ich bin David Ibn Daud«, antwortete David an meiner Stelle.

»Was wollt Ihr im Palazzo Ducale?«

»Ich bin Medicus. Falls mein Bruder gefoltert wurde, will ich seine Wunden versorgen.«

»Was tragt Ihr da bei Euch?« Misstrauisch bohrte der Wächter seinen Finger in die Tasche über Davids Schulter.

»Schmerzstillende Medikamente, Salben zur Desinfektion von Wunden, eine warme Decke, drei Kerzen und noch ein paar andere Dinge.«

Die Bewaffneten ließen uns passieren. David und ich überquerten den Innenhof und gingen hinüber zu den Pozzi.

Kein Wächter hielt uns auf, bis wir vor der weit geöffneten Tür einer Zelle standen – es war das Verlies, in dem Salomon Ibn Ezra auf sein Todesurteil gewartet hatte.

Die Zelle war leer!

David war sehr blass. Er schien sich an seine Besuche im Kerker von Córdoba zu erinnern. Wo war Elija? Wurde er gefoltert?

»Elija ist in der Sala del Consiglio dei Dieci«, versuchte ich ihn zu beruhigen. »Offenbar ist die Sitzung noch nicht zu Ende.«

Er nickte, betrat die Zelle, stellte die mitgebrachte Tasche auf die Holzpritsche und zog die warme Decke hervor, die er auf den Holzbohlen ausbreitete. Dann legte er die frische Kleidung für den Sabbat und die Prozesssitzungen ordentlich gefaltet auf das Bett und stellte die Medikamente und die Kerzen auf das Regalbrett. Er entzündete eine Kerze, zog Hernán de Talaveras lateinische Bibel, Elijas Tefillin und seinen Tallit aus der Tasche und legte alles an das Kopfende des Bettes.

Dann zog er eine Falte in der Decke glatt …

… und sank auf das Bett.

Ich setzte mich neben ihn und umarmte ihn.

»Gott möge mir vergeben«, flüsterte er. »Aber seit Elijas Verhaftung vor zwei Nächten wünsche ich mir im Stillen, er hätte Angelos Dokument unterschrieben und sich dem Papst unterworfen. Aron hatte Recht: Elija könnte mit dir in Rom leben … in Frieden und in Freiheit.«

Er legte das Gesicht an meine Schulter.

»David, mein lieber David«, versuchte ich ihn zu trösten und strich ihm über das Haar.

Wie lange wir so saßen und uns aneinander festhielten, weiß ich nicht mehr. Schließlich küsste er mich auf die Wange und ließ mich los. »Geh jetzt!«, bat er mich. »Ich werde hier warten! Vielleicht lassen sie mich kurz mit ihm sprechen.«

Ich nickte, verließ die Zelle, stieg die Stufen zur Loggia hinauf, ging an der Bocca di Leone vorbei, die uns schon so viel Unglück beschert hatte, und erreichte die Treppe, die zur Dogenwohnung und weiter zum Ratssaal der Zehn im zweiten Stock des Palazzo Ducale führte.

In ihren langen schwarzen Seidenroben kamen mir die ersten Consiglieri entgegen.

Die Prozesssitzung war beendet.

Auf dem Treppenabsatz blieb ich stehen, um die Ratsmitglieder vorbeizulassen. Zwei der Consiglieri wichen meinen Blicken aus, einer murmelte: »Es tut mir sehr Leid!« Hielt er Elija für unschuldig an dem Ritualmord?

Auf der Treppe zum zweiten Stock traf ich Elija. Zwei Bewaffnete führten ihn zurück in seine Zelle.

»Celestina!«, rief er, als ich ihm entgegeneilte.

Ich flog in seine Arme, und er drückte mich fest an sich.

»Bist du gefoltert worden?«

»Nein, als Capo dei Dieci hat Tristan das nicht zugelassen!«, flüsterte er. »Wie geht es dir?«

»Netanja und mir geht es gut«, beruhigte ich ihn.

»Adonai sei Dank! Was ist mit David?«

»Er kam eine halbe Stunde nachdem du in den Palazzo Ducale gebracht worden warst.«

Die Bewaffneten rissen uns auseinander.

»Was war denn geschehen?«, rief er zu mir hoch, als sie ihn ungeduldig die Stufen hinunterschleppten.

»In der Weihnachtsnacht gab es wieder blutige Ausschreitungen. Einige Juden hatten sich vor randalierenden Christen in eine Synagoge geflüchtet. David wäre dem nach Blut dürstenden Gesindel beinahe in die Arme gelaufen. Er musste einen langen Umweg machen, um zur Ca' Tron zu gelangen. Doch ihm ist nichts passiert! Er wartet in deiner Zelle!«

Dann war Elija hinter der Ecke verschwunden, und ich wandte mich ab, um die Stufen emporzusteigen.

Oben am Treppenabsatz stand der Doge. Er hatte Elija und mich beobachtet. Wie blass Leonardo war! Wie sehr er unter diesem Prozess litt!

Ohne ihn eines Wortes zu würdigen, rauschte ich an ihm vorbei zur Sala del Consiglio dei Dieci. Im Vorraum begegneten mir zwei Ratsmitglieder mit Prozessakten unter dem Arm.

Tristan würde wie immer der Letzte sein, der den Saal verließ. Sein zerschmettertes Bein bereitete ihm immer noch große Schmerzen. Er wollte nicht beobachtet werden, wenn er sich auf Giacometto gestützt die Treppen bis zum Cortile hinunterquälte.

Er stand am Rednerpult und stopfte einen Stapel Dokumente in eine lederne Mappe. Er wirkte erschöpft – als hätte er nächtelang nicht geschlafen.

»Schalom!«, sagte ich, und er fuhr herum. »Ist die Nachtsitzung des Sanhedrin, des Hohen Rates, schon beendet?«

Als er verwirrt nickte, wandte ich mich um und schloss die Türen des Saals hinter mir. Dann schritt ich langsam zu ihm hinüber.

Er blickte mich unverwandt an. »Was willst du?«

»Ich wollte dir das hier bringen, Tristan.«

Ich warf einen kleinen Lederbeutel zwischen die Prozessakten auf dem Pult.

»Was ist das?«

»Dreißig Silberlinge«, erwiderte ich verbittert. »Der Preis für ein Menschenleben. Oder für den Verrat an einem Freund.«

Zornig schleuderte er den Beutel in Richtung der Sessel der Dieci. Während des Fluges öffnete er sich, und die Münzen klimperten auf den Steinboden des Saals. Tristan stützte sich mit den Ellbogen auf das Rednerpult und barg das Gesicht in beiden Händen.

»Celestina, als Capo dei Dieci repräsentiere ich die Staatsmacht. Ich bin verantwortlich für die Aufrechterhaltung von Frieden und Freiheit! Ich kann nicht anders handeln …«

»Diese Rechtfertigung habe ich schon einmal gehört!«, unterbrach ich ihn in einem Ton, der verletzen sollte. »War es nicht der Hohe Priester Joseph ben Kajafa, der sagte: Lasst uns diesen einen Menschen opfern, um der Macht Recht zu verschaffen?«

Der Hieb saß!

Ich hob eine der Silbermünzen auf und zeigte sie ihm. »Elijas Leben ist nicht mehr wert als diese Münze, nicht wahr?«

520

»Du irrst, Celestina.« Er sah mir in die Augen. »Dir sollte sein Leben sehr viel mehr wert sein.«

»Was verlangst du?«

»Dich, Celestina! Ich will, dass du ihn verlässt und zu mir …«

»Das werde ich nicht tun!«

»Ich bitte dich: Sei vernünftig!«

»Ich soll vernünftig sein?«, brauste ich auf wie ein Sturmwind. »Das wollte ich *dir* gerade ans Herz legen! Du weißt doch, dass Elija das Kind nicht ermordet hat!«

»Die Anklage gegen Elija lautet nicht auf Ritualmord«, klärte er mich auf. »Der Junge – der kleine Sohn eines Fischers aus Malamocco auf dem Lido – ist nicht der Grund für diesen Prozess. Wie Elija nehme ich an, dass Fray Santángel das Kind ans Kreuz genagelt hat, weil er sich an ihm nicht anders rächen konnte. Elija ist ihm zwei Mal entwischt, und Santángel kann sich nach dem Mord an Menandros nicht mehr in der Serenissima blicken lassen, ohne hingerichtet zu werden. Und er wagt es wohl nicht, Cisneros unter die Augen zu treten, bevor Elija nicht zum Tode verurteilt wurde – wenn schon nicht durch die spanische Inquisition, so doch durch die venezianische. Gewiss hat er das gekreuzigte Kind in die Synagoge geschleppt und den anonymen Brief mit der Beschuldigung Elijas in die Bocca di Leone geworfen. Elija wird nicht des Ritualmordes, sondern der Häresie angeklagt. Es geht um das höchst gefährliche Buch, das er schreibt. Du weißt, wie entsetzt ich war, als ich vor Wochen sein Vorwort gelesen hatte.«

Ich nickte. »Leonardo hat mir ins Gewissen geredet, um zu verhindern, dass wir dieses Buch vollenden.«

»Und was hat es genützt? Nichts! Ihr habt weitergeschrieben, ohne dass ich davon wusste! Wie oft war ich in den letzten Wochen bei euch zu Gast! Ich hatte gehofft, dass ihr zur Vernunft gekommen wärt. Und nun … Ich bin zutiefst enttäuscht«, sagte er verbittert, »Und entsetzt! Gestern Nacht habe ich die ersten beiden Kapitel gelesen, die ich an Weihnachten als Beweismittel für den Prozess beschlagnahmt hatte. Leonardo hat Recht: Es ist das gefährlichste Buch, das jemals geschrieben wurde! Es wird Elija auf den Scheiterhaufen bringen.«

»Glaubst du wirklich, dass du mich zurückbekommst, wenn du Elija hinrichten lässt?«, fragte ich. »Vor dem venezianischen Gesetz sind alle Menschen gleich. Wenn du Elija der Häresie bezichtigst, musst du auch mich anklagen, Tristan. Wenn du Elija verbrennst, musst du auch mich auf den Scheiterhaufen schicken. Denn wir erschaffen *Das verlorene Paradies* gemeinsam.«

Tristan schlug mit der Faust auf die Prozessakten und wandte sich ab. Wie sein Gewissen ihn quälte!

In diesem Augenblick wurde ihm bewusst, dass er mich endgültig verloren hatte. Denn ich würde Elija nicht verlassen, um in Tristans Bett zurückzukriechen.

Seine Schultern zuckten.

Schließlich fuhr er sich mit dem Ärmel seiner schwarzen Seidenrobe über die Augen und wandte sich wieder zu mir um.

Offfenbar hatte er eine Entscheidung getroffen, und sie war ihm nicht leicht gefallen – das sah ich ihm an.

»Elija steht mit einem Bein auf dem Scheiterhaufen. Aber es gibt einen Weg, wie du ihm das Leben retten kannst!«

»Wie?«

»In dieser ersten Prozesssitzung ist nur die Anklage wegen Häresie gegen Elija erhoben worden. Das belastende Manuskript eures Buches habe ich dem Consiglio dei Dieci noch nicht vorgelegt. Die Seiten …« Er holte tief Luft und fuhr fort: »Die Seiten *mit deiner Handschrift* liegen in der ledernen Mappe auf dem Rednerpult. Die Ratsmitglieder wissen also nicht, was in diesem Buch steht. *Noch nicht!* Ich könnte das Manuskript noch ein paar Tage zurückhalten, bevor ich es vorlege …«

Die Seiten mit deiner Handschrift …

Tristan, was verlangst du von mir!, dachte ich entsetzt.

Er wandte mir den Rücken zu.

Ich trat an das Rednerpult und zog das *Verlorene Paradies* – das Todesurteil für Elija und für mich – aus seiner Ledermappe. Mein Blick flog über die ersten Zeilen:

›Und so wurde Jeschua zusammen mit seinen jüdischen Brüdern und Schwestern eintausendfünfhundert Jahre lang misshandelt, bedroht, gequält, verhöhnt, verfolgt, beraubt, gedemütigt, ermordet und vertrieben – und von den Christen wieder und wieder ans römische Kreuz geschlagen.‹

Was war der Wert der Wahrheit? Was der Wert eines Menschenlebens? Und noch während ich über diese Fragen nachdachte, zerriss ich die Seiten.

Es war, als ob ich meine Seele zerrisse – meinen Glauben, meine Hoffnung, meine Liebe.

Tristan wandte sich nicht zu mir um, als ich aus dem Ratssaal floh und tränenblind die Treppen hinunterstolperte.

O Gott, diese Schuld!

Als David nach Hause zurückkehrte, verließ ich gegen seinen ärztlichen Rat das Bett. Denn Elijas Bruder fürchtete, dass ich mich überanstrengte und das Kind verlor.

Aber ich würde mehr als nur Netanja verlieren, wenn ich im Bett lag und mich trostlos in den Schlaf weinte.

Um Elijas Leben zu retten, musste ich ihn verraten!

Das Buch, das ihm mehr bedeutete als sein Leben und das doch sein Todesurteil war, hatte ich zerrissen. Und nun musste ich es neu schreiben, damit Tristan es in einigen Tagen im Prozess vorlegen konnte: das wundervolle Werk eines jüdischen Rabbi, der sich zum Messias und zum Gottessohn Jesus Christus und der allein selig machenden Wahrheit des christlichen Glaubens bekannte.

Denn wie konnte ein großer Gelehrter wie Rabbi Elija Ibn Daud, der ein so exzellentes Buch über Jesus Christus geschrieben hatte, ein Häretiker sein? Nein, er durfte nicht verbrannt werden: Die anonyme Beschuldigung in der Bocca di Leone konnte doch nur das Werk eines perfiden Juden sein, der den berühmten Rabbi bei der Inquisition verleumden und die Vollendung seines für die Bekehrung der Juden so überaus wertvollen Werkes verhindern wollte!

An meinem Schreibtisch sitzend blätterte ich in den Evangelien.

›Du bist Petrus, und auf diesem Stein werde ich meine Kirche errichten.‹ Ibn Shaprut hatte geschrieben: ›Du bist ein Stein. Und auf dir will ich mein Haus des Gebets bauen.‹ Eine Synagoge, keine Kirche!

Aber es gab noch eine dritte Möglichkeit, Jeschuas hebräische Worte aus dem Textzusammenhang zu übersetzen: ›Ja, ich sage dir, Petrus, auf diesem Felsen werde ich meine Gemeinde errichten‹ – auf dem felsenfesten Bekenntnis zu Jeschua als Messias und der von Gott selbst offenbarten Wahrheit seiner Gottessohnschaft, nicht auf Petrus als erstem Papst.

Die Übersetzung war völlig korrekt und sehr poetisch – und trotzdem häretisch!

Denn welche Gemeinde meinte Jeschua? Die judenchristliche Gemeinde in Jerusalem unter der Führung seines Bruders Jakob? Oder die heidenchristlichen Gemeinden in Thessaloníki, Philippi, Ephesos, Korinth und Rom, an die Paulus, der Häretiker, seine Briefe geschrieben hatte?

Verzweifelt verwarf ich das ›Tu es Petrus ...‹ und wühlte mich durch den Talmud, den zu lesen mich Elija in Rom gelehrt hatte.

Was sollte ich schreiben?

Tristan verlangte von mir das Werk eines hoch geachteten jüdischen Schriftgelehrten, einer Leuchte des Judentums! Wie sollte ich als Humanistin in wenigen Tagen dieses Buch schreiben oder zumindest beginnen? Nur um die zwölf Bände des babylonischen Talmud zu lesen, würde ich mehrere Monate benötigen – und um sie zu verstehen, den Rest meines Lebens.

Ich *konnte* dieses Buch nicht schreiben!

Was sollte ich nun tun?

›Dies ist mein Blut, das für viele vergossen wird!‹

Nur drei Finger schreiben, aber der ganze Körper leidet!, dachte ich, als ich Jakob beobachtete, wie er mit kratziger, widerspenstiger Feder diesen Satz aufs Papier warf, die Feder zurück ins Tintenfass steckte und im Talmud blätterte. Ja, er litt – wie ich.

»Du verrätst ihn!«, hatte mir Jakob vor einer Stunde wütend vorgeworfen.

»Ich verrate ihn, um sein Leben zu retten!«, hatte ich erwidert. »Ich habe keine Wahl, als dieses Buch zu schreiben. Aber ich kann es nicht ohne dich, Jakob!«

Er hatte sich abgewandt und war wie ein Gehetzter durch sein Arbeitszimmer gerannt.

»Elijas Name wird auf diesem Buch stehen – das ist für ihn demütigend genug«, hatte ich auf Jakob eingeredet. »Aber dann lass seinen Namen doch wenigstens auf einem exzellenten und seines Namens würdigen Buch stehen, und nicht auf einem furchtbar schlechten. Wenn du mir helfen kannst, es aber nicht tust, weil dich dein Gewissen quält, dann verrätst du ihn, wie ich ihn verrate.«

Kopfschüttelnd hatte er sich umgewandt.

»Du verlangst von mir, dass ich ein christliches Buch schreibe!«, war er aufgebraust. »Ein anti-jüdisches christliches Buch! Weißt du, dass die Gojim in Köln meine Frau auf offener Straße erschlagen und ihre Leiche geschändet haben? Weißt du, dass sie in Worms beinahe Yehiel getötet hätten und ich ihn nur mit knapper Not retten konnte? Mein Sohn war damals sieben Jahre alt! Seit diesem Kampf um sein Leben ist mein rechter Arm gelähmt. Sie haben meinen kleinen Sohn und mich beinahe totgeschlagen – wie man Ratten totschlägt.

Du erwartest also von mir, dass ich ein christliches Buch schreibe! Ein Buch, das in Glaubensdisputationen, wie Elija sie in Córdoba führen musste, gegen uns Juden verwendet werden kann, um uns von Gott Verfluchte zu widerlegen und zu bekehren und, wenn wir allzu uneinsichtig und verstockt sind, eine Zwangstaufe zu rechtfertigen – und unsere Verbrennung auf dem Scheiterhaufen der Inquisition. Ein Buch, das der Anlass für weitere Verfolgungen, Demütigungen, Misshandlungen und Morde sein wird. Das kannst du nicht von mir verlangen!«

»Du hast Recht«, hatte ich niedergeschlagen erwidert. »Aber ich nahm an, du wolltest nicht die Hände in den Schoß legen und ohnmächtig zusehen, wie nach deiner Frau auch noch dein bester Freund stirbt. Ich dachte, nach den furchtbaren Erlebnissen in Köln und Worms würdest du wenigstens alles versuchen, um ein einziges Leben zu retten. *Sein* Leben.« Ich hatte mich von meinem Stuhl erhoben. »Versteh mich bitte nicht falsch, Jakob! Ich mache dir keine Vorwürfe, weil du nicht alles versucht hast, um Elijas Leben zu retten. Ich bin nur sehr … traurig.«

Ich war zur Tür gegangen. »Schalom, Jakob.«

»Warte, Celestina!«, hatte er mich bestürzt aufgehalten. »Was wirst du nun tun?«

»Ich weiß es nicht. Ich hatte so sehr gehofft, dass du mir hilfst. Aber nun … Ich werde nach Bologna reiten. Mariettas Bruder ist beim Papst in Bologna. Angelo war Rabbi, bevor er zum Erzbischof ernannt wurde. Er schätzt Elija als großen Gelehrten. Vielleicht wird er mir helfen.«

»David hat dir geraten, im Bett zu bleiben! Du kannst nicht nach Bologna reiten, Celestina! Du wirst das Kind verlieren!«

»Ja, Jakob, vielleicht werde ich das Kind verlieren, wenn ich vier oder fünf Tage im Sattel sitze. Wenn du mich vor die Wahl stellst, Netanja zu opfern, um Elijas Leben zu retten, werde ich nicht lange überlegen, was ich zu tun habe.«

»O Gott«, hatte er gestöhnt. »Du könntest sterben, wenn das Kind auf der Straße nach Bologna zur Welt kommt! Es hat geschneit! Die Straßen sind schlammig und unpassierbar.«

»Ich werde auch sterben, wenn ich die Hoffnung aufgebe und mit Elija den Scheiterhaufen besteige! Aber ich habe mich für das Leben entschieden, nicht für den Tod. Ich werde versuchen, Elija zu retten.«

Rabbi Jakob ben Israel Silberstern hatte sich seine Entscheidung zwischen dem Gesetz und der Liebe nicht leicht gemacht. Er hatte mit der Frage gerungen, wie er das Buch, das er mit mir schreiben sollte, mit seinem jüdischen Glauben vereinbaren konnte. Er konnte es nicht. Aber er liebte Elija wie einen Bruder und wollte nicht schuld sein an seinem Tod.

Yehiel hatte seinem Vater ein paar Sachen eingepackt, denn in den nächsten Tagen würde er bei mir wohnen. Dann hatte Jakob seine Tasche, seinen Tallit und die Tefillin genommen und war, obwohl der Sabbat bereits angebrochen war, mit mir zur Ca' Tron gerudert. Wir hatten keine Zeit mehr zu verlieren!

Gedankenverloren starrte ich auf den Satz, den Jakob geschrieben hatte:

›Dies ist mein Blut, das für viele vergossen wird!‹

Jakob und ich hatten uns entschlossen, die Passionsgeschichte neu zu schreiben – aber für uns war es nicht Jeschuas, sondern Elijas Leidenszeit.

Und so wurde in unseren Diskussionen aus dem von den Römern besetzten Jerusalem das von den Christen eroberte Granada. Die Streitgespräche mit den Pharisäern wurden zu Glaubensdisputationen mit christlichen Theologen. Die langen Merkfäden und die breiten Gebetsriemen der Pharisäer, die Jesus der Scheinheiligkeit angeklagt hatte, wurden zu den franziskanischen Gewändern der Inquisitoren. Der Prozess vor dem Sanhedrin fand in unseren Gedanken in der Mezquita von Córdoba statt, und der Hohe Priester Joseph ben Kajafa, der den Gefangenen zum Tode verurteilte, trug Cisneros' Züge.

Aber all das war keine Linderung für unser wundgedachtes Gewissen.

Nach einer längeren Diskussion änderten wir den Titel des Buches: Wir suchten nicht mehr *Das verlorene Paradies*, denn das war nun endgültig verloren, sondern verkündeten *Das Königreich der Himmel*.

Die ganze Nacht arbeiteten Jakob und ich an unserem Buch. Bis zum Sonnenuntergang des Sabbat hatten wir das erste Kapitel über den messianischen Einzug Jesu zum Pessach-Fest nach Jerusalem fertig gestellt. Mit welcher Heilsgewissheit die jubelnden Festpilger ihre Palmzweige schwangen und Psalmen singend den ersehnten Erlöser begrüßten! Die Szene war so mitreißend und überzeugend erzählt – sie hätte wahr sein können!

Nach dem Abendessen ruhten Jakob und ich uns zwei Stunden aus. Dann stürzten wir uns wieder auf unsere Bücher, kämpften uns durch Elijas Evangelienübersetzung und seine Notizen zu Rabbinensprüchen aus dem Talmud und schrieben weiter an unserem Evangelium.

Vor Monaten hatte Elija seinem zweifelnden Freund erklärt, die christlichen Evangelien seien vom jüdischen Glauben durchdrungen: »Mach dir die Mühe, und reiße alle Zitate aus der Tora, den Prophetenbüchern und den Psalmen aus dem Neuen Testament heraus – was übrig bleibt, sind Papierfetzen, die man nicht einmal mit viel Fantasie als ein zusammenhängendes Evangelium bezeichnen kann!« – »Überlass diese Papierfetzen den Christen, damit sie sich ein Evangelium daraus zusammenfantasieren!«, hatte Jakob wütend erwidert.

Und genau das taten wir nun: Mit viel Fantasie schmückten wir das Bild von Jesus, dem Messias, dem Sohn Gottes, dem Erlöser der Welt, immer weiter aus. Wir gaben dem Gemälde einen sehr würdigen Blattgoldhintergrund und trugen die leuchtenden Farben der christlichen Erlösungstheologie mit feinem Pinsel so geschickt auf, dass Jesu Göttlichkeit förmlich durch die Falten seiner Kleidung schimmerte. Ein geheimnisvoller Schleier von Prophezeiungen umwehte ihn, wohin er auch ging, und eine Aura aus Licht hüllte ihn ein. Jedes seiner Worte war offenbarte göttliche Wahrheit.

Der Evangelist Johannes hätte voller Neid sein Evangelium zerrissen, wenn er unseres gelesen hätte! Einen so würdigen und erhabenen Gottmenschen hätte nicht einmal er erschaffen können!

Die nächtelange Arbeit strengte mich zu sehr an, und so kroch ich am Sonntagnachmittag freiwillig zurück ins Bett. Jakob schleppte die Evangelien und den Talmud zum Schreibtisch in meinem Schlafzimmer und arbeitete dort mit mir an der Tempelreinigung und dem Beschluss der Juden, Jesus zu töten.

Er verzweifelte fast, als wir eine Stunde lang erbittert darüber stritten, welche Motivation ›die Juden‹ für diesen Gottesmord hätten haben können.

»Das ist doch alles völlig absurd!«, regte er sich auf und warf die Schreibfeder weit von sich.

Über meinen Einwurf, dass der Tod Jesu am Kreuz und damit auch seine Verdammung durch die Juden heilsnotwendig war, konnte er nur resigniert den Kopf schütteln.

»Sag mir, Celestina: Wenn Jesu Opfertod am Kreuz die Welt erlöst und wir Juden dafür die Verantwortung tragen – heißt es denn nicht im Johannes-Evangelium: ›Das Heil kommt von den Juden‹? –, wieso werden wir dann verfolgt, misshandelt und getötet? Und warum friert Elija in einem kalten, finsteren Kerker?«

Am nächsten Morgen ließen Jakob und ich uns während der Morgendämmerung zum Dogenpalast rudern. Wir wollten Elija besuchen – Jakob wollte das Morgengebet mit ihm sprechen und einen von König Davids Psalmen mit ihm singen, um ihm ein wenig Trost und Hoffnung zu schenken.

Doch wir wurden nicht zu ihm gelassen. »Signor Venier hat ausdrücklich verboten, dass Ihr mit dem Gefangenen sprecht«, erklärte mir der Gefängniswärter.

Jakob legte mir den Arm um die Schultern und führte mich durch die Arkaden in den Hof.

David kam uns entgegen.

Er umarmte mich. »Ich komme jeden Tag hierher, wie damals in Córdoba. Aber ich darf nicht mit ihm sprechen.«

Ich lehnte mich gegen seine Schulter, und er strich mir zärtlich über das Haar. »Lass uns nach Hause gehen«, bat ich ihn. »Jakob und ich, wir müssen dir etwas gestehen.«

»*Was* habt ihr getan?« Fassungslos starrte David eine Viertelstunde später auf das Manuskript des *Königreich der Himmel* und sank in den Sessel hinter dem Schreibtisch.

War er zornig? Nein, er war zutiefst enttäuscht.

»Um Elijas Leben zu retten, haben wir sein Buch in den letzten Tagen und Nächten neu geschrieben«, wiederholte Jakob.

David sah mir in die Augen.

Was nützt es dem Menschen, wenn er die ganze Welt gewinnt und dabei seine Seele verliert?, fragte mich sein Blick. Und was nützt es Elija, wenn er sein Leben gewinnt und dabei seinen Glauben verliert?

»Ich bitte dich, David!«, drang Jakob in ihn. »Lies das *Königreich der Himmel*, bevor du uns verdammst!«

David nickte resigniert, legte das Manuskript auf den Schreibtisch und begann zu lesen. Die ersten Sätze schienen ihm Qualen zu bereiten, doch er hielt nicht inne. Als er weiterlas, entspannten sich seine Gesichtszüge. Hin und wieder huschte ein leises Lächeln über seine Lippen.

Jakob, der unbehaglich auf seinem Stuhl herumrutschte, atmete auf, als Elijas Bruder schallend zu lachen begann.

Schließlich ließ David das *Königreich der Himmel* sinken. »Die Geschichte von Judas' Kuss im Garten ist wirklich spannend erzählt!«, urteilte er. »Seine Motive für den Verrat sind so gut erläutert, dass ich mich frage, ob *ich* anders gehandelt hätte. Man könnte fast meinen, dass ihr beide genau wisst, wie sich ein Verräter fühlt.«

Betroffen beobachteten wir David, der sein Gesicht in den Händen verbarg, um in Ruhe nachzudenken.

Endlich sah er auf. Das Funkeln in seinen Augen sagte mir: Er hatte sich entschieden!

»Die tragische Szene des trotzig schweigenden Jesus vor dem Hohen Priester Joseph ben Kajafa ist an Dramatik kaum noch zu überbieten! Der Sanhedrin als Inquisitionstribunal und der Hohe Priester als Großinquisitor! Die tiefsinnige Botschaft eures Evangeliums ist kaum zu übersehen: Wer Elija verurteilt, schlägt Jesus erneut ans Kreuz!«

»Es tut mir Leid«, erklärte Giacometto. »Signor Venier bereitet sich auf die Sitzung des Zehnerrates heute Nacht vor. Er sagte, er wolle den ganzen Nachmittag nicht gestört werden.«

Sein Blick wanderte über meine Schulter hinweg zu David und Jakob, die vor dem Portal der Ca' Venier in der Gondel warteten.

»Vergebt mir, Madonna Celestina, aber …« Dann besann er sich. »Signor Venier leidet sehr unter diesem Prozess. Nachts tut er kaum ein Auge zu. Er ist sehr einsam. So wie vor fünf Jahren, als Ihr nach Athen geflohen seid. Ich mache mir Sorgen um ihn. Bitte verzeiht, dass ich so offen spreche! Aber er war mit Euch so glücklich.«

»Giacometto, bitte richte ihm aus, dass ich hier bin. Wenn er mich nicht sehen will, dann soll er mir das selbst sagen.«

Tristans Kammerdiener nickte und verschwand. Wenig später kehrte er zurück und führte David, Jakob und mich die Treppen hinauf in das Arbeitszimmer seines Herrn.

David, der seinen Arm um mich gelegt hatte, spürte meine Unruhe. Wie würde Tristan auf das *Königreich der Himmel* reagieren?

Bei unserem letzten Treffen im Ratssaal hatte ich ihm nicht gesagt, was ich vorhatte. Mit seinem schweigenden Einverständnis hatte ich das Manuskript aus der Ledermappe genommen, um die Seiten, die Elijas Todesurteil bedeuteten, zu zerreißen. Dann war ich gegangen.

Als Giacometto die Tür zum Arbeitszimmer öffnete, erhob sich Tristan hinter seinem Schreibtisch und kam uns entgegen. »Celestina, mein Schatz!« Er schloss mich in die Arme und küsste mich. Auch David begrüßte er freundschaftlich.

»Das ist Rabbi Jakob Silberstern«, machte David die beiden bekannt.

»Ihr seid also Elijas Freund Jakob? Ich freue mich, Euch kennen zu lernen«, begrüßte Tristan ihn sehr höflich. »Elija hat mir viel von Euch erzählt. Ihr seid ein großer Gelehrter! Die Sorbonne in Paris hat Euch eine Professur angeboten.«

»Das ist wahr, Exzellenz«, murmelte Jakob.

»Aber Ihr habt Euch für Venedig entschieden. Wie schade, dass die Serenissima keine bedeutende Universität hat, an der Ihr Hebräisch lehren könntet, Rabbi!«

»Danke, Exzellenz!« Jakob war sichtlich überrascht von Tristans unbefangener Freundlichkeit.

»Nun, was kann ich für euch tun?«, fragte Tristan und nahm wieder hinter seinem Schreibtisch Platz.

»Jakob und ich waren heute Morgen im Dogenpalast«, erklärte ich. »Wir wollten Elija besuchen, wurden aber nicht zu ihm gelassen.«

»So lautet mein ausdrücklicher Befehl«, nickte Tristan und lehnte sich in seinem Sessel zurück. »Ich habe mich am Freitag, nachdem du mich verlassen hast, lange mit ihm unterhalten. Elija weigert sich, zu widerrufen.«

»Hast du ihm verraten, dass ich das *Verlorene Paradies* vernichtet habe?«

Tristan schüttelte den Kopf. »Ich dachte, du solltest es ihm besser selbst sagen.«

»Das hatte ich heute Morgen vor.« Ich zog das neue Manuskript hervor und schob es über seinen Schreibtisch. »Und über dieses Buch wollte ich mit ihm sprechen.«

»*Das Königreich der Himmel*«, las er den Titel. »Was ist das?«

»Jakob und ich haben seit Freitagabend ... Wie soll ich es dir erklären, Tristan? ... Wir haben Elijas Aufzeichnungen durchgesehen. Nun ja, Jakob und ich haben ein beinah vollendetes Manuskript *gefunden*, das Elija vom Vorwurf der Häresie freisprechen könnte«, erfand ich eine Geschichte, die Tristan im Prozess verwenden konnte. »David meint, Elija habe dieses Buch hier in Venedig begonnen, einige Monate nach seinen Disputationen mit Kardinal Cisneros.«

Tristan konnte nur mühsam ein Lachen unterdrücken. Er schien erleichtert, dass Jakob und ich zur Feder gegriffen hatten, um Elijas Leben zu retten. »Darf ich es lesen?«

Als ich nickte, blätterte er durch die Seiten.

Schließlich warf er das Manuskript auf seinen Schreibtisch und lächelte verschmitzt: »Wie kann ein Ketzer ein so wundervolles Buch schreiben!«

»Glaubst du, dass Elija freigelassen wird, wenn er sich im Prozess darauf besinnt, was er vor einigen Monaten im *Königreich der Himmel* geschrieben hat?«, fragte ich.

»Ich weiß es nicht«, gestand Tristan sehr ernst. »Als Vorsitzender des Consiglio dei Dieci habe ich keinen Einfluss auf das Inquisitionstribunal.«

»Das Inquisitionstribunal?«, flüsterte ich erschrocken.

»Zaccaria Dolfin hat den Patriarchen und die venezianische Inquisition gegen mich aufgehetzt. Dieser Prozess gegen Elija ist eine lang ersehnte Gelegenheit für ihn, um mich zu stürzen und seinem Freund Antonio Tron die Stufen zum Dogenthron hinaufzuhelfen.

Weißt du, wie Dolfin mich gestern im Maggior Consiglio nannte, weil ich Salomon Ibn Ezra freigelassen und die Mordanklage gegen Elija fallen gelassen habe? Er nannte mich einen Judenfreund!«

»Tut mir Leid!«, murmelte David betroffen.

»Aber das ist erst der Anfang: Zaccaria Dolfin verfügt über einen eindrucksvollen Wortschatz an Bosheiten und Beleidigungen! Aber in diesem Fall sehe ich das Wort Judenfreund als eine Auszeichnung an, als eine Anerkennung meines Sinns für Gerechtigkeit – denn vor dem venezianischen Gesetz sind alle Menschen gleich, Christen und Juden.«

Tristan sah die Bestürzung in Davids Gesicht: ein Inquisitionsprozess gegen Elija!

»Die Inquisition gibt es in Venedig schon seit 1289«, erklärte er ihm. »Aber anders als die spanische Inquisition unterliegt sie der strengen Kontrolle der Republik. Die Inquisitoren werden vom Papst ernannt und unterstehen dem Dogen. Drei Laien nehmen an jedem Prozess teil – sie haben das Recht, das Verfahren jederzeit abzubrechen. In Venedig ist das Inquisitionstribunal nur eine Art Untersuchungskommission. Das Urteil wird immer von den zuständigen weltlichen Behörden gefällt, in diesem Fall vom Zehnerrat.

Und noch etwas ist anders als in Kastilien und Aragón: In den über zweihundertzwanzig Jahren ihres Bestehens hat die venezianische Inquisition nur sechs Mal das Todesurteil wegen Ketzerei verhängt. In Venedig finden also keine Massenhinrichtungen statt wie in Sevilla, Córdoba oder Valencia, wo an einem einzigen Tag hundert oder mehr Conversos die Scheiterhaufen besteigen müssen. In Venedig herrscht das Recht, nicht die Macht. Und als Capo dei Dieci trage ich die Verantwortung, dass das so bleibt.«

Tristan sah mir in die Augen, und ich senkte beschämt den Blick. Am Freitag hatte ich ihn in meinem Zorn beschuldigt, Elija opfern zu wollen, um der Macht Recht zu verschaffen.

Ich hatte ihm Unrecht getan! Wie sehr mussten ihn die dreißig Silberlinge für seinen Verrat an einem Freund verbittert haben!

Tristan wandte sich wieder Elijas Bruder zu:

»Machen wir uns nichts vor, David: Der Prozess wird kompliziert werden. Elija ist von der spanischen Inquisition zum Tode verurteilt worden. Seine Glaubensdisputationen mit Kardinal Cisneros werden im venezianischen Prozess eine Rolle spielen. Aber die Inquisitoren wollten nicht mit dem Papst die Klingen kreuzen, indem sie einen persönlichen Freund Seiner Heiligkeit als Ketzer hinrichten lassen.

Elija wird also sein Buch *Das Königreich der Himmel*, das ich den Inquisitoren noch heute vorlegen werde, vor dem Tribunal rechtfertigen müssen ... Ja, Celestina, ich sagte: *rechtfertigen*! Er muss also seinen Glauben verleugnen, den er gegen Kardinal Cisneros so schlagfertig verteidigt hatte.«

»O nein!« Jakob vergrub das Gesicht in der linken Hand.

»Wird Elija das tun?«, fragte Tristan.

»Ich weiß es nicht«, gestand David traurig. »Vor vier Wochen hat er eine päpstliche Bulle zurückgewiesen, in der ihm die Aufhebung seiner Exkommunikation zugesichert wurde, falls er die Arbeit an seinem Werk aufgibt ... Ich werde mit Elija reden, wenn du mich zu ihm lässt.«

»Sprich noch heute mit ihm, David! Denn nicht nur der Savio Grande Zaccaria Dolfin, sondern auch einige Mitglieder im Rat der Zehn fordern Elijas Hinrichtung«, erwiderte Tristan. »Seit die Juden in Venedig sind, gibt es immer wieder blutige Unruhen. Der kleine Jude Moses Rosenzweig und das gekreuzigte Christkind aus dem Fischerdorf Malamocco waren nur zwei von vielen unschuldigen Todesopfern. In der Heiligen Nacht wurde sogar eine Synagoge niedergebrannt. Und am nächsten Karfreitag befürchte ich das Schlimmste. Der Frieden in der Serenissima ist ernsthaft bedroht.

Einige Ratsmitglieder machen Elijas und Celestinas skandalöses Verhalten dafür verantwortlich. Sie fordern, dass Elija für seine Verstöße gegen die Gesetze des vierten Laterankonzils gemäß diesen Gesetzen gerichtet wird: mit dem Tod.«

Zutiefst beschämt senkte ich den Blick.

»Dieser Prozess wird der schwierigste, den ich jemals geführt habe. Denn wie Elija muss ich mit meinem eigenen Gewissen ringen«, offenbarte Tristan uns seine Seelenqualen. »Ich kann diesen Kampf nur verlieren: Wenn ich Elija freilasse, ohne dass er sich zu Jesus Christus bekennt, werde ich mein Amt als Consigliere dei Dieci verlieren – das wäre dann das Ende meiner politischen Karriere. Und wenn ich

Elija als Häretiker hinrichte, werde ich einen Freund verlieren, den ich sehr schätze. Ich weiß nicht, ob ich mir die Schuld an seinem Tod jemals vergeben könnte.

Ich kann also nicht *gegen* Elija gewinnen, sondern nur *mit* ihm. So wie er nur *mit* mir.«

Mit lautem Schlüsselgerassel wurde die Tür aufgesperrt.

Mein Gott, wie kalt es in der Zelle war!

Elija stand, den Tallit über Kopf und Schultern, mit dem Rücken zu uns und betete: »Erhöre mich, wenn ich rufe, Du Gott, in dessen Händen mein Recht ist, der Du mich tröstest in Angst. Erbarme Dich, und höre mein Gebet!«

David legte seinen Zeigefinger an die Lippen: Störe ihn nicht in seinem Gebet!

Elija sang auf Hebräisch: »Ihr Mächtigen, wie lange schändet ihr meine Ehre? Erkennt doch, dass der Herr seinen Frommen wunderbar bewahrt. Er hört mich, wenn ich Ihn anrufe. In Frieden werde ich, sobald ich liege, schlafen. Denn – so einsam ich bin – Du, Herr, lässt mich sicher sein.«

Bestürzt sah ich mich in der Zelle um, während Elija im Gebet verharrte. Nur eine Decke schützte ihn vor der Kälte. Eine Eisschicht bedeckte die Wasserschüssel auf dem Boden neben der Tür. An den Wänden der Zelle hatten sich wegen der Feuchtigkeit – das Meer war keine zehn Schritte entfernt – ebenfalls Eiskristalle gebildet. Die Kerzen, die David und ich ihm vor drei Tagen brachten, waren niedergebrannt – Elija saß frierend in der Finsternis. Wie konnte er das alles ertragen?

Elijas Gottvertrauen trieb mir die Tränen in die Augen – wie sollten wir ihn denn bloß überzeugen?

Dann hatte er sein Gebet beendet. Er nahm den Tallit vom Kopf und wandte sich zu uns um.

»Celestina!«, freute er sich, umarmte mich und hielt sich vor Kälte zitternd an mir fest. »Mi cariña!«, flüsterte er gerührt und bedeckte mein Gesicht mit Küssen. »Wie wundervoll warm du bist.«

David trat zu uns und umarmte uns beide.

»Ich freue mich, dass ihr gekommen seid … Celestina und David! Und auch du bist da, Jakob!« Elija war tief bewegt. »Ich habe nach euch gefragt. Die Wärter sagten, ihr wärt jeden Tag gekommen. Aber Tristan habe verboten, dass ihr mich besucht.«

»Wie geht es dir?«, fragte ich besorgt. Er war so blass!

»Ich habe Schmerzen. Die Kälte frisst sich durch meine Glieder.« Elija zog die Decke fester um seine Schultern. »Aber am schlimmsten sind die Finsternis und die Einsamkeit. Ich denke oft an jene zwei Jahre im Kerker von Córdoba. Und an Sarah.« Frierend ließ er sich auf die Holzpritsche sinken. »Nachts, wenn ich auf dem Bett liege und in die Finsternis starre, höre ich manchmal ihre Schmerzensschreie aus der Folterkammer nebenan.«

David setzte sich neben seinen Bruder auf das Bett und legte ihm den Arm um die Schultern. Elija schloss einen Moment die Augen und lehnte sich Halt suchend gegen David. »Wir haben dir zwei Decken mitgebracht, Elija. Und jede Menge Kerzen. Damit du lesen kannst.«

»Lesen?«, fragte Elija. »Was soll ich denn lesen?«

David drückte ihm die Abschrift unseres Manuskripts in die Hand – die Handschrift aus meiner Feder hatte Tristan behalten.

Verwirrt starrte Elija auf den Titel: »*Das Königreich der Himmel*«, murmelte er. Dann schlug er die erste Seite auf und überflog die ersten Absätze.

Jakob und ich beobachteten ihn gebannt, wie er in dem Buch blätterte, und seufzten erleichtert, als ein amüsiertes Lächeln auf seine Lippen trat. Seine Augen huschten über die Seiten, bis er das Kapitel über den Prozess Jesu fand.

»Ein schönes Evangelium!«, lobte er. »Die Passionsgeschichte ist ganz herzergreifend erzählt – auch wenn sie im historischen Sinn nicht wahr ist!

Das fiktive Gespräch zwischen Pontius Pilatus und Jesus, zwischen dem Römer und dem Juden, zwischen Täter und Opfer, über die Frage ›Was ist die Wahrheit?‹ stimmt sehr nachdenklich«, begeisterte er sich. »Das Buch ist ein vollendetes geistiges Kunstwerk! Ich freue mich schon darauf, es zu lesen! Wer hat es verfasst?«

»Du«, sagte David.

Verwirrt sah Elija seinen Bruder an, dann irrte sein Blick zu Jakob und mir. »Ich verstehe nicht ...«

Jakob legte Elija die Hand auf die Schulter. »Celestina und ich haben in den letzten Tagen und Nächten das *Königreich der Himmel* unter deinem Namen verfasst. Im bevorstehenden Inquisitionsprozess kann es dir das Leben retten, wenn du ...«

»Jakob, ich dachte, du wärst mein Freund«, flüsterte Elija fassungslos. »Wie kannst du mich derart verraten!«

Mich würdigte er keines Blickes.

Wie enttäuscht er von uns war. Aber vor allem von mir.

Sarah hätte ihn niemals verraten. Sie war für ihn in den Tod gegangen.

Elija zog den Tallit über den Kopf und raffte mit beiden Händen den Seidenstoff vor das Gesicht.

Mein Gott, was hatten wir ihm angetan!

»Elija, bitte versteh doch ...«, begann ich, aber David erhob sich, legte seinen Arm um mich und schob mich zur Zellentür.

»Ich werde nicht zulassen, dass du dich vor ihm rechtfertigst, Celestina, nur weil du mit allen Mitteln versuchst, sein Leben zu retten – gegen seinen Willen und gegen seinen Glauben«, flüsterte er so leise, dass Elija ihn nicht verstehen konnte. »Lass mich mit ihm reden! Er wird zornig sein, und wir werden streiten, bis die Funken fliegen, doch am Ende wird er mir zuhören. Das hat er immer getan, selbst in jener Nacht in Paris. Vertrau mir, Celestina!« Er küsste mich. »Bitte geh und lass uns allein!«, bat er mich eindringlich. »Und du auch, Jakob!«

Damit schob er uns aus der Zelle und schloss die Tür.

Jakob und ich warteten länger als eine Stunde im Hof des Dogenpalastes. Arm in Arm gingen wir frierend auf und ab und sprachen kein Wort. Ich war froh, dass Jakob mich mit Worten des Trostes verschonte, die meine Schuldgefühle doch nicht lindern konnten.

Wie enttäuscht Elija von mir war!

Ich hatte ihn verraten: seinen Glauben, seine Herkunft, seine Liebe. Nein, gegen seine geliebte Sarah, die stolze, willensstarke Sarah, die sich für ihn geopfert hatte, konnte ich nicht bestehen!

Ich presste mein Gesicht an Jakobs Schulter. Er legte den Arm um mich und ließ mich weinen.

Endlich erschien David im Hof, und ich trocknete meine Tränen.

»Was hat er gesagt?«, wollte Jakob wissen.

»Er hat mir einen Spruch gezeigt, den er mit seinem Blut an die Wand der Zelle geschrieben hat: ›Dies ist mein Blut, das für viele vergossen wird.‹«

»O Gott, nein!«, stöhnte Elijas Freund.

»Glaub mir, Jakob: Ich war so entsetzt wie du. Elija hat mir gestanden, dass er in den letzten Tagen sehr ernsthaft über den Kiddusch ha-Schem nachgedacht hat, den Märtyrertod als frommer Jude, die Selbsthingabe an Gott. In Córdoba hat er vor sechs Jahren versucht, sich selbst zu opfern. Aron und ich haben ihn davon abgehalten, sich in die Flammen von Sarahs Scheiterhaufen zu stürzen.«

David schloss einen Moment die Augen, um die furchtbaren Erinnerungen an Sarahs Tod zu verscheuchen. Dann fuhr er fort:

»Elija und ich haben heftig gestritten, aber am Ende versprach er mir, das *Königreich der Himmel* zu studieren. Er will sich entscheiden, wenn er den Dialog zwischen Pontius Pilatus und Jesus über die Wahrheit gelesen hat.«

»Wie geht es ihm?«, fragte ich.

»Er hat geweint – wie du.«

»Bitte lass mich zu ihm!«

Ich wollte an ihm vorbeihuschen, doch David hielt mich am Arm fest.

»Er will dich nicht sehen.«

Ich war in Tränen aufgelöst, als Jakob mich nach Hause brachte.

Zwei Stunden lang blieb er neben meinem Bett sitzen und hielt schweigend meine Hand, dann schickte ich ihn fort. Wir waren beide erschöpft von der nächtelangen Arbeit.

Mein letzter Gedanke vor dem Einschlafen war:

Ich habe ihn verloren. Elija, die Liebe meines Lebens, habe ich für immer verloren …

Ein Kuss, zart wie ein Atemhauch, weckte mich.

Ich schlug die Augen auf.

»Tristan!«

Er umarmte mich und hielt mich fest. »Vor einer Stunde war David bei mir. Er hat mir berichtet, was geschehen ist. Er macht sich große Sorgen um dich.«

»Ich bin so froh, dass du gekommen bist, Tristan!«

Seine Augen funkelten im Schein des Kaminfeuers. »Darf ich mich neben dich legen und dich im Arm halten, so wie früher, als wir noch ein Liebespaar waren?«

»Das wäre schön«, nickte ich, und er ließ sich neben mich auf das Bett sinken und legte tröstend seinen Arm um mich.

»Was geschehen ist, tut mir Leid«, begann er.

»Das weiß ich, Tristan. Deine Rede heute Nachmittag hat mich sehr betroffen gemacht. Ich weiß jetzt, dass du alles tun wirst, um Elija zu retten, wenn er …« Ich schluchzte auf. »… wenn er denn gerettet werden will.«

Ich lehnte mein Gesicht gegen Tristans Schulter.

»Elija vergleicht mich mit Sarah. Er liebt sie so sehr. Er ist so stolz auf sie. *Aber ich bin nicht Sarah!*«, schrie ich meinen Schmerz heraus. »Neben dieser Heiligen kann ich nicht bestehen! Ich bin seiner nicht wert! Meine Entscheidung für das Leben und gegen den Tod … mein Verrat an ihm und an allem, woran er glaubt … das hat ihn tief verletzt. Ich habe versagt …«

»Das hast du nicht, Celestina!«, redete Tristan beruhigend auf mich ein und küsste mich. »Sie war eine Heilige, eine Märtyrerin. Aber die Entscheidung, sich zu opfern, hat nicht sie getroffen – man hat sie zum Tode verurteilt. Du aber hattest eine Wahl. Du hast versucht, Elijas Leben zu retten. Dafür hast du deine Liebe aufs Spiel gesetzt – das ist das größte Opfer, das ein Mensch bringen kann!«

»Ich habe ihn verloren. Ich habe ihn für immer verloren. Das wird er mir nie vergeben.«

Tristan schwieg.

»In meinem ganzen Leben habe ich mich noch nie so einsam gefühlt wie jetzt. Nicht als mein Vater in der Schlacht fiel, nicht als meine Mutter an der Pest starb, nicht als ich nach Athen fliehen musste. Ich bin ganz allein in diesem großen, eisig kalten Haus«, stieß ich atemlos hervor. »Menandros ist tot! Ich vermisse ihn so sehr!

Er war immer für mich da. Wie oft hat er nachts neben mir im Bett gelegen und mich zärtlich liebkost. Er dachte immer, ich würde schlafen und es nicht merken. Aber ich habe es genossen, wie sehr er mich liebte. Manchmal stand er hinter der offenen Tür und hat uns zugesehen, wenn wir uns geliebt haben.

Wie sehr er sich nach Liebe und Geborgenheit gesehnt hat! Und nun ist er tot! Menandros ist gestorben. Elija droht die Todesstrafe. Und dich habe ich auch verloren!«

Er küsste mich zärtlich und strich mir über das zerwühlte Haar. »Du hast mich nicht verloren.«

Ein Schmerz durchzuckte meinen Bauch. Die Bewegung des Kindes verschlug mir den Atem.

»Was ist los?«, fragte Tristan besorgt.

»Netanja bewegt sich. Er ist ein sehr lebhaftes Kind.«

Tristan zog die Bettdecke fort und strich mit beiden Händen über meinen gewölbten Leib. »Ja, ich kann es fühlen. Netanja hat das Temperament seines Vaters.« Er legte das Gesicht auf meinen Bauch. »Wie sehr wünschte ich, er wäre mein Sohn«, sagte er so leise, dass ich ihn kaum verstehen konnte.

Tröstend strich ich ihm über das Haar.

»Wir beide waren so glücklich!«, seufzte er. »Ich liebe dich.«

In seinen Armen fühlte ich mich geborgen. Tristan liebte mich – gleichgültig, was ich getan hatte.

In dieser Winternacht wärmte mich ein kleiner Funken Glück.

Das Kaminfeuer war schon vor Stunden erloschen, und es war kalt, als ich aus dem Schlaf hochschrak.

War da nicht ein Geräusch gewesen?

Fest in die Decke gewickelt, lag Tristan neben mir und schlief.

Schritte auf der Treppe!

Dann wurde die Schlafzimmertür aufgerissen.

»David!«

Ich setzte mich im Bett auf und zog die Decke um mich, während David sich mit einer flackernden Kerze in der Hand auf den Bettrand sinken ließ.

»Celestina!«, keuchte er noch ganz außer Atem. »Elija hat sich entschieden! Er will mit Tristan sprechen, bevor in zwei Stunden die Prozesssitzung beginnt. Ich bin zur Ca' Venier gerudert, um ihn zu holen, aber er war nicht dort. Sein Diener sagte mir, er wäre bei dir. Weißt du, wo er …«

Im Kerzenschein erkannte er Tristan in den Kissen neben mir.

»Ich bin hier«, sagte Tristan und richtete sich auf.

Davids Blick irrte von ihm zu mir. Er wusste nicht, was er sagen sollte. Schweigend erhob er sich und wandte sich ab, als Tristan aus dem Bett sprang und sich ankleidete.

Ich klammerte mich an die Feder in meiner Hand, wie sich ein Ertrinkender an den Planken des sinkenden Schiffes festhält.

Mit angezogenen Beinen saß ich auf einem Sessel am wärmenden Kaminfeuer in meinem Arbeitszimmer und starrte in die Flammen. Auf den Knien hielt ich ein Stück Papier – die Rückseite einer verworfenen Seite aus dem *Königreich der Himmel* –, und meine Finger zerknickten beinahe die Feder.

»Elija hat sich entschieden!«, hatte David gesagt.

Aber *wie* hatte er sich entschieden?

Würde er um sein Leben kämpfen?

Oder als Märtyrer sterben?

›Dies ist mein Blut, das für viele vergossen wird‹, hatte er mit seinem Blut an die Wand seiner Zelle geschrieben.

Ich starrte ins Feuer.

Bitte, Elija, bitte entscheide dich für das Leben! Stirb nicht! Denn wem nützt dein Tod? Was würde dein Martyrium verändern? Nichts! Das hat doch nicht einmal Jeschua am Kreuz vollbracht! Die Welt ist seither nicht gerechter oder friedlicher geworden.

Nimm deinen Tod nicht hin, Elija, sondern kämpfe um dein Leben! Entscheide dich für das Leben, die Freiheit, die Liebe und das Glück! Entscheide dich für mich!

Eine Weile starrte ich in die Flammen, dann fügte ich der Liste auf meinen Knien einen weiteren Herzenswunsch hinzu.

Ich wollte Elija in San Marco heiraten. Danach würden wir für einige Wochen nach Rom reisen, wo wir während des Sommers so glücklich gewesen waren.

Diese Liste enthielt den ganzen Rest unseres Lebens – all die schönen Dinge, die ich mit Elija noch tun wollte, wenn er sich für den Kampf um sein Leben und seine Freiheit entschied.

Wir konnten nach Israel reisen, Jerusalem sehen, Kafarnaum, die Stadt Jeschuas, und Betlehem, die Stadt Davids.

Und falls Elija nicht mehr nach Venedig zurückkehren wollte, würden wir eben dort leben. Alles würde ich für ihn aufgeben!

Doch wenn Tristan in der Morgendämmerung erschienen wäre, um mir zu sagen, dass Elija sich für den Tod entschieden hatte, dann hätte ich diese Liste ins Feuer geworfen. Meine hoffnungsvollen Träume wären in den Flammen verbrannt.

Das Warten war eine Qual.

Der Morgen dämmerte bereits.

Warum dauert diese Prozesssitzung so lang?, fragte ich mich zutiefst besorgt. Was ist bloß geschehen?

Ich legte die Liste zur Seite und erhob mich, um zu den Fenstern der Bibliothek hinüberzugehen.

Zu meinen Füßen glitten die ersten Gondeln vorüber. Die Boote mit den Laternen zogen Lichtspuren hinter sich her, die golden auf dem Wasser schimmerten. Ein zauberhafter Anblick, der mir an diesem Morgen jedoch kein Lächeln entlocken konnte.

»Sie kommen!«, hörte ich Alexia unten am Portal aufgeregt rufen. »Sie sind schon da!«

Ich war unfähig, die Treppe hinunter in Tristans Arme zu fliegen, um ihn atemlos zu fragen, wie Elija sich entschieden hatte. Ich hatte furchtbare Angst vor der Enttäuschung.

›Dies ist mein Blut, das für viele vergossen wird.‹

542

Blicklos starrte ich auf die im ersten Morgenlicht erglühenden Wellen des Canal Grande, die Palazzi, den Himmel über Venedig, und wartete mit angehaltenem Atem auf die schreckliche Nachricht.

Welches würden Tristans erste Worte sein? Würde er mich in den Arm nehmen und küssen, um mich zu trösten?

Ich wollte aber nicht getröstet werden, wenn mir die Liebe meines Lebens aus dem Herzen gerissen wurde! Ich wollte weinen, bis ich keine Tränen mehr hatte.

»Celestina!« Tristan trat in den Raum. David war bei ihm.

Sie wirkten beide so erschöpft!

Tristan umarmte mich. »Celestina, mein Schatz!«, flüsterte er.

Dann umarmte mich auch David.

»Wie hat Elija sich entschieden?«, fragte ich atemlos.

»Er hat sich für ein Leben mit dir entschieden«, sagte David bewegt. Er zog etwas aus der Tasche und reichte es mir. »Diesen Ring soll ich dir geben. Er hat ihn dir an Weihnachten geschenkt, weil er sich in der Synagoge mit dir verloben wollte. Seit jener furchtbaren Nacht, in der er verhaftet wurde, hatte er die beiden Ringe bei sich. Er trägt seinen, Celestina, und er bittet dich, deinen zu tragen.«

Ein Ring aus Glas – zerbrechlich wie unsere Liebe, dachte ich, als ich den Ring an meinen Finger steckte.

»O David, ich bin so glücklich!«, schluchzte ich und fiel ihm um den Hals.

David hielt mich fest. »Und noch etwas soll ich dir ausrichten, Celestina. Er sagte, wenn der Prozess beendet sein wird, dann will er dich heiraten. In San Marco. Er hat Tristan gefragt, ob er euer Trauzeuge sein will.«

Weinend presste ich mein Gesicht gegen Davids Schulter.

Ich war so glücklich und doch so unglücklich!

Elija hatte sich gegen den jüdischen Glauben und für den christlichen entschieden – er tat es für mich!

David ahnte wohl, was mich quälte. »Du hast doch dasselbe für ihn getan«, tröstete er mich. »Alles hast du für ihn aufgegeben. Du warst bereit, zum Judentum zu konvertieren – mit allen Konsequenzen. Du hast es nur nicht getan, weil er es nicht wollte – du hättest die Ca' Tron verloren, die dir so viel bedeutet. Alles hast du für ihn aufgeben: dein Vermögen, das du deinem Cousin Antonio überschrieben hast, dein Ansehen als Humanistin. Mit stolz erhobenem Kopf hast du dich von Zaccaria Dolfin als Judenhure beschimpfen lassen. Und indem du mit Jakob das *Königreich der Himmel* geschrieben hast, um Elijas Leben zu retten, hast du auch noch seine Liebe zu dir aufs Spiel gesetzt.« Er strich mir über die Wange. »Elija hat dasselbe für dich getan, Celestina! Er gibt alles auf, um mit dir glücklich zu sein!«

Ein stechender Schmerz raubte mir den Atem.

»Netanja?«, fragte David besorgt.

Ich nickte.

»Du musst dich schonen!« David nahm mich auf die Arme und trug mich zu dem Sessel vor dem flackernden Kamin.

Tristan und er zogen sich Sessel heran und setzten sich zu mir.

»Celestina, wir müssen mit dir über den Prozess sprechen«, begann Tristan. »Im schlimmsten Fall kann er sich Wochen, wenn nicht sogar Monate hinziehen. Die Inquisitoren waren äußerst überrascht, als ich ihnen während der Verhandlung das *Königreich der Himmel* vorgelegt habe. Die nächste Sitzung des Inquisitionstribunals findet erst in einer Woche statt, am Montag nach Epiphanias. Eine Kommission aus franziskanischen und dominikanischen Theologen wird das Buch auf häretische Gedanken prüfen. Erst wenn ihr Gutachten vorliegt, wird der Prozess fortgesetzt. In der Zwischenzeit wird sich Elija auf die Verteidigung seiner Thesen vorbereiten – David darf ihm die Bücher bringen, die er dafür benötigt.«

Tristan holte tief Luft.

»Machen wir uns nichts vor: Es wird ein Kampf auf Leben und Tod. Die Inquisitoren werden Erkundigungen in Spanien einziehen und von Juan de Santa Fés Glaubensdisputationen mit Kardinal Cisneros erfahren. König Fernando von Aragón liegt im Sterben. Der Großinquisitor wird das Land regieren, sobald der König tot ist. Als Regent wird Kardinal Cisneros auf diesen Inquisitionsprozess Einfluss nehmen, um Elija doch noch in die Knie zu zwingen – ganz

544

gleich zu welchem Glauben er sich nun bekennt. Zwei Attentate auf Elija sind gescheitert, doch nun ist er in den Händen der venezianischen Inquisition! Cisneros wird nicht die Hände in den Schoß legen und abwarten, was geschehen wird!

Und auch Zaccaria Dolfin wird die Glut des Misstrauens schüren, bis die Flammen hochschlagen. Jede Äußerung Elijas wird er für ein Lippenbekenntnis eines perfiden Juden halten, eines gefährlichen Häretikers, der sein Leben retten will. Was immer Elija sagt oder tut – Zaccaria wird ihm kein Wort glauben.

Und wie sich unser sittenstrenger Patriarch verhalten wird, der Venedig immer wieder mit Sodom und Gomorrha vergleicht, das weiß ich nicht. Ich hoffe sehr, dass er den Prozess gegen Elija nicht in seinen Sonntagspredigten erwähnt, um Feuer und Schwefel auf die gottlosen Venezianer herabregnen zu lassen, die mit Juden ins Bett gehen.«

Atemlos hörte ich zu, als Tristan weitersprach:

»Wir haben einflussreiche Gegner, Celestina! Aber vielleicht haben wir den mächtigsten aller Verbündeten – Seine Heiligkeit, den Papst! David und ich haben nach der Prozesssitzung lange mit Elija gesprochen. Er ist einverstanden, wenn du an Papst Leo schreibst.

Angelo, sein Sekretär, war zum jüdischen Lichterfest nach Venedig gekommen, um wegen der Hochzeit von Aron und Marietta mit Elija zu sprechen. Er hat ihm eine päpstliche Bulle vorgelegt, die Elijas Exkommunikation aufhebt, falls er sich unterwirft und widerruft. Leo hat ihm ja sogar die Ernennung zum Erzbischof in Aussicht gestellt, doch Elija hat abgelehnt. Seit den Friedensverhandlungen mit König François ist der Papst in Bologna. Ich bin sicher: Wenn du an ihn schreibst ...«

»Ich werde mit ihm reden«, entschied ich. »Ich werde zu ihm nach Bologna reisen.«

»Das ist viel zu gefährlich!«, widersprach David energisch. »Du kannst nicht reisen. Du wirst das Kind verlieren!«

»Ich kann keinen Boten mit einem Brief zu Gianni schicken! Bologna gleicht einem Heerlager, seit der Hof des Papstes in der Stadt ist. Die päpstliche Verwaltung funktioniert nicht wie in Rom. Ein Bote kann meinen Brief nur bei einem Sekretär abgeben – wer weiß, wann Gianni ihn lesen wird. Ich aber klopfe an die Tür des Papstes. Er wird mich sofort empfangen.«

Eine Stunde später brachen wir auf.

Ich war erleichtert, dass David mich begleitete. Wäre das Kind während der anstrengenden Reise nach Bologna geboren worden, so wäre er als Arzt bei mir gewesen.

Zwei von Tristans Dienern ruderten uns, das Gepäck und die Pferde zur Terraferma. David hatte darauf gedrängt, dass ich im Reisewagen fuhr, wo ich vor Wind und Wetter geschützt in Pelze gehüllt auf weichen Kissen liegen konnte, doch ich hatte abgelehnt. Die Reise hätte um Tage länger gedauert!

An diesem ersten Tag ritten wir bis Padua, wo wir in der Herberge, in der Tristan und ich schon so oft übernachtet hatten, eine warme Mahlzeit einnahmen. Am nächsten Morgen reisten wir weiter nach Rovigo, dann überquerten wir am dritten Tag den Po und erreichten gegen Abend Ferrara.

Rabbi Samuel, der Elija und mich während unserer Flucht nach Rom so freundlich in seinem Haus aufgenommen hatte, bat uns sofort herein, als David an seine Tür klopfte und um ein Bett für eine Nacht bat.

»Zum Papst wollt Ihr?«, staunte er beim Abendessen. »Er ist nicht mehr in Bologna. Der päpstliche Hof ist vor fünf Tagen abgereist. Nach Florenz – und womöglich weiter nach Rom.«

Nicht nach Rom!, flehte ich. Das konnte ich nicht schaffen. Die Reise war viel zu anstrengend.

Früh am nächsten Morgen brachen wir nach Bologna auf, das wir am Abend erreichten. Rabbi Samuel hatte Recht gehabt: Gianni war sechs Tage zuvor abgereist. Er war schon auf dem halben Weg nach Rom – in Florenz oder in Siena.

Nach einer schlaflosen Nacht quälte ich mich am nächsten Morgen wieder in den Sattel, um mit David die Berge und Täler des Apennin zu durchqueren.

Als wir nach zwei anstrengenden Tagen am 6. Januar endlich Florenz vor uns liegen sahen, wäre ich vor Erschöpfung beinahe aus dem Sattel gestürzt.

Durch die Porta San Gallo erreichten wir die Via Larga, die in südlicher Richtung zum Dom Santa Maria del Fiore führte.

An diesem Tag, dem Fest der Heiligen Drei Könige, zog eine große Prozession durch die Stadt. Die drei Weisen aus dem Morgenland ritten prächtig gekleidet durch die Straßen, besuchten König Herodes in seinem Palast und huldigten dem Jesuskind in der Krippe. Auch der Kindermord von Betlehem wurde dramatisch inszeniert – mit viel blutroter Farbe.

Es war ein großartiges Spektakel!

Vorbei am Kloster San Marco, an Montefiores Haus und am Palazzo Medici bahnten wir uns einen Weg durch die dicht gedrängte Menge auf der Via Larga in Richtung Piazza del Duomo.

Dort sah ich ihn: Fröhlich winkend stand er auf den Stufen der Kathedrale Santa Maria del Fiore und segnete die jubelnde Menge. Ich atmete auf: Gianni war in Florenz!

Am Baptisterium auf der Piazza del Duomo folgten wir den ausgestreckten Armen der Florentiner, die uns den Weg zum Konvent Santa Maria Novella wiesen. Dort wohnte der Papst mit seinem Gefolge.

Gianni empfing mich gleich nach der Epiphanias-Prozession, riss mich in seine Arme und küsste mich herzlich.

In atemlosen Worten erklärte ich ihm, was geschehen war. Entsetzt versprach er, sich für Elija einzusetzen. Sofort rief er nach Angelo, der zwei Bullen verfassen sollte, die Elijas und meine Exkommunikation aufhoben: »Abschrift an Kardinal Cisneros! Der Bote soll heute noch nach Spanien aufbrechen!«

Angelo wollte gerade davoneilen, um die Bullen zu diktieren, als Gianni ihn noch einmal zurückrief:

»Und setz einen persönlichen Brief an Elija auf, in dem ich ihm verspreche, ihn zum Erzbischof zu ernennen. Sein Buch hat mich sehr beeindruckt – als Humanist wie als Theologen. Datiere das Schreiben auf Ende August letzten Jahres, als Celestina und Elija in Rom waren. Nun mach schon!«, scheuchte er ihn hinaus. »Celestina will die Dokumente mitnehmen, wenn sie morgen Früh nach Venedig zurückkehrt.«

Angelo rauschte aus dem päpstlichen Arbeitszimmer.

»Überall bin ich Papst, nur nicht in Venedig!«, seufzte Gianni. »Ich hoffe sehr, dass ich Elija helfen kann! Seine Entscheidung, den jüdischen Glauben aufzugeben, ist sehr mutig. Ich bewundere ihn aufrichtig! Bitte sag ihm: Meine Gedanken und Gebete gelten ihm!«

In der Morgendämmerung des nächsten Tages brachen David und ich nach Ravenna auf, das wir zwei Tage später erreichten. In einem nahe gelegenen Fischerdorf bestiegen wir ein Schiff, das uns sicher nach Venedig zurückbrachte.

Vom Hafen aus ließen David und ich uns durch den Canal Grande zur Ca' Venier rudern, wo wir Tristan die päpstlichen Bullen und Giannis Brief an Elija aushändigten.

Wie erleichtert er war! Er versprach, dem Inquisitionstribunal und dem Rat der Zehn noch vor der nächsten Prozesssitzung Abschriften der päpstlichen Schreiben vorzulegen.

»David, ich weiß, du bist müde von der langen Reise und willst sicher schlafen.« Tristan legte Elijas Bruder die Hand auf die Schulter. »Aber könntest du bitte heute noch nach Elija sehen? Ich mache mir Sorgen um ihn: Er ist sehr krank und glüht vor Fieber. Die eisige Kälte in den Pozzi macht ihm zu schaffen.«

»Acqua alta!«

Aufgeregt riss mich Alexia aus dem Schlaf. »Acqua alta! Das Wasser steigt!«

Erschrocken setzte ich mich im Bett auf. Es war finstere Nacht, ein heftiger Sturm tobte, und der Regen prasselte gegen die Fensterscheiben – wie schon seit Tagen. Seit meiner Rückkehr aus Florenz.

Um Gottes willen!, dachte ich. Es ist Vollmond. Und gestern war starker Südwind.

Acqua alta!

»Die Flut drückt das Wasser in die Stadt.« Alexia zog mir die Bettdecke weg und half mir aus dem Bett. »Ich konnte nicht schlafen und bin hinuntergegangen. Das Erdgeschoss ist schon überflutet, und das Wasser steigt immer weiter. Ich fürchte, das wird eine Sturmflut!«

Auf Alexia gestützt eilte ich zum Fenster, um zum Canalazzo hinunterzusehen. Hohe Wellen schwappten gegen die Fundamente der Häuser. Losgerissene Gondeln trieben mit der Flut durch den Kanal.

»Wie hoch steht das Wasser auf dem Campo San Stefano?«

»Bis zum Knie.«

»Die Piazza San Marco ist der tiefste Punkt der Stadt. Wenn schon der Campo San Stefano knietief unter Wasser steht, dann … Um Himmels willen!«

Elija war in Gefahr! Das eisige Wasser würde in die Gefängniszellen strömen. Eine Weile konnte Elija sich auf der Holzpritsche im Trockenen halten, doch wenn die Fluten weiter stiegen, war das unmöglich. Schon seit Tagen war er krank! Wenn er stundenlang im eisigen Wasser stehen würde …

Nein, daran wollte ich nicht denken!

Die Wächter des Dogenpalastes würden so schnell wie möglich nach Hause eilen, um ihre eigenen Häuser zu sichern, bevor das hereinströmende Wasser größere Schäden anrichtete. Würde irgendjemand den Gefangenen Elija Ibn Daud aus seiner Zelle befreien, in der das Wasser immer höher stieg? Wohl kaum.

Ich musste Elija retten!

»Alexia, hilf mir beim Anziehen!«, bat ich sie. »Hemd, Hose, Jacke und die langen Reitstiefel.«

Sie ahnte, was ich vorhatte. »Aber das ist Wahnsinn! Das Kind könnte …«

»Bis zur Geburt sind es noch ein paar Wochen! Tu, was ich dir sage, Alexia! Wir rudern zum Dogenpalast, um Elija aus dem Gefängnis zu befreien.«

Sie half mir in die viel zu enge Hose und die blaue Jacke, die meinem Vater gehört hatte. Dann eilten wir die Treppen hinunter ins überflutete Erdgeschoss. Durch das Tor zum Canal Grande strömte das Wasser herein und ergoss sich in den weiten Raum zu Füßen der Treppe. Die ersten drei Stufen standen bereits unter Wasser.

Langsam wateten wir zum Portal.

549

Gott sei Dank: Die Gondel war noch da!

Alexia half mir ins Boot. Dann kletterte sie mir nach, machte das Seil los und griff zum Ruder. Mit weit ausholenden Schlägen steuerte sie die Gondel in die Mitte des Kanals und ruderte gegen die von der Lagune hereinströmende Sturmflut an.

Innerhalb weniger Augenblicke hatte der niederprasselnde Regen uns bis auf die Haut durchnässt. Zitternd und frierend – es war Mitte Januar! – saß ich in der Gondel, schlang die Arme um meine Knie und versuchte an etwas anderes zu denken, als an die Schmerzen in meinem Bauch.

Netanja, sei ganz ruhig! Alles wird gut!

Die eisigen Regentropfen rannen mir über die Stirn und tropften in meine Augen.

Durch die gischtigen Wellen steuerte Alexia die Gondel zur Piazzetta. Am Molo bog sie links ab und ruderte an den beiden Säulen vorbei über den kleinen Platz zur Porta della Carta.

Der Sturm peitschte die Wogen gegen die Arkaden des Palazzo Ducale und den Portico der Basilica di San Marco.

Alexia band die Gondel an einer Säule fest und sprang ins tiefe Wasser, das mit der Flut in Richtung des Uhrturms rauschte. Dann streckte sie beide Hände aus, um mir zu helfen. Aber wie sollte ich die Gondel verlassen?

Ich musste springen!

Ein stechender Schmerz durchzuckte meinen Leib.

Netanja, mein kleiner Prinz! Sei ganz ruhig!

Ich presste die Hände auf meinen Bauch und rang nach Atem. Der niederrauschende Regen lief mir über das Gesicht, die Wellen schwappten um meine Schenkel, und das eisige Wasser floss in meine Stiefel.

Alexia ergriff meine Hand und zog mich zur weit geöffneten Porta della Carta. Kein Wächter! Waren die Männer nach Hause geeilt, um ihre Häuser abzudichten?

Arm in Arm wateten wir durch das Tor in den Innenhof, wo uns das Wasser bis zur Hüfte reichte.

Das Gehen durch das tiefe Wasser war so anstrengend! Ich blieb

550

einen Augenblick stehen. Dann schleppte ich mich keuchend weiter. Ein furchtbarer Schmerz ließ mich erneut innehalten.

»Was ist?«, fragte Alexia und sah mir ins Gesicht. »Um Himmels willen! Doch nicht …«

»Es geht los! Das sind die Wehen«, presste ich hervor. »Netanja hat sich auf den Weg gemacht.«

»O nein!«

Dann presste ich beide Hände auf meinen Bauch und kämpfte mich weiter durch den Regen und die eisigen Fluten hinüber zu den Pozzi.

Die Tür zu Elijas Zelle stand weit offen!

Die Zelle war leer!

Das Wasser schwappte bereits über die Holzpritsche, und Elijas Decken trieben auf den Wellen.

Mein Fuß stieß gegen einen Gegenstand im Wasser. Ich bückte mich und hob ihn auf. Ein Buch! Die Seiten waren völlig aufgeweicht, die Tinte war kaum noch leserlich. Aber ich wusste, es war Ibn Shapruts *Prüfstein*!

Ich presste das nasse Buch an meine Brust.

Wo war Elija?

Eine neue Wehe ließ mich aufstöhnen.

Alexia zog mich aus der leeren Zelle auf den Hof. Erschöpft lehnte ich mich gegen eine Säule.

»Ich werde die Gondel holen!« Alexia watete mit mir durch den Innenhof zur Freitreppe, die gegenüber der Porta della Carta zur Loggia hinaufführte. Dann verschwand sie im dunklen Torgang, um wenig später die Gondel in den überfluteten Hof zu schieben.

Über die Stufen der Treppe stieg ich in die schwankende Gondel und ließ mich in den vom Regen völlig durchnässten Sessel sinken. Das Buch von Ibn Shaprut hielt ich immer noch fest an meine Brust gepresst.

Eine Wehe raubte mir den Atem.

Die Zeit drängte!

Mit aller Kraft ruderte Alexia die Gondel durch die Porta della Carta, quer über die Piazzetta in die Wellen des Canalazzo hinaus, bis

551

wir schließlich die Ca' Tron erreichten. Dann zog sie mich aus dem Sessel und schob mich auf den Bootssteg. Gemeinsam flohen wir ins Haus, wo das Wasser inzwischen die vierte Stufe erreicht hatte.

Der Weg die Treppen hinauf zu meinem Schlafzimmer war eine Tortur. Erschöpft sank ich schließlich in meinen nassen Kleidern auf das Bett. Alexia wollte mir die Stiefel ausziehen, doch ich befahl ihr:

»Lass nur! Ich schaffe das allein. Rudere zu Davids Haus. Er soll sofort kommen! Sag ihm, es ist so weit!«

Sie nickte und verschwand.

Stöhnend sank ich in die Kissen und schloss einen Herzschlag lang die Augen.

Dann öffnete ich die Schleifen des Hemdes, richtete mich auf und versuchte den nasskalten Seidenstoff über den Kopf zu ziehen, aber er klebte an meiner Haut. Drei Mal versuchte ich es vergeblich. Schließlich sank ich keuchend vor Anstrengung auf das Bett und schleuderte das Hemd durch den Raum. Und nun die Hose …

Eine neue Wehe! In die Kissen gelehnt wartete ich mit zusammengebissenen Zähnen, bis der Schmerz erträglicher wurde.

Und nun die Hose! Aber ich musste mich zu weit aufrichten, um sie auszuziehen, und mein Bauch war mir im Weg. Schwer atmend ließ ich mich auf das Bett zurückfallen.

Dann tastete ich nach den Nähten und zerriss sie.

Schließlich gelang es mir, mich aus der nassen Hose zu befreien. Ich warf sie vor das Bett, legte mich auf die Bettseite, die nicht durch meine Kleidung feucht geworden war, und zog die warme Decke über mich.

Meine Zähne klapperten – ich fror entsetzlich!

Das Feuer im Kamin brannte nicht, im Schlafzimmer war es eiskalt. Ob ich es schaffen würde, zum Kamin hinüberzukriechen, um das Feuer …

Wie eine Mereswoge überspülte mich der heftige Schmerz.

Netanja, mein kleiner Prinz, nicht so ungestüm! Dein Onkel David ist noch nicht hier, um dir auf die Welt zu helfen.

Ich hatte panische Angst! Netanja kam zu früh! Würde er die Geburt überleben? Die Bedingungen waren denkbar schlecht. Nichts war vorbereitet! Ich fror erbärmlich in einem viel zu kalten Schlafzimmer. Und David war immer noch nicht da! Wo blieb er denn nur?

Die Wehen waren jetzt stärker und häufiger.

»Netanja hat das Temperament seines Vaters«, hatte Tristan vor einigen Tagen gesagt.

Ein neuer Schmerz riss mir das Lächeln von den Lippen, und ich wand mich in den Kissen.

»Celestina!«

David setzte sich neben mich auf das Bett und schlug die Decke zurück. »Es ist so weit! Judith, zünde eine Kerze an. Ich brauche Licht! Und mach Feuer im Kamin. Es ist viel zu kalt – Celestina friert. Alexia, hol Tücher und warme Decken. Und heißes Wasser. Beeil dich, das Kind kommt!«

Ich war nicht mehr allein. Wie liebevoll David um mich besorgt war!

»Judith, hilf mir, Celestina aufzurichten. Ein paar Kissen in den Rücken! Ja, so ist es gut.« Dann küsste David mich zärtlich auf das schweißnasse Gesicht. »Bald hast du es geschafft, Celestina. Es dauert nicht mehr lange.«

Eine neue Woge von Schmerz überrollte mich.

»Atmen!«, befahl David.

Judith lag neben mir auf dem Bett und hielt mich fest in ihren Armen. Immer wieder flüsterte sie: »Alles wird gut!«, und strich mir über das wirre, nasse Haar.

»Pressen!«

Judith streichelte mit der flachen Hand meinen Bauch, um mich zu beruhigen.

Ein reißender Schmerz!

»Der Kopf ist schon zu sehen!«, verkündete David. »Pressen! Ja, so ist es gut. Celestina, dein Kind hat dunkles Haar. Atmen!«, befahl er, und dann wieder: »Pressen!«

Ich schrie vor Qualen!

»Pressen! Da kommt es!«

David hielt den Kopf des Kindes. Endlich schlüpften auch die Schultern, Arme und die Beine heraus.

Mein Kind war geboren!

Ich weinte vor Erschöpfung. Vor Erleichterung. Und vor Glück!

Nun war ich Mutter!

Dann: der erste Schrei.

Zum ersten Mal hörte das Kind die eigene Stimme.

David legte mir den kleinen Spatz auf den Bauch.

Ein kleines Menschenkind, geborgen in den Armen der Mutter!

Wie winzig es war, und wie zerknittert! Es schnaufte leise und presste das kleine Gesicht gegen meine Brust. Es spürte meine Körperwärme und lauschte auf den vertrauten Schlag meines Herzens.

David deckte uns beide zu, sobald er nach den Nachgeburtswehen die Nabelschnur durchtrennt hatte.

»Du und dein kleiner Prinz – ihr habt es geschafft!«, flüsterte er bewegt. »Elija wird sehr glücklich sein: Es ist tatsächlich ein kleiner Netanja – ein Gottesgeschenk!«

Wie schön es war, Elijas Kind in die Arme zu schließen, seine weiche Haut zu berühren, die zerbrechlichen Ärmchen und Beinchen zärtlich zu streicheln und die winzigen Finger zu betrachten! Welch ein vollendetes Kunstwerk so ein kleines Menschenkind ist! Vergessen waren die Schmerzen und die Angst! Eine Woge inniger, zärtlicher Liebe stieg in mir hoch, und ich weinte – aber es waren Tränen des Glücks.

Später half mir David, mich auf die Seite zu drehen und das Kind an meine Brust zu legen. Wie genussvoll, ja gierig es trank!

»Gerade erst hast du diese Welt betreten, kleiner Prinz. Und schon weißt du, wo es am schönsten ist!«, lächelte David verschmitzt und küsste seinen kleinen Neffen. Als seine Barthaare Netanja kitzelten, verzog er das Gesicht und schlug mit seinen kleinen Fäusten nach seinem Onkel.

Mit dem Finger strich ich vorsichtig über das winzige Gesicht, und Netanja kniff die Augen zusammen. Mit der offenen Hand berührte ich zart sein dunkles, seidiges Haar. Er hatte Elijas Augen.

Während Netanja genussvoll an meiner Brust nuckelte, schlief er immer wieder ein, wachte wieder auf, spitzte die Lippen, saugte schmatzend, dann schloss er wieder die Augen.

Und auch ich ließ mich in die Kissen zurücksinken und war bald vor Erschöpfung eingeschlafen.

»Sieh ihn dir an, David!«, flüsterte er stolz. »Ich hatte ganz vergessen, wie es ist, Vater zu sein!«

»Willst du dein Kind in den Arm nehmen?«, fragte David leise, um mich nicht zu wecken. Behutsam nahm er Netanja hoch, der neben mir im Bett lag.

Erstaunt schlug ich die Augen auf.

»Elija!«

Er hielt den schlafenden Netanja auf dem Arm, rieb seine Nase an der Wange des Kleinen und liebkoste ihn zärtlich. Dann setzte er sich mit dem Kind auf das Bett, beugte sich über mich und küsste mich. Er war ganz heiß vom Fieber. Aber sehr glücklich!

»Wie geht es dir?«, fragte er besorgt. »David hat mir erzählt, dass du durch die steigenden Fluten zum Dogenpalast gerudert bist, um mich aus meiner Zelle zu befreien.«

Ich nickte. »Mir geht es gut! Was ist geschehen, Elija? Du bist frei«, staunte ich.

Tristan trat hinter Elija und betrachtete unseren Sohn.

»Das Tribunal hat Elija heute Morgen vom Vorwurf der Ketzerei freigesprochen«, erklärte Tristan – die Erleichterung über den Ausgang des Prozesses war ihm anzusehen. »Die Inquisitoren haben sich glücklicherweise auf Venedigs Freiheit und Unabhängigkeit besonnen. Der Papst ist überall Papst, nur nicht in der Serenissima – hat Gianni dir das nicht selbst gesagt? Und Kardinal Cisneros ist Großinquisitor im Königreich Kastilien, nicht aber in der Republik San Marco.

Das Inquisitionstribunal wie auch der Consiglio dei Dieci haben Elija, dessen Exkommunikation ja durch den Papst aufgehoben worden ist, von dem Verdacht der Häresie freigesprochen! Dein wundervolles *Königreich der Himmel* hat ihn gerettet! Gleich nach der Verhandlung heute Nacht wurde er freigelassen.

Elija ist ein freier Mensch!«

ᘓ Elija ᘔ

Kapitel 18

In der rosenfarbenen Morgendämmerung des Schabbat stand ich an ihrem Bett. Celestina lag auf der Seite und hatte den Arm schützend um Netanja gelegt. Ihre Augen waren geschlossen, und ein zauberhaftes Lächeln lag auf ihren Lippen. Mutter und Kind schliefen fest.

Wie oft hatte der kleine Löwe sie heute Nacht geweckt, um von ihr gestillt zu werden?

León – der Löwe. Auf diesen Namen sollte unser Sohn in einigen Tagen getauft werden. Wir waren uns rasch einig gewesen. León de Santa Fé. Ein schöner und würdiger Name!

Aber für Celestina und mich würde dieses kleine Menschenkind immer nur Netanja bleiben, unser Gottesgeschenk.

Ich setzte mich auf den Rand des Bettes und küsste sie zart auf die Wange, doch sie wachte nicht auf. Dann strich ich meinem Sohn über das seidige Haar. Er verzog das Gesicht und machte mit den gespitzten Lippen ein schmatzendes Geräusch des Wohlbefindens.

Seufzend erhob ich mich, schlich aus ihrem Schlafzimmer, schloss die Tür hinter mir und ging hinüber in die Bibliothek.

Mein Tallit und die Tefillin lagen auf dem Schreibtisch. David hatte sie vor drei Wochen aus meiner Zelle fortgenommen, als ich mich nach dem Lesen des *Königreichs der Himmel* entschieden hatte, fortan als Christ zu leben.

»Elija ist ein freier Mensch!«, hatte Tristan gestern Morgen gesagt.

Ich bin frei, und bin es doch nicht.

Denn wenn ich frei wäre, dann könnte ich nun mit dem Tallit um die Schultern mein Morgengebet halten und nachher in die Synagoge gehen.

Wenn ich frei wäre, könnte ich den Schabbat halten – den Tag, den Gott den Menschen geschenkt hat. Den Tag der Freiheit.

Nein, ich bin nicht frei.

Es hatte mir einen Stich ins Herz versetzt, als Tristan mich am Morgen nach der Prozesssitzung zur Seite genommen hatte, um mir mitzuteilen, dass König Fernando von Aragón gestorben war. Bevor die Thronfolge geregelt war, würde Kardinal Cisneros das Land regieren.

Würden das Versteckspiel, die Verfolgung und die Todesangst denn niemals enden? Würde denn immer ein Todesengel wie Fray Santángel darauf lauern, mich zu verschleppen oder zu töten?

Mit beiden Händen fuhr ich mir über das Gesicht.

Nun war ich wieder ein Christ, wie damals in Granada, als mich die Inquisición mitten in der Nacht aus Sarahs Armen riss und in den Kerker nach Córdoba brachte. Nie wieder durfte so etwas geschehen! Nie wieder durfte ich das Leben meiner Frau und meines Sohnes aufs Spiel setzen! Sarah und Benjamin waren in den Flammen gestorben – aber Celestina und Netanja sollten leben! Nie wieder durfte ich ein Jude sein!

Traurig entfaltete ich den Tallit, barg mein Gesicht in dem weißen Seidenstoff und sog tief den Duft ein – wie bei der Hawdala-Zeremonie, wenn am Abend der Schabbat verabschiedet wird.

Für mich wird es keinen Schabbat mehr geben – nie mehr!, dachte ich schwermütig. Kein Gebet zu Adonai mit Tallit und Tefillin, keinen Besuch in der Synagoge, kein rituelles Bad in der Mikwa, keine Psalmen und keinen Lulav-Strauß am Sukkot-Fest, keinen Sederabend am Pessach-Fest, wie früher in Granada, als ich mit David und Aron hinter der offenen Haustür versteckt die Ankunft des Propheten Elija erwartete, und keinen Versöhnungstag Jom Kippur.

Der Schabbat meines Lebens, die sechs Jahre, in denen ich in Venedig als Jude gelebt hatte, waren endgültig vorbei.

Mein Traum vom Paradies war verloren.

Achtsam, als wäre es eine heilige Handlung, faltete ich den Tallit zusammen. Dann griff ich nach der hölzernen Kassette mit den Intarsienarbeiten, die auf dem Schreibtisch stand. Nachdem ich die gespitzten Gänsefedern, das silberne Federmesser, das Siegelwachs und die Tintensteine herausgenommen hatte, legte ich den gefalteten

Tallit, die Tefillin und mein Gebetbuch in die Schatulle und schloss den Deckel.

Aus dem Regal mit Celestinas hebräischen Büchern zog ich Jehuda Halevis *Sefer ha-Kusari* und einige andere hebräische Werke, schob die Schatulle hinter die Buchreihe und stellte die Folianten zurück auf das Regalbrett.

Als ich Jehuda Halevis Werk in der Hand hielt, dachte ich an die Nacht, als ich Celestina nach dem Attentat hierher begleitet hatte. Ich hatte in diesem Buch geblättert und von seiner Liebe zu Israel gelesen, dem Land unserer Väter.

Langsam schob ich das Buch zurück ins Regal. Es war, als ob ich einen Stein auf das Grab meines Glaubens legen würde.

Dann ging ich zur Tür der Bibliothek und betrachtete nachdenklich die griechische Inschrift, die ich inzwischen lesen konnte: ›Wer werden will, der trete ein. Wer glaubt zu sein, komm' nicht herein.‹

In jener Nacht, als ich Celestina kennen lernte, hatte Menandros mir erklärt, dieser Spruch sei ihre eigenwillige Version von Platons Worten ›Werde, der du bist‹.

»Celestina meint: Wenn du dich für vollkommen hältst und nicht bereit bist, noch etwas zu lernen, wenn du nicht bereit bist, alles in Frage zu stellen, vor allem dich selbst, dann komm nicht erst in diese Bibliothek! Denn du wirst als ein anderer Mensch herauskommen, als du hineingegangen bist.«

Wie Recht sie gehabt hatte: Seit ich diese Bibliothek betreten hatte, seit wir hier gemeinsam an den Evangelien gearbeitet hatten, war ich ein anderer Mensch geworden. Nichts war, wie es zuvor gewesen war, nicht einmal wir selbst.

Seufzend wandte ich mich ab und öffnete die Tür zum Schlafzimmer.

Celestina schlief fest mit Netanja im Arm.

Ich war noch immer erschöpft von den vier Wochen im Kerker. Sollte ich in Menandros' Bett zurückkriechen und noch ein paar Stunden schlafen? Nein, ich wollte nicht mehr allein sein! Und so ließ ich die orientalische Robe zu Boden gleiten, glitt nackt unter die

Decke, schmiegte mich eng an sie und legte meinen Arm schützend um Celestina und meinen kleinen Sohn.

Nach der Geburt war sie nach jüdischem Gesetz rituell unrein, doch daran verschwendete ich keinen Gedanken.

Denn sie war das Einzige, was mir noch geblieben war.

»Du darfst die Braut küssen!«, lächelte ich.

Tristan, der während der feierlichen Zeremonien unserer Trauung in San Marco einen Schritt hinter mir gestanden hatte, war verdutzt: »Aber *du* bist der Bräutigam, Elija!«

Celestina lachte ausgelassen, drängte mich ungestüm zur Seite, fiel ihm um den Hals und küsste ihren Trauzeugen vor der Pala d'Oro, dem goldenen Altar. Der Patriarch, der uns auf Wunsch des Dogen getraut hatte, runzelte missbilligend die Stirn.

»Bist du glücklich, mein Schatz?«, flüsterte Tristan bewegt und hielt sie umschlungen.

»Ja!«, hauchte sie. »Tristan, ich bin sehr glücklich, dass du mich gehen ließest!«

»In jener Nacht in Florenz, als wir die Ringe tauschten, habe ich geschworen, dir niemals deine Freiheit zu nehmen«, erinnerte er sie.

Dann umarmte er auch mich und küsste mich auf beide Wangen. »Ich wünsche euch beiden ... euch dreien alles Glück dieser Welt, Elija!«

»Danke, Tristan«, entgegnete ich. »Ich bin sehr froh, dass du mein Freund bist. Und dass du Netanjas ... Leóns Taufpate sein willst.«

Tristan überspielte seine aufwirbelnden Gefühle mit einem Scherz: »Nun solltest *du* aber die Braut küssen, Elija!«, grinste er verschmitzt, legte mir die Hand auf die Schulter und schob mich zu Celestina.

Ihr Kuss war atemberaubend.

Der Prokurator Antonio Tron, unser zweiter Trauzeuge, reichte mir die Hand. »Alles Gute, Juan ... Elija! Willkommen in der Familie Tron!«

»Danke, Antonio! Du hast dich dafür eingesetzt, dass ich Venezianer werden konnte. Ohne deine beherzte Rede im Senat wäre die Hochzeit eines jüdischen Converso aus Spanien mit einer venezianischen Adligen völlig undenkbar gewesen. Ich ahne, wie enttäuscht dein Freund Zaccaria Dolfin von dir ist. Ich bin dir sehr dankbar!«

Dann nahmen Celestina und ich die Glückwünsche des Dogen und des Prokurators Antonio Grimani entgegen, der uns auch die herzlichen Grüße seines Sohnes übermittelte. Kardinal Domenico Grimani ließ fragen, ob wir denn nicht zum Karneval für einige Wochen nach Rom kommen wollten.

Hand in Hand verließen wir wenig später die Basilika und traten hinaus auf die Piazza San Marco.

Nicht weit entfernt warteten David und Judith, die den schlafenden Netanja auf dem Arm hielt, um uns Glück zu wünschen. Neben ihnen stand mein Freund Jakob mit Yehiel und Esther, die seit einigen Tagen verlobt waren. Als Juden waren meine Familie und mein Freund beim Gottesdienst in San Marco nicht erwünscht gewesen.

David drückte mich fest an sein Herz. »Masel tow, Elija! Ich wünsche euch und eurem Sohn so viel Glück, wie ihr nur ertragen könnt!«

»David, du weißt, dass ich *sehr viel* ertragen kann«, lachte ich.

»O ja!«, grinste er, aber ich sah ihm seine Traurigkeit an: Aron war nicht bei uns. Wir wussten nicht, wohin er mit Marietta geflohen war und zu welchem Glauben er sich nun bekannte, dem christlichen oder dem jüdischen. Unser Bruder war für uns verloren.

Ich war froh, dass David ohne Wenn und Aber meine Entscheidung akzeptierte, fortan als Christ zu leben. Und während unseres langen Spaziergangs in Murano vor einigen Tagen war er erleichtert gewesen, als ich ihm sagte, dass ich keinen Grund sähe, warum er nicht weiter als nazoräischer Jude leben sollte. Noch nie war mir David so nah gewesen wie in den furchtbaren Wochen seit der Weihnachtsnacht, als wir in der Synagoge das gekreuzigte Christkind gefunden hatten!

Dann umarmte mich auch Judith, die meinen Sohn im Arm hielt, sehr herzlich. Und sie sagte etwas, das mich tief in meinem Herzen berührte:

»Ich glaube, dass Sarah deine Entscheidung billigen würde. Ich weiß noch, wie ihr in der Alhambra geheiratet habt. Ihr wart so glück-

560

lich! Ja, Elija, meine Schwester hätte Verständnis dafür, dass du nach den Jahren der stillen Trauer endlich wieder geheiratet hast! Denn sagt nicht ein weiser Rabbi im Talmud, dass der Mann eine Gefährtin sucht, um in ihr das wiederzufinden, was er verloren hat?«

Judith rang sich ein Lächeln ab.

»Wen Gott liebt, den lässt Er leiden – so heißt es. Dich liebt Gott über alle Maßen! Er hat dir alles wiedergegeben, was Er dir in Córdoba genommen hatte: eine Frau, die du mehr als alles andere auf der Welt liebst, und einen wundervollen Sohn. Masel tow, Elija, masel tow! Genieße die Freuden der Liebe, den Segen der Vaterschaft und werde endlich glücklich!«

»Die Zeit der Leiden ist vorbei, Elija!«, hatte auch David gesagt. »Gott will es so!«

Wie konnten wir denn ahnen, dass die Zeit der Leiden noch lange nicht vorbei war und dass mein Glück der Anlass für das furchtbare Unglück meines Bruders sein würde, dieses ›gottverdammten Juden‹, dieses ›unbußfertigen Christusmörders‹, der sich nicht – wie ich – zum Wahren Glauben bekehren ließ!

Gott liebte David, wie er Ijob geliebt hatte, denn wenige Wochen später verlor mein Bruder alles, was ihm lieb war – am Ende sogar seinen Glauben an die Gerechtigkeit Gottes.

In diesem Jahr wurde der Karneval in Venedig wegen des andauernden Krieges und der wirtschaftlichen Not besonders ausgelassen gefeiert. Seit dem 26. Dezember, dem ersten Tag des Mummenschanzes, tanzten fröhlich singende und lärmende Masken auf der Piazza San Marco, aber auch vor unserem Haus auf dem Campo San Stefano.

Celestina und ich hatten großen Spaß, als wir uns in unsere kostbaren Gewänder kleideten, die Samtmasken aufsetzten und Arm in Arm durch Venedig flanierten – für mich war es das erste Mal, dass ich mich vermummte, denn Juden war es streng verboten, mit den Christen Karneval zu feiern. Es war ein herrliches Vergnügen!

Wie Celestina hatten sich viele Frauen als Männer verkleidet. Sie war ein junger spanischer Hidalgo mit einer perlenbestickten, pfauenblauen Atlasjacke, einer engen Hose, langen Reitstiefeln, die ihre schlanken Beine noch betonten, und einem blitzenden Degen am Gürtel. Die kostbare Klinge hatte Tristan ihr geliehen – der Degen war ein Geschenk des Königs von Frankreich, als Tristan in der Schlacht von Marignano verwundet worden war.

Andere Frauen wiederum hatten ihre Reize nur durch eine schwarze Samtmaske verhüllt, die Haare und Haut nicht vollständig bedeckte. Die trotz der winterlichen Kälte tiefen Ausschnitte ihrer Kleider überließen nur wenig der Fantasie des Betrachters.

Wie viele eindeutige Angebote mir zugeflüstert wurden, mit einer der jungen Madonnen die Nacht in ihrem Bett zu verbringen! Und wenn nicht bis zum Morgengrauen, dann doch wenigstens eine Stunde, eine halbe? Einige der liebestollen Frauen traten absichtlich auf die Schleppe meiner purpurfarbenen Soutane und ergriffen meine Hand, um mich mit sich fortzuziehen: »Kommt mit mir, Euer Eminenz!« Meine Maske als Kardinal schien eine erotisierende Wirkung auf sie zu haben.

Der Karneval war eine Zeit überschäumender Lebensfreude, ausgelassener Feiern und sinnlicher Lustbarkeiten. Die Venezianer feierten die pure Freude am Leben!

Ein Höhepunkt der Narrentage war der Giovedì Grasso, der Fette Donnerstag, der vor allem auf der Piazzetta gefeiert wurde. Von einem hohen hölzernen Turm, der wie eine Kathedrale en miniature vor dem Palazzo Ducale in den Himmel ragte, war ein straffes Seil bis zu den Säulen der Loggia im ersten Stock gespannt. Ein verwegener Arbeiter des Arsenale kletterte und rutschte an dieser Seilkonstruktion vom Turm zur Loggia und überreichte dem dort wartenden Dogen einen Blumenstrauß. Seine tollkühn inszenierten Abstürze – er konnte sich natürlich immer im allerletzten Augenblick retten! – hielt die gebannt zu ihm hinaufstarrende Menge in Atem.

Tristan sahen wir nur von weitem auf der Loggia: In seiner prächtigen schwarzen Seidenrobe stand er neben dem Dogen und den anderen Senatoren und Würdenträgern der Republik. Aber nach dem Tanz der Moriscos, einer getanzten Schlacht zwischen farbenprächtig gekleideten Mauren und Christen, die am Abend mit einem grandio-

562

sen Feuerwerk über der Lagune endete, kam er in die Ca' Tron, um
mit uns zu Abend zu essen und sein Patenkind zu sehen – er war
ganz vernarrt in den kleinen Netanja.

Ich war sicher, dass Tristan sich wie ein zweiter Vater um meinen
Sohn kümmern würde, falls mir etwas zustoßen sollte. Nach wie vor
fürchtete ich einen Anschlag von Kardinal Cisneros – Fray Santángel
war nach dem Mord an Menandros nie gefasst worden.

Nach meiner Konvertierung erhielten Celestina und ich regelmäßig Einladungen in den Palazzo Ducale, um nach der Sonntagsmesse
in San Marco mit dem Dogen zu speisen.

Leonardo Loredans Verhalten mir gegenüber hatte sich geändert,
seit ich Celestinas Gemahl war. Wenn er mich, den berühmten Rabbi
Elija Ibn Daud, den Urenkel von König David, noch vor Monaten
auf dem Fest im Dogenpalast mit ausgesuchter Höflichkeit empfangen hatte, so gab er sich nun sehr freundschaftlich, ja geradezu herzlich. Mein Bekenntnis zum christlichen Glauben bedeutete ihm offenbar sehr viel. Ich war ein leuchtendes Vorbild für viele andere, die
mir auf meinem Weg zu Jesus Christus folgen konnten. Eines Tages
fragte mich der Doge, ob sich mein Bruder David und dessen Gemahlin nicht auch zum Übertritt entschließen könnten.

David und Judith sah ich während des Karnevals nur selten. Obwohl während der ausgelassenen Narrentage alle Standesunterschiede
aufgehoben waren, wagten sich die Juden kaum auf die Straßen. Und
zudem mied mein Bruder die Ca' Tron, um mich zu schützen.

Doch dann machten wir uns einen Spaß daraus, uns an verborgenen Orten zu treffen. Wenn wir uns sehen wollten, sandten wir einander verschlüsselte Nachrichten wie ›Könige und Propheten lesen
das Buch Ijob‹, was bedeutete: Wir treffen uns heute Nachmittag bei
der Kirche San Giobbe. Der Prophet Jeremia wies David nach San
Geremia, der Prophet Sacharja nach San Zaccaria hinter dem Dogenpalast, der Sündenfall im Buch Genesis bezog sich auf die Skulptur
von Adam und Eva an der Ecke des Dogenpalastes zur Piazzetta, und
die Erwähnung von König Salomos Flotte, die ins sagenhafte Gold-
land Ophir segelte, war ein Hinweis, dass ich ihn vor Marco Polos
Haus am Rio dei Miracoli finden würde. Aus Furcht vor einer Entde-

ckung trafen David und ich uns nie zwei Mal nacheinander an demselben Ort.

Am 14. Nisan 5276, dem 17. März 1516, räumten David und Judith wie jedes Jahr vor Pessach das Gesäuerte aus dem Haus. Zum ersten Mal in meinem Leben beging ich den Sederabend nicht mit meiner Familie. Ich war sehr traurig, denn nie wieder würde ich Pessach, ›die Zeit unserer Freiheit‹, den Auszug des Volkes Israel aus der Gefangenschaft in Ägypten, mit meinem Bruder feiern.

Alle, die Elija, den Christen, und David, den Juden, misstrauisch beobachteten, sollten den Eindruck gewinnen, wir hätten uns nach meiner Bekehrung zum Christentum zerstritten: Voller Unverständnis für den Glauben des anderen hätten wir uns voneinander abgewandt, um nie wieder ein Wort miteinander zu sprechen.

Wie konnten wir denn ahnen, dass dieses raffinierte Versteckspiel in den Gassen von Venedig am Ende auf ebenso tragische Weise enden würde wie jenes, das wir jahrelang als Conversos in Granada gespielt hatten!

… und nach der Zeit des Schweigens, dem feierlichen Wortgottesdienst und dem Vortrag der Passionsgeschichte aus dem Evangelium des Johannes wurde ein ans Kreuz genagelter, sich vor Schmerzen windender Jesus in den Altarraum gebracht und enthüllt.

Anlässlich der Feier des Leidens und Sterbens Jesu Christi besuchten Celestina und ich die fast dreistündige Messe in San Marco. In Granada hatte ich es immer vermieden, am Karfreitag den Gottesdienst zu besuchen – die geistige Selbstvergewaltigung war mir immer zu qualvoll erschienen. Aber nachdem ich nun als Christ in Venedig lebte und als Celestinas Gemahl, Antonios Cousin, Tristans Freund und Bekannter des Dogen einen angesehenen gesellschaftlichen Rang einnahm, konnte ich mich nicht weigern: Die Karfreitagsmesse in San Marco war *das* gesellschaftliche Ereignis und alles, was Rang und Namen hatte, erschien zum feierlichen Gottesdienst mit dem Dogen.

Schaudernd betrachtete ich die Figur des Gekreuzigten, die in einer feierlichen Prozession in den Altarraum getragen worden war.

Die zum Zerreißen gespannten Muskeln seines leidenden Körpers. Die furchtbaren Nagelwunden in Händen und Füßen. Das Blut, das aus den von der Dornenkrone aufgerissenen Wunden über sein schmerzverzerrtes Gesicht lief. Den Lanzenstich in seiner Seite.

Ich musste an das gekreuzigte Kind denken, das David und ich an Weihnachten in der Synagoge gefunden hatten. Es kostete mich einige Überwindung, mich nicht an den Gläubigen vorbeizudrängen, um aus der Kirche zu fliehen.

Celestina, die dicht neben mir stand, ergriff im feierlichen Halbdunkel der Kirche verstohlen meine Hand.

»Wirst du es tun?«, fragte sie besorgt. Als ich nicht sofort antwortete, flüsterte sie: »Ich könnte vom langen Stehen während der Messe ohnmächtig werden. Dann müsstest du mich aus der Kirche tragen …«

Ich schüttelte den Kopf: »Es fällt mir schwer, doch ich werde es tun!«

Sie drückte meine Hand, um mir Mut zu machen, und geleitete mich zum Crucifixus. Als ich davor auf die Knie fiel, um es demütig zu küssen, spürte ich, wie sich die Blicke der Gläubigen in meinen Rücken bohrten.

Und als ich mich wieder erhob, wehte ein erleichtertes Seufzen durch die Basilika:

Juan de Santa Fé bekennt sich zu Jesus Christus!

Mit gesenktem Blick bahnte ich mir einen Weg durch die Menge der zum Kreuz strömenden Gläubigen und ging an meinen Platz zurück.

»Señor de Santa Fé?«, vernahm ich die Stimme von Giorgio Emo, der neben mich getreten war. Vor einem Jahr hatte der Prokurator im Senat den Vorschlag gemacht, die Juden in ein eigenes Viertel auf der Insel Giudecca umzusiedeln. »Mein Freund Antonio Tron hat mir von Eurem *Königreich der Himmel* berichtet. Und von dem Prozess wegen des Verdachts auf Häresie! Das war wirklich ein unglaublicher Skandal! Einen großen Gelehrten wie Euch vor dem Tribunal anzuklagen – wie peinlich für die Inquisition! Ich freue mich, Euch

565

kennen zu lernen, Señor! Denn ich muss gestehen, ich bin fasziniert von dem, was mir Antonio über Euch erzählt hat. Wann gedenkt Ihr denn, *Das Königreich der Himmel* zu veröffentlichen, Señor de Santa Fé … oder darf ich Euch Juan nennen?«

»Es ist noch nicht vollendet, Exzellenz.«

»Ich heiße Giorgio«, bot er mir die vertrauliche Anrede an. »Wann werdet Ihr Euer Buch beenden, Juan?«

»Ich weiß es noch nicht«, wich ich aus. »Vielleicht in den nächsten Monaten.«

»Das ist gut!«, freute er sich. »Wir brauchen große Gelehrte wie Euch – in Venedig, nicht im Vatikan!«

Er spielte auf den venezianischen Humanisten Pietro Bembo an, der dem Papst als Sekretär diente.

»Ich weiß, Juan, Ihr habt erst vor wenigen Wochen geheiratet und habt einen zwei Monate alten Sohn – er heißt León, nicht wahr? Aber ich bitte Euch: Lasst Euch mit der Vollendung Eures großartigen Werkes nicht allzu viel Zeit! Ganz Venedig wartet ungeduldig auf dieses geheimnisvolle Buch. Man hört die unglaublichsten Gerüchte über ein Gespräch zwischen Jesus und dem Verräter Judas«, flüsterte er mir zu. »Wollt Ihr und Eure bezaubernde Gemahlin nicht nach den Osterfeiertagen zu mir zum Abendessen kommen? Ich würde mich freuen …«

»Sehr gern, Giorgio«, murmelte ich höflich. »Danke für die Einladung!«

Wie schnell sich der Wind in Venedig drehte! Vor kurzem noch hatte mir, dem ›verdammten Juden‹, dem ›gefährlichen Häretiker‹, ein eiskalter Sturm ins Gesicht geblasen. Doch nun umschmeichelte mich, das geachtete und bewunderte Mitglied der venezianischen Nobiltà, ein warmer Sommerwind.

Nach dem Kniefall vor dem Gekreuzigten waren die Gläubigen an ihre Plätze zurückgekehrt, und der Patriarch stimmte feierlich das Gebet an:

»Pater noster qui es in coelis, sanctificetur nomen tuum …«

Trotz der feierlichen Stimmung herrschte plötzlich Unruhe in der Kirche. Viele Gläubige wandten sich neugierig zum Portal um.

»… adveniat regnum tuum …«

Aufgeregtes Getuschel.

»Ist er ein Jude?«

»Ein Christusmörder am Karfreitag in der Kirche! Welch eine Unverschämtheit!«

»Wie kann er es wagen, dieser gottverfluchte Jude!«

»… fiat voluntas tua, sicut in coelo et in terra …«

Ich sah zum Portal hinüber und erschrak.

Dort stand Jakob – sein Blick irrte durch die überfüllte Kirche. Er suchte mich!

»… et dimitte nobis debita nostra, sicut et nos dimittimus debitoribus nostris …«

Als Jakob mich zwischen den Gläubigen entdeckte, eilte er mir entgegen. »Adonai sei Dank, ich habe dich gefunden!« Er rang nach Atem – offenbar war er gerannt.

»… libera nos a malo, quia tuum est regnum et potentia et gloria in saecula saeculorum, Amen.«

»Elija, du musst sofort mit mir zu David kommen«, flüsterte Jakob, packte mich am Arm und zog mich mit sich fort. »Etwas Furchtbares ist geschehen.«

Als Jakob, Celestina und ich völlig außer Atem den Campo San Luca erreichten, blieb ich erschrocken stehen: Die Fensterscheiben von Davids Haus waren eingeschlagen, und die Haustür stand weit offen.

Als ich das Haus betreten wollte, sah ich, dass die Mesusa vom Türstock gerissen und zertreten worden war. Das gefaltete Pergament mit dem Schma Israel lag im zertrampelten Blumenbeet.

Davids Heim war völlig verwüstet worden!

Die Möbel waren zertrümmert, die Gläser und Phiolen mit Kräutern und Salben lagen in Scherben, die wertvollen medizinischen Bücher waren zerfetzt.

Wo waren David, Judith und Esther?

Aus Davids Schlafzimmer drang ein verzweifeltes Weinen. Ich stürmte die Treppen hoch und riss die Tür auf.

Mein Bruder, der auf dem Bett gekauert hatte, griff nach seinem Dolch und wollte mit der Klinge auf mich losgehen – da erkannte er mich. »Du bist gekommen, Elija!«

Dann erst sah ich sie. Judith lag leblos auf dem Bett.

Ihre Augen waren geschlossen, ihr Gesicht war blutüberströmt.

»Mein Gott!« Ich kniete mich neben das Bett und ergriff Judiths kalte Hand. »Was ist geschehen?«

»Die Christen haben das Haus gestürmt.« David fuhr sich mit der Hand über die Stirn und verschmierte das Blut auf seinem Gesicht – Judiths Blut?

»In allen Räumen duftete es nach dem Schabbatessen, das Judith und Esther vorbereitet haben. Wie an jedem Freitagabend hatte Judith die Schabbatlichter entzündet – das haben die Gojim durch die Fenster gesehen. Sie dachten wohl, wir feiern ausgelassen Jeschuas Tod am Kreuz. Aber es waren doch nur die Schabbatkerzen!«, schrie er seinen Schmerz heraus.

Entsetzt hörte ich zu, während er weitererzählte:

»Sie sind in das Haus eingedrungen. Obwohl Karfreitag ist, hatte ich die Tür nicht verriegelt ... vielleicht würde sich, wie letztes Jahr, ein blutig geprügelter Jude in mein Haus flüchten!

Ich war im Behandlungsraum, um vor dem Schabbat ein wenig Ordnung zu schaffen, als sie die Tür aufbrachen, die Treppe hinaufstürmten und Judith ...« Er schluchzte auf. »Sie haben mit den silbernen Schabbatleuchtern auf sie eingeschlagen, bis sie ...« Er konnte nicht mehr weitersprechen.

Jakob legte mir die Hand auf die Schulter. »Elija, die Christen haben Judith totgeschlagen, weil sie eine Kerze angezündet hat!«

Judith starb an einem Karfreitag, an demselben Tag wie sieben Jahre zuvor ihre Schwester Sarah.

Noch in derselben Nacht begruben wir sie in aller Stille auf dem jüdischen Friedhof am Lido – außer Tristan war niemand gekommen, um von ihr Abschied zu nehmen.

Nach dem Begräbnis luden Celestina und ich David ein, in der Ca' Tron zu wohnen. Auf keinen Fall wollten wir meinen Bruder mit seiner völlig verstörten Tochter allein in das verwüstete Haus zurückkehren lassen.

Mein Bruder bezog die Räume, in denen Menandros gelebt hatte, und Jakob nahm seine künftige Schwiegertochter Esther zu sich in sein Haus auf der Insel Giudecca. Yehiel wollte mit seiner Verlobten die Trauerwoche halten. David war von Judiths Tod zu tief getroffen, um seiner Tochter Trost spenden zu können.

Celestina und ich verbrachten viel Zeit mit David, der sich in ein erbittertes Schweigen verbiss. Mit Gott hingegen führte er endlose Streitgespräche über die Gerechtigkeit.

Eine Woche später, am Schabbat, kam Tristan in unser Haus und berichtete von der feurigen Rede, die der Savio Grande Zaccaria Dolfin im Senat gehalten hatte. Er hatte die Juden beschuldigt, in der Stadt unerlaubt Synagogen zu errichten und mit jüdischem Geld den venezianischen Staat zu korrumpieren. Die Juden hätten einen verderblichen Einfluss auf Moral und Sitten in der Serenissima.

Noch heute kann ich mich an die Worte des Senatsbeschlusses vom 29. März 1516 erinnern:

›Alle Juden müssen in den Häusern des Ghetto, der alten Geschützgießerei im Pfarrbezirk von San Gerolamo leben, damit sie nachts nicht durch die Gassen laufen. Zwei Tore werden an den beiden Zugbrücken, die ins Ghetto führen, errichtet. Diese Tore sollen bei Sonnenaufgang mit dem Klang der großen Glocke der Basilica di San Marco geöffnet und am Abend bei Sonnenuntergang wieder geschlossen werden. Vier christliche Wächter, die von den Juden bezahlt werden, sollen die Tore bewachen.‹

Totenstille.

»*Ins Ghetto?*«, fragte David entsetzt.

»Es tut mir sehr Leid«, sagte Tristan, der uns den Beschluss vorgelesen hatte. »Innerhalb von drei Tagen müssen alle Juden mit ihrem Hab und Gut in die Häuser des alten Ghetto im Stadtteil Cannareggio umziehen – sie werden dorthin eskortiert.

Während der kommenden Wochen werden hohe Mauern um das Ghetto errichtet werden. Alle Fenster und Türen, die aus dem Ghetto herausführen, werden zugemauert. Die Juden müssen zwei Boote bezahlen, die Tag und Nacht in den Kanälen patrouillieren, die die Insel des Ghettos umgeben. Juden, die sich während der Nacht außerhalb der Mauern aufhalten, werden streng bestraft.«

Er konnte uns nicht in die Augen sehen.

»Tore mit Schlössern und bewaffnete Wächter – wie in einem Gefängnis!«, rief David entsetzt. »Ihr Christen wollt uns einsperren!«

Tristan hob beschwichtigend die Hände. »Nur zur Sicherheit ...«

»Wessen Sicherheit?«, brauste David auf. »Wann hätte je ein Jude einen Christen bedroht? Wann hätte es ein Jude gewagt, sich zu wehren, wenn er misshandelt wird? Tristan, die Christen haben meine Frau ermordet!«

»Die politische Lage in Venedig ist angespannt. Der jahrelange Krieg um unsere Freiheit und Unabhängigkeit hat die Serenissima ruiniert. Kaiser Maximilian ist mit seinem Heer wieder einmal auf dem Weg nach Italien, der Papst hat mit dem französischen König ein Konkordat geschlossen, und Venedig steht völlig allein mit dem Rücken zum Abgrund.

Viele Senatoren fürchten eine erneute Invasion der Türken auf venezianisches Gebiet – und ihre Angst ist berechtigt, denn wir haben keine Verbündeten!

Die Franziskaner hetzen die Venezianer gegen die Juden auf. Seit Monaten kommt es an christlichen und jüdischen Feiertagen immer wieder zu blutigen Unruhen, in denen sich die inneren Spannungen der Republik entladen.

Selbst die venezianische Nobiltà ist seit Jahren zerstritten. Nur in dieser einen Frage waren sich die Adligen erstaunlich einig: Die Republik Venedig braucht endlich innere Sicherheit und Frieden! Hundertdreißig Senatoren votierten für das Ghetto, vierundvierzig stimmten dagegen, acht enthielten sich.«

Tristan fuhr sich mit der Hand über die Stirn: »Jakob und du – ihr müsst mit euren Kindern innerhalb der nächsten drei Tage ins Ghetto umziehen. Elija darf mit Netanja ... León in der Ca' Tron bleiben, denn er ist kein Ju...«

»Siebenhundert Juden – Männer, Frauen und Kinder – auf dieser kleinen Insel mit zwei Brunnen!«, unterbrach ihn David. »Ich kenne das Ghetto. Ich habe Patienten, die nicht weit entfernt am Canal Grande wohnen. Die Insel ist viel zu eng! Die hygienischen Verhältnisse sind fürchterlich!

Reiche jüdische Familien wie die Meshullams und die Ibn Dauds und arme wie die Verwandten des kleinen Moses Rosenzweig, die sich kaum über Wasser halten können, werden im Ghetto leben ... streng orthodoxe Juden wie Jakob Silberstern und rekonvertierte Conversos wie Salomon Ibn Ezra ... Aschkenasim und Sefardim: Menschen mit unterschiedlichsten Riten, Gebräuchen, Gewohnheiten und Sprachen: Deutsch, Französisch, Italienisch, Arabisch, Spanisch und Portugiesisch – die babylonische Sprachverwirrung!

Was ist mit den türkischen Juden, die in den letzten Jahren aus dem Osmanischen Reich gekommen sind? Und was ist mit den Juden, die ins Land ihrer Väter ausgewandert waren – nach Jeruschalajim, Jericho und Tiberias – und die nun wieder nach Venedig zurückgekehrt sind, weil die Serenissima, und nicht das Gelobte Land, das Paradies auf Erden ist?

All diese Menschen werden auf engstem Raum zusammenleben! Es wird zu Spannungen und Gewalt kommen! Um Gottes willen, Tristan, ich beschwöre dich ...«

Aber Tristan schüttelte nur den Kopf.

»Was ist mit sefardischen und aschkenasischen Synagogen?«, fuhr David bitter fort. »Mit Mikwaot – den rituellen Reinigungsbädern? Mit Jeshibot und Midraschim – den Rabbinenschulen? Mit jüdischen Buchläden? Mit jüdischen Lebensmittelläden, mit jüdischen Metzgern, die koscher schlachten, mit jüdischen Bäckern, die wissen, dass die Mazzot für das Pessach-Fest *ohne* Christenblut hergestellt werden ...«

»Lass deinen Zorn nicht an Tristan aus! Es ist doch nicht seine Schuld«, erinnerte ich meinen Bruder. »Tristan hat doch gegen das Ghetto gestimmt. Er schämt sich dafür. Und trotzdem ist er gekommen, um es uns persönlich mitzuteilen, bevor wir es von den Bewaffneten des Senats erfahren, morgen, wenn sie an die Türen der Juden klopfen werden, um uns ins Ghetto zu führen. Dafür verdient

Tristan unsere Hochachtung und unseren Respekt, nicht unseren Zorn.«

Als David sich unwillig abwandte, fügte ich hinzu: »Im Übrigen bin ich sicher, dass Asher all diese Argumente dem Senat bereits vorgetragen hat.«

»Er hat lautstark gegen den Exodus ins Ghetto protestiert«, bestätigte Tristan. »Asher Meshullam verwies auf die jüdischen Bankiers wie seinen Bruder Chaim, die der Republik Venedig in den Jahren des Krieges immer wieder große Summen geliehen haben. Er sprach von den jüdischen Ärzten wie David Ibn Daud – ja, er nannte deinen Namen, David! –, die mitten in der Nacht zu ihren christlichen Patienten gerufen werden. Vergeblich!

Es tut mir sehr Leid, David. Ich werde mich dafür einsetzen, dass du als Medicus eine Genehmigung bekommst, dich bei Notfällen auch nachts außerhalb des Ghettos aufzuhalten. Und ich werde mich bemühen, eine angemessene Wohnung für dich zu finden ... und auch für Jakob«, rang er sich die Worte aus dem Herzen. »David, dir bleiben drei Tage Zeit, deine Sachen zu packen und mit deiner Tochter ins Ghetto zu ziehen.«

»Und was sagt Celestina dazu?«, fragte Jakob bestürzt und legte einen Stapel Talmudbände in die Truhe – er packte für den Umzug ins Ghetto.

In seinem Arbeitszimmer herrschte ein heilloses Durcheinander. Viele lieb gewordene Dinge konnte Jakob nicht mitnehmen. Er musste sie verschenken – wie die meisten seiner Möbel, die sich vor dem Haus stapelten. Die Gojim würden sie schon wegschleppen.

»Es war ihr Vorschlag. Celestina will nicht, dass mein Bruder ohne uns im Ghetto leben muss«, erklärte ich ihm.

Ich gebe zu, ich war verunsichert: Sollte ich ihm nun beim Packen helfen oder nicht?

»David und ich haben die ganze Nacht darüber geredet. Wir wollen nicht mehr in Venedig bleiben, wenn wir nicht zusammen leben können. Judith ist tot. Esther wird Yehiel heiraten und mit ihm zusammenziehen. David ist dann ganz allein. Er hat nur noch uns. Er wird Celestina, Netanja und mich begleiten. Wir gehen fort. Unsere Taschen sind gepackt.«

»Wohin wollt ihr?«, fragte er fassungslos.

»Nach Jeruschalajim. Meine Familie hat sich zerstreut – meine Mutter ist in Granada gestorben, mein Vater während der Flucht in Portugal, Sarah und Benjamin in Córdoba, Judith in Venedig. Wohin Aron mit Marietta gegangen ist, wissen wir nicht. Wir werden unseren Bruder vielleicht niemals wiedersehen. David und ich haben beschlossen, dass wir nach Jeruschalajim gehen werden, bevor auch wir noch auseinandergerissen werden.«

»Ich werde dich also verlieren, Elija! Den einzigen Freund, den ich hier in Venedig hatte!«

»Du kannst mit uns kommen, Jakob.«

Er schüttelte den Kopf. »Ich bin schon zu oft geflohen. Ich will Venedig nicht mehr verlassen. Trotz allem ist die Serenissima das Paradies. Glaubst du nicht, dass auch der Garten Eden hohe Mauern hatte, um die Menschen zu beschützen?«

Jakob fuhr sich über das Gesicht.

»Dieses Ghetto wird eine kleine geschlossene Welt für sich sein, Elija: eine jüdische Welt. Ein kleines Reich Israel – das, was wir Juden uns doch immer ersehnt haben: Die Hoffnung auf ein wenig Frieden … O Gott, sieh mich doch nicht so an, Elija!

Ein Judenviertel wie das Ghetto ist doch sinnvoll! Wir Rabbinen können die Gebote unseres Glaubens viel leichter durchsetzen und verhindern, dass nichtjüdische Lebensgewohnheiten in der Gemeinde eingeführt werden. Aron und du – ihr habt beide Ezras Gebot missachtet, als ihr euch Hals über Kopf in Christinnen verliebt habt. Und dann habt ihr eine Mizwa nach der anderen gebrochen! Das war doch unvermeidlich!«

Beschämt senkte ich den Blick. Jakob hatte ja Recht!

»Im Ghetto können wir Juden sein«, fuhr er fort. »Wir können jüdisch leben, jüdisch beten und jüdisch feiern, ohne fürchten zu müssen, dass eine von uns ermordet wird, weil sie am Karfreitag eine Schabbatkerze angezündet hat.«

Mein Freund legte mir die Hand auf die Schulter.

573

»Die Mauern um das Ghetto werden eine geistige Festung sein, Elija. Sie werden uns beschützen, wenn wir um den Fortbestand unserer Kultur, unseres Glaubens und unserer Identität kämpfen. Innerhalb dieser Mauern wird es nur das jüdische Gesetz geben. Aschkenasim und Sefardim werden trotz unterschiedlicher Riten und Sprachen zusammenfinden – daran glaube ich ganz fest! Du hast mich diesen Glauben doch gelehrt, Elija! Du hast immer an den Frieden geglaubt, hast unbeirrbar versucht, das *Verlorene Paradies* zu erschaffen.

Vielleicht war deine Vision ein bisschen zu großartig für diese Welt. Vielleicht können Christen und Juden wirklich nicht zusammen leben. Aber Aschkenasim und Sefardim können es. Selbstverständlich wird es schwierig, da mache ich mir nichts vor. Aber hast du nicht gesagt, dass der Weg ins Paradies immer erst durch die Hölle führt?

Im Ghetto will ich das Paradies, von dem du immer geträumt hast, verwirklichen – zusammen mit Yehiel und Esther, einem aschkenasischen Juden und einer sefardischen Jüdin! Ich werde das verlorene Paradies erschaffen, so schön und so friedlich, dass die Christen neidisch werden auf uns Juden – das bin ich dir als meinem besten Freund schuldig.«

»Jakob, ich habe eine Bitte«, erklärte ich ihm nun endlich den Grund meines Kommens. »Celestina und ich wollen nach jüdischem Ritus heiraten, sobald sie konvertiert ist. Würdest du uns trauen?«

Jakob prüfte, wie ernst es Celestina mit dem Übertritt zum Judentum war. Es ist üblich, dass der Rabbi einen Christen, der konvertieren will, nach dem ersten Gespräch fortschickt – anerkannt wird nur, wer sich aus tiefster Überzeugung zum jüdischen Glauben bekennen will. Nach mehreren Wochen wird dem Rabbi dann erneut der Wunsch nach einem Übertritt vorgetragen – wieder vergeblich! Diese fünf, sechs, sieben oder mehr Gespräche mit dem Schriftgelehrten gehören jedoch schon zur Konversion. Wenn der Rabbi erkennt, dass der Gläubige sich durch die manchmal sehr schroffen Abweisungen nicht entmutigen lässt, stimmt er schließlich dem Übertritt zu.

Jakob erklärte mir nach einem mehrstündigen Gespräch mit Celestina, dass sie die Examination »Summa cum laude!« bestanden hatte.

Ein Converso wird im Judentum hoch geachtet, höher als jemand, der von Geburt an Jude ist und die Mizwot hält – denn er hat sich aus eigener Kraft und Überzeugung entschieden, das schwere Joch des Gesetzes auf sich zu nehmen.

Nachdem Jakob die schriftlichen Formalitäten mit dem Bet-Din, dem Rabbiner-Gericht, geregelt hatte, besuchte Celestina am nächsten Tag zum ersten Mal die Mikwa und nahm das rituelle Tauchbad. Jakob belehrte sie über die Gebote, David und ich waren als Zeugen dabei.

Es war für uns ein sehr bewegender Augenblick, denn mit dieser Taufe wurde sie Jüdin. Obwohl sie den Namen Salome annahm, den ich sehr schön fand, weil er zu ihr passte, blieb sie für mich doch immer Celestina.

Noch an demselben Nachmittag wurde unser Sohn Netanja in der Synagoge auf Davids Schoß beschnitten und in einer feierlichen Zeremonie in den Bund Gottes aufgenommen. Und am folgenden Tag heirateten Celestina und ich nach jüdischem Ritus unter meinem hoch gehaltenen Tallit.

Als Celestina mich nach dem Treueschwur – »Durch diesen Ring bist du mir angetraut nach dem Gesetz Mosches und Israels« – umarmte und küsste, war ich der glücklichste Mensch der Welt!

Jakob stand winkend am Molo und sah zu unserer Galeere herüber. Neben ihm erkannte ich Yehiel und Esther. Davids Tochter hatte ihren Kopf an seine Schulter gelehnt und weinte herzzerreißend – nach ihrer Mutter hatte sie nun auch ihren Vater verloren.

»Ich bewundere dich für deinen Mut zu bleiben, Jakob«, hatte ich meinem Freund beim Abschied auf dem Molo gesagt. »Ich kann es nicht. Und ich will es auch nicht.«

»Und ich bewundere dich für deinen Mut fortzugehen, Elija.«

»An diesem Pessach-Fest habe ich zum ersten Mal in meinem Leben nicht gesagt: ›Und nächstes Jahr in Jeruschalajim!‹ Stell dir vor, Jakob: In ein paar Wochen werde ich dort sein!«

Wir hatten uns herzlich umarmt. Dann war ich mit David, Celestina und Netanja an Bord der türkischen Galeere gegangen, die uns nach Athen und weiter nach Istanbul bringen sollte.

David lehnte neben mir an der Heckreling und starrte zu seiner Tochter hinüber, die er in Venedig zurückließ.

Gestern waren mein Bruder und ich im Ghetto gewesen, um Jakob und den Kindern Mut zuzusprechen. Wir hatten ihnen beim Auspacken und beim Schmücken der winzigen Wohnung geholfen. Ein düsteres Zimmer für drei Personen – ich war entsetzt gewesen. Aber ich hatte geschwiegen, weil ich David nicht noch mehr entmutigen wollte. Er hatte sich für Esther und Yehiel eine andere Zukunft gewünscht als das Ghetto von Venedig.

Als wir am Abend in die Ca' Tron zurückkehrten, kamen uns auf dem Canal Grande etliche mit Hausrat beladene Boote jüdischer Familien entgegen, die zum Rio di San Gerolamo nördlich der Ghetto-Insel ruderten. David hatte den Blick abgewandt – er konnte den Menschen nicht in die Augen sehen.

Ich legte ihm tröstend die Hand auf die Schulter. »David, was auch immer geschieht – wir beide werden zusammenbleiben!«

Dachte er in diesem Augenblick an unseren verlorenen Bruder Aron? David umarmte mich still, und ich hielt ihn fest. Nein, wir würden uns niemals trennen!

Dann sah ich hinüber zu Tristan und Celestina, die in enger Umklammerung miteinander flüsterten und sich immer wieder küssten. Wie sehr sie sich quälten, sich von einander loszureißen! Tristan zog seinen Saphirring vom Finger und steckte ihn ihr an. Sie gab ihm den Topasring zurück, den er ihr in Florenz geschenkt hatte.

»… immer an dich denken, mein Liebster!«, trug mir der Wind von der Lagune Celestinas Worte zu.

»… und ich an dich … niemals vergessen …« Dann küssten sie sich zum letzten Mal.

Tristan kniete sich neben den Korb, in dem Netanja lag und vor Vergnügen quietschte, als er ihn zärtlich liebkoste. Schließlich riss er sich von seinem Patenkind los und kam zu mir herüber, um Abschied zu nehmen. »Pass gut auf sie auf, Elija!«

576

»Das werde ich!«

»Wir werden uns wohl nie mehr wiedersehen.«

Ich schüttelte den Kopf.

»Könntet ihr mir aus Jerusalem schreiben, damit ich etwas habe, worauf ich in meinem Leben noch warten kann? Denn die Liebe habe ich für immer verloren! Und mit ihr die Hoffnung und die Sehnsucht!«

»Wir werden dir schreiben, Tristan! Und sollte Aron eines Tages zurückkehren, kannst du ihm unsere Briefe zeigen. Sag meinem Bruder: Unsere Gedanken sind bei ihm! David und ich hoffen so sehr, dass er endlich glücklich geworden ist.«

»Ich werde es ihm sagen.«

»Schalom, Tristan!«

»Schalom, Elija!«, flüsterte er, dann verabschiedete er sich von David und kletterte von Bord in die wartende Gondel.

Noch während er zum Molo hinübergerudert wurde, tauchten die Riemen der türkischen Galeere in die Wellen, und das große Schiff nahm Fahrt auf.

Celestina lehnte sich gegen mich, und ich schlang meine Arme um ihre Mitte und zog sie an mich, um gemeinsam mit ihr ein letztes Mal auf Venedig zu blicken:

Den Dogenpalast mit der staubigen Dachkammer, Celestinas ›Königreich der Himmel‹, ihrer Kathedrale des Wissens, wo wir uns vor fast einem Jahr lieben gelernt hatten. Die Basilika von San Marco, wo Celestina und ich vor zwei Monaten geheiratet hatten. Die Ca' Tron, wo unser Sohn zur Welt gekommen war. Meinen Freund Jakob, der winkend am Molo stand. Und Tristan, den ich in den letzten Wochen sehr lieb gewonnen hatte.

Tausendundeine schöne Erinnerung!

Die Luft über der im Sonnenlicht glitzernden Lagune war kristallklar, sodass wir hinter den filigranen Marmorbögen des Dogenpalastes am Horizont die Alpen aufragen sahen. Hinter den Bergen lagen Chambéry und Paris, und im Westen, hinter dem Campanile von San Marco, lagen Córdoba und Granada.

Was hatte ich alles hinter mir gelassen!

Mit jedem Ruderschlag der Galeere wich Venedig weiter hinter uns zurück. Nachdem wir die östliche Landspitze nahe der Insel San Pietro erreicht hatten, steuerten wir in Richtung Nordosten zum Lido.

Schließlich wandte ich mich um und ging mit Celestina nach vorn zum Bug, um meinen Blick nach Südosten zu richten:

Nach Jeruschalajim.

Wenige Tage später, Ende April 1516, gingen wir nach einer ruhigen Überfahrt im Hafen von Athen an Land – die türkische Galeere ankerte zwei Tage lang in Piräus, um frische Lebensmittel und Wasser an Bord zu nehmen.

Athen lag in einer weiten Küstenebene, in deren Mitte der Felsen der Akropolis weithin sichtbar aufragte. Die antike Metropole war nur noch ein Dorf mit wenigen Häusern und Palästen zwischen grasüberwucherten Ruinen und umgestürzten Säulen. Einzig die Stadtmauer weit jenseits der blühenden Wiesen zeugte noch von der einstigen Größe Athens.

Philippos Iatros freute sich sehr, seine Nichte Celestina drei Jahre nach ihrem Exil in Athen wieder in die Arme zu schließen. Doch er war bestürzt, als er hörte, dass wir schon am übernächsten Tag wieder abreisen wollten. Onkel Philippos – so nannte ich Filippo de' Medici im Scherz – nahm uns sehr herzlich in seinem Haus auf und kümmerte sich liebevoll um Netanja, während wir zwei Tage lang zwischen den antiken Ruinen herumkletterten und die steilen Stufen zur Akropolis hinaufstiegen. Die Zitadelle aus strahlend weißem Marmor beherrschte die Stadt, wie Athen in der Antike Griechenland dominiert hatte.

David, Celestina und ich besuchten den Parthenon, den Tempel der Göttin Athena Parthenos, der seit der türkischen Eroberung im Jahr 1458 eine Moschee war. Mit seinen dorischen Marmorsäulen war der zweitausend Jahre alte Tempel eines der schönsten Bauwerke, die ich jemals gesehen habe – vergleichbar mit der Alhambra von Granada, der Kathedrale Notre Dame de Paris, dem Pantheon in Rom oder dem Dogenpalast in Venedig.

Das Innere des Tempels war ebenso Ehrfurcht gebietend: Zweige-

schossige dorische Säulenreihen stützten eine hohe Decke. Die legen-
denumwobene Statue der Göttin Athena, die ganz aus Elfenbein und
Gold bestanden haben soll, war schon lange zerstört. Doch dafür
fanden wir das Mosaikbild von Jesus Christus, das Celestina vor Jahren so beeindruckt hatte, dass sie begann, sich mit seiner Ethik zu
beschäftigen.

Von der Akropolis hatten wir einen herrlichen Blick auf die Agora,
in der Antike das Zentrum des öffentlichen Lebens und nun eine
blühende Wiese. Dort unten hatten Sokrates und Platon ihre Schüler belehrt! Nicht weit entfernt stand das Haus von Onkel Philippos.
Und nur ein paar Schritte weiter, am Turm der Winde, lag Celestinas
Palast, der nun, wie die Ca' Tron am Canal Grande, ihrem Cousin
Antonio gehörte.

Am Morgen des dritten Tages nahmen wir Abschied von Onkel
Philippos. Dann kehrten wir zurück auf die türkische Galeere und
stachen wieder in See.

Nachdem wir in einiger Entfernung den Berg Athos passiert hatten, erreichten wir Istanbul, wo wir drei Tage Aufenthalt hatten, bevor uns ein anderes Schiff nach Akko bringen würde. Wir versuchten, die Familie der Palaiologoi zu finden, um ihnen von Menandros'
tragischem Tod zu erzählen – aber vergeblich!

Am Abend vor der Abreise besuchten wir die Hagia Sophia – für
die anderen Sehenswürdigkeiten blieb keine Zeit mehr. Schließlich
bestiegen wir das ägyptische Segelschiff und fuhren die türkische
Küste entlang, bis wir den Hafen von Akko erreichten.

Welch ein schicksalhafter Augenblick für David und mich: Wir waren in Israel angekommen!

Beide dachten wir an jene furchtbaren Tage im Hafen von Málaga,
als wir verzweifelt auf ein Schiff gewartet hatten, das uns noch vor
dem 9. Aw 1492 aus Spanien herausbringen sollte – nach Alexandria
und weiter nach Jeruschalajim. Wie lange war das her? Vierundzwan-
zig Jahre – unser halbes Leben!

Tief bewegt trugen wir unsere Taschen an Land, brachten Celestina und Netanja in einen Khan, eine Karawanserei in der Stadt, und
suchten den Markt, um Maultiere zu kaufen.

Das durch eine hohe Seemauer stark befestigte Akko, das berühmte Saint Jean d'Acre der Kreuzfahrer, liegt auf einem nach Süden gerichteten Küstenstreifen, der eine kleine Bucht mit einem Fischerhafen bildet. Von dieser blühenden orientalischen Stadt segelten einst große Handelsflotten über das Meer nach Westen – und die Kreuzfahrer landeten in diesem Hafen.

Immer wieder erobert durch Alexander den Großen, Sultan Sala ad-Din und König Richard Löwenherz, wurde Akko 1229 christlich, als Kaiser Friedrich II. nach zähen Verhandlungen mit dem Sultan die Rückgabe der heiligen Stätten an die Christen erreichte, ohne einen Kreuzzug geführt zu haben. Geschwächt durch die Streitigkeiten der Handelskontore von Pisa, Genua und Venedig, fiel Akko jedoch beim Ansturm der ägyptischen Mamelucken – seither erklang der Gebetsruf der Muezzins über der Stadt.

Vor dreihundert Jahren, als die fränkischen Könige über Jeruschalajim geherrscht hatten, war Akko die prunkvollste Metropole ihres Reichs und die bevorzugte Residenz der Monarchen gewesen. Im Norden befand sich die so genannte Kreuzfahrerstadt, die einstige Festung des Johanniterordens. Im Jahr 1219 hatte Francesco von Assisi ein Kloster in Akko gegründet, und vierzig Jahre später entstand zwischen den muslimischen Moscheen und Koranschulen eine jüdische Talmudschule. Wie Jeruschalajim war Akko eine Stadt der drei Religionen.

Am Morgen nach unserer Ankunft brach unsere kleine Karawane durch die galiläischen Hügel in Richtung des Sees Gennesaret auf. Die kleinen Dörfer, die blühenden Wiesen und die sanft geschwungenen Hügel erinnerten mich an mein geliebtes Al-Andalus. Wie oft dachte ich an diesen beiden Tagen: Hinter dem nächsten Hügel liegt unser Landsitz in Alhama de Granada!

Aber dann blickten wir auf den im Sonnenlicht funkelnden, tief blauen See Gennesaret hinab.

Am Ufer fanden wir einen Fischer, der seine Netze flickte. Bis Kafarnaum sei es nicht mehr weit, sagte er uns, nur ein paar Meilen! Und so ritten wir am Ufer des Sees nach Norden, bis wir die Ruinen von Jeschuas Heimatstadt fanden.

Kafarnaum war zerstört – ein verlassenes Trümmerfeld inmitten von Eukalyptusbäumen. Die größte Ruine war eine Synagoge. War es das Gebetshaus, wo Jeschua gelehrt hatte?

Die dreischiffige Basilika war aus weißen Kalksteinquadern errichtet worden, die Säulen schmückten schön verzierte Kapitelle. Zwischen den eingestürzten Wänden kletterte ich in die Synagoge und kämpfte mich durch die Trümmer bis zu der Stelle, wo die Rabbinen und auch Jeschua gepredigt hatten.

Tief bewegt ließ ich mich auf einen Stein sinken – ich musste mich besinnen.

In Gedanken versunken fuhr ich mit dem Finger über das in einen Stein gemeißelte Symbol des Davidsterns, als mein Bruder zu mir trat.

»Als wir Kinder waren, hat Vater uns die Geschichte unserer Familie erzählt«, sagte er, ohne den Blick von den Ruinen zu wenden. »Immer habe ich davon geträumt, eines Tages hierher zu kommen. Und nun sind wir in Kafarnaum! Das ist ...« Ihm fehlten die Worte.

Glückselig ist, wer nach Jahren der Verfolgung und der Flucht noch lachen kann, hoffen, träumen, sehnen und alles ertragen. Glückselig ist, wer nach einer langen Reise, die ein ganzes Leben gedauert hat, endlich am Ort seiner Sehnsucht ankommt.

Während der Nacht lagerten wir unter einem uralten, knorrigen Ölbaum, nicht weit von der Stelle entfernt, wo Jeschuas Haus gestanden haben könnte.

»Dein Versuch, über das Wasser zu laufen, ist kläglich gescheitert, mein Prophet Elija!«, rief Celestina mir übermütig vom Ufer aus zu, als ich später im See ein erfrischendes Bad nahm. Dann ließ sie die weiten arabischen Gewänder, die sie, wie David und ich, auf dem Souk in Akko gekauft hatte, ins Gras sinken, sprang in die Fluten und schwamm zu mir herüber.

In der Abenddämmerung brieten wir am Feuer die Fische, die uns der Galiläer, der am Berg der Seligpreisungen seine Netze flickte, verkauft hatte. Nach dem Essen lagen wir noch eine Weile träge um das Funken sprühende Feuer. Schließlich erhob sich Celestina, ergriff meine Hand, spielte auf provozierende Weise mit dem Ring an meinem Finger und fragte David, ob er Netanja in dieser Nacht unter seiner Decke schlafen lassen könne, damit wir ein wenig Zeit für uns hätten. Als mein Bruder nickte, zog sie mich mit sich fort zum Ufer des Sees, wo wir uns im Mondlicht zärtlich liebten.

Am nächsten Morgen brachen wir nach Süden auf, ritten am Ufer entlang bis Magdala, der Heimat von Jeschuas Gemahlin Mirjam, dann weiter bis Tiberias, der Hauptstadt des Tetrarchen Herodes Antipas. Aus Benjamin de Tudelas Reisebeschreibung wusste ich, dass der große sefardische Dichter Jehuda Halevi hier begraben lag.

Von Tiberias führte eine Straße nach Kana, dem Ort des Weinwunders, und weiter nach Nazaret, doch wir ritten gemächlich weiter am See entlang und schlugen unser Nachtlager in einem schattigen Eukalyptushain am Jordan auf.

Nach dem Abendessen saßen Celestina und ich noch lange im Uferschilf. Als wir nach Mitternacht endlich zum Feuer zurückkehrten, hatte sich David mit Netanja im Arm in seine Decke eingerollt und war längst eingeschlafen.

In der Morgendämmerung ritten wir am Jordan entlang weiter nach Süden. Drei Tage später erreichten wir Jericho, die Stadt der Palmen, wo wir in einer Karawanserei übernachteten. Am nächsten Tag kamen wir in Al-Kuds an, der ›Heiligen Stadt‹ – so nannten die Muslime Jeruschalajim.

Spät nachmittags erklimmen wir den Ölberg.

Endlich sehen wir sie vor uns auf der gegenüberliegenden Höhe jenseits des Kidron-Tals: die Stadt Davids, Jeschuas und Mohammeds, die die heiligsten Stätten dreier Religionen bewahrt – die Klagemauer, die Grabeskirche und den Felsendom.

Im Licht der sinkenden Sonne schimmert die goldene Kuppel des Felsendoms auf dem Tempelberg, und der Gebetsruf eines Muezzins weht über das Tal des Kidron bis hinauf zum Ölberg. Es ist Freitag, der heilige Tag der Muslime.

Ich blinzele ins Gegenlicht und versuche mir vorzustellen, wie der goldgleißende Tempel ausgesehen haben mag, den Flavius Josephus in seiner ganzen Pracht beschrieben hat und an dessen Stelle jetzt die Al-Aksa-Moschee über dem Tempelberg aufragt.

David lenkt sein Maultier neben meines. »Die Sonne steht schon sehr tief. Auf keinen Fall will ich den Schabbat als Diego de Santa Fé in einem Pilgerhospiz oder einem Franziskanerkloster verbringen.«

Mein Bruder treibt sein Maultier an und trabt den Ölberg hinab in Richtung des Stadttores. Celestina und ich folgen ihm durch den Olivenhain des Gartens Getsemani.

Am Tor nördlich des Tempelbergs kaufen wir gelbe Turbane, die wir als Juden in Jeruschalajim tragen müssen. Nachdem David und ich unsere Turbane gewickelt haben und Celestinas Haar mit einem gelben Schal bedeckt ist, reiten wir in die Stadt und folgen einer langen, geraden Straße nach Westen.

Die Läden des Souk sind geschlossen. Es ist Freitag Nachmittag – offenbar befinden wir uns im muslimischen Viertel.

Plötzlich zügelt David sein Maultier und weist mit ausgestrecktem Arm auf eine Tafel in drei Sprachen – Hebräisch, Arabisch und Lateinisch –, die an einer Hauswand befestigt ist:

VIA DOLOROSA

Auf diesem Weg hat Jeschua sein Kreuz getragen!

Wird unser Leidensweg nach all den Jahren hier in Jeruschalajim enden?

Nachdem wir den Tempelberg und die Burg Antonia hinter uns gelassen haben, reiten wir die schmale Gasse entlang zum christlichen Viertel. Wir überholen eine Gruppe betender Franziskanermönche, die mit einem schweren Kreuz auf ihren Schultern der Via Dolorosa folgen.

David wirft mir einen langen Blick zu, den ich erwidere.

Die Straße biegt nach links ab. Ein lateinisches Schild verkündet, dass Jeschua an dieser Stelle zum ersten Mal mit dem Kreuz gestürzt ist.

Dann wendet sich die Via Dolorosa erneut nach Westen. Wir fragen nach dem Weg zur Grabeskirche und werden schließlich von einem arabischen Jungen gegen ein Bakschisch durch enge, verwinkelte Gassen geführt.

Die Straßen von Jeruschalajim erinnern mich ein wenig an das Gassenlabyrinth von Venedig. Man weiß nie, was sich hinter der nächsten Straßenecke verbirgt: eine prächtige Moschee, ein orientalischer Souk mit leuchtend bunten Teppichen, Silberwaren, Gewürzen und Ikonen oder eine Gasse, die mit köstlichen Düften erfüllt ist – der Schabbat steht vor der Tür!

Vor der Grabeskirche springen wir aus den Sätteln und binden die Maultiere fest. Dem Jungen drücken wir noch ein paar Münzen in die Hand, damit er auf unser Gepäck aufpasst.

Im Vorhof ziehen David und ich die gelben Turbane vom Kopf. Gemeinsam mit Celestina, die den schlafenden Netanja im Arm hält, betreten wir die gewaltige Kirche, ein weitläufiges Labyrinth von über- und untereinanderliegenden Kapellen. Staunend betrachtet Celestina die Schreine und Altäre der verschiedenen christlichen Konfessionen – lateinisch, griechisch, koptisch, syrisch und äthiopisch.

Im linken Seitenschiff, nahe dem Portal, das Sultan Sala ad-Din zumauern ließ, finden wir die Golgata-Kapelle. Wir steigen die fünfzehn Stufen hinauf zu dem Felsen, auf dem das Kreuz gestanden hat.

Es ist ein bewegender Augenblick, den wir, jeder für sich, still erleben und erleiden.

Was haben wir im Zeichen dieses Kreuzes erdulden müssen!

»Es war ein weiter Weg von Granada bis Jeruschalajim«, sagt David, als er sich schließlich zu mir umwendet. »Du denkst an Aron, nicht wahr?«

Ich nicke traurig. »Wenn er doch bei uns wäre! Wir werden ihn wohl nie wiedersehen.«

Wir verlassen Golgata.

Während wir die Stufen zum Hauptschiff hinabsteigen, ergreife ich Celestinas Hand und halte sie fest. Sie lächelt, und ihre Augen funkeln im Schein der Kerzen.

Arm in Arm gehen wir mit unserem schlafenden Sohn zur Rotunde mit der Grabkapelle, der Stätte mit dem leeren Grab Jeschuas, für die Christen der Ort der Auferstehung.

Über dem Portal der kleinen Kapelle hängen zahlreiche Lampen der Lateiner, der Griechen und Armenier, und etliche Ikonen bedecken die Wände. Mehrere goldene Leuchter mit hohen Kerzen säumen das halbrunde Tor, das weit offen steht. Wir neigen die Köpfe und treten ein.

Im Vorraum des Grabes, in der Engelskapelle, sollen am Ostermorgen zwei Männer in strahlendem Gewand die Frauen gefragt haben: »Was sucht ihr den Lebenden bei den Toten?«

Ein schmaler, niedriger Durchgang führt in die Grabkammer.

Dutzende von Öllampen der verschiedenen Konfessionen hängen von der Decke herab und tauchen den Raum in ein sanftes, goldenes Leuchten. Ikonen schimmern an den Wänden.

Ein schwerer Duft von Weihrauch hängt in der Luft.

Rechts von uns sehen wir die steinerne Grabbank, auf der Jeschuas Körper ruhte, während er noch immer blutend im Grabtuch lag.

Mit beiden Händen streiche ich über den kalten Fels.

Im Herzen berührt sprechen Celestina und ich, jeder für sich, ein Gebet, das weder jüdisch noch christlich ist.

Es ist eine Bitte um Schalom, um Frieden und Versöhnung, für Lebensfreude, Zufriedenheit und Glück für alle Menschen – gleichgültig, in welchem Glauben sie ihr Heil suchen.

Denn das Herz des Menschen ist der wahre Tempel Gottes.

ANMERKUNGEN

Die Erläuterungen zu den mit einem Sternchen markierten Begriffen sind alphabetisch sortiert.

Abendmahl. Die Evangelisten Matthäus, Markus und Lukas inszenieren das Abendmahl als traditionelles Sedermahl für den Abend des ›ersten Tages des Festes der ungesäuerten Brote‹ (gemäß Levitikus 23,5–6 der 15. Nisan). Das Sedermahl wird jedoch in der Abenddämmerung des 14. Nisan gefeiert (nach jüdischer Kalenderrechnung ist damit bereits der 15. Nisan angebrochen), nach der rituellen Schlachtung der Pessachlämmer im Tempel. Gemäß dem Bericht von Matthäus, Markus und Lukas fand der Sederabend am Donnerstag statt. Der Prozess, die Kreuzigung und die Grablegung folgten am Freitag vor der Abenddämmerung, mit der der Sabbat anbrach. Johannes dagegen verlegt das Abendmahl, das bei ihm *kein* Sedermahl ist, aus theologischen Gründen einen Tag vor, also vor das Pessach-Fest, weil Jesus als Agnus Dei, als Opferlamm, sterben muss, bevor die Pessachlämmer im Tempel rituell geopfert werden.

Die verschiedenen Datierungen auf den 13., 14. oder 15. Nisan sind nicht in Einklang zu bringen und entlarven die Passionsgeschichte als dramatische Konstruktion.

Eine Verhaftung, ein Verhör durch den Hohen Priester Joseph ben Kajafa und eine rechtskräftige Verurteilung Jesu durch den Sanhedrin in der Sedernacht, die zum ersten Tag des Pessachfestes gehört, ist undenkbar – zudem widerspricht sie dem angeblichen Beschluss der Hohen Priester, Jesus nicht während des Festes gefangen zu nehmen. Johannes' Hinweis, dass bei der Kreuzabnahme Eile geboten war, weil der mit der Abenddämmerung bevorstehende Sabbat entweiht werden könnte, ist absurd, da das Pessach-Fest durch die Hinrichtung und das anschließende Begräbnis doch bereits entweiht war. Der Karfreitag der Kreuzigung muss nach den Evangelienberichten der 15. Nisan gewesen sein, der zweite Festtag von Pessach.

In der Zeit des Zweiten Tempels, als die Juden unter der Fremdherrschaft litten, gewann das Pessach-Fest als Fest der Befreiung aus der Sklaverei in Ägypten eine wichtige Bedeutung. Je mehr sich die Juden unterdrückt fühlten, desto glühender entflammte die Sehnsucht nach einer erneuten Befreiung aus der Fremdherrschaft. Mit dem Pessach-Fest und insbesondere mit der Sedernacht waren Erwartungen für die Ankunft des Propheten Elija verknüpft. Die gefährliche, revolutionäre Stimmung unter den Pessach-Pilgern hatte wiederholt zu Unruhen und Gewalt geführt. Trotz aller Grausamkeit, die ihm Flavius Josephus zuschreibt, kann Pontius Pilatus nicht entschieden haben, Jesus ausgerechnet an einem Festtag wie dem 15. Nisan in unmittelbarer zeitlicher Nähe zur Sedernacht zu kreuzigen, wenn er es zu jedem anderen Zeitpunkt, wie zum Beispiel einige Tage später, auch hätte tun können. (Siehe auch Anmerkungen **Passionszeit** und **Pontius Pilatus**.)

Condotta. Vertrag zwischen der Republik Venedig und der jüdischen Gemeinde, der die Bedingungen festschreibt, zu denen die Juden in Venedig bleiben durften: Laufzeit des Vertrages und Dauer des Aufenthaltes der jüdischen Gemeinde, Höhe der Steuern, unabhängige und freie Wahl des jüdischen Gemeindeoberhauptes, Bekleidungsvorschriften (gelber Kreis sichtbar auf der Kleidung, gelber Judenhut für Männer, gelber Schal für Frauen), Verhalten an christlichen Feiertagen (z. B. das Verbot, an den Osterfeiertagen das Haus zu verlassen), Zahl der Geldverleiher, Bedingungen der Kreditvergabe an Privatpersonen (Laufzeit und staatlich festgelegte Zinsen von 10 bis 12 Prozent) sowie die Republik Venedig, Öffnungszeiten und Lage der Kontore (vor 1516 am Rialto und ab 1516 im Ghetto) und vieles mehr.

Festnahme Jesu durch die römische Kohorte (grch. speira) unter dem Kommando eines Oberst (grch. chiliarchos) (Joh 18,3). Eine römische Kohorte umfasste rund 600 bis 800 Soldaten, ein Zehntel einer Legion.

Alle Evangelien überliefern, dass Jeschua nachts im Garten Getsemani gefangen genommen wurde. Die vier Evangelisten sind sich einig, dass die Initiative zur Festnahme von den jüdischen Behörden ausging, doch sie widersprechen sich in der Frage, wer an der Festnahme beteiligt war: die ›Ho-

henpriester und Ältesten des Volkes‹ (Mt 26,47), die ›Hohenpriester, Schriftgelehrten und Ältesten‹ (Mk 14,43), eine ›Volksmenge‹, die ›Hohenpriester,
Hauptleute des Tempels und die Ältesten‹ und ein ›Sklave des Hohen Priesters‹ (Lk 22,47–52) und ›die Hohenpriester und Pharisäer‹ sowie eine römische Kohorte (Joh 18,3).

Matthäus, Markus und Lukas sind bestrebt, die Schuld an Jesu Tod den
Juden zuzuschreiben. Sie erwecken in ihren Szenen den Eindruck, als hätte
der Sanhedrin den Befehl zur Gefangennahme gegeben. Nur Johannes stellt
historisch richtig fest, dass die Römer Jeschua festnahmen und dass es keinen jüdischen Prozess vor dem Sanhedrin gab. Matthäus erwähnt die römische Kohorte nicht ausdrücklich, sondern schreibt von ›einer großen Menge
mit Schwertern und Stöcken‹. Aber den jüdischen Tempelwachen war es verboten, Schwerter zu tragen – hier ist also von Römern die Rede, nicht von
Juden.

›Seid ihr gekommen, um mich wie einen Rebellen gefangen zu nehmen?‹
(Mt 26,55, Mk 14,48). Diese auf den ersten Blick ironische Frage, die Matthäus und Markus Jesus in den Mund legen, verweist tatsächlich auf einen
der Anklagepunkte im römischen Prozess: Rebellion gegen die römische Besatzungsmacht. Aus dieser in bittere Ironie gekleideten Frage Jesu ergibt sich
logisch die Schlussfolgerung, dass Jesus als Rebell von den Römern festgenommen wurde, nicht von der jüdischen Tempelwache des Hohen Priesters
Joseph ben Kajafa, der gleichzeitig Vorsitzender des Hohen Rates war.

Jesus war von Anfang an ein Gefangener der Römer. Sein Prozess beruhte
auf politischen Anklagen (Anmaßung der Königswürde, Aufruf zur Steuerverweigerung, bewaffnete Rebellion). Und er wurde zwischen zwei Wider-
standskämpfern, möglicherweise Gefolgsleuten, die während des Aufstandes
in Jerusalem gefangen genommen wurden, gekreuzigt.

Die angebliche *Flucht der Jünger* während der Festnahme im Garten
(Mt 26,56) ist eine Prophezeiung, die sich erfüllen musste (Sacharja 13,7
und Psalm 88,19). Aus derselben Prophezeiung wurde auch die Verleugnung
des Schimon Petrus dramatisch konstruiert. Die Flucht des nackten Jüngers
(Mk 14,51–52) stammt aus Amos 2,16.

Geburt in Betlehem. Jesu Geburt in der Stadt Davids ist eine fromme Legende. Die im Evangelium nach Lukas erwähnte Volkszählung, die angeblich der Grund der Reise nach Betlehem war, fand erst im Jahr 6 unserer Zeitrechnung statt (Flavius Josephus, Jüdische Altertümer 18,1–2). Zudem war Joseph von dem Census, der in Judäa und nicht in Galiläa stattfand, gar nicht betroffen, es sei denn, er hätte Grundbesitz in Betlehem gehabt. Dagegen aber spricht die Geburt in einem Stall und das Kind in der Krippe. Joseph war nicht wohlhabend (Lk 2,22–24 vgl. Levitikus 12,6–8).

»Dies alles ist geschehen, damit sich erfüllte, was der Herr durch den Propheten gesagt hat.« (Mt 1,22) Vergleiche: Numeri (4. Buch Mose) 24,17 (Stern von Betlehem), Micha 5,1 (Betlehem als Geburtsort), Daniel 7,13–14 (Unterwerfung der Weisen oder Könige), Jeremia 31,15 (Kindermord von Betlehem), Hosea 11,1 (Rückkehr aus Ägypten), Jesaja 11,1 (Naziräer/Nazoräer/Nazarener/Nazaret sowie Jesus als Messias und Davidssohn).

Joh 7,41–42 bezweifelt die Geburt in Betlehem – und damit folglich auch den Stern von Betlehem, den Besuch der Weisen und den Kindermord.

Der Kindermord von Betlehem sowie die Flucht nach Ägypten und die Rückkehr nach Nazaret stellen ein Analogon zur Geschichte des Moses dar, mit dem Jesus verglichen werden soll (vgl. Mt 2,16 mit Exodus 1,22; Mt 2,20–21 mit Exodus 4,19–20). Der Kindermord ist vermutlich eine Anspielung auf Herodes' Ermordung der Kinder, die ihm seine Gemahlin Mariamne geboren hatte – Herodes tötete also seine eigenen Kinder.

Die Prophezeiung ›… und er kam und wohnte in einer Stadt, genannt Nazaret, damit erfüllt werde, was durch die Propheten geredet ist: Er wird Nazoräer genannt werden‹ aus Mt 2,23 findet sich *nicht* in den Prophetenbüchern des Alten Testaments.

Geburt an Weihnachten. Der Evangelienüberlieferung gemäß wurde Jesus während der Regierungszeit des Herodes geboren (König von Judäa 37 – 4 vor unserer Zeitrechnung), also noch vor dem Jahr 4 vor unserer Zeitrechnung.

Am 25. Dezember wurde der Geburtstag des Gottes Mithras gefeiert – der Geburtstag Jesu wurde von den Christen lange Zeit nicht begangen. Das Weihnachtsfest ist im 2. Jahrhundert in Ägypten aufgekommen und wurde dort am 6. Januar gefeiert, dem Geburtstag des Gottes Osiris. Erst im 4. Jahrhundert hat die katholische Kirche den Geburtstag Christi auf den 25. Dezember verlegt. Die Adventszeit wurde sogar erst seit dem 6. Jahrhundert begangen. Clemens von Alexandria berichtet, dass um 200 nach unserer Zeitrechnung die einen den 19. April, die anderen den 20. Mai, er selbst jedoch den 17. November für Jesu Geburtstag hielten. Dass der 25. Dezember der Tag der Geburt war, muss schon wegen Lk 2,8 bezweifelt werden, wo berichtet wird, dass Hirten in der Nähe ihre Herden hüteten – was gemäß dem Talmud nur zwischen März und November der Fall war.

Lukas hat verschiedene historische Ereignisse für die Datierung von Jesu Geburt und den Beginn seiner öffentlichen Tätigkeit angeführt, die sich gegenseitig ausschließen. König Herodes starb im Jahr 4 vor unserer Zeitrechnung, der römische Census in Judäa fand erst zehn Jahre später, im Jahr 6 unserer Zeitrechnung, statt (vgl. Lk 1,5 und 2,1–2). Jesus begann seine Lehrreden im 15. Jahr des Kaisers Tiberius, als Pontius Pilatus Prokurator von Judäa und Herodes Antipas Tetrarch von Galiläa war. Außerdem erwähnt er die beiden Hohen Priester Kajafa und Hannas (vgl. Lk 3,1–2). Das 15. Regierungsjahr des Tiberius (römischer Kaiser von 14 bis 37) ist das Jahr August 28 bis August 29. Pilatus war von 26 bis 36 Prokurator in Judäa, Herodes Antipas war von 4 vor unserer Zeitrechnung bis 39 nach unserer Zeitrechnung Tetrach in Galiläa. Das resultierende Jahr 28/29 deckt sich jedoch nicht mit den Amtszeiten der genannten Hohen Priester Hannas ben Sethi und Joseph ben Kajafa. Hannas wurde im Jahr 15 vom römischen Prokurator Valerius Gratus abgesetzt, die Amtszeit von Kajafa begann im Jahr 18 und endete im Jahr 37.

Gefolgsleute Jesu (Talmidim). Aus den in den vier Evangelien aufgeführten Jüngerlisten sowie aus der Epistula Apostolorum (verfasst um 170), Paulus' Brief an die Galater (Gal 2,9) und dem Thomas-Evangelium (Th. Logien 12, 13, 21 und 61) ergibt sich, dass es weit mehr als zwölf Gefolgsleute Jesu gegeben haben muss. Deshalb darf angenommen werden, dass manche Gefolgsleute, vor allem die handelnden Personen wie Simon Petrus (in der Rolle des Guten) und Judas Iskariot (in der Rolle des Bösen), aus verschiedenen (theologischen und dramaturgischen) Gründen mehrere Namen hatten und in verschiedene Persönlichkeiten aufgeteilt wurden (wie in der Epistula

Apostolorum, wo Petrus und Kephas sowie Judas und Thomas nebeneinander stehen, als wären sie unterschiedliche Personen).

Die Berufungsgeschichten am See Gennesaret sind wahrscheinlich nicht historisch, da sie der Berufung des Elischa durch den Propheten Elija (1. Buch der Könige 19,19–21) sehr ähnlich sind und ihr fast wörtlich folgen: Der Berufene wird zunächst bei der täglichen Arbeit gezeigt (AT: Pflügen mit einem Ochsengespann, NT: Fischfang). Dann verlässt er seiner Berufung gehorchend sofort die Arbeit und die Familie, um sich ganz der neuen Aufgabe zu widmen und dem neuen Herrn zu folgen (AT: Elija, NT: Jesus).

- **Jakob ben Savdai** (Jakob, Sohn des Zebedäus), genannt ›Sohn des Zorns‹. Bruder des Johanan ben Savdai. Zelot und Fischer aus Betsaida oder Kafarnaum, Gefährte des Schimon. (Mt 4,21–22, Mt 10,2, Mt 17,1, Mt 20,20–28, Mt 26,37, Mk 1,19–29, Mk 3,17, Mk 5,37, Mk 9,2–38, Mk 10,35–41, Mk 13,3, Mk 14,33, Lk 5,10, Lk 6,14, Lk 8,51, Lk 9,28–54, Joh 21,2, Apg 1,13 Apg 12,2, Epistula Apostolorum). Wenn Schlomit die Schwester von Jesu Mutter Mirjam (Joh 19,25) und die Gemahlin Savdais war (Mt 27,56), dann ist Jakob ben Savdai Jesu Cousin.

- **Johanan ben Savdai** (Johannes, Sohn des Zebedäus), genannt ›Sohn des Zorns‹. Bruder des Jakob ben Savdai, Zelot und Fischer aus Betsaida oder Kafarnaum, Gefährte des Schimon. Der ›Lieblingsjünger‹ (als angeblicher Verfasser des Johannes-Evangeliums) ist *nicht* identisch mit Johanan ben Savdai. (Mt 4,21–22, Mt 10,2, Mt 17,1, Mt 20,20–28, Mt 26,37, Mk 1,19–29, Mk 3,17, Mk 5,37, Mk 9,2–38, Mk 10,35–41, Mk 13,3, Mk 14,33, Lk 5,10, Lk 6,14, Lk 8,51, Lk 9,28–54, Lk 22,8, Joh 1,35, Joh 13,23–24, Joh 18,15–16, Joh 19,26–27, Joh 20,3–10, Joh 21,2, Joh 21,7–25, Apg 1,13, Gal 2,9, Epistula Apostolorum). Wenn Schlomit die Schwester von Jesu Mutter Mirjam (Joh 19,25) und die Gemahlin Savdais war (Mt 27,56), dann ist Johanan ben Savdai Jesu Cousin.

- **Schimon** (Simon) = **Kefa** (›der Fels‹) = **Kephas** = **Petrus** = **Simon Petrus** (Mt 4,18, Mt 8,14, Mt 10,2, Mt 14,28–29, Mt 15,15, Mt 16,16–23, Mt 17,1–24, Mt 18,21, Mt 19,27, Mt 26,33–75, Mk 1,16–29, Mk 3,16, Mk 5,37, Mk 8,29–33, Mk 9,2–5, Mk 10,28, Mk 22,21, Mk 13,3, Mk 14,29–72, Mk 16,7, Lk 5,8, Lk 6,14, Lk 8,45–51, Lk 9,20–33, Lk 12,41, Lk 18,28, Lk 22,8–61, Lk 24,12, Joh 1,40–44, Joh 6,8, Joh 6,68, Joh 13,6–37, Joh 18,10–15, Joh 18,25–27, Joh 20,2–6,

Joh 21,2–21, Apg 1,13–15, Gal 2,9, 1. Kor 9,5, Th 13, Epistula Apos-tolorum) = **Schimon Barjona** (nicht ›Schimon, Sohn von Jona‹, sondern aram. ›der Rebell‹ oder ›der Geächtete‹ – Barjonim ist eine aramäische Bezeichnung für die Zeloten) (Mt 16,17, Joh 1,42, Joh 21,15) = **Schimon der Zelot** (grch. zelos = Eifer) = **Schimon ›der Eiferer‹** (Lk 6,15, Apg 1,13) = **Schimon Kananäus** oder **Kananaios** (= Eiferer = Zelot, vgl. Mt 10,4, Mk 3,18) = **Schimon Iskariot** (lat. sica = Dolch, sicarius = Dolchträger, Zelot, vgl. Joh 6,71, Joh 13,2–26). Zelot und Fischer aus Bet-saida oder Kafarnaum, Gefährte der Brüder Jakob und Johanan ben Savdai. Ob Schimon Kefa mit **Schimon, dem Bruder Jesu** (Mt 13,55, Mk 6,3), identisch ist, bleibt in den Evangelien unklar. Dagegen spricht nur, dass Schimon Kefa einen Bruder namens Andreas gehabt haben soll. Dass der Vater des bewaffneten Patrioten Schimon Kefa seinem anderen Sohn den griechischen Namen Andreas gab, ist unwahrscheinlich. Andreas scheint Griechisch gesprochen zu haben (In Joh 12,20–36 übersetzt er Jesu Worte). Andreas starb ca. im Jahr 60/70 in Patras, Griechenland. Sein Bruder Schi-mon jedoch wird als ›ungelehrt und ungebildet‹ beschrieben (Apg 4,13) – was nicht nur im Sinne eines rabbinischen Studiums der Tora interpretiert werden muss. Im 1. Brief an die Korinther nennt Paulus den Namen Kephas im Zusammenhang mit den Aposteln und den Brüdern Jesu (1. Kor 9,5), identifiziert ihn aber nicht ausdrücklich mit einer der beiden Gruppen. Schimon Kefa hatte jedoch neben Jakob als Führer der nazoräischen Ge-meinde eine wichtige Funktion (daher die Nennung seines Namens), und er war ein Apostel, auch wenn Paulus ihn nicht als solchen bezeichnet. Der Schluss liegt nahe, dass Schimon Kefa ein Bruder Jesu war.

- **Andreas**, Bruder des Schimon Kefa. Fischer aus Betsaida oder Kafar-naum. (Mt 4,18, Mt 10,2, Mk 1,16–29, Mk 3,18, Mk 13,3, Lk 6,14, Joh 1,40–44, Joh 6,8, Joh 12,22, Apg 1,13, Epistula Apostolorum). Es fällt auf, dass Andreas in vier von zehn Szenen durch Anfügung des Ver-wandtschaftsgrades nach seinem Namen als Schimons Bruder *bezeichnet* wird, er jedoch niemals als sein Bruder *handelt*: Schimon und Andreas arbeiten nur im Fischerboot auf dem See nebeneinander (die Berufungs-szene im Boot ist eine Nachbildung der Berufung Elischas durch den Pro-pheten Elija im 1. Buch der Könige 19,19–21, Johannes überliefert eine ganz andere Geschichte von Andreas und Schimon, die ebenso erfunden ist). Derartige Interpolationen wie ›Simons Bruder‹ können, ohne die Szene in ihrer dramatischen Grundstruktur zu verändern, leicht durchgeführt werden. Die Erwähnung (Mk 1,29), dass Schimon (mit Schwiegermutter, Gemahlin und Kindern) und sein Bruder Andreas (ebenfalls mit Familie) ein Haus in Kafarnaum bewohnt haben sollen, ist zweifelhaft – zumal der Evangelist Johannes berichtet, dass beide aus Betsaida stammen (Joh 1,44). In der Szene auf dem Ölberg (Mk 13,3) sind die Namen Schimon und Andreas durch Interpolation der Namen Johanan und Jakob getrennt. In der Jüngerliste (Mk 3,18) stehen die Namen Andreas und Philippos nebeneinander (Andreas steht nicht neben Schimon, obwohl die Brüder Johanan und Jakob immer gemeinsam genannt werden). Zwei Mal handeln Philippos und Andreas gemeinsam (Joh 6,7–8, Joh 12,22), und zwei Mal werden ihre Namen in Jüngerlisten nacheinander erwähnt (Mk 3,18, Apg 1,13). Das lässt den Schluss zu, dass Philippos und Andreas Brüder sind – beide tragen griechische Namen, beide scheinen Griechisch zu sprechen, beide stammen aus Betsaida, der Hauptstadt des Tetrarchen Philippos.

- **Jakob der Gerechte, Bruder und Nachfolger Jesu** (Jakobus, der Herrenbruder) (Mt 12,46, Mt 13,55, Mk 6,3, Apg 1,14, Th 12, Gal 1,19, Gal 2,9) Im Thomas-Evangelium, Logion 12, wird Jakob zu Jesu Nachfolger erklärt: ›Die Schüler sprachen zu Jesus: Wir wissen, dass du uns verlassen wirst. Wer wird uns dann führen? Jesus sagte ihnen: Wo immer ihr dann sein werdet, geht zu Jakob dem Zaddik (dem Gerechten) – ihn geht alles an, was Himmel und Erde betrifft.‹ Eusebius von Caesarea beschreibt Jakob als ›Bruder Christi‹, als ›ersten Bischof in Jerusalem, der vom Erlöser ernannt worden war‹, und der einen besonderen ›Stuhl‹ oder ›Thron‹ hatte (Eusebius, Kirchengeschichte 7,19). Der Kirchenlehrer Hieronymus (347–420) verfasste 383 die Schrift ›Adversus Helvidium de Mariae virginitate perpetua‹. Darin erklärte er Jesu Brüder zu seinen Cousins, um Marias Jungfräulichkeit, aber auch Josephs Unberührtheit sicherzustellen.

- **Joseph der Gerechte (Joseph Barsabbas Justus)** (Mt 12,46, Mt 13,55, Mt 27,56, Mk 6,3, Mk 15,40, Mk 15,47, Apg 1,14, Apg 1,21–23) Aus Apg 1,21–23 geht eindeutig hervor, dass Joseph von Anfang an ein Jünger Jesu war, obwohl er in den Jüngerlisten nicht genannt wird (Joseph Barsabbas ist *nicht* identisch mit Joseph Barnabas aus Zypern in Apg 4,36). Ein Bruder Jesu heißt Joseph oder Joses. Der Name Bar(s)abbas ist die griechische Verfälschung des aramäischen Bar-Rabban, Sohn des Rabbi (vergleiche die Szene im römischen Prozess: Jesus = Jeschua Bar-Rabban). Justus ist die lateinische Version von ha-Zaddik – der Gerechte. Die Vermutung, dass Joseph Bar-Rabban der Zaddik Jesu Bruder Joseph ist, liegt sehr nahe.

- **Jehuda, Bruder des Jakob** (Lk 6,16, Joh 14,22, Apg 1,13) = **Jehuda, Bruder Jesu** und Jakobs (Mt 12,46, Mt 13,55, Mk 6,3, Apg 1,14, vergleiche auch die gleichlautenden Aufforderungen zur Offenbarung in Joh 7,4 und 14,22, vergleiche Eusebius, Kirchengeschichte 3,20,1) = **Judas Zelotes** (Epistula Apostolorum) (vergleiche hierzu Jehuda Sicarius) = **Judas Barsabbas**, ein ›führender Mann‹ in der nazoräischen Gemeinde und ein Prophet (Apg 15,22–32) (Jehuda Bar-Rabban – vergleiche die Szene im römischen Prozess: Jeschua = Jeschua Bar-Rabban) = der **Apostel Judas**, den die griechisch-orthodoxe und die russisch-orthodoxe Kirche mit dem Bruder Jesu identifiziert = **Teoma** (aram. Teoma = Zwilling) = **Thomas** (›der ungläubige Thomas‹) (Epistula Apostolorum) = **Thomas, genannt Didymos** (grch. thomas = Zwilling, grch. didymos = Zwilling) = **Thomas ›der Zwilling‹**. (Mt 10,3, Mk 3,18, Lk 6,15, Joh 11,16, Joh 14,5, Joh 20,24–28, Joh 21,2, Apg 1,13, Th 13) = **Apostel Thomas, genannt Didymos** (syr. **Mar Thoma**) in der syrisch-orthodoxen Kirche. Eine syrische Tradition identifiziert Judas mit dem Apostel Thomas, der auch Judas Thomas genannt wird und der Zwillingsbruder Jesu sein soll. Thomas Didymos ist nicht der Name einer Person, sondern nur ein Beiname, da sowohl Thomas als auch Didymos ›Zwilling‹ bedeutet. Die apokryphen Thomas-Akten (verfasst im frühen 3. Jahrhundert in Syrien) bezeichnen Judas Thomas, der als Apostel nach Indien ging und dort die ersten Christengemeinden gründete, als Bruder Jesu: ›Zwillingsbruder des Christus, Apostel des Höchsten und miteingeweiht in das verborgene Wort des Christus‹ (Thomas-Akten 39). Ein ähnliches Vertrauensverhältnis zwischen Judas Thomas und Jesus beschreibt das Thomas-Evangelium im Logion 13. **Judas Thomas der Zwilling** ist nach eigenen Angaben der Verfasser des gnostischen Thomas-Evangeliums: ›Dies sind die geheimen Worte, die der lebendige Jesus sprach und die der Zwilling Judas Thomas niederschrieb‹ (Evangelium nach Thomas, Prolog). Der Evangelist war jedoch nicht Jesu Bruder, sondern ein Gnostiker, der unter dem Pseudonym des Judas Thomas die Logien aufschrieb. Auch der Verfasser des Judas-Briefes schrieb unter dem Pseudonym von

Jesu Bruder: ›Judas, Bruder des Jakobus‹ (Brief des Judas 1,1). Und auch der Kirchenhistoriker Eusebius erwähnt Judas Thomas (Eusebius, Kirchengeschichte 1,13,10). **Jehuda Sicarius** = **Jehuda Iskariot** (der angebliche Verräter) = Judas Zelotes (Epistula Apostolorum) = Bruder von Schimon Iskariot (= Schimon Kefa) (Joh 6,71) = Jehuda, Bruder Jesu. Falls die These stimmt, dass Schimon Kefa mit Jesu Bruder Schimon identisch ist, dann ist es auch möglich, dass Jehuda Sicarius identisch ist mit Jesu Bruder Jehuda. Jehuda war *kein* Verräter, und er hat *keinen* Selbstmord begangen – der angebliche Freitod, von dem nur Matthäus berichtet, ist eine dramatische Konstruktion nach zwei Prophezeiungen aus 2. Buch Samuel 17,23 und Sacharja 11,12–13. Es gibt keine Berufungsgeschichte des Jüngers. Daher kann angenommen und nicht widerlegt werden, dass Jehuda Sicarius Jesu Bruder war. (Mt 10,4, Mt 26,1–47, Mt 27,3, Mk 3,19, Mk 14,10–43, Lk 22,3–47, Joh 12,4, Joh 13,2–9, Joh 18,2–5, Apg 1,16–25). **Theudas** (Thaddaeus) (Mt 10,3, Mk 3,18) wird nur bei Matthäus und Markus als Jünger aufgeführt – Lukas und Johannes kennen ihn nicht. An Theudas' Stelle wird bei beiden Jehuda, der Bruder Jakobs genannt (Lk 6,16, Joh 14,22, Apg 1,13), den wiederum Matthäus und Markus nicht kennen. Judas Theudas (grch. der Tapfere) ist identisch mit Jehuda, dem Bruder Jesu, mit Jehuda Zelotes und Jehuda Sicarius.

- **Bar Talmai** (Bartholomaeus) (Mt 10,3, Mk 3,18, Lk 6,14, Apg 1,13, Epistula Apostolorum)
- **Philippos** (Philippus) (Mt 10,3, Mk 3,18, Lk 6,14, Joh 1,43–48, Joh 6,5–7, Joh 12,21–22, Joh 14,8–9, Apg 1,13, Epistula Apostolorum) ist wahrscheinlich der Bruder von Andreas.
- **Jakob ben Chalfai** (Jakob, Sohn des Alphäus), Bruder des Mattitjahu ben Chalfai (Mt 10,3, Mk 3,18, Lk 6,15, Apg 1,13). Jakob ben Chalfai scheint nicht identisch zu sein mit Jakob, dem Bruder Jesu (Mt 12,46, Mt 13,55, Mk 6,3, Apg 1,14, Gal 1,19, Gal 2,9). Wenn Jakobs Vater Chalfai der Bruder von Joseph war (Eusebius, Kirchengeschichte 3,11,1–2), dann ist Jakob ben Chalfai Jesu Cousin.
- **Mattitjahu ben Chalfai** (Matthäus) = **Matthäus** (der angebliche Evangelist) (Mt 9,9–13, Mt 10,3, Mk 3,18, Lk 6,15, Apg 1,13, Th 13, Epistula Apostolorum) = **Matthäus der Zöllner** = **Levi ben Chalfai**, der Zöllner (Mk 2,13–17, Lk 5,27–29). Levi = der Levit. Eine der frühesten Hand-

schriften des Markus-Evangeliums führt statt Theudas (Thaddaeus) einen Lebbäus auf, der mit Levi identisch sein dürfte. Wenn Mattitjahus Vater Chalfai der Bruder von Joseph war (Eusebius, Kirchengeschichte 3,11, 1–2), dann ist Mattitjahu ben Chalfai Jesu Cousin.

- **Simeon ben Chalfai** ist der Nachfolger des im Jahr 62 ermordeten Jakob (Jesu Bruder) als Führer der nazoräischen Gemeinde von Jerusalem. Simeon ist der Sohn von Josephs Bruder Chalfai (Eusebius, Kirchengeschichte 3,11,1–2) und damit Jesu Cousin. Er wird in den vier Evangelien nicht namentlich erwähnt.

- **Nathanael** (Joh 1,45–49, Joh 21,2, Epistula Apostolorum)

- **Nakdimon ben Gorion** (Nikodemos), Mitglied des Sanhedrin (Joh 3,1, Joh 7,50, Joh 19,39, Flavius Josephus, Der Jüdische Krieg 2,451, Talmud Gittin 56a, Talmud Ketubbot 66b)

- **Joseph von Arimatäa**, Mitglied des Sanhedrin (Mt 27,57, Mk 15,43, Lk 23,51, Joh 19,38)

- **Rabban Gamaliel I. ben Schimon** (Apg 5,34–39) Der Enkel des berühmten Gelehrten Rabbi Hillel ist eine historische Persönlichkeit. Rabban Gamaliel hatte eine führende Position im Sanhedrin inne. Er war jedoch nicht, wie von Paulus behauptet, der Lehrer des Heidenapostels.

- **Mirjam** von Magdala = Maria Magdalena (Mt 27,56, Mt 27,61, Mt 28,1, Mk 15,40, Mk 15,47, Mk 16,1, Mk 16,9, Lk 8,2, Lk 24,10, Joh 19,25, Joh 20,1–18, Th 21) = Mirjam von Bethanien (Schwester des auferweckten Eleasar) (Lk 10,38–42, Joh 11,1–45, Joh 12,3) Mirjam von Magdala ist möglicherweise identisch mit der namenlosen Frau aus Lk 7,36–50, die Jesus salbte (vgl. Joh 12,1–8, wo die Frau Mirjam von Bethanien genannt wird), doch sie war keine Sünderin oder Prostituierte. Die Identifizierung der Sünderin mit Maria Magdalena erfolgte erst durch Papst Gregor I. den Großen.

- **Eleasar** (Lazarus), Bruder von Mirjam (Mirjam von Magdala = Mirjam von Bethanien) und ihrer Schwester Marta (Joh 11,1–43, Joh 12,1–11), Jesu Schwager = der **Lieblingsjünger** (Joh 13,23, Joh 19,26, Joh 20,2, Joh 21,7, Joh 21,7, Joh 21,20, Joh 21,24) Eleasar ist der Einzige, von dem gesagt wird, dass Jesus ihn liebte (Joh 11,3, Joh 11,5, Joh 11,11, Joh 11,36) und für ihn Gefühle zeigte (Joh 11,35) = der (angebliche) **Evangelist Johannes**. Das Evangelium nach Johannes (das eigentlich Evangelium nach Lazarus heißen müsste) wurde nach einem langen Entstehungsprozess in den Jahren zwischen 150 und 200 in der uns vorliegenden, endgültigen Form niedergeschrieben.

- **Marta**, Schwester von Mirjam (Mirjam von Magdala = Mirjam von Bethanien), Schwester von Eleasar (Lk 10,38–42, Joh 11,1–43, Joh 12,2), Jesu Schwägerin.
- **Mirjam** (Maria), Gemahlin des Chalfai (Klopas), die angeblich die Schwester von Jesu Mutter Mirjam war (Joh 19,25), was aufgrund der Namensgleichheit unwahrscheinlich ist. Mirjam ist Jesu Tante.
- **Chalfai** (Klopas) ist Josephs Bruder und damit Jesu Onkel (Eusebius, Kirchengeschichte 3,11,1–2).
- **Johanah** (Johanna), Gemahlin des Kuza, eines hohen Beamten des Tetrarchen Herodes Antipas (Lk 8,3, Lk 24,10), tritt im Lukas-Evangelium ganz selbstverständlich ohne ihren Gemahl auf. Möglicherweise war sie eine der Schwestern Jesu (Mt 13,55–56, Mk 6,3).
- **Schoschanah** (Susanna) (Lk 8,3) tritt im Lukas-Evangelium ganz selbstverständlich ohne männliche Begleitung allein auf. Möglicherweise war sie eine der Ehefrauen der Jünger oder eine der Schwestern Jesu (Mt 13,55–56, Mk 6,3).
- **Schlomit** (Salome) (Mk 15,40, Mk 16,1, Th 61) tritt im Markus- und im Lukas-Evangelium ganz selbstverständlich ohne männliche Begleitung allein auf. Schlomit könnte die Schwester Mirjams, der Mutter Jesu, gewesen sein (Joh 19,25), die als Gemahlin des Savdai (Vater von Jakob und Johanan) identifiziert wurde (Mt 27,56).

Das Fazit dieser Überlegungen ist, dass die so genannten Jünger keine Schüler eines Rabbi oder Anhänger eines apokalyptischen Wanderpredigers waren, keine Gruppe galiläischer Fischer und Handwerker, die sich den Zeloten angeschlossen hatten, keine symbolische Institution der Zwölf als Repräsentanten der zwölf Stämme Israels (es waren nie zwölf Jünger), sondern dass die meisten Gefolgsleute mit Jesus eng verwandt waren. Trotz des Ausschlusses von vielen Namen ist der Stammbaum der Familie Jesu klar strukturiert. Es wird deutlich, dass ein Familienclan aus der Dynastie Ben David nach der Macht griff.

Die Evangelisten haben die historische Wahrheit absichtlich verfälscht, um ihr Mysteriendrama erzählen zu können: den Mythos von Jesus Christus, dem Messias, dem Davidssohn, dem Menschensohn, dem Gottessohn, dem inkarnierten Logos, dem von den Toten Auferstandenen, dem Erlöser der Welt.

Die Familie Jesu

Die mit einem * gekennzeichneten Familienmitglieder wurden hingerichtet oder ermordet

Genisa: Aufbewahrungsort für unbrauchbar gewordene heilige jüdische Schriften oder jüdische Ritualobjekte, meist in einem der Räume einer Synagoge. Schriften, die den Gottesnamen enthielten, wurden dort zeremoniell ›begraben‹.

Grabtuch von Chambéry. Jesu Grabtuch ist heute als Turiner Grabtuch bekannt.

Hakhel-Zeremonie. Deuteronomium (5. Buch Mose) 31,9–13, Mischna Sota VII, 8, Traktat Sota 41a ff. Verlesung des Königsgesetzes: Deuteronomium (5. Buch Mose) 17,14–20.

Es gibt verschiedene Traditionen, wann die Hakhel-Zeremonie stattfand. Der babylonische Talmud nennt den zweiten Tag des Sukkot-Festes. Alte Überlieferungen verlegen die Zeremonie jedoch in die Nacht nach dem achten Tag von Sukkot, die Nacht nach Schemini Atzeret oder auf den folgenden Tag, Simchat Tora, das Fest der Tora-Freude. Männer, Frauen und Kinder waren bei der Gesetzeslesung anwesend. Auch nach der Zerstörung des Tempels fand die Hakhel-Zeremonie bis zum 11. Jahrhundert unserer Zeitrechnung weiter statt.

Jehuda, der Verräter. Der Verrat des Jehuda ist nicht historisch. Die Berichte der Evangelisten über den Verrat (Mt Kapitel 26, Mk Kapitel 14, Lk Kapitel 22, Joh Kapitel 13) stimmen im Ablauf der Ereignisse ebenso wenig überein wie die Beschreibungen seines Todes (Mt 27,3–10, Apg 1,16–19). Paulus weiß nichts von einem Verrat.

Welches *Motiv* könnte Jehuda, dem Jesus vertraute, für seinen Verrat gehabt haben? Stolz und Ehrgeiz können es nicht gewesen sein, denn Jehuda wurde von Jesus vor allen anderen ausgezeichnet: Er verwaltete das Geld und lag während des Abendmahls auf einem Ehrenplatz. Geldgier kann es auch nicht gewesen sein, denn die vereinbarte Summe von ›30 Silberlingen‹ (diese Währung gab es zu Jesu Zeit nicht mehr) war zu gering, um dafür einen Menschen zu verraten. Schließlich hätte Jehuda mit dem Geld der

Gruppe jederzeit verschwinden können. Auch die Annahme, Jehuda wäre ungeduldig gewesen und habe das Gottesreich mit dem Schwert erzwingen wollen, ist unsinnig, wenn man annimmt, dass Jesus zu diesem Zeitpunkt bereits gesalbter König war. Dass die Evangelisten Lukas und Johannes bei diesem für das Christentum heilsnotwendigen Verrat (ohne Jehudas Verrat wäre Jesus nicht am Kreuz gestorben) ausgerechnet Satan in den Verräter fahren lassen, ist völlig absurd. Zudem widerspricht Paulus einem Verrat durch Jehuda, denn er schreibt, Jesus habe sich selbst hingegeben (Brief an die Galater 2,20, Brief an die Epheser 5,2, vergleiche: 1. Brief an die Korinther 11,23 und Joh 10,18) oder, in einer anderen Version, Gott habe seinen Sohn hingegeben (Brief an die Römer 8,32). Mit anderen Worten: Es gibt kein überzeugendes Motiv für Jehudas Treuebruch. Jehuda tritt zudem weder im jüdischen Prozess vor dem Hohen Priester Joseph ben Kajafa oder dem Sanhedrin noch im römischen Prozess vor Pontius Pilatus als Zeuge gegen Jesus auf.

Unglaubwürdig ist auch die Reaktion der Jünger während des Abendmahls, als Jesus ihnen den Verräter bezeichnet. Sie essen weiter, als ob nichts geschehen wäre: keine Überraschung, kein Entsetzen, keine Verdächtigungen, keine Rechtfertigungen, keine Leugnung des Verrats, kein Streit, kein Tumult, kein Versuch, Jehuda aufzuhalten, um Jesu Leben zu schützen – und ihr eigenes, denn auch ihr Leben stand bei diesem Verrat auf dem Spiel. Damit hätten dann nicht nur Jehuda und Schimon (Mt 26,69–75, Mk 14,66–72, Lk 22,54–62, Joh 18,25–27) Jesus in jener Nacht verraten, sondern auch der Lieblingsjünger Eleasar (Joh 13,21–28), dem Jesus den Namen des Verräters anvertraute.

Jehudas Verrat ist eine dramatische Konstruktion aus alttestamentlichen Prophezeiungen:

- Der *Verrat* ist eine Anlehnung an den Verrat Davids durch seinen Ratgeber Ahitofel, als dieser sich der Verschwörung von Davids Sohn Absalom anschloss (2. Buch Samuel 17,1–23).
- Jehudas Treuebruch auf dem *Ölberg* bezieht sich auf Davids Flucht vor der Rebellion seines Sohnes Absalom über das Kidron-Tal zum Ölberg, wo er betet – wie Jesus vor seiner Festnahme (2. Buch Samuel 17,13–30).
- Der *Kuss* ist eine dramatische Wiederholung des Kusses, den König Davids Feldherr Joab dem Amasa gibt, bevor er ihn tötet (2. Buch Samuel

20,9–10). Der Evangelist Johannes berichtet übrigens nichts von einem Judaskuss.

- Jehudas *Lohn*, die 30 Silberlinge, sind der Kaufpreis für einen Sklaven (Exodus 21,32 und Sacharja 11,12–13).
- Das *Werfen der 30 Silberlinge in den Tempelschatz* ist eine Anspielung auf Sacharja 11,13.
- Der *Selbstmord* durch Erhängen stammt aus der Geschichte von Ahitofels Verrat gegen König David (2. Buch Samuel 17,23). Sein *Tod* in der widersprechenden Version der Apostelgeschichte (Apostelgeschichte 1,18) ist dagegen eine Anspielung auf das Ende des Amasa, den Joab nach seinem Kuss tötete (2. Buch Samuel 20,10).
- Jehuda musste von Jesus ›*Freund*‹ genannt werden (Mt 26,50 – die Anrede kommt in den Evangelien sonst nicht vor), weil es in Psalm 41,10 heißt: ›Selbst mein Freund, auf den ich vertraute, der mein Brot aß, hat mich verraten.‹ Und auch in Psalm 55,13–14 wird der Verräter ›Freund‹ genannt.

Paulus widerlegt in seinem 1. Korintherbrief den Selbstmord/Tod des Jehuda, wenn er schreibt, dass Jesus nach seiner Auferstehung Schimon Kefa erschienen ist und anschließend den Zwölf – also auch Jehuda (1. Brief an die Korinther 15,5). Die Frage, warum wir in der Apostelgeschichte nichts mehr von Jehuda hören (siehe auch Anmerkung **Gefolgsleute Jesu** zu Jehuda, Bruder des Jakob, und Jehuda Sicarius) beantworten die apokryphen Thomas-Akten: Sie bezeichnen Judas Thomas, den Bruder Jesu, als den Apostel, der in Indien die ersten Christengemeinden gründete. Der Judas-Brief im Neuen Testament ist nicht von ihm verfasst worden.

Im Gegensatz zu Schimon Kefas Verrat an Jesus (mit seiner anschließenden Flucht) war Jehudas Verrat ein unverzichtbarer Bestandteil in der Dramaturgie der Heilsgeschichte. Jehuda wird in den Erzählungen der Evangelisten zum Todesengel der Pessach-Nacht und zum Sohn der Finsternis, der Jesus, den Sohn des Lichts, heller aufstrahlen lässt. Am Ende dieser literarischen Entwicklung ringt Jehuda, der Sohn des Satans, mit Jesus, dem Sohn Gottes.

Durch die pro-römisch/anti-jüdisch agierenden Evangelisten wird Jehuda mit spitzer Feder nicht als ein Jude gezeichnet, sondern als *der Jude* – als einer der von Gott verworfenen Juden, die Jesus kreuzigten (Mk 14,1, Joh 11,53, Apg 2,36 und 3,15 und 5,30, Paulus 1. Brief an die Thessaloniker 2,15). Für das Christentum wurde Jehuda im Lauf der Jahrhunderte zum Symbol für das Judentum und in letzter Konsequenz zur Rechtfertigung der jahrhundertelangen Judenverfolgung – von der Verfälschung der historischen Wahrheit durch die Evangelisten über die Zeit der Kreuzzüge, der Inquisition und der Judenpogrome bis zur Shoah.

Die *dreimalige Verleugnung Jesu durch Petrus* ist eine literarische Konstruktion zur dramatischen Darstellung jener Nacht, in der alle Jünger geflohen sind. Verheißungen AT: Psalm 41,9–10, Psalm 55,13–15, Erfüllungen NT: Mt 26,69–75, Mk 14,66–72, Lk 22,56–62, Joh 18,15–27. Es ist möglich, dass auch die angebliche Flucht der Jünger auf einer alttestamentlichen Prophezeiung beruht (vgl. Sacharja 13,7) und dass die Gefolgsleute Jesu gar nicht flohen, sondern bei der Festnahme auf dem Ölberg bewaffneten Widerstand geleistet haben – die Evangelien berichten von einer blutigen Revolte in Jerusalem.

Kirchengründung. Die Gründung der Kirche durch Jesus ist nicht historisch. Die Stelle ›auf diesem Stein werde ich meine Kirche (oder: Gemeinschaft) errichten‹ findet sich nur im Evangelium des Matthäus 16,18, nicht aber bei den Evangelisten Markus und Lukas, die das Bekenntnis des Petrus zu Jesus als Messias hingegen kennen (Mk 8,29 und Lk 9,20). Jesus fühlte sich zu den ›Schafen Israels‹ (im Sinne von ganz Israel) gesandt und verbot seinen Schülern die Heidenmission (Mt 10,5–6). Der Missions- und Taufbefehl am Ende des Evangeliums des Matthäus (28,19–20) ist eine spätere christliche Anfügung. Jesu Naherwartung des kommenden Himmelreiches Gottes und sein unbedingtes Festhalten an den jüdischen Gesetzen (Mt 5,17) schließt die Gründung einer neuen Glaubensgemeinschaft aus.

Kreuzigung (Mt 27,32–56, Mk 15,21–41, Lk 23,26–49, Joh 19,16–30)

Die Kreuzigungsszenen der vier Evangelien sind nicht nur in Einzelheiten unvereinbar (Datierung, Ablauf der Ereignisse, letzte Worte, Tod). Die Szenen sind dramatische Kompositionen, die keine Rücksicht auf die historischen Ereignisse nehmen und deren Verse aus Psalm 22 stammen, den Jesus am Kreuz gebetet hat.

Der 22. Psalm. Psalm 22,2: ›Mein Gott, mein Gott, warum hast du mich verlassen?‹ (Mt 27,46, Mk 15,34). Psalm 22,7: ›… ein Spott der Leute und verachtet vom Volk‹ Psalm 22,8: ›Alle, die mich sehen, spotten über mich; sie verziehen die Lippen, schütteln den Kopf‹ (Mt 27,39). Psalm 22,9: ›Er hat es auf den Herrn gewälzt, der rette ihn, befreie ihn, denn er hat ja Gefallen an ihm!‹ (Mt 27,43). Psalm 22,16: ›Meine Kraft ist vertrocknet wie eine Scherbe, und meine Zunge klebt an meinem Gaumen …‹ (Joh 19,28). Psalm 22,17: ›… sie haben meine Hände und meine Füße durchbohrt‹ (Joh 20,25–27). Psalm 22,19: ›Sie teilen meine Kleider unter sich, und über mein Gewand werfen sie das Los‹ (Mt 27,35, Mk 15,24, Lk 23,34, Joh 19,24). Psalm 22: ›Meine Stärke, eile mir zu Hilfe!‹ (Dieser Vers wurde als ein Ruf nach dem Kommen des Propheten Elija missverstanden) (Mt 27,47, Mk 15,35). Psalm 22,30: ›Nur vor Ihm werden niederfallen alle, die in der Erde schlafen‹ (Die Toten werden auferstehen und Gott huldigen) (Mt 27,52). Psalm 22,32: ›… denn er hat es getan‹ oder ›Es ist vollbracht!‹ (Joh 19,30) sind die letzten Worte des 22. Psalms und nach Johannes die letzten Worte am Kreuz. Die letzten Worte bei Lukas: ›Vater, in deine Hände übergebe ich meinen Geist!‹ stammen aus Psalm 31,6.

Der Wein: Symbolisch war mit diesem letzten Trunk der fünfte Becher der Sedernacht gemeint, der gefüllte Becher Wein für den Propheten Elija. Um die Vermeidung dieses fünften Bechers soll Jesus den Evangelien gemäß auf dem Ölberg gebetet haben (Mt 26,39 und 26,42, Mk 14,36, Lk 22,42, Joh 18,11).

Der Ysop: Der Ysop-Stängel ist ein Abschreibefehler (Speer = grch. hyssos, Ysop = grch. hyssopos). Der Ysop ist eine kleine buschige Pflanze. Die schwachen Stängel eignen sich nicht, einen mit Flüssigkeit gefüllten Schwamm hochzuheben. Es ist denkbar, dass der Ysop bei der Verschiebung der Kreuzigung von Sukkot auf Pessach in die Evangelien hineingeraten ist. In der Sedernacht war es Tradition, zur Erinnerung an die Nacht des Auszugs aus Ägypten (Exodus 12,22) mit Ysop-Büscheln das Blut des geschlachteten Lammes an die Türpfosten zu streichen. In den Evangelien sollte Jesus dieses blutende Opferlamm für Gott sein.

Der Lanzenstich war kein Todesstoß. Das griechische Verb im Evangelientext bedeutet ›ritzen‹ oder ›anstechen‹, nicht ›stoßen‹ oder gar ›durchbohren‹.

Weder das *Erdbeben* und die *Sonnenfinsternis* noch das *Zerreißen des Tempelvorhangs* oder das Öffnen der Gräber und die *Auferstehung der Toten* sind historisch.

Messiasprophezeiungen. Im neunten Kapitel zählt Elija die Verheißungen auf, die der Messias erfüllen muss:

»Er muss ein Nachkomme und Thronerbe des Königs David sein (1), ein Sohn Gottes (2). Er muss von einer jungen Frau (3) – keiner Jungfrau! –, in Betlehem in Judäa geboren sein (4), er muss von einem messianischen Vorgänger wie Johanan dem Täufer angekündigt (5) und mit dem Geist Gottes gesalbt werden (6), er muss in Galiläa wirken (7), liebevoll und mitfühlend sein (8) und Kranke heilen (9) – und das soll er zudem im Verborgenen tun (10).« Daher Jeschuas Schweigegebote nach den Wunderheilungen – die angesichts der Menschenmengen, die sich um ihn drängten, völlig unsinnig erscheinen.

»Die Blinden sahen, die Tauben hörten, die Stummen jauchzten, die Lahmen tanzten fröhlich singend umher (11) und die Toten stiegen aus ihren Gräbern (12). Und den Armen, den Trauernden, den Verfolgten und den nach Gerechtigkeit Dürstenden (13) wurde in der Bergpredigt die Frohe Botschaft verkündet. Tausende wurden mit sieben Broten und ein paar Fischen gespeist« – ›sieben‹ und ›gesättigt werden‹ ist nichts anderes als ein hebräisches Wortspiel! (14).

»Der Maschiach muss auf einem Esel nach Jeruschalajim kommen (15) und mit Vollmacht im Tempel auftreten (16), dann von seinem eigenen Volk ungerechtfertigt gehasst (17) und verworfen werden, von einem guten Freund wie Schimon Kefa verleugnet (18), von einem Vertrauten wie Jehuda für dreißig Silberstücke (19) geküsst (20) und verraten (21) und von seinen eigenen Talmidim verlassen werden (22).«

Und sein Tod am Kreuz ist eine perfekte Inszenierung des dramatischen Finales (23). »Der Maschiach muss auf die Wange geschlagen (24), angespuckt (25), verhöhnt (26), geschlagen (27) und, an Händen und Füßen durchbohrt (28), gekreuzigt werden. Er muss während seiner Hinrichtung Durst leiden (29), der mit Essig gestillt werden soll (30). Die Römer müssen unter dem Kreuz um seine Kleider würfeln (31). Und der Tod des Maschiach wird die Sünden der Menschheit sühnen (32).«

Die Evangelien sind inszenierte Trauerspiele, die mit der Hinrichtung des Helden enden – scheinbar! Denn der Held wird von den Toten erweckt (33) und triumphiert am Ende.

(1) Verheißungen AT: 2. Samuel 7,12–14, Jesaja 9,5–6, Jesaja 11,1–5, Erfüllungen NT: Matthäus 1,1 und 1,6, Lukas 1,32 und 2,4.

(2) Verheißungen AT: Psalm 2,7, Sprüche 30,4, Erfüllungen NT: Matthäus 3,17, Lukas 1,32, Paulus Brief an die Galater 4,4.

(3) Verheißungen AT: Jesaja 7,14, Erfüllungen NT: Matthäus 1,18–25, Lukas 1,26–35, Paulus Brief an die Galater 4,4. Die Jungfrauengeburt ist eine falsche Übersetzung des Wortes ›junge Frau‹ durch ›Jungfrau‹ (grch. parthenos) in der Septuaginta. Das Kind wurde nie Immanuel genannt, sondern Jeschua. Paulus und Markus wissen nichts von der Jungfrauengeburt, Johannes bezeichnet Jesus ausdrücklich als Sohn Josephs (Johannes 1,45 und 6,42). Marias ›immerwährende Jungfräulichkeit‹ vor, während und nach der Geburt ihres ersten Kindes wurde erst durch das Konzil von Chalcedon im Jahr 451 endgültig festgeschrieben.

(4) Verheißungen AT: Micha 5,1, Erfüllungen NT: Matthäus 2,1, Lukas 2,4–7. Die Geburt in Betlehem wird jedoch widerlegt durch das Evangelium nach Johannes 7,41–42. Der Prophet Micha (5,1–14) erwartete übrigens einen schwertführenden Kriegsherrn als Herrscher über Israel, der seine Feinde ›zertritt und zerreißt‹ und der mit unseren Vorstellungen des sanftmütigen und besonnenen Jesus keine Ähnlichkeit hat.

(5) Verheißungen AT: Jesaja 40,3–5, Maleachi 3,1, Erfüllungen NT: Matthäus 3,1–3 und 3,11, Lukas 1,17 und 3,2–6 und 3,16.

(6) Verheißungen AT: Jesaja 11,2 und 61,1, Psalm 45,8, Matthäus 3,16, Lukas 3,21–22.

(7) Verheißungen AT: Jesaja 8,23, Erfüllungen in den Evangelien nach Matthäus, Markus und Lukas – Johannes verlegt die Wunder nicht nach Galiläa, sondern nach Judäa, in die Gegend um Jerusalem.

(8) Verheißungen AT: Jesaja 40,11 und 42,3, Erfüllungen NT: Matthäus 12,15–21.

(9) Verheißungen AT: Jesaja 26,19 und 29,18–19 und 35,5–6 und 42,18 und 61,1–3, Erfüllungen NT: in allen Heilungen an Blinden, Tauben, Stummen, Lahmen, Besessenen und römischen und syrophönizischen ›Heiden‹, vgl. Jesaja 53,4 und Matthäus 8,17.

(10) Verheißungen AT: Jesaja 42,2, Erfüllungen NT: jedes Schweigegebot zu den Heilungen und seiner Rolle dabei, das Jesus gegenüber seinen Jüngern und den von ihm Geheilten ausspricht.

(11) vgl. Jesaja 35,5–6.

(12) vgl. Jesaja 26,19.

(13) vgl. Jesaja 61,1–2.

(14) vgl. Speisung des Propheten Elija in 2. Buch der Könige 4,42–44.

(15) Verheißungen AT: Sacharja 9,9, Erfüllungen NT: Matthäus 21,1–11, Markus 11,1–11.

(16) Verheißung AT: Maleachi 3,1, Erfüllungen NT: Matthäus 21,12–24,2, Lukas 2,27–38 und 19,45–21,38, Johannes 2,13–22.

(17) Verheißungen AT: Jesaja 49,7 und 53,2 und 63,3, Psalm 69,5 und 69,9, Erfüllungen NT: in den Passionsbeschreibungen der Evangelien.

(18) Verheißungen AT: Psalm 41,9–10, Psalm 55,13–15, Erfüllungen NT: Matthäus 26,21–25 und 26,47–50, Johannes 13,18–21.

(19) Verheißungen AT: Sacharja 11,12, Erfüllungen NT: Matthäus 26,15.

(20) vgl. 2. Buch Samuel 20,9–10 mit dem Judaskuss in Matthäus 26,48, Markus 14,44, Lukas 22,39–40.

(21) Verheißungen AT: Psalm 41,9–10, Psalm 55,13–15, Erfüllungen NT: Matthäus 26,21–25 und 26,47–50, Johannes 13,18–21.

(22) Verheißungen AT: Sacharja 13,7, Erfüllung NT: Matthäus 26,31 und 26,56.

(23) vgl. Dritte Leidensankündigung in Matthäus 20,17–19.

(24) Verheißungen AT: Micha 4,14, Erfüllung NT: Matthäus 26,67 und 27,30.

(25) Verheißungen AT: Jesaja 50,6, Erfüllung NT: Matthäus 26,67 und 27,30.

(26) Verheißungen AT: Psalm 22,8–9, Erfüllung NT: Matthäus 26,67–68 und 27,31 und 27,39–44.

(27) Verheißungen AT: Jesaja 50,6, Erfüllung NT: Matthäus 26,67 und 27,26 und 27,30.

(28) Verheißungen AT: Psalm 22,17, Sacharja 12,10, Erfüllung NT: Matthäus 27,35, Lukas 24,39–40, Johannes 19,18 und 19,34–37 und 20,27.

(29) Verheißungen AT: Psalm 22,16, Erfüllung NT: Johannes 19,28.

(30) Verheißungen AT: Psalm 69,22, Erfüllung NT: Matthäus 27,34, Johannes 19,29.

(31) Verheißung AT: Psalm 22,19, Erfüllung im NT: Matthäus 27,35.

(32) Verheißungen AT: Jesaja 53,5–12, Erfüllung im NT: Die christliche Theologie basiert auf dieser Verheißung.
(33) Verheißungen AT: Jesaja 53,9–10, Erfüllung im NT: die christliche Theologie der Auferstehung.
Siehe auch Anmerkung **Prozess vor dem Sanhedrin**

Naziräer/Nazoräer/Nazarener. Jesus wird in den Evangelien Nazoräer oder Naziräer genannt, was zu dem Missverständnis führte, dass er aus Nazaret stammte. Ob ›Jesus von Nazaret‹ jemals in jener Stadt in Galiläa gewohnt hat, kann nicht bewiesen werden – gewohnt und gelehrt hat er gemäß den Evangelientexten in Kafarnaum am See Gennesaret.

Ein *Naziräer* (hebr. Geweihter/Abgesonderter) war ein Asket, der sich nicht die Haare schnitt und sich des Genusses von Wein und Trauben (Früchte des Weinstocks) enthielt, um Gott zu opfern (Numeri 6,1–21). Das Nazirat galt als Zeichen besonderer Frömmigkeit. Trotzdem erlaubten es die Rabbinen nur für eine begrenzte Zeitspanne. Der Talmud verlangte vom Naziräer am Ende seiner Enthaltsamkeit ein Opfer (Numeri 6,13–16), weil er sich gegen seinen eigenen Körper versündigt hatte.

Ein *Nazoräer* (hebr. Einhalter/Wahrer des Bundes) gehört der judenchristlichen Sekte unter der Führung von Jesu Bruder Jakob an (noch heute werden Christen auf Hebräisch als Nazoräer – Nozrim bezeichnet). Das Gelübde des Nazirats war in der Nazoräer-Gemeinde hoch geschätzt und weit verbreitet. Die Nazoräer als Wahrer des (alten) Bundes waren das Gegenteil von dem, was Paulus später aus der christlichen Lehre gemacht hatte und was die Evangelien historisch und theologisch falsch wiedergeben.

Nazarener ist eine falsche Übersetzung von Nazoräer. Jesus stammt nicht aus Nazaret, die Bezeichnungen Jesus von Nazaret oder Jesus der Nazarener sind also falsch.

Passionszeit. Die herkömmliche Datierung der Kreuzigung errechnet sich aus der Überlieferung der Evangelisten, dass Jesus an einem Freitag während des Pessach-Festes hingerichtet sein soll – am 14. (Johannes) oder 15. Nisan (Matthäus, Markus, Lukas).

Der Ablauf der Ereignisse, wie sie in diesem Buch beschrieben werden, war wie folgt:

So	Mo	Di	Mi	Do	Fr	Sa
			14. Tishri 3796 Abends: Festbeginn	15. Tishri 3796 06.10.35 Sukkot I Nächtliches Fest im Vorhof der Frauen	16. Tishri 3796 07.10.35 Sukkot II ›Freude des Wasserschöpfens‹	17. Tishri 3796 08.10.35 Sukkot III Schabbat
18. Tishri 3796 09.10.35 Sukkot IV	19. Tishri 3796 10.10.35 Sukkot V	20. Tishri 3796 11.10.35 Sukkot VI	21. Tishri 3796 12.10.35 Sukkot VII / Hoschana Rabba Abendessen bei Schimon dem Essener (Salbung = Abendmahl)	22. Tishri 3796 13.10.35 Sukkot VIII / Schemini Atzeret Abends: Hakhel-Zeremonie im Tempel Nachts: Festnahme auf dem Ölberg	23. Tishri 3796 14.10.35 kein jüdischer Feiertag Karfreitag morgens: Prozess vor Pontius Pilatus Kreuzigung	24. Tishri 15.10.35 Schabbat Ostersamstag
25. Tishri 16.10.35 Ostersonntag						

Wenn die Passionszeit während des Laubhüttenfestes stattgefunden hat und wenn die Datierung des Todes durch die Evangelisten (am Karfreitag) übernommen wird, errechnen sich als Todestage Jesu die folgenden Daten:

Freitag, 23. Tishri 3792 = Karfreitag, 28. September 31

Freitag, 23. Tishri 3795 = Karfreitag, 24. September 34

Freitag, 23. Tishri 3796 = Karfreitag, 14. Oktober 35

Da Flavius Josephus den Tod von Johannes dem Täufer um die Jahre 33, 34 oder 35 datiert (Jüdische Altertümer 18,116–119) und Jesus gemäß den Evangelien nach Johannes' Hinrichtung noch ein bis drei Jahre lebt, bleiben nur die Jahre 34, 35 und 36 als Jesu Todesjahr. Pontius Pilatus und Joseph ben Kajafa wurden im Jahr 36 ihrer Ämter enthoben (Pilatus Ende 36).

Drei Wochen vor dem Karfreitag des Jahres 34 war in Jerusalem zwischen 12.00 und 14.24 Uhr Ortszeit eine partielle Sonnenfinsternis zu beobachten (Größe = 33.193 %, Abdeckung = 21.516 %, Dauer der partiellen Phase = 2,37 Stunden), doch sie ist nicht identisch mit der ›Finsternis‹ aus Mt 27,45. Als wahrscheinlichstes Datum für die Kreuzigung Jesu nahm ich daher das Sukkot-Fest des Jahres 35 an: ein bis zwei Jahre nach dem Tod von Johannes dem Täufer und wenige Monate vor der Amtsenthebung von Pontius Pilatus und Joseph ben Kajafa.

Jesus starb also nicht am Freitag, 7. April 30, oder am Freitag, 3. April 33, sondern wahrscheinlich am Freitag, 23. Tishri 3796 = 14. Oktober 35. Diese Datierung ist nicht abhängig von Pfingsten und Schawuot. Das Pilgerfest Schawuot wird am fünfzigsten Tag nach Beginn der Omer-Zählung (Beginn am Pessach-Fest) zur Erinnerung an die Offenbarung an Moses auf dem Berg Sinai gefeiert und stand im Judentum nicht im (christlichen) Zusammenhang mit Jesu Kreuzigung oder der ›Ausgießung des Heiligen Geistes‹ an die Jünger (Apostelgeschichte 2,1–4).

Alter Jesu zur Zeit der Passion. Ein wahrscheinliches Datum der Geburt ist das Jahr 6 v u. Z. (Herodes der Große lebte noch). Der Census und die blutigen Aufstände in Galiläa fanden statt, als er 12 Jahre alt war. Wenn Jesus im Oktober 35 starb, war er 41 Jahre alt. Vergleiche Joh 8,57, wo Jesus ›noch keine fünfzig Jahre‹ alt genannt wird. Wenn Jesus jünger gewesen wäre, hätte der Evangelist geschrieben: ›noch keine vierzig Jahre‹. 40 ist eine oft verwendete symbolische Zahl: Die Sintflut dauerte vierzig Tage und vierzig Nächte, Jesus wanderte vierzig Tage durch die Wüste, bevor er versucht wurde, Moses war vierzig Tage und vierzig Nächte auf dem Berg Sinai, als Gott zu ihm sprach, und das Volk Israel zog vierzig Jahre im Sinai umher, bevor es das Gelobte

Land betrat, König David regierte ebenso vierzig Jahre wie sein Sohn Salomo. Wenn der Evangelist also ›fünfzig Jahre‹ schrieb, dann meinte er das wörtlich.

Paulus. Der Apostel schrieb (Brief an die Galater 1,1), dass er nicht durch einen Menschen (gemeint ist Jakob als Führer der nazoräischen Gemeinde in Jerusalem), sondern ›durch Jesus Christus und Gott‹ als Apostel eingesetzt worden sei. Er ordnete sich nie Jakob als Führer der Nazoräer unter, und er war ihm, so glaubte er, auch keine Rechenschaft über seine Lehre (Heidenmission) schuldig. Und trotzdem beteuerte er immer wieder, er ›lüge nicht‹ – was bedeutet, dass er von der nazoräischen Gemeinde (von Jakob oder von Simon Petrus?) in Jerusalem als Lügner bezeichnet worden war. Die Beurteilung der Mitglieder der Familie Jesu in seinen Briefen ist polemisch, sarkastisch und beleidigend. Paulus verkündete nach seinen eigenen Worten ›einen anderen Jesus und ein anderes Evangelium‹ (2. Brief an die Korinther 11,4) – an der Lehre des Rabbi Jeschua war er nicht interessiert.

Im Gegensatz zur paulinischen, heidenchristlichen (römisch-katholischen/griechisch-orthodoxen) Lehre war das jakobinische, judenchristliche Nazoräertum eine fremdenfeindliche (Beschneidung, Einhaltung der jüdischen Speisegebote, keine Heidenmission), anti-römische, national-jüdische, messianische, apokalyptische Lehre gesetzestreuer Juden (›Eiferer für das Gesetz‹) mit pharisäischer und zelotischer Ausdrucksweise.

Pontius Pilatus. Flavius Josephus berichtet über Pilatus' Rücksichtslosigkeit und Grausamkeit: Er habe die religiösen Gefühle der Juden mit Füßen getreten (Flavius Josephus, Der jüdische Krieg 2,169–177 und Jüdische Altertümer 18,55–62). Bei seinem Amtsantritt im Jahr 26 wäre es beinahe zu einem Massenmord an Juden gekommen. Flavius Josephus berichtet von einem Massaker in Jerusalem, das nicht identisch ist mit dem durch den Evangelisten Lukas überlieferten Mord an galiläischen Pilgern im Tempel (Lk 13,1). Der jüdische Philosoph Philo von Alexandria beschreibt Pilatus als grausamen und unnachgiebigen Menschen ohne Gewissensbisse und wirft ihm Bestechlichkeit, Gewalttätigkeit, Räubereien, Misshandlungen, Demütigungen, Hinrichtungen ohne Gerichtsurteile und unerträgliche Grausamkeit vor (Philo von Alexandria, De Legatione ad Gaium 38). Die Schädigung römischer Interessen durch Pilatus, die Verletzung der von Rom anerkannten jüdischen Privilegien und seine willkürliche Amtsführung führten im Jahr 36 zu seiner Amtsenthebung.

Prozess vor dem Sanhedrin. Die vier Evangelisten berichten von einem jüdischen Prozess (Mt 26,57–68, Mk 14,53–65, Lk 22,54–71, Joh 18,12–24 und 18,28), widersprechen sich jedoch in ihren Beschreibungen der Ereignisse und deren Ablauf in der Nacht der Festnahme Jesu – die Berichte sind nicht in Einklang zu bringen. Die Evangelisten sind sich nicht einmal darüber einig, ob es ein formelles Urteil des Sanhedrin über Jesus gegeben hat oder nicht, und falls ja: wie es lautete.

Bei der Frage nach der Historizität des jüdischen Prozesses ist zu bedenken, dass Jesus von Anfang an ein Gefangener der Römer war (siehe Anmerkung **Festnahme Jesu**). Die Anklagepunkte im römischen Prozess waren politisch: Anmaßung der Königswürde, Aufruf zur Steuerverweigerung (Mt 22,21, Mk 12,17, Lk 20,25 – der berühmte Spruch ›Gebt dem Kaiser, was des Kaisers ist, und gebt Gott, was Gottes ist‹ ist *kein* Aufruf, die römischen Steuern zu zahlen. Denn der Spruch lautet in Wirklichkeit sinngemäß: ›Gib dem Kaiser *zurück*, was ihm gehört: die Münze mit seinem Bild und seinem Namen Tiberius Caesar, die nach römischem Recht sein Eigentum ist und nach jüdischem Recht ein Verstoß gegen das Gebot, sich kein Bildnis zu machen. Und gib Gott, was Gott gehört: Du, Kind Israels, und alles, was dein ist, gehören Gott!‹), Rebellion gegen die römische Besatzungsmacht (›Ich bin nicht gekommen, um Frieden zu bringen, sondern das Schwert‹ und ›Nur wer bereit ist, den Tod am Kreuz zu riskieren, soll mir nachfolgen‹). Der Präfekt Pontius Pilatus war in diesem Fall der zuständige Richter, nicht der Sanhedrin oder sein Vorsitzender, der Hohe Priester Joseph ben Kajafa.

Der Sanhedrin ist das oberste jüdische Gericht. Er besteht aus 70 Mitgliedern (Sadduzäer und Pharisäer) unter Vorsitz des amtierenden Hohen Priesters als 71. Ratsmitglied. Die Einberufung einer Sitzung *aller* 71 Richter noch in der Nacht der Festnahme wäre eine bemerkenswerte organisatorische Leistung gewesen.

- *Die Auslieferung Jesu an Hannas ben Sethi oder Joseph ben Kajafa* durch die römischen Legionäre ist nicht historisch. Nur Johannes berichtet von der

Voruntersuchung durch den ›Hohen Priester‹ Hannas – Hannas ben Sethi war jedoch schon rund fünfzehn Jahre zuvor durch den Präfekten Valerius Gratus seines Amtes enthoben worden. Matthäus, Markus und Lukas hingegen lassen den amtierenden Hohen Priester Joseph ben Kajafa die Voruntersuchung führen. Joseph ben Kajafa war vom römischen Präfekten Valerius Gratus ernannt worden, und er blieb auch unter dessen Nachfolger Pontius Pilatus im Amt. Seit dem Jahr 6 (Judäa wurde römische Provinz) wurden die Hohen Priester nicht mehr auf Lebenszeit ernannt, sondern durch die römischen Präfekten nach Belieben ernannt und abgesetzt, wobei erhebliche Bestechungsgelder flossen. ›Und da man Geld zahlte, um Hoher Priester zu werden, setzten die Präfekten sie alle zwölf Monate ab‹ (Talmud Joma 8b). Der pro-römische Hohe Priester Joseph ben Kajafa blieb im Gegensatz zu seinen Vorgängern *achtzehn Jahre* im Amt (18–36) und wurde *gleichzeitig mit Pontius Pilatus* seines Amtes enthoben. Pilatus wurde im Jahr 36 wegen Amtsmissbrauchs entlassen – er hatte ein sinnloses Blutbad angerichtet. Das lange Zusammenwirken von Pontius Pilatus und Joseph ben Kajafa und der gleichzeitige Amtsverlust im Jahr 36 lassen darauf schließen, dass der Vorsitzende des Sanhedrin in beträchtlichem Maße mit Rom kooperiert hat.

- *Die Aufgabe des Hohen Priesters* war nicht einfach: Zum einen musste er die Befehle des römischen Präfekten ausführen, zum anderen musste er die Belange des jüdischen Volkes gegenüber Rom vertreten. Da der Hohe Priester durch den römischen Präfekten ernannt wurde und ihm Rechenschaft schuldig war, versuchte er die inneren jüdischen Angelegenheiten effizient und ohne Konflikt zu regeln, damit es keinen Anlass zu einer römischen Intervention gab – das hätte seine Absetzung nach sich ziehen können. Neben seiner Funktion als Vorsitzender des Sanhedrin hatte der Hohe Priester die Aufgabe, gegen Rebellen, die der römischen Besatzungsmacht Widerstand leisteten, zu ermitteln, sie festzunehmen und zu verhören. Falls er den Angeklagten für schuldig befand, lieferte er ihn zur Verurteilung an den römischen Präfekten aus. Diese Funktion aber kann Joseph ben Kajafa bei der Festnahme Jesu nicht ausgeübt haben, da Jesus nicht von jüdischen Bewaffneten festgenommen worden war, sondern, wie Matthäus und Johannes berichten, von römischen Legionären.

- *Die Anklage: Anmaßung des Messiastitels.* Die Evangelisten Matthäus, Markus und Lukas lassen Joseph ben Kajafa den angeklagten Jesus bedrängen, zu gestehen, dass er ›der Messias, der Sohn Gottes‹ sei (Mt 26,63–64, Mk 14,61, Lk 22,67–68). Der Anklagepunkt ist absurd – erstens, weil die Annahme des Titels des Maschiach kein Straftatbestand war (den Titel Maschiach trugen alle gesalbten Könige und Hohen Priester und hundert Jahre später auch Schimon Bar-Kochba – keiner von ihnen wurde angeklagt), zweitens, weil die Formulierung des Messias-Titels in den Evangelien die spätere christliche Definition des Messias als Gottessohn und Welterlöser widerspiegelt, nicht die jüdische Erwartung eines gesalbten Königs (ha-Melech ha-Maschiach). Jeder Jude konnte Messias werden, wenn er bereit war, die Verantwortung zu tragen und genügend Anhänger fand. Die Annahme des Messiastitels ist also keine Gotteslästerung, die mit dem Tod bestraft werden muss. Gotteslästerung im Sinne von Exodus 20,7, Deuteronomium 5,11 und Levitikus 24,16 ist das Aussprechen des heiligen Gottesnamens (Sanhedrin 7,5), was Jesus in den Evangelien nie getan hat. Wenn der Sanhedrin, wie die Evangelisten nahelegen, die Absicht gehabt hätte, Jesus hinrichten zu lassen, wäre die Anklage der Gotteslästerung für einen römischen Prozess nicht aussichtsreich gewesen. Warum sollen die jüdischen Richter einen Prozess gegen Jesus durchgeführt haben, wenn sie doch von vornherein wissen mussten, dass der Anklagepunkt Gotteslästerung für das römische Todesurteil (in einem römischen Prozess) bedeutungslos sein würde und die Anklage in Anmaßung der Königswürde, Aufruf zur Steuerverweigerung und Rebellion gegen Rom geändert werden musste? Der Prozess vor dem Sanhedrin war sinnlos.

- *Die Anklage: Anmaßung des Königstitels.* Während des jüdischen Prozesses sind Jesu Ansprüche auf den jüdischen Thron nicht verhandelt worden. Und doch ist der Königstitel die Begründung für die Auslieferung an den Präfekten und die Anklage vor Pontius Pilatus. Jesus wird als ›Rex Iudaeorum‹ gekreuzigt (INRI-Schild am Kreuz). Die Evangelisten stellen die Anklage im römischen Prozess so dar, als hätten die Juden, dieses widerspenstige und rebellische Volk, aus purer Loyalität gegenüber der Besatzungsmacht Rom den Rebellen Jesus an Pilatus ausgeliefert.

- *Die Zeugen.* Nach jüdischem Recht war eine Verurteilung nur auf Grund der übereinstimmenden Aussagen zweier Zeugen möglich. ›Die Hohen Priester aber und der ganze Hohe Rat suchten falsches Zeugnis gegen Jesus, um ihn zu Tode zu bringen, und sie fanden keins, obwohl viele falsche Zeugen herzutraten‹ (Mt 26,59–60). Woher kamen mitten in der Nacht (Sedernacht des Pessach-Festes oder Nacht nach Schemini Atzeret, dem achten Sukkot-Tag) die Zeugen? Wenn es falsche Zeugen waren, warum waren sie nicht besser vorbereitet? Wieso sollte Jesus zu Zeugenaussagen Stellung nehmen, deren Argumentation doch bereits in sich zusammengebrochen war? Das Schweigen des Angeklagten galt zwar nach römischem, nicht jedoch nach jüdischem Recht als Geständnis.

- *Die Prozesssitzung des Sanhedrin.* Die Beschreibung des jüdischen Prozesses widerspricht der jüdischen Rechtspraxis, die im Talmud im Traktat Sanhedrin beschrieben ist. Prozesssitzungen mussten in einer Halle des Tempels stattfinden, nicht im Haus des Hohen Priesters (Sanhedrin 11,2, Deuteronomium 17,8). Über Kapitalverbrechen durfte nur am Tag verhandelt werden (Sanhedrin 4,1), doch laut den Berichten von Matthäus, Markus und Lukas trat der Hohe Rat noch während der Nacht zusammen. ›Verhandlungen über Todesstrafsachen werden am Tage geführt und müssen auch am Tage geschlossen werden. Bei Todesstrafsachen jedoch kann das Urteil am selben Tag nur zugunsten gefällt werden, zuungunsten aber erst am folgenden Tag. Daher wird weder am Vorabend des Sabbats noch am Vorabend des Festes Gericht abgehalten‹ (Sanhedrin 4,1). Ein Todesurteil durfte also nie am Tag der Verhandlung, sondern erst einen Tag später gefällt werden. Die Verhandlung über Kapitalverbrechen begann mit der Verteidigung des Angeklagten – erst danach wurden die Belastungszeugen gehört (Sanhedrin 4,1). In solchen Prozessen konnte der Freispruch auf Grund der Aussage eines einzigen Zeugen erfolgen, ein Todesurteil konnte jedoch nur nach übereinstimmenden Aussagen von mindestens zwei Zeugen gefällt werden (Sanhedrin 4,1d, Deuteronomium 17,6 und 19,15). Die Evangelien berichten nichts von einer Verteidigung Jesu durch einen der Richter, nicht einmal durch die Ratsmitglieder Nakdimon ben Gorion oder Joseph von Arimatäa. Dabei haben sich beide nur 12 Stunden später für sein ehrenvolles Begräbnis eingesetzt, seinen Körper gewaschen und gesalbt. Ein Verfahren ohne Verteidigung des Angeklagten war rechtswidrig. Eine rechtskräftige Verurteilung benötigte die belastenden Aussagen von mindestens zwei Zeugen, die getrennt voneinander befragt wurden (Sanhedrin 4,1). Wenn sich die Zeugen widersprachen, war ihr Zeugnis ungültig. In den Evangelien ist ausdrücklich von falschen Zeugen die Rede, auf deren Aussagen sich der Prozess stützte. Ein Todesurteil durch alle Ratsmitglieder (Mk 14,64) widerspricht ebenfalls der Rechtspraxis (Sanhedrin 4,1), da einer der Richter als Verteidiger (ohne Stimmrecht gegen den Angeklagten) fungierte. Die Evangelienberichte betonen, dass mindestens drei Mitglieder des Sanhedrin (Nakdimon ben Gorion, Joseph von Arimatäa und Rabban Gamaliel) mit Jesus sympathisierten. Daher ist die Aussage, dass *alle* Richter für das Todesurteil stimmten, nicht nur unglaubwürdig – ein solch einstimmiges Urteil ist verboten (Sanhedrin 17a: ›Rabbi Kahana sagte: Wenn der Sanhedrin einstimmig für schuldig erkennt, so wird der Angeklagte freigesprochen‹). Einstimmige Urteile waren also prozessrechtlich ausgeschlossen. Warum ist keiner der Richter aufgestanden und hat Jesus verteidigt? Wieso hat sich keines der Ratsmitglieder zu Jesus als dem gesalbten König bekannt? Warum hat keiner der pharisäischen Rabbinen (Jesus war pharisäischer Rabbi) unter Protest die Prozesssitzung verlassen, die offenbar rechtswidrig war (bei weniger als 23 Richtern wäre ein Todesurteil nicht mehr beschlussfähig gewesen)? Und noch eine Frage bleibt unbeantwortet: Warum hat keiner von den bekannten Rabbinen wie Nakdimon ben Gorion oder Gamaliel über diesen spektakulären Prozess geschrieben? Auf Grund der vielen Verstöße gegen die jüdische Rechtspraxis kann ein solcher Prozess vor dem Hohen Rat nicht stattgefunden haben. Zudem hätte Joseph ben Kajafa davon abgesehen, den Sanhedrin einzuberufen. Denn er hätte mit dem erbitterten Widerstand der Pharisäer, die im Hohen Rat die Mehrheit hatten, rechnen müssen. Die Anklage der Gotteslästerung wäre von den pharisäischen Rabbinen zurückgewiesen worden. Und die anderen Delikte – Anmaßung des Messiastitels und Rebellion gegen Rom – wären von ihnen als patriotische Taten begrüßt worden.

- *Der Prozess.* Angesichts der widersprüchlichen Evangelienüberlieferungen ist es nicht sicher, ob die Anklage gegen Jesus in einem formellen Gerichtsverfahren vor dem gesamten Sanhedrin oder lediglich im Zuge einer Untersuchung erhoben wurde, die der Hohe Priester Joseph ben Kajafa durchführte. Es wird auch nicht klar, wie viele Sitzungen des Sanhedrin in jener Nacht mit wie vielen Ratsmitgliedern stattgefunden haben sollen – Matthäus und Markus berichten von zwei, Lukas nur von einer, Johannes von gar keiner Sitzung des Sanhedrin. (Im antijüdischen Johannes-Evangelium gibt es *keinen* jüdischen Prozess!) Zudem ist nicht erwiesen, dass ein Urteil gefällt wurde, und falls ja, welches. Das Todesurteil – Steinigung? Die Auslieferung an Pontius Pilatus – Tod am Kreuz?

- *Das Urteil.* Nach damals geltendem Recht musste ein Todesurteil durch den römischen Präfekten bestätigt werden, dem das *ius gladii* (lat. Schwertrecht) zustand, d. h. nur er durfte das Urteil auch vollstrecken lassen. Der Sanhedrin hätte vier Todesurteile verhängen können: Steinigung, Verbrennung, Enthauptung oder Erwürgen. Im Falle einer Verurteilung Jesu wegen eines religiösen Vergehens wie der Gotteslästerung hätte der Sanhedrin ein Todesurteil fällen und es nach der Bestätigung durch den römischen Präfekten auf jüdische Weise vollziehen können. Die Kreuzigung ist jedoch eine römische Hinrichtung.

- *Die Auslieferung Jesu durch Pilatus an Herodes Antipas* (Lk 23,7–12) ist unhistorisch und wird auch nur vom Evangelisten Lukas überliefert. In Jesu Heimat Galiläa übte der Tetrarch die Gerichtshoheit aus (er ließ Johannes den Täufer hinrichten), nicht jedoch in Jerusalem. Zudem ist nicht erwiesen, dass er zum Zeitpunkt des Prozesses in der Stadt war. Es ist unwahrscheinlich, dass Pontius Pilatus, der erst wenige Monate zuvor Galiläer im Tempel ermordet haben soll (Lk 13,1), einen galiläischen Rebellen an den Tetrarchen ausgeliefert hat. Mit dieser Handlung hätte er sich selbst seiner Autorität und Glaubwürdigkeit als römischer Präfekt von Judäa beraubt. Ebenso unwahrscheinlich ist es, dass Herodes Antipas Jesus nach einer Befragung an Pilatus zurückgeschickt haben soll. Die Evangelien berichten an mehreren Stellen, dass Herodes Antipas Jesus verfolgen ließ, um ihn wie zuvor Johannes den Täufer hinzurichten (Mk 6,14–16, Lk 13,31).

- *Die Selbstverfluchung der Juden* (Mt 27,25: ›Sein Blut komme über uns und unsere Kinder!‹) ist ein alttestamentliches Zitat aus dem 2. Buch Samuel 1,16. Sie ist nicht historisch. Und selbst wenn dieser Fluch gesprochen worden wäre, hätte Jesus in Lk 23,34 die Schuld vergeben: ›Vater, vergib ihnen. Denn sie wissen nicht, was sie tun!‹

Der jüdische Prozess ist eine dramatische Inszenierung der Evangelisten, um die Schuld an Jesu Tod den Juden zuzuschieben und die Römer zu entlasten. Nach den Christenverfolgungen durch den Kaiser Nero (Brand Roms im Jahr 64), nach der Katastrophe des Jüdischen Kriegs und der Zerstörung des Tempels (66–70) war es für die Christen überlebenswichtig, die Beteiligung der Römer an der Hinrichtung Jesu so gering wie möglich erscheinen zu lassen und die Schuld der Juden so groß wie möglich. Die nazoräische (judenchristliche) Gemeinde unter der Führung von Jesu Bruder Jakob war nach 70 untergegangen, die paulinische (heidenchristliche) Kirche überlebte – und mit ihr die Evangelien (Entstehung zwischen 70 und 110, also vierzig bis achtzig Jahre nach der Kreuzigung), die an der historischen Wahrheit nicht interessiert waren.

Die Apostelgeschichte des Lukas setzt die antijüdische Tendenz der Evangelien noch extremer fort und gibt konsequent den Juden die Schuld an der Verurteilung und Hinrichtung Jesu (Apg 2,22–23, Apg 2,36, Apg 3,13–14, Apg 3,17–19, Apg 4,10, Apg 4,25–28, Apg 5,28, Apg 5,30, Apg 7,52, Apg 10,39, Apg 13,27–29). Die meisten der antijüdischen Äußerungen werden Schimon Petrus in den Mund gelegt. Und auch Paulus schiebt die Schuld den Juden zu (1. Thess 2,14–15), wobei ihm Pontius Pilatus als römischer Präfekt bekannt ist (1. Tim 6,13).

Der jüdische Geschichtsschreiber Flavius Josephus schreibt, Pontius Pilatus habe Jesus ›auf Anzeige der führenden Männer (der Juden)‹ zum Tode am Kreuz verurteilt (Flavius Josephus, Jüdische Altertümer 18,63–64). Obwohl diese Textstelle, das so genannte Testimonium Flavianum, wegen der Einfügungen im Text als frühchristliche Fälschung betrachtet wird, ist die Aussage über das römische Urteil authentisch. Der römische Historiker Tacitus überliefert in seinen Annalen: ›Christus wurde unter Tiberius durch den Prokurator Pontius Pilatus hingerichtet‹ (Tacitus, Annalen 15,44), und Eusebius berichtet in seiner Kirchengeschichte, dass Pilatus einen Bericht über Prozess und Hinrichtung Jesu an den Kaiser Tiberius und den römischen Senat geschickt haben soll (Eusebius, Kirchengeschichte 2,2,1–4).

Die historische Wahrheit ist: Jesus wurde durch *römische* Legionäre festgenommen und mit einem *römischen* Flagrum (Geißel) brutal misshandelt, im *römischen* Praetorium nach *römischem* Recht in einem *römischen* Prozess durch den *römischen* Präfekten zum Tode an einem *römischen* Kreuz verurteilt. Und deshalb lautet das christliche Credo (historisch wahr): ›... gelitten unter Pontius Pilatus, gekreuzigt (...) und begraben.‹

Der Sohn des Dschingis Khan kämpft gegen die Bürde seines Erbes

Barbara Goldstein
DER HERRSCHER DES
HIMMELS
Roman
784 Seiten
ISBN 978-3-404-15609-2

Der junge Temur ist ein mächtiger Schamane und erfolgreicher Feldherr seines Vaters Dschingis Khan. Als Dschingis Khan 1206 Kaiser der Mongolen wird, verlässt Temur seine große Liebe, opfert seine Freiheit und wird Khan – um des Friedens willen.
Während sein Vater die Welt erobert, verzichtet Temur jedoch auf den Königstitel, um endlich frei zu sein und zu reisen: nach Peking, Samarkand, Bagdad und Delhi.
Als Dschingis Khan stirbt, liegt das Schicksal des mongolischen Weltreiches in Temurs Händen, und er muss die schwerste Entscheidung seines Lebens treffen – für den Frieden oder für die Freiheit ...

Bastei Lübbe Taschenbuch

Zwischen Alchemie und Apokalypse

Barbara Goldstein
DIE KARDINÄLIN
Historischer Roman
928 Seiten
ISBN 978-3-404-15467-8

Florenz 1491. Caterina, illegitime Tochter von Lorenzo il Magnifico, wird in die geheime Kunst der Alchemie eingeweiht. Als der fanatische Mönch Savonarola die Apokalypse über Florenz prophezeit, flieht Caterina nach Rom. Sie stürzt sich in eine leidenschaftliche Affäre mit Cesare Borgia, dem Sohn des Papstes. Ihr roter Alchemistentalar und ihre enge Beziehung zu den Borgia machen sie in Rom als »Kardinälin« bekannt. Doch schließlich muss sie vor den Intrigen der Borgia erneut fliehen. Am Hof von Ludovico il Moro sucht sie verzweifelt nach dem al-Iksir, dem Lebenselixier der Alchemisten, um ihr eigenes Leben zu retten. Wird es ihr gelingen, das geheimnisvolle Elixir zu erschaffen und die Liebe ihres Lebens zurückzugewinnen?

Bastei Lübbe Taschenbuch

Ein Genie der Malerei und der Liebe

Barbara Goldstein
DER MALER DER LIEBE
Historischer Roman
768 Seiten
ISBN 978-3-404-15281-0

Raffaello Santi, ein junger, ehrgeiziger Maler, kommt 1504 nach Florenz, um sich mit den größten Maestros der italienischen Renaissance des Cinquecento, Leonardo da Vinci und Michelangelo, zu messen. Er lernt Felicia della Rovere kennen, die Tochter von Papst Julius II., und folgt ihr nach Rom, obwohl sie mit einem Orsini verheiratet ist. Dort wird er als Maler, Dichter, Archäologe und Architekt des neuen Petersdomes umschwärmt, wird er zum Vertrauten von Päpsten, Fürsten und Bankiers. Doch bald steht Raffaello im Mittelpunkt der blutigen Auseinandersetzung zwischen den Medici und den della Rovere um die Macht im Vatikan. Seine unsterbliche Liebe zu Felicia della Rovere treibt ihn an den Rand des Abgrunds ...

Bastei Lübbe Taschenbuch

*Opulentes Mittelalter - und eine Frau,
die ihren Traum erfüllt*

Katia Fox
DAS KUPFERNE ZEICHEN
Roman
640 Seiten
ISBN 978-3-404-15700-6

England 1161. Die zwölfjährige Ellenweore, Tochter eines Schwertschmieds, möchte nur eines: ebenfalls Schwertschmiedin werden. Doch das ist für ein Mädchen undenkbar. Als sie nach einer ungeheuerlichen Entdeckung von zu Hause fliehen muss, verkleidet Ellen sich als Junge und nutzt die Chance: Sie begleitet einen berühmten Schwertschmied in die Normandie und erlernt dort als Schmiedejunge Alan das Handwerk. Doch die Lüge, auf der sie ihr Leben aufgebaut hat, wird ihr zum Verhängnis, als sie sich in einen jungen Ritter verliebt, denn sie darf ihre Identität nicht preisgeben. Zu spät erkennt sie, wem sie vertrauen darf – und dass sie bei Hofe einen Feind hat, der zu allem bereit ist …

Bastei Lübbe Taschenbuch

»Fundiertes Wissen und große Erzählkunst.«

WESTDEUTSCHE ZEITUNG

Rebecca Gablé
DIE HÜTER DER ROSE
Roman
1120 Seiten
ISBN 978-3-404-15683-2

»Etwas Furchtbares war in Gang gekommen, das nicht nur seine Familie betraf, sondern ebenso den König, das Haus Lancaster und ganz England. Ihnen allen schien der Blutmond.«
England 1413: Als der dreizehnjährige John of Waringham fürchten muss, von seinem Vater in eine kirchliche Laufbahn gedrängt zu werden, reißt er aus und macht sich auf den Weg nach Westminster. Dort begegnet er König Harry und wird an dessen Seite schon jung zum Ritter und Kriegshelden. Doch Harrys plötzlicher Tod stürzt England in eine tiefe Krise, denn sein Sohn und Thronfolger ist gerade acht Monate alt …

Bastei Lübbe Taschenbuch

»Die Königin des historischen Romans«
WELT AM SONNTAG

Rebecca Gablé
DAS ZWEITE KÖNIGREICH
Historischer Roman
1280 Seiten
ISBN 978-3-404-14808-0

England 1064: Ein Piratenüberfall setzt der unbeschwerten Kindheit des jungen Cædmon of Helmsby ein jähes Ende – ein Pfeil verletzt ihn so schwer, dass er zum Krüppel wird. Sein Vater schiebt ihn ab und schickt ihn in die normannische Heimat seiner Mutter. Zwei Jahre später kehrt Cædmon mit Herzog William und dessen Erobererheer zurück. Nach der Schlacht von Hastings und Williams Krönung gerät Cædmon in eine Schlüsselposition, die er niemals wollte: Er wird zum Mittler zwischen Eroberern und Besiegten. In dieser Rolle schafft er sich erbitterte Feinde, doch er hat das Ohr des despotischen, oft grausamen Königs. Bis zu dem Tag, an dem William erfährt, wer die normannische Dame ist, die Cædmon liebt …

Bastei Lübbe Taschenbuch

WWW.LESEJURY.DE

WERDEN SIE LESEJURYMITGLIED!

Lesen Sie unter www.lesejury.de die exklusiven Leseproben ausgewählter Taschenbücher

Bewerten Sie die Bücher anhand der Leseproben

Gewinnen Sie tolle Überraschungen